FRIEDRICH DE LA MOTTE FOUQUÉ

Romantische Erzählungen

WINKLER VERLAG MÜNCHEN

Nach den Erstdrucken mit Anmerkungen, Zeittafel,
Bibliographie und einem Nachwort herausgegeben
von Gerhard Schulz.

ISBN Leinen 3 538 05264 6   Leder 3 538 05764 8

EINE GESCHICHTE VOM GALGENMÄNNLEIN

In Venezia, die weit und breit berühmte welsche Handelsstadt, zog eines schönen Abends ein junger deutscher Kaufmann ein, Reichard geheißen, gar ein fröhlicher und kecker Gesell. Es gab eben zu der Zeit in deutschen Landen mannigfache Unruhe, um des Dreißigjährigen Krieges willen; deshalb war der junge Handelsmann, der sich gern einen lustigen Tag machte, ganz besonders damit zufrieden, daß ihn seine Geschäfte auf einige Zeit nach Welschland riefen, wo es nicht so gar kriegerisch zuging, und wo man, wie er gehört hatte, ganz köstlichen Wein und viele der besten und wohlschmeckendsten Früchte antreffen sollte, noch der vielen wunderschönen Frauen zu geschweigen, von welchen er ein absonderlicher Liebhaber war.

Er fuhr, wie sie es dorten zu tun pflegen, in einem kleinen Schifflein, Gondel geheißen, auf den Kanälen umher, die es in Venezia statt der ordentlichen gepflasterten Straßen gibt, und hatte seine große Lust an den schönen Häusern und den noch viel schöneren Weibsgestalten, die er oftmals daraus hervorblicken sah. Als er endlich gegen ein höchst prächtiges Gebäude herankam, in dessen Fenstern wohl zwölf der alleranmutigsten Frauenzimmer lagen, sprach der gute junge Gesell zu einem der Gondoliere, die sein Schifflein ruderten: «Daß Gott! wenn es mir doch einmal so wohl werden sollte, daß ich nur ein Wörtlein zu einer von jenen wunderschönen Fräulein sprechen dürfte!« – »Ei«, sagte der Gondolier, »ist es weiter nichts als das, so steigt nur aus und geht kecklich hinauf. Die Zeit wird Euch droben gewißlich nicht lang werden.« Der junge Reichard aber sprach: »Du hast wohl deine Lust daran, fremde Leute zu necken und meinest, in mir so einen groben Gesellen zu treffen, der nach deinen törichten Worten täte und droben im Schlosse dann ausgelacht würde, oder wohl ausgewamst obendrein?« – »Herr, lehrt mich die Sitten des Landes nicht kennen«, sagte der Gondolier. »Tut nur nach meinem Rat, dafern Ihr's Euch gerne wohl sein laßt, und nehmen sie Euch nicht mit offnen, schönen Armen auf, so will ich meines Fährlohnes quitt und verlustig gehen.«

Das schien dem jungen Burschen des Versuchens schon wert, auch hatte der Gondolier nicht eben gelogen. Die Schar der liebreizenden Fräulein nahm den Fremden nicht allein holdselig auf, sondern es führte ihn auch die, welche er für die Schönste aus ihnen hielt, in ihr eignes Gemach, wo sie ihn mit den auserlesensten Trink- und Eßwaren bewirtete, und auch mit manchem Kuß, ja, ihm endlich ganz und gar zu Willen ward. Er mußte mehrmalen bei sich denken: »Ich bin doch fürwahr in das alleranmutigste und wunderbarste Land gekommen, so es auf dem Erdboden gibt: zugleich aber kann ich auch dem Himmel nicht genugsamlich danken für die Anmutigkeiten meiner Person und meines Geistes, vermittelst deren ich den fremden Damen so sehr gefalle.«

Als er nun aber wieder von hinnen wollte, forderte ihm das Fräulein funfzig Dukaten ab, und weil er sich darüber verwunderte, sagte sie: »Ei, junger Fant, wie vermeint Ihr doch, Euch der schönsten Courtisane aus ganz Venedig so gar umsonst erfreut zu haben? Zahlt nur immer frisch, denn wer nicht vorher bedungen hat, muß sich den Preis gefallen lassen, den man von ihm begehrt. Wollt Ihr aber künftig wiederkommen, so gehabt Euch klüger, und Ihr könnt für eine Summe, wie es Euch heute gekostet hat, eine ganze Woche lang in allen Freuden leben.«

Ach, wie verdrießlich es doch sein mag für einen, der dachte, er habe eine Prinzessin erobert, wenn er nun merkt, daß es eine gar gemeine Buhlschaft war, und ihm noch eine so erkleckliche Summe dabei aus dem Geldbeutel gelockt wird! Der junge Gesell aber bewies sich nicht so ergrimmt, als wohl ein andrer meinen sollte. Es war ihm mehr um eine gute Pflege seines Leibes zu tun als um viele Preislichkeiten in seiner Historie, deshalben er sich denn nach geleisteter Zahlung in ein Weinhaus fahren ließ, um dorten wegzutrinken, was ihm noch etwa von Ärger im Kopfe herumzog.

Da nun der fröhliche Bursch auf solchen Wegen war, mochte es ihm auch nicht an gar zahlreicher und vergnügter Gesellschaft fehlen. Es ging manchen Tag fort in Saus und Braus und zwischen lauter lustigen Gesichtern; ein einziges ausgenommen, das einem hispanischen Hauptmann zugehörte, der zwar allen den Späßen der wilden Bande, in die der junge Reichard sich begeben hatte, beiwohnte, aber meist ohne ein Wort zu verlieren und mit einer recht gewaltsamen Unruhe auf allen Zügen seines finstern Antlitzes. Man litt ihn dabei gern, denn er war ein Mann von Ansehen und Vermögen, der sich nichts daraus machte, die ganze Gesellschaft oft mehrere Abende hintereinander freizuhalten.

Demohngeachtet, und ob sich der junge Reichard gleich nicht mehr so arg beschatzen ließ wie am Tage seiner Ankunft in Venezia, begann ihm doch endlich das Geld auszugehen, und er mußte mit großer Betrübnis daran denken, daß ein so unerhört vergnügliches Leben nun bald für ihn ans Ende kommen müsse, dafern er nicht mit seinem vielen Verlustieren zuletzt all seines Geldes verlustig gehn wolle.

Die andern wurden seiner Trübseligkeit inne, zugleich auch der Ursache dazu – wie sie denn dergleichen Fälle sehr häufig in ihrem Kreise erlebten – und hatten ihren Spaß mit dem ausgebeutelten Kopfhänger, der es doch immer noch nicht lassen konnte, durch die Reste seines Säckels von dem anmutigen Fliegengifte zu naschen. Da nahm ihn eines Abends der Hispanier beiseite und führte ihn mit unerwarteter Freundlichkeit in eine ziemlich öde Gegend der Stadt. Dem guten jungen Gesellen wollte schier angst dabei werden, aber er dachte zuletzt: »Daß nicht mehr viel bei mir zu holen ist, weiß der Kumpan, und an meine Haut, dafern ihm drum zu tun wäre, müßte er doch immer erst die seinige setzen, welches er wohl für einen zu hohen Spielpreis halten wird.«

Der hispanische Hauptmann aber, sich auf die Grundmauer eines alten, verfallenen Gebäudes setzend, nötigte den jungen Kaufherrn neben sich und hub folgendermaßen zu sprechen an: »Es will mich fast bedünken, mein lieber, höchst jugendlicher Freund, als fehle es Euch an eben derselben Fähigkeit, welche mir über alle Maßen zur Last wird – an der Kraft nämlich, in jeder Stunde eine beliebige Summe Geldes herbeizuschaffen und so fortfahren zu können nach Belieben. Das und noch viele andre Gaben in den Kauf lasse ich Euch für ein billiges Geld ab.«

»Was kann Euch denn noch am Gelde liegen, indem Ihr die Gabe, es Euch zu verschaffen, loswerden wollt?« fragte Reichard.

»Damit hat es folgende Bewandtnis«, entgegnete der Hauptmann. »Ich weiß nicht, ob Ihr gewisse kleine Kreaturen kennet, die man Galgenmännlein heißt. Es sind schwarze Teufelchen in Gläslein eingeschlossen. Wer ein solches besitzt, vermag von ihm zu erhalten, was er sich nur Ergötzliches im Leben wünschen mag, vorzüglich aber unermeßlich vieles Geld. Dagegen bedingt sich das Galgenmännlein die Seele seines Besitzers für seinen Herrn Luzifer aus, wofern der Besitzer stirbt, ohne sein Galgenmännlein in andre Hände überliefert zu haben. Dies darf aber nur durch Kauf geschehn, und zwar, indem man eine geringere Summe dafür empfängt, als man dafür bezahlt hat. Meines kostet mir zehn Dukaten; wollt Ihr nun neun dafür geben, so ist es Eur.«

Während der junge Reichard sich noch besann, sprach der Hispanier weiter: »Ich könnte jemanden damit anführen und es ihm für irgendein andres Gläslein und Spielwerk in die Hände schaffen, wie mich denn selbsten ein gewissenloser Handelsmann auf gleiche Weise in dessen Besitz brachte. Aber ich denke darauf, mein Gewissen nicht noch mehr zu beschweren und trage Euch den Kauf ehrlich und offenbar an. Ihr seid noch jung und lebenslustig und gewinnt wohl mannigfache Gelegenheit, Euch des Dinges zu entledigen, dafern es Euch zur Last werden sollte, wie es mir heute solches ist.«

»Lieber Herr«, sagte Reichard dagegen, »wolltet Ihr mir's nicht für ungut nehmen, so möchte ich Euch klagen, wie oft ich in dieser Stadt Venezia bereits angeführt worden bin.«

»Ei, du junger, törichter Gesell!« rief der Hispanier zornig, »du darfst nur an mein Fest von gestern abend zurückdenken, um zu wissen, ob ich um deiner lausigen neun Dukaten willen betrügen werde oder nicht.«

»Wer viel gastiert, verbraucht auch viel«, versetzte der junge Kaufmann sittig, »und nur ein Handwerk, nicht aber ein Geldsäckel hat einen güldnen Boden. Wenn Ihr nun Eueren letzten Dukaten gestern ausgegeben hättet, könnten Euch heute meine vorletzten neune dennoch lieb sein.«

»Entschuldige es, daß ich dich nicht totsteche«, sagte der Hispanier. »Es geschieht, weil ich hoffe, du werdest mir noch von meinem Galgenmännlein loshelfen, und dann auch, dieweil ich gesonnen bin, Pönitenz zu tun, welche auf solche Weise nur erschwert und vergrößert würde.«

»Möchten mir wohl einige Proben mit dem Dinge vergönnt sein?« fragte der junge Kaufherr auf das vorsichtigste.

»Wie ginge das an?« versetzte der Hauptmann. »Es bleibt ja bei keinem und hilft auch keinem, als der es vorhero richtig und bar erstanden hat.«

Dem jungen Reichard ward bange; denn es sah unheimlich aus auf dem öden Platz, wo sie in der Nacht beisammen saßen, ob ihn gleich der Hauptmann versicherte, er zwinge ihn zu nichts, wegen der bevorstehenden Buße. Jedoch schwebten ihm zugleich alle Freuden vor, die ihn nach dem Besitz des Galgenmännleins umgeben würden. Er beschloß also, die Hälfte seiner letzten Barschaft daran zu wagen, vorher jedoch versuchend, ob er nicht etwas von dem hohen Preise herunterhandeln könne.

»Du Narr!« lachte der Hauptmann. »Zu deinem Besten heischte ich die höchste Summe, und zum Besten derer, die es nach dir kaufen, damit es nicht einer so frühe für die allerniedrigste Münze der Welt erstehe und unwiederbringlich des Teufels sei, weil er es ja dann nicht mehr wohlfeiler verkaufen kann.«

»Ach laßt nur«, sagte Reichard freundlich. »Ich verkaufe das wunderliche Ding wohl so bald nicht wieder. Wenn ich's also für fünf Dukaten haben könnte« –

»Meinetwegen«, erwiderte der Hispanier. »Du arbeitest dem schwarzen Teuflein seine Dienstzeit um die letzte, verlorne Menschenseele recht kurz.«

Damit händigte er dem jungen Gesellen gegen Bezahlung des Kaufschillings ein dünnes gläsernes Fläschchen ein, worin Reichard beim Sternenlichte etwas Schwarzes wild auf und nieder gaukeln sah.

Er forderte gleich zur Probe in Gedanken seine gemachte Auslage verdoppelt in seine rechte Hand und fühlte die zehn Dukaten alsbald darin. Da ging er froh nach dem Wirtshause zurück, wo die andern Gesellen noch zechten, sich alle höchlich verwundernd, wie die beiden, welche erst eben so trübsinnig von ihnen geschieden waren, nun mit sehr heitern Angesichtern wieder

9

hereintraten. Der Hispanier aber nahm kurzen Abschied, ohne bei dem kostbaren Freudenmahle zu bleiben, welches Reichard, ob es gleich schon spät in der Nacht war, anzurichten befahl, es dem mißtrauischen Wirte vorausbezahlend, während durch die Kraft des Galgenmännleins ihm beide Taschen von immer neu herbeigewünschten Dukaten klingelten.

Diejenigen, welche sich selbst ein solches Galgenmännlein wünschen möchten, werden am besten beurteilen können, welch ein Leben der lustige junge Gesell von diesem Tage an führte, es sei denn, daß sie sich dem Geize allzu unmäßig ergeben hätten. Aber auch ein vorsichtiges und frömmeres Gemüt mag leichtlich ermessen, daß es gar wild und verschwenderisch herging. Sein erstes war, daß er die schöne Lukrezia – denn also nannte sich, frechen Spottes, seine frühere und kostbare Buhlschaft – durch unerhörte Summen für sich ganz allein gewann, worauf er dann ein Schloß und zwei Villen erkaufte und sich mit allen möglichen Herrlichkeiten der Welt umgab.

Es geschah, daß er eines Tages mit der gottlosen Lukrezia im Garten eines seiner Landhäuser am Rande eines schnellen, tiefen Bächleins saß. Viel ward geneckt und gelacht unter den zwei törichten jungen Leuten, bis endlich Lukrezia unversehens das Galgenmännlein erwischte, das Reichard an einem güldnen Kettlein unter seinen Kleidern an der Brust trug. Bevor er es noch verhindern konnte, hatte sie ihm das Kettchen losgenestelt und hielt nun die kleine Flasche spielend gegen das Licht. Erst lachte sie über die wunderlichen Kapriolen des kleinen Schwarzen darinnen, dann aber schrie sie plötzlich voll Entsetzen: »Pfui doch! das ist ja gar eine Kröte!« und schleuderte Kette und Flasche und Galgenmännlein in den Bach, der alles zusammen mit seinen reißenden Wirbeln sogleich dem Auge entzog.

Der arme junge Gesell suchte seinen Schrecken zu verbergen, damit ihn seine Buhlin nicht weiter befrage und ihn noch endlich gar wegen Zauberei vor Gericht ziehe. Er gab das ganze Ding für ein wunderliches Spielwerk aus und machte sich nur, sobald es gehn wollte, von der Lukrezia los, um im stillen zu überlegen, was nun am besten zu tun sei. Das Schloß hatte er noch, die Landhäuser desgleichen, und eine schöne Menge Dukaten mußte in seinen Taschen stecken. Gar freudig aber ward er überrascht, als er, nach dem Gelde fassend, die Flasche mit dem Galgenmännlein in die Hand bekam. Die Kette mochte wohl auf dem Grunde des Bächleins liegen, Flasche aber und Galgenmännlein waren richtig an ihren Herrn zurückgekommen. – »Ei«, rief er jubelnd aus, »so besitze ich ja einen Schatz, den mir keine Macht der Erden rauben kann!« und hätte das Fläschlein beinahe geküßt, nur daß ihm der kleine gaukelnde Schwarze darin etwas allzu gräßlich vorkam.

War es jedoch bisher wild und lustig zugegangen, so trieb es Reichard nun noch zehnmal ärger. Auf alle Potentaten und Regenten des Erdreichs blickte er mit Bedauern und Verachtung herab, überzeugt, daß keiner von ihnen ein nur halb so vergnügtes Leben führen möge als er. Man konnte in der reichen Handelsstadt Venezia fast nicht mehr so viele Seltenheiten an Speise und Trank zusammenbringen, als wie zu seinen schwelgerischen Banketten erfordert wurden. Wenn ihn irgendein wohlmeinender Mensch darüber schelten oder ermahnen wollte, pflegte er zu sagen: »Reichard ist mein Name, und mein Reichtum ist so hart, daß ihm keine Ausgabe den Kopf einzustoßen vermag.« Gar unmäßig pflegte er auch oftmals über den hispanischen Hauptmann zu lachen, daß er einen so köstlichen Schatz von sich gegeben habe und noch dazu, wie man höre, ins Kloster gegangen sei.

Alles auf dieser Erden aber währt nur eine Zeit. Das mußte denn der junge Gesell gleichfalls erfahren, und zwar um so früher, da er allen sinnlichen Genüssen auf das unmäßigste frönte. Eine tödliche Ermattung überfiel seinen erschöpften Leib, dem Galgenmännlein zum Trotz, das er wohl zehnmal am ersten Tage seiner Krankheit vergeblich um Hülfe anrief. Doch erschien keine Besserung, wohl aber in der Nacht ein verwunderlicher Traum.

Es kam ihm nämlich vor, als beginne unter den Arzneiflaschen, die vor seinem Bette standen, eine derselben gar einen lustigen Tanz, wobei sie den übrigen unaufhörlich klingend gegen die Köpfe und Bäuche rannte. Als Reichard recht hinsah, erkannte er die Flasche mit dem Galgenmännlein und sagte: »Ei Galgenmännel, Galgenmännel, willst mir diesmal nicht helfen und rennst mir nun noch die Arznei in den Sand.« Aber das Galgenmännlein sang heiser aus der Flasche zurück:

»Ei Reichardlein, ei Reichardlein,
Gib dich nur in die ew'ge Pein,
Und find dich hübsch geduldig drein.
Für Krankheit hilft nicht Teufelslist,
Für 'n Tod kein Kraut gewachsen ist;
Ich freu mich drauf, daß mein du bist.«

Und damit machte es sich ganz lang und ganz dünne, und so fest Reichard die Flasche zuhielt, kroch es dennoch zwischen seinem Daumen und dem verpichten Pfropfen durch und ward ein großer schwarzer Mann, der häßlich tanzte, mit Fledermausfittichen dazu schwirrend, und legte endlich seine behaarte Brust an Reichards Brust, sein grinzendes Gesicht an Reichards Gesicht, so fest, so innig fest, daß Reichard fühlte, er fange schon an ihm zu gleichen, entsetzt schreiend: »'nen Spiegel her! 'nen Spiegel her!«

Im kalten Angstschweiß wachte er auf, wobei es ihm noch vorkam, als laufe eine schwarze Kröte mit großer Behendigkeit seine Brust herunter in die Tasche seines Nachtkleides hinein. Er faßte grausend dahin, brachte aber nur das Fläschlein hervor, darin jetzo der kleine Schwarze wie abgemattet und träumend lag.

Ach, wie so gar lang bedunkte den Kranken der Rest dieser Nacht! Dem Schlafe wollte er sich nicht mehr anvertrauen, aus Furcht, er könne ihm den schwarzen Kerl wieder hereinbringen, und dennoch traute er sich kaum die Augen aufzuschlagen, besorgend, das Unwesen laure wohl wirklich in einer Ecke des Gemachs. Hielt er wieder die Augen zu, so dachte er, er habe sich nun heimlich bis dicht vor ihn herangeschlichen und riß sich von neuem entsetzt in die Höh. Er schellte wohl nach seinen Leuten, aber die schliefen wie taub, und die schöne Lukrezia ließ sich, seit er unpaß worden war, durchaus nicht mehr in seinem Zimmer sehen. So mußte er denn allein liegen in seinen Ängsten, die sich noch vergrößerten, weil er beständig denken mußte: »Ach Gott, ist diese Nacht so lang, wie lang wird nicht die lange Nacht der Höllen sein!« Er beschloß auch, dafern ihn Gott bis morgen leben lasse, sich des Galgenmännleins gewißlich auf alle Weise zu entschlagen.

Als es denn nun endlich Morgen ward, überlegte er, durch das junge Licht in etwas ermuntert und gestärkt, ob er auch das Galgenmännlein bishero gehörig genutzt habe. Das Schloß, die Landhäuser und allerhand Prunkstücke dünkten ihm nicht genug, er foderte daher aufs schleunigste noch eine große Menge Dukaten unter sein Kopfkissen, und sobald er den schweren Beutel dorten fand, dachte er mit Ruhe darauf, wem er das Fläschlein am besten verkaufen könne. Sein Arzt, wußte er, war ein großer Freund von all den seltsamen Kreaturen, die man in Spiritus aufbewahrt, und für eine solche verhoffte er auch das Galgenmännlein bei ihm anzubringen, weil der Doktor als ein frommer Mann sonsten nichts würde mit der Bestie zu schaffen haben wollen. Freilich spielte er damit einen bösen Streich, aber er dachte so: »Besser eine kleinere Sünde im Fegefeuer abgebüßt, als dem Luzifer unwiderruflich für immer zu eigen geworden. Zudem ist jedermann sich selbst der Nächste, und meine Todesgefahr gestattet keinen Aufschub.«

Dabei blieb es auch. Er trug dem Medikus das Galgenmännlein an, welches eben wieder munter geworden war und im Glase recht spaßhaft umhergaukelte, so daß der gelehrte Mann, begierig, eine so seltsamliche Naturgestaltung (als wofür er's hielt) näher zu beobachten, sich erbot, sie zu kaufen, dafern der Preis ihm nicht zu kostbar sei. Um wenigstens einigermaßen dem Gewissen ein Genüge zu tun, foderte Reichard so viel er konnte: vier Dukaten, zwei Taler und zwanzig Groschen nach deutschem Gelde. Der Doktor aber wollte nur höchstens drei Dukaten geben und meinte endlich, er müsse sich sonsten noch ein paar Tage bedenken. Da überfiel den armen jungen Gesellen die Todesangst von neuem; er gab das Galgenmännlein hin und ließ durch seinen Diener die dafür gelösten drei Dukaten den Armen ausspenden. Das Geld aber unter seinem Kopfkissen bewahrte er, wie er am besten mochte, vermeinend, darauf fundiere sich nun sein ganzes zukünftiges Wohl oder Weh.

Die Krankheit nahm indes höchst gewaltsam zu. Fast lag der junge Kaufherr im beständigen Fieberwahnwitz, und hätte er noch die Not mit dem Galgenmännlein auf dem Herzen gehabt, wäre er gewiß in lauter Seelenangst zum Tode verdorben. So aber kam er denn endlich nach und nach wieder auf und verzögerte seine gänzliche Wiederherstellung nur durch die Besorgnis, mit welcher er immer an die Dukaten unter seinem Kopfkissen dachte, die er seit den ersten lichten Augenblicken vergeblich dorten gesucht hatte. Anfänglich mochte er auch nicht gern jemanden darum fragen, als er es aber endlich dennoch tat, wollte kein Mensch davon wissen. Er schickte zu der schönen Lukrezia, die in den gefährlichsten Stunden seiner Bewußtlosigkeit um ihn gewesen sein sollte und sich jetzt zu ihrer ehemaligen Gesellschaft wiederum heimbegeben hatte. Die aber ließ ihm zurücksagen, er möge sie in Frieden lassen; ob er denn ihr oder sonst einem Menschen von den Dukaten gesagt habe? Wisse niemand darum, so werde es ja wohl nur Fiebertollheit sein.

Betrübt aufstehend, dachte er eben daran, wie er Schloß und Landhäuser zu Gelde machen könne. Da traten Leute herein, welche Quittungen über die gezahlte Kaufsumme aller seiner Besitzungen brachten, mit seinem Siegel und seiner Unterschrift versehen, denn er hatte in den Tagen seines Übermutes der garstig-schönen Lukrezia Blankette gegeben, um damit nach ihrem Belieben zu tun, und mußte nun in seiner Ermattung das wenige, so ihm hier noch gehörte, zusammenpacken, um als ein halber Bettler auszuziehn.

Da kam noch dazu der Arzt, der ihn geheilt hatte, gar ernsten Antlitzes gegangen. – »Ei, Herr Doktor«, schrie ihn der junge verdrießliche Gesell an, »wollt Ihr nun vollends nach Art Eurer Kollegen mit großen Rechnungen angezogen kommen, so gebt mir noch ein Giftpülverlein in den Kauf, denn ich weiß sonach ohnehin mein letztes Brot gebacken, dieweil ich kein Geld mehr haben werde, ein neues zu kaufen.« –

»Nicht also«, sagte der Medikus ernsthaft; »ich schenke Euch die Kosten Eurer ganzen Kur. Bloß ein höchst seltnes Arzneimittel, das ich schon in jenen Schrank für Euch hingesetzt habe und das Ihr zu Eurer künftigen Stärkung notwendig gebraucht, sollt Ihr mir mit zwei Dukaten bezahlen. Wollt Ihr das?« –

»Ja von Herzen gern!« rief der erfreute Kaufherr und bezahlte den Doktor, der das Zimmer alsbald verließ. Als nun aber Reichard die Hand nur in den Schrank steckte, saß ihm auch schon die Flasche mit dem Galgenmännlein zwischen den Fingern. Darum her war ein Zettel gewunden, folgenden Inhalts:

»Ich wollte deinen Leib kurieren,
Du meine Seele mir turbieren,
Jedoch mein Wissen, höher viel,
Erkannte bald dein schnödes Ziel.
Laß dir die Gegenlist gefallen;
Ich spiel in deine Hand vor allen
Das Galgenmännlein dir zurück,
Dem Galgenstrick zum Galgenglück.«

Freilich empfand der junge Reichard einen großen Schrecken darüber, daß er nun abermals das Galgenmännlein erkauft habe, und zwar für einen schon sehr geringen Preis. Es war aber doch auch Freude mit dabei. Wie er des Dinges bald wieder ledig sein wolle, darüber hatte er eben keine großen Skrupel, er beschloß sogar, sich vermittelst desselben an der verbuhlten Spitzbübin Lukrezia zu rächen.

Und das fing er folgendergestalt an. Erst wünschte er sich in beide Taschen die Anzahl Dukaten, so er unter dem Kopfkissen liegen gehabt, verdoppelt, die ihn denn auch unverzüglich mit ihrem Gewicht beinahe zur Erde zog. Die ganze ungeheure Summe deponierte er bei dem nächsten Advokaten gegen einen gerichtlichen Schein, etwa nur einhundertundzwanzig Goldstücke zurückbehaltend, mit denen er sich nach dem Wohnorte der liederlichen Lukrezia hinbegab. Da ward nun wieder getrunken, gespielt, narriert wie einige Monate zuvor, und die Lukrezia erzeigte sich auch gegen den jungen Kaufherrn sehr freundlich, von wegen des Geldes. Dieser ließ nach und nach das Galgenmännlein allerhand artige Taschenspielerstreiche machen und zeigte es der erstaunten Buhlerin als ein solches Ding, wie sie ihm vordem eines ins Wasser geworfen und wie er deren unterschiedliche besitze. Wie nun die Weiber sind, wollte sie alsbald auch so ein Spielwerk haben, und als der listige Gesell, gleichsam zum Scherze, Geld dafür verlangte, gab sie ihm ohne Bedenken einen Dukaten hin. Der Handel war geschlossen, der Reichard machte sich so bald als möglich zum Hause hinaus, um vom Advokaten einen Teil der anvertrauten Summe wieder abzuholen. Dorten aber gab es nichts einzukassieren; der Advokat machte große Augen und tat sehr verwundert; er kenne den jungen Herren gar nicht, sagte er. Als nun Reichard das Attestat aus der Tasche ziehn wollte, fand er bloß ein leeres, unbeschriebenes Blatt. Der Advokat hatte seinen Schein mit solcher Tinte geschrieben, die nach wenigen Stunden ohne alle Spur verbleicht. Der junge Gesell sah sich dahero abermals wider Vermuten verarmt und wäre ein Bettler gewesen, nur daß er noch etwa dreißig Dukaten von seinem verschwenderischen Schmause bei Lukrezien in der Tasche behalten hatte.

Wer ein allzu kurzes Bette hat, liege krumm; wer gar keines hat, behelfe sich auf der Erde; wer keinen Wagen zahlen kann, reite; wer kein Pferd hat, gehe zu Fuß. – Nach einigen Tagen des müßigen Umherlungerns merkte Reichard wohl, auf diese Weise gehe sein Geld vollends zu Ende und er müsse sich nun schon entschließen, vor der Hand aus einem Kaufherrn ein Tabulettkrämer zu werden.

Er tat sich denn um nach einem Kästlein zu dieser Hantierung und erstand auch eines für den Rest seines Geldes, indem er im Durchschnitt um jedes Büchschen darin etwa vier Groschen nach deutscher Münze zahlte. Ei, wie so sauer kam es ihm an, den Riemen überzuhängen und seine Ware in eben den Straßen feilzubieten, wo er noch vor einigen Wochen auf das allerherrlichste umherstolziert war! Jedoch schöpfte er den Tag hindurch einen ziemlich freudigen Mut, da ihm die Käufer ordentlich entgegengelaufen kamen und ihm oftmals mehr boten, als er zu fordern gewagt hätte. – »Die Stadt ist dennoch sehr gut«, dachte er bei sich, »und wenn es auf diese Weise fortgeht, kann mich eine kurze Mühseligkeit wieder zum wohlhabenden Mann erheben. Dann reis ich nach Deutschland zurück und befinde mich um so viel behaglicher, als ich schon einmal in des verfluchten Galgenmännleins Klauen gesteckt habe und noch mit Verstand und Überlegung davon losgekommen bin.«

Mit ähnlichen Gedanken lobte und labte er sich am Abend in der Herberge, wo er soeben seinen Kasten absetzte. Einige neugierige Gäste standen umher, von denen ihn einer fragte: »Was ist denn das für ein wunderliches Wesen, Gesell, das Ihr da in jenem Fläschlein habt und das so kuriose Purzelbäume schießt?« – Entsetzt schaute Reichard hin und sah nun erst, daß er unter den andern Büchslein unbewußt auch das mit dem Galgenmännlein wieder an sich gekauft habe. Eilig bot er es dem Frager an für drei Groschen – ihm selbst kostete es nun ja nur viere –, eilig allen Gästen für denselben Preis. Sie ekelten sich aber vor dem häßlichen schwarzen Geschöpfe, von dem er ihnen keinen bestimmten Nutzen anzugeben wußte, und als er nicht nachlassen wollte mit Anerbietung seiner schlimmen Ware, jedwedes Gespräch aufs dringendste unterbrechend, wies man den überlästigen Kumpan samt seinem Kasten und seiner schwarzen Bestie aus der Tür.

In voller Seelenangst machte er sich zu dem Verkäufer des Kästleins und wollte ihm den kleinen Satan für einen niedern Preis wieder aufdringen. Aber der Mann war schläfrig, ließ sich auf die ganze Verhandlung gar nicht recht ein und meinte endlich, wenn die häßliche Flasche durchaus wieder an ihren ersten Herrn solle, möge er damit zu der Buhldirne Lukrezia gehn; die habe ihm dieses Ding samt anderm Spieltande verkauft. Ihn aber möge er ruhig schlafen lassen.

»Ach du lieber Gott«, seufzte Reichard recht innerlich, »wer doch auch so ruhig schlafen könnte!« Während er über einen großen Platz hinlief, um nach Lukrezien's Wohnung zu gelangen, war es ihm ganz eigentlich, als renne jemand in der Nacht raschelnd hinter ihm drein und packe ihn bisweilen ordentlich am Kragen. Entsetzt kam er durch eine von sonst ihm wohlbekannte Hintertür in Lukrezien's Gemach. Die garstige Schöne saß noch bei einem lustigen Abendessen mit zwei fremden Buhlen auf. Man schalt erst über den unbescheidnen Krämer. Dann kauften ihm die Buhlen seinen Kram für die Courtisane fast leer, die ihn dabei wohl erkannte und ihn in einem fort auslachte. Das Galgenmännlein aber wollte niemand kaufen. Als er es wiederholt anbot, sagte Lukrezia: »Pfui! Hinaus mit dem garstigen Dinge! Ich hab's schon gehabt und mich tagelang dran geekelt. Darum verkauft ich's auch für einige Groschen einem ähnlichen Lump als diesem, der mir's selber für einen Dukaten anschwatzte.« –

»Um deines eignen zeitlichen Glückes willen«, schrie der junge Kaufherr beängstigt, »du weißt nicht, was du von dir stößest, Lukrezia, zu zornige, schöne Dirne. Laß mich nur fünf Minuten allein mit dir sprechen, und du kaufst mir das Fläschlein gewißlich ab.«

Sie trat mit ihm ein wenig abseits, und er offenbarte ihr das ganze seltsamliche Geheimnis vom Galgenmännlein. Da aber fing sie erst recht heftig zu schreien und zu schelten an. »Willst du mich noch zum Narren haben, du liederlicher Bettelmann?« rief sie. »Wenn es wahr wäre, hättest du dir gewiß was Besseres vom Satan erwünscht als diesen Kasten und diesen Riemen. Pack dich hinaus! Und ob du gleich lügst, will ich dich dennoch als einen Zauberer und Hexenmeister angeben. Da sollst du wegen deiner dummen Prahlereien verbrannt werden.«

Damit fielen noch die beiden Buhler, um sich ihrer Dirne gefällig zu erweisen, über den bestürzten jungen Gesellen her und stießen ihn die Treppe hinunter, so daß er im Grimm über diese Schmach und in der Angst, als Hexenmeister verbrannt zu werden, nur eilte, alsbald aus der Stadt Venezia fortzukommen. Am folgenden Mittage hatte er auch deren Gebiet schon hinter sich, worauf er sie denn als die Ursacherin alles seines Unheils von der Grenze aus zu verfluchen begann.

Das Galgenmännlein sah ihm dabei aus der Tasche, und als er es in seinem heftigen Gestikulieren unversehens erwischte, rief er aus: »Nun gut, du nichtsnutziger Kerl; nun sollst du mir dennoch nutzen, und zwar eben dazu, dich desto geschwinder loszuwerden!«

Und sofort wünschte er sich wieder eine ungeheure Menge Geld, noch viel mehr als das letztemal, und schlich nun, die schweren Taschen mühsam haltend, nach der nächsten Stadt hinein. Hier kaufte er einen glänzenden Wagen, mietete Lakaien und eilte nun in Pomp und Wohlleben der großen Hauptstadt Roma zu, überzeugt, sein Galgenmännlein dorten ohne Zweifel gut loszuwerden unter dem Gewirre so vieler Menschen von den verschiedensten Wünschen und Sitten. Sooft er indes Dukaten ausgab, ließ er sie sich von dem Galgenmännlein gleich wieder zurückzahlen, damit er nach des Fläschleins Verkauf seine ganze Summe noch immer unversehrt beisammen habe. Ihm schien dies ein billiger Lohn für die Angst, welche er ausstand; denn nicht genug, daß sich ihm fast in jeder Nacht der häßliche, schwarze Mann aus jenem ersten Traume wieder verwandelnd an die Brust legte; – er sah auch wachenden Mutes das Galgenmännlein immer so toll vergnügt in der Flasche umhertanzen, als habe es nun seine Beute gewiß und freue sich der bald gänzlich abgelaufenen Dienstzeit.

Kaum nun, daß ihn sein Reichtum und seine Verschwendung in die vornehmsten Gesellschaften der Stadt Roma eingeführt hatte, ließ ihm auch ein stets waches Entsetzen keine Zeit, schickliche Gelegenheiten zum Verkauf des Galgenmännleins abzuwarten. Ohne Unterschied bot er es jedem Menschen, den er sprach, für drei Groschen deutschen Geldes an und ward bald, als ein wunderlicher Toller, das Gelächter aller Leute. Geld macht wohl Mut und gibt Freunde. Er war auch allerwärts mit seinem Reichtum recht gern gesehn; sobald er aber von seinem Fläschlein und den drei Groschen deutschen Geldes zu sprechen anfing, nickte man ihm höflich zu und machte sich gleich darauf lächelnd von ihm los, weshalb er oftmals zu sagen pflegte: »Des Teufels möchte man darüber werden; nur daß man es leider halb und halb schon ist.«

Es ergriff ihn endlich eine solche Verzweiflung, daß er es in der schönen Stadt Roma nicht mehr aushalten konnte und den Entschluß faßte, sein Heil einmal im Kriege zu versuchen, ob er da des Galgenmännleins nicht ledig werden könne. Er hörte, daß zwei kleine italische Landschaften miteinander im Kampfe lägen, und bereitete sich ernstlich, zu einer von beiden Parten zu stoßen. Mit einem schönen, goldverzierten Küraß, einem prächtigen Federhute, zwei auserlesenen leichten Jagdbüchsen, einem trefflichen, spiegelblanken Schwerte und zwei zierlichen Dolchen versehen, ritt er auf einem großen spanischen Hengste aus den Toren, drei gut bewehrte Diener auf tüchtigen Rossen hinter sich.

Wie möchte ein so wohlgerüsteter Kriegsmann, und der noch dazu erbötig ist, ohne Sold zu dienen, nicht gern von jeglichem Reiterhauptmann aufgenommen sein? Der wackre Reichard sah sich unverzüglich einer wackern Schar beigesellt und lebte eine Zeitlang im Lager so vergnügt, bei Trunk und Spiel, als es ihm seine große innre Beängstigung wegen des Galgenmännleins zuließ und die bösen Träume, die ihn allnächtlich verfolgten. Durch sein Ergehen zu Rom gewitzigt, nahm er sich nun wohl in acht, die böse Ware so gar zudringlich anzubieten. Vielmehr hatte er noch keinem seiner Kameraden davon gesagt, um recht unversehens, wie im Scherz, einen desto leichtern Handel zu schließen.

Da knatterten eines schönen Morgens einzelne Schüsse aus den nahen Bergen. Die Kriegsleute, welche eben mit Reichard würfelten, horchten auf; alsbald auch schmetterten die Trompeten, zum Aufsitzen blasend, durch das Lager. Nun ging es rasch auf die Pferde, rasch im geordneten Haufen trabend nach der Ebene an den Füßen der Berge zu. Droben sah man schon das Fußvolk beider Parteien in Dampf und Rauch; auf der Ebene stellten sich feindliche Reiter. Dem Reichard ward ganz lustig zumute, wie sein spanischer Hengst unter ihm wieherte und sprang, seine Waffen freudig zusammenrasselten, die Führer riefen, die Trompeter bliesen. Ein feindlicher Reitertrupp machte sich gegen sie vor, um, schien es, den Aufmarsch zu hindern, zog sich aber vor der Übermacht zurück, und Reichard samt seinen treuen Dienern waren nicht die letzten, welche ihm nachjagten, sehr erfreut im Gefühl, die Verfolgenden und Gefürchteten zu sein. Da pfiff es mit einem Male wunderlich in der Luft über ihre Köpfe hin. Die Pferde stutzten; es pfiff zum zweiten Male, und ein Reiter wälzte sich mit seinem Roß, von der Falkonettkugel schwer getroffen, im Blute. Nun meinte Reichard: »Beim großen Haufen ist es besser«, und wollte eben dahin reiten, als zu seinem Erstaunen der große Haufe schon dicht hinter ihm war, im Begriff, den Falkonettkugeln noch näher zu reiten. Eine Weile trabte der gute junge Gesell noch mit, aber als es rechts und links neben ihm mit vielen Kugeln in die Wiese schlug und zugleich die feindlichen Reiter mit blanken Klingen in zahlreichen Scharen herantrabten, dachte er: »Ei, wie hab ich doch töricht gehandelt, mich hierher zu begeben! Auf diese Weise bin ich doch dem Tode noch viel näher als im Krankenbette, und erreicht mich eine von diesen vermaledeiten, pfeifenden Bestien, bin ich des Galgenmännleins und seines Luzifers Beute auf ewig.« – Und kaum noch hatt er es ausgedacht, so war der spanische Hengst auch schon herumgeworfen, und es ging im unbändigsten Jagen rückwärts nach einem nicht weit entlegenen Walde zu.

Unter den hohen Bäumen hin spornte er sein Roß so lange wild umher, ohne Weg und Steg, bis es endlich in Erschöpfung stille stand. Da stieg auch er ermattet herunter, schnallte sich Küraß und Wehrgehenke, dem Pferde Hauptgestell und Sattel los und sagte, indem er sich lang in das Gras streckte: »Ei, wie so wenig schicke ich mich doch zum Soldaten, am mindesten mit dem Galgenmännlein in der Tasche!« – Er wollte nun überlegen, was weiter für ihn anzufangen sei, fiel aber dabei in einen tiefen Schlaf.

Nach wohl mehreren Stunden ruhigen Schlummers drang es wie ein Geflüster von Menschenstimmen und Geräusch von Menschentritten in sein Ohr. Er senkte sich aber, auf dem kühlen Platze behaglich liegend, absichtlich noch immer tiefer in seine Schlaftrunkenheit hinein und wollte von dem Geräusche nicht eher etwas wissen, bis eine Stimme donnernd auf ihn hineinschrie: »Bist du schon tot, Sackermenter? Sag's nur gleich, daß man nicht unnötig seinen Schuß Pulver verplatzt.« – Aufblickend sah der unsanft erweckte Gesell eine gespannte Muskete auf seiner Brust. Der sie hielt, war ein grämlicher Fußknecht, deren andre umherstanden, die sich bereits seiner Waffen wie auch seines Pferdes und Mantelsackes bemächtigt hatten. Er bat um Gnade und schrie unverzüglich in höchster Seelenangst: wenn man ihn absolut totschießen wolle, möge man ihm mindestens vorher das Fläschlein in seiner rechten Wamstasche abkaufen. – »Dummer Gesell«, lachte einer von den Fußknechten, »abkaufen will ich's dir nicht, abnehmen aber sonder allen Zweifel.« Und damit hatte er das Galgenmännlein bereits erwischt und in seinen Busen gesteckt. »In Gottes Namen!« sagte Reichard dazu. »Wenn du die Bestie nur behalten kannst. Aber ungekauft bleibt sie nicht bei dir.« Die Kriegsknechte lachten und zogen mit Roß und Sachen fort, ohne sich um den, welchen sie für einen Halbverrückten hielten, weiter zu bekümmern. Er aber suchte in seinen Taschen und fand das leidige Galgenmännlein richtig wieder darin. Da rief er ihnen nach und zeigte das Fläschlein. Erstaunt griff der, welcher es ihm genommen hatte, in den Busen, und da er es nicht fand, lief er zurück, es sich von neuem zu holen. – »Ich sage dir ja«, sprach der Reichard betrübt, »es bleibt nicht auf solche Weise bei dir. Wende doch nur die wenigen Groschen daran.« – »Ja, Taschenspieler!« lachte der Soldat; »auf die Manier sollst du mir nichts von meinem wohlerworbenen Eigentume losnarrieren.« Und den andern nachlaufend, behielt er das Fläschlein achtsam in der Hand. Plötzlich aber stand er still und rief: »Tausend! da ist es mir ja dennoch fortgeglitscht.« Während er nun im Grase suchte, rief ihm Reichard zu: »Komm doch nur her. Es steckt ja schon wieder in meiner Tasche!« – Weil es nun der Kriegsmann also befand, bekam er erst rechte Lust zu dem spaßhaften Dinge, das sich – wie es gewöhnlich tat, wenn es verhandelt ward – höchst lustig und freudenvoll erwies, denn freilich rückte es durch einen solchen Aktus dem Ende seiner Dienstzeit immer näher. – Die geforderten drei Groschen schienen aber dem Fußknecht zuviel, worauf Reichard ungeduldig sagte: »Nun, Geizhals, wenn du so willst; mir kann es schon recht sein. Gib mir denn einen Groschen und nimm dein erkauftes Gut.« Da ward der Handel geschlossen, das Geld gezahlt, der kleine Satanas überliefert. – Während die Kriegsleute noch stehn blieben, das Ding betrachtend und belachend, überlegte Reichard sein künftiges Geschick. Mit leichtem Herzen stand er nun da, aber auch mit leichten Taschen und ohne Aussicht auf irgendeinen guten Erwerb; denn zu der Reiterschar, wo noch seine Diener mit Waffen und Pferden waren und vielem Gelde, traute er sich nicht zurück. Teils schämte er sich seiner schändlichen Flucht, teils auch dachte er gar, man würde ihn dort nach militärischem Recht als einen Ausreißer erschießen. Da fiel es ihm ein, ob er nicht gleich mit den gegenwärtigen Fußknechten zu ihrer Schar gehen wolle. Aus ihren Reden hatte er wohl abgenommen, daß sie der andern Partei dienten, wo ihn niemand wiedererkennen mochte, und das Leben an eine gute Beute zu wagen, fühlte er sich jetzt, des Galgenmännleins und aller Barschaft ledig, trotz jenes unglücklichen Kriegsanfanges, ziemlich aufgelegt. Er gab seinem Verlangen Worte, man schlug ein, und er ging mit den neuen Kameraden nach ihrem Lager heim.

Der Hauptmann machte eben nicht viel Umstände, einen schlanken, kräftig gewachsenen Burschen, wie der Reichard war, einzustellen, und er lebte nun als Fußknecht sein Leben eine ganze Zeitlang fort. Dabei ward ihm aber oftmals trübselig zumute. Seit dem letzten Gefecht standen die Heere einander untätig gegenüber, weil zwischen beiden Staaten unterhandelt ward. Da gab es nun freilich keine Todesgefahr, aber auch ebensowenig Gelegenheit zum Beutemachen und Plündern. Man mußte still und friedlich im Lager leben von dem schwachen Sold und den ebenso schmal ausgeteilten Eßwaren. Dazu kam, daß die mehrsten Fußknechte sich in der vergangnen Kriegszeit reich gestohlen hatten, und Reichard, der einst so verwöhnte junge Kaufherr, fast der einzige unter königlich Lebenden war, der sich gleichsam als ein Bettler behelfen mußte. Natürlich ward er eines solchen Lebens gar bald überdrüssig, und als er einstmals seinen geringen Monatssold in der Hand wog – zu wenig, davon vergnügt zu leben, zu viel, um gar nichts damit zu versuchen –, beschloß er, in das Marketenderzelt zu gehn, es in Probe stellend, ob nicht die Würfel ihm günstiger sein würden als bishero Handel und Krieg.

Das Spiel nahm seinen gewöhnlichen buntscheckigen Gang: jetzo gewonnen, nächstens verloren, und währte so bis tief in die Nacht hinein, wobei auch nicht wenig getrunken ward. Endlich aber schlugen sich alle Würfe gegen den halb berauschten Reichard um; seine Löhnung war verspielt, und es wollte ihm niemand auch nur auf einen Heller Kredit mehr geben. Da suchte er in allen Taschen umher, ja, als er nirgends etwas fand, zuletzt in seiner Patrontasche, wo er aber auch nichts antraf, als eben die Patronen. Diese nun zog er hervor und bot sie den Spielenden zum Satz an; sie wurden gehalten, und eben, als schon die Würfel rollten, sah der berauschte Reichard erst, daß ihm derselbe Soldat den Satz halte, der ihm früher das Galgenmännlein abgekauft hatte und vermöge dessen wohl zweifelsohn gewinnen mußte. Er wollte Halt! rufen, aber die Würfel lagen schon und hatten zu seines Gegners Vorteil entschieden. Fluchend ging er aus der Gesellschaft in der dunkeln Nacht zu seinem Zelte zurück. Ein Kamerad, der gleichfalls sein Geld verspielt hatte, aber nüchterner geblieben war als er, faßte ihn unter den Arm. Dieser fragte ihn unterwegens, ob er denn auch noch vorrätige Patronen in seinem Zelte habe? – »Nein«, rief der ergrimmte Reichard; »hätt ich des Zeuges noch, holt ich mir's wohl zum weitern Spiel.« – »Ja«, sagte der Kamerad, »so mußt du machen, daß du neue kaufst, denn kommt der Kommissar zur Musterung und findet gar keine Patronen bei einem besoldeten Fußknecht, so läßt er einen solchen erschießen.« – »Donnerwetter! das wäre dumm«, fluchte Reichard. »Ich hab nicht Patronen, nicht Geld.« – »Ei«, entgegnete der Kamerad, »vor künftigem Monat kommt auch der

Kommissarius wohl nicht.« – »Ho, dann ist's gut«, dachte der Reichard, »gegen des krieg ich wieder Sold und kaufe mir Patronen nach Herzenslust.« Damit sagten sich die beiden gute Nacht, und Reichard begann seinen Rausch auszuschlafen.

Er hatte aber noch nicht lange gelegen, da rief der Korporal vor dem Zelte: »He! Morgen gibt's Musterung; mit Anbruch des Tages wird der Kommissar im Lager sein.« – Da war dem Reichard sein Schlaf gar plötzlich abgeschüttelt. Die Patronen wirrten ihm durch den noch halb trunknen Sinn. Er fragte ängstlich bei den Zeltkameraden umher, ob ihm niemand welche leihen wolle oder auf Borg verkaufen? Die aber schalten ihn einen nachtschwärmerischen Trunkenbold und wiesen ihn auf seine Streu zurück. In der größten Angst, am Morgen wegen der Patronen erschossen zu werden, suchte er in all seinen Kleidungsstücken nach Geld umher, konnte aber dessen nicht mehr als fünf Heller finden. Damit lief er nun ungewissen Trittes in der finstern Nacht von Zelt zu Zelt und wollte Patronen kaufen. Einige lachten, andre schimpften, niemand aber gab ihm auch nur Antwort auf sein Begehr. Endlich kam er zu einem Zelte, woraus ihm die Stimme des Soldaten entgegenfluchte, der ihm gestern die Patronen abgewonnen hatte. – »Kamerad«, schrie Reichard beweglich, »du mußt mir helfen oder niemand. Du hast mir gestern alles abgenommen, mich früher auch schon einmal plündern helfen. Findet nun morgen der Kommissarius keine Patronen bei mir, so läßt er mich erschießen. Dann bist du an all meinem Elend schuld. Drum schenke mir welche, oder borge mir welche, oder verkaufe mir welche.« – »Schenken und borgen hab ich verschworen«, entgegnete der Fußknecht, »aber um nur Ruhe vor dir zu kriegen, will ich dir Patronen verkaufen. Wieviel Geld hast du denn noch?« – »Fünf Heller nur«, antwortete Reichard trübselig. – »Nun«, sagte der Soldat, »auf daß du sehen magst, ich sei ein kameradschaftlicher Kerl: da hast du fünf Patronen für deine fünf Heller, aber nun lege dich aufs Ohr und laß mich und das ganze Lager zufrieden.« Er reichte ihm die Patronen zum Zelte heraus, Reichard ihm das Geld hinein und schlief alsdann auf die ausgestandene Angst ruhig bis gegen Morgen.

Die Musterung ward gehalten, Reichard kam mit seinen fünf Patronen durch; gegen Mittag fuhr der Kommissarius ab, und die

Fußknechte rückten wieder ins Lager. Aber die Sonne brannte ganz unerträglich durch die Zeltleinewand, Reichards Kameraden gingen in das Marketenderzelt, er selbst blieb mit leeren Taschen bei einem Stück Kommißbrot sitzen, vom gestrigen Rausche und der heutigen Anstrengung matt und krank. »Ei«, seufzte er, »hätte ich doch nur jetzo einen von all den Dukaten, die ich ehemals in so gar törichtem Mute verschwendete!« – Und kaum noch hatt er 's ausgewünscht, da lag ein schöner, blanker Dukaten in seiner linken Hand. Ein Gedanke an das Galgenmännlein schoß ihm durch den Sinn, alle Freude verbitternd, so er über das gewichtige Goldstück empfand. Da trat eben der Kamerad, welcher ihm zur Nacht die Patronen abgelassen hatte, unruhig ins Gezelt. »Freund«, sagte er, »das Fläschlein mit dem kleinen Schwarzgaukler – du weißt ja wohl, ich erkaufte es damals im Walde von dir – ist mir fortgekommen. Hab ich es dir vielleicht unversehens für eine Patrone mitgegeben? In Papier hatt ich es auch eingewickelt, und bei meinen Patronen lag es.« Reichard suchte ängstlich in seiner Patronentasche, und beim ersten Papierloswickeln bekam er den furchtbaren Diener im schmalen Gläslein in die Hand. »Nun, das ist gut«, sagte der Soldat. »Ich hätte das Ding ungern gemißt, so widerwärtig es auch aussieht; mir ist immer, als brächt es mir ganz absonderliches Glück im Spiel. Da, Kamerad, nimm deinen Heller wieder und gib mir die Kreatur.« Eiligst willfahrete Reichard diesem Begehren, und der Fußknecht eilte vergnügt nach dem Marketenderzelt.

Aber dem armen Reichard ward abscheulich zumute, seitdem er das Galgenmännlein nur wiedergesehen, ja es sogar in Händen gehabt und mit sich herumgetragen hatte. Aus jeder Falte seines Zeltes, dachte er, müsse es ihn angrinzen und ihn vielleicht gar unversehens im Schlaf erdrosseln. Den herbeigewünschten Dukaten warf er ängstlich von sich, sosehr er auch einer Labung bedürftig gewesen wäre, und endlich trieb ihn die Furcht, das Galgenmännlein könne sich in solcher Nähe wieder bei ihm einnisten, gar aus dem Lager fort, trieb ihn dem einbrechenden Abend entgegen, in die dichtesten Waldschatten hinein, wo er, von Schrecken und Müdigkeit erschöpft, an einer wüsten Stätte niedersank. »O mir!« seufzte er lechzend, »nur eine Feldflasche mit Wasser, auf daß ich nicht verschmachten möchte.« Und eine

Feldflasche mit Wasser stand neben ihm. Erst nachdem er begierig einige Züge daraus getan, forschte er, woher sie auch komme. Da trat ihm das Galgenmännlein wieder vor den Sinn; ängstlich faßte er in seine Taschen, und das Fläschlein dort fühlend, sank er, von Entsetzen aufgelöst, in einen ohnmächtigen Schlaf zurück.

Währenddessen besuchte ihn der sonst gewöhnliche, gräßliche Traum, wie sich das Galgenmännlein lang und immer länger aus der Flasche ziehe und sich grinzend an seine Brust lege. Er wollte wohl dawider sprechen, dieweil es nicht ihm mehr angehöre, aber das Galgenmännlein sagte, hohl zurücklachend: »Hast mich ja für 'nen Heller gekauft; mußt mich ja nun für wen'ger verkaufen; gilt ja sonsten der Handel nicht.«

Da fuhr er mit kaltem Entsetzen in die Höh und glaubte wieder den Schatten zu sehn, der sich in seine Tasche nach dem Fläschlein zog. Halb toll schleuderte er dieses einen nahen Felssturz hinab, fühlte es aber gleich darauf wieder in seiner Tasche. – »O weh, o weh!« schrie er laut durch den nächtlichen Wald; »einst war das meine Lust, mein Hort, daß es immer wieder zu mir kam, aus den Wellen, aus der Tiefe zurück; nun ist eben das mein Jammer, ach wohl mein ewiger Jammer!« – Und zu laufen begann er durch das schwarze Gebüsch, rannte gegen Baum und Gestein in der Finsternis an und hörte auf jeden Schritt das Fläschlein in seiner Tasche klingen.

Mit Tagesanbruch gelangte er auf eine frische, lustig angebaute Ebene hinaus. Ihm ward ganz wehmütig ums Herz, und er fing an zu hoffen, all das tolle Zeug könne wohl nur ein wahnwitziger Traum sein; vielleicht finde er das Glas in seiner Taschen als ein andres, ganz gewöhnliches. Es herausziehend, hielt er es gegen die Morgensonne. Ach Gott, da tanzte das schwarze Teuflein zwischen ihm und dem freundlichen Licht; ordentlich die kleinen, mißgestalteten Arme wie Zangen nach ihm ausbreitend. Mit einem lauten Schrei ließ er 's fallen, um es gleich darauf wieder in der Tasche klirren zu hören. – Vor allem lag ihm nun einzig daran, eine Münze unter Hellerswert zu erfragen, er konnte aber deren nirgends eine auftreiben, so daß ihm jegliche Hoffnung zum Verkaufe des abscheulichen Knechtes schwand, der nun bald sein Herr zu werden drohete. Heischen wollte er von dem

Gräßlichen nichts mehr, zu jedweder Unternehmung nahm die entsetzliche Angst ihm so Kraft als Besinnung, und so bettelte er sich denn durch das Land Italia auf und nieder. Weil er nun so höchst verstört aussah und dabei immer nach halben Hellern fragte, hielt man ihn allerorten für verrückt und hieß ihn nur den tollen Halbheller, unter welchem Namen er bald weit und breit bekannt ward.

Man sagt, es fliegen bisweilen die Geier den Rehen oder anderm jungen Gewild in den Nacken und hetzen so das arme Tierlein, welches in seinem geängsteten Lauf den häßlichen, beißigen Feind mit sich umherträgt durch Wald und Geklüft. Auf eine ähnliche Weise erging es dem armen Reichard mit seinem Satansgaukler in der Taschen, und weil es gar zu kläglich und erbarmungswert war, wie er sich damit abquälte, will ich euch von dem Leid seiner langen, hülflosen Flucht nichts mehr erzählen, wohl aber, was ihm nach mehrern Monden auf derselben begegnete.

Er hatte sich nämlich eines Tages inmitten wilder Gebirge verirrt und saß nun still und betrübt neben einem kleinen Wässerlein, das, durch verwachsenes Gesträuch heruntersickernd, gleichsam mitleidig zu seiner Erquickung herzudringen schien. Da hallte ein gewaltiger Rossestritt über des Bodens felsiges Gestein, und auf einem hohen, schwarzen, wild aussehenden Pferde reitend kam ein sehr großer Mann, äußerst häßlichen Antlitzes, in ganz blutroten, prächtigen Kleidern, gegen die Stelle hervor, wo Reichard saß. – »Was so betrübt, Gesell?« redete er den innerlich erbebenden, Unheil ahnenden Jüngling an. »Ich sollte meinen, du seist ein Kaufmann. Hast du etwa zu teuer eingekauft?« –

»Ach nein, zu wohlfeil vielmehr«; entgegnete Reichard mit leiser, zitternder Stimme. –

»So kommt es mir auch vor, mein lieber Kaufherr!« schrie der Reiter mit einem entsetzlichen Lachen. – »Und hast du etwan so ein Dinglein zu verkaufen, das man Galgenmännlein heißt? Oder irr ich mich, wenn ich dich für den verrufnen, tollen Halbheller ansehe?«

Kaum vermochte der arme junge Bursche ein leises: »Ja, der bin ich« über seine bleichen Lippen zu bringen, mit jedem Augenblicke erwartend, daß sich des Reiters Mantel zu bluttriefenden Fittichen gestalte, seinem Hengst ein nächtlich schwarzes Schwunggefieder, von Höllengluten durchblitzt, hervorsprosse und es im Fluge fortgehe mit ihm Unseligen zu dem Wohnsitz ewiger Qual.

Aber der Reiter sagte mit etwas gemilderter Stimme und weniger gräßlichen Gebärden: »Ich merke schon, für wen du mich ansiehst. Doch sei getrost, ich bin es nicht. Vielmehr mag ich dich vielleicht von ihm erlösen, denn ich suche dich schon seit vielen Tagen auf, um dir dein Galgenmännlein abzukaufen. Freilich hast du vermaledeit wenig dafür gegeben, und ich selbsten weiß keine geringere Münze aufzutreiben. Aber höre zu und folge mir. Auf der andern Seite der Berge wohnt ein Fürst, ein junger, lockerer Bursche. Dem hetz ich morgen ein gräßliches Untier auf den Hals, sobald ich ihn von seinem Jagdgefolge werde fortgelockt haben. Harre du hier bis Mitternacht und geh alsdann – eben wenn der Mond ob jenem Felsenzacken steht – mäßigen Schrittes die finstre Kluft zur Linken entlang. Verweile dich nicht, eile dich nicht, und du kommst eben zur Stelle, wenn das Untier den Fürsten unter seinen Tatzen hat. Greif es nur furchtlos an, es muß dir weichen und sich vor dir das schroffe Meerufer hinunterstürzen. Dann begehre vom dankbaren Fürsten, daß er dir ein paar Halbheller schlagen lasse, wechsle mir zwei aus, und für einen davon wird das Galgenmännlein mein.«

So sprach der gräßliche Reiter, und ohne Antwort abzuwarten, ritt er in die Büsche langsam hinein.

»Wo find ich dich aber, wenn ich die Halbheller habe?« schrie Reichard ihm nach.

»Am Schwarzbrunnen!« rief der Reiter zurück. »Jede Kindermuhme hier kann dir sagen, wo der liegt.«

Und mit langsamen, aber weitausgreifenden Schritten trug das häßliche Roß seine häßliche Bürde fort.

Für einen, der so gut als alles verspielt hat, gibt es kein Wagestück mehr, deshalben sich auch der Reichard in seiner betrübten Verzweiflung entschloß, dem Ratschlage des furchtbaren Reiters Folge zu leisten.

Die Nacht brach ein, der Mond stieg auf und stellte sich endlich rotfunkelnd über den bezeichneten Felsenzacken hin. Da erhob sich zitternd der bleiche Wandersmann und schritt in die dunkle Kluft hinein. Freudlos und dunkel sah es drinnen aus, nur selten vermochte ein Mondenstrahl über die hohen Klippen zu beiden Seiten hereinzusehn, auch dunstete es in dem eingeengten Orte wie Grabesgeruch, sonsten aber ließ sich nichts Unheimliches verspüren. Der Reichard fühlte sich auf diese Weise zum Weilen nicht verlockt, eher zum Eilen, aber auch dies unterließ er, des Reiters Weisung getreu und entschlossen, nichts durch seine Schuld von dem Fädlein reißen zu lassen, welches ihn an Licht und Hoffnung noch anknüpfe.

Nach mehrern Stunden funkelten einige rote Morgenlichtlein auf seinen dunkeln Weg, frische tröstende Lüfte hauchten seinem Antlitz entgegen. Aber eben, als er aus dem tiefen Pfade hervorstieg und sich an der frischen Waldgegend ergötzen wollte und am blauen Geflimmer des Meeres, das sich unfern von ihm ausdehnte, störte ihn ein ängstliches Geschrei. Umblickend sah er, wie ein abscheuliches Tier einen jungen Mann im reichen Jägerkleide am Boden liegend unter sich hatte. Des Reichards erste Bewegung war wohl, zur Hülfe zu eilen; nur als er die Bestie recht ins Auge faßte und sah, daß sie einem ungeheuern, griesgrämischen Affen gleichsah, der noch überdem ein gewaltiges Hirschgeweih auf dem Kopfe trug, verließ ihn aller Mut, und er stand im Begriff, dem jämmerlichen Hülfsgeschrei des Gefällten ungeachtet, wieder in seine Kluft zurückzukriechen. Da fiel es ihm erst recht wieder ein, was der Reiter gesagt hatte. Von der Angst vor ewigem Verderben getrieben, lief er mit seinem Knotenstock auf das Affen-Ungeheuer zu. Dieses wiegte eben den Jäger in seinen Vordertatzen, es schien, um ihn emporzuschleudern und dann mit dem Geweihe aufzufangen. Als sich aber Reichard nur eben nahte, ließ es seine Beute fallen und lief mit einem häßlichen Gepfeif und Gekrächz davon, der keck gewordne Reichard ihm nach, bis es vom hohen Meeresstrand hinunterstürzte, ihm noch ein abscheuliches Gesicht zufletschend und dann unter den Wellen verschwindend.

Nun ging der junge Gesell triumphierend zu dem erretteten Jägersmann zurück, der sich ihm auch nach Erwarten als regierender Fürst dieser Gegend kundgab, seinen Schützer für einen gar freisamen Helden ausschreiend und ihn bittend, er möge nur dreist irgendeinen Lohn von ihm fordern, so hoch er in seinen Kräften stehe.

»Ja?« fragte der Reichard hoffnungsvoll, »ist das Euer Ernst? Und wollt Ihr mir bei Eurer fürstlichen Ehre nach Vermögen zu dem verhelfen, darum ich Euch bitten werde?«

Der Fürst bejahte es abermals aufs freudigste und zuversichtlichste.

»Nun denn«, rief Reichard inbrünstig flehend aus, »so laßt mir doch um Gottes willen ein paar Halbheller gültiger Münze schlagen, wenn's auch nicht mehr als zweie sind.«

Während ihn der Fürst noch voll Erstaunen ansah, waren einige seines Gefolges herbeigekommen, denen er alles Vorgefallne erzählte und von welchen einer alsbald in Reichard den wahnsinnigen Halbheller, den er schon sonst gesehn, wiedererkannte.

Da fing der Fürst an zu lachen, und der arme Reichard umschlang beängstigt seine Knie, schwörend, es sei um ihn getan, ohne die Halbheller.

Der Fürst aber entgegnete, noch immer lachend: »Stehe nur auf, Gesell, du hast mein Fürstenwort, und wenn du darauf bestehst, laß ich dir Halbheller schlagen, soviel du Lust hast. Sind dir aber Drittelheller ebenso lieb, so braucht's keiner Münzerei deswegen, denn die Grenznachbaren behaupten, meine Landesheller wären so leicht, daß dreie davon auf einen andern gewöhnlichen gingen.«

»Wenn das nur gewiß ist«, sagte der Reichard zweifelnd.

»Ei«, entgegnete der Fürst, »du würdest der erste sein, dem sie allzugut schienen. Sollte es dir aber dennoch begegnen, so gebe ich hiermit mein feierlichstes Wort, dir noch schlechtere schlagen zu lassen, vorausgesetzt, daß es möglich ist.«

Und damit hieß er dem Reichard durch einen Bedienten einen ganzen Säckel Landesheller geben. Der lief damit, wie gejagt, nach der nahen Grenze und ward ein so froher Mensch, als er seit langen Zeiten nicht gewesen war, da man ihm im ersten Wirtshause des benachbarten Landes nur ungern und zögernd einen gewöhnlichen Heller für drei fürstliche gab, die er zur Probe verwechselte.

Nun fragte er auch sogleich dem Schwarzbrunnen nach, aber

einige Kinder, die in der Gaststube spielten, liefen darüber schreiend hinaus. Der Wirt belehrte ihn, selbst nicht ohne Schaudern, dies sei gar ein verrufener Ort, von dem viele böse Geister in das Land ausgehen sollten und den wenige Menschen mit Augen gesehn hätten. Das wisse er wohl: der Eingang dahin sei unweit von hier, eine Höhle mit zwei dürren Cypressen davor, und man solle nicht des Weges verfehlen können, wenn man da hineingehe, wovor aber Gott ihn und alle treue Christenmenschen bewahren wolle!

Da ward dem Reichard freilich wieder sehr ängstlich zumut, aber gewagt mußte es doch einmal sein, und er machte sich also auf den Weg. Schon von weitem her sah ihn die Höhle sehr schwarz und grauenvoll an; es war, als seien die beiden Cypressen aus Schreck über den häßlichen Schlund verdorrt, welcher dem Näherkommenden ein ganz wunderliches Gestein in seinem Schoße zeigte. Es sah wie lauter verzerrte, langbärtige Fratzengesichter aus, deren einige sogar Ähnlichkeit hatten mit jenem Affenmonstrum am Meeresstrande. Und wenn man denn recht hinsah, war es doch wieder nur bloßes vielgezacktes und vielzerspaltenes Felsgeäder. Zitternd trat der arme Gesell unter die Larven hinein. Das Galgenmännlein in seiner Tasche ward so schwer, als wolle es ihn zurückziehn. Aber eben dadurch wuchs sein Mut; »denn«, dachte er, »was der nicht will, muß ich just wollen.« Auch legte sich tiefer in der Höhle eine so dichte Finsternis über seine Augen, daß er bald von den Schreckgestalten nichts mehr gewahr ward. Nun fühlte er nur höchst vorsichtig mit einem Stecken vor sich hin, um nicht etwa in unbekannte Abgründe zu stürzen, fand aber nichts als eben[en], feinbemoosten Boden, und wäre nicht bisweilen ein wunderliches Pfeifen und Krächzen durch die Höhle gegangen, er hätte sich alles Entsetzens erwehrt.

Endlich gelangte er hinaus. Ein wüster Bergkessel schloß ihn von allen Seiten ein. Zur Seite sah er das große, furchtbare Schwarzroß seines Handelsmannes, wie es unangebunden, mit hochgehaltenem Kopfe, ohne zu weiden oder sich sonsten zu regen, gleich einer erzenen Bildsäule dastand. Gegenüber quoll ein Born aus dem Felsen, darin sich der Reiter Kopf und Hände wusch. Aber die böse Flut war schwarz wie Tinte und färbte auch so ab; denn als sich der riesige Mann nach Reichard umkehrte, war sein häßliches Antlitz ganz mohrenfarb, welches auf eine schreckliche Weise gegen den reichen roten Kleiderputz abstach. »Zittre nicht, junger Bursch«, sagte der Furchtbare. »Das ist eine von den Zeremonien, die ich dem Teufel zu Gefallen tun muß. Alle Freitag muß ich mich hier so waschen, zu Trutz und Hohn dem, den Ihr Euren lieben Schöpfer nennt. So muß ich auch immer den Purpur meines roten Kleides, sooft ich ein neues brauche, mit einer bösen Zahl von Tropfen meines eignen Blutes mischen – wovon er denn freilich eben die wunderprächtige Farbe bekommt – und was der lästigen Bedingungen mehr sind. Noch obenein habe ich mich ihm mit Leib und Seele so fest verschrieben, daß an gar keine mögliche Lösung zu denken ist. Und weißt du, was mir der Knauser dafür gibt? Hunderttausend Goldstücke des Jahrs. Damit kann ich nicht auskommen und will mir deshalben dein Galgenmännlein kaufen, welches ich auch schon dem alten Geizhals zum Possen tue. Denn schau, meine Seele hat er ohnehin, und nun kommt das Teuflein in der Flasche dermaleinst ohne allen Gewinst in die Hölle, nach seiner langen Dienstzeit, zurück. Da soll der grimme Drache recht fluchen.« Und zu lachen begann er, daß die Felsen schallten und selbst das sonsten regungslose schwarze Roß ordentlich zusammenfuhr.

»Nun«, fragte er, sich wieder zu Reichard wendend, »bringst du Halbheller, Gesell?«

»Ich bin Eur Gesell nicht«, entgegnete Reichard, halb verzagt, halb trotzig, indem er seinen Säckel öffnete.

»Ach, nur nicht so vornehm getan«, schrie der riesige Handelsmann. »Wer hetzte dem Fürsten das Monstrum zu, damit du siegen konntest?«

»Es wär all der Spuk nicht nötig gewesen«, sagte Reichard, und erzählte, wie der Fürst schon ganz von selbsten nicht nur Halbheller schlage, sondern sogar Drittelsheller.

Der rote Mann schien verdrießlich darüber, daß er sich nun unnötig die Mühe mit dem Ungeheuer gegeben hatte. Dennoch wechselte er sich drei schlechte Heller gegen einen guten ein, gab dem Reichard einen von jenen und empfing dagegen das Galgenmännlein, welches ganz schwer aus der Tasche ging und am Boden des Glases verdrossen und traurig zusammengekrümmt lag.

Des lachte der Käufer wieder gewaltig und schrie: »Kann dir doch alles nichts helfen, Satan; nur Gold her, soviel mein Schwarzroß irgend neben mir tragen kann.« Alsbald auch ächzte das ungeheure Tier unter einer gewaltigen Goldbürde. Doch nahm es noch seinen Herrn auf und schritt alsdann, einer Fliege ähnlich, welche die Wand hinaufgeht, an dem senkrechten Felsen grade empor, aber doch mit so abscheulichen Bewegungen und Verrenkungen, daß Reichard nur schnell in die Höhle zurückfloh, um nichts mehr davon zu sehn.

Erst als er an der andern Seite des Berges wieder herausgekommen und eine große Strecke von dem Schlunde fortgelaufen war, drang das ganze frohe Gefühl der Befreiung durch sein Gemüt. Er fühlte es in seinem Herzen, daß er die frühern großen Fehle abgebüßt habe und ihm fortan kein Galgenmännlein mehr angehören könne. Ins hohe Gras legte er sich vor Freuden, streichelte die Blumen und warf der Sonne Kußhände zu. Sein ganzes heitres Herz von sonsther war wieder in ihm lebendig, nicht aber zugleich der ehemalige freche Leichtsinn und Frevelmut. Obwohl er sich jetzt mit ziemlichem Rechte rühmen konnte, den Teufel selbsten betrogen zu haben, rühmte er sich dennoch dessen nicht. Vielmehr richtete er seine ganze verjüngte Kraft darauf, wie er forthin auf eine fromme, ehrenwerte und freudige Art in der Welt leben möge. Das gelang ihm denn auch so wohl, daß er nach einigen Jahren tüchtiger Arbeit als ein wohlhabender Kaufherr in die lieben deutschen Lande zurückkehren konnte, wo er sich ein Weib nahm und oftmals in seinem gesegneten Greisenalter Enkeln und Urenkeln die Mär von dem verfluchten Galgenmännlein zu nutzreicher Warnung vorerzählte.

DAS GRAB DER VÄTER

Einem jungen Bauersmann in Norwegen soll einmal folgende Geschichte begegnet sein. Er liebte ein schönes Mädchen, die einzige Tochter eines reichen Nachbarn, und ward von ihr geliebt, aber die Armut des Werbers machte alle Hoffnung auf nähere Verbindung zunichte. Denn der Brautvater wollte seine Tochter nur einem solchen geben, der schuldenfreien Hof und Herde aufzuweisen habe, und weil der arme junge Mensch weit davon entfernt war, half es ihm zu nichts, daß er von einem der uralten Heldenväter des Landes abstammte, obzwar niemand einen Zweifel an dieser rühmlichen Geschlechtstafel hegte. Seiner Ahnen erster und größter sollte auch in einem Hügel begraben sein, den alle Landleute unfern der Küste zu zeigen wußten. Auf diesen Hügel pflegte sich denn der betrübte Jüngling oftmals in seinem Leide zu setzen und dem begrabnen Altvordern vorzuklagen, wie schlecht es ihm gehe, ohne daß der Bewohner des Hügels auf diesen kleinen Jammer Rücksicht zu nehmen schien. Meist hatten auch die zwei Liebenden ihre verstohlnen Zusammenkünfte dort, und so geschah es, daß einstmals der Vater des Mädchens den einzig gangbaren steilen Pfad zum Hügel von ohngefähr heraufgegangen kam, indes die beiden oben saßen. Eine tödliche Angst befiel die Jungfrau, ihr Liebhaber faßte sie in seine starken Arme und versuchte, von der andern Seite das Gestein herabzuklimmen. Da standen sie aber plötzlich, auf glattem Rasen am schroffen Hange, fest, sie hörten schon die Tritte des Vaters über sich, der sie auf diese Weise unfehlbar erblicken mußte, schon fühlten sich beide von Angst und Schwindel versucht, die jähe Tiefe und den Standkreis hinabzustürzen – da gewahrten sie nahe bei sich einer kleinen Öffnung und schlüpften hinein, und schlüpften immer tiefer in die Dunkelheit, immer noch voll Angst vor dem Bemerktwerden, bis endlich das Mädchen erschrocken aufschrie: »Mein Gott, wir sind ja in einem Grabe!« – Da sahe auch der junge Normann erst um sich und bemerkte, daß sie in einer länglichen Kammer von gemauerten Steinen standen, wo sich inmitten etwas erhub wie ein großer Sarg. Je mehr aber die Finsternis vor den sich gewohnenden Augen abnahm, je deutlicher konnte man auch sehn, daß die Masse in der Mitte kein Sarg war, sondern ein uralter Nachen, wie man sie mit Seehelden an den nordischen Küsten vor Zeiten einzugraben pflegte. Auf den Nachen saß, dicht am Steuer, in aufrechter Stellung, eine hohe Gestalt, die sie erst für ein geschnitztes Bild ansahen. Als aber der junge Mensch, dreist geworden, hinaufstieg, nahm er wahr, daß es eine Rüstung von riesenmäßiger Größe sei. Der Helm war geschlossen, in den rechten Panzerhandschuh war ein gewaltiges bloßes Schwert mit dem goldnen Griffe hineingeklemmt. Die Braut rief wohl ihrem Liebhaber ängstlich zu, herabzukommen, aber in einer seltsam wachsenden Zuversicht riß er das Schwert aus der beerzten Hand. Da rasselten die mürben Knochen, auf denen die Waffen sich noch erhielten, zusammen, der Harnisch schlug auf den Boden des Nachens lang hin, der entsetzte Jüngling den Bord hinunter zu den Füßen seiner Braut. Beide flüchteten, uneingedenk jeder anderen Gefahr, aus der Höhle den Hügel mit Anstrengung aller Kräfte wieder hinauf, und oben wurden sie erst gewahr, daß ein ungeheurer Regenguß wütete, welcher den Vater von da vertrieben hatte und zugleich mit solcher Gewalt Steine und Sand nach der schaurigen Öffnung hinabzuwälzen begann, daß solche vor ihren Augen verschüttet ward und man auch nachher nie wieder hat da hinein finden können. Der junge Mensch aber hatte das Schwert seines Ahnen mit herausgebracht. Er ließ mit der Zeit den goldnen Griff einschmelzen und ward so reich davon, daß ihm der Brautvater seine Geliebte ohne Bedenken antrauen ließ. Mit der ungeheuren Klinge aber wußten sie nichts Bessers anzufangen, als daß sie Wirtschafts- und andere Gerätschaften, soviel sich tun ließ, daraus schmieden ließen.

DER UNENTSCHIEDENE WETTSTREIT

Unlängst vor dem Ausbruch des siebenjährigen Krieges lernten ein preußischer und österreichischer Offizier im Bade zu Karlsbad einander kennen und liebgewinnen. Sie waren beide jung, dienten beide in der Reiterei, und durch gleiche Lust an Kriegsübungen und Pferden schlossen sie sich immer fester zusammen. Man sah sie selten ohne einander, bisweilen aber auch in lebhaftem Streit; denn jeder hielt das Exerzier-Reglement des Heeres, zu dem er gehörte, für das bestmöglichste in der Welt und verteidigte es als solches gegen seinen Freund, wobei denn das Gespräch gewöhnlich von beiden Seiten mit den Worten schloß: nun, wenn es einmal Ernst würde, sollte sich's bald ausweisen! – Dergleichen kleine Zwistigkeiten schienen jedoch die gegenseitige Freundschaft nur zu erhöhen, und man schied mit herzlicher Liebe voneinander, sich den schon früher sich zugetrunkenen Brudernamen noch vielfach mit den besten Wünschen aus der Ferne zurufend.

Bald hernach ward es Ernst, wie sie so oft vorahnend gesagt hatten. In der Schlacht bei Lowositz jubelte Wilhelm – so wollen wir den Preußen nennen – als der erste Kavallerieangriff seine Behauptungen zu rechtfertigen schien. Die österreichische Reiterei stutzte und wandte um, die Preußen hieben jubelnd nach, und Wilhelm ward seines österreichischen Freundes Joseph wohl ansichtig, wie er, der letzte unter den Flüchtlingen, oftmals mit zürnender Miene und geschwungenem Pallasch nach den Verfolgern zurückschaute. – »Heda, Herr Bruder, wer hatte recht?« schrie ihm der freudige Wilhelm nach, und Joseph blickte ernst nach ihm um und nickte drohend mit dem Kopfe. Nicht lange mehr, da wandte sich das Glück. Eine Batterie, welche in die Flanke der Preußen schoß, brachte diese zum Stutzen, bald darauf ein vermehrtes Kanonenfeuer sie zum Umdrehen, und die Kaiserlichen Reiter, schnell gesammelt, hieben ihrerseits den Flüchtigen nach. – »Schaut's der Herr Bruder?« rief Joseph nun wieder. »Wer zuletzt lacht, lacht am besten!«

Die preußischen Reiter sammelten sich im Schutze ihres Fußvolks und begannen einen zweiten Angriff. Jetzt aber trafen die beiden Freunde ernstlicher zusammen. Hieb um Hieb wechselten sie, und von beiden Seiten sammelte sich ein dichtes Gedräng braver Kriegsmänner um die tapfern Führer. Als dieses endlich auseinander stäubte, lagen Wilhelm und Joseph, von gegenseitigen Wunden gefällt, sterbend beieinander am Boden. Joseph richtete sich matt empor, sahe seinen Freund lächelnd an und fragte: »Was meint der Herr Bruder nun?« – Wilhelm streckte die Hand nach ihm aus und entgegnete: »Daß wir beide recht hatten, Herr Bruder, wir sind alle zusammen brave Kerls und gute Reiter.« – »Recht so, Herr Bruder«, sagte Joseph: »Lauter wackeres deutsches Volk und ehrliche Christen von Herzensgrund. Schlaf der Herr Bruder ein mit Gott, denn mich bedünkt, es sei am Letzten.« Damit machte er über sich und seinen Freund das Zeichen des Kreuzes, und beide taten für immer die Augen zu.

UNDINE

Eine Erzählung

ZUEIGNUNG

zur zweiten Auflage [1814]

Undine, liebes Bildchen du,
  Seit ich zuerst aus alten Kunden
  Dein seltsam Leuchten aufgefunden,
Wie sangst du oft mein Herz in Ruh!

Wie schmiegtest du dich an mich lind,
  Und wolltest alle deine Klagen
  Ganz sacht nur in das Ohr mir sagen,
Ein halb verwöhnt, halb scheues Kind.

Doch meine Zither tönte nach
  Aus ihrer goldbezognen Pforte
  Jedwedes deiner leisen Worte,
Bis fern man davon hört' und sprach.

Und manch ein Herz gewann dich lieb,
  Trotz deinem launisch dunklen Wesen,
  Und viele mochten gerne lesen
Ein Büchlein, das von dir ich schrieb.

Heut wollen sie nun allzumal
  Die Kunde wiederum vernehmen.
  Darfst dich, Undinchen, gar nicht schämen;
Nein, tritt vertraulich in den Saal.

Grüß sittig jeden edlen Herrn,
  Doch grüß vor allen mit Vertrauen
  Die lieben, schönen deutschen Frauen;
Ich weiß, die haben dich recht gern.

Und fragt dann eine wohl nach mir,
  So sprich: »Er ist ein treuer Ritter,
  Und dient den Fraun mit Schwert und Zither
Bei Tanz und Mahl, Fest und Turnier.«

Erstes Kapitel

Wie der Ritter zu dem Fischer kam

Es mögen nun wohl schon viele hundert Jahre her sein, da gab es einmal einen alten guten Fischer, der saß eines schönen Abends vor der Tür und flickte seine Netze. Er wohnte aber in einer überaus anmutigen Gegend. Der grüne Boden, worauf seine Hütte gebaut war, streckte sich weit in einen großen Landsee hinaus, und es schien ebensowohl, die Erdzunge habe sich aus Liebe zu der bläulich klaren, wunderhellen Flut in diese hineingedrängt, als auch, das Wasser habe mit verliebten Armen nach der schönen Aue gegriffen, nach ihren hochschwankenden Gräsern und Blumen und nach dem erquicklichen Schatten ihrer Bäume. Eins ging bei dem andern zu Gaste, und eben deshalb war jegliches so schön. Von Menschen freilich war an dieser hübschen Stelle wenig oder gar nichts anzutreffen, den Fischer und seine Hausleute ausgenommen. Denn hinter der Erdzunge lag ein sehr wilder Wald, den die mehrsten Leute wegen seiner Finsternis und Unwegsamkeit, wie auch wegen der wundersamen Kreaturen und Gaukeleien, die man darin antreffen sollte, allzusehr scheueten, um sich ohne Not hineinzubegeben. Der alte fromme Fischer jedoch durchschritt ihn ohne Anfechtung zu vielen Malen, wenn er die köstlichen Fische, die er auf seiner schönen Landzunge fing, nach einer großen Stadt trug, welche nicht sehr weit hinter dem großen Walde lag. Es ward ihm wohl mehrenteils deswegen so leicht, durch den Forst zu ziehn, weil er fast keine andre als fromme Gedanken hegte und noch außerdem jedesmal, wenn er die verrufenen Schatten betrat, ein geistliches Lied aus heller Kehle und aufrichtigem Herzen anzustimmen gewohnt war.

Da er nun an diesem Abende ganz arglos bei den Netzen saß, kam ihn doch ein unversehener Schrecken an, als er es im Waldesdunkel rauschen hörte, wie Roß und Mann, und sich das Geräusch immer näher nach der Landzunge herauszog. Was er in manchen stürmigen Nächten von den Geheimnissen des Forstes geträumt hatte, zuckte ihm nun auf einmal durch den Sinn, vor allem das Bild eines riesenmäßig langen, schneeweißen Mannes, der unaufhörlich auf eine seltsame Art mit dem Kopfe nickte. Ja, als er die Augen nach dem Walde aufhob, kam es ihm ganz eigentlich vor, als sehe er durch das Laubgegitter den nikkenden Mann hervorkommen. Er nahm sich aber bald zusammen, erwägend, wie ihm doch niemals in dem Walde selbsten was Bedenkliches widerfahren sei und also auf der freien Landzunge der böse Geist wohl noch minder Gewalt über ihn ausüben dürfe. Zugleich betete er recht kräftiglich einen biblischen Spruch laut aus dem Herzen heraus, wodurch ihm der kecke Mut auch zurückekam und er fast lachend sah, wie sehr er sich geirrt hatte. Der weiße, nickende Mann ward nämlich urplötzlich zu einem ihm längst wohlbekannten Bächlein, das schäumend aus dem Forste hervorrann und sich in den Landsee ergoß. Wer aber das Geräusch verursacht hatte, war ein schön geschmückter Ritter, der zu Roß durch den Baumschatten gegen die Hütte vorgeritten kam. Ein scharlachroter Mantel hing ihm über sein veilchenblaues goldgesticktes Wams herab; von dem goldfarbigen Barette wallten rote und veilchenblaue Federn, am goldnen Wehrgehenke blitzte ein ausnehmend schönes und reichverziertes Schwert. Der weiße Hengst, der den Ritter trug, war schlankeren Baues, als man es sonst bei Streitrossen zu sehen gewohnt ist, und trat so leicht über den Rasen hin, daß dieser grünbunte Teppich auch nicht die mindeste Verletzung davon zu empfangen schien. Dem alten Fischer war es noch immer nicht ganz geheuer zumut, obwohl er einzusehn meinte, daß von einer so holden Erscheinung nichts Übles zu befahren sei, weshalb er auch seinen Hut ganz sittig vor dem näherkommenden Herrn abzog und gelassen bei seinen Netzen verblieb. Da hielt der Ritter stille und fragte, ob er wohl mit seinem Pferde auf diese Nacht hier Unterkommen und Pflege finden könne? – »Was Euer Pferd betrifft, lieber Herr«, entgegnete der Fischer, »so weiß ich ihm keinen bessern Stall anzuweisen als diese beschattete Wiese und kein besseres Futter als das Gras, welches darauf wächst. Euch selbst aber will ich gerne in meinem kleinen Hause mit Abendbrot und Nachtlager bewirten, so gut es unsereiner hat.« – Der Ritter war damit ganz wohl zufrieden, er stieg von seinem Rosse, welches die beiden gemeinschaftlich losgürteten und loszügelten, und ließ es alsdann auf den blumigen Anger hinlaufen, zu seinem Wirte sprechend: »Hätt ich Euch auch minder gastlich und wohlmeinend gefunden, mein lieber alter Fischer, Ihr wäret mich dennoch wohl für heute nicht wieder losgeworden, denn, wie ich sehe, liegt vor uns ein breiter See, und mit sinkendem Abende in den wunderlichen Wald zurückzureiten, davor bewahre mich der liebe Gott!« – »Wir wollen nicht allzuviel davon reden«, sagte der Fischer und führte seinen Gast in die Hütte.

Drinnen saß bei dem Herde, von welchem aus ein spärliches Feuer die dämmernde, reinliche Stube erhellte, auf einem großen Stuhle des Fischers betagte Frau; beim Eintritte des vornehmen Gastes stand sie freundlich grüßend auf, setzte sich aber an ihren Ehrenplatz wieder hin, ohne diesen dem Fremdling anzubieten, wobei der Fischer lächelnd sagte: »Ihr müßt es ihr nicht verübeln, junger Herr, daß sie Euch den bequemsten Stuhl im Hause nicht abtritt; das ist so Sitte bei armen Leuten, daß der den Alten ganz ausschließlich gehört.« – »Ei, Mann«, sagte die Frau mit ruhigem Lächeln, »wo denkst du auch hin? Unser Gast wird doch zu den Christenmenschen gehören, und wie könnte es alsdann dem lieben jungen Blut einfallen, alte Leute von ihren Sitzen zu verjagen?« – »Setzt Euch, mein junger Herr«, fuhr sie, gegen den Ritter gewandt, fort; »es steht dorten noch ein recht artiges Sesselein, nur müßt Ihr nicht allzu ungestüm damit hin und her rutschen, denn das eine Bein ist nicht allzu feste mehr.« – Der Ritter holte den Sessel achtsam herbei, ließ sich freundlich darauf nieder, und es war ihm zumute, als sei er mit diesem kleinen Haushalt verwandt und eben jetzt aus der Ferne dahin heimgekehrt.

Die drei guten Leute fingen an, höchst freundlich und vertraulich miteinander zu sprechen. Vom Walde, nach welchem sich der Ritter einige Male erkundigte, wollte der alte Mann freilich nicht viel wissen; am wenigsten, meinte er, passe sich das Reden davon jetzt in der einbrechenden Nacht; aber von ihrer Wirtschaft und sonstigem Treiben erzählten die beiden Eheleute desto mehr und hörten auch gerne zu, als ihnen der Rittersmann von seinen Reisen vorsprach und daß er eine Burg an den Quellen der Donau habe und Herr Huldbrand von Ringstetten geheißen sei. Mitten durch das Gespräch hatte der Fremde schon bisweilen ein Plätschern am niedrigen Fensterlein vernommen, als sprütze jemand Wasser dagegen. Der Alte runzelte bei diesem Geräusche jedesmal zufrieden die Stirn; als aber endlich ein ganzer Guß gegen die Scheiben flog und durch den schlechtverwahrten Rahmen in die Stube hereinsprudelte, stand er unwillig auf und rief drohend nach dem Fenster hin: »Undine! Wirst du endlich einmal die Kindereien lassen. Und ist noch obenein heute ein fremder Herr bei uns in der Hütte.« – Es ward auch draußen stille, nur ein leises Gekicher ließ sich noch vernehmen, und der Fischer sagte, zurückkommend: »Das müßt Ihr nun schon zugute halten, mein ehrenwerter Gast, und vielleicht noch manche Ungezogenheit mehr, aber sie meint es nicht böse. Es ist nämlich unsere Pflegetochter Undine, die sich das kindische Wesen gar nicht abgewöhnen will, ob sie gleich bereits in ihr achtzehntes Jahr gehen mag. Aber wie gesagt, im Grunde ist sie doch von ganzem Herzen gut.« – »Du kannst wohl sprechen!« entgegnete kopfschüttelnd die Alte. »Wenn du so vom Fischfang heimkommst oder von der Reise, da mag es mit ihren Schäkereien ganz was Artiges sein. Aber sie den ganzen Tag lang auf dem Halse haben und kein kluges Wort hören und, statt bei wachsendem Alter Hülfe im Haushalte zu finden, immer nur dafür sorgen müssen, daß uns ihre Torheiten nicht vollends zugrunde richten – da ist es gar ein andres, und die heilige Geduld selbsten würd es am Ende satt.« – »Nun, nun«, lächelte der Hausherr, »du hast es mit Undinen und ich mit dem See. Reißt mir der doch auch oftmals meine Dämme und Netze durch, aber ich hab ihn dennoch gern und du mit allem Kreuz und Elend das zierliche Kindlein auch. Nicht wahr?« – »Ganz böse kann man ihr eben nicht werden«, sagte die Alte und lächelte beifällig.

Da flog die Tür auf, und ein wunderschönes Blondchen schlüpfte lachend herein und sagte: »Ihr habt mich nur gefoppt, Vater; wo ist denn nun Euer Gast?« – Selben Augenblicks aber ward sie auch den Ritter gewahr und blieb staunend vor dem schönen Jünglinge stehn. Huldbrand ergötzte sich an der holden Gestalt und wollte sich die lieblichen Züge recht achtsam einprägen, weil er meinte, nur ihre Überraschung lasse ihm Zeit dazu, und sie werde sich bald nachher in zwiefacher Blödigkeit vor seinen Blicken abwenden. Es kam aber ganz anders. Denn als sie ihn nun recht lange angesehen hatte, trat sie zutraulich näher, kniete vor ihm nieder und sagte, mit einem goldnen Schaupfennige, den er an einer reichen Kette auf der Brust trug, spielend: »Ei du schöner, du freundlicher Gast, wie bist du denn endlich in unsre arme Hütte gekommen? Mußtest du denn jahrelang in der Welt herumstreifen, bevor du dich auch einmal zu uns fandest? Kommst du aus dem wüsten Walde, du schöner Freund?« – Die scheltende Alte ließ ihm zur Antwort keine Zeit. Sie ermahnte das Mädchen, fein sittig aufzustehen und sich an ihre Arbeit zu begeben. Undine aber zog, ohne zu antworten, eine kleine Fußbank neben Huldbrands Stuhl, setzte sich mit ihrem Gewebe darauf nieder und sagte freundlich: »Hier will ich arbeiten.« Der alte Mann tat, wie Eltern mit verzognen Kindern zu tun pflegen. Er stellte sich, als merkte er von Undines Unart nichts, und wollte von etwas anderm anfangen. Aber das Mädchen ließ ihn nicht dazu. Sie sagte: »Woher unser holder Gast kommt, habe ich ihn gefragt, und er hat mir noch nicht geantwortet.« – »Aus dem Walde komme ich, du schönes Bildchen«, entgegnete Huldbrand, und sie sprach weiter: »So mußt du mir erzählen, wie du da hineinkamst, denn die Menschen scheuen ihn sonst, und was für wunderliche Abenteuer du darinnen erlebt hast, weil es doch ohne dergleichen dorten nicht abgehn soll.« – Huldbrand empfand einen kleinen Schauer bei dieser Erinnerung und blickte unwillkürlich nach dem Fenster, weil es ihm zumute war, als müsse eine von den seltsamlichen Gestalten, die ihm im Forste begegnet waren, von dort hereingrinzen; er sah nichts als die tiefe, schwarze Nacht, die nun bereits draußen vor den Scheiben lag. Da nahm er sich zusammen und wollte eben seine Geschichte anfangen, als ihn der Alte mit den Worten unterbrach: »Nicht also, Herr Ritter; zu dergleichen ist es jetzund keine gute Zeit.« – Undine aber sprang zornmütig von ihrem Bänkchen auf, setzte die schönen Arme in die Seiten und rief, sich dicht vor den Fischer hinstellend: »Er soll nicht erzählen, Vater? Er soll nicht? Ich aber will's; er soll! Er soll doch!« – Und damit trat das zierliche Füßchen heftig gegen den Boden, aber das alles mit solch einem drollig anmutigen Anstande, daß Huldbrand jetzt in ihrem Zorn fast weniger noch die Augen von ihr wegbringen konnte als vorher in ihrer Freundlichkeit. Bei dem Alten hingegen brach der zurückgehaltene Unwillen in volle Flammen aus. Er schalt heftig auf Undines Ungehorsam und unsittiges Betragen gegen den Fremden, und die gute alte Frau stimmte mit ein. Da sagte Undine: »Wenn ihr zanken wollt und nicht tun, was ich haben will, so schlaft allein in eurer alten räuchrigen Hütte!« – Und wie ein Pfeil war sie aus der Tür und flüchtigen Laufes in die finstere Nacht hinaus.

Zweites Kapitel

Auf welche Weise Undine zu dem Fischer gekommen war

Huldbrand und der Fischer sprangen von ihren Sitzen und wollten dem zürnenden Mädchen nach. Ehe sie aber an die Hüttentür gelangten, war Undine schon lange in dem wolkigen Dunkel draußen verschwunden, und auch kein Geräusch ihrer leichten Füße verriet, wohin sie ihren Lauf wohl gerichtet haben könne. Huldbrand sah fragend nach seinem Wirte; fast kam es ihm vor, als sei die ganze liebliche Erscheinung, die so schnell in die Nacht wieder untergetaucht war, nichts andres gewesen als eine Fortsetzung der wunderlichen Gebilde, die früher im Forste ihr loses Spiel mit ihm getrieben hatten, aber der alte Mann murmelte in seinen Bart: »Es ist nicht das erstemal, daß sie es uns also macht. Nun hat man die Angst auf dem Herzen und den Schlaf aus den Augen für die ganze Nacht; denn wer weiß, ob sie nicht dennoch einmal Schaden nimmt, wenn sie so draußen im Dunkel allein ist bis an das Morgenrot.« – »So laßt uns ihr doch nach, Vater, um Gott!« rief Huldbrand ängstlich aus. Der Alte erwiderte: »Wozu das? Es wär ein sündlich Werk, ließ ich Euch in Nacht und Einsamkeit dem törichten Mädchen so ganz alleine folgen, und meine alten Beine holen den Springinsfeld nicht ein, wenn man auch wüßte, wohin sie gerannt ist.« – »Nun müssen wir ihr doch nachrufen mindestens und sie bitten, daß sie wiederkehrt«, sagte Huldbrand und begann auf das beweglichste zu rufen: »Undine! Ach Undine! Komm doch zurück!« – Der Alte wiegte sein Haupt hin und her, sprechend, all das Geschrei helfe am Ende zu nichts; der Ritter wisse noch nicht, wie trotzig die Kleine sei. Dabei aber konnte er es doch nicht unterlassen, öfters mit in die finstre Nacht hinauszurufen: »Undine! Ach liebe Undine! Ich bitte dich, komme doch nur dies eine Mal zurück.«

Es ging indessen, wie es der Fischer gesagt hatte. Keine Undine ließ sich hören oder sehn, und weil der Alte durchaus nicht zugeben wollte, daß Huldbrand der Entflohenen nachspürte, mußten sie endlich beide wieder in die Hütte gehen. Hier fanden sie das Feuer des Herdes beinahe erloschen, und die Hausfrau, die sich Undines Flucht und Gefahr bei weitem nicht so zu Herzen nahm als ihr Mann, war bereits zur Ruhe gegangen. Der Alte hauchte die Kohlen wieder an, legte trocknes Holz darauf und suchte bei der wieder auflodernden Flamme einen Krug mit Wein hervor, den er zwischen sich und seinen Gast stellte. – »Euch ist auch angst wegen des dummen Mädchens, Herr Ritter«, sagte er, »und wir wollen lieber einen Teil der Nacht verplaudern und vertrinken, als uns auf den Schilfmatten vergebens nach dem Schlafe herumwälzen. Nicht wahr?« – Huldbrand war gerne damit zufrieden, der Fischer nötigte ihn auf den ledigen Ehrenplatz der schlafengegangenen Hausfrau, und beide tranken und sprachen miteinander, wie es zwei wackern und zutraulichen Männern geziemt. Freilich, sooft sich vor den Fenstern das geringste regte oder auch bisweilen, wenn sich gar nichts regte, sah eines von beiden in die Höhe, sprechend: »Sie kommt.« – Dann wurden sie ein paar Augenblicke stille und fuhren nachher, da nichts erschien, kopfschüttelnd und seufzend in ihren Reden fort.

Weil aber nun beide an fast gar nichts andres zu denken vermochten als an Undinen, so wußten sie auch nichts Bessres, als, der Ritter, zu hören, welchergestalt Undine zu dem alten Fischer gekommen sei, der alte Fischer, ebendiese Geschichte zu erzählen. Deshalben hub er folgendermaßen an:

»Es sind nun wohl funfzehn Jahre vergangen, da zog ich einmal durch den wüsten Wald mit meiner Ware nach der Stadt. Meine Frau war daheim geblieben wie gewöhnlich; und solches zu der Zeit auch noch um einer gar hübschen Ursache willen, denn Gott hatte uns, in unserm damals schon ziemlich hohen Alter, ein wunderschönes Kindlein beschert. Es war ein Mägdlein, und die Rede ging bereits unter uns, ob wir nicht, dem neuen Ankömmlinge zu Frommen, unsre schöne Landzunge verlassen wollten, um die liebe Himmelsgabe künftig an bewohnbaren Orten besser aufzuziehen. Es ist freilich bei armen Leuten nicht so damit, wie Ihr es meinen mögt, Herr Ritter; aber, lieber Gott! jedermann muß doch einmal tun, was er vermag. – Nun, mir ging unterwegs die Geschichte ziemlich im Kopfe herum. Diese Landzunge war mir so im Herzen lieb, und ich fuhr ordentlich zusammen, wenn ich unter dem Lärm und Gezänke in der Stadt bei mir selbsten denken mußte: in solcher Wirtschaft nimmst auch du nun mit nächstem deinen Wohnsitz oder doch in einer nicht viel stillern! – Dabei aber hab ich nicht gegen unsern lieben Herrgott gemurret, vielmehr ihm im stillen für das Neugeborne gedankt; ich müßte auch lügen, wenn ich sagen wollte, mir wäre auf dem Hin- oder Rückwege durch den Wald irgend etwas Bedenklicheres aufgestoßen als sonst, wie ich denn nie etwas Unheimliches dorten gesehn habe. Der Herr war immer mit mir in den verwunderlichen Schatten.«

Da zog er sein Mützchen von dem kahlen Schädel und blieb eine Zeitlang in betenden Gedanken sitzen. Dann bedeckte er sich wieder und sprach fort:

»Diesseits des Waldes, ach diesseits, da zog mir das Elend entgegen. Meine Frau kam gegangen mit strömenden Augen wie zwei Bäche; sie hatte Trauerkleider angelegt. ›O lieber Gott‹, ächzte ich, ›wo ist unser liebes Kind? Sag an.‹ – ›Bei dem, den du rufest, lieber Mann‹, entgegnete sie, und wir gingen nun stillweinend miteinander in die Hütte. Ich suchte nach der kleinen Leiche; da erfuhr ich erst, wie alles gekommen war. Am Seeufer hatte meine Frau mit dem Kinde gesessen, und wie sie so recht sorglos und selig mit ihm spielt, bückt sich die Kleine auf einmal vor, als sähe sie etwas ganz Wunderschönes im Wasser; meine Frau sieht sie noch lachen, den lieben Engel, und mit den Händchen greifen; aber im Augenblick schießt sie ihr durch die rasche Bewegung aus den Armen und in den feuchten Spiegel hinunter. Ich habe viel gesucht nach der kleinen Toten; es war zu nichts; auch keine Spur von ihr war zu finden. –

Nun, wir verwaisten Eltern saßen denn noch selbigen Abends still beisammen in der Hütte, zu reden hatte keiner Lust von uns, wenn man es auch gekonnt hätte vor Tränen. Wir sahen so in das

Feuer des Herdes hinein. Da raschelt was draußen an der Tür; sie springt auf, und ein wunderschönes Mägdlein von etwa drei, vier Jahren steht reich geputzt auf der Schwelle und lächelt uns an. Wir blieben ganz stumm vor Erstaunen, und ich wußte erst nicht, war es ein ordentlicher, kleiner Mensch, war es bloß ein gaukelhaftes Bildnis. Da sah ich aber das Wasser von den goldnen Haaren und den reichen Kleidern herabtröpfeln und merkte nun wohl, das schöne Kindlein habe im Wasser gelegen, und Hilfe tue ihm not. – ›Frau‹, sagte ich, ›uns hat niemand unser liebes Kind erretten können; wir wollen doch wenigstens an andern Leuten tun, was uns selig auf Erden machen würde, vermöchte es jemand an uns zu tun.‹ – Wir zogen die Kleine aus, brachten sie zu Bett und reichten ihr wärmende Getränke, wobei sie kein Wort sprach und uns bloß aus den beiden seeblauen Augenhimmeln immerfort lächelnd anstarrte.

Des andern Morgens ließ sich wohl abnehmen, daß sie keinen weitern Schaden genommen hatte, und ich fragte nun nach ihren Eltern und wie sie hierhergekommen sei. Das aber gab eine verworrene, wundersamliche Geschichte. Von weit her muß sie wohl gebürtig sein, denn nicht nur, daß ich diese funfzehn Jahre her nichts von ihrer Herkunft erforschen konnte, so sprach und spricht sie auch bisweilen so absonderliche Dinge, daß unsereins nicht weiß, ob sie am Ende nicht gar vom Monde heruntergekommen sein könnte. Da ist die Rede von goldnen Schlössern, von kristallnen Dächern und Gott weiß, wovon noch mehr. Was sie am deutlichsten erzählte, war, sie sei mit ihrer Mutter auf dem großen See spazierengefahren, aus der Barke ins Wasser gefallen und habe ihre Sinne erst hier unter den Bäumen wiedergefunden, wo ihr an dem lustigen Ufer recht behaglich zumute geworden sei.

Nun hatten wir noch eine große Bedenklichkeit und Sorge auf dem Herzen. Daß wir an der lieben Ertrunknen Stelle die Gefundne behalten und auferziehn wollten, war freilich sehr bald ausgemacht; aber wer konnte nun wissen, ob das Kind getauft sei oder nicht? Sie selber wußte darüber keine Auskunft zu geben. Daß sie eine Kreatur sei, zu Gottes Preis und Freude geschaffen, wisse sie wohl, antwortete sie uns mehrenteils, und was zu Gottes Preis und Freude gereicht, seie sie auch bereit, mit sich

49

vornehmen zu lassen. – Meine Frau und ich dachten so: ist sie nicht getauft, so gibt's da nichts zu zögern; ist sie es aber doch, so kann bei guten Dingen zuwenig eher schaden als zuviel. Und demzufolge sannen wir auf einen guten Namen für das Kind, das wir ohnehin noch nicht ordentlich zu rufen wußten. Wir meinten endlich, Dorothea werde sich am besten für sie schicken, weil ich einmal gehört hatte, das heiße Gottesgabe, und sie uns doch von Gott als eine Gabe zugesandt war, als ein Trost in unserm Elend. Sie hingegen wollte nichts davon hören und meinte, Undine sei sie von ihren Eltern genannt worden, Undine wolle sie auch ferner heißen. Nun kam mir das wie ein heidnischer Name vor, der in keinem Kalender stehe, und ich holte mir deshalb Rat bei einem Priester in der Stadt. Der wollte auch nichts von dem Undinen-Namen hören und kam auf mein vieles Bitten mit mir durch den verwunderlichen Wald zu Vollziehung der Taufhandlung hier herein in meine Hütte. Die Kleine stand so hübsch geschmückt und holdselig vor uns, daß dem Priester alsbald sein ganzes Herz vor ihr aufging, und sie wußte ihm so artig zu schmeicheln und mitunter so drollig zu trotzen, daß er sich endlich auf keinen der Gründe, die er gegen den Namen Undine vorrätig gehabt hatte, mehr besinnen konnte. Sie ward denn also Undine getauft und betrug sich während der heiligen Handlung außerordentlich sittig und anmutig, so wild und unstet sie auch übrigens immer war. Denn darin hat meine Frau ganz recht: was Tüchtiges haben wir mit ihr auszustehen gehabt. Wenn ich Euch erzählen sollte« –

Der Ritter unterbrach den Fischer, um ihn auf ein Geräusch, wie von gewaltig rauschenden Wasserfluten, aufmerksam zu machen, das er schon früher zwischen den Reden des Alten vernommen hatte und das nun mit wachsendem Ungestüm vor den Hüttenfenstern dahinströmte. Beide sprangen nach der Tür. Da sahen sie draußen im jetzt aufgegangnen Mondenlicht den Bach, der aus dem Walde hervorrann, wild über seine Ufer hinausgerissen und Steine und Holzstämme in reißenden Wirbeln mit sich fortschleudern. Der Sturm brach, wie von dem Getöse erweckt, aus den nächtigen Gewölken, diese pfeilschnell über den Mond hinjagend, hervor, der See heulte unter des Windes schlagenden Fittichen, die Bäume der Landzunge ächzten von Wurzel zu

Wipfel hinauf und beugten sich wie schwindelnd über die reißenden Gewässer: – »Undine! Um Gottes willen, Undine!« riefen die zwei beängstigten Männer. – Keine Antwort kam ihnen zurück, und achtlos nun jeglicher andern Erwägung rannten sie, suchend und rufend, einer hier-, der andre dorthin, aus der Hütte fort.

Drittes Kapitel

Wie sie Undinen wiederfanden

Dem Huldbrand ward es immer ängstlicher und verworrner zu Sinn, je länger er unter den nächtlichen Schatten suchte, ohne zu finden. Der Gedanke, Undine sei nur eine bloße Walderscheinung gewesen, bekam aufs neue Macht über ihn, ja er hätte unter dem Geheul der Wellen und Stürme, dem Krachen der Bäume, der gänzlichen Umgestaltung der kaum noch so still anmutigen Gegend die ganze Landzunge samt der Hütte und ihren Bewohnern fast für eine trügrisch neckende Bildung gehalten; aber von fern hörte er doch immer noch des Fischers ängstliches Rufen nach Undinen, der alten Hausfrau lautes Beten und Singen durch das Gebraus. Da kam er endlich dicht an des übergetretnen Baches Rand und sah im Mondenlicht, wie dieser seinen ungezähmten Lauf grade vor den unheimlichen Wald hin genommen hatte, so daß er nun die Erdspitze zur Insel machte. – O lieber Gott, dachte er bei sich selbst, wenn es Undine gewagt hätte, ein paar Schritte in den fürchterlichen Forst hinein zu tun; vielleicht eben in ihrem anmutigen Eigensinn, weil ich ihr nichts davon erzählen sollte – und nun wäre der Strom dazwischen gerollt, und sie weinte nun einsam drüben bei den Gespenstern! – Ein Schrei des Entsetzens entfuhr ihm, und er klomm einige Steine und umgestürzte Fichtenstämme hinab, um in den reißenden Strom zu treten und, watend oder schwimmend, die Verirrte drüben zu suchen. Es fiel ihm zwar alles Grausenvolle und Wunderliche ein, was ihm schon bei Tage unter den jetzt rauschenden und heulenden Zweigen begegnet war. Vorzüglich kam es ihm vor, als stehe ein langer weißer Mann, den er nur allzu gut kannte, grinzend und nickend am jenseitigen Ufer: aber eben diese ungeheuern

Bilder rissen ihn gewaltig nach sich hin, weil er bedachte, daß Undine in Todesängsten unter ihnen sei, und allein.

Schon hatte er einen starken Fichtenast ergriffen und stand, auf diesen gestützt, in den wirbelnden Fluten, gegen die er sich kaum aufrecht zu halten vermochte; aber er schritt getrosten Mutes tiefer hinein. Da rief es neben ihm mit anmutiger Stimme: »Trau nicht, trau nicht! Er ist tückisch, der Alte, der Strom!« – Er kannte diese lieblichen Laute, er stand wie betört unter den Schatten, die sich eben dunkel über den Mond gelegt hatten, und ihn schwindelte vor dem Gerolle der Wogen, die er pfeilschnell an seinen Schenkeln hinschießen sah. Dennoch wollte er nicht ablassen. – »Bist du nicht wirklich da, gaukelst du nur neblicht um mich her, so mag auch ich nicht leben und will ein Schatten werden wie du, du liebe, liebe Undine!« Dies rief er laut und schritt wieder tiefer in den Strom. – »Sieh dich doch um, ei sieh dich doch um, du schöner, betörter Jüngling!« so rief es abermals dicht bei ihm, und seitwärts blickend sah er im eben sich wieder enthüllenden Mondlicht, unter den Zweigen hochverschlungner Bäume, auf einer durch die Überschwemmung gebildeten kleinen Insel Undinen lächelnd und lieblich in die blühenden Gräser hingeschmiegt.

O wieviel freudiger brauchte nun der junge Mann seinen Fichtenast zum Stabe als vorhin! Mit wenigen Schritten war er durch die Flut, die zwischen ihm und dem Mägdlein hinstürmte, und neben ihr stand er auf der kleinen Rasenstelle, heimlich und sicher von den uralten Bäumen überrauscht und beschirmt. Undine hatte sich etwas emporgerichtet und schlang nun in dem grünen Laubgezelte ihre Arme um seinen Nacken, so daß sie ihn auf ihren weichen Sitz neben sich niederzog. – »Hier sollst du mir erzählen, hübscher Freund«, sagte sie leise flüsternd; »hier hören uns die grämlichen Alten nicht. Und so viel als ihre ärmliche Hütte ist doch hier unser Blätterdach wohl noch immer wert.« – »Es ist der Himmel!« sagte Huldbrand und umschlang inbrünstig küssend die schmeichelnde Schöne.

Da war unterdessen der alte Fischer an das Ufer des Stromes gekommen und rief zu den beiden jungen Leuten herüber: »Ei, Herr Ritter, ich habe Euch aufgenommen, wie es ein biederherziger Mann dem andern zu tun pflegt, und nun kost Ihr mit meinem Pflegekinde so heimlich und laßt mich noch obenein in der Angst nach ihr durch die Nacht umherlaufen.« – »Ich habe sie selbst erst eben jetzt gefunden, alter Vater«, rief ihm der Ritter zurück. »Desto besser«, sagte der Fischer, »aber nun bringt sie mir auch ohne Verzögern an das feste Land herüber.« Davon aber wollte Undine wieder gar nichts hören. Sie meinte, eher wolle sie mit dem schönen Fremden in den wilden Forst vollends hinein als wieder in die Hütte zurück, wo man ihr nicht ihren Willen tue und aus welcher der hübsche Ritter doch über kurz oder lang scheiden werde. Mit unsäglicher Anmut sang sie, Huldbranden umschlingend:

>»Aus dunst'gem Tal die Welle
> Sie rann und sucht' ihr Glück;
> Sie kam ins Meer zur Stelle,
> Und rinnt nicht mehr zurück.«

Der alte Fischer weinte bitterlich in ihr Lied, aber es schien sie nicht sonderlich zu rühren. Sie küßte und streichelte ihren Liebling, der endlich zu ihr sagte: »Undine, wenn dir des alten Mannes Jammer das Herz nicht trifft, so trifft er's mir. Wir wollen zurück zu ihm.« – Verwundert schlug sie die großen blauen Augen gegen ihn auf und sprach endlich langsam und zögernd: »Wenn du es so meinst – gut; mir ist alles recht, was du meinst. Aber versprechen muß mir der alte Mann da drüben, daß er dich ohne Widerrede will erzählen lassen, was du im Walde gesehn hast, und – nun das andre findet sich wohl.« – »Komm nur, komm!« rief der Fischer ihr zu, ohne mehr Worte herausbringen zu können. Zugleich streckte er seine Arme weit über die Flut ihr entgegen und nickte mit dem Kopfe, um ihr die Erfüllung ihrer Fordrung zuzusagen, wobei ihm die weißen Haare seltsam über das Gesicht herüberfielen und Huldbrand an den nickenden weißen Mann im Forste denken mußte. Ohne sich aber durch irgendetwas irremachen zu lassen, faßte der junge Rittersmann das schöne Mädchen in seine Arme und trug sie über den kleinen Raum, welchen der Strom zwischen ihrem Inselchen und dem festen Ufer durchbrauste. Der Alte fiel um Undines Hals und konnte sich gar nicht satt freuen und küssen; auch die alte Frau kam herbei und schmeichelte der Wiedergefundenen auf das herzlichste. Von Vorwürfen war gar nicht die Rede mehr, um so minder, da auch Undine, ihres Trotzes vergessend, die beiden Pflegeeltern mit anmutigen Worten und Liebkosungen fast überschüttete.

Als man endlich nach der Freude des Wiederhabens sich recht besann, blickte schon das Morgenrot leuchtend über den Landsee herein, der Sturm war stille geworden, die Vöglein sangen lustig auf den genäßten Zweigen. Weil nun Undine auf die Erzählung der verheißnen Geschichte des Ritters bestand, fügten sich die beiden Alten lächelnd und willig in ihr Begehr. Man brachte ein Frühstück unter die Bäume, welche hinter der Hütte gegen den See zu standen, und setzte sich, von Herzen vergnügt, dabei nieder, Undine, weil sie es durchaus nicht anders haben wollte, zu den Füßen des Ritters ins Gras. Hierauf begann Huldbrand folgendermaßen zu sprechen.

Viertes Kapitel

Von dem, was dem Ritter im Walde begegnet war

»Es mögen nun etwan acht Tage her sein, da ritt ich in die freie Reichsstadt ein, welche dort jenseit des Forstes gelegen ist. Bald darauf gab es darin ein schönes Turnieren und Ringelrennen, und ich schonte meinen Gaul und meine Lanze nicht. Als ich nun einmal an den Schranken still halte, um von der lustigen Arbeit zu rasten und den Helm an einen meiner Knappen zurückreiche, fällt mir ein wunderschönes Frauenbild in die Augen, das im allerherrlichsten Schmuck auf einem der Altane stand und zusah. Ich fragte meinen Nachbar und erfuhr, die reizende Jungfrau heiße Bertalda und sei die Pflegetochter eines der mächtigen Herzoge, die in dieser Gegend wohnen. Ich merkte, daß sie auch mich ansah, und wie es nun bei uns jungen Rittern zu kommen pflegt: hatte ich erst brav geritten, so ging es nun noch ganz anders los. Den Abend beim Tanze war ich Bertaldas Gefährte, und das blieb so alle die Tage des Festes hindurch.«

Ein empfindlicher Schmerz an seiner linken herunterhängenden Hand unterbrach hier Huldbrands Rede und zog seine

Blicke nach der schmerzenden Stelle. Undine hatte ihre Perlenzähne scharf in seine Finger gesetzt und sah dabei recht finster und unwillig aus. Plötzlich aber schaute sie ihm freundlich wehmütig in die Augen und flüsterte ganz leise: »Ihr macht es auch darnach.« – Dann verhüllte sie ihr Gesicht, und der Ritter fuhr seltsam verwirrt und nachdenklich in seiner Geschichte fort:

»Es ist eine hochmütige, wunderliche Maid, diese Bertalda. Sie gefiel mir auch am zweiten Tage schon lange nicht mehr wie am ersten, und am dritten noch minder. Aber ich blieb um sie, weil sie freundlicher gegen mich war als gegen andre Ritter, und so kam es auch, daß ich sie im Scherz um einen ihrer Handschuhe bat. – ›Wenn Ihr mir Nachricht bringt und Ihr ganz allein‹, sagte sie, ›wie es im berüchtigten Forste aussieht.‹ – Mir lag eben nicht so viel an ihrem Handschuhe, aber gesprochen war gesprochen, und ein ehrliebender Rittersmann läßt sich zu solchem Probestück nicht zweimal mahnen.«

»Ich denke, sie hatte Euch lieb«, unterbrach ihn Undine.

»Es sah so aus«, entgegnete Huldbrand.

»Nun«, rief das Mädchen lachend, »die muß recht dumm sein. Von sich zu jagen, was einem lieb ist? Und vollends in einen verrufnen Wald hinein. Da hätte der Wald und sein Geheimnis lange für mich warten können.«

»Ich machte mich denn gestern morgen auf den Weg«, fuhr der Ritter, Undinen freundlich anlächelnd, fort. »Die Baumstämme blitzten so rot und schlank im Morgenlichte, das sich hell auf dem grünen Rasen hinstreckte, die Blätter flüsterten so lustig miteinander, daß ich in meinem Herzen über die Leute lachen mußte, die an diesem vergnüglichen Orte irgend etwas Unheimliches erwarten konnten. ›Der Wald soll bald durchtrabt sein, hin und zurück!‹ sagte ich in behaglicher Fröhlichkeit zu mir selbst, und eh ich noch daran dachte, war ich tief in die grünenden Schatten hinein und nahm nichts mehr von der hinter mir liegenden Ebne wahr. Da fiel es mir erst aufs Herz, daß ich mich auch in dem gewaltigen Forste gar leichtlich verirren könne und daß dieses vielleicht die einzige Gefahr sei, welche den Wandersmann allhier bedrohe. Ich hielt daher stille und sah mich nach dem Stande der Sonne um, die unterdessen etwas höher gerückt war. Indem ich nun so em-

55

porblicke, sehe ich ein schwarzes Ding in den Zweigen einer hohen Eiche. Ich denke schon, es ist ein Bär, und fasse nach meiner Klinge; da sagt es mit einer Menschenstimme, aber recht rauh und häßlich, herunter: ›Wenn ich hier oben nicht die Zweige abknusperte, woran solltest du denn heut um Mitternacht gebraten werden, Herr Naseweis?‹ – Und dabei grinzt es und raschelt mit den Ästen, daß mein Gaul toll wird und mit mir durchgeht, eh ich noch Zeit gewinnen konnte, zu sehn, was es denn eigentlich für eine Teufelsbestie war.«

»Den müßt Ihr nicht nennen«, sagte der alte Fischer und kreuzte sich; die Hausfrau tat schweigend desgleichen; Undine sah ihren Liebling mit hellen Augen an, sprechend: »Das beste bei der Geschichte ist, daß sie ihn doch nicht wirklich gebraten haben. Weiter, du hübscher Jüngling.«

Der Ritter fuhr in seiner Erzählung fort: »Ich wäre mit meinem scheuen Pferde fast gegen Baumstämme und Äste angerannt; es triefte von Angst und Erhitzung und wollte sich doch noch immer nicht halten lassen. Zuletzt ging es grade auf einen steinigen Abgrund los; da kam mir's plötzlich vor, als werfe sich ein langer weißer Mann dem tollen Hengste quer vor in seinen Weg, der entsetzte sich davor und stand; ich kriegte ihn wieder in meine Gewalt und sah nun erst, daß mein Retter kein weißer Mann war, sondern ein silberheller Bach, der sich neben mir von einem Hügel herunterstürzte, meines Rosses Lauf ungestüm kreuzend und hemmend.«

»Danke, lieber Bach!« rief Undine, in die Händchen klopfend. Der alte Mann aber sah kopfschüttelnd in tiefem Sinnen vor sich nieder.

»Ich hatte mich noch kaum im Sattel wieder zurechtgesetzt und die Zügel wieder ordentlich recht gefaßt«, fuhr Huldbrand fort, »so stand auch schon ein wunderliches Männlein zu meiner Seiten, winzig und häßlich über alle Maßen, ganz braungelb und mit einer Nase, die nicht viel kleiner war als der ganze übrige Bursche selbst. Dabei grinzte er mit einer recht dummen Höflichkeit aus dem breitgeschlitzten Maule hervor und machte viele tausend Scharrfüße und Bücklinge gegen mich. Weil mir nun das Possenspiel sehr mißhagte, dankte ich ihm ganz kurz, warf meinen noch immer zitternden Gaul herum und gedachte, mir ein andres

Abenteuer, oder, dafern ich keines fände, den Heimweg zu suchen, denn die Sonne war während meiner tollen Jagd schon über die Mittagshöhe gen Westen gegangen. Da sprang aber der kleine Kerl mit einer blitzschnellen Wendung herum und stand abermals vor meinem Hengste. – ›Platz da!‹ sagt ich verdrießlich, ›das Tier ist wild und rennet dich leichtlich um.‹ – ›Ei‹, schnarrte das Kerlchen und lachte noch viel entsetzlich dümmer, ›schenkt mir doch erst ein Trinkgeld, denn ich hab ja Euer Rösselein aufgefangen; lägt Ihr doch ohne mich samt Euerm Rösselein in der Steinkluft da unten, hu!‹ – ›Schneide nur keine Gesichter weiter‹, sagte ich, ›und nimm dein Geld hin, wenn du auch lügst; denn siehe, der gute Bach dorten hat mich gerettet, nicht aber du, höchst ärmlicher Wicht.‹ – Und zugleich ließ ich ein Goldstück in seine wunderliche Mütze fallen, die er bettelnd vor mir abgezogen hatte. Dann trabte ich weiter; er aber schrie hinter mir drein und war plötzlich mit unbegreiflicher Schnelligkeit neben mir. Ich sprengte mein Roß im Galopp an; er galoppierte mit, so sauer es ihm zu werden schien und so wunderliche, halb lächerliche, halb gräßliche Verrenkungen er dabei mit seinem Leibe vornahm, wobei er immerfort das Goldstück in die Höhe hielt und bei jedem Galoppsprunge schrie: ›Falsch Geld! Falsche Münz! Falsche Münz! Falsch Geld!‹ Und das krächzte er aus so hohler Brust heraus, daß man meinte, er müsse nach jeglichem Schreie tot zu Boden stürzen. Auch hing ihm die häßlich rote Zunge weit aus dem Schlunde. Ich hielt verstört; ich fragte: ›Was willst du mit deinem Geschrei? Nimm noch ein Goldstück, nimm noch zwei, aber dann laß ab von mir.‹ – Da fing er wieder mit seinem häßlich höflichen Grüßen an und schnarrte: ›Gold eben nicht, Gold soll es eben nicht sein, mein Jungherrlein; des Spaßes hab ich selbsten allzuviel; will's Euch mal zeigen.‹

Da ward es mir auf einmal, als könn ich durch den grünen festen Boden durchsehn, als sei er grünes Glas und die ebne Erde kugelrund und drinnen hielten eine Menge Kobolde ihr Spiel mit Silber und Gold. Kopfauf, kopfunter kugelten sie sich herum und schmissen einander zum Spaß mit den edlen Metallen und pusteten sich den Goldstaub neckend ins Gesicht. Mein häßlicher Gefährte stand halb drinnen, halb draußen; er ließ sich sehr, sehr viel Gold von den andern heraufreichen und zeigte es mir lachend und schmiß es dann immer wieder klingend in die unermeßlichen Klüfte hinab. Dann zeigte er wieder mein Goldstück, was ich ihm geschenkt hatte, den Kobolden drunten, und die wollten sich drüber halb totlachen und zischten mich aus. Endlich reckten sie alle die spitzigen metallschmutzigen Finger gegen mich aus, und wilder und wilder, und dichter und dichter, und toller und toller klomm das Gewimmel gegen mich herauf; – da erfaßte mich ein Entsetzen wie vorhin meinen Gaul. Ich gab ihm beide Sporen und weiß nicht, wie weit ich zum zweiten Male toll in den Wald hineingejagt bin.

Als ich nun endlich wieder still hielt, war es abendkühl um mich her. Durch die Zweige sah ich einen weißen Fußpfad leuchten, von dem ich meinte, er müsse aus dem Forste nach der Stadt zurückführen. Ich wollte mich dahin durcharbeiten; aber ein ganz weißes, undeutliches Antlitz, mit immer wechselnden Zügen, sah mir zwischen den Blättern entgegen; ich wollte ihm ausweichen, aber wo ich hinkam, war es auch. Ergrimmt gedacht ich endlich mein Roß darauf los zu treiben; da sprudelte es mir und dem Pferde weißen Schaum entgegen, daß wir beide geblendet umwenden mußten. So trieb es uns von Schritt zu Schritt, immer von dem Fußsteige abwärts, und ließ uns überhaupt nur nach einer einzigen Richtung hin den Weg noch frei. Zogen wir aber auf dieser fort, so war es wohl dicht hinter uns, tat uns jedoch nicht das geringste zuleide. Wenn ich mich dann bisweilen nach ihm umsah, merkte ich wohl, daß das weiße, sprudelnde Antlitz auf einem ebenso weißen, höchst riesenmäßigen Körper saß. Manchmal dacht ich auch, als sei es ein wandelnder Springbronn, aber ich konnte niemals recht darüber zur Gewißheit kommen. Ermüdet gaben Roß und Reiter dem treibenden weißen Manne nach, der uns immer mit dem Kopfe zunickte, als wolle er sagen: ›Schon recht! Schon recht!‹ – Und so sind wir endlich an das Ende des Waldes hier herausgekommen, wo ich Rasen und Seeflut und eure kleine Hütte sah und wo der lange, weiße Mann verschwand.«

»Gut, daß er fort ist«, sagte der alte Fischer, und nun begann er davon zu sprechen, wie sein Gast auf die beste Weise wieder zu seinen Leuten nach der Stadt zurückgelangen könne. Darüber fing Undine an, ganz leise in sich selbst hinein zu kichern. Huldbrand merkte es und sagte: »Ich dachte, du sähest mich gern hier; was freust du dich denn nun, da von meiner Abreise die Rede ist?«

»Weil du nicht fort kannst«, entgegnete Undine. »Prob es doch mal, durch den übergetretnen Waldstrom zu setzen, mit Kahn, mit Roß oder allein, wie du Lust hast. Oder prob es lieber nicht, denn du würdest zerschellt werden von den blitzschnell getriebnen Stämmen und Steinen. Und was den See angeht, da weiß ich wohl: der Vater darf mit seinem Kahne nicht weit genug darauf hinaus.«

Huldbrand erhob sich lächelnd, um zu sehn, ob es so sei, wie ihm Undine gesagt hatte, der Alte begleitete ihn, und das Mädchen gaukelte scherzend neben den Männern her. Sie fanden es in der Tat, wie Undine gesagt hatte, und der Ritter mußte sich drein ergeben, auf der zur Insel gewordnen Landspitze zu bleiben, bis die Fluten sich verliefen. Als die dreie nach ihrer Wandrung wieder der Hütte zugingen, sagte der Ritter der Kleinen ins Ohr: »Nun, wie ist es, Undinchen? Bist du böse, daß ich bleibe?« – »Ach«, entgegnete sie mürrisch, »laßt nur. Wenn ich Euch nicht gebissen hätte, wer weiß, was noch alles von der Bertalda in Eurer Geschichte vorgekommen wär!«

FÜNFTES KAPITEL

Wie der Ritter auf der Seespitze lebte

Du bist vielleicht, mein lieber Leser, irgendwo, nach mannigfachem Auf- und Abtreiben in der Welt, an einen Ort gekommen, wo dir es wohl war; die jedwedem eingeborne Liebe zu eignem Herd und stillem Frieden ging wieder auf in dir; du meintest, die Heimat blühe mit allen Blumen der Kindheit und der allerreinsten, innigsten Liebe wieder aus teuren Grabstätten hervor, und hier müsse gut wohnen und Hütten bauen sein. Ob du dich darin geirrt und den Irrtum nachher schmerzlich abgebüßt hast, das soll hier nichts zur Sache tun, und du wirst dich auch selbst wohl mit dem herben Nachschmack nicht freiwillig betrüben wollen. Aber rufe jene unaussprechlich süße Ahnung, jenen englischen Gruß des Friedens wieder in dir herauf, und du wirst ungefähr wissen können, wie dem Ritter Huldbrand während seines Lebens auf der Seespitze zu Sinne war.

Er sah oftmals mit innigem Wohlbehagen, wie der Waldstrom mit jedem Tage wilder einherrollte, wie er sich sein Bette breiter und breiter riß und die Abgeschiedenheit auf der Insel so für immer längere Zeit ausdehnte. Einen Teil des Tages über strich er mit einer alten Armbrust, die er in einem Winkel der Hütte gefunden und sich ausgebessert hatte, umher, nach den vorüberfliegenden Vögeln lauernd und, was er von ihnen treffen konnte, als guten Braten in die Küche liefernd. Brachte er nun seine Beute zurück, so unterließ Undine fast niemals, ihn auszuschelten, daß er den lieben, lustigen Tierchen oben im blauen Luftmeer so feindlich ihr fröhliches Leben stehle; ja, sie weinte oftmals bitterlich bei dem Anblicke des toten Geflügels. Kam er aber dann ein andermal wieder heim und hatte nichts geschossen, so schalt sie ihn nicht minder ernstlich darüber aus, daß man nun um seines Ungeschicks und seiner Nachlässigkeit willen mit Fischen und Krebsen vorliebnehmen müsse. Er freute sich allemal herzinniglich auf ihr anmutiges Zürnen, um so mehr, da sie gewöhnlich nachher ihre üble Laune durch die holdesten Liebkosungen wieder gutzumachen suchte. Die Alten hatten sich in die Vertraulichkeit der beiden jungen Leute gefunden; sie kamen ihnen vor wie Verlobte oder gar wie ein Ehepaar, das ihnen zum Beistand im Alter mit auf der abgerissenen Insel wohne. Eben diese Abgeschiedenheit brachte auch den jungen Huldbrand ganz fest auf den Gedanken, er sei bereits Undines Bräutigam. Ihm war zumute, als gäbe es keine Welt mehr jenseits dieser umgebenden Fluten oder als könne man doch nie wieder da hinüber zur Vereinigung mit andern Menschen gelangen; und wenn ihn auch bisweilen sein weidendes Roß anwieherte, wie nach Rittertaten fragend und mahnend, oder sein Wappenschild ihm von der Stikkerei des Sattels und der Pferdedecke ernst entgegenleuchtete oder sein schönes Schwert unversehens vom Nagel, an welchem es in der Hütte hing, herabfiel, im Sturze aus der Scheide gleitend – so beruhigte er sein zweifelndes Gemüt damit: Undine sei gar keine Fischerstochter, sei vielmehr, aller Wahrscheinlichkeit nach, aus einem wundersamen, hochfürstlichen Hause der Fremde gebürtig. Nur das war ihm in der Seele zuwider, wenn die alte Frau Undinen in seiner Gegenwart schalt. Das launische Mädchen lachte zwar meist, ohne alles Hehl, ganz ausgelassen darüber; aber ihm war es, als taste man seine Ehre an, und doch wußte er der alten Fischerin nicht unrecht zu geben, denn Undine verdiente immer zum wenigsten zehnfach so viele Schelte als sie bekam; daher er denn auch der Hauswirtin im Herzen gewogen blieb und das ganze Leben seinen stillen, vergnüglichen Gang fürder ging.

Es kam aber doch endlich eine Störung hinein; der Fischer und der Ritter waren nämlich gewohnt gewesen, beim Mittagsmahle und auch des Abends, wenn der Wind draußen heulte, wie er es fast immer gegen die Nacht zu tun pflegte, sich miteinander bei einem Kruge Wein zu ergötzen. Nun war aber der ganze Vorrat zu Ende gegangen, den der Fischer früher von der Stadt nach und nach mitgebracht hatte, und die beiden Männer wurden darüber ganz verdrießlich. Undine lachte sie den Tag über wacker aus, ohne daß beide so lustig wie gewöhnlich in ihre Scherze einstimmten. Gegen Abend war sie aus der Hütte gegangen: sie sagte, um den zwei langen und langweiligen Gesichtern zu entgehn. Weil es nun in der Dämmerung wieder nach Sturm aussah und das Wasser bereits heulte und rauschte, sprangen der Ritter und der Fischer erschreckt vor die Tür, um das Mädchen heimzuholen, der Angst jener Nacht gedenkend, wo Huldbrand zum erstenmal in der Hütte gewesen war. Undine aber trat ihnen entgegen, freundlich in ihre Händchen klopfend. »Was gebt ihr mir, wenn ich euch Wein verschaffe? Oder vielmehr, ihr braucht mir nichts zu geben«, fuhr sie fort, »denn ich bin schon zufrieden, wenn ihr lustiger aussieht und bessere Einfälle habt als diesen letzten, langweiligen Tag hindurch. Kommt nur mit; der Waldstrom hat ein Faß an das Ufer getrieben, und ich will verdammt sein, eine ganze Woche lang zu schlafen, wenn es nicht ein Weinfaß ist.« – Die Männer folgten ihr nach und fanden wirklich an einer umbüschten Bucht des Ufers ein Faß, welches ihnen Hoffnung gab, als enthalte es den edlen Trank, wonach sie verlangten. Sie wälzten es vor allem aufs schleunigste in die Hütte, denn ein schweres Wetter zog wieder am Abendhimmel herauf, und man konnte in der Dämmerung bemerken, wie die Wogen des Sees ihre weißen Häupter schäumend emporrichteten, als sähen sie sich nach dem Regen um, der nun bald auf sie herunterrauschen sollte. Undine half den beiden nach Kräften und sagte, als das Regenwetter plötzlich allzu schnell heraufheulte, lustig drohend in die schweren Wolken hinein: »Du! du! Hüte dich, daß du uns nicht naß machst; wir sind noch lange nicht unter Dach.« – Der Alte verwies ihr solches als eine sündhafte Vermessenheit; aber sie kicherte leise vor sich hin, und es widerfuhr auch niemandem etwas Übles darum. Vielmehr gelangten alle drei, wider Vermuten, mit ihrer Beute trocken an den behaglichen Herd, und erst, als man das Faß geöffnet und erprobt hatte, daß es einen wundersam trefflichen Wein enthalte, riß sich der Regen aus dem dunkeln Gewölke los, und rauschte der Sturm durch die Wipfel der Bäume und über des Sees empörte Wogen hin.

Einige Flaschen waren bald aus dem großen Fasse gefüllt, das für viele Tage Vorrat verhieß, man saß trinkend und scherzend und heimisch gesichert vor dem tobenden Unwetter an der Glut des Herdes beisammen. Da sagte der alte Fischer und ward plötzlich sehr ernst: »Ach großer Gott, wir freuen uns hier der edlen Gabe, und der, welchem sie zuerst angehörte und vom Strome genommen ward, hat wohl gar das liebe Leben drum lassen müssen.« – »Er wird ja nicht grade!« meinte Undine und schenkte dem Ritter lächelnd ein. Der aber sagte: »Bei meiner höchsten Ehre, alter Vater, wüßt ich ihn zu finden und zu retten, mich sollte kein Gang in die Nacht hinaus dauern und keine Gefahr. Soviel aber kann ich Euch versichern, komm ich je wieder zu bewohntern Landen, so will ich ihn oder seine Erben schon ausfindig machen und diesen Wein doppelt und dreifach ersetzen.« – Das freute den alten Mann; er nickte dem Ritter billigend zu und trank nun seinen Becher mit besserm Gewissen und Behagen leer. Undine aber sagte zu Huldbranden: »Mit der Entschädigung und mit deinem Golde halt es, wie du willst. Das aber mit dem Nachlaufen und Suchen war dumm geredet. Ich weinte mir die Augen aus, wenn du darüber verlorengingst, und, nicht wahr, du möchtest auch lieber bei mir bleiben und bei dem guten Wein?« – »Das freilich«, entgegnete Huldbrand lächelnd. – »Nun«, sagte Undine, »also hast du dumm gesprochen. Denn jeder ist sich doch selbst der Nächste, und was gehen einen die andern Leute an.« – Die Hauswirtin wandte sich seufzend und kopfschüttelnd von ihr ab, der Fischer vergaß seiner sonstigen Vorliebe für das zierliche Mägdlein und schalt. »Als ob dich Heiden und Türken erzogen hätten, klingt ja das«, schloß er seine Rede; »Gott verzeih es mir und dir, du ungeratnes Kind.« – »Ja, aber mir ist doch nun einmal so zumute«, entgegnete Undine, »habe mich erzogen, wer da will, und was können da all eure Worte helfen.« – »Schweig!« fuhr der Fischer sie an, und sie, die ungeachtet ihrer Keckheit doch äußerst schreckhaft war, fuhr zusammen, schmiegte sich zitternd an Huldbrand und fragte ihn ganz leise: »Bist du auch böse, schöner Freund?« Der Ritter drückte ihr die zarte Hand und streichelte ihre Locken. Sagen konnte er nichts, weil ihm der Ärger über des Alten Härte gegen Undinen die Lippen schloß, und so saßen beide Paare mit einem Male unwillig und im verlegnen Schweigen einander gegenüber.

Sechstes Kapitel

Von einer Trauung

Ein leises Klopfen an die Tür klang durch diese Stille und erschreckte alle, die in der Hütte saßen, wie es denn wohl bisweilen zu kommen pflegt, daß auch eine Kleinigkeit, die ganz unvermutet geschieht, einem den Sinn recht furchtbarlich aufregen kann. Aber hier kam noch dazu, daß der verrufne Forst sehr nahe lag und daß die Seespitze für menschliche Besuche jetzt unzugänglich schien. Man sah einander zweifelnd an, das Pochen wiederholte sich, von einem tiefen Ächzen begleitet; der Ritter ging nach seinem Schwerte. Da sagte aber der alte Mann leise: »Wenn es das ist, was ich fürchte, hilft uns keine Waffe.« – Undine näherte sich indessen der Tür und rief ganz unwillig und keck: »Wenn ihr Unfug treiben wollt, ihr Erdgeister, so soll euch Kühleborn was Beßres lehren.« – Das Entsatzen der andern ward durch diese wunderlichen Worte vermehrt, sie sahen das Mädchen scheu an, und Huldbrand wollte sich eben zu einer Frage an sie ermannen, da sagte es von draußen: »Ich bin kein Erdgeist, wohl aber ein Geist, der noch im irdischen Körper hauset. Wollt ihr mir helfen und fürchtet ihr Gott, ihr drinnen in der Hütte, so tut mir auf.« Undine hatte bei diesen Worten die Tür bereits geöffnet und leuchtete mit einer Ampel in die stürmige Nacht hinaus, so daß man draußen einen alten Priester wahrnahm, der vor dem unversehnen Anblicke des wunderschönen Mägdleins erschreckt zurücketrat. Er mochte wohl denken, es müsse Spuk und Zauberei mit im Spiele sein, wo ein so herrliches Bild aus einer so niedern Hüttenpforte erscheine; deshalb fing er an zu beten: »Alle gute Geister loben Gott den Herrn!« – »Ich bin kein Gespenst«, sagte Undine lächelnd, »seh ich denn so häßlich aus? Zudem könnt Ihr ja wohl merken, daß mich kein frommer Spruch erschreckt. Ich weiß doch auch von Gott und versteh ihn auch zu loben, jedweder auf seine Weise freilich, und dazu hat er uns erschaffen. Tretet herein, ehrwürdiger Vater, Ihr kommt zu guten Leuten.«

Der Geistliche kam neigend und umblickend herein und sahe gar lieb und ehrwürdig aus. Aber das Wasser troff aus allen Falten seines dunkeln Kleides und aus dem langen weißen Bart und den weißen Locken des Haupthaares. Der Fischer und der Ritter führten ihn in eine Kammer und gaben ihm andre Kleider, während sie den Weibern die Gewande des Priesters zum Trocknen in das Zimmer reichten. Der fremde Greis dankte aufs demütigste und freundlichste, aber des Ritters glänzenden Mantel, den ihm dieser entgegenhielt, wollte er auf keine Weise umnehmen; er wählte statt dessen ein altes graues Oberkleid des Fischers. So kamen sie denn in das Gemach zurück, die Hausfrau räumte dem Priester alsbald ihren großen Sessel und ruhte nicht eher, bis er sich darauf niedergelassen hatte; »denn«, sagte sie, »Ihr seid alt und erschöpft und geistlich obendrein.« – Undine schob den Füßen des Fremden ihr kleines Bänkchen unter, worauf sie sonst neben Huldbranden zu sitzen pflegte, und bewies sich überhaupt in der Pflege des guten Alten höchst sittig und anmutig. Huldbrand flüsterte ihr darüber eine Neckerei ins Ohr, sie aber entgegnete sehr ernst: »Er dient ja dem, der uns alle geschaffen hat; damit ist nicht zu spaßen.« – Der Ritter und der Fischer labten darauf den Priester mit Speise und Wein, und dieser fing, nachdem er sich etwas erholt hatte, zu erzählen an, wie er gestern aus seinem Kloster, das fern über den großen Landsee hinaus liege, nach dem Sitze des Bischofs habe reisen sollen, um demselben die Not kundzutun, in welche durch die jetzigen wunderbaren

Überschwemmungen das Kloster und dessen Zinsdörfer geraten seien. Da habe er nach langen Umwegen, um ebendieser Überschwemmungen willen, sich heute gegen Abend dennoch genötigt gesehn, einen übergetretnen Arm des Sees mit Hülfe zweier guten Fährleute zu überschiffen. – »Kaum aber«, fuhr er fort, »hatte unser kleines Fahrzeug die Wellen berührt, so brach auch schon der ungeheure Sturm los, der noch jetzt über unsern Häuptern fortwütet. Es war, als hätten die Fluten nur auf uns gewartet, um die allertollsten, strudelndsten Tänze mit uns zu beginnen. Die Ruder waren bald aus meiner Führer Händen gerissen und trieben zerschmettert auf den Wogen weiter und weiter vor uns hinaus. Wir selbst flogen, hülflos und der tauben Naturkraft hingegeben, auf die Höhe des Sees zu euern fernen Ufern herüber, die wir schon zwischen den Nebeln und Wasserschäumen emporstreben sahen. Da drehte sich endlich der Nachen immer wilder und schwindliger; ich weiß nicht, stürzte er um, stürzte ich heraus. Im dunkeln Ängstigen des nahen schrecklichen Todes trieb ich weiter, bis mich eine Welle hier unter die Bäume an eure Insel warf.«

»Ja, Insel!« sagte der Fischer. »Vor kurzem war's noch eine Landspitze. Nun aber, seit Waldstrom und See schier toll geworden sind, sieht es ganz anders mit uns aus.«

»Ich merkte so etwas«, sagte der Priester, »indem ich im Dunkeln das Wasser entlängst schlich und, ringsum nur wildes Gebrause antreffend, endlich schaute, wie sich ein betretner Fußpfad gerade in das Getos hinein verlor. Nun sahe ich das Licht in eurer Hütte und wagte mich hierher, wo ich denn meinem himmlischen Vater nicht genug danken kann, daß er mich nach meiner Rettung aus dem Gewässer auch noch zu so frommen Leuten geführt hat als zu euch; und das um so mehr, da ich nicht wissen kann, ob ich außer euch vieren noch in diesem Leben andre Menschen wieder zu sehen bekomme.«

»Wie meint Ihr das?« fragte der Fischer.

»Wißt ihr denn, wie lange dieses Treiben der Elemente währen soll?« entgegnete der Geistliche. »Und ich bin alt an Jahren. Gar leichtlich mag mein Lebensstrom eher versiegend unter die Erde gehn als die Überschwemmung des Waldstromes da draußen. Und überhaupt, es wäre ja nicht unmöglich, daß mehr und mehr des schäumenden Wassers sich zwischen euch und den jenseitigen Forst drängte, bis ihr so weit von der übrigen Erde abgerissen würdet, daß euer Fischerkähnlein nicht mehr hinüberreichte und die Bewohner des festen Landes in ihren Zerstreuungen euer Alter gänzlich vergessen.«

Die alte Hausfrau fuhr hierüber zusammen, kreuzte sich und sagte: »Das verhüte Gott!« – Aber der Fischer sahe sie lächelnd an und sprach: »Wie doch auch nun der Mensch ist! Es wäre ja dann nicht anders, wenigstens nicht für dich, liebe Frau, als es nun ist. Bist du denn seit vielen Jahren weiter gekommen als an die Grenze des Forstes? Und hast du andre Menschen gesehn als Undinen und mich? – Seit kurzem sind nun noch der Ritter und der Priester zu uns gekommen. Die blieben bei uns, wenn wir zur vergessenen Insel würden; also hättest du ja den besten Gewinn davon.«

»Ich weiß nicht«, sagte die alte Frau, »es wird einem doch unheimlich zumute, wenn man sich's nun so vorstellt, daß man unwiederbringlich von den andern Leuten geschieden wär, ob man sie übrigens auch weder kennt noch sieht.«

»Du bliebest dann bei uns, du bliebest dann bei uns!« flüsterte Undine ganz leise, halb singend, und schmiegte sich inniger an Huldbrands Seite. Dieser aber war in tiefen und seltsamen Gebilden seines Innern verloren. Die Gegend jenseit des Waldwassers zog sich seit des Priesters letzten Worten immer ferner und dunkler von ihm ab, die blühende Insel, auf welcher er lebte, grünte und lachte immer frischer in sein Gemüt herein. Die Braut glühte als die schönste Rose dieses kleinen Erdstriches und auch der ganzen Welt hervor, der Priester war zur Stelle. Dazu kam noch eben, daß ein zürnender Blick der Hausfrau das schöne Mädchen traf, weil sie sich in Gegenwart des geistlichen Herren so dicht an ihren Liebling lehnte, und es schien, als wolle ein Strom von unerfreulichen Worten folgen. Da brach es aus des Ritters Munde, daß er, gegen den Preister gewandt, sagte: »Ihr seht hier ein Brautpaar vor Euch, ehrwürdiger Herr, und wenn dies Mädchen und die guten alten Fischersleute nichts dawider haben, sollt Ihr uns heute abend noch zusammengeben.«

Die beiden alten Eheleute waren sehr verwundert. Sie hatten zwar bisher oft so etwas gedacht, aber ausgesprochen hatten sie es doch niemals, und wie nun der Ritter dies tat, kam es ihnen als etwas ganz Neues und Unerhörtes vor. Undine war plötzlich ernst geworden und sah tiefsinnig vor sich nieder, während der Priester nach den nähern Umständen fragte und sich bei den Alten nach ihrer Einwilligung erkundigte. Man kam nach mannigfachem Hin- und Herreden miteinander aufs reine; die Hausfrau ging, um den jungen Leuten das Brautgemach zu ordnen und zwei geweihte Kerzen, die sie seit langer Zeit verwahrt hielt, für die Trauungsfeierlichkeit hervorzusuchen. Der Ritter nestelte indes an seiner goldnen Kette und wollte zwei Ringe losdrehen, um sie mit der Braut wechseln zu können. Diese aber fuhr, es bemerkend, aus ihrem tiefen Sinnen auf und sprach: »Nicht also! Ganz bettelarm haben mich meine Eltern nicht in die Welt hineingeschickt; vielmehr haben sie gewißlich schon frühe darauf gerechnet, daß ein solcher Abend aufgehn solle.« – Damit war sie schnell aus der Tür und kam gleich darauf mit zwei kostbaren Ringen zurück, deren einen sie ihrem Bräutigam gab und den andern für sich behielt. Der alte Fischer war ganz erstaunt darüber und noch mehr die Hausfrau, die eben wieder hereintrat, daß beide diese Kleinodien noch niemals bei dem Kinde gesehn hatten. – »Meine Eltern«, entgegnete Undine, »ließen mir diese Dingerchen in das schöne Kleid nähen, das ich grade anhatte, da ich zu euch kam. Sie verboten mir auch, auf irgendeine Weise jemandem davon zu sagen vor meinem Hochzeitabend. Da habe ich sie denn also stille herausgetrennt und verborgengehalten bis heute.« – Der Priester unterbrach das weitere Fragen und Verwundern, indem er die geweihten Kerzen anzündete, sie auf einen Tisch stellte und das Brautpaar sich gegenübertreten ließ. Er gab sie sodann mit kurzen, feierlichen Worten zusammen, die alten Eheleute segneten die jungen, und die Braut lehnte sich leise zitternd und nachdenklich an den Ritter. Da sagte der Priester mit einem Male: »Ihr Leute seid doch seltsam! Was sagt ihr mir denn, ihr wäret die einzigen Menschen hier auf der Insel? Und während der ganzen Trauhandlung sah zu dem Fenster mir gegenüber ein ansehnlicher, langer Mann im weißen Mantel herein. Er muß noch vor der Türe stehen, wenn ihr ihn etwa mit ins Haus nötigen wollt.« – »Gott bewahre!« sagte die Wirtin zusammenfahrend, der alte Fischer schüttelte schweigend den Kopf, und

Huldbrand sprang nach dem Fenster. Es war ihm selbst, als sehe er noch einen weißen Streif, der aber bald im Dunkel gänzlich verschwand. Er redete dem Priester ein, daß er sich durchaus geirrt haben müsse, und man setzte sich vertraulich mitsammen um den Herd.

Siebentes Kapitel

Was sich weiter am Hochzeitabende begab

Gar sittig und still hatte sich Undine vor und während der Trauung bewiesen, nun aber war es, als schäumten alle die wunderlichen Grillen, welche in ihr hausten, um so dreister und kecklicher auf der Oberfläche hervor. Sie neckte Bräutigam und Pflegeeltern und selbst den noch kaum so hochverehrten Priester mit allerhand kindischen Streichen, und als die Wirtin etwas dagegen sagen wollte, brachten diese ein paar ernste Worte des Ritters, worin er Undinen mit großer Bedeutsamkeit seine Hausfrau nannte, zum Schweigen. Ihm selbst indessen, dem Ritter, gefiel Undinens kindisches Bezeigen ebensowenig; aber da half kein Winken und kein Räuspern und keine tadelnde Rede. Soooft die Braut ihres Lieblings Unzufriedenheit merkte – und das geschah einigemal –, ward sie freilich stiller, setzte sich neben ihn, streichelte ihn, flüsterte ihm lächelnd etwas in das Ohr und glättete so die aufsteigenden Falten seiner Stirn. Aber gleich darauf riß sie irgendein toller Einfall wieder in das gaukelnde Treiben hinein, und es ging nur ärger als zuvor. Da sagte der Priester sehr ernsthaft und sehr freundlich: »Mein anmutiges junges Mägdlein, man kann Euch zwar nicht ohne Ergötzen ansehn, aber denkt darauf, Eure Seele beizeiten so zu stimmen, daß sie immer die Harmonie zu der Seele Eures angetrauten Bräutigams anklingen lasse.« – »Seele!« lachte ihn Undine an, »das klingt recht hübsch und mag auch für die mehrsten Leute eine gar erbauliche und nutzreiche Regel sein. Aber wenn nun eins gar keine Seele hat, bitt Euch, was soll es denn da stimmen? Und so geht es mir.« – Der Priester schwieg tiefverletzt, im frommen Zürnen, und kehrte sein Antlitz wehmütig von dem Mädchen ab. Sie aber ging schmeichelnd auf ihn zu und sagte: »Nein, hört doch erst ordentlich, eh Ihr böse ausseht, denn Euer Böseaussehn tut mir weh, und Ihr müßt doch keiner Kreatur weh tun, die Euch ihrerseits nichts zuleide getan hat. Zeigt Euch nur duldsam gegen mich, und ich will's Euch ordentlich sagen, wie ich's meine.«

Man sah, sie stellte sich in Bereitschaft, etwas recht Ausführliches zu erzählen, aber plötzlich stockte sie, wie von einem innern Schauer ergriffen, und brach in einen reichen Strom der wehmütigsten Tränen aus. Sie wußten alle nicht mehr, was sie recht aus ihr machen sollten, und starrten sie in unterschiedlichen Besorgnissen schweigend an. Da sagte sie endlich, sich ihre Tränen abtrocknend und den Priester ernsthaft ansehend: »Es muß etwas Liebes, aber auch etwas höchst Furchtbares um eine Seele sein. Um Gott, mein frommer Mann, wär es nicht besser, man würde ihrer nie teilhaftig?« Sie schwieg wieder still, wie auf Antwort wartend, ihre Tränen waren gehemmt. Alle in der Hütte hatten sich von ihren Sitzen erhoben und traten schaudernd vor ihr zurück. Sie aber schien nur für den Geistlichen Augen zu haben, auf ihren Zügen malte sich der Ausdruck einer fürchtenden Neubegier, die eben deshalb den andern höchst furchtbar vorkam. – »Schwer muß die Seele lasten«, fuhr sie fort, da ihr noch niemand antwortete, »sehr schwer! Denn schon ihr annahendes Bild überschattet mich mit Angst und Trauer. Und ach, ich war so leicht, so lustig sonst!« – Und in einen erneuten Tränenstrom brach sie aus und schlug das Gewand vor ihrem Antlitze zusammen. Da trat der Preister, ernsten Ansehens, auf sie zu und sprach sie an und beschwur sie bei den heiligsten Namen, sie solle die lichte Hülle abwerfen, falls etwas Böses in ihr sei. Sie aber sank vor ihm in die Knie, alles Fromme wiederholend, was er sprach, und Gott lobend und beteuernd, sie meine es gut mit der ganzen Welt. Da sagte endlich der Priester zum Ritter: »Herr Bräutigam, ich lasse Euch allein mit der, die ich Euch angetraut habe. Soviel ich ergründen kann, ist nichts Übles an ihr, wohl aber des Wundersamen viel. Ich empfehle Euch Vorsicht, Liebe und Treue.« – Damit ging er hinaus, die Fischersleute folgten ihm, sich bekreuzend.

Undine war auf die Knie gesunken, sie entschleierte ihr Angesicht und sagte, scheu nach Huldbranden umblickend: »Ach, nun willst du mich gewiß nicht behalten; und hab ich doch nichts

Böses getan, ich armes, armes Kind!« – Sie sah dabei so unendlich anmutig und rührend aus, daß ihr Bräutigam alles Grauens und aller Rätselhaftigkeit vergaß, zu ihr hineilend und sie in seinen Armen emporrichtend. Da lächelte sie durch ihre Tränen; es war, als wenn das Morgenrot auf kleinen Bächen spielt. – »Du kannst nicht von mir lassen!« flüsterte sie vertraulich und sicher und streichelte mit den zarten Händchen des Ritters Wangen. Dieser wandte sich darüber von den furchtbaren Gedanken ab, die noch im Hintergrunde seiner Seele lauerten und ihm einreden wollten, er sei an eine Fei oder sonst ein böslich neckendes Wesen der Geisterwelt angetraut; nur noch die einzige Frage ging fast unversehens über seine Lippen: »Liebes Undinchen, sage mir doch das eine, was war es, daß du von Erdgeistern sprachst, da der Priester an die Tür klopfte, und von Kühleborn?« – »Märchen! Kindermärchen!« sagte Undine lachend und ganz wieder in ihrer gewohnten Lustigkeit. »Erst hab ich euch damit bange gemacht, am Ende habt ihr's mich. Das ist das Ende vom Liede und vom ganzen Hochzeitabend.« – »Nein, das ist es nicht«, sagte der von Liebe berauschte Ritter, löschte die Kerzen und trug seine schöne Geliebte unter tausend Küssen, vom Monde, der hell durch die Fenster hereinsah, anmutig beleuchtet, zu der Brautkammer hinein.

Achtes Kapitel

Der Tag nach der Hochzeit

Ein frisches Morgenlicht weckte die jungen Eheleute. Undine verbarg sich schamhaft unter ihre Decken, und Huldbrand lag still sinnend vor sich hin. Sooft er in der Nacht eingeschlafen war, hatten ihn verwunderlich grausende Träume verstört von Gespenstern, die sich heimlich grinsend in schöne Frauen zu verkleiden strebten, von schönen Frauen, die mit einem Male Drachenangesichter bekamen. Und wenn er von den häßlichen Gebilden in die Höhe fuhr, stand das Mondlicht bleich und kalt draußen vor den Fenstern; entsetzt blickte er nach Undinen, an deren Busen er eingeschlafen war und die in unverwandelter Schönheit und Anmut neben ihm ruhte. Dann drückte er einen leichten Kuß auf die rosigen Lippen und schlief wieder ein, um von neuen Schrecken erweckt zu werden. Nachdem er sich nun alles dieses recht im vollen Wachen überlegt hatte, schalt er sich selbst über jedweden Zweifel aus, der ihn an seiner schönen Frau hatte irremachen können. Er bat ihr auch sein Unrecht mit klaren Worten ab, sie aber reichte ihm nur die schöne Hand, seufzte aus tiefem Herzen und blieb still. Aber ein unendlich inniger Blick aus ihren Augen, wie er ihn noch nie gesehn hatte, ließ ihm keinen Zweifel, daß Undine von keinem Unwillen gegen ihn wisse. Er stand dann heiter auf und ging zu den Hausgenossen in das gemeinsame Zimmer vor. Die dreie saßen mit besorglichen Mienen um den Herd, ohne daß sich einer getraut hätte, seine Worte laut werden zu lassen. Es sahe aus, als bete der Priester in seinem Innern um Abwendung alles Übels. Da man nun aber den jungen Ehemann so vergnügt hervorgehn sah, glätteten sich auch die Falten in den übrigen Angesichtern; ja, der alte Fischer fing an, mit dem Ritter zu scherzen, auf eine recht sittige, ehrbare Weise, so daß selbst die alte Hausfrau ganz freundlich dazu lächelte. Darüber war endlich Undine auch fertig geworden und trat nun in die Tür; alle wollten ihr entgegengehn, und alle blieben voll Verwunderung stehen, so fremd kam ihnen die junge Frau vor und doch so wohlbekannt. Der Priester schritt zuerst mit Vaterliebe in den leuchtenden Blicken auf sie zu, und wie er die Hand zum Segnen emporhob, sank das schöne Weib andächtig schauernd vor ihm in die Knie. Sie bat ihn darauf mit einigen freundlich demütigen Worten wegen des Törichten, das sie gestern gesprochen haben möge, um Verzeihung und ersuchte ihn mit sehr bewegtem Tone, daß er für das Heil ihrer Seele beten wolle. Dann erhob sie sich, küßte ihre Pflegeeltern und sagte, für alles genossene Gute dankend: »O jetzt fühle ich es im innersten Herzen, wie viel, wie unendlich viel ihr für mich getan habt, ihr lieben, lieben Leute!« – Sie konnte erst gar nicht wieder von ihren Liebkosungen abbrechen, aber kaum gewahrte sie, daß die Hausfrau nach dem Frühstücke hinsah, so stand sie auch bereits am Herde, kochte und ordnete an und litt nicht, daß die gute alte Mutter auch nur die geringste Mühwaltung über sich nahm.

Sie blieb den ganzen Tag lang so; still, freundlich und achtsam, ein Hausmütterlein und ein zart verschämtes, jungfräuliches Wesen zugleich. Die dreie, welche sie schon länger kannten, dachten in jedem Augenblick irgendein wunderliches Wechselspiel ihres launischen Sinnes hervorbrechen zu sehn. Aber sie warteten vergebens darauf. Undine blieb engelmild und sanft. Der Priester konnte seine Augen gar nicht von ihr wegwenden und sagte mehrere Male zum Bräutigam: »Herr, einen Schatz hat Euch gestern die himmlische Güte durch mich Unwürdigen anvertraut; wahrt ihn, wie es sich gebührt, so wird er Euer ewiges und zeitliches Heil befördern.«

Gegen Abend hing sich Undine mit demütiger Zärtlichkeit an des Ritters Arm und zog ihn sanft vor die Tür hinaus, wo die sinkende Sonne anmutig über den frischen Gräsern und um die hohen, schlanken Baumstämme leuchtete. In den Augen der jungen Frau schwamm es wie Tau der Wehmut und der Liebe, auf ihren Lippen schwebte es wie ein zartes, besorgliches Geheimnis, das sich aber nur in kaum vernehmlichen Seufzern kundgab. Sie führte ihren Liebling schweigend immer weiter mit sich fort; was er sagte, beantwortete sie nur mit Blicken, in denen zwar keine unmittelbare Auskunft auf seine Fragen, wohl aber ein ganzer Himmel der Liebe und schüchternen Ergebenheit lag. So gelangte sie an das Ufer des übergetretnen Waldstroms, und der Ritter erstaunte, diesen in leisen Wellen verrinnend dahinrieseln zu sehn, so daß keine Spur seiner vorigen Wildheit und Fülle mehr anzutreffen war. – »Bis morgen wird er ganz versiegt sein«, sagte die schöne Frau weinerlich, »und du kannst dann ohne Widerspruch reisen, wohinaus du willst.« – »Nicht ohne dich, Undinchen«, entgegnete der lachende Ritter, »denke doch, wenn ich auch Lust hätte, auszureisen, so müßte ja Kirche und Geistlichkeit und Kaiser und Reich dreinschlagen und dir den Flüchtling wiederbringen.« – »Kommt alles auf dich an, kommt alles auf dich an«, flüsterte die Kleine, halb weinend, halb lächelnd. »Ich denke aber doch, du wirst mich wohl behalten; ich bin dir ja gar zu innig gut. Trage mich nun hinüber auf die kleine Insel, die vor uns liegt. Da soll sich's entscheiden. Ich könnte wohl leichtlich selbst durch die Wellchen schlüpfen, aber in deinen Armen ruht sich's so gut, und verstößest du mich, so hab ich doch noch zum letzten Male anmutig darin geruht.« – Huldbrand, voll von einer seltsamen

Bangigkeit und Rührung, wußte ihr nichts zu erwidern. Er nahm sie in seine Arme und trug sie hinüber, sich nun erst besinnend, daß es dieselbe kleine Insel war, von wo er sie in jener ersten Nacht dem alten Fischer zurückgetragen hatte. Jenseits ließ er sie in das weiche Gras nieder und wollte sich schmeichelnd neben seine schöne Bürde setzen; sie aber sagte: »Nein, dorthin, mir gegenüber. Ich will in deinen Augen lesen, noch ehe deine Lippen sprechen: Höre nun recht achtsam zu, was ich dir erzählen will.« Und sie begann:

»Du sollst wissen, mein süßer Liebling, daß es in den Elementen Wesen gibt, die fast aussehen wie ihr und sich doch nur selten vor euch blicken lassen. In den Flammen glitzern und spielen die wunderlichen Salamander, in der Erden tief hausen die dürren, tückischen Gnomen, durch die Wälder streifen die Waldleute, die der Luft angehören, und in den Seen und Strömen und Bächen lebt der Wassergeister ausgebreitetes Geschlecht. In klingenden Kristallgewölben, durch die der Himmel mit Sonn und Sternen hereinsieht, wohnt sich's schön; hohe Korallenbäume mit blau und roten Früchten leuchten in den Gärten; über reinlichen Meeressand wandelt man und über schöne, bunte Muscheln, und was die alte Welt des also Schönen besaß, daß die heutige nicht mehr sich dran zu freuen würdig ist, das überzogen die Fluten mit ihren heimlichen Silberschleiern, und unten prangen nun die edlen Denkmale, hoch und ernst, und anmutig betaut vom liebenden Gewässer, das aus ihnen schöne Moosblumen und kränzende Schilfbüschel hervorlockt. Die aber dorten wohnen, sind gar hold und lieblich anzuschauen, meist schöner als die Menschen sind. Manch einem Fischer ward es schon so gut, ein zartes Wasserweib zu belauschen, wie sie über die Fluten hervorstieg und sang. Der erzählte dann von ihrer Schöne weiter, und solche wundersame Frauen werden von den Menschen Undinen genannt. Du aber siehst jetzt wirklich eine Undine, lieber Freund.«

Der Ritter wollte sich einreden, seiner schönen Frau sei irgendeine ihrer seltsamen Launen wach geworden, und sie finde ihre Lust daran, ihn mit bunt erdachten Geschichten zu necken. Aber sosehr er sich dies auch vorsagte, konnte er doch keinen Augenblick daran glauben; ein seltsamer Schauder zog durch sein Innres; unfähig, ein Wort hervorzubringen, starrte er unverwandten Auges die holde Erzählerin an. Diese schüttelte betrübt den Kopf, seufzte aus vollem Herzen und fuhr alsdann folgendermaßen fort:

»Wir wären weit besser daran als ihr andern Menschen – denn Menschen nennen wir uns auch, wie wir es denn der Bildung und dem Leibe nach sind – aber es ist ein gar Übles dabei. Wir und unsresgleichen in den andern Elementen, wir zerstieben und vergehn mit Geist und Leib, daß keine Spur von uns rückbleibt, und wenn ihr andern dermaleinst zu einem reinern Leben erwacht, sind wir geblieben, wo Sand und Funk' und Wind und Welle blieb. Darum haben wir auch keine Seelen; das Element bewegt uns, gehorcht uns oft, solange wir leben, zerstäubt uns immer, sobald wir sterben, und wir sind lustig, ohne uns irgend zu grämen, wie es die Nachtigallen und Goldfischlein und andre hübsche Kinder der Natur ja gleichfalls sind. Aber alles will höher als es steht. So wollte mein Vater, der ein mächtiger Wasserfürst im Mittelländischen Meere ist, seine einzige Tochter solle einer Seele teilhaftig werden und müsse sie darüber auch viele Leiden der beseelten Leute bestehn. Eine Seele aber kann unsresgleichen nur durch den innigsten Verein der Liebe mit einem eures Geschlechtes gewinnen. Nun bin ich beseelt, dir dank ich die Seele, o du unaussprechlich Geliebter, und dir werd ich es danken, wenn du mich nicht mein ganzes Leben hindurch elend machst. Denn was soll aus mir werden, wenn du mich scheuest und mich verstößest? Durch Trug aber mocht ich dich nicht behalten. Und willst du mich verstoßen, so tu es nun, so geh allein ans Ufer zurück. Ich tauche mich in diesen Bach, der mein Oheim ist und hier im Walde sein wunderliches Einsiedlerleben, von den übrigen Freunden entfernet, führt. Er ist aber mächtig und vielen großen Strömen wert und teuer, und wie er mich herführte zu den Fischern, mich leichtes und lachendes Kind, wird er mich auch wieder heimführen zu den Eltern, mich beseelte, liebende, leidende Frau.«

Sie wollte noch mehr sagen, aber Huldbrand umfaßte sie voll der innigsten Rührung und Liebe und trug sie wieder ans Ufer zurück. Hier erst schwur er unter Tränen und Küssen, sein holdes Weib niemals zu verlassen, und pries sich glücklicher als den griechischen Bildner Pygmalion, welchem Frau Venus seinen schönen Stein zur Geliebten belebt habe. Im süßen Vertrauen wandelte Undine an seinem Arme nach der Hütte zurück und empfand nun erst von ganzem Herzen, wie wenig sie die verlassenen Kristallpaläste ihres wundersamen Vaters bedauern dürfe.

Neuntes Kapitel

Wie der Ritter seine junge Frau mit sich führte

Als Huldbrand am anderen Morgen vom Schlaf erwachte, fehlte seine schöne Genossin an seiner Seiten, und er fing schon an, wieder den wunderlichen Gedanken nachzuhängen, die ihm seine Ehe und die reizende Undine selbst als ein flüchtiges Blendwerk und Gaukelspiel vorstellen wollten. Aber da trat sie eben zur Tür herein, küßte ihn, setzte sich zu ihm aufs Bett und sagte: »Ich bin etwas früh hinaus gewesen, um zu sehn, ob der Oheim Wort halte. Er hat schon alle Fluten wieder in sein stilles Bett zurückgelenkt und rinnt nun nach wie vor einsiedlerisch und sinnend durch den Wald. Seine Freunde in Wasser und Luft haben sich auch zur Ruhe gegeben; es wird wieder alles ordentlich und ruhig in diesen Gegenden zugehen, und du kannst trocknen Fußes heimreisen, sobald du willst.« – Es war Huldbranden zumute, als träume er wachend fort, so wenig konnte er sich in die seltsame Verwandtschaft seiner Frau finden. Dennoch ließ er sich nichts merken, und die unendliche Anmut des holden Weibes wiegte auch bald jedwede unheimliche Ahnung zur Ruhe. – Als er nach einer Weile mit ihr vor der Tür stand und die grünende Seespitze mit ihren klaren Wassergrenzen überschaute, ward es ihm so wohl in dieser Wiege seiner Liebe, daß er sagte: »Was sollen wir denn auch heute schon reisen? Wir finden wohl keine vergnügtern Tage in der Welt haußen, als wir sie an diesem heimlichen Schutzörtlein verlebten. Laß uns immer noch zwei oder dreimal die Sonne hier untergehn sehn.« – »Wie mein Herr es gebeut«, entgegnete Undine in freundlicher Demut. »Es ist nur, daß sich die alten Leute ohnehin schon mit Schmerzen von mir trennen werden, und wenn sie nun erst die treue Seele in mir spüren und wie ich jetzt innig lieben und ehren kann, bricht ihnen wohl gar vor vielen Tränen das schwache Augenlicht. Noch halten sie meine Stille und Frömmigkeit für nichts Besseres, als es sonst in mir bedeutete, für die Ruhe des Sees, wenn eben die Luft still ist, und sie werden sich nun ebensogut einem Bäumchen oder Blümlein befreunden lernen als mir. Laß mich ihnen dies neugeschenkte, von Liebe wallende Herz nicht kundgeben in Augenblicken, wo sie es für diese Erde verlieren sollen, und wie könnt ich es bergen, blieben wir länger zusammen?« –

Huldbrand gab ihr recht; er ging zu den Alten und besprach die Reise mit ihnen, die noch in dieser Stunde vor sich gehen sollte. Der Priester bot sich den beiden jungen Eheleuten zum Begleiter an, er und der Ritter hoben nach kurzem Abschied die schöne Frau aufs Pferd und schritten mit ihr über das ausgetrocknete Bette des Waldstroms eilig dem Forste zu. Undine weinte still, aber bitterlich, die alten Leute klagten ihr laut nach. Es schien, als seie diesen eine Ahnung aufgegangen von dem, was sie eben jetzt an der holden Pflegetochter verloren.

Die drei Reisenden waren schweigend in die dichtesten Schatten des Waldes gelangt. Es mochte hübsch anzusehen sein in dem grünen Blättersaal, wie die schöne Frauengestalt auf dem edlen, zierlich geschmückten Pferde saß und von einer Seite der ehrwürdige Priester in seiner weißen Ordenstracht, von der anderen der blühende Ritter in bunten hellen Kleidern, mit seinem prächtigen Schwerte umgürtet, achtsam beiher schritten. Huldbrand hatte nur Augen für sein holdes Weib; Undine, die ihre lieben Tränen getrocknet hatte, nur Augen für ihn, und sie gerieten bald in ein stilles, lautloses Gespräch mit Blicken und Winken, aus dem sie erst spät durch ein leises Reden erweckt wurden, welches der Priester mit einem vierten Reisegesellschafter hielt, der indes unbemerkt zu ihnen gekommen war.

Er trug ein weißes Kleid, fast wie des Priesters Ordenshabit, nur daß ihm die Kappe ganz tief ins Gesicht hereinhing und das ganze in so weiten Falten um ihn herflog, daß er alle Augenblicke mit Aufraffen und über den Arm schlagen oder sonst dergleichen Anordnungen zu tun hatte, ohne daß er doch dadurch im geringsten im Gehen behindert schien. Als die jungen Eheleute seiner gewahr wurden, sagte er eben: »Und so wohn ich denn schon seit vielen Jahren hier im Walde, mein ehrwürdiger Herr, ohne daß man mich Eurem Sinne nach einen Eremiten nennen könnte. Denn, wie gesagt, von Buße weiß ich nichts und glaube sie auch nicht sonderlich zu bedürfen. Ich habe nur deswegen den Wald so lieb, weil es sich auf eine ganz eigne Weise hübsch ausnimmt und mir Spaß macht, wenn ich in meinen flatternden weißen Kleidern durch die finstern Schatten und Blätter hingehe und dann bisweilen ein süßer Sonnenstrahl unvermutet auf mich herunterblitzt.« – »Ihr seid ein höchst seltsamer Mann«, entgegnete der Priester, »und ich möchte wohl nähere Kunde von Euch haben.« – »Und wer seid Ihr denn, von einem aufs andre zu kommen?« fragte der Fremde. – »Sie nennen mich den Pater Heilmann«, sprach der Geistliche, »und ich komme aus Kloster Mariagruß von jenseit des Sees.« – »So, so«, antwortete der Fremde. »Ich heiße Kühleborn, und wenn es auf Höflichkeit ankommt, könnte man mich auch wohl ebensogut Herr von Kühleborn betiteln, oder Freiherr von Kühleborn; denn frei bin ich wie der Vogel im Walde, und wohl noch ein bißchen drüber. Zum Exempel, jetzt hab ich der jungen Frau dorten etwas zu erzählen.« – Und ehe man sich's versah, war er auf der andern Seite des Priesters, dicht neben Undinen, und reckte sich hoch in die Höhe, um ihr etwas ins Ohr zu flüstern. Sie aber wandte sich erschrocken ab, sagend: »Ich habe nichts mit Euch mehr zu schaffen.« – »Hoho«, lachte der Fremde, »was für eine ungeheuer vornehme Heirat habt Ihr denn getan, daß Ihr Eure Verwandten nicht mehr kennt? Wißt Ihr denn nicht vom Oheim Kühleborn, der Euch auf seinem Rücken so treu in diese Gegend trug?« – »Ich bitte Euch aber«, entgegnete Undine, »daß Ihr Euch nicht wieder vor mir sehn laßt. Jetzt fürcht ich Euch; und soll mein Mann mich scheuen lernen, wenn er mich in so seltsamer Gesellschaft und Verwandtschaft sieht?« – »Nichtchen«, sagte Kühleborn, »Ihr müßt nicht vergessen, daß ich hier zum Geleiter bei Euch bin; die spukenden Erdgeister möchten sonst dummen Spaß mit Euch treiben. Laßt mich also doch immer ruhig mitgehn; der alte Priester dort wußte sich übrigens meiner besser zu erinnern, als Ihr es zu tun scheint, denn er versicherte vorhin, ich käme ihm sehr bekannt vor, und ich müsse wohl mit im Nachen gewesen sein, aus dem er ins Wasser fiel. Das war ich auch freilich, denn ich war just die Wasserhose, die ihn herausriß, und schwemmte ihn hernach zu deiner Trauung vollends ans Land.«

Undine und der Ritter sahen nach Pater Heilmann; der aber schien in einem wandelnden Traume fortzugehn und von allem, was gesprochen ward, nichts mehr zu vernehmen. Da sagte Undine zu Kühleborn: »Ich sehe dort schon das Ende des Waldes. Wir brauchen Eurer Hülfe nicht mehr, und nichts macht uns Grauen als Ihr. Drum bitt Euch in Lieb und Güte, verschwindet und laßt uns in Frieden ziehn.« – Darüber schien Kühleborn unwillig zu werden; er zog ein häßliches Gesicht und grinzte Undinen an, die laut aufschrie und ihren Freund zu Hülfe rief. Wie ein Blitz war der Ritter um das Pferd herum und schwang die scharfe Klinge gegen Kühleborns Haupt. Aber er hieb in einen Wasserfall, der von einer hohen Klippe neben ihnen herabschäumte und sie plötzlich mit einem Geplätscher, das beinahe wie Lachen klang, übergoß und bis auf die Haut durchnetzte. Der Priester sagte, wie plötzlich erwachend: »Das hab ich lange gedacht, weil der Bach so dicht auf der Anhöhe neben uns herlief. Anfangs wollt es mir gar vorkommen, als wär er ein Mensch und könne sprechen.« – In Huldbrands Ohr rauschte der Wasserfall ganz vernehmlich diese Worte: »Rascher Ritter, rüst'ger Ritter, ich zürne nicht, ich zanke nicht; schirm nur dein reizend Weiblein stets so gut, du Ritter rüstig, du rasches Blut!«

Nach wenigen Schritten waren sie im Freien. Die Reichsstadt lag glänzend vor ihnen, und die Abendsonne, welche deren Türme vergoldete, trocknete freundlich die Kleider der durchnäßten Wandrer.

Zehntes Kapitel

Wie sie in der Stadt lebten

Daß der junge Ritter Huldbrand von Ringstetten so plötzlich vermißt worden war, hatte großes Aufsehen in der Reichsstadt erregt und Bekümmernis bei den Leuten, die ihn allesamt wegen seiner Gewandtheit bei Turnier und Tanz wie auch wegen seiner milden, freundlichen Sitten liebgewonnen hatten. Seine Diener wollten nicht ohne ihren Herrn von dem Orte wieder weg, ohne daß doch *einer* den Mut gefaßt hätte, ihm in die Schatten des gefürchteten Forstes nachzureiten. Sie blieben also in ihrer Herberge, untätig hoffend, wie es die Menschen zu tun pflegen und durch ihre Klagen das Andenken des Verlornen lebendig erhalten. Wie nun bald darauf die großen Unwetter und Überschwemmungen merkbarer wurden, zweifelte man um so minder an dem gewissen Untergange des schönen Fremden, den auch Bertalda ganz unverhohlen betrauerte und sich selbst verwünschte, daß sie ihn zu dem unseligen Ritte nach dem Walde gelockt habe. Ihre herzoglichen Pflegeeltern waren gekommen, sie abzuholen, aber Bertalda bewog sie, mit ihr zu bleiben, bis man gewisse Nachricht von Huldbrands Leben oder Tod einziehe. Sie suchte verschiedne junge Ritter, die emsig um sie warben, zu bewegen, daß sie dem edlen Abenteurer in den Forst nachziehn möchten. Aber ihre Hand mochte sie nicht zum Preise des Wagestücks ausstellen, weil sie vielleicht noch immer hoffte, dem Wiederkehrenden angehören zu können, und um Handschuh oder Band, oder auch selbst um einen Kuß, wollte niemand sein Leben dran setzen, einen so gar gefährlichen Nebenbuhler zurückzuholen.

Nun, da Huldbrand unerwartet und plötzlich erschien, freuten sich Diener und Stadtbewohner und überhaupt fast alle Leute, nur Bertalda eben nicht, denn wenn es den andern auch ganz lieb war, daß er eine so wunderschöne Frau mitbrachte und den Pater Heilmann als Zeugen der Trauung, so konnte doch Bertalda nicht anders als sich deshalb betrüben. Erstlich hatte sie den jungen Rittersmann wirklich von ganzer Seele liebgewonnen, und dann war durch ihre Trauer über sein Wegbleiben den Augen der Menschen weit mehr davon kund geworden, als sich nun eben schicken wollte. Sie tat deswegen aber doch immer als ein kluges Weib, fand sich in die Umstände und lebte aufs allerfreundlichste mit Undinen, die man in der ganzen Stadt für eine Prinzessin hielt, welche Huldbrand im Walde von irgendeinem bösen Zauber erlöst habe. Wenn man sie selbst oder ihren Eheherrn darüber befragte, wußten sie zu schweigen oder geschickt auszuweichen, des Pater Heilmanns Lippen waren für jedes eitle Geschwätz versiegelt, und ohnehin war er gleich nach Huldbrands Ankunft wieder in sein Kloster zurückgegangen, so daß sich die Leute mit ihren seltsamen Mutmaßungen behelfen mußten und auch selbst Bertalda nicht mehr als jeder andre von der Wahrheit erfuhr.

Undine gewann übrigens dies anmutige Mädchen mit jedem Tage lieber. – »Wir müssen uns einander schon eher gekannt haben«, pflegte sie ihr öfters zu sagen, »oder es muß sonst irgendeine wundersame Beziehung unter uns geben, denn so ganz ohne Ursach, versteht mich, ohne tiefe, geheime Ursach gewinnt man ein andres nicht so lieb, als ich Euch gleich vom ersten Anblicke her gewann.« – Und auch Bertalda konnte sich nicht ableugnen, daß sie einen Zug der Vertraulichkeit und Liebe zu Undinen empfinde, wie sehr sie übrigens meinte, Ursach zu den bittersten Klagen über diese glückliche Nebenbuhlerin zu haben. In dieser gegenseitigen Neigung wußte die eine bei ihren Pflegeeltern, die andre bei ihrem Ehegatten den Tag der Abreise weiter und weiter hinauszuschieben; ja, es war schon die Rede davon gewesen, Bertalda solle Undinen auf einige Zeit nach Burg Ringstetten an die Quellen der Donau begleiten.

Sie sprachen auch einmal eines schönen Abends davon, als sie eben bei Sternenschein auf dem mit hohen Bäumen eingefaßten Markte der Reichsstadt umherwandelten. Die beiden jungen Eheleute hatten Bertalden noch spät zu einem Spaziergange abgeholt, und alle drei zogen vertraulich unter dem tiefblauen Himmel auf und ab, oftmals in ihren Gesprächen durch die Bewunderung unterbrochen, die sie dem kostbaren Springborn in der Mitte des Platzes und seinem wundersamen Rauschen und Sprudeln zollen mußten. Es war ihnen so lieb und heimlich zu Sinn; zwischen die Baumschatten durch stahlen sich die Lichtschimmer der nahen Häuser, ein stilles Gesumse von spielenden Kindern und andern luftwandelnden Menschen wogte um sie her; man war so allein und doch so freundlich in der heitern, lebendigen Welt mitten inne; was bei Tage Schwierigkeit geschienen hatte, das ebnete sich nun wie von selber, und die drei Freunde konnten gar nicht mehr begreifen, warum wegen Bertaldas Mitreise auch nur die geringste Bedenklichkeit habe obwalten mögen. Da kam, als sie eben den Tag ihrer gemeinschaftlichen Abfahrt bestimmen wollten, ein langer Mann von der Mitte des Marktplatzes her auf sie zugegangen, neigte sich ehrerbietig vor der Gesellschaft und sagte der jungen Frau etwas ins Ohr. Sie trat, unzufrieden über die Störung und über den Störer, einige Schritte mit dem Fremden zur Seite, und beide begannen miteinander zu flüstern, es schien, in einer fremden Sprache. Huldbrand glaubte den seltsamen Mann zu kennen und sah so starr auf ihn hin, daß er Bertaldens staunende Fragen weder hörte noch beantwortete. Mit einem Male klopfte Undine freudig in die Hände und ließ den Fremden lachend stehn, der sich mit vielem Kopfschütteln und hastigen, unzufriedenen Schritten entfernte und in den Brunnen hineinstieg. Nun glaubte Huldbrand seiner Sache ganz gewiß zu sein, Bertalda aber fragte: »Was wollte dir denn der Brunnenmeister, liebe Undine?« – Die junge Frau lachte heimlich in sich hinein und erwiderte: »Übermorgen, auf deinen Namenstag, sollst du's erfahren, du liebliches Kind.« – Und weiter war nichts aus ihr herauszubringen. Sie lud nun Bertalden und durch sie ihre Pflegeeltern an dem bestimmten Tage zur Mittagstafel, und man ging bald darauf auseinander.

»Kühleborn?« fragte Huldbrand mit einem geheimen Schauder seine schöne Gattin, als sie von Bertalda Abschied genommen hatten und nun allein durch die dunkler werdenden Gassen zu Haus gingen. – »Ja, er war es«, antwortete Undine, »und er wollte mir auch allerhand dummes Zeug vorsprechen! Aber mitten darin hat er mich, ganz gegen seine Absicht, mit einer höchst willkommenen Botschaft erfreut. Willst du diese nun gleich wissen, mein holder Herr und Gemahl, so brauchst du nur zu gebieten, und ich spreche mir alles vom Herzen los. Wolltest du aber deiner Undine eine recht, recht große Freude gönnen, so ließest du es bis übermorgen und hättest dann auch an der Überraschung dein Teil.«

Der Ritter gewährte seiner Gattin gern, warum sie so anmutig bat, und noch im Entschlummern lispelte sie lächelnd vor sich hin: »Was sie sich freuen wird und sich wundern über ihres Brunnenmeisters Botschaft, die liebe, liebe Bertalda!«

Eilftes Kapitel
Bertaldas Namensfeier

Die Gesellschaft saß bei Tafel, Bertalda mit Kleinodien und Blumen, den mannigfachen Geschenken ihrer Pflegeeltern und Freunde geschmückt, wie eine Frühlingsgöttin, obenan, zu ihrer Seiten Undine und Huldbrand. Als das reiche Mahl zu Ende ging und man den Nachtisch auftrug, blieben die Türen offen; nach alter, guter Sitte in deutschen Landen, damit auch das Volk zusehen könne und sich an der Lustigkeit der Herrschaften mitfreuen. Bediente trugen Wein und Kuchen unter den Zuschauern herum. Huldbrand und Bertalda warteten mit heimlicher Ungeduld auf die versprochne Erklärung und verwandten, sosehr es sich tun ließ, kein Auge von Undinen. Aber die schöne Frau blieb noch immer still und lächelte nur heimlich und innig froh vor sich hin. Wer um ihre getane Verheißung wußte, konnte sehn, daß sie ihr erquickendes Geheimnis alle Augenblick verraten wollte und es doch noch immer in lüsterner Entsagung zurücklegte, wie es Kinder bisweilen mit ihren liebsten Leckerbissen tun. Bertalda und Huldbrand teilten dies wonnige Gefühl, in hoffender Bangigkeit das neue Glück erwartend, welches von ihrer Freundin Lippen auf sie herniedertauen sollte. Da baten verschiedne von der Gesellschaft Undinen um ein Lied. Es schien ihr gelegen zu kommen, sie ließ sich sogleich ihre Laute bringen und sang folgende Worte:

»Morgen so hell,
Blumen so bunt,
Gräser so duftig und hoch
An wallenden Sees Gestade!
Was zwischen den Gräsern
Schimmert so licht?
Ist's eine Blüte weiß und groß,
Vom Himmel gefallen in Wiesenschoß?
Ach, ist ein zartes Kind! –
Unbewußt mit Blumen tändelt's,
Faßt nach goldnen Morgenlichtern; –
O woher? Woher, du Holdes? –

Fern vom unbekannten Strande
Trug es hier der See heran; –
Nein, fasse nicht, du zartes Leben,
Mit deiner kleinen Hand herum;
Nicht Hand wird dir zurückgegeben,
Die Blumen sind so fremd und stumm.
Die wissen wohl sich schön zu schmücken,
Zu duften auch nach Herzenslust,
Doch keine mag dich an sich drücken,
Fern ist die traute Mutterbrust.
So früh noch an des Lebens Toren,
Noch Himmelslächeln im Gesicht,
Hast du das Beste schon verloren,
O armes Kind, und weißt es nicht.
Ein edler Herzog kommt geritten
Und hemmt vor dir des Rosses Lauf;
Zu hoher Kunst und reinen Sitten
Zieht er in seiner Burg dich auf.
Du hast unendlich viel gewonnen,
Du blühst, die Schönst im ganzen Land,
Doch ach! die allerbesten Wonnen
Ließ'st du am unbekannten Strand.«

Undine senkte mit einem wehmütigen Lächeln ihre Laute; die Augen der herzoglichen Pflegeeltern Bertaldens standen voller Tränen. – »So war es am Morgen, wo ich dich fand, du arme, holde Waise«, sagte der Herzog tief bewegt; »die schöne Sängerin hat wohl recht; das Beste haben wir dir dennoch nicht zu geben vermocht.« –

»Wir müssen aber auch hören, wie es den armen Eltern ergangen ist«, sagte Undine, schlug die Saiten und sang:

»Mutter geht durch ihre Kammern,
Räumt die Schränke ein und aus,
Sucht, und weiß nicht was, mit Jammern,
Findet nichts, als leeres Haus.

Leeres Haus! O Wort der Klage
Dem, der einst ein holdes Kind

Drin gegängelt hat am Tage,
Drin gewiegt in Nächten lind.

Wieder grünen wohl die Buchen,
Wieder kommt der Sonne Licht,
Aber, Mutter, laß dein Suchen,
Wieder kommt dein Liebes nicht.

Und wenn Abendlüfte fächeln,
Vater heim zum Herde kehrt,
Regt sich's fast in ihm wie Lächeln,
Dran doch gleich die Träne zehrt.

Vater weiß, in seinen Zimmern
Findet er die Todesruh,
Hört nur bleicher Mutter Wimmern,
Und kein Kindlein lacht ihm zu.«

»O, um Gott, Undine, wo sind meine Eltern?« rief die weinende Bertalda. »Du weißt es gewiß, du hast es erfahren, du wundersame Frau, denn sonst hättest du mir das Herz nicht so zerrissen. Sind sie vielleicht schon hier? Wär es?« – Ihr Auge durchflog die glänzende Gesellschaft und weilte auf einer regierenden Herrin, die ihrem Pflegevater zunächst saß. Da beugte sich Undine nach der Tür zurück, ihre Augen flossen in der süßesten Rührung über. »Wo sind denn die armen, harrenden Eltern?« fragte sie, und der alte Fischer mit seiner Frau wankten aus dem Haufen der Zuschauer vor. Ihre Augen hingen fragend bald an Undinen, bald an dem schönen Fräulein, das ihre Tochter sein sollte. – »Sie ist es!« stammelte die entzückte Geberin, und die zwei alten Leute hingen lautweinend und Gott preisend an dem Halse der Wiedergefundnen.

Aber entsetzt und zürnend riß sich Bertalda aus ihrer Umarmung los. Es war zu viel für dieses stolze Gemüt, eine solche Wiedererkennung in dem Augenblicke, wo sie fest gemeint hatte, ihren bisherigen Glanz noch zu steigern, und die Hoffnung Thronhimmel und Kronen über ihr Haupt herunterregnen ließ. Es kam ihr vor, als habe ihre Nebenbuhlerin dies alles ersonnen, um sie nur recht ausgesucht vor Huldbranden und aller Welt zu demütigen. Sie schalt Undinen, sie schalt die beiden Alten; die häßlichen Worte: »Betrügerin und erkauftes Volk!« rissen sich von ihren Lippen. Da sagte die alte Fischersfrau nur ganz leise vor sich hin: »Ach Gott, ist sie ein böses Weibsbild geworden; und dennoch fühl ich's im Herzen, daß sie von mir geboren ist.« – Der alte Fischer aber hatte seine Hände gefaltet und betete still, daß die hier seine Tochter nicht sein möge. – Undine wankte todesbleich von den Eltern zu Bertalda, von Bertalda zu den Eltern, plötzlich aus all den Himmeln, die sie sich geträumt hatte, in eine Angst und ein Entsetzen gestürzt, das ihr bisher auch nicht im Traume kundgeworden war. »Hast du denn eine Seele? Hast du denn wirklich eine Seele, Bertalda?« schrie sie einige Male in ihre zürnende Freundin hinein, als wolle sie sie aus einem plötzlichen Wahnsinn oder einem tollmachenden Nachtgesichte gewaltsam zur Besinnung bringen. Als aber Bertalda nur immer noch ungestümer wütete, als die verstoßenen Eltern laut zu heulen anfingen und die Gesellschaft sich streitend und eifernd in verschiedne Parten teilte, erbat sie sich mit einem Male so würdig und ernst die Freiheit, in den Zimmern ihres Mannes zu reden, daß alles um sie her wie auf einen Wink still ward. Sie trat darauf an das obre Ende des Tisches, wo Bertalda gesessen hatte, demütig und stolz, und sprach, während sich aller Augen unverwandt auf sie richteten, folgendergestalt:

»Ihr Leute, die ihr so feindlich aussieht und so verstört und mir mein liebes Fest so grimm zerreißt, ach Gott, ich wußte von euern törichten Sitten und eurer harten Sinnesweise nichts und werde mich wohl mein lebelang nicht drin finden. Daß ich alles verkehrt angefangen habe, liegt nicht an mir; glaubt nur, es liegt einzig an euch, sowenig es auch darnach aussehen mag. Ich habe euch auch deshalb nur wenig zu sagen, aber das eine muß gesagt sein: ich habe nicht gelogen. Beweise kann und will ich euch außer meiner Versicherung nicht geben, aber beschwören will ich es. Mir hat es derselbe gesagt, der Bertalden von ihren Eltern weg ins Wasser lockte und sie nachher dem Herzog in seinen Weg auf die grüne Wiese legte.«

»Sie ist eine Zauberin«, rief Bertalda, »eine Hexe, die mit bösen Geistern Umgang hat! Sie bekennt es ja selbst.«

»Das tue ich nicht«, sagte Undine, einen ganzen Himmel der

Unschuld und Zuversicht in ihren Augen. »Ich bin auch keine Hexe; seht mich nur darauf an.«

»So lügt sie und prahlt«, fiel Bertalda ein, »und kann nicht behaupten, daß ich dieser niedern Leute Kind sei. Meine herzoglichen Eltern, ich bitte euch, führt mich aus dieser Gesellschaft fort und aus dieser Stadt, wo man nur darauf ausgeht, mich zu schmähen.«

Der alte, ehrsame Herzog aber blieb fest stehen, und seine Gemahlin sagte: »Wir müssen durchaus wissen, woran wir sind; Gott sei vor, daß ich eher nur einen Fuß aus diesem Saale setze.« – Da näherte sich die alte Fischerin, beugte sich tief vor der Herzogin und sagte: »Ihr schließt mir das Herz auf, hohe, gottesfürchtige Frau. Ich muß Euch sagen, wenn dieses böse Fräulein meine Tochter ist, trägt sie ein Mal, gleich einem Veilchen, zwischen beiden Schultern und ein gleiches auf dem Spann ihres linken Fußes. Wenn sie sich nur mit mir aus dem Saale entfernen wollte.« – »Ich entblöße mich nicht vor der Bäuerin«, sagte Bertalda, ihr stolz den Rücken wendend. – »Aber vor mir doch wohl«, entgegnete die Herzogin mit großem Ernst. »Ihr werdet mir in jenes Gemach folgen, Jungfrau, und die gute Alte kommt mit.« – Die drei verschwanden, und alle übrigen blieben in großer Erwartung schweigend zurück. Nach einer kleinen Weile kamen die Frauen wieder, Bertalda totenbleich, und die Herzogin sagte: »Recht muß Recht bleiben: deshalb erklär ich, daß unsre Frau Wirtin vollkommen wahr gesprochen hat. Bertalda ist des Fischers Tochter, und so viel ist, als man hier zu wissen braucht.« Das fürstliche Ehepaar ging mit der Pflegetochter fort; auf einen Wink des Herzogs folgte ihnen der Fischer mit seiner Frau. Die andern Gäste entfernten sich schweigend oder heimlich murmelnd, und Undine sank herzlich weinend in Huldbrands Arme.

Zwölftes Kapitel

Wie sie aus der Reichsstadt abreisten

Dem Herrn von Ringstetten wär es freilich lieber gewesen, wenn sich alles an diesem Tage anders gefügt hätte; aber auch so, wie es nun einmal war, konnte es ihm nicht unlieb sein, da sich seine reizende Frau so fromm und gutmütig und herzlich bewies. – »Wenn ich ihr eine Seele gegeben habe«, mußt er bei sich selber sagen, »gab ich ihr wohl eine beßre als meine eigne ist«; und nun dachte er einzig darauf, die Weinende zufrieden zu sprechen und gleich des andern Tages einen Ort mit ihr zu verlassen, der ihr seit diesem Vorfalle zuwider sein mußte. Zwar ist es an dem, daß man sie eben nicht ungleich beurteilte. Weil man schon früher etwas Wunderbares von ihr erwartete, fiel die seltsame Entdeckung von Bertaldens Herkommen nicht allzusehr auf, und nur gegen diese war jedermann, der die Geschichte und ihr stürmisches Betragen dabei erfuhr, übel gesinnt. Davon wußten aber der Ritter und seine Frau noch nichts; außerdem wäre eins für Undinen so schmerzhaft gewesen als das andre, und so hatte man nichts Beßres zu tun, als die Mauern der alten Stadt baldmöglichst hinter sich zu lassen.

Mit den ersten Strahlen des Morgens hielt ein zierlicher Wagen für Undinen vor dem Tore der Herberge; Huldbrands und seiner Knappen Hengste stampften daneben das Pflaster. Der Ritter führte seine schöne Frau aus der Tür, da trat ihnen ein Fischermädchen in den Weg. – »Wir brauchen deine Ware nicht«, sagte Huldbrand zu ihr, »wir reisen eben fort.« – Da fing das Fischermädchen bitterlich an zu weinen, und nun erst sahen die Eheleute, daß es Bertalda war. Sie traten gleich mit ihr in das Gemach zurück und erfuhren von ihr, der Herzog und die Herzogin seien so erzürnt über ihre gestrige Härte und Heftigkeit, daß sie die Hand gänzlich von ihr abgezogen hätten, nicht ohne ihr jedoch vorher eine reiche Aussteuer zu schenken. Der Fischer sei gleichfalls wohl begabt worden und habe noch gestern abends mit seiner Frau wieder den Weg nach der Seespitze eingeschlagen.

»Ich wollte mit ihnen gehn«, fuhr sie fort, »aber der alte Fischer, der mein Vater sein soll –«

»Er ist es auch wahrhaftig, Bertalda«, unterbrach sie Undine. »Sieh nur, der, welchen du für den Brunnenmeister ansahst, erzählte mir's ausführlich. Er wollte mich abreden, daß ich dich nicht mit nach Burg Ringstetten nehmen sollte, und da fuhr ihm dieses Geheimnis mit heraus.«

»Nun denn«, sagte Bertalda, »mein Vater – wenn es denn so

sein soll – mein Vater sprach: ›Ich nehme dich nicht mit, bis du anders worden bist. Wage dich allein durch den verrufenen Wald zu uns hinaus; das soll die Probe sein, ob du dir etwas aus uns machst. Aber komm mir nicht wie ein Fräulein; wie eine Fischerdirne komm!‹ – Da will ich denn tun, wie er gesagt hat, denn von aller Welt bin ich verlassen und will als ein armes Fischerkind bei den ärmlichen Eltern einsam leben und sterben. Vor dem Wald graut es mich freilich sehr. Es sollen abscheuliche Gespenster drinnen hausen, und ich bin so furchtsam. Aber was hilft's? – Hierher kam ich nur noch, um bei der edlen Frau von Ringstetten Verzeihung dafür zu erflehen, daß ich mich gestern so ungebührlich erzeigte. Ich fühle wohl, Ihr habt es gut gemeint, holde Dame, aber Ihr wußtet nicht, wie Ihr mich verletzen würdet, und da strömte mir denn in der Angst und Überraschung gar manch unsinnig verwegnes Wort über die Lippen. Ach verzeiht, verzeiht! Ich bin ja so unglücklich schon. Denkt nur selbsten, was ich noch gestern in der Frühe war, noch gestern zu Anfang Eures Festes, und was nun heut! –«

Die Worte gingen ihr unter in einem schmerzlichen Tränenstrom, und gleichfalls bitterlich weinend fiel ihr Undine um den Hals. Es dauerte lange, bis die tiefgerührte Frau ein Wort hervorbringen konnte; dann aber sagte sie: »Du sollst ja mit uns nach Ringstetten; es soll ja alles bleiben, wie es früher abgeredet war; nur nenne mich wieder du und nicht mehr Dame und edle Frau. Sieh, wir wurden als Kinder miteinander vertauscht; da schon verzweigte sich unser Geschick, und wir wollen es fürder so innig verzweigen, daß es keine menschliche Gewalt zu trennen imstand sein soll. Nur erst mit uns nach Ringstetten. Wie wir als Schwestern miteinander teilen wollen, besprechen wir dort.« – Bertalda sah scheu nach Huldbrand empor. Ihn jammerte des schönen, bedrängten Mägdleins; er bot ihr die Hand und redete ihr kosend zu, sich ihm und seiner Gattin anzuvertraun. – »Euern Eltern«, sagte er, »schicken wir Botschaft, warum Ihr nicht gekommen seid«; und noch manches wollte er wegen der guten Fischersleute hinzusetzen, aber er sah, wie Bertalda bei deren Erwähnung schmerzhaft zusammenfuhr, und ließ also lieber das Reden davon sein. Aber unter den Arm faßte er sie, hob sie zuerst in den Wagen, Undinen ihr nach, und trabte fröhlich beiher, trieb auch den Fuhrmann so wacker an, daß sie das Gebiet der Reichsstadt und mit ihm alle trüben Erinnrungen in kurzer Zeit überflogen hatten und nun die Frauen mit beßrer Lust durch die schönen Gegenden hinrollten, welche ihr Weg sie entlängst führte.

Nach einigen Tagesreisen kamen sie eines schönen Abends auf Burg Ringstetten an. Dem jungen Rittersmann hatten seine Vögte und Mannen viel zu berichten, so daß Undine mit Bertalden alleinblieb. Die beiden ergingen sich auf dem hohen Walle der Veste und freuten sich an der anmutigen Landschaft, die sich ringsum durch das gesegnete Schwaben ausbreitete. Da trat ein langer Mann zu ihnen, der sie höflich grüßte und der Bertalden beinah vorkam wie jener Brunnenmeister in der Reichsstadt. Noch unverkennbarer ward ihr die Ähnlichkeit, als Undine ihm unwillig, ja drohend zurückwinkte und er sich mit eiligen Schritten und schüttelndem Kopfe fortmachte wie damals, worauf er in einem nahen Gebüsche verschwand. Undine aber sagte: »Fürchte dich nicht, liebes Bertaldchen; diesmal soll dir der häßliche Brunnenmeister nichts zuleide tun.« – Und damit erzählte sie ihr die ganze Geschichte ausführlich, und auch wer sie selbst sei, und wie Bertalda von den Fischersleuten weg, Undine aber dahin gekommen war. Die Jungfrau entsetzte sich anfänglich vor diesen Reden; sie glaubte, ihre Freundin sei von einem schnellen Wahnsinn befallen. Aber mehr und mehr überzeugte sie sich, daß alles wahr sei an Undinens zusammenhängenden Worten, die zu den bisherigen Begebenheiten so gut paßten, und noch mehr an dem innern Gefühl, mit welchem sich die Wahrheit uns kundzugeben nie ermangelt. Es war ihr seltsam, daß sie nun selbst wie mitten in einem von den Märchen lebe, die sie sonst nur erzählen gehört. Sie starrte Undinen mit Ehrfurcht an, konnte sich aber eines Schauders, der zwischen sie und ihre Freundin trat, nicht mehr erwehren und mußte sich beim Abendbrot sehr darüber wundern, wie der Ritter gegen ein Wesen so verliebt und freundlich tat, welches ihr seit den letzten Entdeckungen mehr gespenstisch als menschlich vorkam.

Dreizehntes Kapitel

Wie sie auf Burg Ringstetten lebten

Der diese Geschichte aufschreibt, weil sie ihm das Herz bewegt und weil er wünscht, daß sie auch andern ein Gleiches tun möge, bittet dich, lieber Leser, um eine Gunst. Sieh es ihm nach, wenn er jetzt über einen ziemlich langen Zeitraum mit kurzen Worten hingeht und dir nur im allgemeinen sagt, was sich darin begeben hat. Er weiß wohl, daß man es recht kunstgemäß und Schritt vor Schritt entwickeln könnte, wie Huldbrands Gemüt begann, sich von Undinen ab- und Bertalden zuzuwenden, wie Bertalda dem jungen Mann mit glühender Liebe immer mehr entgegenkam und er und sie die arme Ehefrau als ein fremdartiges Wesen mehr zu fürchten als zu bemitleiden schienen, wie Undine weinte und ihre Tränen Gewissensbisse in des Ritters Herzen anregten, ohne jedoch die alte Liebe zu erwecken, so daß er ihr wohl bisweilen freundlich tat, aber ein kalter Schauer ihn bald von ihr weg und dem Menschenkinde Bertalda entgegentrieb – man könnte dies alles, weiß der Schreiber, ordentlich ausführen, vielleicht sollte man's auch. Aber das Herz tut ihm dabei allzu weh, denn er hat ähnliche Dinge erlebt und scheut sich in der Erinnerung auch noch vor ihrem Schatten. Du kennst wahrscheinlich ein ähnliches Gefühl, lieber Leser, denn so ist nun einmal der sterblichen Menschen Geschick. Wohl dir, wenn du dabei mehr empfangen als ausgeteilt hast, denn hier ist Nehmen seliger als Geben. Dann schleicht dir nur ein geliebter Schmerz bei solchen Erwähnungen durch die Seele und vielleicht eine linde Träne die Wange herab, um deine verwelkten Blumenbeete, deren du dich so herzlich gefreut hattest. Damit sei es aber auch genug; wir wollen uns nicht mit tausendfach vereinzelten Stichen das Herz durchprickeln, sondern nur kurz dabei bleiben, daß es nun einmal so gekommen war, wie ich es vorhin sagte. Die arme Undine war sehr betrübt, die andern beiden waren auch nicht eben vergnügt; sonderlich meinte Bertalda bei der geringsten Abweichung von dem, was sie wünschte, den eifersüchtigen Druck der beleidigten Hausfrau zu spüren. Sie hatte sich deshalb ordentlich ein herrisches Wesen angewöhnt, dem Undine in wehmütiger Entsagung nachgab und das durch den verblendeten Huldbrand gewöhnlich aufs entschiedenste unterstützt ward. – Was die Burggesellschaft noch mehr verstörte, waren allerhand wunderliche Spukereien, die Huldbranden und Bertalden in den gewölbten Gängen des Schlosses begegneten und von denen vorher seit Menschengedenken nichts gehört worden war. Der lange, weiße Mann, in welchem Huldbrand den Oheim Kühleborn, Bertalda den gespenstischen Brunnenmeister nur allzu wohl erkannte, trat oftmals drohend vor beide, vorzüglich aber vor Bertalden hin, so daß diese schon einigemal vor Schrecken krank darnieder gelegen hatte und manchmal daran dachte, die Burg zu verlassen. Teils aber war ihr Huldbrand allzu lieb, und sie stützte sich dabei auf ihre Unschuld, weil es nie zu einer eigentlichen Erklärung unter ihnen gekommen war; teils auch wußte sie nicht, wohin sie sonst ihre Schritte richten solle. Der alte Fischer hatte auf des Herrn von Ringstettens Botschaft, daß Bertalda bei ihm sei, mit einigen schwer zu lesenden Federzügen, so wie sie ihm Alter und lange Entwöhnung verstatteten, geantwortet: »Ich bin nun ein armer alter Witwer worden, denn meine liebe treue Frau ist mir erstorben. Wie sehr ich aber auch allein in der Hütten sitzen mag, Bertalda ist mir lieber dort als bei mir. Nur daß sie meiner lieben Undine nichts zuleide tue! Sonst hätte sie meinen Fluch.« – Die letzten Worte schlug Bertalda in den Wind, aber das wegen des Wegbleibens von dem Vater behielt sie gut, so wie wir Menschen in ähnlichen Fällen es immer zu machen pflegen.

Eines Tages war Huldbrand eben ausgeritten, als Undine das Hausgesinde versammelte, einen großen Stein herbeibringen hieß und den prächtigen Brunnen, der sich in der Mitte des Schloßhofes befand, sorgfältig damit zu bedecken befahl. Die Leute wandten ein, sie würden alsdann das Wasser weit unten aus dem Tale heraufzuholen haben. Undine lächelte wehmütig. – »Es tut mir leid um eure vermehrte Arbeit, liebe Kinder«, entgegnete sie; »ich möchte lieber selbst die Wasserkrüge heraufholen, aber dieser Brunnen muß nun einmal zu. Glaubt es mir aufs Wort, daß es nicht anders angeht und daß wir nur dadurch ein größeres Unheil zu vermeiden imstande sind.« – Die ganze Dienerschaft freute sich, ihrer sanften Hausfrau gefällig sein zu können; man fragte nicht weiter, sondern ergriff den ungeheuern Stein. Dieser hob sich unter ihren Händen und schwebte bereits über dem Brunnen, da kam Bertalda gelaufen und rief, man solle innehalten; aus diesem Brunnen lasse sie das Waschwasser holen, welches ihrer Haut so vorteilhaft sei, und sie werde nimmermehr zugeben, daß man ihn verschließe. Undine aber blieb diesmal, obgleich auf gewohnte Weise sanft, dennoch auf ungewohnte Weise bei ihrer Meinung fest; sie sagte, als Hausfrau gebühre ihr, alle Anordnungen der Wirtschaft nach bester Überzeugung einzurichten, und niemand habe sie darüber Rechenschaft abzulegen als ihrem Ehgemahl und Herrn. – »Seht, o seht doch«, rief Bertalda unwillig und ängstlich, »das arme, schöne Wasser kräuselt sich und windet sich, weil es vor der klaren Sonne versteckt werden soll und vor dem erfreulichen Anblick der Menschengesichter, zu deren Spiegel es erschaffen ist!« – In der Tat zischte und regte sich die Flut im Borne ganz wunderlich; es war, als wollte sich etwas daraus hervorringen, aber Undine drang nur um so ernstlicher auf die Erfüllung ihrer Befehle. Es brauchte dieses Ernstes kaum. Das Schloßgesind war ebenso froh, seiner milden Herrin zu gehorchen, als Bertaldas Trotz zu brechen, und so ungebärdig diese auch schelten und drohen mochte, lag dennoch in kurzer Zeit der Stein über der Öffnung des Brunnens fest. Undine lehnte sich sinnend darüber hin und schrieb mit den schönen Fingern auf der Fläche. Sie mußte aber wohl etwas sehr Scharfes und Ätzendes dabei in der Hand gehabt haben, denn als sie sich abwandte und die andern näher hinzutraten, nahmen sie allerhand seltsame Zeichen auf dem Steine wahr, die keiner vorher an demselben gesehn haben wollte.

Den heimkehrenden Ritter empfing am Abend Bertalda mit Tränen und Klagen über Undinens Verfahren. Er warf ernste Blicke auf diese, und die arme Frau sah betrübt vor sich nieder. Doch sagte sie mit großer Fassung: »Mein Herr und Ehgemahl schilt ja keinen Leibeignen, bevor er ihn hört, wie minder dann sein angetrautes Weib.« – »Sprich, was dich zu jener seltsamen Tat bewog«, sagte der Ritter mit finsterm Antlitz. – »Ganz allein möcht ich es dir sagen!« seufzte Undine. – »Du kannst es ebensogut in Bertaldas Gegenwart«, entgegnete er. – »Ja, wenn du es gebeutst«, sagte Undine; »aber gebeut es nicht. O bitte, bitte, gebeut es nicht.« – Sie sah so demütig, hold und gehorsam aus, daß des Ritters Herz sich einem Sonnenblick aus bessern Zeiten erschloß. Er faßte sie freundlich unter den Arm und führte sie in sein Gemach, wo sie folgendermaßen zu sprechen begann:

»Du kennst ja den bösen Oheim Kühleborn, mein geliebter Herr, und bist ihm öfters unwillig in den Gängen dieser Burg begegnet. Bertalden hat er gar bisweilen zum Krankwerden erschreckt. Das macht, er ist seelenlos, ein bloßer, elementarischer Spiegel der Außenwelt, der das Innere nicht wiederzustrahlen vermag. Da sieht er denn bisweilen, daß du unzufrieden mit mir bist, daß ich in meinem kindischen Sinne darüber weine, daß Bertalda vielleicht eben in derselben Stunde zufällig lacht. Nun bildet er sich allerhand Ungleiches ein und mischt sich auf vielfache Weise ungebeten in unsern Kreis. Was hilft's, daß ich ihn ausschelte? Daß ich ihn unfreundlich wegschicke? Er glaubt mir nicht ein Wort. Sein armes Leben hat keine Ahnung davon, wie Liebesleiden und Liebesfreuden einander so anmutig gleich sehn und so innig verschwistert sind, daß keine Gewalt sie zu trennen vermag. Unter der Träne quillt das Lächeln vor, das Lächeln lockt die Träne aus ihren Kammern.«

Sie sah lächelnd und weinend nach Huldbrand in die Höh, der allen Zauber der alten Liebe wieder in seinem Herzen empfand. Sie fühlte das, drückte ihn inniger an sich und fuhr unter freudigen Tränen also fort:

»Da sich der Friedenstörer nicht mit Worten weisen ließ, mußte ich wohl die Tür vor ihm zusperren. Und die einzige Tür, die er zu uns hat, ist jener Brunnen. Mit den andern Quellgeistern hier in der Gegend ist er entzweit, von den nächsten Tälern an, und erst weiterhin auf der Donau, wenn einige seiner guten Freunde hineingeströmt sind, fängt sein Reich wieder an. Darum ließ ich den Stein über des Brunnens Öffnung wälzen und schrieb Zeichen darauf, die alle Kraft des eifernden Oheims lähmen, so daß er nun weder dir noch mir noch Bertalden in den Weg kommen soll. Menschen freilich können trotz der Zeichen mit ganz gewöhnlichem Bemühen den Stein wieder abheben; die hindert es nicht. Willst du also, so tu nach Bertaldas Begehr, aber wahrhaftig, sie weiß nicht, was sie bittet. Auf sie hat es der ungezogne Kühleborn ganz vorzüglich angesehn, und wenn manches käme, was er mir prophezeien wollte und was doch wohl geschehen könnte, ohne daß du es übel meintest – ach Lieber, so wärest ja auch du nicht außer Gefahr!«

Huldbrand fühlte tief im Herzen die Großmut seiner holden Frau, wie sie ihren furchtbaren Beschützer so emsig aussperrte und noch dazu von Bertalden darüber gescholten worden war. Er drückte sie daher aufs liebreichste in seine Arme und sagte gerührt: »Der Stein bleibt liegen, und alles bleibt und soll immer bleiben, wie du es haben willst, mein holdes Undinchen.« – Sie schmeichelte ihm demütig froh über die lang entbehrten Worte der Liebe und sagte endlich: »Mein allerliebster Freund, da du heute so überaus mild und gütig bist, dürft ich es wohl wagen, dir eine Bitte vorzutragen? Sieh nur, es ist mit dir, wie mit dem Sommer. Eben in seiner besten Herrlichkeit setzt sich der flammende und donnernde Kronen von schönen Gewittern auf, darin er als ein rechter König und Erdengott anzusehen ist. So schiltst auch du bisweilen und wetterleuchtest mit Zung und Augen, und das steht dir sehr gut, wenn ich auch bisweilen in meiner Torheit darüber zu weinen anfange. Aber tu das nie gegen mich auf einem Wasser oder wo wir auch nur einem Gewässer nahe sind. Siehe, dann bekämen die Verwandten ein Recht über mich. Unerbittlich würden sie mich von dir reißen in ihrem Grimm, weil sie meinten, daß eine ihres Geschlechtes beleidigt sei, und ich müßte lebenslang drunten in den Kristallpalästen wohnen und dürfte nie wieder zu dir herauf, oder sendeten sie mich zu dir herauf, o Gott, dann wär es noch unendlich schlimmer. Nein, nein, du süßer Freund, dahin laß es nicht kommen, so lieb dir die arme Undine ist.«

Er verhieß feierlich, zu tun, wie sie begehre, und die beiden Eheleute traten unendlich froh und liebevoll wieder aus dem Gemach. Da kam Bertalda mit einigen Werkleuten, die sie unterdes schon hatte bescheiden lassen, und sagte mit einer mürrischen Art, die sie sich zeither angenommen hatte: »Nun ist doch wohl das geheime Gespräch zu Ende, und der Stein kann herab. Geht nur hin, ihr Leute, und richtet's aus.« – Der Ritter aber, ihre Unart empört fühlend, sagte in kurzen und sehr ernstlichen Worten: »Der Stein bleibt liegen.« Auch verwies er Bertalden ihre Heftigkeit gegen seine Frau, worauf die Werkleute mit heimlich vergnügtem Lächeln fortgingen, Bertalda aber von der andern Seite erbleichend nach ihren Zimmern eilte.

Die Stunde des Abendessens kam heran, und Bertalda ließ sich vergeblich erwarten. Man schickte nach ihr; da fand der Kämmerling ihre Gemächer leer und brachte nur ein versiegeltes Blatt, an den Ritter überschrieben, mit zurück. Dieser öffnete es bestürzt und las:

»Ich fühle mit Beschämung, wie ich nur eine arme Fischersdirne bin. Daß ich es auf Augenblicke vergaß, will ich in der ärmlichen Hütte meiner Eltern büßen. Lebt wohl mit Eurer schönen Frau!«

Undine war von Herzen betrübt. Sie bat Huldbranden inbrünstig, der entflohenen Freundin nachzueilen und sie wieder mit zurückzubringen. Ach, sie hatte nicht nötig zu treiben! Seine Neigung für Bertalden brach wieder heftig hervor. Er eilte im ganzen Schloß umher, fragend, ob niemand gesehn habe, welches Weges die schöne Flüchtige gegangen sei. Er konnte nichts erfahren und saß schon im Burghofe zu Pferde, entschlossen, aufs Geratewohl dem Wege nachzureiten, den er Bertalden hierher geführt hatte. Da kam ein Schildbub und versicherte, er sei dem Fräulein auf dem Pfade nach dem Schwarztale begegnet. Wie ein Pfeil sprengte der Ritter durch das Tor, der angewiesenen Richtung nach, ohne Undines ängstliche Stimme zu hören, die ihm aus dem Fenster nachrief: »Nach dem Schwarztal? O dahin nicht! Huldbrand, dahin nicht! Oder um Gottes willen, nimm mich mit!« – Als sie aber all ihr Rufen vergeblich sah, ließ sie eilig ihren weißen Zelter satteln und trabte dem Ritter nach, ohne irgendeines Dieners Begleitung annehmen zu wollen.

Vierzehntes Kapitel

Wie Bertalda mit dem Ritter heimfuhr

Das Schwarztal liegt tief in die Berge hinein. Wie es jetzo heißt, kann man nicht wissen. Damals nannten es die Landleute so wegen der tiefen Dunkelheit, welche von hohen Bäumen, worunter es vorzüglich viele Tannen gab, in die Niederung heruntergеstreuet war. Selbst der Bach, der zwischen den Klippen hinstrudelte, sahe davon ganz schwarz aus und gar nicht so fröhlich, wie es Gewässer wohl zu tun pflegen, die den blauen Himmel unmittelbar über sich haben. Nun, in der hereinbrechenden Dämmerung, war es vollends sehr wild und finster zwischen den Höhen geworden. Der Ritter trabte ängstlich die Bachesufer entlängst; er fürchtete bald, durch Verzögerung die Flüchtige zu weit voraus zu lassen, bald wieder, in der großen Eile sie irgendwo, dafern sie sich vor ihm verstecken wolle, zu übersehn. Er war indes schon ziemlich tief in das Tal hineingekommen und konnte nun denken, das Mägdlein bald eingeholt zu haben, wenn er anders auf der rechten Spur war. Die Ahnung, daß er das auch wohl nicht sein könne, trieb sein Herz zu immer ängstlicheren Schlägen. Wo sollte die zarte Bertalda bleiben, wenn er sie nicht fand, in der drohenden Wetternacht, die sich immer furchtbarer über das Tal hereinbog? Da sah er endlich etwas Weißes am Hange des Berges durch die Zweige schimmern. Er glaubte Bertaldas Gewand zu erkennen und machte sich hinzu. Sein Roß aber wollte nicht hinan; es bäumte sich so ungestüm, und er wollte so wenig Zeit verlieren, daß er – zumal da ihm wohl ohnehin zu Pferde das Gesträuch allzu hinderlich geworden wäre – absaß und den schnaubenden Hengst an eine Rüster band, worauf er sich dann vorsichtig durch die Büsche hinarbeitete. Die Zweige schlugen ihm unfreundlich Stirn und Wangen mit der kalten Nässe des Abendtaus, ein ferner Donner murmelte jenseit der Berge hin, es sah alles so seltsam aus, daß er anfing, eine Scheu vor der weißen Gestalt zu empfinden, die nun schon unfern von ihm am Boden lag. Doch konnte er ganz deutlich unterscheiden, daß es ein schlafendes oder ohnmächtiges Frauenzimmer in langen, weißen Gewändern war, wie sie Bertalda heute getragen hatte. Er trat dicht vor sie hin, rauschte an den Zweigen, klirrte an seinem Schwerte – sie regte sich nicht. – »Bertalda!« sprach er; erst leise, dann immer lauter – sie hörte nicht. Als er zuletzt den teuern Namen mit gewaltsamer Anstrengung rief, hallte ein dumpfes Echo aus den Berghöhlen des Tales lallend zurück: »Bertalda!« – aber die Schläferin blieb unerweckt. Er beugte sich zu ihr nieder; die Dunkelheit des Tales und der einbrechenden Nacht ließen keinen ihrer Gesichtszüge unterscheiden. Als er sich nun eben mit einigem gramvollen Zweifel ganz nahe zu ihr an den Boden gedrückt hatte, fuhr ein Blitz schnell erleuchtend über das Tal hin. Er sah ein abscheulich verzerrtes Antlitz dicht vor sich, das mit dumpfer Stimme rief: »Gib mir 'nen Kuß, du verliebter Schäfer.« – Vor Entsetzen schreiend fuhr Huldbrand in die Höh, die häßliche Gestalt ihm nach. – »Zu Haus!« murmelte sie; »die Unholde sind wach. Zu Haus! Sonst hab ich dich!« – Und es griff nach ihm mit langen weißen Armen. – »Tückischer Kühleborn«, rief der Ritter, sich ermannend, »was gilt's, du bist es, du Kobold! Da hast du 'nen Kuß!« – Und wütend hieb er mit dem Schwerte gegen die Gestalt. Aber die zerstob, und ein durchnässender Wasserguß ließ dem Ritter keinen Zweifel darüber, mit welchem Feinde er gestritten habe.

»Er will mich zurückschrecken von Bertalden«, sagte er laut zu sich selbst; »er denkt, ich soll mich vor seinen albernen Spukereien fürchten und ihm das arme, geängstete Mädchen hingeben, damit er sie seine Rache könne fühlen lassen. Das soll er doch nicht, der schwächliche Elementargeist. Was eine Menschenbrust vermag, wenn sie so recht will, so recht aus ihrem besten Leben will, das versteht der ohnmächtige Gaukler nicht.« – Er fühlte die Wahrheit seiner Worte und daß er sich selbst dadurch einen ganz erneuten Mut in das Herz gesprochen habe. Auch schien es, als trete das Glück mit ihm in Bund, denn noch war er nicht wieder bei seinem angebundenen Rosse, da hörte er schon ganz deutlich Bertaldas klagende Stimme, wie sie unfern von ihm durch das immer lauter werdende Geräusch des Donners und Sturmwindes herüber weinte. Beflügelten Fußes eilt' er dem Schalle nach und fand die erbebende Jungfrau, wie sie eben die Höhe hinanzuklimmen versuchte, um sich auf alle Weise aus dem schaurigen Dunkel dieses Tales zu retten. Er aber trat ihr liebkosend in den Weg, und so kühn und stolz auch früher ihr Entschluß mochte gewesen sein, empfand sie doch jetzt nur allzu lebendig das Glück, das ihr im Herzen geliebter Freund sie aus der furchtbaren Einsamkeit erlöse und das helle Leben in der befreundeten Burg so anmutige Arme nach ihr ausstrecke. Sie folgte fast ohne Widerspruch, aber so ermattet, daß der Ritter froh war, sie bis zu seinem Rosse geleitet zu haben, welches er nun eilig losknüpfte, um die schöne Wandrerin hinaufzuheben und es alsdann am Zügel sich durch die ungewissen Schatten der Talgegend vorsichtig nachzuleiten.

Aber das Pferd war ganz verwildert durch Kühleborns tolle Erscheinung. Selbst der Ritter würde Mühe gebraucht haben, auf des bäumenden, wildschnaubenden Tieres Rücken zu springen; die zitternde Bertalda hinaufzuheben, war eine volle Unmöglichkeit. Man beschloß also, zu Fuße heimzukehren. Das Roß am Zügel nachzerrend, unterstützte der Ritter mit der andern Hand das schwankende Mägdlein. Bertalda machte sich so stark als möglich, um den furchtbaren Talgrund schnell zu durchwandeln, aber wie Blei zog die Müdigkeit sie herab, und zugleich bebten ihr alle Glieder zusammen, teils noch von mancher überstandnen Angst, womit Kühleborn sie vorwärtsgehetzt hatte, teils auch in der fortdauernden Bangigkeit vor dem Geheul des Sturmes und Donners durch die Waldung des Gebirgs.

Endlich entglitt sie dem stützenden Arm ihres Führers, und auf das Moos hingesunken, sagte sie: »Laßt mich nur hier liegen, edler Herr. Ich büße meiner Torheit Schuld und muß nun doch auf alle Weise hier verkommen vor Mattigkeit und Angst.« – »Nimmermehr, holde Freundin, verlaß ich Euch!« rief Huldbrand, vergeblich bemüht, den brausenden Hengst an seiner Hand zu bändigen, der ärger als vorhin zu tosen und zu schäumen begann; der Ritter war endlich nur froh, daß er ihn von der hingesunknen Jungfrau fern genug hielt, um sie nicht durch die Furcht vor ihm noch mehr zu erschrecken. Wie er sich aber mit dem tollen Pferde nur kaum einige Schritte entfernte, begann sie auch gleich, ihm auf das allerjämmerlichste nachzurufen, des Glaubens, er wolle sie wirklich hier in der entsetzlichen Wildnis verlassen. Er wußte gar nicht mehr, was er beginnen sollte. Gern hätte er dem wütenden Tiere volle Freiheit gegeben, durch die Nacht hinzustürmen und seine Raserei auszutoben, hätte er nur nicht fürchten müssen, es würde in diesem engen Paß mit seinen beerzten Hufen eben über die Stelle hindonnern, wo Bertalda lag.

Während dieser großen Not und Verlegenheit war es ihm unendlich trostreich, daß er einen Wagen langsam den steinigen Weg hinter sich herabfahren hörte. Er rief um Beistand; eine männliche Stimme antwortete, verwies ihn zur Geduld, aber versprach zu helfen, und bald darauf leuchteten schon zwei Schimmel durch das Gebüsch, der weiße Kärrnerkittel ihres Führers nebenher, worauf sich denn auch die große weiße Leinewand sehen ließ, mit welcher die Waren, die er bei sich führen mochte, überdeckt waren. Auf ein lautes Brr! aus dem Munde ihres Herrn standen die gehorsamen Schimmel. Er kam gegen den Ritter heran und half ihm das schäumende Tier bändigen. – »Ich merke wohl«, sagte er dabei, »was der Bestie fehlt. Als ich zuerst durch diese Gegend zog, ging es meinen Pferden nicht besser. Das macht, hier wohnt ein böser Wassernix, der an solchen Neckereien Lust hat. Aber ich hab ein Sprüchlein gelernt; wenn Ihr mir vergönnen wolltet, dem Rosse das ins Ohr zu sagen, so sollt es gleich so ruhig stehn wie meine Schimmel da.« – »Versucht Eur Heil und helft nur bald!« schrie der ungeduldige Ritter. Da bog der Fuhrmann den Kopf des bäumenden Pferdes zu sich herunter und sagte ihm einige Worte ins Ohr. Augenblicklich stand der Hengst gezähmt und friedlich still, und nur sein erhitztes Keuchen und Dampfen zeugte noch von der vorherigen Unbändigkeit. Es war nicht viel Zeit für Huldbranden, lange zu fragen, wie dies zugegangen sei. Er ward mit dem Kärrner einig, daß er Bertalden auf den Wagen nehmen solle, wo, seiner Aussage nach, die weichste Baumwolle in Ballen lag, und so möge er sie bis nach Burg Ringstetten führen; der Ritter wolle den Zug zu Pferde begleiten. Aber das Roß schien von seinem vorigen Toben zu erschöpft, um noch seinen Herrn so weit zu tragen, weshalb diesem der Kärrner zuredete, mit Bertalden in den Wagen zu steigen. Das Pferd könne man ja hinten anbinden. – »Es geht bergunter«, sagte er, »und da wird's meinen Schimmeln leicht.« – Der Ritter nahm dies Erbieten an, er bestieg mit Bertalden den Wagen, der Hengst folgte geduldig nach, und rüstig und achtsam schritt der Fuhrmann beiher.

In der Stille der tiefer dunkelnden Nacht, aus der das Gewitter immer ferner und schweigsamer abdonnerte, in dem behaglichen Gefühl der Sicherheit und des bequemen Fortkommens entspann sich zwischen Huldbrand und Bertalda ein trauliches Gespräch. Mit schmeichelnden Worten schalt er sie um ihr trotziges Flüchten; mit Demut und Rührung entschuldigte sie sich, und aus allem, was sie sprach, leuchtete es hervor, gleich einer Lampe, die dem Geliebten zwischen Nacht und Geheimnis kundgibt, die Geliebte harre noch sein. Der Ritter fühlte den Sinn dieser Reden weit mehr, als daß er auf die Bedeutung der Worte achtgegeben hätte, und antwortete auch einzig auf jenen. Da rief der Fuhrmann plötzlich mit kreischender Stimme: »Hoch, ihr Schimmel! Hoch den Fuß! Nehmt euch zusammen, Schimmel! Denkt hübsch, was ihr seid!« – Der Ritter beugte sich aus dem Wagen und sah, wie die Pferde mitten im schäumenden Wasser dahinschritten oder fast schon schwammen, des Wagens Räder wie Mühlenräder blinkten und rauschten, der Kärrner vor der wachsenden Flut auf das Fuhrwerk gestiegen war. – »Was soll das für ein Weg sein? Der geht ja mitten in den Strom!« rief Huldbrand seinem Führer zu. – »Nein, Herr«, lachte dieser zurück; »es ist grad umgekehrt. Der Strom geht mitten in unsern Weg. Seht Euch nur um, wie alles übergetreten ist.«

In der Tat wogte und rauschte der ganze Talgrund von plötzlich empörten, sichtbar steigenden Wellen. »Das ist der Kühleborn, der böse Wassernix, der uns ersäufen will!« rief der Ritter. »Weißt du kein Sprüchlein wider ihn, Gesell?« – »Ich wüßte wohl eins«, sagte der Fuhrmann, »aber ich kann und mag es nicht eher brauchen, als bis Ihr wißt, wer ich bin.« – »Ist es hier Zeit zu Rätseln?« schrie der Ritter. »Die Flut steigt immer höher, und was geht es mich an, zu wissen, wer du bist?« – »Es geht Euch aber doch was an«, sagte der Fuhrmann, »denn ich bin Kühleborn.« Damit lachte er, verzerrten Antlitzes, zum Wagen herein, aber der Wagen blieb nicht Wagen mehr, die Schimmel nicht Schimmel; alles verschäumte, verrann in zischenden Wogen, und selbst der Fuhrmann bäumte sich als eine riesige Welle empor, riß den vergeblich arbeitenden Hengst unter die Gewässer hinab und wuchs dann wieder, und wuchs über den Häuptern des schwimmenden Paares wie zu einem feuchten Turme an und wollte sie eben rettungslos begraben. –

Da scholl Undinens anmutige Stimme durch das Getöse hin, der Mond trat aus den Wolken, und mit ihm ward Undine auf den Höhen des Talgrundes sichtbar. Sie schalt, sie drohte in die Fluten hinab, die drohende Turmeswoge verschwand murrend und murmelnd, leise rannen die Wasser im Mondglanze dahin, und wie eine weiße Taube sah man Undinen von der Höhe hinabtauchen, den Ritter und Bertalden erfassen und mit sich nach einem frischen, grünen Rasenfleck auf der Höhe emporheben, wo sie mit ausgesuchten Labungen Ohnmacht und Schrecken vertrieb; dann half sie Bertalden zu dem weißen Zelter, der sie selbst hergetragen hatte, hinaufheben, und so gelangten alle dreie nach Burg Ringstetten zurück.

Funfzehntes Kapitel

Die Reise nach Wien

Es lebte sich seit der letztern Begebenheit still und ruhig auf dem Schloß. Der Ritter erkannte mehr und mehr seiner Frauen himmlische Güte, die sich durch ihr Nacheilen und Retten im Schwarztale, wo Kühleborns Gewalt wieder anging, so herrlich offenbart hatte; Undine selbst empfand den Frieden und die Sicherheit, deren ein Gemüt nie ermangelt, solange es mit Besonnenheit fühlt, daß es auf dem rechten Wege sei, und zudem gingen ihr in der neu erwachenden Liebe und Achtung ihres Ehemannes vielfache Schimmer der Hoffnung und Freude auf. Bertalda hingegen zeigte sich dankbar, demütig und scheu, ohne daß sie wieder diese Äußerungen als etwas Verdienstliches angeschlagen hätte. Sooft ihr eines der Eheleute über die Verdeckung des Brunnens oder über die Abenteuer im Schwarztale irgend etwas Erklärendes sagen wollte, bat sie inbrünstig, man möge sie damit verschonen, weil sie wegen des Brunnens allzu viele Beschämung und wegen des Schwarztales allzu viele Schrecken empfinde. Sie erfuhr daher auch von beiden weiter nichts; und wozu schien es auch nötig zu sein? Der Friede und die Freude hatten ja ihren sichtbaren Wohnsitz in Burg Ringstetten genommen. Man ward darüber ganz sicher und meinte, nun könne das Leben gar nichts mehr tragen als anmutige Blumen und Früchte.

In so erlabenden Verhältnissen war der Winter gekommen und vorübergegangen, und der Frühling sah mit seinen hellgrünen Sprossen und seinem lichtblauen Himmel zu den fröhlichen Menschen herein. Ihm war zumut wie ihnen, und ihnen wie ihm. Was Wunder, daß seine Störche und Schwalben auch in ihnen die

Reiselust anregten! Während sie einmal nach den Donauquellen hinab lustwandelten, erzählte Huldbrand von der Herrlichkeit des edlen Stromes und wie er wachsend durch gesegnete Länder fließe, wie das köstliche Wien an seinen Ufern emporglänze und er überhaupt mit jedem Schritte seiner Fahrt an Macht und Lieblichkeit gewinne. – »Es müßte herrlich sein, ihn so bis Wien einmal hinabzufahren!« brach Bertalda aus, aber gleich darauf in ihre jetzige Demut und Bescheidenheit zurückgesunken, schwieg sie errötend still. Eben dies rührte Undinen sehr, und im lebhaftesten Wunsch, der lieben Freundin eine Lust zu machen, sagte sie: »Wer hindert uns denn, die Reise anzutreten?« – Bertalda hüpfte vor Freuden in die Höhe, und die beiden Frauen begannen sogleich, sich die anmutige Donaufahrt mit den allerhellsten Farben vor die Sinne zu rufen. Auch Huldbrand stimmte fröhlich darin ein; nur sagte er einmal besorgt Undinen ins Ohr: »Aber weiterhin ist Kühleborn wieder gewaltig?« – »Laß ihn nur kommen«, entgegnete sie lachend; »ich bin ja dabei, und vor mir wagt er sich mit keinem Unheil hervor.« – Damit war das letzte Hindernis gehoben, man rüstete sich zur Fahrt und trat sie alsbald mit frischem Mut und den heitersten Hoffnungen an.

Wundert euch aber nur nicht, ihr Menschen, wenn es dann immer ganz anders kommt, als man gemeint hat. Die tückische Macht, die lauert, uns zu verderben, singt ihr auserkornes Opfer gern mit süßen Liedern und goldnen Märchen in den Schlaf. Dagegen pocht der rettende Himmelsbote oftmals scharf und erschreckend an unsre Tür.

Sie waren die ersten Tage ihrer Donaufahrt hindurch außerordentlich vergnügt gewesen. Es ward auch alles immer besser und schöner, so wie sie den stolzen flutenden Strom weiter hinunterschifften. Aber in einer sonst höchst anmutigen Gegend, von deren erfreulichem Anblick sie sich die beste Freude versprochen hatten, fing der ungebändigte Kühleborn ganz unverhohlen an, seine hier eingreifende Macht zu zeigen. Es blieben zwar bloß Neckereien, weil Undine oftmals in die empörten Wellen oder in die hemmenden Winde hineinschalt und sich dann die Gewalt des Feindseligen augenblicklich in Demut ergab; aber wieder kamen die Angriffe, und wieder brauchte es der Mahnung Undines, so daß die Lustigkeit der kleinen Reisegesellschaft eine gänzliche

Störung erlitt. Dabei zischelten sich noch immer die Fährleute zagend in die Ohren und sahen mißtrauisch auf die drei Herrschaften, deren Diener selbsten mehr und mehr etwas Unheimliches zu ahnen begannen und ihre Gebieter mit seltsamen Blicken verfolgten. Huldbrand sagte öfters bei sich im stillen Gemüte: »Das kommt davon, wenn gleich sich nicht zu gleich gesellt, wenn Mensch und Meerfräulein ein wunderliches Bündnis schließen.« – Sich entschuldigend, wie wir es denn überhaupt lieben, dachte er freilich oftmals dabei: »Ich hab es ja nicht gewußt, daß sie ein Meerfräulein war. Mein ist das Unheil, das jeden meiner Schritte durch der tollen Verwandtschaft Grillen bannt und stört, aber mein ist nicht die Schuld.« – Durch solcherlei Gedanken fühlte er sich einigermaßen gestärkt, aber dagegen ward er immer verdrießlicher, ja feindseliger wider Undinen gestimmt. Er sah sie schon mit mürrischen Blicken an, und die arme Frau verstand deren Bedeutung wohl. Dadurch, und durch die beständige Anstrengung wider Kühleborns Listen erschöpft, sank sie gegen Abend, von der sanftgleitenden Barke angenehm gewiegt, in einen tiefen Schlaf.

Kaum aber, daß sie die Augen geschlossen hatte, so wähnte jedermann im Schiffe, nach der Seite, wo er grade hinaussah, ein ganz abscheuliches Menschenhaupt zu erblicken, das sich aus den Wellen emporhob, nicht wie das eines Schwimmenden, sondern ganz senkrecht, wie auf den Wasserspiegel grade eingepfählt, aber mitschwimmend, so wie die Barke schwamm. Jeder wollte dem andern zeigen, was ihn erschreckte, und jeder fand zwar auf des andern Gesicht das gleiche Entsetzen, Hand und Auge nach einer andern Richtung hinzeigend, als wo ihm selbst das halb lachende, halb dräuende Scheusal vor Augen stand. Wie sie sich nun aber einander darüber verständigen wollten und alles rief: »Sieh dorthin, nein dorthin!« – da wurden jedwedem die Greuelbilder aller sichtbar, und die ganze Flut um das Schiff her wimmelte von den entsetzlichsten Gestalten. Von dem Geschrei, das sich darüber erhob, erwachte Undine. Vor ihren aufgehenden Augenlichtern verschwand der mißgeschaffnen Gesichter tolle Schar. Aber Huldbrand war empört über so viele häßliche Gaukeleien. Er wäre in wilde Verwünschungen ausgebrochen, nur daß Undine mit den demütigsten Blicken, und ganz leise bittend, sagte: »Um Gott, mein Eheherr, wir sind auf den Fluten; zürne jetzt nicht auf mich.« – Der Ritter schwieg, setzte sich und versank in ein tiefes Nachdenken. Undinte sagte ihm ins Ohr: »Wär es nicht besser, mein Liebling, wir ließen die törichte Reise und kehrten nach Burg Ringstetten in Frieden zurück?« – Aber Huldbrand murmelte feindselig: »Also ein Gefangner soll ich sein auf meiner eignen Burg? Und atmen nur können, solange der Brunnen zu ist? So wollt ich, daß die tolle Verwandtschaft« – Da drückte Undine schmeichelnd ihre schöne Hand auf seine Lippen. Er schwieg auch und hielt sich still, so manches, was ihm Undine früher gesagt hatte, erwägend.

Indessen hatte Bertalda sich allerhand seltsam umschweifenden Gedanken überlassen. Sie wußte vieles von Undinens Herkommen und doch nicht alles, und vorzüglich war ihr der furchtbare Kühleborn ein schreckliches, aber noch immer ganz dunkles Rätsel geblieben; so daß sie nicht einmal seinen Namen je vernommen hatte. Über alle diese wunderlichen Dinge nachsinnend, knüpfte sie, ohne sich dessen recht bewußt zu werden, ein goldnes Halsband los, welches ihr Huldbrand auf einer der letzten Tagereisen von einem herumziehenden Handelsmann gekauft hatte, und ließ es dicht über der Oberfläche des Flusses spielen, sich halb träumend an dem lichten Schimmer ergötzend, den es in die abendhellen Gewässer warf. Da griff plötzlich eine große Hand aus der Donau herauf, erfaßte das Halsband und fuhr damit unter die Fluten. Bertalda schrie laut auf, und ein höhnisches Gelächter schallte aus den Tiefen des Stromes drein. Nun hielt sich des Ritters Zorn nicht länger. Aufspringend schalt er in die Gewässer hinein, verwünschte alle, die sich in seine Verwandtschaft und sein Leben drängen wollten, und forderte sie auf, Nix oder Sirene, sich vor sein blankes Schwert zu stellen. Bertalda weinte indes um den verlornen, ihr so innig lieben Schmuck und goß mit ihren Tränen Öl in des Ritters Zorn, während Undine ihre Hand über den Schiffesbord in die Wellen getaucht hielt, in einem fort sacht vor sich hinmurmelnd und nur manchmal ihr seltsam heimliches Geflüster unterbrechend, indem sie bittend zu ihrem Ehherrn sprach: »Mein Herzlichlieber, hier schilt mich nicht. Schilt alles, was du willst, aber hier mich nicht. Du weißt ja!« – Und wirklich enthielt sich seine vor Zorn stammelnde Zunge noch jedes Wortes unmittelbar wider sie. Da brachte sie mit der feuchten Hand, die sie unter den Wogen gehalten hatte, ein wunderschönes Korallenhalsband hervor, so herrlich blitzend, daß allen davon die Augen fast geblendet wurden. »Nimm hin«, sagte sie, es Bertalden freundlich hinhaltend; »das hab ich dir zum Ersatz bringen lassen, und sei nicht weiter betrübt, du armes Kind.« – Aber der Ritter sprang dazwischen. Er riß den schönen Schmuck Undinen aus der Hand, schleuderte ihn wieder in den Fluß und schrie wutentbrannt: »So hast du denn immer Verbindung mit ihnen? Bleib bei ihnen in aller Hexen Namen mit all deinen Geschenken und laß uns Menschen zufrieden, Gauklerin du!« – Starren, aber tränenströmenden Blickes sah ihn die arme Undine an, noch immer die Hand ausgestreckt, mit welcher sie Bertalden ihr hübsches Geschenk so freundlich hatte hinreichen wollen. Dann fing sie immer herzlicher an zu weinen, wie ein recht unverschuldet und recht bitterlich gekränktes liebes Kind. Endlich sagte sie ganz matt: »Ach, holder Freund, ach, lebe wohl! Sie sollen dir nichts tun; nur bleibe treu, daß ich sie dir abwehren kann. Ach, aber fort muß ich, muß fort auf diese ganze junge Lebenszeit. O weh, o weh, was hast du angerichtet! O weh, o weh!«

Und über den Rand der Barke schwand sie hinaus. – Stieg sie hinüber in die Flut, verströmte sie darin, man wußt es nicht, es war wie beides und wie keins. Bald aber war sie in die Donau ganz verronnen; nur flüsterten noch kleine Wellchen schluchzend um den Kahn, und fast vernehmlich war's, als sprächen sie: »O weh, o weh! Ach bleibe treu! O weh!« –

Huldbrand aber lag in heißen Tränen auf dem Verdecke des Schiffes, und eine tiefe Ohnmacht hüllte den Unglücklichen bald in ihre mildernden Schleier ein.

Sechzehntes Kapitel

Von Huldbrands fürderm Ergehen

Soll man sagen, leider! oder zum Glück! daß es mit unsrer Trauer keinen rechten Bestand hat? Ich meine, mit unsrer so recht tiefen und aus dem Borne des Lebens schöpfenden Trauer, die mit dem verlornen Geliebten so eines wird, daß er ihr nicht mehr verloren ist und sie ein geweihtes Priestertum an seinem Bilde durch das ganze Leben durchführen will, bis die Schranke, die ihm gefallen ist, auch uns zerfällt! Freilich bleiben wohl gute Menschen wirklich solche Priester, aber es ist doch nicht die erste, rechte Trauer mehr. Andre, fremdartige Bilder haben sich dazwischengedrängt, wir erfahren endlich die Vergänglichkeit aller irdischen Dinge sogar an unserm Schmerz, und so muß ich denn sagen: »Leider, daß es mit unsrer Trauer keinen rechten Bestand hat!«

Der Herr von Ringstetten erfuhr das auch; ob zu seinem Heile, werden wir im Verfolg dieser Geschichte hören. Anfänglich konnte er nichts als immer recht bitterlich weinen, wie die arme, freundliche Undine geweint hatte, als er ihr den blanken Schmuck aus der Hand riß, mit dem sie alles so schön und gut machen wollte. Und dann streckte er die Hand aus, wie sie es getan hatte, und weinte immer wieder von neuem, wie sie. Er hegte die heimliche Hoffnung, endlich auch ganz in Tränen zu verrinnen, und ist nicht selbst manchem von uns andern in großem Leide der ähnliche Gedanke mit schmerzender Lust durch den Sinn gezogen? Bertalda weinte mit, und sie lebten lange ganz still beieinander auf Burg Ringstetten, Undines Andenken feiernd und der ehemaligen Neigung fast gänzlich vergessen habend. Dafür kam auch um diese Zeit oftmals die gute Undine zu Huldbrands Träumen; sie streichelte ihn sanft und freundlich und ging dann stillweinend wieder fort, so daß er im Erwachen oftmals nicht recht wußte, wovon seine Wangen so naß waren; kam es von ihren oder bloß von seinen Tränen?

Die Traumgesichte wurden aber mit der Zeit seltner, der Gram des Ritters matter, und dennoch hätte er vielleicht nie in seinem Leben einen andern Wunsch gehegt, als so stille fort Undinens zu gedenken und von ihr zu sprechen, wäre nicht der alte Fischer unvermutet auf dem Schloß erschienen und hätte Bertalden nun alles Ernstes als sein Kind zurückegeheischt. Undinens Verschwinden war ihm kundgeworden, und er wollte es nicht länger zugeben, daß Bertalda bei dem unverehlichten Herrn auf der Burg verweile. – »Denn, ob meine Tochter mich lieb hat oder nicht«, sprach er, »will ich jetzt gar nicht wissen, aber die Ehrbarkeit ist im Spiel, und wo die spricht, hat nichts andres mehr mitzureden.«

Diese Gesinnung des alten Fischers und die Einsamkeit, die den Ritter aus allen Sälen und Gängen der verödeten Burg schauerlich nach Bertaldens Abreise zu erfassen drohte, brachten zum Ausbruch, was früher entschlummert und in dem Gram über Undinen ganz vergessen war: die Neigung Huldbrands für die schöne Bertalda. Der Fischer hatte vieles gegen die vorgeschlagne Heirat einzuwenden. Undine war dem alten Manne sehr lieb gewesen, und er meinte, man wisse ja noch kaum, ob die liebe Verschwundne recht eigentlich tot sei. Liege aber ihr Leichnam wirklich starr und kalt auf dem Grunde der Donau oder treibe mit den Fluten ins Weltmeer hinaus, so habe Bertalda an ihrem Tode mit schuld, und nicht gezieme es ihr, an den Platz der armen Verdrängten zu treten. Aber auch den Ritter hatte der Fischer sehr lieb; die Bitten der Tochter, die um vieles sanfter und ergebner geworden war, wie auch ihre Tränen um Undinen kamen dazu, und er mußte wohl endlich seine Einwilligung gegeben haben, denn er blieb ohne Widerrede auf der Burg, und ein Eilbote ward abgesandt, den Pater Heilmann, der in frühern glücklichen Tagen Undinen und Huldbranden eingesegnet hatte, zur zweiten Trauung des Ritters nach dem Schlosse zu holen.

Der fromme Mann aber hatte kaum den Brief des Herrn von Ringstetten durchlesen, so machte er sich in noch viel größerer Eile nach dem Schlosse auf den Weg, als der Bote von dorten zu ihm gekommen war. Wenn ihm auf dem schnellen Gange der Otem fehlte oder die alten Glieder schmerzten vor Müdigkeit, pflegte er zu sich selber zu sagen: »Vielleicht ist noch Unrecht zu hindern; sinke nicht eher als am Ziele, du verdorrter Leib!« – Und mit erneuter Kraft riß er sich alsdann auf und wallte und wallte, ohne Rast und Ruh, bis er eines Abends spät in den belaubten Hof der Burg Ringstetten eintrat.

Die Brautleute saßen Arm in Arm unter den Bäumen, der alte Fischer nachdenklich neben ihnen. Kaum nun, daß sie den Pater Heilmann erkannten, so sprangen sie auf und drängten sich bewillkommend um ihn her. Aber er, ohne viele Worte zu machen, wollte den Bräutigam mit sich in die Burg ziehn; als indessen dieser staunte und zögerte, den ernsten Winken zu gehorchen, sagte der fromme Geistliche: »Was halte ich mich denn lange dabei auf, Euch in geheim sprechen zu wollen, Herr von Ringstetten? Was ich zu sagen habe, geht Bertalden und den Fischer ebensogut mit an, und was einer doch irgend einmal hören muß, mag er lieber gleich so bald hören, als es nur möglich ist. Seid Ihr denn so gar gewiß, Ritter Huldbrand, daß Eure erste Gattin wirklich gestorben ist? Mir kommt es kaum so vor. Ich will zwar weiter nichts darüber sprechen, welch eine wundersame Bewandtnis es mit ihr gehabt haben mag, weiß auch davon nichts Gewisses. Aber ein frommes, vielgetreues Weib war sie, soviel ist außer allem Zweifel. Und seit vierzehn Nächten hat sie in Träumen an meinem Bette gestanden, ängstlich die zarten Händlein ringend und in einem fort seufzend: ›Ach, hindr ihn, lieber Vater! Ich lebe noch! Ach rett ihm den Leib! Ach rett ihm die Seele!‹ – Ich verstand nicht, was das Nachtgesicht haben wollte; da kam Euer Bote, und nun eilt ich hierher, nicht zu trauen, wohl aber zu trennen, was nicht zusammengehören darf. Laß von ihr, Huldbrand! Laß von ihm, Bertalda! Er gehört noch einer andern, und siehst du nicht den Gram um die verschwundne Gattin auf seinen bleichen Wangen? So sieht kein Bräutigam aus, und der Geist sagt es mir: »Ob du ihn auch nicht lässest, doch nimmer wirst du seiner froh.«‹

Die dreie empfanden im innersten Herzen, daß der Pater Heilmann die Wahrheit sprach, aber sie wollten es nun einmal nicht glauben. Selbst der alte Fischer war nun bereits so betört, daß er meinte, anders könne es gar nicht kommen, als sie es in diesen Tagen ja schon oft miteinander besprochen hätten. Daher stritten sie denn alle mit einer wilden, trüben Hast gegen des Geistlichen Warnungen, bis dieser sich endlich kopfschüttelnd und traurig aus der Burg entfernte, ohne die dargebotne Herberge auch nur für diese Nacht annehmen zu wollen oder irgendeine der herbeigeholten Labungen zu genießen. Huldbrand aber überredete sich, der Geistliche sei ein Grillenfänger, und sandte mit Tagesanbruch nach einem Pater aus dem nächsten Kloster, der auch ohne Weigerung verhieß, die Einsegnung in wenigen Tagen zu vollziehen.

Siebenzehntes Kapitel

Des Ritters Traum

Es war zwischen Morgendämmrung und Nacht, da lag der Ritter halb wachend, halb schlafend auf seinem Lager. Wenn er vollends einschlummern wollte, war es, als stände ihm ein Schrecken entgegen und scheuchte ihn zurück, weil es Gespenster gäbe im Schlaf. Dachte er aber sich alles Ernstes zu ermuntern, so wehte es um ihn her wie mit Schwanenfittichen und mit schmeichelndem Wogenklang, davon er allemal wieder in den zweifelhaften Zustand angenehm betört zurücketaumelte. Endlich aber mochte er doch wohl ganz entschlafen sein, denn es kam ihm vor, als ergreife ihn das Schwanengesäusel auf ordentlichen Fittichen und trage ihn weit fort über Land und See und singe immer aufs anmutigste dazu. – »Schwanenklang! Schwanengesang!« mußte er immerfort zu sich selbst sagen; »das bedeutet ja wohl den Tod?« – Aber es hatte vermutlich noch eine andre Bedeutung. Ihm ward nämlich auf einmal, als schwebe er über dem Mittelländischen Meer. Ein Schwan sang ihm gar tönend in die Ohren, dies sei das Mittelländische Meer. Und während er in die Fluten hinuntersah, wurden sie zu lauterm Kristalle, daß er hineinschauen konnte bis auf den Grund. Er freute sich sehr darüber, denn er konnte Undinen sehen, wie sie unter den hellen Kristallgewölben saß. Freilich weinte sie sehr und sahe viel betrübter aus als in den glücklichen Zeiten, die sie auf Burg Ringstetten miteinander verlebt hatten, vorzüglich zu Anfang und auch nachher, kurz ehe sie die unselige Donaufahrt begannen. Der Ritter mußte an alle das sehr ausführlich und innig denken, aber es schien nicht, als werde Undine seiner gewahr. Indessen war Kühleborn zu ihr getreten und wollte sie über ihr Weinen ausschelten. Da nahm sie sich zusammen und sah ihn vornehm und gebietend an, daß er fast davor erschrak. »Wenn ich hier auch unter den Wassern wohne«, sagte sie, »so hab ich doch meine Seele mit heruntergebracht. Und darum darf ich wohl weinen, wenn du auch gar nicht erraten kannst, was solche Tränen sind. Auch die sind selig, wie alles selig ist dem, in welchem treue Seele lebt.« – Er schüttelte ungläubig mit dem Kopfe und sagte nach einigem Besinnen: »Und doch, Nichte, seid Ihr unseren Elementar-Gesetzen unterworfen, und doch müßt Ihr ihn richtend ums Leben bringen, dafern er sich wieder verehlicht und Euch untreu wird.« – »Er ist noch bis diese Stunde ein Witwer«, sagte Undine, »und hat mich aus traurigem Herzen lieb.« – »Zugleich ist er aber auch ein Bräutigam«, lachte Kühleborn höhnisch, »und laßt nur erst ein paar Tage hingehn, dann ist die priesterliche Einsegnung erfolgt, und dann müßt Ihr doch zu des Zweiweibrigen Tode hinauf.« – »Ich kann ja nicht«, lächelte Undine zurück. »Ich habe ja den Brunnen versiegelt, für mich und meinesgleichen fest.« – »Aber wenn er von seiner Burg geht«, sagte Kühleborn, »oder wenn er einmal den Brunnen wieder öffnen läßt! Denn er denkt gewiß blutwenig an alle diese Dinge.« – »Eben deshalb«, sprach Undine und lächelte noch immer unter ihren Tränen, »eben deshalb schwebt er jetzt eben im Geiste über dem Mittelmeer und träumt zur Warnung dies unser Gespräch. Ich hab es wohlbedächtlich so eingerichtet.« – Da sah Kühleborn ingrimmig zu dem Ritter hinauf, dräuete, stampfte mit den Füßen und schoß gleich darauf pfeilschnell unter den Wellen fort. Es war, als schwelle er vor Bosheit zu einem Walfisch auf. Die Schwäne begannen wieder zu tönen, zu fächeln, zu fliegen; dem Ritter war es, als schwebe er über Alpen und Ströme hin, schwebe endlich zur Burg Ringstetten herein und erwache auf seinem Lager.

Wirklich erwachte er auf seinem Lager, und eben trat sein Knappe herein und berichtete ihm, der Pater Heilmann weile noch immer hier in der Gegend; er habe ihn gestern zu Nacht im Forste getroffen, unter einer Hütte, die er sich von Baumästen zusammengebogen habe und mit Moos und Reisig belegt. Auf die Frage, was er denn hier mache? denn einsegnen wolle er ja doch nicht! sei die Antwort gewesen: »Es gibt noch andre Einsegnungen als die am Traualtar, und bin ich nicht zur Hochzeit gekommen, so kann es ja doch zu einer andern Feier gewesen sein. Man muß alles abwarten. Zudem ist ja Trauen und Trauern gar nicht so weit auseinander, und wer sich nicht mutwillig verblendet, sieht es wohl ein.«

Der Ritter machte sich allerhand wunderliche Gedanken über diese Worte und über seinen Traum. Aber es hält sehr schwer, ein Ding zu hintertreiben, was sich der Mensch einmal als gewiß in den Kopf gesetzt hat, und so blieb denn auch alles beim alten.

Achtzehntes Kapitel

Wie der Ritter Huldbrand Hochzeit hielt

Wenn ich euch erzählen sollte, wie es bei der Hochzeitfeier auf Burg Ringstetten zuging, so würde euch zumute werden, als sähet ihr eine Menge von blanken und erfreulichen Dingen aufgehäuft, aber drüberhin einen schwarzen Trauerflor gebreitet, aus dessen verdunkelnder Hülle hervor die ganze Herrlichkeit minder einer Lust gliche als einem Spott über die Nichtigkeit aller irdischen Freuden. Es war nicht etwa, daß irgendein gespenstisches Unwesen die festliche Geselligkeit verstört hätte, denn wir wissen ja, daß die Burg vor den Spukereien der dräuenden Wassergeister eine gefeite Stätte war. Aber es war dem Ritter und dem Fischer und allen Gästen zumute, als fehle noch die Hauptperson bei dem Feste und als müsse diese Hauptperson die allgeliebte freundliche Undine sein. Sooft eine Tür aufging, starrten aller Augen unwillkürlich dahin, und wenn es dann weiter nichts war als der Hausmeister mit neuen Schüsseln oder der Schenk mit einem Trunk noch edlern Weins, blickte man wieder trüb vor sich hin, und die Funken, die etwa hin und her von Scherz und Freude aufgeblitzt waren, erloschen in dem Tau wehmütigen Erinnerns. Die Braut war von allen die leichtsinnigste und daher auch die vergnügteste; aber selbst ihr kam es bisweilen wunderlich vor, daß sie in dem grünen Kranze und den goldgestickten Kleidern an der Oberstelle der Tafel sitze, während Undine als Leichnam starr und kalt auf dem Grunde der Donau liege oder mit den Fluten forttreibe ins Weltmeer hinaus. Denn seit ihr Vater ähnliche Worte gesprochen hatte, klangen sie ihr immer vor den Ohren und wollten vorzüglich heute weder wanken noch weichen.

Die Gesellschaft verlor sich bei kaum eingebrochner Nacht; nicht aufgelöst durch des Bräutigams hoffende Ungeduld, wie sonsten Hochzeitversammlungen, sondern nur ganz trüb und schwer auseinander gedrückt durch freudlose Schwermut und Unheil kündende Ahnungen. Bertalda ging mit ihren Frauen, der Ritter mit seinen Dienern, sich auszukleiden: von dem scherzend fröhlichen Geleit der Jungfrauen und Junggesellen bei Braut und Bräutigam war an diesem trüben Feste die Rede nicht.

Bertalda wollte sich aufheitern; sie ließ einen prächtigen Schmuck, den Huldbrand ihr geschenkt hatte, samt reichen Gewanden und Schleiern vor sich ausbreiten, ihren morgenden Anzug aufs schönste und heiterste daraus zu wählen. Ihre Dienerinnen freueten sich des Anlasses, vieles und Fröhliches der jungen Herrin vorzusprechen, wobei sie nicht ermangelten, die Schönheit der Neuvermählten mit den lebhaftesten Worten zu preisen. Man vertiefte sich mehr und mehr in diese Betrachtungen, bis endlich Bertalda, in einen Spiegel blickend, seufzte: »Ach, aber seht ihr wohl die werdenden Sommersprossen hier seitwärts am Halse?« – Sie sahen hin und fanden es freilich, wie es die schöne Herrin gesagt hatte, aber ein liebliches Mal nannten sie's, einen kleinen Flecken, der die Weiße der zarten Haut noch erhöhe. Bertalda schüttelte den Kopf und meinte, ein Makel bleib es doch immer.– »Und ich könnt es los sein«, seufzte sie endlich. »Aber der Schloßbrunnen ist zu, aus dem ich sonst immer das köstliche, hautreinigende Wasser schöpfen ließ. Wenn ich doch heut nur eine Flasche davon hätte!« – »Ist es nur das?« lachte eine behende Dienerin und schlüpfte aus dem Gemach. – »Sie wird doch nicht so toll sein«, fragte Bertalda wohlgefällig erstaunt, »noch heut abend den Brunnenstein abwälzen zu lassen?« – Da hörte man bereits, daß Männer über den Hof gingen, und konnte aus dem Fenster sehn, wie die gefällige Dienerin sie grade auf den Brunnen losführte und sie Hebebäume und andres Werkzeug auf den Schultern trugen. – »Es ist freilich mein Wille«, lächelte Bertalda; »wenn es nur nicht zu lange währt.« – Und froh im Gefühl, daß ein Wink von ihr jetzt vermöge, was ihr vormals so schmerzhaft geweigert worden war, schaute sie auf die Arbeit in den mondhellen Burghof hinab.

Die Männer hoben mit Anstrengung an dem großen Steine; bisweilen seufzte wohl einer dabei, sich erinnernd, daß man hier der geliebten vorigen Herrin Werk zerstöre. Aber die Arbeit ging übrigens viel leichter als man gemeint hatte. Es war, als hülfe eine

Kraft aus dem Brunnen heraus den Stein emporbringen. – »Es ist ja«, sagten die Arbeiter erstaunt zueinander, »als wäre das Wasser drinnen zum Springborne worden.« – Und mehr und mehr hob sich der Stein, und fast ohne Beistand der Werkleute rollte er langsam mit dumpfem Schallen auf das Pflaster hin. Aber aus des Brunnens Öffnung stieg es gleich einer weißen Wassersäule feierlich herauf; sie dachten erst, es würde mit dem Springbrunnen Ernst, bis sie gewahrten, daß die aufsteigende Gestalt ein bleiches, weißverschleiertes Weibsbild war. Das weinte bitterlich, das hob die Hände ängstlich ringend über das Haupt und schritt mit langsam ernstem Gange nach dem Schloßgebäu. Auseinander stob das Burggesind vom Brunnen fort, bleich stand, Entsetzens starr, mit ihren Dienerinnen die Braut am Fenster. Als die Gestalt nun dicht unter deren Kammern hinschritt, schaute sie winselnd nach ihr empor, und Bertalda meinte, unter dem Schleier Undinens bleiche Gesichtszüge zu erkennen. Vorüber aber zog die Jammernde, schwer, gezwungen, zögernd, wie zum Hochgericht. Bertalda schrie, man solle den Ritter rufen; es wagte sich keine der Zofen aus der Stelle, und auch die Braut selber verstummte wieder, wie vor ihrem eignen Laut erbebend.

Während jene noch immer bang am Fenster standen, wie Bildsäulen regungslos, war die seltsame Wandrerin in die Burg gelangt, die wohlbekannten Treppen hinauf, die wohlbekannten Hallen durch, immer in ihren Tränen still. Ach, wie so anders war sie einstens hier umgewandelt! –

Der Ritter aber hatte seine Diener entlassen. Halbausgekleidet, im betrübten Sinnen, stand er vor einem großen Spiegel; die Kerze brannte dunkel neben ihm. Da klopfte es an die Tür mit leisem, leisem Finger. Undine hatte sonst wohl so geklopft, wenn sie ihn freundlich necken wollte. – »Es ist alles nur Phantasterei!« sagte er zu sich selbst. »Ich muß ins Hochzeitbett.« – »Das mußt du, aber in ein kaltes!« hörte er eine weinende Stimme draußen vor dem Gemache sagen, und dann sah er im Spiegel, wie die Tür aufging, langsam, langsam, und wie die weiße Wandrerin hereintrat und sittig das Schloß wieder hinter sich zudrückte. »Sie haben den Brunnen aufgemacht«, sagte sie leise, »und nun bin ich hier, und nun mußt du sterben.« – Er fühlte in seinem stockenden Herzen, daß es auch gar nicht anders sein könne, deckte aber die

Hände über die Augen und sagte: »Mache mich nicht in meiner Todesstunde durch Schrecken toll. Wenn du ein entsetzliches Antlitz hinter dem Schleier trägst, so lüfte ihn nicht, und richte mich, ohne daß ich dich schaue.« – »Ach«, entgegnete die Wandrerin, »willst du mich denn nicht noch ein einziges Mal sehn? Ich bin schön, wie als du auf der Seespitze um mich warbst.« – »O, wenn das wäre!« seufzte Huldbrand; »und wenn ich sterben dürfte an einem Kusse von dir.« – »Recht gern, mein Liebling«, sagte sie. Und ihre Schleier schlug sie zurück, und himmlisch schön lächelte ihr holdes Antlitz daraus hervor. Bebend vor Liebe und Todesnähe neigte sich der Ritter ihr entgegen, sie küßte ihn mit einem himmlischen Kusse, aber sie ließ ihn nicht mehr los, sie drückte ihn inniger an sich und weinte, als wolle sie ihre Seele fortweinen. Die Tränen drangen in des Ritter Augen und wogten im lieblichen Wehe durch seine Brust, bis ihm endlich der Atem entging und er aus den schönen Armen als ein Leichnam sanft auf die Kissen des Ruhebettes zurücksank.

»Ich habe ihn tot geweint!« sagte sie zu einigen Dienern, die ihr im Vorzimmer begegneten, und schritt durch die Mitte der Erschreckten langsam nach dem Brunnen hinaus.

Neunzehtes Kapitel

Wie der Ritter Huldbrand begraben ward

Der Pater Heilmann war auf das Schloß gekommen, sobald des Herrn von Ringstetten Tod in der Gegend kundgeworden war, und just zur selben Stunde erschien er, wo der Mönch, welcher die unglücklichen Vermählten getraut hatte, von Schreck und Grausen überwältigt, aus den Toren floh. – »Es ist schon recht«, entgegnete Heilmann, als man ihm dieses ansagte: »Und nun geht mein Amt an, und ich brauche keines Gefährten.« – Darauf begann er die Braut, welche zur Witwe worden war, zu trösten, sowenig Frucht es auch in ihrem weltlich lebhaften Gemüte trug. Der alte Fischer hingegen fand sich, obzwar von Herzen betrübt, weit besser in das Geschick, welches Tochter und Schwiegersohn betroffen hatte, und während Bertalda nicht ablassen konnte,

Undinen Mörderin zu schelten und Zauberin, sagte der alte Mann gelassen: »Es konnte nun einmal nichts anders sein. Ich sehe nichts darin als die Gerichte Gottes, und es ist wohl niemanden Huldbrands Tod mehr zu Herzen gegangen als der, die ihn verhängen mußte, der armen, verlaßnen Undine!« – Dabei half er die Begräbnisfeier anordnen, wie es dem Range des Toten geziemte. Dieser sollte in einem Kirchdorfe begraben werden, auf dessen Gottesacker alle Gräber seiner Ahnherrn standen und welches sie, wie er selbst, mit reichlichen Freiheiten und Gaben geehrt hatten. Schild und Helm lagen bereits auf dem Sarge, um mit in die Gruft versenkt zu werden, denn Herr Huldbrand von Ringstetten war als der letzte seines Stammes verstorben; die Trauerleute begannen ihren schmerzvollen Zug, Klagelieder in das heiter stille Himmelblau hinaufsingend, Heilmann schritt mit einem hohen Kruzifix voran, und die trostlose Bertalda folgte, auf ihren alten Vater gestützt. – Da nahm man plötzlich inmitten der schwarzen Klagefrauen in der Wittib Gefolge eine schneeweiße Gestalt wahr, tiefverschleiert, und die ihre Hände inbrünstig jammernd emporwand. Die, neben welchen sie ging, kam ein heimliches Grauen an, sie wichen zurück oder seitwärts, durch ihre Bewegung die andern, neben die nun die weiße Fremde zu gehen kam, noch sorglicher erschreckend, so daß schier darob eine Unordnung unter dem Trauergefolge zu entstehen begann. Es waren einige Kriegsleute so dreist, die Gestalt anreden und aus dem Zuge fortweisen zu wollen, aber denen war sie wie unter den Händen fort und ward dennoch gleich wieder mit langsam feierlichem Schritte unter dem Leichengefolge mitziehend gesehn. Zuletzt kam sie während des beständigen Ausweichens der Dienerinnen bis dicht hinter Bertalda. Nun hielt sie sich höchst langsam in ihrem Gange, so daß die Wittib ihrer nicht gewahr ward und sie sehr demütig und sittig hinter dieser ungestört fortwandelte.

Das währte, bis man auf den Kirchhof kam und der Leichenzug einen Kreis um die offene Grabstätte schloß. Da sah Bertalda die ungebetene Begleiterin, und halb in Zorn, halb in Schreck auffahrend, gebot sie ihr, von der Ruhestätte des Ritters zu weichen. Die Verschleierte aber schüttelte sanft verneinend ihr Haupt und hob die Hände wie zu einer demütigen Bitte gegen

Bertalda auf, davon diese sich sehr bewegt fand und mit Tränen daran denken mußte, wie ihr Undine auf der Donau das Korallenhalsband so freundlich hatte schenken wollen. Zudem winkte Pater Heilmann und gebot Stille, da man über dem Leichnam, dessen Hügel sich eben zu häufen begann, in stiller Andacht beten wolle. Bertalda schwieg und kniete, und alles kniete, und die Totengräber auch, als sie fertig geschaufelt hatten. Da man sich aber wieder erhob, war die weiße Fremde verschwunden; an der Stelle, wo sie gekniet hatte, quoll ein silberhelles Brünnlein aus dem Rasen, das rieselte und rieselte fort, bis es den Grabhügel des Ritters fast ganz umzogen hatte; dann rannte es fürder und ergoß sich in einen stillen Weiher, der zur Seite des Gottesackers lag. Noch in späten Zeiten sollen die Bewohner des Dorfes die Quelle gezeigt und fest die Meinung gehegt haben, dies sei die arme, verstoßene Undine, die auf diese Art noch immer mit freundlichen Armen ihren Liebling umfasse.

IXION

Eine Novelle

Bei einem eleganten Souper in einer der Residenzstädte Deutschlands kam die Rede auf den Wahnsinn und die bald grauenvollen, bald lächerlichen, bald rührenden Gestalten, die er oftmals erzeuge. Ein junger Liefländer, vor kurzem erst auf seinen Reisen hier angelangt, erzählte darüber folgendes:

Mehrere Tagesreisen von hier hatte ich mich von der Hauptstraße verirrt. Die Pferde bedurften der Erholung, und ich machte in einem kleinen Dörfchen halt. Das schöne Frühlingswetter hieß mich alsbald der engen Wirtsstube einen lustig begrasten Baumgarten hinter dem Hause vorziehn, wo ich auf dem Stamm eines veralteten, gefällten Obstbaumes Platz nahm. Kinder spielten vor mir im Grase, ohne sich sonderlich um mich zu bekümmern, und in einer behaglichen Träumerei starrte ich so lange nach dem blauen Himmel hinauf, bis ein leises Seufzen dicht neben mir mich aufmerksam machte. Mit einigem Schreck nahm ich zu meiner Seiten sitzend einen Wahnsinnigen wahr; als solchen gab ihn mir eine hohe Krone von Goldpapier kund, die er auf seinem Haupte trug. Als ich ihn aber näher betrachtete, fand ich nichts Furchtbares in der Erscheinung mehr. Es war ein zartgebauter feiner Jüngling, eher klein als groß, bleichen, länglichen Angesichts, darauf ein Ausdruck von Gutmütigkeit nicht ohne geistvolle Lebendigkeit schimmerte; das kurze, braune Haar lockte sich mit einiger Anmut unter der wunderlichen Krone, und überhaupt, wenn diese nicht gewesen wär, hätte man ihn eher für einen sinnenden, etwas melancholischen Dichter gehalten als für einen Wahnwitzigen. Sein übriger Anzug war nachlässig, aber so, daß er sowohl an Feinheit des Stoffes als auch an Zierlichkeit des Schnittes auf einen Eigner aus den höhern Ständen deutete.

Während ich ihn mit wachsender Teilnahme betrachtete, schien auch er mich erst gewahr zu werden. – »Ei, schön willkommen in Thessalia!« sagte er, und faßte mit milder Freundlichkeit meine Hand.

»Ihr scheint Euch zu verwundern«, fuhr er fort, mein mitleidiges Staunen unterbrechend, »und Ihr habt es auch Ursach. Denn früher schon hört ich selbsten davon fabeln, wie ich – Ixion – in die Unterwelt hinab gestürzt sei und dort auf einem feurigen Rade umgetrieben werde. Etwas ist freilich dran. Aber das glühende Rad ist nicht außer mir. In mir, so recht mitten drinnen im Geiste, tobt es und zischt und sprüht und funkelt, daß man nicht weiß, soll man sich mehr über den Lärmen und die Glut abängstigen oder mehr über das helle Feuerwerk ergötzen. Was mich übrigens betrifft, lieber Herr, seht Ihr ja mit eignen Augen, wie hochherrlich ich auf dem thessalischen Throne sitze und wie die Krone mir Locken und Schläfe beglänzt. – Da, Ihr lieben Thessalier!« rief er zu den Kindern, welche vor unsern Füßen spielten, und warf ihnen einige Geldstücke hin, welche sie nicht, wie ich erst befürchtet hatte, mit höhnendem Spott, sondern vielmehr mit stiller, ehrerbietiger Freundlichkeit aufnahmen, worauf sie sich weiter von uns entfernten, um sich in die geschenkten Münzen zu teilen.

Der Wahnwitzige rückte näher zu mir heran und sagte: »Da wir jetzt allein sind, geehrter Gastfreund, läßt es sich eher davon sprechen, wie das feurige Rad in mir erwachsen ist. Ihr wart wohl niemals im Olymp? O nein, es würde sonst sprühn in Euch wie in mir, ein ewiger, lieblicher, qualvoller, lockender, zerschmetternder, vernichtender Abglanz aus Junos Augen. Es ist mein Elend, meine Liebe zu ihr und das vermaledeite Wolkenspiel; – und dennoch wollte mich wer losmachen von meinem Rade – könnt ich's wollen, oder dürft ich's?«

Und wie in einen begeisterten Hymnus brach er aus, die unendliche Schönheit der Juno preisend, in so lebendigen Worten, daß ich fast seines Wahnwitzes vergaß und meinen ganzen Sinn auf das Zauberbild richtete, welches aus der Flut seiner Reden emporstieg, gleich einer Venus aus dem Meer. –

Der Erzähler hielt einen Augenblick inne, ganz in die Erinnrung jener Gestaltung verloren, und dann seine Nachbarin, eine junge, sehr schöne und reiche Witwe anblickend, sagte er: »Hätten Sie das Lob des Jünglings gehört, so würden Sie mir es vielleicht nicht übel deuten, wenn ich bekennen muß, es sei mir eben jetzt, als sitze ich der Juno zur Seite. Die Ähnlichkeit ist wirklich unverkennbar und höchst wundersam.«

Die schöne Frau lächelte verlegen und geschmeichelt vor sich nieder, während der Liefländer still blieb und erst nach einigen Momenten folgendermaßen fortfuhr:

Mein armer Wahnsinniger blieb nicht lange in einer so freudigen Begeistrung. Er fühlte plötzlich, wie er aus seinem Olymp herabgestürzt sei, und wiederholte stillweinend die Worte: »Wolke, Wolke! Ach schöne, schöne Wolke!« – Ich gestehe es, sein leises Jammern bewegte mich auf das innigste. Ich umfaßte ihn tröstend, und auch er schmiegte das kranke Haupt an meine Brust. Aber die goldpapierne Krone begann zu rasseln, bestürzt faßte er danach und stand, als er sie verbogen fand, unwilligen Blickes auf, den Garten mit eiligen Schritten verlassend.

Die Kinder waren indes wieder herangekommen. Ich fragte nach dem Kranken und hörte nur die Antwort: es sei ja der gute stille Herr. – Wegen näherer Nachrichten ward ich an den Wirt verwiesen, wo ich erfuhr, der junge Mann sei vor mehrern Monaten ins Dorf gekommen, damals noch nicht wahnsinnig, und habe ein ansehnliches Kostgeld an den Pfarrer auf Jahre voraus bezahlt. Seine nach und nach wachsende Melancholie hatte sich in Gesellschaft seiner Milde ordentlich bei den Leuten beliebt zu machen gewußt, und man war seines Wahnwitzes kaum innegeworden, so daß er trotz der wunderlichen Ixionsreden und trotz der goldpapiernen Krone ganz ungestört im Besitze der Achtung und Liebe der Dorfbewohner geblieben war.

Als ich nach einigen Stunden weiterfuhr, bemerkte ich den kranken Jüngling, wie er sich unter dem Erlenschatten eines nahen Gehölzes an einem kleinen Bache erging. Ich ließ halten und eilte auf ihn zu, aber er winkte mich mit beiden Händen zurück, und als ich's nicht achtete, sagte er: »Nun, du kannst auch allenfalls näher kommen, du gefällst mir, junger Freund.«

Wir gingen nun schweigend nebeneinanderher, und Gott weiß, wie mir es einkam – indem ich mit einer großen Teilnahme in sein verstörtes Wesen hineinblickte – die Krone sei an seinem Übel großenteils mit schuld, und wenn man sie ihm plötzlich abreiße, könne es vielleicht eine unerwartet günstige Wirkung tun.

Ich griff nach dem Goldpapier, aber der Jüngling, schneller als ich's glaubte, aus seinen Träumen durch meine erste Bewegung erweckt, sprang einige Schritte zurück und starrte mich mit überraschender Wildheit an. – »Du!« rief er mit donnernder Stimme, »*Noli me tangere!* Weißt du den Spruch? Das hier ist meine Königskrone, ist viel mehr, viel Beßres, ist meine Poetenkrone – und käm ich noch um dies letzte Restlein Glück« – hier milderte sich Stimme und Antlitz wieder – »im Vertrauen gesagt, ich könnte verrückt werden, wozu ich wohl ohnehin keine schlechte Anlage habe und wofür mich bereits die mehrsten Menschen halten.«

Ein stillheimliches Lächeln legte sich bei diesen Worten über sein kindliches Gesicht, und in der Hoffnung, ihn auf andre Weise dem Wege der Vernunft zu nähern, fragte ich ihn, ob er denn durchaus keinen andern Namen habe als Ixion. – »Wohl eigentlich nicht«, sagte er, »aber anders genannt haben mich schon viele Menschen. Als Kind riefen sie mich Ernst; mir ist sogar, als habe mich manchmal Juno mit diesem Namen gerufen. Noch andre hießen mich Baron Wallborn.« –

Hier gab der Gesellschaft plötzliches Zusammenschrecken dem Erzähler kund, daß er von einem Bekannten gesprochen habe. Zugleich verließ die schöne Witwe unter dem Vorwand einer Unpäßlichkeit das Zimmer.

Unterschiedene Freunde des unglücklichen Wallborn, der sein ganzes Erdenheil in dieser Stadt gefunden und verloren hatte, sammelten sich um den Liefländer, ohne mehr, als sie schon gehört hatten, aus ihm zu erfragen, denn nach den letzterwähnten Worten hatte sich der Wahnsinnige von ihm losgemacht, in die finstersten Schatten des Erlengehölzes verschwindend.

Aus dem mannigfachen Hin- und Herreden konnte sich der Liefländer folgendes zusammensetzen: Baron Wallborn hatte als ein geachteter junger Dichter die Bekanntschaft der geistreichen Witwe gemacht. Durch seine begeisterte Huldigung und aufblühenden Ruf war es ihm gelungen, die Liebe der schönen Frau zu gewinnen und sie mit sich empor zu flügeln in die Regionen seines phantastischen Lebens, wo beide eine Zeitlang liebend und geliebt, wie selige Götter hoch über dem gewöhnlichen Menschengewirre thronten. Aber es war der Witwe wohl bald unheimlich zumut geworden in einer ihr ursprünglich fremden Welt, und wie er sie erst hinaufgehoben hatte, versuchte sie nun, ihn hinunterzuziehn auf den sichern Boden der Wirklichkeit. Sein entschloßner, bisweilen heftiger Widerstand, sein oftmals melancholischer, leicht getrübter Sinn, sein Mangel an äußrer Schönheit und Gewandtheit – dies alles regte sie fast feindselig gegen ihn auf, so daß sie noch über die Kälte, welche sie ihm von da an gewöhnlich bewies, ihn auch wohl geradezu neckend oder unfreundlich anzugreifen pflegte. Man merkte seinen tiefen Schmerz, meinte aber, es werde sich schon geben und der junge Mensch zu besserm Verstande kommen. Zuletzt war er denn unvermutet verschwunden und bald nachher ziemlich vergessen, nur daß jetzt eben die allgemeine Teilnahme durch des Liefländers Erzählung von neuem elektrisiert und ins Leben gerufen ward, um so mehr, da gerade einige Verwandte des armen Wallborn gegenwärtig waren, welche bald darauf die Witwe zu sich in ein entlegenes Kabinett bitten ließen.

Eben dahin berief man auch endlich den Liefländer. Er fand die schöne Frau etwas bleich auf einen Sopha hingestreckt, Wallborns Anverwandte um sie her.

»Der Zufall«, redete sie den Eintretenden an, »hat Sie in unsre Geheimnisse eingeführt, ohne daß wir es im geringsten beklagen dürften, einen Mann ihrer teilhaftig zu wissen, den sowohl seine vorausgegangnen Empfehlungen als auch sein eignes sittiges Betragen auf das allervorteilhafteste bekannt machen. Ich stehe nicht an, Ihnen zu sagen, daß ich entschlossen bin, dem jungen Baron Wallborn meine Hand anzubieten und sogleich nach dem Orte seines Aufenthaltes abzureisen, dessen nähere Bezeichnung ich mir von Ihnen erbitte.«

Der Liefländer konnte die gewünschten Nachrichten nicht bestimmt genug erteilen, da ihm die Gegend, darin sich das abgelegne Dörfchen befand, nur noch unsicher vor den Gedanken schwebte und der Name desselben ihm gänzlich entfallen war. Doch erbot er sich, es gewiß wieder aufzufinden, dafern man ihm das Mitreisen verstatte.

Es war nun die Rede davon, wer noch außerdem von des kranken Barons Verwandten die Fahrt mitmachen sollte, aber einer hatte ein Haus zu mieten; der andre ein Pferd zu verkaufen, die dritte einer Hochzeit beizuwohnen, und was der Verhindrungen mehr waren, um derentwillen es einer auf den andern schob und man sich am Ende in unaufgelöster Verlegenheit anstarrte.

Die Witwe sagte nach einigem Besinnen zum Liefländer: »So reis ich mit Ihnen allein, was auch die Welt davon sagen mag. Eine so reine Absicht als die, welche mich treibt, hebt mich billig über jedes Geschwätz hinaus; zudem hoffe ich, die Familie Wallborns wird mich in Schutz nehmen, wenn ich mit dem geretteten Freund an meiner Seite zurückkomme.«

Die Anverwandten breiteten sich, etwas beschämt, in große Lobsprüche der Witwe aus und waren nun sinnreich in Erfindung allerhand wunderlicher Entwürfe, wie man dem wahnwitzigen Jüngling, anfangs in seine Träumereien eingehend, zu desto sicherer Heilung beikommen müsse.

»Nichts von alledem«, sagte die Witwe. »Ich hasse dergleichen Mummereien von Grund meiner Seele, die bei ihrer unwürdigen Komödiantengaukelei noch dazu meistens grade gegen den gewünschten Zweck anlaufen. Ist Ernst zu heilen, so ist er's dadurch, daß man die Wirklichkeit klar und anlockend vor ihn hinstellt und ihn glauben macht, es sei mit all seinen Träumen ein holdes poetisches Spiel gewesen, das auch niemand für irgend etwas andres angesehn habe.«

Die Anverwandten fielen ihr mit erneuter Bewunderung bei, das Nötige wegen der Reise, und wie diese vor der Welt erscheinen solle, ward besprochen, und der nächste Morgen sah die Witwe bereits in Begleitung des Liefländers unterwegens.

Nach einigen Tagen befanden sich die Reisenden in der Nähe des Dörfleins. Sie begannen es am Nachmittage aufzusuchen und zweifelten schon, ob sie es heute noch antreffen würden, als beim Herauskommen aus einem Walde die stillen Dörfer ihnen im Abendrot entgegenleuchteten, das sich vorzüglich hell der efeubekränzten Giebelseite des Pfarrhauses anschmiegte.

»Dort wohnt er!« sagte der Liefländer bewegt, und stille Tränen rannen über der Witwe wunderschönes Antlitz. – Nach einigem Schweigen sagte sie zu dem ihr durch die Reise vertraut gewordnen Gefährten: »Ich liebe ihn nun wohl nicht mehr, und es ist gewiß nur die Pflicht, die mir gebietet, an meiner Hand den edlen Jüngling der Welt zurückzugeben, ja, ich habe ihn vielleicht niemals recht eigentlich geliebt. Und doch waren es leuchtende Tage, als wir einander zugehörten, als wir glaubten, der Welt zu gebieten durch eben das begeisterte Gefühl, das uns einander verband. Es war ein Traum; aber so schön, daß ich nicht Worte finden kann, seine kurze Herrlichkeit und Entzückung auszusprechen.« –

Der Wagen rollte in das Dorf. Aus den alten Lindenwipfeln vor den Häusern schienen die frommen, träumerischen Phantasien des armen Kranken herniederzurauschen und sich im Lindengedüft dem Herzen der Reisenden einzuschmeicheln.

Sie hielten vor dem Pfarrhause. Der alte ehrwürdige Bewohner desselben ward herausgerufen, und als er sagte, der Kranke sei droben in seinem Zimmer, ging der Liefländer, einer früher getroffnen Verabredung zufolge, hinauf, während die Witwe mit dem Pfarrer das Nähere ihres Unternehmens besprach.

Ernst saß in dem kleinen Stübchen unter Büchern und Schreibereien, seine wunderliche Krone auf dem Kopf, und blickte mißvergnügt nach der aufgehenden Tür. – »Beim Zeus!« sagte er, »Sie wissen doch gar nichts von meines Rades Funkeln und seinem Brandschmerze, daß Sie mich so unerhört überlaufen.« – Doch ging er dem eintretenden Liefländer ganz höflich und mild entgegen. Dieser aber ließ sich nur auf höchst allgemeine, weltliche Reden ein, wobei er ihn mehrmals Baron Wallborn nannte, welches der Kranke zwar jedesmal mit einem widerwärtigen Zucken anhörte, bald darauf aber, nach seiner Krone fassend, sich wieder beruhigte.

Der Verabredung gemäß trat nun der Witwe ihm von sonst her wohlbekannter Kammerdiener ins Gemach und meldete mit höflichen Worten seine Herrschaft bei dem Herrn Baron von Wallborn an.

Der arme Ernst lächelte verwirrt. – »Viel Ehre!« sagte er zu dem Bedienten und winkte ihn hinaus; dann aber hielt er mit beiden Händen seine Krone fest, vor sich hin murmelnd: »Verrückte Träume! Verrückte Träume!« –

Seine schöne Geliebte trat ein, hellstrahlend in all ihrer unaussprechlichen Anmut, und sprach, ihm die Hand bietend: »Schäme dich, Ernst, mit deiner Flucht und der Sorge, die du mir dadurch gemacht hast. Du weißt ja, ich habe dich herzlich lieb.«

Er sank freudig weinend auf seine Knie und rief: »O Gott, o lieber Gott, wie holde Gaben teilst du aus!« – Dann wieder sich erhebend, schaute er sie in zweifelnder Trunkenheit an, und als sie ihm die schönen Lippen bot, war es, als habe er volle Genesung aus den rosigen Zauberkelchen getrunken.

Bald, neben ihr auf einem Sopha sitzend, sprach er ganz zusammenhängend und besonnen und litt es gern, daß sie ihm die goldne Krone von den nicht unlieblich geringelten Locken nahm. Er verlor sich in die glückliche Zukunft, die seiner warte, er sprach von künftigen Gedichten, von den Menschen, die ihm vormals Achtung und Liebe bewiesen hatten, alles im freudigsten Jubel auf die jetzt wieder gewonnene Geliebte beziehend. Diese fühlte sich dadurch ganz in das alte Verhältnis gestellt, und als er davon sprach, wie sie beide nun einzig in der heitern Dichterwelt leben wollten, entgegnete sie: »Lieber Ernst, du weißt, daß nicht jedermann seine beste Freude darin finden kann noch finden muß. Werde nur erst ruhiger und sieh es ein, wie wir mit den beständigen phantastischen Aufwallungen einander nur zur Plage leben würden und wie es in jeder Ehe wohl herzliche Anhänglichkeit geben soll, aber auch wahrlich nichts weiter gefordert werden kann als die.«

Ernst sah sie verstört an. Sie hielt erschreckend ein und suchte mit einigen milden Worten wieder in das blühende Zaubergebüsch seiner Phantasie hineinzulenken, worauf er auch ganz zufrieden schien und die Wogen seines tönenden Gemütes wieder anklingen ließ. Aber immer achtsamer seinen Blick auf den ihrigen richtend und bemerkend, wie sie mit einem gezwungenen, fast überdrüssigen Lächeln dasaß, das freilich ihr schönes Gesicht auf eine ganz eigne Weise verstellte, erhob er sich ernsthaft von seinem Platze, setzte die goldpapierne Krone wieder auf sein Haupt und sagte: »Ei! Wolke, Wolke, Wolke!« – Darauf ging er weinend aus dem Gemach, und man hörte ihn draußen folgende Worte singen:

>»Ich hatte sie gefunden,
>Mein Leben war beglückt,
>Mit hellen Liebeswunden
>Ganz purpurn ausgeschmückt.

> Nun ist sie fortgegangen,
> Hat mich vergessen schnell,
> Doch unterm Tränenbangen
> Quillt noch mein Purpur hell.«

Er war unheilbar seit diesem Augenblicke. Kein befreundeter Klang scholl mehr in sein Innres hinein. Die beiden mußten abreisen, ihn seinen jammervollen, ixionischen Phantasien überlassend. –

Nach einem Jahre war die schöne Witwe die Frau des Liefländers geworden und ihm nach Petersburg gefolgt. Eines Abends, in der Oper beisammen, ohne sich erst erkundigt zu haben, was man spiele, trafen die spätgekommenen jungen Eheleute zu einer Szene ein, wo Ixion der verschwindenden Wolke sein Liebesleid nachtönen ließ. Die Frau flüsterte bewegt in ihres Gatten Ohr: »Ach, der arme Wallborn!« – Da bog sich ein junger Mann über ihren Stuhl und sagte freundlich: »Besser hier ein Ixion als dort!« – Sie glaubten ihren wahnsinnigen Freund zu erkennen, aber er war gleich wieder zwischen andern Gestalten verschwunden und nirgends mehr anzutreffen. Der Liefländer schrieb nach Wallborns Heimat um Nachricht und erhielt zur Antwort, der arme Jüngling sei an eben jenem Abende, wo er ihn in der Oper zu sehn geglaubt hatte, friedlich und freundlich gestorben.

EINE ALTITALIÄNISCHE GESCHICHTE

In der berühmten Handelsstadt Ragusa lebte vor vielen Jahren ein junger Ritter, Theodosio geheißen und von allen, die ihn kannten, seines Reichtums, seiner edlen Sitten wie auch seiner Tapferkeit und blühenden Jugend halber geliebt, ausgenommen von der einzigen, die er selbst mehr als alle obgenannten Vorzüge, ja mehr als sein eignes Leben liebte. Diese war Madonna Malgherita geheißen und führte, seit Kindesjahren zur Waise geworden, in dem Schutz ihrer drei edlen und vornehmen Brüder ein so angenehmes und sorgenfreies Leben, daß sie sich auf keine Weise verheiraten wollte, obgleich ihre Schönheit und ihr sittigholdes Wesen der Freier gar viele herbeilockte. Unter ihnen war Theodosio in jeder Hinsicht der vornehmste, und die Brüder ermahnten ihre Schwester oftmals, den Werbungen eines so herrlichen Jünglings Gehör zu geben. Aber da alles bei ihr vergebens blieb und Theodosio für seine zartesten und ehrfurchtsvollsten Bemühungen weiter nichts als schnöde Worte bekam, geriet er endlich in eine stille Verzweiflung, und zuletzt, sich von allen weltlichen Hoffnungen losmachend, ergriff er den geistlichen Stand; ja, um auf keine Weise mehr an seine vormalige Pracht und Freudigkeit erinnert zu werden, ruhte er nicht eher, bis er den elenden Posten eines Mesners an einer halbverfallnen Kirche, die Ragusa gegenüber auf einer kleinen Insel lag, überkam. Dort trieb er nun sein Amt mit aller Strenge, wohnte in einer kleinen moosigen Hütte und dachte an nichts als an Gott und den Tod.

Aber in Madonna Malgheritas Herzen war um diese Zeit eine große Veränderung vorgegangen. War es, daß sich in ihr ein Mitleid mit dem so tief von aller Weltlichkeit abwärts gesunknen und einst so prächtigen Jüngling entzündet hatte, war's, daß sie nun erst den ganzen Ernst seiner Liebe gegen sie verstand, oder tat auch vielleicht ein weibliches Verlangen nach einem ihr unerreichbar gewordnen Gut vieles dazu – genug, sie lebte Tag und Nacht nur in dem Bilde des schönen trauernden Theodosio und hätte jetzt alle ihre Herrlichkeit mit Freuden hingeschenkt, um an seiner Seite auf der kleinen Insel ein unbemerktes, ärmliches Leben führen zu dürfen. Wenn der schwache Glockenlaut des Kirchleins über die Flut herüberdrang, schmiegte er sich durch Tafelmusik und Tanzmelodien wehmütig in ihre Brust hinein; zwischen den bunten Lichtern in der Festeshalle spähte ihr feuchtes Auge durch die Fensterscheiben die eine arme Leuchte aus, welche in Theodosios ferner Zelle brannte. – In einer duftig heißen italischen Nacht erkühlte sich Madonna Malgherita in dem Meeresbade, das an ihren Garten stieß. Die Damen von Ragusa waren zu selbiger Zeit geübte Schwimmerinnen. Wohlgesicherte und weitläuftige Badestellen machten es ihnen möglich, in leichten Schwimmgewändern ziemlich fern hinaus die kühlenden Wellen des Meers zu erproben. Auch Malgherita ließ sich von den leichten Wogen umhergaukeln, versuchend, ob sie es nicht vermöchten, die schmerzliche Glut aus dem holden Busen hinaus und mit sich in die unabsehbare Ferne fortzuspülen. Aber Theodosios Lämplein brannte fern herüber durch die Nacht und streute mehr Funken in Malgheritens Herz, als Wellen auf der grünen Fläche spielten. Mit magischer Gewalt zog an dem Geiste der Jungfrau das stille Licht. – »Der Meeresarm ist gar nicht breit, ich könnt ihn wohl im Spiele überschwimmen!« sagte sie halblaut zu sich selbst, und fast in träumerischer Unbewußtheit, wie eine Nachtwandlerin, war sie aus dem Bade nach dem Ufer zurückgeschwommen, hatte ihre Schleier und weitumhüllenden kostbaren Tücher, die dorten lagen, in einem Bündel auf das Haupt befestigt, und kühn hinaus wogte sie in die See, dem Scheine des Lämpchens nach, über die fernen Wellen hin, die den ungewohnten, leuchtenden Gast mit staunender Bewunderung zu tragen schienen, als schwebe abermals Aphrodite auf dem Rücken der Flut und das Element erkenne seine magische Herrin an.

Theodosio kniete in stillem Gebet vor einem Heiligenbild, seine Gedanken waren nur halb noch in der Welt – da stand urplötzlich Malgheritas Zaubergestalt in der Tür, träufelnd die reichen Locken von dem Silberstaube der Flut, träufelnd die himmlischen Augen von dem Taue sehnender Liebe; wie Theodosio in die Höhe fuhr, sank die Jungfrau ins Knie, breitete die Arme nach ihm aus und stammelte das Bekenntnis ihrer abgöttischen Sehnsucht. Ach, und die andre Welt schwand weit abwärts aus Theodosios Augen, rückgewandt stand er ins irdische Paradies; er erlag der süßen Versuchung, und die Lampe, welche vordem nur seligen Gebeten geleuchtet hatte, leuchtete nun fast allnächtlich die reizende Schwimmerin zu des Geliebten Umarmungen herein.

Einstmalen kehrten ragusische Fischer bei schwachem Sternenschimmer vom hohen Meere zurück. Als sie zwischen die Insel mit dem Kirchlein und das feste Land gelangten, sagte einer von ihnen: »Schau dorten, wie die Wellen sich rauschend teilen. Laßt uns näher hinzufahren; es schwimmt da wohl ein schöner Fisch.« – »Behüt«, flüsterte ein andrer, »siehst du denn nicht, daß es eine Meerfei ist? Wie die Flut der gewaltigen Herrin dient! Wie die weißen Gewänder leuchten durch die dunkle Nacht!« Die Fischer fuhren in banger Neugier mit vorsichtig leisen Ruderschlägen dem wundersamen Bilde nach, das an der Insel aus den Wellen stieg, die reichen Schleier und Tücher über das Schwimmgewand warf und auf den Fußspitzen nach Theodosios Zelle hinanschlich. Dreist geworden durch die Vermutung, es laure ein irdisches Geheimnis unter der magischen Umhüllung, stiegen auch die Fischer ans Land und wagten sich leisen Trittes der Wandelnden nach, bis der volle Lichtschimmer durch Theodosios Fensterlein auf das Antlitz des Mädchens fiel und die in die Tür Schlüpfende als die wunderschöne Malgherita, Ragusas gefeierteste Dame, kennbar ward. Von Staunen, Zweifel und Neugier gehalten, warteten die Fischer am Strande und sahen gegen Morgen die holde Schwimmerin ihre Rückfahrt beginnen und sie in dem Bezirke des Meerbades, welches an die prächtigen Gärten ihrer Brüder stieß, verschwinden.

Drei Nächte hindurch sahen die Fischer eben diese Erscheinung, und endlich von der Gewißheit derselben überzeugt, lastete ein so gefährliches Geheimnis allzu schwer auf ihrem Herzen, als daß sie gewagt hätten, es Malgheritens reichen und mächtigen Brüdern zu verschweigen. Die ritterlichen Jünglinge erstarrten vor dem schmachvollen Bericht; ihre edelstolzen Gemüter wiesen ihn als eine schamlose Lüge zurück, um so mehr, da sie wußten, wie beharrlich strenge sich Malgherita früher gegen Theodosios Werbungen erzeigt hatte. Wie sollte sie nun mit Schmach und Gefahr die Minne des armen Mesners aufsuchen, dessen fürstliches Gemahl zu werden sie in all seiner ehemaligen Herrlichkeit verschmäht hatte? – Wie aber sollten auch von der andern Seite die Fischer in wagehalsiger Torheit ihre Häupter von selbsten der Rache drei so gewaltiger Herren mutwillig und rettungslos überliefern? – Die nächste Nacht sollte durch den Augenschein diese drückenden Zweifelsgewebe auf einmal lösen. Die Brüder lauerten am Strande der Insel; sie sahen die holde Betörte heranschwimmen, sahen, wie sie in Theodosios Hüttlein verschwand und sich gegen Morgen unter süßem Liebesgeflüster aus seinen Armen wand und wieder in die Wogen tauchend nach dem Badegehege zurückflutete. – Im tiefen Schweigen betraten die unglücklichen Brüder ihren Palast, tiefes Schweigen senkten sie mit schwerer Goldes Belastung über die Fischer, tiefes Schweigen sollte in der nächstkommenden Nacht Malgheritas Leben und ihre Schande auf immer von der Erde vertilgen.

Die Sterne begannen heraufzuziehn, Theodosio blickte sehnend nach ihnen empor und bereitete schon sein Lämplein, um es in der tiefer schattenden Finsternis als süßen Leitstern der Liebe leuchten zu lassen; da trat bereits ein Gast unter sein Hüttendach, aber nicht der erhoffte, sondern Malgheritas jüngster Bruder, bleich und verstört. Ein unglücklicher Zweikampf, sagte er, den er nach rascher Jünglingsweise öffentlich und blutig ausgefochten, setze ihn der Rache des Staates aus; Theodosio möge ihn um der ehemaligen Bekanntschaft und gegenseitigen Huld willen diese Nacht über verbergen; mit anbrechendem Tage wolle er alsdann auf einem Fahrzeuge, welches ihm die Brüder an der Insel andre Seite befördern würden, nach Venedig hinüber. Theodosio nahm den Bruder der Geliebten mit sorgloser Innigkeit auf, und als dieser ihn bat, die Lampe nicht anzuzünden, damit man dieses Hüttleins in der Nacht gar nicht gedenke, gewährte ihm Theodosio seinen Wunsch mit Freuden, überzeugt, daß Malgheriten das Ausbleiben der Leuchte von der heut so bedrohlichen Wellenfahrt zurückhalten werde.

Ach, Malgheriten blieb die Leuchte nicht aus! Die andern beiden Brüder standen unfern von Theodosios Hütte und ließen ein Lichtlein durch die Nacht hinschimmern, dem sich die Liebende fröhlich vertraute, nicht ahnend, daß sich der rächende Grimm in den Strahl ihrer süßen Minne verkleide. Und wie sie nun näher und näher schwamm, traten die Brüder ganz langsam mit der Leuchte in einen Nachen und wandten ihn schweigend vom Ufer ab, ohne daß Malgherita in der nun ganz schwarzumhüllenden Nacht etwas andres sah als ihres Lichtleins Hoffnungsstern und daher dessen Bewegung nicht wahrnehmen konnte. Leise, leise schifften die Brüder mit der Leuchte auf das hohe Meer hinaus, und die arme Getäuschte schwamm immer dem lockenden Strahle nach. – Einmal hörten die Brüder sie seufzen: »O es ist ja heute so weit, so gar weit! Wie ist denn das?« – Und schon wollten sie sich ihrer erbarmen, aber die Unglückliche rief in ihrer beginnenden Not nach Theodosio, und die Herzen der beiden Ritter wurden vor dem Gefühl der beleidigten Ehre wieder zu Stein. Ängstlicher seufzte Malgherita, aber es ging ihr wie dem Schwan; ihre Todesklagen wurden zu lieblichem Getöne, und wie nun endlich fern auf der Wasserwüste die Brüder das Licht verlöschten und so das Gewölk der Nacht als Trauermantel über ihre verfemte Schwester breiteten, da sang sie leise:

O weh! Verlischt mein süßes Licht?
O Braut, die Lampen löschen,
Der Bräut'gam kommt; – gut Nacht!

Und die Fluten wogten schweigend über ihrem Haupte dahin und schweigend kehrten die finstern Brüder heim, die von dem Meere, der von Theodosios Hütte, ohne je wieder ein Wort in dieser Begebenheit zu reden. In seiner jetzigen Ärmlichkeit war ihnen der Mesner zu gering zur Rache, und so geschah weiter nichts, als daß der älteste Bruder Malgheritens Namen aus dem Stammbaume strich und die Häupter der umherstehenden Ahnenbilder verhüllte, bis die letzte Spur der unglücklichen vier Silben vom Pergamente gewichen war.

Theodosio wartete die folgende Nacht vergebens auf seine holde Minne; vergebens leuchtete das treue Lämpchen durch die Finsternis; sein falscher Genosse hatte ihm die süßen Strahlen gelöscht, die es sonsten heranzog. Der Morgen kam und Malgherita nicht. Da ging verzagend Theodosio an das Ufer des Meeres hinab, und siehe, die Wellen, dennoch der holden Herrin dienstbar, trugen ihren Leichnam dahin, wo ihres Lebens Leben war. Vor Theodosios Füßen rollte eine linde Woge den holden Leib auf die Gräser des Ufers hin.

Laßt mich den Jammer des Liebenden verschweigen, aber das laßt mich sagen, daß endlich die Gnade, welche ihm einstens aus der seligen Welt herübergeleuchtet hatte, in seinem Herzen wieder aufging und, die bösen Gedanken des Selbstmordes vertreibend, Malgheritens Seelenheil und sein eignes als das kostbare Ziel, wonach sein äußerlich verarmtes Leben zu ringen habe, ihm vor die Augen stellte. Das war nun sein Liebeslämplein geworden und sein Hoffnungsstern, dem er nachschwamm durch die Nacht der Welt, ohne, wie die arme Malgherita, durch ein falsches Todeslicht in den Abgrund verlockt zu werden. Er begrub den teuern Leib in geweihete Erde und begann die strengste Buße für den holden Geist, der in so heißer, unerfüllter Sehnsucht und weltlicher Liebesglut von dannen geschieden war. Gott fristete ihm sein Leben lange zu dem schmerzlichen Geschäft, und erst in hohem Greisenalter soll er geträumt haben, Malgherita fliege aus einem neblig finstern Walde weißerglänzend nach einer blumigen Höhe hinauf und lächle ihm dankend zu und winke ihn sich nach. Bald darauf ist er in Fried und Seligkeit entschlafen.

DIE BEIDEN HAUPTLEUTE

Eine Erzählung

Erstes Kapitel

Ein milder Abend stieg aus den Seefluten an dem Gestade von Malaga herauf, die Guitarren vieler heitern Sänger in den Hafenschiffen sowohl als in den städtischen Häusern und zierlichen Gartenwohnungen erweckend. Wetteifernd mit den Stimmen der Vögel begrüßte jenes melodische Geschwirre die erquikkende Kühle und schwebte, zugleich mit dem frischen Nebelgedüft aus Wasser und Wiesen, über der paradiesischen Gegend. Einige Haufen Fußvolk, die am Strande lagen und dort, um mit dem frühesten Morgen zum Einschiffen fertig zu sein, die Nacht verbringen wollten, vergaßen vor den Reizen der anmutigen Abendzeit, daß sie diese letzten Stunden auf europäischem Boden noch recht behaglich dem sichern Schlafe hinzugeben gemeint hatten; sie fingen an, Soldatenlieder zu singen, einander die mit feurigem Xeresweine gefüllten Feldflaschen zuzutrinken und den großmächtigen Kaiser Karl den Fünften leben zu lassen, welcher jetzt eben belagernd vor dem Seeräuberneste Tunis lag und dem sie zur Unterstützung nachzuschiffen bestimmt waren. – Das vergnügte Kriegsvolk war nicht allzumal eines Stammes. Nur zwei Fähnlein desselben bestanden aus Spaniern; das dritte bildeten lauter deutsche Landsknechte, und es hatte wohl hin und her unter den verschiedenen Kampfgenossen wegen Verschiedenheit der Sitten und Sprache Neckereien gesetzt. Nun aber zog die Gemeinschaft der nahen Seereise und rühmlichen Gefahr, zusamt der gleichen Erquickung, welche der linde, südliche Abend durch alle Seelen und Leiber ergoß, das Band der Kameradschaft in völliger, ungestörter Eintracht zusammen. Die Deutschen versuchten, castilisch zu reden, die Hispanier deutsch, ohne daß es jemandem eingefallen wäre, von den vorkommenden Sprachfehlern und Verwirrungen Aufhebens zu machen. Man half sich gegenseitig ein, nichts andres beachtend als den guten Willen des Gefährten, dem Gefährten in dessen eigener Sprache näherzukommen.

Etwas entfernt von dem lustigen Getümmel hatte sich ein junger deutscher Hauptmann, Herr Heimbert von Waldhausen genannt, unter einem Korkbaume niedergelassen, mit angestrengten Blicken nach den Sternbildern hinaufsehend, und auf diese Weise dem frischen, lustigen Gesellschaftssinne, den seine Kameraden sonst an ihm kannten und liebten, wie ganz entfremdet geworden. Da machte sich der spanische Hauptmann Don Fadrique Mendez zu ihm, Jüngling wie er, aller Waffenübungen gewandter Freund wie er, aber gewöhnlich ebenso strengen und nachdenklichen Sitten als Heimbert freudigen und milden ergeben. – »Verzeiht, Señor«, hub der feierliche Spanier an, »wenn ich Euch in Euern Betrachtungen störe. Da ich Euch aber als einen gar mutigen Kämpfer und höchst getreuen Waffenbruder in manchen heißen Stunden zu erkennen öfters die Ehre gehabt habe, möchte ich wohl vor allen andern Euch gern um einen Ritterdienst ersuchen, wenn es mit Euern eignen Entwürfen und Vorsätzen für diese Nacht bestehen kann.« – »Lieber Herr«, entgegnete der freundliche Heimbert, »ich habe wohl allerdings vor Sonnenaufgang noch Wichtiges zu schaffen, aber bis Mitternacht bin ich vollkommen frei und Euch zu jeder waffenbrüderlichen Hülfe bereit.« – »Das genügt«, sagte Fadrique, »denn um Mitternacht müssen die Töne schon längst verklungen sein, mit denen ich von dem Teuersten, was ich vordem in dieser meiner Vaterstadt kannte, Abschied zu nehmen gedenke. Damit Ihr aber von der ganzen Angelegenheit so unterrichtet sein möget, wie es einem edlen Genossen zukommt, so höret mich auf einige Augenblicke achtsam an.

Geraume Zeit bevor ich Malaga verließ, um in unsers großen Kaisers Heeren die Glorie seiner Waffen durch Italien ausbreiten zu helfen, diente ich nach der Weise junger Ritter einem schönen Fräulein dieser Stadt, welches Lucila geheißen ist. Sie stand damals noch kaum an der Grenze, wo sich die Kindheit von der erwachsenen Jungfräulichkeit absondert, und so wie ich – ein nur eben waffenfähig gewordner Knabe – meine Huldigung im freundlich kindischen Sinne darbrachte, wurde sie von meiner jungen Herrin gleichfalls auf freundlich kindische Weise empfangen. Ich zog endlich darüber nach Italien, und, wie Ihr wohl, da wir seitdem Genossen wurden, selbsten wißt, durch manch ein heißes Gefecht und durch manch eine zauberisch lockende Gegend jenes erquicklichen Landes. Unter allen den Verwandlungen hielt ich meiner zarten Gebieterin Bildnis unwandelbar in mir fest und setzte meine ehrerbietigen Dienstleistungen gegen dasselbe zu keiner Stunde aus, ob ich es zwar gegen Euch nicht verschweigen kann, daß ich mehr damit dem Worte, welches ich bei meiner Abreise verpfändet hatte, Genüge tat, als irgendeinem treibenden und sogar unmäßig glühenden Gefühle meines Herzens. Als wir nun endlich aus so mannigfachen fremden Landen vor einigen Wochen wieder in meine Vaterstadt einrückten, fand ich meine Herrin an einen vornehmen und reichen Ritter dieses Ortes verheiratet. Heißer als bisher die Liebe spornte mich nun die Eifersucht – dieses beinahe allmächtige Kind des Himmels und der Höllen – an, Lucilen auf allen Schritten und Tritten nachzugehen: von ihrer Wohnung nach der Kirche, von dort bis vor die Türe irgendeiner Freundin, von dort wieder bis an ihre Heimat oder in einen edlen Zirkel von Damen und Rittern, und so unermüdet überall hin, so weit es sich irgend nur tun ließ. Als ich mir aber endlich die Überzeugung verschaffte, es diene ihr kein andrer junger Ritter und sie gehöre mit ganzem Gemüte einzig nur dem ihr von den Eltern erkorenen, nicht aber selbst ersehnten, Ehemanne an, gab ich mich vollkommen zufrieden und würde auch Euch in diesem Augenblicke nicht beschwerlich fallen, nur daß Lucila mir vorgestern nahe trat, mir ins Ohr flüsternd, ich solle ihren Herrn nicht reizen, denn er seie sehr zornig und kühn; ihr zwar drohe keine Gefahr, auch nicht die mindeste, dabei, weil er sie über alles liebe und ehre, auf mich aber werde sich sein Grimm desto furchtbarlicher entladen. Da seht Ihr denn leichtlich ein, viel edler Waffenbruder, daß ich nicht umhin konnte, meine Verachtung aller eignen Gefahr dadurch zu bewähren, daß ich Lucilen nun gar nicht mehr von den Fersen wich und ihr allnächtlich Serenaden vor den blumigen Fenstern sang, bis der Morgenstern die Meeresflut zu seinem Spiegel zu machen begann. Heute nacht reiset Lucilens Gemahl um die zwölfte

Stunde nach Madrid, und von da an will ich die Straße, drinnen er wohnt, auf alle Weise meiden, bis dahin aber, sobald es dunkel genug geworden ist, um mit Anstand eine Serenade zu beginnen, unaufhörlich vor seinem Hause Liebesromanzen erschallen lassen. Freilich habe ich Spuren, daß nicht nur er, sondern Lucilens Brüder gegen mich ihre Degen gewetzt halten, und eben deshalb, Señor, habe ich Euch ersucht, mir auf dieser kurzen Wanderung mit Eurer tapfern Klinge Gesellschaft zu leisten.«

Heimbert faßte mit freudiger Zusicherung des Spaniers Hand und sagte dabei: »Euch zu beweisen, lieber Herr, wie gern ich tue, was Ihr von mir begehrt, will ich, Euch Vertrauen mit Vertrauen erwidernd, eine anmutige Geschichte erzählen, die mir in dieser Stadt begegnet ist, und Euch nach Mitternacht auch um einen kleinen Gegendienst bitten. Meine Geschichte ist kurz und wird uns nicht länger aufhalten, als wir ohnehin warten müßten, bis die Dämmerung tiefer und schattiger hereingesunken ist.

Am Tage, nachdem wir hier eingerückt waren, hatte ich meine Lust daran, mich in den schönen Gärten zu ergehen, die es hier gibt. Ich bin nun schon lange in den südlichen Landen, aber beinahe muß ich glauben, die Träume, welche mich allnächtlich nach Deutschland heimführen, sind daran schuld, daß mir das ganze Wesen hier so fremd und erstaunenswürdig bleibt. Wenigstens alle Morgen, wenn ich erwache, verwundre ich mich aufs neue, als wäre ich eben erst angekommen. So ging ich auch damals wie betört an den Aloestauden, unter den Lorbeer- und Oleanderbäumen umher. Plötzlich schreit es neben mir auf, und eine weiß gekleidete schlanke Dame fliegt ohnmächtig in meinen Arm, während da und dort ihre Gespielinnen neben uns vorbei auseinanderlaufen. Wie denn nun doch immer ein Soldat ziemlich schnell seine Sinne zusammenzufassen weiß, werde ich auch bald gewahr, daß ein wütender Stier hinter der Schönen drein ist. Schnell schwinge ich sie über einen blühenden Heckenzaun hinüber und mich ihr nach, worauf das Untier zornblind an uns vorbeisetzt, von dem ich nachher weiter nichts erfahren habe, als daß einige junge Ritter auf einem benachbarten Hofe damit eine Vorübung zum Stiergefecht hatten beginnen wollen, weshalb es denn so wütig durch die Gärten gebrochen war.

Ich stand nun ganz allein, die ohnmächtige Dame in meinem

Arm, die so wunderlieblich anzuschauen war, daß ich mich in meinem Leben nicht wohler gefühlt habe, aber auch nicht weher. Ich legte sie endlich auf den Rasen nieder und besprengte ihr die Engelsstirn mit Wasser aus einem nahen Springbrönnelein. Wohl kam es mir in den Sinn, daß man Ohnmächtigen die Kleider lüften solle, aber du Gott! wie hätte ich das wagen mögen bei diesem himmelreinen Bild. Sie kam auch so wieder zu sich, und als die Klarheit ihrer seligen Augen aufging, meinte ich ahnen zu können, wie den verklärten Geistern zumute sei.

Sie dankte mit ebenso anmutigen als sittigen Worten und hieß mich ihren Ritter, aber ich konnte in der seligen Verzauberung keinen Ton über die Lippen bringen, und sie muß mich wohl beinahe für stumm gehalten haben. Endlich lösete sich mir dennoch die Rede, und da strömte auch gleich die Bitte vom Herzen mit fort, das holde Frauenbild wolle sich doch ja noch öfter in diesem Garten schauen lassen; in wenigen Wochen treibe mich der Dienst des Kaisers in das heiße Afrika hinein, bis dahin solle sie mir den seligen Anblick gönnen. Sie sahe mich halb lächelnd, halb weichmütig an und sagte ja. Auch hat sie Wort gehalten und ist mir fast täglich erschienen, ohne daß wir eben viel dabei miteinander gesprochen hätten. Denn ob sie bisweilen auch ganz allein war, konnte ich doch nicht viel andres beginnen, als staunend und verzückt neben ihr hergehn. Manchmal sang sie dann wohl ein Lied und ich auch eines. Als ich ihr nun gestern kund tat, daß unsre Abfahrt so nahe sei, war es, als trete es wie Tau in ihre himmlischen Augen. Ich mochte wohl auch ganz wehmütig aussehen, denn sie sagte wie tröstend zu mir: ›O Ihr frommer, kindlicher Kriegsmann, Euch darf man vertrauen, wie man einem Engel vertraut. Nach Mitternacht, ehe die Dämmerung zu Eurer Fahrt anbricht, vergönne ich es Euch, Abschied von mir zu nehmen an ebendieser Stelle. Könnt Ihr aber einen treuen, verschwiegnen Gefährten finden, der jedes Eintreten von der Gasse her verhindert, so ist es gut. Denn manch ein Kriegsmann sonst möchte wohl im wildern Mute, von einem Abschiedsschmause kommend, durch die Stadt hin ziehn.‹ – Nun hat mir Gott einen solchen Gefährten beschieden, und ich gehe noch um *eins* so freudig zu der holden Maid.«

»Möchte nur der Gang, zu welchem Ihr mich fordert, reicher

sein an Gefahr«, entgegnete Fadrique, »damit ich Euch tätiger bezeigen könnte, wie ich mit Blut und Leben der Eurige bin. Aber kommt, edler Genosse; die Stunde zu meinem Abenteuer ist erschienen.«

Und in ihre Mäntel gehüllt, schritten die Jünglinge eilig in die Stadt hinauf, nachdem Fadrique noch vorher eine schöne Guitarre unter den Arm genommen hatte.

Zweites Kapitel

Die Nachtviolen vor Lucilens Fenstern begannen schon, ihren erquickenden Duft auszuströmen, als Fadrique, gegenüber, in den Winkel eines alten, weitschattenden Kirchengebäudes gelehnt, sein Instrument zu stimmen begann. Heimbert hatte sich unfern von ihm hinter einen Pfeiler gestellt, die bloße Klinge unter dem Mantel, und ließ die klaren, blauen Augen, zwei wachthaltenden Sternen gleich, ruhig und durchdringend umherleuchten. Fadrique sang:

»Auf den frühlingshellen Wiesen
Stand ein Blümlein hell im Maien,
Weiß und rötlich, schlank und zart,
Mir, dem Jüngling, Augenweide,
Das ich oftmal angesungen,
Sein gepflegt mit sitt'gem Schmeicheln. –
Fernhin zog ich seit hinaus,
Auf gewagte blut'ge Reise,
Und nun ich zurückgekommen,
Steht nicht Blümlein mehr im Freien,
Hat ein Gärtner es verpflanzt,
Hegt es in verschloßnen Kreisen,
Hat's verzäunt mit goldnen Gittern,
Will, ich soll das Blümlein meiden.
Und ich gönn ihm seine Gitter,
Gönn ihm seiner Riegel Eisen,
Doch, ringsum durchs Kühle wandelnd,
Rühr ich meiner Zither Saiten,

Strebe nach wie vor, des Blümleins
Wundersüße Huld zu preisen,
Und der Gärtner darf mir nimmer
So bescheidne Lust verweigern.«

»Es kommt drauf an, Señor«, sagte ein Mann, dicht und, wie er meinte, unvermutet vor Fadrique hintretend, aber dieser war durch einen Wink seines achtsamen Genossen bereits von der Annäherung des Fremden unterrichtet und konnte diesem also mit desto größerer Kaltblütigkeit erwidern: »Wenn Ihr gewillt seid, Señor, meiner Guitarre den Prozeß zu machen, so hat sie auf solche Fälle eine stählerne Zunge bei sich, die ihr schon einigemal ganz vortreffliche Advokatendienste geleistet hat. Mit wem beliebt Euch nun eigentlich zu sprechen; mit der Zither oder mit dem Advokaten?«

Während nun der fremde Mann noch etwas verlegen schwieg, hatte sich Heimbert zwei verhüllten Gestalten genähert, welche einige Schritte davon standen, wie um seinem Genossen, falls er flüchtig zu werden gedenke, den Paß abzuschneiden. – »Ich glaube, liebe Herren«, sagte Heimbert sehr freundlich, »wir treiben hier das gleiche Geschäft, indem wir zu verhindern bemüht sind, daß niemand das Gespräch jener beiden Edelleute störe. Wenigstens, was mich betrifft, so könnt ihr euch darauf verlassen, daß jeder, welcher sich zwischen die Verhandlung mischen will, meinen Stoßdegen im Herzen hat. Seid also nur gutes Mutes, ich denke, wir wollen unsre Schuldigkeit allzumalen rechtschaffen tun.« – Die Verhüllten neigten sich mit höflicher Verlegenheit und schwiegen still.

Überhaupt waren vor der kaltblütigen Ruhe, mit welcher die zwei Soldaten die ganze Verhandlung betrieben, ihre drei Gegner in große Verwirrung geraten und wußten nicht recht, wie sie den Streit anfangen sollten. Da griff endlich Fadrique wieder stimmend in die Saiten und schickte sich an, ein neues Liedchen zu beginnen. Dieses Zeichen von Verachtung, gleichsam als seie von gar keiner Gefahr oder auch nur Bedenklichkeit die Rede gewesen, erbitterte endlich den Gemahl Lucilens – denn er war es, welcher seinen Stand bei Don Fadrique genommen hatte – dergestalt, daß er ohne weiteres seine Klinge aus der Scheide riß, mit von Wut unterdrückter Stimme rufend: »Zieht, oder ich stoße Euch unerwartet nieder!« – »Recht sehr gern, Señor«, entgegnete Fadrique ruhig. »Ihr habt nicht nötig, mir deshalb zu drohen. Ihr könnt mir das ja wohl in allem Guten sagen.« – Und damit legte er seine Guitarre sorgsam in eine Mauerblende der Kirche, faßte den Degen, seinen Widersacher zierlich grüßend, in die Rechte, und das Gefecht hub an.

Anfänglich hielten sich die beiden Verhüllten, Lucilens Brüder, an Heimberts Seite ganz ruhig, aber als Fadrique begann, ihren Schwager siegreich und heftig im Kreise umherzutreiben, machten sie Miene, an dem Kampfe teilnehmen zu wollen. Da ließ Heimbert seine gewaltige Klinge im Mondenscheine funkeln und sagte: »Ei liebe Herren, ihr werdet mir doch nicht zumuten, daß ich eben gegen euch ausführen soll, was ich vorhin versicherte? Bitt euch sehr, wollet mich nicht dazu zwingen, aber wenn es nicht anders ist, halte ich ehrlich mein Wort, darauf könnt ihr euch sonder allen Zweifel verlassen.« – Die beiden jungen Leute blieben hierauf regungslos stehen, überrascht sowohl von der Festigkeit als von der treuherzigen Freundlichkeit, welche aus Heimberts Worten klang.

Derweile hatte Don Fadrique, obgleich den Gegner drängend, dennoch sich großmütig gehütet, ihn zu verletzen, und ihm endlich mit einem gewandten Fechtergriff das Schwert aus der Faust gewunden, so daß Lucilens Gemahl vor dem unvermuteten Anlauf und im Schreck der Entwaffnung einige Schritte zurücktaumelte. Aber Fadrique warf den genommenen Degen mit einer geschickten Wendung in die Luft, fing die Klinge nahe an der Spitze wieder und sagte, dem Gegner das Gefäß verbindlichen Anstandes entgegen haltend: »Nehmt hin, Señor, und ich hoffe, unsre Ehrensache ist nun ausgemacht, da ich Euch unter diesen Umständen gestehen kann, daß ich bloß hier bin, um zu beweisen, daß ich mich vor keiner Degenspitze in der Welt fürchte. Zudem schlägt die Glocke soeben vom alten Dome zwölf, und ich gebe Euch mein Ehrenwort als Ritter und Soldat, daß weder Donna Lucila im geringsten mit meiner Aufwartung zufrieden ist, noch ich auch von jetzt an, und bliebe ich auch hundert Jahre in Malaga, an dieser Stätte liebeln und singen werde. Laßt immerhin Euern Reisewagen vorfahren, und somit Gott befohlen.« –

Dann grüßte er nochmals seinen verlegnen Besiegten mit ernster, feierlicher Höflichkeit und entfernte sich. Heimbert folgte ihm, nachdem er noch den beiden Jünglingen freundlich die Hände geschüttelt hatte, sprechend: »Nein, liebe, junge Herren, das muß euch ja nimmermehr in den Sinn kommen, euch einzumischen, wo zwei andre einen ehrlichen Zweikampf mitsammen halten. Hört ihr wohl?«

Bald darauf hatte er seinen Gefährten eingeholt und wandelte nun voll heißer Erwartung, in freudigem und dennoch so wehmütigem Herzklopfen neben ihm her, daß er kein einziges Wort hervorzubringen wußte. Auch Don Fadrique Mendez hielt sich still; nur als Heimbert an der zierlichen Gartenpforte stehen blieb und heiter auf die früchtereich herabhangenden Pomeranzenzweige wies, sprechend: »Wir sind zur Stelle, lieber Genoß!« nur da tat der Spanier seinen Mund wie zu einer Frage auf, wandte sich aber gleich darauf ab und sagte bloß: »Versteht sich, daß ich Euch den Eingang hüte bis ans Morgenrot. Ihr habt mein Ehrenwort.« – Damit fing er an, wie eine Schildwacht, gezückten Schwertes, vor der Pforte auf und ab zu wandeln, und Heimbert schlüpfte selig zitternd in die würzig dunkelnden Laubgänge hinein.

Drittes Kapitel

Er durfte nicht lange suchen nach dem holden Sternbilde, von welchem er wohl fühlte, daß es fortan den Lauf seines ganzen Lebens zu leiten erkoren sei. Die zarte Frauengestalt schritt ihm unfern von dem Eingange entgegen, leise weinend, wie es ihm der eben aufsteigende Vollmond offenbarte, und dennoch in so unendlicher Anmut lächelnd, daß die Tränen mehr einem feierlichen Perlenschmuck als einem Schleier des Schmerzens zu vergleichen waren. Im tiefen, endlosen Wohl und Weh gingen die beiden Liebenden schweigend nebeneinander durch die blühenden Hecken hin; bisweilen streifte ein im Nachthauche wehender Zweig die Zither in der Dame Arm, daß ein leises Schwirren daraus hervorging, sich in das Getöne der Nachtigallen mischend, oder die zarte Rechte des Fräuleins bebte auch selbst in fliegenden Akkorden über die Saiten hin. Wenn die Sterne schossen, war es, als schwängen sie sich den verflognen Zitherklängen nach. O wahrhaft selig war diese Nacht dem Jüngling und der Jungfrau zu nennen, denn kein verwegenes Wollen, kein unreines Wünschen drang auch nur leise in ihr Gemüt. Sie gingen nebeneinander her, vergnügt, daß es der liebe Gott ihnen also vergönnte, und so wenig irgendeines andern Glückes begehrend, daß auch die Vergänglichkeit des gegenwärtigen milde verschwimmend in den Hintergrund ihrer Gedanken zurückesank.

In der Mitte des schönen Gartengeheges fand sich ein großer freier Rasenplatz, mit schlanken, weißen Bildsäulen geziert, einen lieblich plätschernden Springbrunnen umfassend. An dessen Rande ließen sich die beiden Liebenden nieder, ihr frommes Auge bald an den mondlich funkelnden Wasserlichtern, bald jedes an der reinen Schönheit des andern weidend und erquickend. Die Jungfrau rührte ihre Guitarre, und Heimbert sang, von ihm fast unverstandner Sehnsucht getrieben, ungefähr folgende Worte dazu:

»Ich hab ein süßes Leben,
Weiß seinen Namen nicht.
Ach, wollt's mir Kunde geben,
Daß meiner Lippen Beben
In rechten feinen, leisen
Liedsklängen dürfte preisen,
Was doch mein Herz ohn Ende spricht.«

Er schwieg plötzlich und ward sehr rot, weil er befürchtete, viel zu dreist geworden zu sein. Die Dame errötete auch, tändelte halb abgewendet auf den Zithersaiten fort und sang endlich wie träumend hinein:

»An dem Brunnen, Mondeslichter,
auf den Wasserlichtern wankend,
Ach, wer sitzt an Jünglings Seite
Sinnend auf dem weichen Rasen?
Soll die Jungfrau gar sich nennen,
Da schon ungenannt ihr wallen
Glut der Scham im bangen Herzen,
Glut der Scham auf heißen Wangen?

Erst soll man den Ritter nennen,
Der am allerschönsten Tage,
Wo Castilien jemals siegte:
Der, ein sechzehnjähriger Knabe,
Vor Pavia schon gefochten,
Lust der Spanier, Schreck der Franken.
Heimbert ist der Held geheißen,
Siegreich in viel pracht'gen Schlachten,
Und bei solchem tapfern Ritter
Sitzend auf dem weichen Rasen,
Kündend ihm des Namens Laute,
Schämt sich nicht mehr Donna Clara.«

»O mein Gott«, sagte Heimbert, von einem andern Rote als vorhin übergossen, »o mein Gott, Donna Clara, das bei Pavia war ja nur ein lustig siegreiches Waffenspiel, und wenn mir auch nachher bisweilen ein Treffen etwas schwer aufgelegen hat, wie mochte ich denn ja so überschwengliche, recht himmlische Herrlichkeit damit verdienen, als diese hier! O so weiß ich denn nun, wie Ihr heißt, und darf Euch künftig bei Namen nennen, Ihr engelsholde Donna Clara, Ihr selig leuchtende Donna Clara! – Nun sage mir doch aber auch, wer Euch von meinem bißchen Fechten so Günstiges vorerzählt hat, so will ich ihn auf Händen tragen forthin.«

»Meint denn der edle Heimbert von Waldhausen«, entgegnete Clara, »die edelsten Geschlechter Spaniens hätten nicht ihre Söhne eben dahin gesendet, wo er stand in der heißen Schlacht? Ihr habt sie ja neben Euch fechten sehen, wie sollte nicht irgendein Verwandter mir Eure Herrlichkeit verkünden?« –

Indem läutete ein kleines silberhelles Glöcklein aus einem nahen Palaste hervor, und Clara flüsterte: »Es ist die höchste Zeit. Mit Gott, mein Held!« – Und durch hervorstürzende Tränen lächelte sie den Jüngling an und neigte sich gegen ihn, und es war ihm fast, als fühle er einen blumenduftigen Kuß über seine Lippen hinhauchen. Als er sich recht besann, war Clara verschwunden, die Morgenwolken begannen zu röteln, und Heimbert, einen Himmel voll stolzen Liebesglückes im Herzen, ging nach der Pforte zu seinem wartenden Freunde zurück.

Viertes Kapitel

»Ist es gefällig?« fragte Fadrique, als Heimbert aus dem Garten trat, und hielt ihm sein gezücktes Schwert in Fechterstellung entgegen. – »Ei, Ihr irrt Euch, mein lieber Genosse«, lächelte der Deutsche zurück. »Ich bin es ja, den Ihr vor Euch habt.« – »Glaubt nicht, Ritter Heimbert von Waldhausen«, sagte Fadrique, »daß ich Euch verkenne. Aber mein Wort ist gelöst, meine Stunden als Schildwach hab ich ehrlich gehalten, und nun bitt ich Euch ohne weitre Umstände, legt Euch aus und fechtet mit mir auf Tod und Leben, solange noch das Herzblut durch unser beider Adern rinnt.« – »Daß Gott!« seufzte Heimbert, »ich habe wohl schon oftmalen davon gehört, daß es in südlichen Landen Hexen geben soll, die den Leuten mit Zauberspruch und Zaubergebräuchen die Sinne verwirren. Aber erlebt hab ich es bis auf den heutigen Tag noch nimmermehr. Faßt Euch, mein lieber, guter Kamerad, und geht mit mir an den Strand zurück.« – Fadrique lachte grimm auf und sagte: »Lasset doch ab von Euerm albernen Wahn, und wenn man Euch denn alles sogar von Wort zu Wort vorsagen muß, auf daß Ihr es verstehet, so wisset, daß die Dame, welche Euch dort im Laubgange dieses meines Gartens entgegen kam, Donna Clara Mendez, meine einzige leibliche Schwester ist. Nun frisch also und ohne fernere Vorrede an das Werk!« – »Da sei Gott vor!« rief der deutsche Jüngling, seine Klinge nicht anrührend. »Mein Schwager sollt Ihr werden, Fadrique, nicht aber mein Mörder und noch minder ich der Eurige.« – Fadrique schüttelte bloß unwillig den Kopf und rückte mit gemessenen Kampfestritten gegen seinen Genossen an. Dieser aber blieb noch immer unbeweglich stehn und sagte: »Nein, Fadrique, ich kann dir nun und nimmermehr was zuleide tun. Dann noch obenein, daß ich deine Schwester liebe, bist du gewißlich auch der gewesen, der ihr so Herrliches und Ehrendes von meinen Kriegszügen in Welschland erzählt hat.« – »Als ich das tat«, entgegnete Fadrique in dumpfer Wut, »war ich ein Tor, du aber, liebelnder Feigling, heraus mit der Klinge, oder –«

Fadrique hatte noch nicht völlig so weit gesprochen, als Heimbert schon mit dem Ausrufe: »Ei, das halte der Teufel länger aus!« zornglühend das Schwert aus der Scheide riß und nun beide junge Hauptleute voll entschloßner Heftigkeit einander auf das grimmigste anfielen.

Das ward hier viel ein andrer Zweikampf als der, welchen Fadrique vorhin mit Lucilens Gemahl gefochten hatte. Die zwei jungen Soldaten verstanden ihr Fechten gut, kühn vorwärts strebte Brust gegen Brust, wie Lichtstrahlen schwirrten die Klingen umeinander her, nun jene, nun diese, mit blitzschnellem Stoße gradaus fahrend und mit ebenso blitzschneller Gewandtheit von dem Gegner seitwärts geschleudert. Fest drängten sich die linken Füße wie gewurzelt in den Boden ein, die rechten schritten bald zum kühnen Anfall stampfend aus, bald zogen sie sich wieder leicht in die sichre verteidigende Stellung zurück. Aus der Besonnenheit und dem stillen, unnachlaßlichen Zorne, mit welchem beide fochten, ließ sich abnehmen, daß einer von ihnen unter den überhangenden, jetzt morgenrötlich angestrahlten Zweigen dieser Orangenbäume seinen Tod umarmen werde, und so hätte es auch ohne Zweifel kommen müssen, nur daß plötzlich ein Kanonenschuß vom Hafen her durch die schweigende Dämmerung herüberklang.

Die Fechter hielten, wie auf ein gemeinschaftlich geltendes Befehlswort, inne, horchend und vor sich hin zählend, und als jeder dreißig ausgesprochen hatte, donnerte der zweite Schuß. – »Es ist das Signal der nahen Abfahrt, Señor«, sagte Don Fadrique. »Wir sind jetzt in des Kaisers Dienst, und aller Streit fällt weg, der nicht gegen die Feinde Karls des Fünften geht.« – »Versteht sich«, entgegnete Heimbert. »Aber wenn es mit Tunis und dem ganzen Kriege zu Ende ist, werde ich wissen, Euch wegen des liebelnden Feiglings Genugtuung abzufordern.« – »Und ich Euch wegen des Umgangs mit meiner Schwester«, sagte Fadrique. »Auch das versteht sich von selbst.« – Damit eilten die zwei Hauptleute an den Strand hinab, sorgten für das Einschiffen ihrer Scharen, und die Sonne, über das Meer heraufsteigend, erblickte sie schon auf einem und demselben Fahrzeuge hoch in See.

FÜNFTES KAPITEL

Die Schiffenden hatten geraume Zeit lang mit widrigen Winden zu kämpfen, und als man endlich die barbarischen Küsten ins Auge bekam, dunkelte der Abend schon so tief über die Meeresflut herein, daß kein Steuermann des kleinen Geschwaders sich es traute, an dem flachen Strande vor Anker zu gehn. Man kreuzte, den Morgen erwartend, auf den stiller gewordnen Wassern, und das Kriegsvolk, der Kampf- und Ehrliebe voll, stand ungeduldig auf den Verdecken gedrängt, seiner künftigen Taten Schauplatz mit verlangenden Blicken überspähend.

Derweile donnerte von der Veste Goleta her das schwere Geschütz der Angreifenden und der Angegriffnen unaufhörlich, und so wie die Nacht schwärzere Wolken über die Gegend hindeckte, blitzte auch die Flamme der losgebrannten Stücke sichtbarlicher auf, wurden die Feuerbahnen der glühroten Kugeln in vielfach kreuzenden Schwingungen erkennbarer und ihre Wirkungen in Brand und Zerschmettrung graunvoller anzuschauen. Die Muselmänner mußten wohl einen Ausfall versuchen, denn ein lebhaftes Feuer aus kleinem Gewehr brach urplötzlich zwischen dem Kanonengebrülle durch. Das Gefecht näherte sich den christlichen Laufgräben, und man war uneins auf den Schiffen, ob die Schanzen der Belagernden in Gefahr gerieten oder nicht. Endlich sahe man, daß die Türken wieder in die Veste getrieben wurden, die Christen ihnen nachdrangen, und hörte, wie ein lautes Victoria aus dem spanischen Lager emporjubelte. Goleta war ersiegt!

Wie die Besatzung der Schiffe, aus jungen kriegsgeübten Männern bestehend, glühte und ihre Herzen schlugen vor dem feierlichen Schauspiele, braucht niemandem beschrieben zu werden, der auch ein kühnes Herz im Busen trägt, und bei andern Leuten wäre jegliche Beschreibung verloren.

Heimbert und Fadrique standen nebeneinander. »Ich weiß nicht«, sagte der letztere vor sich hin, »mir ist, als müsse ich morgen mein Fähnlein siegend auf jene Höhe pflanzen, die dort eben im Scheine der Feuerkugeln und des Brandes in Goleta so purpurrot leuchtet.« – »So ist mir eben auch zumute!« sprach Heimbert. Dann aber schwiegen die beiden erzürnten Hauptleute wieder und kehrte sich einer von dem andern ingrimmig ab.

Der ersehnte Morgen dämmerte endlich herauf, die Schiffe naheten sich dem Ufer, und das Landen der Truppen begann, während ein Offizier unmittelbar in das Lager gesendet ward, um dem mächtigen Feldobersten Alba die Meldung von der Ankunft der Verstärkung zu bringen. Eilig reiheten sich am Ufer die Scharen, schmückten sich und ihre Waffen und standen bald im kriegerischen Glanze da, ihres großen Heerführers gewärtig. Ein Staub erhub sich im Frühlicht, der zurückeilende Offizier meldete die Nähe des Generals, und weil in castilischer Sprache die Morgenröte Alba heißt, jubelten die Spanier laut über solch ein Zusammentreffen als über ein günstiges Zeichen, denn mit dem herannahenden Reitergefolg wurden auch die ersten Strahlen der Sonne sichtbar.

Die ernste, sehr hagre Gestalt des Feldherrn zeigte sich auf einem hohen andalusischen Hengste von tiefschwarzer Farbe. Einmal die Linie hinauf und herunter galoppiert, hielt der mächtige Held vor der Mitte, sah mit wohlgefälligem Ernste über die Reihen hin und sagte: »Ihr steht gut zur Musterung aufmarschiert. Das ist recht; so hab ich es gern. Man sieht, daß ihr allzumal trotz eurer Jugend versuchte Soldaten seid. Und Musterung auch wollen wir erst halten. Dann werd ich euch zu etwas Lustigerem führen.«

Damit saß er ab, schritt gegen den rechten Flügel hin und begann ein Geschwader nach dem andern auf das allergenaueste durchzugehn, den jedesmaligen Hauptmann zur Seite, ihm genaue Rechenschaft über die geringste Kleinigkeit abnehmend. Einige verflogne Kugeln von der Festung her pfiffen bisweilen über die Köpfe der Gemusterten hin. Dann pflegte Alba stille zu stehn und einen scharfen Blick auf die Kriegsleute zu werfen. Weil nun aber an keinem auch nur eine Augenwimper zuckte, legte sich jedesmal ein zufriednes Lächeln über sein strenges, bleiches Gesicht.

Als er beide Glieder durchgegangen war, bestieg er wieder sein Roß, sprengte nochmals vor die Mitte und sprach, den lang herabwallenden Bart mit der Rechten streichelnd: »Ihr seid in guter Ordnung, Soldaten, und deshalben sollt ihr Anteil haben an dem glorreichen Tage, der eben anbricht für unsre ganze christliche Armada. Wir greifen den Barbarossa an, Soldaten. Hört ihr schon die Trommeln und Pfeifen im Lager? Seht ihr ihn herausrücken, dem Kaiser entgegen? Jene Seite seiner Stellung ist für euch!«

»*Vivat Carolus Quintus!*« jubelte es durch die Reihen.

Alba winkte die Hauptleute zu sich heran und teilte jeglichem seine Arbeit aus. Gewöhnlich mischte er deutsche und spanische Geschwader zusammen, um den Mut der Fechter durch Wetteifer noch höher zu entflammen. So traf es sich denn auch, daß Heimbert und Fadrique eine und dieselbe Höhe zu erstürmen bekamen, welche sie im Funkeln des Morgenrots für die in der vergangnen Nacht ihnen so feurig leuchtende und verheißende alsobald erkannten.

Die Kanonen donnerten, die Trommeln wirbelten, lustig flogen die Fahnen; die Führer riefen: Marsch! die Truppen traten von allen Seiten zum Angriff an.

Sechstes Kapitel

Dreimal hatten Fadrique und Heimbert sich fast bis zu dem Wallgange einer Verschanzung der Höhe hinan den Weg gebahnt, und dreimal waren sie wieder von der Türken wütiger Gegenwehr hinabgestürzt mit ihren Scharen in den Talgrund. Die Muselmannen jubelten gellend den rückgetriebnen Feinden nach, klirrten siegsfreudig ihre Waffen aneinander und winkten mit lachendem Hohn, ob man nicht wieder hinauf wolle, Herz und Hirn den Sichelschwerten bietend und das Gebein den herabrollenden Balken. Die beiden Hauptleute ordneten zähnknirschend aufs neue ihre Reihen, die nun schon, nach den drei vergeblichen Angriffen, sehr zusammenrücken mußten, um die Lücken der Gebliebnen und tödlich Verwundeten zu füllen. Derweile lief ein Gemurmel durch das christliche Heer, es kämpfe eine Hexe unter den Feinden und helfe ihnen siegen.

Herzog Alba kam an diese Stelle geritten. Scharfen Blickes sah der Feldherr nach der Bresche hinauf. »Auch hier noch nicht den Feind durchbrochen«, sagte er kopfschüttelnd. »Das wundert mich. Von euch zwei Jünglingen und euren Geschwadern hätt ich's gedacht.« – »Hört ihr's? Hört ihr's?« riefen die beiden Hauptleute und schritten, die Worte des Helden wiederholend, durch ihre Reihen hin. Da jubelten die Kriegsmänner laut und verlangten, gegen den Feind geführt zu werden, selbst von den tödlich Verwundeten riefen welche mit letzter Anstrengung: »Vorwärts, Kameraden!« – Alsbald war der große Alba wie ein Pfeil vom Rosse, hatte einem Erschlagnen die Partisane aus der starren Hand gewunden und sprach, urplötzlich vor den beiden Scharen stehend: »Ich will Teil haben an eurer Glorie. In Gottes und der heiligen Jungfrau Namen: vorwärts, Kinder!«

Und es ging freudig den Hügel hinauf, zuversichtlich schlugen aller Herzen, der Feldruf schallte siegverkündend himmelan; Victoria! Victoria! begannen schon einige zu rufen; die Muselmannen stutzten und wankten. Da trat plötzlich, gleich der Erscheinung eines zürnenden Engels, in der Türken Reihen eine Jungfrau, von goldgewürkten Purpurgewanden umwallt, und die schon Erschreckten jubelten wieder zu ihrem Allah auf und riefen mit seinem Namen zugleich: »Zelinda! Zelinda!« – Die Jungfrau aber zog ein Kästlein unter dem Arme hervor, öffnete es, hauchte hinein und schleuderte es gegen die Christen hinab. Wild brach ein Tosen aus dem verderblichen Gefäße los, ein ganzes feuerstäubendes und funkensprühendes Heer von Raketen, Granaten und andern zerstörenden Boten des Todes. Die überraschten Scharen hielten inne im Sturm. »Drauf!« rief Alba. »Drauf!« riefen die beiden Hauptleute, aber ein flammender Pfeil haftete an des Herzogs federumwalltem Hut und begann ein Zischen und Krachen, daß der Feldherr ohnmächtig den Hügel hinabstürzte. Da flohen unaufhaltsam deutsche und spanische Fußknechte von der furchtbaren Höhe zurück. Abgeschlagen war abermals der Sturm. Die Muselmannen jubelten. Einem verderblichen Stern ähnlich, leuchtete Zelindas Schönheit inmitten der fliegenden Scharen.

Als Alba die Augen aufschlug, richtete sich soeben Heimbert über ihm in die Höhe, mit verbranntem Mantel, Arm und Antlitz vom Feuer gezeichnet, das er nicht nur eben an des Feldherrn Haupte gelöscht, sondern ihm auch durch sein Darüberwerfen abgewehrt hatte, als eine zweite Flammenmasse in derselben

Richtung heruntergerollt war. Der Herzog wollte dem rettenden Jüngling danken; da kamen Kriegsleute gesprengt, die ihn suchten, mit der Meldung, die sarazenische Macht beginne einen Anfall auf den entgegengesetzten Flügel des Heeres. Alba warf sich, ohne ein Wort zu verlieren, auf das erste ihm vorgeführte Pferd und jagte dahin, wo die bedrohendste Gefahr ihn rief.

Fadrique starrte glühenden Auges nach dem Wallgange hinauf, wo die leuchtende Jungfrau einen zweigespitzten Speer, zum Wurfe bereit, mit schneeweißem Arme in die Luft schwang und bald zu den Muselmannen aufmunternd in arabischer Zunge, bald höhnend zu den Christen in castilischer herunter sprach. Da rief mit eins Don Fadrique Mendez: »O der Törin! die denkt mich zu schrecken und stellt sich doch selbst vor mich hin, ein unwiderstehlich lockender Siegespreis!«

Und, als seien Wunderflügel aus seinen Schultern hervorgesproßt, begann er die Höhe hinanzufliegen mit solcher schnellen Gewalt, daß Albas Sturmflug von vorhin dagegen ein zögernder Schneckentritt schien. Eh es sich irgend jemand versah, stand er auf dem Hügel, hatte die Jungfrau, Speer und Schild ihr entwindend, in seine Arme gefaßt und rang, sie zu den Seinen hinunterzutragen, während Zelinda sich in ängstlicher Verzweiflung mit beiden Händen um eine Palisade klammerte. Ihr Rufen um Hülfe blieb sonder Erfolg, denn teils wähnten die Türken durch die beinah wunderähnliche Tat des Jünglings die magische Kraft der Jungfrau vertilgt, teils auch hatte der getreue Heimbert, seines Genossen Wagestück schnell beachtend, die beiden Scharen zum erneuerten Sturmlaufe nachgeführt und stand bereits wieder droben, im hitzigen Handgemenge mit den Verteidigern. Diesmal vermochte der Grimm der Muselmannen, durch Aberglauben und Überraschung gebrochen, nichts gegen das heldenmäßige Andringen der christlichen Soldaten. Die Spanier und Deutschen brachen den Feind alsbald, von achtsamen Geschwadern der Ihrigen unterstützt. Im entsetzten Geheul stoben die Muhammedaner auseinander, die Schlacht rollte ihren Siegesstrom immer weiter, und die Panner des heiligen deutschen Reiches und des Königshauses Castilien weheten vereint beim feierlichen Victoria auf dem glorwürdigen Schlachtfelde vor den Wällen von Tunis.

Siebentes Kapitel

Zelinda hatte sich im Gedränge der Siegenden und Besiegten aus Fadriques Armen gewunden und floh darauf so pfeilschnell vor ihm hin, daß sie dem Jüngling, wie sehr auch Liebe und Verlangen ihn beflügelten, dennoch in den ihr wohlbekannten Gegenden bald aus den Augen war. Um so heftiger entloderte der Zorn des gereizten Spaniers gegen den irrgläubigen Feind. Wo noch irgend Haufen zum Widerstande sich reiheten, eilte er den Scharen voran, die sich um ihn, den allerwärts Bahn machenden, her sammelten, als um ein Siegespanier, während Heimbert ihm immer zur Seiten blieb wie ein getreues Schild, vielfach die Gefahren abwehrend, denen der sieg- und zorntrunkene Jüngling sich oft ohne alle Überlegung hingab. Des andren Tages vernahm man Barbarossas Flucht aus der Stadt, und die siegenden Scharen drangen ohne Widerstand durch die tunischen Tore. Fadriques und Heimberts Geschwader waren abermals beisammen.

Dichte Rauchwolken begannen sich durch die Gassen zu wirbeln; die Krieger mußten glühende, umherstäubende Flocken von ihren Mänteln und den reichbefiederten Sturmhauben losschütteln, wo es öfters bereits zu glimmen begann. – »Daß nur nicht der Feind in Verzweiflung irgendwo Feuer an ein Gebäu voll Pulver gelegt hat!« rief der besonnene Heimbert aus, und Fadrique, durch Wort und Wink sich mit ihm einverstanden zeigend, eilte der Gegend zu, von wo der Rauch herüber quoll; mutig drangen die Scharen nach.

Die plötzliche Wendung einer Gasse stellte sie vor einen prächtigen Palast, aus dessen schön geordneten Fenstern die Flammen hervorleckten und mit ihrem wechselnden Schein, Todesfackeln vergleichbar, den köstlichen Bau in der Stunde seines Unterganges auf das feierlichste beleuchteten, bald diese, bald jene seiner riesenhaften Massen sonnenhell überstrahlend und sie dann wieder mit Rauch und Dampf in ein schauerliches Dunkel zurücksenkend.

Und wie eine tadellose Bildsäule, des ganzen Prachtwerkes Zier, stand Zelinda auf einem schwindlig hohen Vorsprunge, welchen die glühenden Zungen von unten her umkränzten, und rief nach Glaubensgenossen aus, die ihr helfen sollten, die Weisheit vieler Jahrhunderte, in diesem Gebäude aufbewahrt, zu erretten. Der Vorsprung begann vor der Glut, die unter ihm toste, zu schwanken, einzelne Steine fielen bereits herab, angstvoll schrie Fadrique nach der bedrohten Herrin empor, und noch kaum hatte sie die schönen Füße zurückgestellt, so brach ihr bisheriger Standpunkt krachend aus den Fugen und rasselte zermalmend auf das Pflaster herab. Zelinda verschwand im Innern des brennenden Palastes, und Fadrique stürzte dessen Marmorsteigen hinan, Heimbert, sein treulich schützender Genosse, hinter ihm her.

In hohe, hallende Säle trug sie ihre Eil; zu kühnen Bogen verschlang sich das Bauwerk über ihren Häuptern, und fast labyrinthisch drehte sich ein Gemach in das andre hinein. Die Wände prangten von allen Seiten mit prächtigen Schränken, in denen man aufgehäufte Rollen von Pergament, Papyrus und Palmenblättern wahrnahm, zum Teil mit den Schriftzügen längst verschwundner Jahrhunderte beschrieben und nun an das Ziel ihres Daseins gelangt. Denn die Flammen knisterten schon verzehrend darin und streckten schlangenartig ihre roten Häupter von einem zum andern Behältnis hinüber, entzündet durch die rohe Wut einiger spanischen Soldaten, die hier zu plündern gehofft hatten und nun, in dem reichen Gebäu nur beschriebne Rollen findend, ihre getäuschte Erwartung in Grimm wandelten, um so mehr, da sie unter den Schriftzügen nichts als dämonische Hexenwerke anzutreffen meinten. Fadrique flog wie im Traum durch die seltsamen, schon halb in Brand lodernden Hallen, nur immer Zelinda! rufend und nichts beachtend und nichts erwägend als nur die zauberische Geliebte ganz allein. Lange blieb ihm Heimbert zur Seite, bis die beiden endlich eine Zederntreppe, in ein noch höheres Stockwerk empor führend, erreichten, wo Fadrique horchend stehen blieb und vor sich hin sagte: »Sie spricht oben! sie spricht laut! sie bedarf meiner Hülfe!« – Und hinan sprang er die schon in Funken glimmenden Stufen. Heimbert zögerte einen Augenblick; er sah die Treppe bereits schwanken und dachte, den Genossen warnend zu errufen, aber im selben Augenblick krachte auch schon die zierlich leichte Bahn in ausbrechenden Gluten zusammen. Nur eben noch sah er, wie Fadrique oben einige eherne Gitterstäbe erfaßte und sich an ihnen hinaufschwang; die Bahn zum Nachfolgen war vernichtet. Schnell besonnen verlor Heimbert keine Zeit mit müßigem Nachstarren und eilte, in den benachbarten Sälen eine andre Steige zu suchen, die ihn dem entschwundenen Freunde nachführen könne.

Derweile war Fadrique der lockenden Stimme nach bis in eine Galerie gekommen, deren in der Mitte eingestürzter Fußboden einen tiefen Flammenabgrund bildete, während zu beiden Seiten die Säulengänge noch standen. Sich gegenüber nahm der Jüngling die ersehnte Gestalt wahr, wie sie sich mit einer Hand an einem Pfeiler festhielt, mit der andern zurückdrohte nach spanischen Soldaten, die in jedem Augenblicke bereit schienen, nach ihr zu fassen, und wie schon die zarten Füßchen gleitend schwankten über den glühenden Trümmern der Tiefe. Zu ihr hinüber konnte Fadrique nicht; des trennenden Schlundes Breite machte jeden Sprung unmöglich. Zitternd, daß sein Rufen die Jungfrau in Schreck oder verzweifelndem Zorn den Abgrund hinunterstürzen möge, erhub er seine Stimme nur ganz leise, wie mit bloßen Hauchen über den flammenden Graben hinsprechend: »O Zelinda, Zelinda, ergebt Euch keinen schrecklichen Gedanken! Euer Retter ist hier.« – Die Jungfrau wandte das königliche Haupt, und sowie Fadrique sie gefaßt und besonnen sah, rief er mit allem Donner seiner Kriegsstimme nach den Soldaten hinüber: »Zurück, ihr frechen Plündrer! Wer sich der Dame nur mit einem Schritte nähert, ist der Rache meines Armes verfallen!« – Sie stutzten und schienen sich abwenden zu wollen. Aber da sagte einer unter ihnen: »Verschlingen wird uns der Ritter eben nicht; dazu ist der Schlund zwischen uns ein wenig zu breit. Und was das Hinabstürzen der Schönen betrifft – es sieht beinah aus, als seie der junge Ritter ihr Galan, und wer einen Galan hat, ist wohl mit dem Hinabstürzen nicht so rasch.« – Darüber lachten sie alle und schritten wieder vor; Zelinda schwankte am Rande des Abgrundes. Aber mit Löwenwut hatte Fadrique seine Tartsche bereits vom Arme gerissen, sie in der Rechten emporwirbelnd, und nun flog sie nach den Soldaten hinüber, so sichern Wurfes, daß der frevle Rädelsführer, hart am Kopfe getroffen, in Ohnmacht auf den Boden niederstürzte. Die andern blieben wieder stehn. – »Hinweg mit euch!« rief Fadrique gebietend, »oder mein Dolch trifft den nächsten in ebenso sicherm

Schwung, und dann will ich in alle Ewigkeit verloren sein, wenn ich raste, bis ich die übrigen Räubergesichter allzumal gefunden habe und geschlachtet meinem Zorn.« – Der Dolch funkelte in des Jünglings Hand, gräßlicher noch die Wut in seinen Augen; die Soldaten flohen. Da neigte sich Zelinda freundlich gegen ihren Erretter, nahm einige Rollen von Palmenblättern auf, die zu ihren Füßen lagen und ihr vorhin entglitten sein mochten, und verlor sich dann eilig durch eine Seitentüre der Galerie. Vergebens suchte fortan Fadrique nach ihr in dem brennenden Palaste.

Achtes Kapitel

Der große Alba hielt auf einem freien Platze samt den vornehmsten Obersten mitten in der gewonnenen Stadt und ließ durch einige Dolmetscher an mehrere gefangne Osmannen Frage auf Frage ergehn, was aus dem wunderlichen Weibsbild geworden sei, die man auf den Wällen so furchtbar begeisternd erblickt habe und für eine der schönsten Zauberinnen halten müsse, welche je die Erde getragen. Es kam aus den Antworten nicht viel Vernehmliches heraus, denn ob die Befragten zwar allzumal von der schönen Zelinda wußten, sie sei geheimen Zaubers stark und als eine verehrte Herrin vom ganzen Volke anerkannt, so wußten sie doch ebensowenig anzugeben, von wo sie bei ihren seltnen Besuchen in Tunis herübergekommen sei, als wohin sie sich auch jetzt geflüchtet haben möge. Man fing an, die für widerspenstig Gehaltnen zu bedrohen, da drängte sich ein alter Derwisch, den man bis jetzt übersehen hatte, hervor und sagte mit finsterm Lächeln: »Wer sie zu suchen Lust hat, mag sich immerhin auf den Weg machen. Ich werde ihm nichts verhehlen, was ich von dessen Richtung weiß, und ich weiß einiges. Aber vorher muß man mir versprechen, daß ich nicht zur Begleitung gezwungen werden soll. Außerdem bleiben meine Lippen verschlossen; man mag dann auch mit mir anfangen, was man will.«

Er sah ganz aus wie einer, der Wort zu halten gedenkt, und Alba, ohnehin mit der seinem eignen Geiste verwandten Festigkeit des Mannes zufrieden, gab ihm die begehrte Versicherung, worauf der Derwisch seinen Bericht anhub. Er sei, hieß es, einstmalen in die fast endlose Wüste Sahara eingedrungen, vielleicht von vorwitziger Neugier getrieben, vielleicht auch aus höhern Gründen, und da habe er sich verirrt und seie endlich, zum Tode matt, an eine von den fruchttragenden Inseln des Sandmeeres, welche man Oasen zu nennen pflegt, gelangt. Nun folgte, mit orientialischer Lebhaftigkeit hervorgesprüht, eine Beschreibung der wunderlichen Dinge, welche man dort erblicke, davor bald die Herzen der Zuhörer in süßem Verlangen schwollen, bald sich ihre Haarlocken entsetzt in die Höhe richteten, obgleich man bei der ungewohnten Aussprache des Erzählenden und der stromähnlichen Schnelligkeit seiner Worte kaum die Hälfte derselben vernahm. Es ergab sich endlich aus dem allen, Zelinda wohne auf einem Blüteneiland, mitten unter den pfadlosen Sandsteppen der Wüste, von schauderhafter Zaubergesellschaft umgeben, und sei auch, wie es der Derwisch unbezweifelt wisse, seit etwa einer halben Stunde wieder auf dem Wege dorthin. Die fast höhnenden Worte, mit welchen er seine Rede beschloß, gaben zu erkennen, daß er nichts lebhafter wünsche, als daß sich einige Christen verleiten ließen, eine Fahrt zu unternehmen, die ihnen unfehlbares Verderben bringen müsse. Zugleich aber fügte er einen hochteuern Schwur hinzu, daß sich alles wahrhaft so verhalte, wie er es hier kundtue, fest und feierlich wie ein Mann, der nichts andres beschwöre, als was er für die ungezweifeltste Wahrheit erkennt. Staunend und nachdenklich hielt der Kreis der Obersten um ihn her.

Da trat Heimbert hervor mit bittender Verneigung, jetzt eben durch die Strenge des Dienstes aus dem brennenden Schlosse, wo er noch immer seinen Freund gesucht hatte, abgerufen und auf diesen Platz beschieden, weil es galt, hier die Scharen für jeden möglichen Aufstand in der eroberten Hauptstadt zu ordnen. – »Was wär Euch lieb, junger Degen?« sagte Alba, sich gegen den freundlichen Jüngling herabneigend. »Ich kenne Euch noch wohl mit Euerm lächelnden, blühenden Antlitz. Ihr lagt jüngsthin als ein Schutzengel über mir. Weil Ihr nun gar nichts andres als etwas Ehrliches und Ritterliches bitten könnt, ist Euch jede mögliche Fordrung im voraus gewährt.« – »Mein großer Herzog«, entgegnete Heimbert, in holder Beschämung erglühend, »wenn ich denn um etwas bitten darf und soll, so wollet mir die Erlaubnis gewähren, noch in dieser Stunde der schönen Zelinda nachjagen zu dürfen auf den Wegen, die uns jener wunderliche Derwisch angezeigt hat.« – Der große Feldhauptmann neigte gewährend sein Haupt und fügte hinzu, »man könne so edles Abenteuer nicht edlerem Ritter anvertrauen.«

»Das weiß ich nicht!« scholl eine trotzige Stimme aus dem Gedränge hervor. »Aber wohl weiß ich, daß mir vor allen andern Menschen das Abenteuer angehört, auch wenn es als Preis für die Eroberung von Tunis ausgeteilt wird. Denn wer war der erste auf dem Hügel und in der Stadt?« – »Der war Don Fadrique Mendez«, sagte Heimbert, den Sprechenden bei der Hand hervorführend und ihn vor den Feldobersten hinstellend. »Wenn ich nun seinetwillen meines schon gewährten Lohnes verlustig gehen soll, muß ich mich in Geduld fassen, denn er hat ihn um das ganze Heer und um des Kaisers Waffen besser verdient als ich.«

»Es soll keiner von euch seines Lohnes verlustig gehen«, sagte der große Alba. »Jeder hat von diesem Augenblick an Vergunst, die Jungfrau zu suchen, auf welchen Pfaden es ihm am geratensten dünkt.«

Und blitzschnell flogen beide junge Hauptleute nach entgegengesetzten Seiten aus dem Kreise fort.

Neuntes Kapitel

Ein bis an den fernsten Horizont hingedehntes Sandmeer, jegliches bezeichnenden Gegenstandes auf der ungeheuern Fläche ermangelnd, weiß und immer weiß, öde und immer öde, tut sich die fürchterliche Wüste Sahara dem Auge des Wandrers kund, der sich bis in diese schreckensvollen Regionen verloren hat. Auch darin gleicht sie dem Meere, daß sie Wellen wirft und daß oftmalen ein nebelartiger Duft über ihrer Fläche liegt. Aber es ist nicht das linde, alle Küsten der Erde verbindende Wogenspiel, wo jede anrollende Welle dir Botschaft zu bringen scheint von den allerfernsten und allerblühendsten Inselreichen und dann, wie mit deiner Antwort, wieder zurückrollt in den liebeflutenden Tanz – es ist nur das traurige Necken der heißen Winde mit dem treulosen Staube, der immer wieder niederfällt in sein freudleeres

Becken und doch nimmer zur Ruhe des sichern Bodens gelangen kann, wo glückliche Menschen wohnen. Es ist nicht der holde, kühlende Meeresduft, drinnen freundliche Feien ihr anmutiges Getändel treiben, ihn gestaltend wie zu blühenden Gärten und prangenden Säulenpalästen – es ist der erstickende Brodem, rebellisch zurückprallend von dem unfruchtbaren Sande gegen die glühende Sonne.

Dort waren die beiden Jünglinge zu gleicher Zeit angelangt und starrten nun schaudernd in das pfadlose Chaos vor ihnen hinaus. Zelindas Spur, die sich nicht so leicht verbergen oder verlieren ließ, hatte sie bis dahin gezwungen, meist immer beisammen zu leiben, so unzufrieden Fadrique damit war und so ingrimmige Blicke er auf den unwillkommnen Begleiter fallen ließ. Jeder hatte gehofft, Zelinda noch vor dem Sandmeere einzuholen, wohl fühlend, wie fast unmöglich es sein würde, sie wieder aufzufinden, wenn sie einmal in dessen Wirbel untergetaucht sei. Und nun war es so gekommen, und ob man gleich von den nächstwohnenden Barbaresken erforscht hatte, wenn ein Wanderer immer südwärts den Sternen nachgehe in die Wüste hinein, wolle die Sage behaupten, er komme endlich auf eine wundersam blühende Oasis, den Wohnsitz einer himmlisch schönen Zauberin, so schien doch alles im Angesicht der wogenden Staublawinen höchst unsicher und abschreckend.

Die Jünglinge warfen trübe Blicke dahinein, ihre Rosse schnaubten ängstlich, wie vor tückischem Triebsande, vor der entsetzlichen Ebne zurück, es war, als wandle die Reiter selbst ein Zweifeln und Zagen an. – Da sprangen sie plötzlich, wie auf ein und dasselbe Kommandowort, aus den Sätteln, gürteten die Rosse los, entzügelten sie und ließen die in der Wüste ohnehin nicht zu erhaltenden los, daß sie den Rückweg suchten in eine glücklichere Heimat. Dann nahmen sie aus den Mantelsäcken etwas Getränk und Speise, luden es auf ihre Schultern, schleuderten von den beschuhten Füßen die schweren Reiterstiefeln ab und stürzten sich, zwei mutigen Schwimmern vergleichbar, in das unendliche Spurlose hinein.

Zehntes Kapitel

Wo einzig und allein die Sonne Leiterin war und bei Nacht die Heerschar der Gestirne, kamen die beiden Hauptleute einander bald aus den Augen, um so mehr, da Fadrique den ihm Verhaßten absichtlich mied. Heimbert dagegen trug nichts als die Erreichung seines Zieles im Sinne und schritt voll freudiger Hoffnung auf Gottes Beistand seines Weges in mittäglicher Richtung fürder.

Es war darüber mehrere Male Nacht geworden und wieder Tag, und Heimbert stand endlich eines Abends mit einbrechendem Dunkel ganz einsam in dem endlosen Sandmeere, unfähig, eines einzigen festen Gegenstandes ringsum ansichtig zu werden. Geleert war die leichte Flasche, die er mit sich trug, und der Abend brachte statt der gehofften Kühlung mit seinen Lüften erstickende Sandwirbel herauf, so daß der erschöpfte Wandrer noch genötigt war, sein glühendes Antlitz fest an den glühenden Boden anzudrücken, um nur jenen tödlichen Wolken einigermaßen zu entgehen. Bisweilen hörte er etwas bei sich vorübertraben oder wie mit weiten Mänteln vorüberrauschen; dann richtete er sich voll ängstlicher Hast in die Höhe, aber er sahe nur, was er in diesen Tagen schon allzuoft gesehen hatte, die wilden Tiere der Wüste, in lustiger Freiheit durch den öden Raum streifend. Bald waren es häßliche Kamele, bald langhälsige, wie ganz verhältnislose Giraffen, bald wieder der hochbeinige, mit den Flügeln segelnde, ängstlich eilende Strauß. Sie schienen ihn allesamt zu höhnen, und er nahm sich schon vor, kein Auge mehr aufzuschlagen und zu verschmachten, ohne daß jene so gräßlichen als ungewohnten Kreaturen in der Todesstunde seinen Geist verstören dürften.

Da kam es wieder an ihn heran wie mit Rosseshufen und mit Rossesschnauben, und plötzlich hielt es dicht an seinem Haupte, und es war, als drängen Menschenlaute in sein Ohr. Halb widerwillig konnte er es doch nicht lassen, sich matt emporzurichten, und vor sich sahe er einen Reiter in arabischer Tracht auf schlankem arabischem Hengste. Überwältigt von der Freude, sich in menschlicher Nähe zu finden, rief er aus: »O Mensch in dieser gräßlichen Einöde, sei willkommen und labe, wenn du kannst, deinen Mitmenschen, der sonst verschmachtet vor Durst!« – Und gleich darauf, sich besinnend, daß der Ton der lieben deutschen Muttersprache in diesen freudlosen Gegenden unvernehmbar sei, wiederholte er dieselben Worte in der gemischten Mundart, die man Lingua Romana zu nennen pflegt und wodurch gewöhnlich Heiden, Muhammedaner und Christen in den Weltteilen, wo sie sich am mehrsten berühren, einander verständlich werden.

Der Araber hielt noch immer still und sah wie hohnlächelnd auf seinen seltsamen Fund herab. Endlich erwiderte er in derselben Mundart: »Ich war auch in der Barbarossaschlacht, Ritter, und wenn mich damals unsre Niederlage bitter empört hat, finde ich einen nicht schlechten Ersatz darin, von den Siegern jemanden so erbärmlich vor mir am Boden zu sehen.« – »Erbärmlich?« fragte Heimbert zürnend, und indem ihm sein verletztes Ehrgefühl für einen Augenblick alle Kräfte zurückgab, fuhr er, das blanke Schwert in der Rechten, schlagfertig empor. – »Oho«, lachte der Araber, »zischt die christliche Natter noch so stark?« Da käm es ja nur auf mich an, meinem Lichtbraunen die Schenkel anzudrücken und davonfliegend dich hier in der Wüste verschmachten zu lassen, du irregekrochener Wurm!« – »Reite zum Teufel, du heidnischer Hund!« rief Heimbert zurück. »Eh ich von dir auch nur ein Brosamen erbitte, will ich hier untergehen, dafern mir der liebe Gott nicht Manna in der Wüste beschert.«

Und der Araber sprengte sein flüchtiges Roß an, ein paar hundert Schritte lang mit lautem Hohngelächter weggaloppierend. Dann hielt er, sahe sich nach Heimbert um und rief, wieder herantrabend: »Du kommst mir doch zu gut vor, um hier in Durst und Hunger zu vergehn. Gib acht! Mein rühmlicher Säbel wird dich treffen.«

Heimbert, der sich abermals in Hoffnungslosigkeit über den glühenden Sand hingestreckt hatte, war bei diesen Worten schnell wieder auf den Füßen, das Schwert zur Hand, und wie schnell auch des Arabers Roß in plötzlichem Sprunge auf ihn einflog, stand der kräftige deutsche Fechter doch bereits mit ausgelegter Stoßklinge da, den Hengst von sich wegscheuchend und den Hieb, welchen dessen Reiter nach muhammedanischer

Weise mit der Sichelklinge rückwärts gegen ihn führte, fest und sicher ausparierend.

Mehreremal sprengte der Araber auf ähnliche Weise hin und her, vergeblich hoffend, seinem Widersacher den Todeshieb beizubringen. Endlich übernahm ihn die Ungeduld, er nahete sich so dreist, daß Heimbert, indem er die drohende Klinge wegschlug, Zeit gewann, den Reiter mit der linken Hand am Gürtel zu fassen und ihn herunter zu reißen von dem rasch weitergaloppierenden Hengste. Vor der heftigen Bewegung stürzte Heimbert mit zu Boden, aber er lag über dem Bezwungenen, ihm einen Dolch, den er gewandt aus einer Scheide an der Hüfte zu reißen wußte, dicht vor die Augen haltend. – »Willst du Erbarmen?« sprach er, »oder willst du den Tod?« – Der Araber schlug bebend seine Blicke vor dem nahe blitzenden Mordmesser nieder und sagte: »Übe Gnade an mir, du gewaltiger Fechter. Ich ergebe mich in deine Huld.« – Da gebot ihm Heimbert, den Säbel, den er noch in der rechten Hand hielt, von sich zu werfen. Es geschah, und beide Kämpfer erhoben sich, gleich darauf wieder in den Sand niedersinkend, denn der Sieger fühlte sich noch um ein großes Teil matter als der Besiegte.

Das gute Pferd des Arabers war derweile wieder herangetrabt, nach der Sitte jener edlen Tiere, die auch den gefallenen Herrn nimmer zu verlassen pflegen. Es stand hinter den beiden Männern und sahe mit seinem langen, schlanken Halse freundlich über sie herein.

»Araber«, sagte Heimbert mit erschöpfter Stimme, »nimm von deinem Rosse, was du an Speise und Trank mit dir führst und stelle es hier vor mich hin.« – Der Bezwungene tat in Demut, was ihm geheißen war, jetzt ebenso bestimmt dem Willen seines Überwinders ergeben, als er sich ihm vorhin in Zorn und Racheglut zuwider gezeigt hatte. – Nach einigen Zügen Palmenweines aus dem Schlauche sahe Heimbert mit neu belebten Augen den Jüngling neben sich an, dann genoß er noch einige Früchte, trank wieder vom Palmweine und sagte endlich: »Du wolltest wohl noch weiterreiten in dieser Nacht, junger Mensch?«

»Ja freilich«, entgegnete trüben Auges der Araber. »Auf einer sehr fernen Oasis wohnt mein alter Vater und meine blühende Braut. Nun – und ließest du mir auch völlige Freiheit – müßte ich doch wohl in der öden Hitze des Sandmeeres ohne Lebensmittel verschmachten, bevor ich an mein holdes Ziel gelangte.«

»Ist es wohl«, fragte Heimbert, »die Oasis, auf welcher das gewaltige Zaubermädchen Zelinda wohnt?«

»Behüte mich Allah davor!« schrie der Araber, seine Hände zusammenschlagend. »Zelindas Wundereiland bietet keinen andern als Zaubermenschen ein wirtliches Ufer. Tief liegt es in den sengenden Mittag hinein; unsre freundliche Insel hingegen erhebt sich gegen die kühlende Abendseite.«

»Nun, ich fragte nur, ob wir etwa Reisegesellen sein möchten«, sagte Heimbert freundlich. »Wenn sich das nicht tun läßt, müssen wir allerdings teilen, denn ich werde ja doch nicht wollen, daß ein so braver Rittersmann als Ihr vor Durst und Hunger verkomme.«

Und damit fing der junge Hauptmann an, Trank und Speise in zwei verschiedene Teile zu ordnen, zu seiner Linken das größere, zur Rechten das kleinere stellend, und hieß endlich den Araber jenes mit sich nehmen, wobei er zu dem darüber Staunenden sagte: »Seht, lieber Herr, ich habe entweder gar nicht mehr weit, oder ich muß doch in der Wüste verderben: das sagt mir mein Gefühl. Zudem so kann ich auch zu Fuße bei weitem nicht so viel fortbringen als Ihr zu Pferde.«

»Herr, siegreicher Herr!« rief der erstarrte Muselmann, »soll ich denn auch mein Roß behalten?«

»Es wäre ja wohl Sünde und Schande«, lächelte Heimbert zurück, »so treues Pferd von so gewandtem Reiter zu trennen. Reitet in Gottes Namen und kommt gesund zu den Eurigen.«

Damit war er ihm noch beim Aufsitzen behülflich, und der Araber wollte ihm eben einige dankende Worte sagen, da schrie dieser plötzlich auf: »Die Zauberjungfrau!« – Und windschnell flog er über die stäubende Ebne davon. Heimbert aber, sich zur andern Seite wendend, erblickte dicht neben sich im nun hell aufgestiegnen Mondlicht eine leuchtende Gestalt, die er augenblicklich für Zelinda erkannte.

Elftes Kapitel

Die Jungfrau sahe lange starr in des jungen Kriegsmannes Augen und schien auf Worte zu sinnen, um ihn anzusprechen, während es ihm gegenüber der so lange Gesuchten und nun so unerwartet Gefundnen nicht anders erging. Endlich sagte sie in castilischer Sprache: »Du wunderliches Rätsel, ich bin Zeuge gewesen von allem, was zwischen dir und dem Araber vorging, und diese Begegnisse wirren mir unvernommen wie ein Wirbelwind durch das Haupt. Sprich dann unverzüglich, daß ich wissen möge, ob du ein Wahnsinniger seist oder ein Engel.«

»Ich bin keines von beiden, liebe Dame«, entgegnete Heimbert mit seiner gewohnten Freundlichkeit. »Ich bin nur ein verirrter Wandrer, der jetzt eben eines der Gebote seines lieben Herrn Jesu Christi in Ausübung gebracht.«

»Setze dich«, sagte Zelinda, »und erzähle mir von deinem Herrn, der ein gar unerhörter sein muß, wenn er dergleichen Diener hat. Die Nacht ist kühl und still, und an meiner Seite hast du von den Gefahren der Wüste überhaupt nichts zu befürchten.«

»Dame«, lächelte Heimbert, »ich bin eben nicht furchtsamer Natur, und wenn ich von meinem lieben Heiland spreche, weiß ich vollends von Ängstlichkeit nicht das mindeste zu sagen.«

Damit ließen sich die zwei auf den jetzt abgekühlten Sand nieder und begannen ein wundersames Gespräch, während der Vollmond wie eine goldene Zauberlampe hoch vom tiefblauen Himmel auf sie herunterleuchtete.

Heimberts Worte, der göttlichen Liebe, Wahrheit und Einfalt voll, senkten sich wie linde Sonnenstrahlen still und beseligend in Zelindas Geist, die unheimliche Zauberwelt, welche darinnen wogte, zurückdrängend und einer holderen Macht die Herrschaft auf dem edlen Gebiete erringend. Als der Morgen heraufzudämmern begann, sagte sie: »Du wolltest vorhin kein Engel sein, aber du bist doch wahrhaftig einer. Denn was sind die Engel anders als Boten des höchsten Gottes?« – »In dem Sinne«, entgegnete Heimbert, »kann ich es mir wohl gefallen lassen, denn des lieben Gottes Bote verhoffe ich allerdings zu sein. Ja, wenn er mir fürder Kraft und Gnade schenkt, kann es mir wohl gelingen, daß auch Ihr noch meine Genossin werdet in dem frommen Amte.« – »Nicht unmöglich!« sagte Zelinda nachdenklich. »Du mußt aber mit mir kommen in meine Insel, und da sollst du dich erlaben, wie es einem solchen Gesandten ziemt, um ein Großes besser als hier auf dem öden Sande an dem mühsam ersiegten, ärmlichen Palmenwein.« – »Verzeiht«, erwiderte Heimbert, »es wird mir schwer, Damen eine Bitte unerfüllt zu lassen, aber diesmal geht es nicht anders. Seht, auf Euerm Eilande ist wohl durch Eure verbotne Kunst viel Herrliches zusammenbeschworen, und umgewandelt sind die holden Gestalten, welche der liebe Gott erschaffen hat. Das möchte mir den Sinn verwirren, wohl gar am Ende betören. Wenn Ihr also das beste und reinste vernehmen wollt, was ich Euch zu sagen weiß, so kommt lieber heraus zu mir auf den öden Sand. Der Palmenwein und die Datteln des Arabers reichen wohl noch auf einige Tage für mich hin.« – »Ihr tätet besser, mitzukommen«, sagte Zelinda, den Kopf mit etwas höhnendem Lächeln hin und her wiegend. »Zum Einsiedler seid Ihr doch einmal weder geboren noch erzogen, und es sieht auf meiner Oasis nicht so störend aus, wie Ihr wohl denken mögt. Was ist es denn weiter, daß Sträuche, Blumen und Tiere aus verschiednen Weltteilen dort zusammengekommen sind und daß sich das alles ein wenig seltsam verschlingt, jegliches etwas von der Natur des andern annehmend, auf ähnliche Art, wie Ihr es wohl schon in unsern arabischen Bildwerken angedeutet saht. Eine wandelnde Blume, ein dem Zweig entblüheter Vogel, ein mit feurigen Funken leuchtender Springborn, ein singendes Reis – es sind fürwahr keine häßlichen Dinge.« – »Bleibe von der Versuchung, wer nicht in ihr untergehn will«, sagte Heimbert sehr ernst. »Ich lobe mir das Sandmeer. Gefällt es Euch wieder zu mir herauszukommen?« – Zelinda schaute etwas mißvergnügt vor sich nieder. Dann sagte sie plötzlich mit tiefer Neigung des Hauptes: »Ja. Gegen Abend bin ich wieder hier.« – Und sie wandte sich, alsbald in den aufwallenden Sturmwirbeln der Wüste verschwindend.

Zwölftes Kapitel

Mit dem hereindunkelnden Abend kehrte der holde weibliche Gast zurück und verwachte die Nacht in Gesprächen mit dem gottbegeisterten Jüngling, demütiger, reiner und frommer scheinend am Morgen, und so ging es mehrere Tage hintereinander fort. – »Dein Palmenwein und deine Datteln gehn dir aus«, sagte einstmalen Zelinda und bot dem Jüngling ein Fläschlein edlen Weines und einige köstliche Früchte dar. Er aber wehrte die Gabe sanft ab und sagte: »Edle Dame, ich nähme es wohl von Herzen gern, aber ich fürchte, es haftet irgend etwas von Euern Zauberkünsten daran. Oder könnt Ihr mir das Gegenteil beteuern bei dem, welchen Ihr jetzt zu erkennen beginnt?« – Zelinda schlug in schweigender Beschämung die Augen nieder und nahm ihre Geschenke wieder zurück. Am nächsten Abende jedoch brachte sie ähnliche Gaben mit und leistete zuversichtlich lächelnd die begehrte Versicherung. Da genoß Heimbert ohne Bedenken davon, und von nun an sorgte die Schülerin hausmütterlich für den Unterhalt des Lehrers in der Wüste.

Und so, wie tiefer und inniger die selige Erkenntnis der Wahrheit in Zelindas Seele drang, daß sie oft noch im hohen Morgenrot mit hellglühenden Wangen, fliegendem Haar, Wonne leuchtenden Augen und gefaltnen Händen dem Jünglinge gegenübersaß und gar nicht mehr fort konnte von seinen Reden, so wußte er es ihr beim Scheiden und Kommen oft fühlbar zu machen, wie nur Fadriques Liebesglut ihn, seinen Freund, ihr nachgetrieben habe in das tödliche Sandmeer und so für sie das teure Mittel zu Erlangung des höchsten Gutes geworden sei. Sie gedachte des schönen, furchtbaren Hauptmannes noch wohl, der den Hügel ersiegte, um sie in seine Arme zu schließen, und erzählte auch ihrem Freunde, wie derselbe Held sie nachher in den flammenden Büchersälen errettet habe. Da wußte denn Heimbert immer viel Anmutiges von Fadrique zu sagen, von seinem adligen Rittermut, seinen ernsten, edlen Sitten und von seiner Liebe zu Zelinden, die sich in der Nacht nach dem Treffen vor Tunis nicht mehr in der entzündeten Brust wollte bergen lassen und sich in Schlaf und Wachen durch tausend unbewachte Äußerungen dem jungen Deutschen verriet. So senkte sich mit göttlicher Wahrheit zugleich das edle Bild des liebenden Helden in Zelindas Herz und schlug dort ebenso zarte als unzerreißbare Wurzeln. Heimberts Nähe und die fast anbetende Bewundrung, mit welcher seine Schülerin zu ihm hinaufblickte, störte jenes Gedeihen nicht, denn vom ersten Augenblick hatte seine Erscheinung etwas Reines und Himmlisches für sie gehabt, das die Gedanken einer irdischen Liebe fernhielt. Wenn Heimbert allein war, lächelte er oftmals vergnüglich vor sich selbst, in seiner lieben deutschen Mundart sprechend: »Es ist doch hübsch, daß ich nun dem Fadrique bewußterweise den nämlichen Dienst zurückgebe, den er mir bei seiner engelholden Schwester unbewußt getan.« – Und dann sang er sich ein deutsches Liedchen von Claras frommer Huld und Schönheit, daß es in seltsamer Anmut durch die Wüste hin tönte und ihm auch seine einsame Stunden gar erfreulich vergingen.

Als einstmalen Zelinda in den Abendlichtern dahergewandelt kam, voll anmutiger Gewandtheit und Zier, einen Korb mit Lebensmitteln für Heimbert auf dem schönen Haupte tragend, lächelte dieser sie kopfschüttelnd an und sagte: »Unbegreiflich ist es mir, holde Jungfrau, warum Ihr Euch noch immer die Mühe gebt, zu mir heraus zu wandern in die Wüste. An den Zauberspielen mögt Ihr doch wohl nicht Gefallen mehr finden, seit der Geist der Wahrheit und der Liebe in Euch wohnt. Ihr könntet ja nur die Oasis umwandeln in die Gestalt, in welche der liebe Gott sie geschaffen hat, und ich käme mit Euch dorthin, und der Zeit zu frommen Gesprächen würde viel mehr.« – »Herr«, entgegnete Zelinda, »Ihr redet wahr. Auch ich denke seit einigen Tagen daran, und es wäre schon alles ins Werk gerichtet, aber ein seltsamer Besuch hemmt meine Macht. Der Derwisch, den Ihr in Tunis sahet, ist bei mir, und weil wir in frühern Zeiten viele Zauberstücke gegeneinander ausgetauscht haben, möchte er wieder den alten Ton angeben. Er merkt meine Verwandlung und dringt um so heftiger und gefährlicher in mich.«

»Der muß vertrieben werden oder bekehrt«, sagte Heimbert, indem er sein Wehrgehenke fester gürtete und seine Tartsche vom Boden aufnahm. »Habt nur gleich die Güte, liebe Jungfrau, mich nach der Zauberinsel zu führen.«

»Ihr scheutet sie ja sonst so sehr«, sagte das staunende Mädchen, »und sie ist noch ganz unverwandelt in ihrer abenteuerlichen Gestalt.«

»Früher wär es Vorwitz gewesen, mich dahin zu wagen«, entgegnete Heimbert. »Ihr kamt ja zu mir heraus, und das war für uns beide besser. Jetzt aber könnte Euch der Alte Schlingen legen, vor denen wieder zusammenfiele, was der Herr in Euch aufgebaut hat, und da ist es Ritterpflicht, dieses Weges zu gehn. Mit Gott nur an das Werk.«

Und sie schritten eilig nebeneinander über die immer tiefer dunkelnde Öde dem blühenden Eilande zu.

Dreizehntes Kapitel

Zauberische Düfte begannen um die Schläfe der Wandernden zu spielen; im eben aufblitzenden Sternenschimmer zeigte sich aus der Weite ein vor leisen Winden auf und niederwogendes Gebüsch. Da schlug Heimbert seine Augen gegen den Boden und sagte: »Geht mir nur voran, holde Jungfrau, und leitet meinen Pfad grade dahin, wo ich den bedrohlichen Derwisch finde. Ohne Not will ich nichts von den berückenden Zaubergestalten ins Auge fassen.«

Zelinda tat nach seinem Begehr, und so hatte sich denn das Verhältnis der beiden für einen Augenblick umgewandelt; die Jungfrau war die Wegweiserin geworden, Heimbert derjenige, der sich voll freundlichen Zutrauens auf unbetretenen Bahnen leiten ließ.

Zweige schlugen bereits wie neckend und liebkosend an seine Wangen, Wundervögel, aus dem Gebüsch erblüht, sangen frohlockend darein; über den samtrasigen Boden hin, auf den Heimbert noch immer seine Augen geheftet hielt, strichen goldgrün leuchtende Schlangen mit goldnen Krönlein, und Edelgesteine blüheten vom Moosteppich herauf. Wenn die Schlangen sie berührten, gab es einen silberhellen Klang. Der Wandrer ließ die Schlangen ziehn, die Edelsteine funkeln, ohne sich weiter um sie zu bekümmern, einzig bestrebt, den Tritten seiner Geleiterin eilig zu folgen.

»Wir sind zur Stelle«, sagte diese mit gedämpfter Stimme, und aufblickend sahe er in ein leuchtendes Grotten- und Muschelgeklüft hinein und gewahrte drinnen eines schlafendes Mannes, von einem goldnen Schuppenharnisch auf altnumidische Weise ganz überdeckt. »Ist das auch ein Gaukelbild, der in der Fischhaut von Golderz?« fragte Heimbert lächelnd, aber Zelinda sahe sehr ernst aus und erwiderte: »Ach nein; es ist der Derwisch selbst, und daß er sich diesen, mit magischem Drachenblut gehärteten Panzer übergezogen hat, beweist, wie er durch seinen Zauber unsres Vorhabens kundig geworden ist.« – »Nun was tut das?« sagte Heimbert. »Einmal mußte er es ja doch erfahren.« – Und zugleich begann er mit freudiger Stimme zu rufen: »Wacht auf, alter Herr, wacht auf! Es ist ein Bekannter hier, der Euch notwendig sprechen muß.«

Und so wie der Derwisch die großen, rollenden Augen aufschlug, fing alles im Zauberhaine sich zu regen an, die Wasser zu tanzen, die Zweige sich im wilden Wettkampfe miteinander zu verschlingen, und zugleich ertönte das Gestein samt den Korallen und Muscheln in wunderlichen, verwirrenden Melodien.

»Rollt und windet Euch nur, donnert und flötet nur!« rief Heimbert, festen Blickes in das Gewirre hineinschauend. »Ihr sollt mich nun auf meinen guten Wegen nicht irremachen, und, das Getöse zu überschreien, hat mir unser Herrgott auch eine tüchtige, weithallende Soldatenstimme gegeben.« – Dann wandte er sich zu dem Derwisch und sagte: »Alter Herr, es scheint, daß Ihr schon alles wisset, was sich zwischen Zelinda und mir ereignet hat. Sollte das aber doch nicht der Fall sein, so will ich Euch nur in kurzem erzählen, wie sie schon so gut als eine Christin ist und eines edlen Spanierritters Braut. Legt nur dem frommen Vorsatze nichts in den Weg; das wird für Euch sehr gut sein. Aber noch weit besser wird es für Euch sein, wenn Ihr selbst ein Christ werden wollt. Beredet Euch mit mir deshalb und laßt vorher dies tolle Teufelsspektakel schweigen. Seht, lieber Herr, unsre Lehre hegt viel zu zarte und zu himmlische Dinge, als daß man immer alles so kriegesrauh und heftig aus der Brust hervorschreien könnte.«

Aber der Derwisch, in glühendem Christenhaß entzündet, hatte schon die letzten Worte des Ritters nicht mehr vernommen und drang mit gezücktem Sichelschwerte auf ihn ein. Heimbert hielt nur bloß noch seinen Stoßdegen vor, sprechend: »Nehmt Euch in acht, Herr! ich hörte vorhin so etwas, als sei Euer Gewaffen verhext; doch vor dieser Klinge hält dergleichen nicht aus. Sie ist an heiligen Orten geweiht.«

Wild flog der Derwisch vor der Klinge zurück, aber ebenso wilden Sprunges hatte er auch von der andern Seite seinen Feind gefaßt, der nur mühsam mit der Tartsche den entsetzlichen Sichelhieb auffing. Gleich einem goldgeschuppten Drachen schwang sich der Muhammedaner immer um den Gegner her, mit einer Behendigkeit, die durch den lang hervorwallenden Greisenbart etwas Entsetzliches und Gespensterhaftes gewann. Heimbert bot ihm in besonnener Fertigkeit auf allen Seiten stand, immer scharfen Auges nach einer Stelle spähend, wo sich die Schuppen vor den heftigen Bewegungen verschieben möchten. Es geschah endlich nach seiner Hoffnung; zwischen Arm und Brust ward auf der linken Seite das dunkle Gewand des Derwisches sichtbar, und blitzschnell fuhr des Deutschen sichre Stoßklinge hinein. Da schrie der Greis laut auf: »Allah! Allah! Allah!« und stürzte, noch in seinem Falle gräßlich, nach vorwärts entseelt zu Boden.

»Doch schade um ihn!« seufzte Heimbert, sich auf sein Schwert stützend und zu dem Gefällten niederschauend. »Er hat ehrlich gefochten und noch im Tode nach seinem Allah gerufen, womit er wohl den lieben Gott meinen mag. Nun, an einem ordentlichen Grabe soll's ihm nicht fehlen.« – Darauf höhlte er mit dem breiten Sichelschwerte seines Feindes eine Gruft aus, legte den Leichnam hinein, deckte Rasen drüber und blieb, in stillem, herzinnigem Gebete für die Seele des Erschlagnen, an der Stätte knien.

Vierzehntes Kapitel

Heimbert richtete sich von seinem frommen Geschäfte in die Höh, und sein erster Blick fiel auf die an seiner Seite stehende lächelnde Zelinda, sein zweiter auf die ganz umgewandelte Gegend. Verschwunden waren Felskluft und Grotte, verschwunden die fratzenhaften, halb reizenden, halb schreckenden Gestalten von Tier und Baum; eine milde Hügelwiese senkte sich im anmutigsten Grün von dem Gipfelpunkte, wo Heimbert stand, auf allen Seiten gegen das Sandmeer hinab, Quellen rieselten in lieblicher Frische hier und dort hervor, Dattelgesträuche neigten sich über die kleinen Wege, alles im eben aufgehenden Morgenrot voll süßen, einfältigen Friedens lächelnd.

»O mein Gott«, sagte Heimbert zu seiner Gefährtin, »nun fühlt Ihr es doch gewiß recht selig, wie unser lieber Vater alles unendlich holder und größer und schöner erschafft, als es auch die höchste menschliche Kunst umzuwandeln versteht. Ihm nachzuhelfen in seinen freundlichen Werken, das hat der himmlische Gärtner uns, seinen geliebten Kindern, aus überschwenglicher Milde verstattet, damit wir noch um vieles froher und besser werden; aber hüten sollen wir uns, daß wir nichts nach frecher, willkürlicher Laune verwandeln wollen; sonst ist es, als trieben wir uns selbst zum zweitenmal aus dem Paradiese.«

»Es soll nicht wieder geschehen«, sagte Zelinda, demütig vor dem Jünglinge geneigt. »Aber dürftet Ihr nun mir Neugebornen in dieser einsamen Gegend, wo wir sobald keinen Priester unsres Glaubens erreichen können, nicht ohne weitres die Wohltat der heiligen Taufe gewähren?«

Heimbert entgegnete nach einigem Bedenken: »Ich hoffe, ich darf es. Und wenn ich irre, wird mir Gott verzeihen. Es geschieht ja in dem Eifer, ihm eine recht himmlische Seele so frühe als möglich zuzuführen.«

Damit schritten sie beide stillbetend und selig lächelnd zu einer der anmutigsten Quellen der Oasis hinab, und indem sie den Bord erreicht hatten und sich zu dem heiligen Werke anschickten, ging die Sonne wie bestätigend und verherrlichend grade vor ihnen auf, so daß die zwei angestrahlten Gesichter im verklärenden Schimmer freudig und zuversichtlich einander begegneten. Heimbert hatte nicht darüber nachgedacht, mit welchem der christlichen Namen er seinen Täufling benennen wolle, aber indem er das Wasser schöpfte und das Sandmeer so stillfeiernd und morgenrötlich um ihn her lag, mußte er des heiligen Einsiedelers Antonius in seiner ägyptischen Wüstenei gedenken und taufte die holde Bekehrte Antonia.

Sie verbrachten den Tag in frommen Gesprächen, und Antonia zeigte ihrem Freunde eine kleine Höhlung, in welcher sie zu Anfang ihres Wohnens auf der Oasis allerhand Vorrat für ihren Unterhalt verborgen hatte. – »Denn«, sagte sie, »der liebe Gott ist mein Zeuge, daß ich hierher kam, einzig um ihn und seine Schöpfung besser zu verstehen in Abgeschiedenheit, ohne damals von irgendeinem zauberischen Hülfsmittel das geringste zu wissen. Erst späterhin kam der Derwisch versuchend zu mir, und mit seinen entsetzlichen Lehren traten die Schauer der Wüste in einen furchtbaren Bund und alles, was mir verlockende Geister nach und nach in Traum und Wachen gezeigt.«

Heimbert trug kein Bedenken, sich mit dem, was noch an Wein und getrockneten Früchten tauglich war, für die Reise zu belasten, und Antonia versicherte, sie würden auf dem geraden, ihr bekannten Wege in wenigen Tagen des wasserlosen Meeres blühenden Strand erreicht haben. So traten denn beide mit Einbruch des kühlenden Abends ihre Wandrung an.

Funfzehntes Kapitel

Die Reisenden mochten bereits die bahnlosen Ebenen fast durchmessen haben, da erblickten sie eines Tages von weitem eine umherwankende Menschengestalt, wie sich denn in der öden Sahara schon aus ganz verschwindender Ferne jedweder Gegenstand kundgibt, wenn ihn nicht grade die Staubwirbel mit ihrem erstickenden Spiele verhüllen. Der Wandrer schien irre umherzuziehn, bald die, bald jene Richtung erwählend, und Antonia wollte mit ihren morgenländischen Falkenblicken bemerken, es seie kein Araber, sondern ein Mann in ritterlicher Tracht. – »O liebe Schwester«, rief Heimbert voll ängstlicher Freudigkeit aus, »so ist es der arme Fadrique, der dich sucht. Laß uns doch um Gottes willen eilen, eh er in der unermeßlichen Wüste uns, und wohl endlich gar sein eignes Leben, verliert.« – Sie strengten auch all ihre Kräfte an, den Entfernten zu erreichen, aber weil es noch hoch am Tage war und die Sonne glühheiß herunterbrannte, vermochte Antonia nicht lange das schnelle Fortschreiten zu ertragen; zudem erhoben sich bald die furchtbaren Staubwirbel, und die kaum erblickte Gestalt verdämmerte vor den Augen der Suchenden wie ein Nebelgebild im Herbste.

Beim Anbruch der mondhellen Nacht begannen sie aufs neue, ihre Wandrung zu beflügeln, zu rufen nach dem Verirrten, weiße Tücher als leitende und lockende Flaggen an ihren Wanderstäben flattern zu lassen in das tiefe Himmelblau empor, aber alles vergebens. Was verschwunden war, blieb verschwunden. Nur die Giraffen sprangen scheuer an ihnen vorüber, und die Strauße beschleunigten wilder den segelnden Lauf.

Da stand endlich in der Morgendämmerung Antonia still und sagte: »Verlassen kannst du mich nicht, Bruder, in dieser Einsamkeit, und weitergehn kann ich auch nicht um einen Schritt. Gott wird den edlen Fadrique schirmen. Wie möchte der Vater ein so holdes, ritterliches Bild verlassen?« – »Die Schülerin beschämt den Lehrer«, entgegnete Heimbert, sein kummervolles Gesicht zu einem sanften Lächeln erheiternd. »Wir haben das Unsre getan, und da dürfen wir zuversichtlich hoffen, daß Gott unsern mangelnden Kräften schon zu Hülfe kommen wird, hinfügend, was nötig ist.« – Zugleich breitete er seinen Mantel auf den Sand hin, damit Antonia fester und bequemer ruhen möge. Aber plötzlich fuhr er wieder in die Höhe, rufend: »Herr, mein Gott! da liegt ein Mensch, vom Sande ganz überstäubt. Wenn es nur nicht gar schon ein Toter ist!«

Und zugleich begann er, Wein aus einer Flasche auf des Hingesunknen Stirne zu träufeln und seine Schläfe damit zu reiben. Der schlug langsam die Augen empor und sagte: »Ich wollte, der Morgentau hätte mich nicht wieder angesprüht, und ich wäre unbekannt und unbeklagt hier in der Wüste verdorben, wie es ja endlich doch wohl kommen muß.« – Damit schloß er die Augen wie ein Schlaftrunkner aufs neue, aber Heimbert fuhr unermüdlich mit seinen Hülfsleistungen fort, und endlich richtete sich der Ermunterte staunend mit halbem Leibe in die Höhe.

Er blickte von Heimbert auf dessen Gefährtin, von dieser wieder nach Heimbert zurück und rief plötzlich, die Zähne knirschend, aus: »Ha, so war es gemeint! Ich sollte nicht einmal dahinsterben, im dumpfen Glücke der stillen Verlassenheit! Schauen noch sollte ich vorher den Sieg meines Nebenbuhlers und meiner Schwester Verhöhnung!« Zugleich auch war er mit gewaltiger Anstrengung auf den Füßen und drang, die Klinge schlagfertig gezückt, gegen Heimbert an. Dieser rührte nicht Schwert, nicht Arm und sagte bloß freundlich: »So ermattet, wie du jetzt bist, kann ich dir unmöglich etwas zuleide tun, außerdem muß ich auch hier die Dame erst in Sicherheit bringen.« – Antonia, den Zürnenden anfänglich mit großer Bewegung anstarrend, trat nun plötzlich zwischen die beiden Männer und rief aus: »O Fadrique, weder Elend noch Zorn kann Euch doch gänzlich entstellen. Aber was hat Euch mein edler Bruder getan?« – »Bruder?« fragte Fadrique staunend. – »Oder Taufvater, oder Taufzeuge«, entgegnete Heimbert. »Wie du willst. Nenne sie nur nicht etwa Zelinda, denn sie heißt jetzt Antonia, ist eine Christin und deine Braut.« – Fadrique stand wie in völliger Erstarrung, aber Heimberts treuherzige Worte und Antonias holdes Erröten lösten ihm das beseligende Rätsel bald. Er sank in süßer Entzückung vor dem ersehnten Bilde nieder, und mitten aus der unwirtbaren Öde blühte ein reicher Strauß der Liebe, des Dankes und des Vertrauens himmelan.

Die Spannung des überraschenden Glückes gab endlich der leiblichen Erschöpfung nach. Antonia neigte die holden Glieder auf den nun schon heißer brennenden Grund, wie eine ermattete Blume, und schlummerte unter dem Schutze des Geliebten und des erkornen Bruders ein. – »Schlafe du nur auch«, sagte Heimbert leise zu Fadrique. »Du mußt wohl recht wild und mühsam umhergeirrt sein, denn die Erschöpfung drückt bleiern auf deine Augenlider. Ich bin recht munter und will derweile wachen.« – »Ach Heimbert«, seufzte der edle Castilier, »meine Schwester ist dein, du himmlischer Bote; das versteht sich von selbst. Aber nun unsre Ehrensache.« – »Natürlich«, sagte Heimbert sehr ernst, »daß du mir die schuldige Genugtuung gibst für jenes übereilte Wort, sobald wir wieder in Spanien sind. Bis dahin bitte ich mir's aber aus, daß davon die Rede nicht ist. Unbeendigte Ehrensache gibt kein gutes Gespräch.«

Fadrique legte sich wehmütig in den Sand, vom lang entbehrten Schlummer überwältigt, und Heimbert kniete freudig nieder, dem lieben Gott für so vieles schöne Gelingen dankend und ihm das Künftige voll freudiger Zuversicht anheimstellend.

Sechszehntes Kapitel

Am Tage darauf gelangten die drei Reisegenossen an das Ufer der Einöde und erquickten sich fast eine Woche lang in einem nahe gelegnen Dörfchen, das, von Bäumen umschattet, von Rasen umgrünt, gegen die freudlose Sahara wie ein kleines Paradies abstach. Vorzüglich Fadriques Zustand machte diese Rast notwendig. Er hatte in der ganzen Zeit die Wüste nicht verlassen, mühsam seinen Unterhalt streifenden Arabern abkämpfend und oftmals dem gänzlichen Mangel an Speise und Trank fast erliegend. Zuletzt war er so gar verirrt gewesen, daß ihn auch die Sterne nicht mehr auf den rechten Pfad zu leiten vermochten und er sich trüb und zwecklos umtrieb wie die Staubwirbel des Sandmeeres um ihn her.

Wenn er jetzt bisweilen nach dem Mittagsmahle einschlummerte und Antonia und Heimbert seinen Schlaf hüteten wie zwei lächelnde Engel, pflegte er wohl zusammenschreckend in die Höhe zu fahren, mit entsetzten Blicken umherzustarren und erst, als wenn er sich an den zwei befreundeten Gesichtern erlabt hätte, wieder in die erquickende Ruhe zurückzusinken. Beim vollen Erwachen darüber befragt, erwiderte er, in seinem Umherirren sei ihm nichts schrecklicher gewesen als die täuschenden Träume, die ihn bald in das heimatliche Haus, bald in seiner Genossen lustiges Lager, bald wohl gar in Zelindas Nähe getragen hätten, um ihn alsdann beim Verschwinden doppelt hülflos und elend in der entsetzlichen Öde zurückzulassen. Daher sei ihm noch immer jegliches Erwachen etwas Furchtbares, und auch den Schlaf treibe oftmals ein dunkles Bewußtsein vergangener Schrecken zuckend von ihm aus. – »Ihr könnt es euch nicht so denken«, setzte er hinzu. »Aus den wohlbekannten Wänden urplötzlich in die endlose Wüstenei gebannt! Wohl gar statt des ersehnten, ganz nahe vorgezauberten Antlitzes der Geliebten ein häßliches Kamelhaupt am langen Halse neugierig über mich hingebeugt und mit noch häßlicherem Scheuen vor meinem Aufrichten zurückprellend!«

Das, zusamt andern Nachwehen des überstandnen Unheils, verlor sich bald gänzlich aus Fadriques Gemüt, und man trat die Reise nach Tunis heiter an. Freilich lag das Bewußtsein seines

Unrechts gegen Heimbert und der unvermeidlichen Folge davon oftmals wie ein weiches Taugewölk über des edlen Spaniers Brauen, aber eben dadurch milderte sich die angeborne stolze Strenge seines Wesens, und Antonia konnte ihr liebendes Herz desto inniger und zarter dem seinen anschließen.

Tunis, welches früher Zelindas Zauberkraft und christenfeindliche Begeisterung angestaunt hatte, sahe jetzt an neugeweihter Stätte Antonias feierliche Taufe, und bald darauf schifften sich die drei Gefährten mit günstigem Winde nach Malaga ein.

Siebenzehntes Kapitel

An dem Bronnen, wo sie von Heimbert geschieden war, saß eines Abends Donna Clara im tiefen Sinnen. Die Zither auf ihrem Schoße tönte von einzelnen Akkorden, welche ihr die schönen Hände wie träumend entlockten, und die sich endlich zu einer Melodie gestalteten, während folgende Worte von den nur halb geöffneten Lippen leise hervorrieselten:

>»Ferne, wo vor Tunis' Wällen
>Spanier und Germanen stritten
>Mit den grimmen Heidenscharen,
>Sagt, wer hat aus blut'gen Lilien,
>Wer aus bleichen Todesrosen,
>Sich gepflückt den Preis des Sieges?
>Fragt den Alba, fragt den Alba,
>Und er nennt alsbald zwei Ritter;
>Einer war mein tapfrer Bruder,
>Einer war mein Herzgeliebter!
>Und ich dachte mich zu kränzen
>Zwiefach hell in Freudenlichtern,
>Sieh, da fällt ein Witwenschleier
>Zwiefach mir auf Aug und Stirne,
>Denn die Ritter sind verschollen,
>Niemand kann sie wiederfinden.«

Und die Zither schwieg, und zarte Tautropfen fielen aus den himmlischen Augen.

Heimbert, unter den nahen Orangenbäumen verborgen, fühlte begleitende Zähren über seine Wange rollen, und Fadrique, der ihn und Antonien dahingeführt hatte, konnte den Freudenkelch des Wiedersehens nicht länger ungenossen lassen, sondern trat an der Hand der beiden holden Gestalten wie mit einem Engelsgruße zu der Schwester heraus.

Die Anschauung solcher Augenblicke der höchsten überraschenden Lust, gleichsam des immer geahnten und so selten herniedertauenden Himmelssegens, malt sich am besten jeglicher auf eigne Weise aus, und man erzeigt ihm nur einen schlechten Dienst, wenn man ihm vorerzählen will, was eines getan und das andre gesprochen habe. Färbe denn auch du, lieber Leser, dir das Bild nach deinem Behagen, was du gewiß am besten kannst, wenn die zwei Paare meiner Geschichte dir lieb geworden sind und heimisch angeeignet. Wäre das aber nicht der Fall, wozu dann noch mehr der unnützen Worte verlieren? – Für die, welche mit Lust und Innigkeit bei dem Wiederfinden der Geschwister und der Liebenden verweilen konnten, fahre ich in erhöhter Vertraulichkeit fort.

Obgleich sich Heimbert, einen bedeutenden Blick auf Fadrique werfend, entfernen wollte, sobald Antonia in Donna Claras Schutz getreten war, gab es der edle Spanier dennoch nicht zu. Er hielt den Waffengenossen mit ebenso zierlichen als brüderlich zutraulichen Bitten zur Abendtafel fest, bei welcher sich einige Verwandte des Hauses Mendez einstellten, in deren Gegenwart Fadrique den tapfern Heimbert von Waldhausen für Donna Claras Bräutigam erklärte, das Verlöbnis mit den feierlichsten Worten besiegelnd, so daß es unzerreißbar bleibe, es möge auch von nun an eintreten, was da irgend dem Bunde feindlich scheinen könne. Die Zeugen waren etwas erstaunt über diese seltsamen Vorsichtsmaßregeln, gaben jedoch auf Fadriques Begehr ungeweigert ihr Wort, alles demgemäß durchzuführen, um so ungeweigerter, da der Herzog von Alba, wegen einiger Marinegeschäfte grade in Malaga anwesend, die ganze Stadt mit dem Heldenruhm der beiden jungen Hauptleute angefüllt hatte.

Wie nun eben der edelste Wein in hohen Kristallgläsern um die Tafel ging, trat Fadrique hinter Heimberts Stuhl und flüsterte ihm zu: »Wenn es Euch gefällt, Señor – der Mond ist eben aufgegangen und scheint tageshell – so bin ich bereit, Euch die notwendige Genugtuung zu geben.« – Heimbert nickte freundlich mit dem Kopfe, und die beiden Jünglinge verließen den Saal, von den holden Grüßen der nichts Böses ahnenden Bräute begleitet.

Während man durch des Gartens duftige Gehege hinschritt, seufzte Fadrique: »Wir könnten sehr freudig hier wandeln, wenn [ich] meine Übereilung nicht getan hätte!« – »Ja wohl«, sagte Heimbert, »aber es ist nun einmal so und kann nicht anders werden, dafern wir beide fortfahren wollen, einander als Soldaten und Edelleute zu achten.« – »Versteht sich!« entgegnete Fadrique, und sie beeilten sich, nach einer fernen Stelle des Gartens zu gelangen, von wo das Geklirre der zusammentreffenden Degen nicht bis in den heitern Verlobungssaal hinüberschwirren konnte.

Achtzehntes Kapitel

Einhegend und verschwiegen standen ringsher blühende Gebüsche, man hörte keinen Laut mehr von der freudigen Gesellschaft, keinen Laut aus den belebten Straßen der Stadt herüber, nur hoch vom Himmel her schaute der Vollmond herein, den feierlichen Rund mit klarem Schein erhellend, es war der rechte Platz. Da zogen beide Hauptleute ihre leuchtende Klingen aus der Scheide und traten einander schlagfertig gegenüber. Doch ehe sie noch zum Kampfe ausfielen, zog ein schöneres Gefühl einen in des andern Arme; sie senkten zu gleicher Zeit die Klingen und drückten brüderlich umarmend Brust an Brust. Dann aber machten sie sich entschlossen los, und der furchtbare Zweikampf begann.

Das waren nicht Waffenbrüder, nicht Freunde, nicht Schwäger mehr, die nun ihre blitzenden Stoßklingen gegeneinander richteten. Mit der entschlossensten Kühnheit, aber auch mit der besonnensten Kaltblütigkeit fiel man den Widersacher feindlich an und schirmte zugleich die eigene Brust. Nach einigen heißen und gefahrdrohenden Gängen mußten die Fechter ruhen und sahen sich währenddem mit vermehrter Liebe an, jedweder froh, den teuren Genossen so rüstig und rühmlich zu erproben. Dann begann der verderbliche Wettstreit aufs neue.

Heimbert schleuderte mit der linken Hand Fadriques Klinge, die ihm bei einem Terzstoß begegnete, seitwärts, aber die haarscharfe Schneide drang dabei durch den ledernen Handschuh, und jugendlich rasch stürzte sich das rosige Blut ihr nach. »Halt!« rief Fadrique, und sie untersuchten die Wunde, aber bald sie nur für unbedeutend erkennend und sie mit einem Tuche verbindend, huben beide mit unverminderten Kräften das Gefecht wieder an.

Nicht lange währte es, da fuhr Heimberts Klinge gegen Fadriques rechte Schulter, und der Deutsche, wohl fühlend, daß sein Stoß sitze, rief nun seinerseits Halt. Erst wollte Fadrique nichts von Verletzung wissen, aber bald tröpfelte auch ihm das Blut hervor, und er sahe sich genötigt, des Freundes sorgfältige Hülfsleistungen anzunehmen, doch zeigte sich die Wunde gleichfalls unbedeutend, der edle Spanier fühlte noch volle Kraft zur Führung des Degens in Faust und Arm, und nochmals erhub sich der Tod drohende Ehrenstreit in ritterlicher Glut.

Da klirrte die nicht sehr entfernte Gartenpforte, und es trabte durch das Gesträuch heran wie Rossestritt. Beide Fechter ließen von ihrem ernsten Geschäft ab und wandten sich dem unwillkommnen Störer entgegen. Der ward im Augenblicke auf einem hohen Streithengste zwischen den schlanken Pinien sichtbar, durch Tracht und Anstand einen Krieger zu erkennen gebend, und Fadrique nahm, als Wirt des Hauses, das Wort, sprechend: »Señor, wie Ihr dazu kommt, so gradewegs in einen fremden Garten hereinzureiten, wollen wir ein andermal untersuchen. Für jetzt muß ich Euch nur bitten, uns jedweder weiteren Störung durch Eure augenblicklichste Entfernung zu überheben und allenfalls mir Euren Namen zurückzulassen.« – »Wegreiten werde ich nicht«, entgegnete der Fremde, »aber wie ich heiße, will ich euch gern sagen. Ich bin der Herzog von Alba.« – Und zugleich fiel durch eine Wendung des Rosses der helle Mondstrahl auf das lange bleiche Gesicht, aller Größe, Würde und Furchtbarkeit Wohnsitz. Die beiden Hauptleute neigten sich tief und senkten ihre Waffen.

»Ich soll euch kennen«, fuhr Alba fort, sie mit seinen funkelnden Augen überblitzend. »Ja, wahrhaftig, ich kenne euch gut, ihr beiden jungen Helden aus der Schlacht vor Tunis. Gott sei gelobt und gepriesen, daß zwei so wackre Kriegesleute, die ich schon fast verloren gegeben hatte, noch am Leben sind; sagt mir nun aber, welche Ehrensache eure tapfern Klingen widereinander gerichtet hat. Denn vor mir eure ritterliche Angelegenheit zu offenbaren, werdet ihr hoffentlich kein Bedenken tragen.«

Es geschah nach des großen Herzogs Willen. Jeder von den edlen Jünglingen erzählte den Hergang, vom Abend vor der Einschiffung an bis auf den gegenwärtigen Augenblick, während Alba im schweigenden Nachdenken, fast regungslos wie eine Ritterbildsäule, in ihrer Mitte hielt.

Neunzehntes Kapitel

Die Hauptleute hatten ihren Bericht schon lange geendet, und der Herzog schwieg noch immer, in tiefem Nachdenken unbeweglich still. Endlich erhub er seine Stimme und redete folgendergestalt:

»So soll mir Gott helfen und sein heiliges Wort, als ich nach meinem besten Wissen und Gewissen eure Ehrensache für rein ausgefochten halte, ihr jungen Ritter. Zweimal habt ihr wegen jenes empörenden Wortes, von Don Fadrique Mendez' Lippen geflogen, widereinander in Waffen gestanden, und wenn freilich die unbedeutenden Wunden, die ihr bis jetzt empfangen habt, nicht ausreichen, jenen entsetzlichen Ausdruck zu vergüten, so tritt doch euer gemeinschaftliches Fechten vor Tunis und die Rettung, welche Herr Heimbert von Waldhausen dem Don Fadrique Mendez in der Wüste angedeihen ließ, nachdem er ihm seine Braut erkämpft hatte, dermaßen ein, daß Ritter Waldhausen ermächtigt ist, einem Gegner, dem er sich so herzlich erzeigte, jedwede Beleidigung zu verzeihen. Die alten römischen Historien erzählen uns von zwei Hauptleuten des großen Julius Cäsar, welche einen Ehrenstreit beilegten und eine herzinnige Brüderschaft miteinander knüpften durch kühnes geselliges Fechten und einander aushalfen inmitten eines gallischen Heeres. Ich aber behaupte, ihr zweie habt mehr für einander getan, und somit erkläre ich eure Ehrensache für abgemacht und zu Ende. Steckt die Degen ein und umarmt euch in meiner Gegenwart.«

Gehorsam dem Gebote ihres Feldhauptmanns steckten die jungen Ritter ihr Gewehr für jetzt ein, aber ängstlich besorgt für jeden möglichen Schatten, der auf ihre Ehre fallen könne, zögerten sie mit der aussöhnenden Umarmung noch.

Da blickte sie der große Alba etwas unwillig an und sagte: »Vermeint ihr denn, ihr jungen Herrn, ich könne das Leben zweier Kriegshelden auf Kosten ihrer Ehre erhalten wollen? Da hätte ich sie ja erst ganz unwiederbringlich totgeschlagen, und zwar alle beide zugleich. Ich sehe aber wohl, daß man mit solchen Starrköpfen zu andern Maßregeln greifen muß.«

Und alsbald war er vom Pferde, hatte es schnell an einen Baum gebunden und trat nun, das gezückte Siegerschwert in der Rechten, zwischen die beiden Hauptleute, ausrufend: »Wer irgend etwas dawider zu sagen hat, daß die Ehrensache Herrn Heimberts von Waldhausen mit Don Fadrique Mendez ehrlich und rühmlich ausgefochten ist, hat es mit dem Herzog von Alba zu schaffen auf Leben und Tod, und sollten die gegenwärtigen Ritter selbst etwas einzuwenden haben, so mögen sie sich melden; ich stehe als Verfechter meiner Überzeugung hier.«

Da neigten sich die Jünglinge ergeben vor dem großen Ehrenrichter und sanken einander in die Arme. Der Herzog aber umfaßte sie beide mit einer liebevollen Innigkeit, die um so erquickender, ja bezaubernder leuchtete, je seltner sie aus diesem strengen Gemüte hervorbrach. Dann führte er die Versöhnten zu ihren Bräuten zurück, und als diese, nach dem ersten freudigen Erstaunen über die Gegenwart des geehrten Feldherrn, vor den Blutstropfen auf den Kleidern der Jünglinge zurückbebten, sagte der Herzog lächelnd: »O ihr künftigen Soldatenfrauen, ihr müßt nicht erschrecken vor solchen Juwelen der Ehre. Eure Geliebten könnten euch kein schöneres Geschenk zur Hochzeit bringen.«

Der große Alba ließ es sich nicht nehmen, beider glücklichen Paare Brautvater zu sein und ihnen noch am nächsten Tage das Fest ihrer Verbindung auszurichten. Alle lebten von da an in ungestörter, freudiger Eintracht, und wenn auch den Ritter Heimbert das deutsche Vaterland bald nachher zusamt der holden Gemahlin in seinen Schoß zurückrief, blieb man doch einander durch Briefe und Grüße nahe, und noch spätin rühmten sich die

Nachkommen des Herrn von Waldhausen ihrer Verwandtschaft mit dem edlen Geschlechte der Mendez, während dieses die Sage von dem tapfern und großmütigen Heimbert immerdar feiernd bei sich erhielt.

OLAFS SAGE

Zwischen der alten, seit urgermanischen Zeiten für heilig geachteten Rügen und dem festen Lande lag schon vor vielen hundert Jahren ein kleines Eiland, Swolld geheißen, welches jetzt den Namen der Rudeninsel führen soll. Dort hatten gegen das Ende des zehnten Jahrhunderts die Könige von Schweden und von Dänemark zusamt dem tapfern Eyrik Jarl einen Hinterhalt gestellt auf das Verderben des großen Königs von Norweg, Olaf Tryguasohn; und weil ihn der listige Sigwald, Palnatokes unwürdiger Nachfolger auf Jomsburg, in die Falle zu locken wußte, war der heldenmutige Fürst auch dem vereinten Anfalle nach einer furchtbaren Seeschlacht erlegen. Da sind viele der Heerführer und andre Kriegsmänner gefallen mit ihrem lieben Herrn; denn hätten sie auch eine gute Rettung für sich gewußt: so trugen sie doch zum Überleben allzumal kein Behagen. Recht wider seinen Willen war ein guter Norwegskämpfer, Asbrandur geheißen, dennoch dazu gelangt. Er stand mit auf dem Hauptschiffe König Olafs, welches man den langen Drachen zu nennen pflegte, und focht über den Leichen von Freund und Feind, denen seine rüstige Faust noch immer welche zugesellte. Da kam der tapfre Eyrik Jarl endlich selbsten auf ihn zugeschritten, trug eine ungeheure Streitaxt in beiden Händen und ließ die auf Asbrandurs rechte Schulter, just wo der Panzerärmel sich an die Brünne schließt, herunterfallen, so daß der Arm, zusamt dem guten Schwerte, aufs Verdeck, der blutende Fechter von der andern Seite in die Wellen stürzte. Die schleuderten ihn – man sagt, sie scheuen sich vor Heftigblutenden – ohnmächtig an des kleinen Eilandes Gestade.

Die wenigen Hüttenbewohner, dem Mordgetümmel mit staunendem Entsetzen aus ihrer kleinen Freistatt zuschauend, halfen dem Bewußtlosen ans Land und pflegten ihn sorgsam bis zu seiner Genesung. Dem Kriegsmanne mochte wohl wunderlich zumute sein, als er seiner Sinne zum ersten Male wieder mächtig ward. Lange schon war der Schlachtlärm auf den Wassern vertobt, welche ihren endlosen Spiegel jetzt wieder ruhig im Abendscheine ausbreiteten; vor der Hütte, wo Asbrandur lag, weideten Hirten singend ihre Herden, Mädchen schöpften, einander Märchen erzählend, Wasser aus dem nahen Brunnen. Da merkte der verstümmelte Fechter gleich, daß sein Leben ein ganz umgewandeltes worden sei und blieb nach seiner vollkommenen Heilung, schon im rüstigen Mannesalter zum Ruhestande des Greisen hinübergeschlendert, als ein Hirte friedlich unter den Hirten wohnen. Gern weidete er seine Herde nach der Gegend des Strandes zu, wo der lange Drache auf den Fluten bestürmt und verfochten worden war, und dann ließ er die Blicke nachdenklich auf der Meeresfläche rasten, wie auf einem grünsilbernen Spiegelgrabe, drinnen ihm sein König versunken war, und das eigne rüstige Fechterleben mit. Dann geschah es wohl oft, daß sich das kleine Inselvölklein, Männer, Weiber und Kinder, zu ihm zu finden wußten und sich von ihm genauer erzählen ließen, was sie zum Teil vor einigen Jahren selbst gesehen hatten, aber doch nur aus der Ferne und mit schreckendunkelm Auge.

So saßen sie denn auch einstmalen um ihn her gelagert, er auf einem alten Runenstein hoch in der Mitte, das Antlitz gegen den Mond gekehrt, welcher wie ein blutig goldner Schild aus dem Meere hervorzuwandeln begann.

»Recht wie jetzt eben der vor uns«, sagte der Kriegsmann, »hat auch König Olafs Schild geleuchtet durch die finstern Wolken der letzten Schlacht. Es war doch ein herzerhebend Ding, so unter der erlesenen Schar mit zu fechten, die an des langen Drachen Borde stand, und des Königes Schlachtruf herüber zu hören durch alle das Getümmel, bisweilen den Blick zu richten auf seine herrliche Kämpfergestalt. Das wird nun auf dieser Erden nie wieder geschehen; und an das Zechen auf Walhalls Bänken hat uns der große Olaf selbsten zu glauben verboten. Da schaue ich denn bisweilen recht sehnsüchtig nach dem Himmel aus und möchte wohl, der grimme Eyrik Jarl hätte seine Streitaxt lieber auf meinen Schädel fallen lassen als auf meinen Arm. So wäre man mit dem besten aller Norwegshelden an einem Tage aus dem Leben geschieden, und ich glaube nicht, daß sich etwas Glorwürdigeres für einen getreuen Kriegsmann erdenken läßt.«

»Sie wollen aber sagen«, wandte ein Hirte ein, »der große König Olaf Tryguasohn sei aus der Schlacht gerettet worden und wirklich noch am Leben.«

»Das geht mir schwer zu glauben ein«, entgegnete Asbrandur. »Seht, als das Fechten so recht in seiner wildesten Lust war, da rief der Norwegskönig vom Hinterteile des Schiffes zu uns herüber: ›Ei, ihr meine erlesenen Mannen, wie schlagt ihr doch so ohnmächtig drein? Wohl klingen eure Schwerter, wohl blinken sie auf die Feindeshelme herunter, aber fallen seh ich nur selten einen der Eyrikskrieger davor!‹ – Wir aber riefen zurück: ›Du Heerevater, das macht, unsre Klingen sind stumpf geworden, und schneiden nicht mehr ein.‹ – Da rief der König mich und noch ein paar andre und ging mit uns an eine schöne Kiste. Die tät er auf, und wie sie denn ganz voll langer, scharfer, leuchtender Schwerter lag, nahm er deren genug heraus für die ganze Schar, und er und wir teilten die heiße Königsgabe aus, davor es dann recht wacker unter den Eyriksfechtern zu fallen begann. Während aber der große Tryguasohn sich nach den Schwertern niederbeugte, sahe ich den roten Blutstrahl wohl, der ihm am Arme niederfloß. Wo nun die Wunde saß, das kann ich freilich nicht sagen. – Zuletzt, als die Eyriksdegen von allen Seiten den langen Drachen erstiegen hatten und nichts mehr zu erhoffen war als ein ehrlicher Tod, da sprang der Olaf mit seiner vollen Rüstung in die See, und sein goldner Schild tauchte zwischen den Meereswellen unter, wie wir dort eben den Mondesschild aus ihnen auftauchen sahen.«

»Ich kann Euch wohl erzählen, was aus dem König Olaf geworden ist«, sagte ein Mann in Hirtentracht, der sich unter den Zuhörern eingefunden hatte und vermutlich vom festen Lande herübergekommen war. »Ihr müßt wissen, daß der treulose Sigwald Jarl eine sehr fromme, schöne und weise Hausfrau hatte, mit Namen Astrid. Die merkte wohl, daß ihr Gemahl Übles gegen den Norwegskönig im Sinne trug, so freundlich er sich auch vor ihm anzustellen wußte; und damit sie das Leben des bedrohten Helden sichern möge, rüstete sie ein Fahrzeug aus, das sollte mit in der großen Flotte fahren und auf nichts anderes achten als auf den König, und wie er in vorkommenden Nöten zu retten sei. Weil sie nun die Mannschaft aus lauter treuen und ehrbaren

Kriegsleuten gewählt hatte, auch sie hinlänglich ausgerüstet mit allem Guten und beschenkt mit vielen Kostbarkeiten: so erging alles nach ihrem Willen. Die Kriegsleute hatten genau acht und fuhren während des heißen Treffens, so nahe sie konnten, um den langen Drachen herum, ohne daß man ihr unbedeutendes und, wie es schien, zum Geschwader der verbündeten gehöriges Schifflein irgend bemerkte. Wie aber König Olaf über Bord in die See sprang, tat zugleich von der andern Seite des Schiffes sein Vetter, auch in glänzenden Waffen und von hoher Heldengestalt, das gleiche; und Eyrik Jarl dachte, *der* sei der König, und alle seine Helfer fischten sorglich nach ihm. Derweile hatte der rechte König Zeit, eine Strecke unter dem Wasser – denn er war aller Schwimmer bester – fortzuschwimmen, und ward, ohne daß es Freund oder Feind gewahrte, von Astrids frommen Schiffern aufgenommen. Die freuten sich wie Perlenfischer im Ostreich über ein köstliches Kleinod des Meeres und landeten auf des Königs Begehr mit ihm an der waldigen Rügen.

Olaf ging nun die Felsen hinauf und wollte sich in den Klippenspalten eine Stelle suchen, wo er sein glänzendes Gewaffen und vorzüglich sein großes goldnes Schild verbergen könne bis auf bessere Zeiten; auch dachte er daran, das ganze Geräte in den Herthasee zu versenken und sich die Stelle zu merken. Denn das sah er wohl ein, daß er nach diesem sieglosen Treffen eine Zeitlang verborgen unter den Menschen leben müsse.

Wie er nun auf einen recht einsamen Waldfelsen hinauf gelangt, fangen ihm seine Wunden wieder an zu bluten, und er legt sich, matt zum Tode, auf seinen goldnen Schild. Da kommt aus dem dichtesten Gebüsche eine Frauengestalt hervor, ganz weiß, ganz weiß, und sehr ernsthaft und sehr strenge, aber ebenso schön. Olaf meinte zu Anfang, es seie wohl gar eine Drude oder ein heidnisches Waldgespenst, und schlug das heilige Kreuz über seine ganze Gestalt. Aber das schreckte sie gar nicht ab; sie kam vielmehr immer näher, nur daß ein milderes, recht freundliches Lächeln über ihr Angesicht hinzog. Sie faßte den blutenden König in ihre Arme und sagte: ›Ich will dich heilen und retten, du armer, verratener Held! Du mußt dir nur gefallen lassen, daß es ein wenig neblig wird um uns her.‹ – Damit schlug sie ihre wallenden Schleier um den Wundenmatten, und die dehnten sich aus und schwollen an wie ein schneeweißer Nebel, aus dem einige Tropfen mit bitterlich schmerzender Kälte in Olafs Wunden fielen, aber bald als lindernder Tau durch seine Adern rannen, so daß er in einen lieblich erquickenden Schlummer sank. Eine ganze lange Zeit hatte der König in diesem Nebel gelegen.«

»Das müßt ihr euch allzumal erinnern«, fiel ein Hirte ein, seine Genossen ringsumher anschauend, »daß am Abende nach der Schlacht und bis tief in die Nacht hinein ein gewaltiges Nebelgewölk über Rügen lag.«

Die andern gaben ihm recht, und einige wollten gesehen haben, wie in der Morgendämmerung die weiße Schleierumhüllung, als von eiligen Lüften getragen, unzertrennt gegen Osten über die Meeresfläche gezogen sei.

»So war es auch«, fuhr der Fremde fort; »denn als der Tryguasohn erwachte, wehte nur eben erst das Gewölk auseinander, und er sah, daß es ihn in ein morgenrötliches, wiesenblühendes, lämmerdurchweidetes, von tausendfachen Liedern und Widerhallen durchtöntes Land getragen hatte. Auf einem sanft geschwellten Rasenhügel lag eine funkelnde Burg, und Helden schritten ihm mit Preisgesang von dort entgegen, in lauter goldnen Waffen leuchtend und ihm selbst eine so überaus herrliche Rüstung anlegend, daß er gern seines Schildes und der übrigen Wehr, die auf Rügen zurückgeblieben war, vergessen konnte. Dabei umstanden ihn himmelschöne Jungfrauen und sangen es in ihre Harfen und Zithern, daß Olaf nun in das Morgenland gekommen sei und dieses Morgenreiches Beherrscher bleiben solle immerdar, entronnen den eisigen Gegenden voll Blut und Grimm. Aber die schönste der Jungfrauen stand an seiner Seite, und er wußte, daß sie mit ihm herübergekommen war; denn ungeachtet der frühlingshellen Lichter und Farben, welche jetzt über ihrem Antlitze spielten und auch über ihren Gewanden, konnte er doch in ihr die erst so bleiche Herrin nicht verkennen, die ihn von dem Waldfelsen auf Rügen abgeholt hatte. Jetzt trug sie ein helles, von Edelsteinen blitzendes Krönlein im Goldhaar; sie ward seine Königin und Hausfrau, und beide herrschen nun von dem leuchtenden Hügelschlosse im seligen Frieden über ihr morgendliches Reich.«

Asbrandur war vom Runensteine herabgekommen, um sich

dem Fremden, damit ihm kein Wort von dessen Erzählung verlorengehe, zu nähern. Als diese nun zu Ende war, sagte der Kriegsmann: »Herr, Ihr habt mir das Herz erquickt; aber es geht mir doch ein Zweifel durchhin. Wenn das mein lieber König Olaf wäre, der fern auf dem östlichen Burghügel wohnt und herrscht – wie herrlich auch seine morgenrötlichen Auen blühen mögen und tönen, wie königlich seine goldnen Waffen funkeln – der käme doch manchmal, besuchte seine lieben Normannen und sähe, wie es um sie stände«. – »Der König Olaf kommt auch manchmal wieder und besucht seine lieben Normannen!« rief der Fremde plötzlich mit freudiger, lauter Stimme, und die Hirtengewänder wallten zurück, und in leuchtender Rüstung schritt die Heldengestalt freundlich grüßend an Asbrandur vorüber und in die nahe Waldung hinein. – »Mein König und mein Herr!« rief der Normann und stürzte in freudigem Schreck auf die Knie, alle andre mit ihm. Als sie die Häupter wieder erhoben, war der herrliche Fremde verschwunden, und keine Spur des großen Tryguasohns ließ sich auf der Insel oder am Strande entdecken.

Die Hirten des Eilandes hegten gar verschiedne Meinungen über das, was sie gesehen hatten. Einige meinten, der König Olaf lebe wirklich noch und sei durch Zauberkunst in das Reich gen Osten entrückt; andre glaubten, er habe auf Rügen an seinen heißen Wunden den Geist aufgegeben und sein morgendliches Reich liege im Himmel. Asbrandur ließ sich über nichts aus; aber er war um ein Großes fröhlicher, obzwar stiller, seit jener Mondnacht und mochte wohl der letzterwähnten Meinung gewesen sein; denn als er lange nachher im hohen Alter starb, rief er verscheidend aus: »Der König Olaf schickt eine weiße Jungfrau zu mir her. Heiliger Gott, wie sonnig leuchtet die Straße nach Morgenland!«

DAS SCHAUERFELD

Eine Rübezahlsgeschichte

Am Fuße des Riesengebirges, in einer blühenden schlesischen Landschaft, hatten sich, einige Zeit vor dem Westfälischen Frieden, unterschiedliche Verwandte in die Erbschaft eines reichen Bauern zu teilen, der ohne Kinder verstorben war und dessen mannigfache Grundstücke hier und dort durch die fruchtbare Gegend hin zerstreut lagen. Man kam zu diesem Endzwecke in einer Schenke des Hauptdorfes zusammen und wäre bald über die Anordnung des Teilungswesens einig geworden, hätte es nicht unter der Nachlassenschaft einen wunderlichen Acker gegeben, welcher das Schauerfeld geheißen war.

Dort blühete es von vielen Blumen und war mannigfach wucherndes Gesträuch aufgeschossen, allzumal des Bodens kräftige Fruchtbarkeit bezeugend, aber ebensosehr dessen Vernachlässigung und Verödung beurkundend. Denn seit vielen Jahren war keine Pflugschar drübergezogen, seit vielen Jahren keine Saat darauf gefallen. Oder hatte man desgleichen ja hin und wieder versucht: so waren die Stiere unter dem Joch in eine unbegreifliche Wut geraten, und selbst die Ackerknechte und Säeleute hatten den Platz mit wildem Entsetzen geräumt, beteuernd, es ziehen dort gräßliche Gestalten umher, die sich in furchtbarer Vertraulichkeit zu den Arbeitern gesellten, so daß kein menschlicher Sinn davor ausdauern könne und einem schon immer der Wahnwitz drohend über die Schulter blicke.

Wer nun die verrufne Stelle in seine Erbschaft mit aufnehmen sollte, das war die große Streitfrage. Jedem kam es vor, als werde, was ihm selbst unerträglich und untunlich schien, der andere leicht ertragen und ausrichten können, wie es denn wohl in der Welt zu gehen pflegt, und so stand man rechtend einander gegenüber bis in den späten Abend. Da fiel einer von den Erben auf eine Auskunft, aber freilich auf eine gar nichtsnutzige. – »Wir sollen ja«, sagte er, »nach dem Testamente irgendeine fromme

Huld erweisen an der armen Muhme, die hier im Dorfe wohnt. Nun ist uns das Mädchen doch nur sehr weitläuftig verwandt; zudem auch fände sie wohl ohne alle Aussteuer einen wohlhabenden Mann; denn sie ist gut und wirtlich, und man heißt sie ja nur die schöne Sabine. Da denke ich, wir treten ihr das ganze Schauerfeld ab; so sind wir unsrer Verpflichtung mit einem Male los, und es ist doch fürwahr ein gar reichliches Geschenk, falls sie sich nur einen Ehemann schafft, der damit umzugehen versteht.« – Die andern stimmten allesamt ein, und man fertigte einen der Vettern ab, der Beschenkten die erwiesene Huld anzuzeigen.

Derweil hatte in der einbrechenden Dämmerung jemand an Sabinens Hintertür geklopft, und auf ihre Frage, wer draußen stehe, kam eine Antwort zurück, vor der sich die Riegel des kleinen Fensterleins alsbald auftaten. Es war eine lang ersehnte Stimme, denn sie gehörte dem jungen Kunz, der, schön und gut wie Sabine, aber ebenso arm, sich vor zwei Jahren in Kriegsdienste begeben hatte, um auf diese Weise vielleicht die Heirat mit dem geliebten Mädchen möglich zu machen, deren Herz auch ihm in frommer Liebe gänzlich zugehörte. Es war hübsch anzusehen, wie Sabine mit hellen Tränen in den wunderschönen Augen zwischen den Efeuranken des Hüttchens hervorlächelte, und der hohe schlanke Soldat voll sittiger Freude nach ihr aufschaute und ihr die treue Rechte entgegenbot. – »Ach Kunz«, flüsterte sie verschämt, »gottlob, daß du lebendig wiedergekommen bist! Das ist alle Abend und alle Morgen mein herzliches Beten gewesen, und solltest du auch übrigens gar nichts von dem gehofften Glück erringen.« – »Mit dem Glück«, entgegnete Kunz und schüttelte lächelnd den Kopf dazu, »mit dem Glück sieht es auch nur sparsam genug aus. Aber es ist doch besser als da ich wegging, und wenn du Mut genug hast, denke ich, wir können einander heiraten und uns mit Ehren durchbringen.« – »Ach«, seufzte Sabine, »du treuer Kunz! Dein Wohl und Weh so fest an das einer blutarmen Waise zu knüpfen!« – »Liebchen«, sagte Kunz, »nicke mir ein freundliches Ja heraus, wenn du Vertrauen zu mir hast. Ich versichere dich, es geht, und wir leben vergnügt miteinander, wie die Könige.« – »Und hast deinen Abschied? Bist kein Soldat mehr?« – Kunz suchte aus einem ledernen Beutelchen, das sein gewonnes Gut enthielt, einen Silbertaler heraus und reichte ihn Sabinen hin, welche sich so damit stellte, daß der Schein des Lämpleins im Zimmer auf die Münze fiel. Mit altväterlichem Witze war eine zersprungene Trommel darauf gebildet, und darüber standen die Worte: »Gottlob, der Krieg hat« – »Gottlob, der Krieg hat ein Loch, soll es heißen«, fügte der erläuternde Kunz hinzu. »Es ist zwar noch nicht Friede; aber mit dem Kriege will's auch nicht recht mehr fort, und da hat mein Oberster seine Schar auseinandergehn lassen.« – In Friedens- und Liebesfreude hielt Sabine ihre Hand dem Liebling hin und vergönnte nun auch dem Bräutigam, in das Stübchen zu treten, wo er sich neben sie setzte und ihr erzählte, wie er seine wenigen Gold- und Silbertaler im ehrlichen, offnen Kampfe von einem tapfern Welschen gewonnen habe, den er bezwungen und ihm für diese Ranzion das Leben geschenkt. Ein holdes Lächeln auf den mutigen Verlobten fallen lassend, drehte die fleißige Braut wieder emsig ihre Spindel und freute sich, daß weder an ihrem noch an Kunzens dereinstigem Erwerb das mindeste Unrecht haften werde.

Da trat eben der Vetter herein und wollte seine Botschaft anbringen. Sabine stellte ihm mit sittigem Erröten den heimgekehrten Kunz als ihren Bräutigam vor, und jener sagte: »Nun, da komm ich just zur rechten Zeit, wie bestellt; denn wenn der Verlobte nicht eben Reichtümer aus dem Kriege mitgebracht hat, wird ihm wohl die Zugabe sehr willkommen sein, die ich der Braut im Namen der heute versammelten Erben anzubieten habe, da es ja der Testator so verfügt hat, daß wir sie mit irgendeiner guten Gabe bedenken sollten.« – Für Kunz lag etwas zu Hochmütiges in der Art, wie ihm das neue Glück angeboten ward; er konnte gar keine Freude darüber empfinden. Aber die demutsvolle Sabine nahm nur Gottes Gnade darin wahr, durchaus nicht beachtend, wie sich die Menschen bei deren Austeilung bezeigten, und so senkte sie freundlich das Haupt mit dankbarem, herzensfrohem Lächeln. Aber als sie nun hörte, man habe ihr das Schauerfeld zur gänzlichen Abfindung beschieden, da drang ihr die feindliche Kargheit der Vettern mit schmerzhafter Kälte ans Herz, und sie konnte die hervorstürzenden Tränen der getäuschten Hoffnung nicht zurückhalten. Der Vetter lächelte höhnisch dazu, sprechend, es tue ihm leid, wenn sie sich noch auf mehr Rechnung gemacht habe. Dies sei doch ein ungleich größeres Glück der Erbschaft als ihr eigentlich zukomme.

Damit wollte er zur Türe hinaus; aber Kunz vertrat ihm den Weg und sagte voll der ruhigen Kälte, die oftmalen den sich ganz überlegen fühlenden Mut zu begleiten pflegt: »Herr, ich sehe, daß Ihr mit dem guten Willen des Abgeschiedenen Euern Spott zu treiben beliebt und daß Ihr allzusammen gesonnen seid, meiner Jungfer Braut auch keinen nutzbaren Heller zukommen zu lassen. Aber wir nehmen in Gottes Namen Euer Anerbieten an, verhoffend, es könne vielleicht unter den Händen eines braven Kriegsmannes dennoch mehr aus dem Schauerfelde werden, als es sich neidische und geizige Memmen einzubilden vermögen.«

Der Vetter, vor Kunzens soldatischem Anstande scheu, wagte nichts zu erwidern und machte sich etwas bleich davon. Darauf küßte der Bräutigam seiner Braut die Tränen ab und eilte freudig zu dem Pfarrer, die Trauung zu bestellen.

Nach wenigen Wochen waren Kunz und Sabine Eheleute und fingen ihren kleinen Haushalt an. Der junge Mann hatte seine Gold- und Silbertaler meist alle dazu angewandt, sich ein paar herrliche Stiere zu kaufen; das übrige davon war auf Saat und den nötigsten Hausrat verwandt worden und an Gelde nicht mehr in der kleinen Wirtschaft zu finden, als gerade hinreichen mochte, um aufs spärlichste und arbeitsamste bis gegen die Ernte im künftigen Jahre auszureichen. Aber als Kunz mit Stieren und Pflug auf das Feld hinausging, lachte er fröhlich nach seiner holden Sabine zurück, sprechend, daß er nun das rechte Gold aussäe und es übers Jahr um ein gut Teil reichlicher dabei zugehn solle. Sabine sah ihm ängstlich nach und wünschte, er möge nur erst von dem verrufenen Schauerfelde wieder heim sein.

Wohl kam er heim, und zwar noch ehe die Abendglocke läutete, nur bei weitem nicht so freudig, als er es um die Morgenstunde in seinem zuversichtlichen Mute gehofft hatte. Den zertrümmerten Pflug schleifte er hinter sich drein, führte mühsam den einen, sehr verletzten Stier mit fort und blutete selbst an Schulter und Haupt. Aber er sah doch immer noch frisch und freundlich drein und tröstete mit ungedämpftem Soldatensinne die weinende Sabine. – »Halte dich nur zum Einsalzen fertig«, sagte er lachend, »denn der Spuk auf dem Schauerfelde hat uns eine große Menge Rindfleisch beschert. Der Stier nämlich, den ich mit hereinbrachte, hat sich in toller Angst dermaßen beschädigt, daß er zu keiner Arbeit mehr taugt; der andere lief in die Berge hinein, und ich mußte zusehn, wie er sich von einer Klippe in den reißenden Bach stürzte, wo er gewiß nun und nimmer wieder zum Vorschein kommt.«

»Die Vettern, die bösen Vettern!« klagte Sabine. »Nun hat ihr verderbliches Geschenk dich noch gar um dein mühsam erfochtnes Eigentum gebracht, und, was viel schlimmer ist, dich auch verwundet, du herzenslieber Mann!«

»Damit hat es nichts zu sagen!« entgegnete der wackre Kunz. »Die Stiere kriegten mich nur einmal zwischen sich, als sie just in der tollsten Wut waren und ich sie nicht loslassen wollte. Aber es ist gottlob noch gut abgelaufen, und morgen geh ich wieder auf das Schauerfeld hinaus.«

Nun trachtete Sabine auf alle Weise, den geliebten Mann davon abzubringen; aber er sprach, ungenutzt solle das Feld bei seinen Lebzeiten nicht liegen; was man nicht umpflügen könne, müsse man umgraben, und er sei ja kein scheues Ackertier, sondern ein erprobter, standhafter Soldat, dem der Spuk nichts anhaben solle. Dann schlachtete er den wunden Stier, zerhieb ihn, und während Sabine am frühen Morgen das Geschäft des Einsalzens begann, war Kunz schon wieder auf dem gestrigen Wege und eben nicht viel minder vergnügt als damals, wenn er gleich statt der kraftvollen Stiere und des gut gezimmerten Pfluges nur Karst und Spaten zur Arbeit mit hinausnahm.

Etwas spät kam er diesmal am Abende heim, etwas ermattet und bleich, aber sehr heiter und die sorgliche Frau bald beruhigend. – »Diese Art der Arbeit greift etwas an«, sagte er lächelnd, »denn es geht ein gespenstischer Kerl, bald so, bald anders aussehend, neben mir her und foppt mich mit Worten und Werken; aber er scheint sich doch selber zu wundern, daß ich mich gar nicht an ihn kehre, und eben daraus hol ich mir neue Kraft. Zudem kann die ja niemals einem tüchtigen Manne ausgehn, der in seinem Berufe steht!«

So ging es denn nun viele Tage hindurch. Der treue Kunz blieb unverdrossen am Graben und Säen und Ausraufen des Unkrautes. Freilich konnte er nun mit dem bloßen Spaten nur einen ganz kleinen Teil des Schauerfeldes bestellen, aber er hielt sich desto sorgsamer dazu und sah endlich eine Ernte heraufblühen, die, wenn auch nicht reichliches, doch genügendes Auskommen versprach und hielt. Auch das Geschäft des Einschneidens und vom Felde Karrens verrichtete er ganz allein; denn Tagelöhner hätten ihm wohl um vielen Gewinn auf dem verrufenen Schauerfelde nicht geholfen, und daß Sabine sich dahin wagte, ließ er gar nicht zu, um so minder, seitdem er Hoffnung hatte, bald von ihr mit einem Kindlein beschenkt zu werden. – Das Kindlein ward geboren, und in drei Jahren wurden es noch zweie, ohne daß sich außerdem eine Veränderung in Kunzens Lage gezeigt hätte. Mit Anstrengung und Mut wußte er dem furchtbaren Schauerfelde Frucht auf Frucht abzugewinnen und lösete sein Wort, daß er Sabinen gut durchbringen wolle, als ein ehrlicher Mann.

Eines Herbstabends, als es schon tief zu dunkeln begann, brauchte Kunz noch fleißig seinen Spaten. Da stellte sich ein sehr großer, starkgegliederter Mann neben ihn, schwarz und rußig wie ein Köhler, eine Schürstange in der Hand, und sagte: »Gibt es denn gar keine Stiere mehr im Lande, daß du dich mit deinen beiden Fäusten so abarbeitest? Du solltest doch, dem Umfang deiner Grenzen nach zu urteilen, ein reicher Bauer sein.« – Kunz wußte wohl, wer ihn anrede, und tat, wie er es gewöhnlich mit dem Spuk des Feldes zu tun pflegte. Er schwieg, wandte alle Gedanken nach Kräften von ihm ab und förderte seine Arbeit rüstig. Aber der Köhler tat nicht, wie es in des Spukes gewöhnlicher Art war, der auf solch ein Betragen zu verschwinden pflegte, um furchtbarer oder doch verstörender in andrer Gestalt wiederzukommen. Diesmal sagte er bloß ganz freundlich: »Gesell, du tust mir Unrecht und dir auch. Antworte mir zutraulich und wahrhaft! Vielleicht weiß ich für dein Übel ein gutes Mittel.« – »Nun, in Gottes Namen«, entgegnete Kunz. »Wenn du mich mit freundlichen Worten betrügst, ist es deine Schuld und nicht meine.« – Damit hub er an, alles zu erzählen, was seit der Besitznahme des Ackers vorgefallen war, ehrlich und getreu, verhehlte auch seinen Unwillen gegen den Spuk gar nicht, und ebensowenig, wie sauer es ihm werde, unter den beständigen Neckereien, mit Karst und Spaten allein ausgerüstet, die Seinigen zu ernähren.

Der Köhler hörte sehr ernsthaft zu, schwieg dann eine lange Weile nachsinnend und brach endlich in folgende Worte aus: »Ich meine, Gesell, du kennst mich, und da ist es recht brav von dir, daß du der Ehrlichkeit nichts vergibst, sondern rein heraussprichst, wie sehr du unzufrieden mit mir bist. Die Wahrheit zu sagen, fehlt's dir auch nicht an Ursache dazu; aber weil ich dich als einen gar tüchtigen Kerl erprobe, will ich dir einen Vorschlag tun, der manches wieder gutmachen kann. Sieh, bisweilen, wenn ich mich in Feld und Wald und Gebirg recht ausgetollt habe, kommt mir's lustig und wünschenswert vor, in einen Haushalt einzutreten und ein halb Jährchen lang recht ehrbar und ordentlich zu leben. Wie wär's, du nähmst mich auf sechs Monate zu deinem Knecht an?« – »Es ist schlecht von Euch«, sagte Kunz, »einen ehrlichen Mann zu foppen, der Euch Zutrauen beweist.« – »Nein, nein«, sprach der andre zurück, »nicht foppen; es ist mein voller Ernst! Ihr sollt einen wackeren Arbeiter an mir haben, und solang ich Euch diene, wird sich kein einziges Schreckbild auf dem Schauerfelde sehen lassen, so daß Ihr ganze Herden Stiere darauf umhertreiben könntet.« – »Das wäre mir schon lieb«, entgegnete Kunz nach einigem Besinnen, »wenn ich nur wüßte, ob Ihr Wort haltet, und dann hauptsächlich, ob ich auch recht daran tue.« – »Das mache mit dir selbst aus«, sagte der Fremde, »aber mein Wort hab ich noch nimmermehr gebrochen, solange das Riesengebirge steht, und ein feindseliges Wesen bin ich auch nicht; etwas lustig und neckisch und wild bisweilen, das ist es alles!« – »Ich glaube gar«, sagte Kunz, »daß Ihr der bekannte Rübezahl seid!« – »Höre«, unterbrach ihn der Köhler etwas finster, »wenn du das glaubst: so denke dran, daß der mächtige Gebirgsgeist jenen Namen nicht leiden kann, sondern sich den Herrn vom Berge nennen läßt.« – »Das wär ein wunderlicher Knecht, den ich den Herrn vom Berge nennen müßte!« lachte Kunz. – »Du kannst mich Waldmann heißen«, entgegnete jener. – Kunz sah wieder eine Zeitlang still vor sich nieder, dann sagte er endlich: »Gut! Es gilt! Ich denke, ich tue nicht unrecht, Euch anzunehmen. Hab ich ja doch wohl oftmalen gesehen, daß man unvernünftige Tiere zum Bratenwenden und andern Hausdiensten gebraucht, warum nicht auch einen Spuk?« – Der Köhler lachte herzlich und sprach: »Nun, so ist es meinesgleichen wohl noch im Leben nicht geboten worden! Aber eben drum; es gefällt mir, und schlagt ein, lieber Brotherr!« – Kunz machte noch die Bedingung, der neue Diener dürfe nicht wagen, sich es vor Sabinen und den Kindern merken zu lassen, daß er eigentlich vom Schauerfelde herstamme oder wohl vielmehr aus den weltalten Höhlengängen des Riesengebirgs; auch solle er nie irgend eine Spukerei in Haus und Hof treiben; und als Waldmann das alles recht treuherzig versprach, war der Handel in Richtigkeit, und sie gingen miteinander freundlich heim.

Sabine wunderte sich über den unvermuteten Zuwachs ihres Haushaltes und empfand auch einige Scheu vor dem schwarzen, riesengroßen Knecht; die Kinder wollten zu Anfang gar nicht aus der Tür, wenn er im Gärtchen oder im Hofe arbeitete; aber sein still freundliches und fleißiges Benehmen söhnte bald alle mit ihm aus; und wenn er auch manchmal in eine Art von toller Lustigkeit fiel, sich mit dem Hunde herumjagend oder mit dem Federvieh: so fand man es mehr spaßhaft als befremdend; auch genügte ein einziger Blick des Brotherrn, ihn wieder in die gewohnten Schranken zurückzuweisen.

Auf das Wort des Berggeistes trauend, hatte Kunz den zeither gesparten Geldvorrat wieder unbedenklich zum Ankauf zweier schönen Stiere verwandt und zog nun mit dem zurechtgezimmerten Pflug lustig zu Felde. Sabine schaute ihm ängstlich nach, ängstlich am Abende nach dem Heimkehrenden aus, fürchtend, er werde mit zerstörter Hoffnung und wohl gar noch schlimmer verwundet als das erstemal zu Hause kommen. Aber singend und seine folgsamen, glänzenden Stiere vor sich hertreibend, schritt Kunz unter dem Läuten der Abendglocke durchs Dorf heran, küßte in großer Freudigkeit Weib und Kind und schüttelte dem Knechte zufrieden die Hand.

Manchmal zog nun auch Waldmann mit den Stieren hinaus, während Kunz in Hof und Garten arbeitete. Man riß ein gewaltiges Stück des Schauerfeldes um, und alles ging einen trefflichen Gang, zum Erstaunen aller Einwohner des Dorfes und zum neidischen Mißbehagen der geizigen Vettern. Freilich dachte Kunz oftmalen bei sich: »Es ist nur auf eine kurze Zeit, und wie ich's mit der Ernte anstellen werde, weiß Gott; denn alsdann ist Waldmanns Dienstzeit schon lange um und der Spuk auf dem Schauerfelde vielleicht wieder in bester Lust.« – Doch das Einsammeln des Segens, meinte er, sei eine Arbeit, die von selbsten Arm und Herz stärke, und vielleicht halte ihm sogar Waldmann noch bis dahin aus alter Freundschaft den Acker rein, wie auch dieser bisweilen in fröhlichen Augenblicken wohl zu verstehen gab.

Der Winter war darüber herangekommen, die Arbeit auf dem Schauerfelde beendigt, und Kunz fuhr nun mit seinen Stieren fleißig zu Holze, den Feuerungsbedarf für Ofen und Herd einholend. Das war auch einstmalen geschehen, als Sabine zu einer armen Witwe im Dorfe gerufen ward, die am Fieber darniederlag und der sie fleißig, soweit es ihr beginnender Wohlstand vergönnte, beizustehen gewohnt war. Sie wußte nur nicht recht, wo sie derweil ihre Kinder lassen sollte; aber Waldmann erbot sich, auf sie Achtung zu geben, und weil die Kleinen, an seine Märchen gewöhnt, auch recht gern bei ihm blieben, trat Sabine unbesorgt ihre fromme Wanderung an.

Etwa eine Stunde darauf kam der Hausherr aus dem Bergforste zurück. Er führte den Karren in den Schuppen, brachte die Tiere zu Stalle und ging dann frohgemut nach dem Hause zu, die erstarrten Glieder am behaglichen Herdesfeuer zu wärmen. Da scholl ihm das ängstliche Weinen seiner Kinder entgegen. Pfeilschnell hinzustürzend und die Tür des Zimmers aufreißend, fand er die Kleinen schreiend hinter dem Ofen zusammengedrängt und Waldmann mit wildem Gelächter in der Stube umherspringend, abscheuliche Fratzen schneidend, einen Kranz von Funken und Flammen im aufgesträubten Haar.

»Was geht hier vor?« fragte der Hausherr mit strengem Zorn, und der unheimliche Schmuck in Waldmanns Haaren verlosch; demütig und still stand der Knecht, sich entschuldigend, er habe nur ein Späßchen mit den Kindern machen wollen. Aber diese kamen schmeichelnd und klagend um den Vater und erzählten, Waldmann habe ihnen erst so häßliche Geschichten vorgesprochen und sei dann bald mit einem Widderkopfe, bald mit einem Hundehaupt vor sie hingetreten. – »Es ist genug«, unterbrach sie Kunz. »Fort mit dir, Gesell! Wir bleiben keine Stunde mehr unter einem Dach.« – Damit faßte er Waldmanns Arm und schob ihn heftig bis zu der Hintertür des Gartens hinaus, den Kindern gebietend, sie sollten ruhig in der Stube bleiben und sich vor nichts in der Welt mehr bange sein lassen. Der Vater sei nun daheim und sie so sicher als in Abrahams Schoß.

Der wunderliche Knecht ließ sich alles schweigend gefallen; aber als er nun mit Kunz einsam in der winterlichen Gegend stand, sagte er lachend: »Hört, Brotherr, ich dächte, wir vertrügen uns wieder! Ich hab einen gar dummen Streich angefangen, jedoch es soll gewißlich nicht wieder geschehen. Die alte tolle Laune überfiel mich nur so.« – »Eben deswegen, weil sie das kann«, entgegnete Kunz. »Du möchtest mir leicht noch meine Kindlein bis zum Wahnsinn erschrecken. Mit unserm Kontrakt ist es zu Ende.« – »Mein halbes Jahr ist noch nicht um«, sagte Waldmann trotzig. »Ich will wieder ins Haus.« – »Nicht an die Schwelle!« rief Kunz. »Du hast den Vertrag gebrochen mit deinen verwünschten Spukereien. Alles, was ich an dir tun kann, ist, daß ich dir dein volles Lohn gebe. Da nimm's und packe dich fort!« – »Mein volles Lohn?« hohnlachte der Berggeist. »Kennst du meine reichen Kammern unten in den Höhlengängen?« – »Es ist mehr um mich als um dich«, sagte Kunz, »ich will niemandem etwas schuldig bleiben.« – Und damit drängte er ihm das Geld gewaltsam in die Taschen. – »Was soll aus dem Schauerfelde werden?« fragte Waldmann ernst, beinahe grimmig. – »Was Gott will«, entgegnete Kunz. »Mir wären sechzehn Schauerfelder nichts gegen ein Härlein vom Haupt meiner Kinder. Hinaus mit dir, oder ich treffe dich, daß du dran denken sollst!« – »Sachte!« rief der Berggeist. »Wenn meinesgleichen leibliche Gestaltung annimmt, sucht man sich eine tüchtige aus. Du könntest bei der Schlägerei leichtlich unten zu liegen kommen, und dann sei dir Gott gnädig.« – »Das ist er immerdar gewesen«, sprach Kunz, »und meine leibliche Gestaltung hat er mir auch recht tüchtig ausgesucht. In deine Berge zurück, du häßliches Untier! Ich warne dich zum letztenmal.«

Da fiel Waldmann im gereizten Grimme über Kunz her, und es entstand ein hartnäckiges Gefecht. Man rang hin und wieder, man schwang sich miteinander herum, ohne daß sich der Sieg für den oder jenen entscheiden wollte, bis endlich Kunz durch ein geschicktes Ringerstück seinen Gegner zum Fallen brachte und ihm auf die Brust kniete, wobei er wacker mit beiden Fäusten auf ihn losarbeitete, sprechend: »Ich will dich's lehren, dich an deinem Brotherrn vergreifen zu wollen, du verfluchter Herr vom Berge!«

Der Herr vom Berge aber lachte so herzlich dazu, daß Kunz, in der Meinung, er verspotte ihn, immer heftiger zuschlug, bis jener endlich die Worte herausbrachte: »Laß doch ab! Ich lache ja nicht über dich; ich lache über mich und bitte um Pardon.« – »Da ist's ein andres«, sagte Kunz ehrbar, richtete sich in die Höhe und half dem Besiegten auch auf die Beine. – »Ich habe das Menschenleben recht aus dem Grunde kennengelernt«, sagte dieser, noch immer lachend. »Es hat wohl noch keiner meinesgleichen das Studium so gar genau getrieben. Aber höre, Gesell, das mußt du mir zugestehn, ehrlichen Krieg hab ich geführt! Denn du wirst doch wohl einsehn, daß ich mir leicht ein halb Dutzend Berggeister hätte zu Hülfe rufen mögen. Freilich konnte ich vor Lachen nicht gut dazu kommen.«

Kunz sahe den noch endlos fort lachenden Rübezahl bedenklich an und sagte: »Ihr habt nun wohl einen Zahn auf mich, und das wird mir nicht nur auf dem Schauerfelde, sondern vielleicht auch anderwärts schlecht bekommen; aber, Herr, bereuen kann ich dennoch nicht, was ich tat! Ich habe Hausrecht geübt, und zwar um meiner lieben Kindlein willen. Wär es noch zu tun, ich tät es mit voller Überlegung wieder.«

»Nein, nein«, lachte Rübezahl »inkommodier dich nicht! Ich hab an einem Mal vollkommen genug. Aber das sag ich dir: auf dem Schauerfelde kannst du künftig ackern jahraus jahrein, und es soll sich kein unheimlicher Schatten darauf regen, von nun an, solange das Riesengebirge steht. Gehabt Euch wohl, mein freundlich-gestrenger Brotherr!«

Damit nickte er zutraulich und verschwand, und Kunz hat ihn nachher im Leben nicht wieder gesehn. Aber Rübezahl hielt Wort, und tat noch viel mehr. Ein ungewöhnlicher Segen zeigte sich in allen Geschäften des Hausherrn, und er ward bald der reichste Bauer im Dorfe. Auch wenn seine Kinder auf dem Schauerfelde spielten, welches sie und Sabine jetzt ohne alle Furcht betraten, erzählten sie bisweilen abends, der gute Waldmann sei gekommen und habe ihnen artige Märchen vorgesagt. Sie pflegten dann in ihren Taschen gewöhnlich Näschereien oder blankes Spielzeug oder wohl gar schöne Goldtaler zu finden.

DIE VIERZEHN GLÜCKLICHEN TAGE

Der Wagen der Prinzessin war eben vorbeigefahren, huldreich hatte sie aus dem Schlage hervor dem grüßenden Leonardo gedankt, und dieser saß nun tiefsinnig unter dem Schatten einiger schlanker Pinien, die um eine Rasenbank herstanden, von wo er aus seinem Gärtchen die schöne Herzogstochter sehn konnte, wenn sie ihre Lieblingsgegend am nahen Flusse aufsuchte. Er hatte sich das zu diesem Zwecke so eingerichtet und trank nun fast an jedem Tage selige Schmerzen aus dem Anschauen der inniggeliebten, unerreichbaren Schönheit. An diesem Abend ergriff ihn eine unruhige Sehnsucht, die er vordem nicht so gekannt hatte. »Ach nur ein einziges Mal mit ihr sprechen!« seufzte er. »Wie herrlich es sein müßte, wenn sich die blühenden Lippen in ihrer zarten Lieblichkeit auftäten, um ein freundliches Wort für mich hervorzuhauchen, die stolzen und doch so lockenden Augen günstige Lichter für mich hersendeten und ich es auffangen könnte in mein ganzes Wesen und wüßte, daß es an mich gerichtet wär, daß sie wenigstens in einem Augenblick ihres Lebens meiner gedacht und sich meines Daseins gefreut hätte – ich wollte ja nachher still und froh in mein Gärtchen zurückgehen, mit dem Nachhall jenes herrlichen Moments, und klänge der nicht mehr hell genug, so verhallte ich auch. Aber nun so durchaus nichts, nichts! Von dem armen Dichter Leonardo, dem kranken, wehmütigen Träumer, was gelangt von dem an Cristalinens Thron? Sie soll einmal eine Kanzone von mir gelobt, soll sie gesungen haben. Ich war sehr froh und stolz, als ich's vernahm, aber da kam der Zweifel nachgeschlichen: es mag die Erfindung eines wohlwollenden Freundes oder eines spottenden Feindes sein! Der es sich ausdachte, zuckt vielleicht eben jetzt erbarmungsvoll die Achseln über mich, oder lacht meiner mit seinen Spießgesellen. Und wenn's denn wäre! Nun, so hat sie gelobt und vergessen, und ich und meine Kanzone sind ein altes Band von vorvorgestern geworden. – Zehre, zehre, Sehnsucht, um damit die Krankheit zu Ende geht!« –

Er schwirrte mißmutig, unruhvoll auf den Saiten der Zither, die neben ihm lag, und verdeckte mit der andern Hand sein glühendes Gesicht, vor dessen auch geschloßnen Augen Cristalinens Reize nicht verschwinden wollten.

Da war es, als sage ihm einer ins Ohr: »Töricht, wer Bescheidnes wünscht.« – Die Stimme klang schrillend hell, als er sich aber aufrichtete, war niemand zu sehn. »Es müssen die Zithersaiten gewesen sein«, sagte er. »Entweder griff ich selbst in meiner Zerstreuung darauf, oder es streifte auch wohl ein nächtlich Geflügel drüber hin. Denn spät ist es schon, die Sonne ging bereits in den Golfo, und sieh, wie es sich von feuchten Nebeln auftürmt; sogar dicht neben mir, als wolle es sich mit auf die Bank lagern! Bin ich selber doch nichts als ein tränenfeuchter, verduftender Nebel!«

Damit warf er sich in seine vorige Stellung, aber der helle Schall drang wieder fast schmerzend in seine Ohren, rief: »Träumer, Träumer, auf! Die Zeit ist kurz, deine Wünsche lang!«

»Das ist wahr«, sagte Leonardo umherschauend. »Wer kennt mich denn hier so gut?«

»Ich!« antwortete dieselbe Stimme, aus dem Nebel hervorgellend, der sich neben ihm auf der Bank zusammengerollt hatte. »Wisse nur, ich bin das, was ihr meistens den Teufel zu nennen pflegt, und habe mit dir zu reden.«

»Bin ich denn wahnsinnig?« murmelte Leonardo. Es kam ihm vor, als bilde sich der Nebel mehr und mehr zu einer häßlich verzerrten Menschengestalt.

Ein pfeifendes Lachen drang daraus hervor, dann sagte die Stimme weiter: »Ob du wahnsinnig bist? Von Engel und Teufel schwatzt ihr ums dritte Wort, glaubt meistens daran; erscheint's aber einem, so will ihm das kleine Gemütchen springen, will toll werden, weil ihm begegnet, wovon er schon vieles weiß, nur daß es nicht in ihn hineingehn will.« – Und das mißlautende Gelächter fing nach diesen Worten von neuem an.

»Still, Satan!« rief Leonardo, sich ermutigend. »Lache anderswo! Mit mir, dem frommen Dichter, hast du nichts gemein.«

»Muß doch wohl«, kam die Antwort zurück, »woher sonst vernähmst du mich? Es mag immer ein ganz artiger diabolischer Resonanzboden in deinem frommen Dichtergemüt angelegt sein, dieweil ich so ausführlich in dich hineinsingen kann. – Aber laß gut sein, Bürschlein! Hör zu! Du möchtest Cristalinen?«

»Und du dürftest ihren Namen nennen? Dürftest ihn nennen in dieser Verbindung?« schrie Leonardo.

»Muß doch wohl«, entgegnete der Teufel abermals, »tu ich's ja doch, muß es wohl können. Hör, Versmännlein, ergib dich mir, und das schöne Mägdlein ergibt sich dir.«

»Du bist ein ungeschickter, einfältiger Teufel«, sagte Leonardo verächtlich. »Lögst du auch nicht – ich liebe mein unsterbliches Leben, liebe Cristalinens unsterbliches Leben, wahre diese Lichter als mein urgöttliches Eigentum.«

»Was jammerten denn Eure Edeln soeben?« hohnlacht' es aus dem Nebel zurück.

»Weil ich auch die sichtbare Blume liebe«, rief Leonardo, »weil ich sie näher beschauen möchte, einatmen ihr reines Gedüft – aber davon weißt du Höllenbewohner nichts, weißt nicht, wie wenig der Liebende fremder Hülfe verdanken mag, am wenigsten Euch.«

»Aber den Lüften und Flammen und Strömen und Tieren? Nicht?« so scholl es ihm entgegen – »da blast Ihr Flöten und sendet feurige Funken zu Boten und schifft übers Meer und jagt auf ungestümen Rossen – das kommt Euch brav vor – und alles sind ja nur Kräfte, gut, bös, nachdem man sie braucht – aber uns zu brauchen, da fehlt das Herz.«

»Ihr seid ja«, rief Leonardo, »die Stürme, die Flammen, die Fluten, die grimmen Bestien der ziellosen Ewigkeit, ein nie verrinnender Greuel. Wer's mit Endlichen aufnimmt, steht drüber als ein Held; wer das Bleibende zum Kampf ruft, erliegt als ein frevelnder Tor.«

»Herr«, entgegnete der Teufel, »Ihr habt mich nicht zum Kampfe gerufen. Ich kam ohn Euer Zutun, weil Euer weiser Schöpfer ein Partikelchen von mir auch in Euern Sinn gelegt hat. – Von Kindheit auf, Knäbchen, tanzt ich um deine Wiege! – Herr, du sollst mir dein ew'ges Glück nicht verschreiben. Das, weiß ich, gilt nicht. Ein einziger, recht innerlicher Gedanken zum Guten, und zerrissen wär unser Kontrakt. – Gerettet du, betrogen ich. Nein, nein! Nicht also. Aber auf Erden möcht ich dich zausen, raufen, verderben für alles, was du eben von mir geschmäht. Gib mir dein übriges zeitliches Glück, dein zeitliches nur, ich gebe dir vierzehn selige Tage in Cristalinens Armen.«

»Nicht aus Teufels Händen des Engels Liebe«, sagte verachtend Leonardo.

»Ihre Liebe kann ich dir nicht geben«, gellte die Stimme. »Ihre Liebe hab ich nicht. Die mußt dir hübsch selber gewinnen. Mittel nur, Mittel, die hab ich. Nimm nur aus Teufels Händen den Eintritt ins Hoflager, Geld, dich zu schmücken, armer Poet, und dergleichen Zeugs. Das nehmen die Klügsten meist aus keinen bessern Händen. Sprechen wolltest du die Prinzessin ja nur. Wohl gut. Treib's dann, so weit du selber willst. Gehst du nicht weiter – hei, so hat sich der Teufel verrechnet, und du bist frei; gewinnst du aber Cristalinens hübschesten Schatz, so ist dein leibliches Glück nach vierzehn Tagen des Genusses mein.«

»Das leibliche Glück nur?« wiederholte Leonardo nachdenkend. »Das leibliche nur? Aber du betreugst mich, Erzfeind!«

»Betreug dich selber nicht«, rief dieser entgegen, »so kann ich's auch nicht. Unheil kann ich über dich bringen, Verzweiflung nur dir. Über dein äußres Leben will ich Macht, rächrische Macht. – Ho! Er besinnt sich. Wolltest ja nur die Erinnrung ihrer Rede, nun soll die Erinnrung ihrer Gunst nicht zureichen. – Bleibst im Staube, Männlein!«

»Schaff mich an Hof«, schrie Leonardo plötzlich auf. »Ich will nicht, was du denkst, und wollt ich's, könnt ich's je erreichen – nun dann, das Leben ist kurz, vierzehn Tage göttlich lang, die Erinnerung solcher Wonne durch allen Jammer schön – was wollte dann Verzweiflung an mir? – Ich fühle meine Gewalt über dich, Satan! Schaff mich hin! Es gilt!«

»Es gilt!« brüllte ihm der Feind wie ein donnerndes Echo ins Ohr, darauf hob er sich, nun völlig gestaltet, in die Höh und schritt in ungeheurer Größe und Häßlichkeit, das Haupt weit jenseit der Pinienwipfel hinausstreckend, über die Mauern des Gärtchens hinaus. Der zitternde Leonardo glaubte, die widerwärtigen Züge noch aus der Ferne in der Bildung des nächt'gen Gewölkes zu erkennen.

Am andern Tage konnte er nicht mit sich selbst einig werden, wie es mit der Erscheinung gewesen sei. Mehrenteils hielt er sie für einen Traum und ward dennoch ein furchtsames Herzklopfen, ein zagendes Hoffen auf unerhörte Dinge nicht los. Sooft Roß oder Wagen gegen seine Fenster herankam, dachte er, nun müsse es halten, und man werde an seine Pforte klingen und ihn an des Herzogs Hofhalt laden. Aber vorüber trabten die Rosse, rollten die Wagen, lautlos hing sein Pfortenring, der Tag lief unausgezeichnet zu Ende, wie alle seine Vorgänger. So ging es die ganze Woche hindurch, und Leonardo gedachte nur noch jenes Gesichts als einer seltsamen Betörung seiner eignen Sinne. Umgekehrt schien des Phantoms Prophezeiung eher in Erfüllung zu gehn, denn auch von seiner Gartenbank sahe der arme Dichter Cristalinen nicht mehr vorüberfahren; es war, als vergesse sie ihrer Lieblingsgegend am Flusse gänzlich.

»Sehn muß ich sie doch«, sagte Leonardo endlich, »wofern ich nicht in meinem trüben Dunkel verschmachten will.« – Er ging in die Stadt zu seinem alten Meister Alanio, der sich sehr freute, einen Schüler zu begrüßen, von dessen Talent er so vielen Ruhm auch für sich selber hoffte, obgleich man in Leonardos jetziger Abgeschiedenheit wenig von ihm vernahm. Die Lieder aber, welche daraus hervorklangen, gefielen den weisesten Meistern in dieser Gegend, und viele schöne Frauen sangen sie gerne nach.

Alanio redete freudig und liebevoll von der edlen Kunst, ohne daß sein Jünger ihm diesmal mit so ganzer Seele zuhörte als sonst bei ähnlichen Gesprächen. Cristalinens Ausbleiben lag schwer auf seinem Herzen, er fürchtete ihre Krankheit, ihre Entfernung oder sonst ein großes Übel für seine Neigung, und doch gewann er nicht den Mut zu einer unumwundnen Frage. Da fügte es sich, daß sein Meister ihm von selbst, ganz unabsichtlich entgegenkam, ihm weit mehr erzählend, als er zu hören erwarten konnte. Es war nämlich die Rede von der Reinheit der Kunst und wie sie nur in frommen Gemütern ihre Wohnung aufschlage. – »Die andern empfinden wohl eine Sehnsucht darnach«, fuhr Alanio fort, »aber eine vergebliche, törichte, mißverstandne. Dann erwarten sie oft von der hohen Magierin, sie solle ihr verstörtes Gemüt heilen – umsonst! Die reinen Strahlen leuchten durch die Nacht, und die Nacht begreift sie nicht. So geht es gegenwärtig mit unserm Herzog.«

Leonardo sah ihn fragend an. – »Habt Ihr das in Eurer Gartensiedelei nicht erfahren?« sagte Alanio, »so will ich's Euch von Anfang erzählen, denn es ist ein merkwürdiger Vorfall.

Etwa neun Tage mögen verstrichen sein, seit der Herzog einmal um Mitternacht sehr ängstlich nach den Pagen im Vorgemach schrie. Sie kamen hereingestürzt und fanden ihn verwildert im Zimmer herumlaufen. Ein böser Geist, rief er, verfolge ihn, habe ihn aus dem Bette aufgejagt, häßlich zwischen seine Vorhänge hereinblickend. Die Pagen gedachten anfänglich, ihn zu beruhigen, aber sein Entsetzen teilte sich ihnen auf eine unerklärliche Weise mit, ob sie gleich keine Erscheinung wahrnahmen. Sie liefen schreiend aus dem Zimmer, der Herzog gräßlich rufend ihnen nach, und was von Dienern herzukam, empfand das gleiche überwältigende Grausen in der Nähe ihres Herrn, so daß dieser von allen verlassen durch die Bogengänge des Palastes hinrannte, bis ihn mit den ersten Strahlen des Morgens das Ungetüm verließ. Atemlos sank er da auf den Boden nieder, und seine Kämmerlinge, nun auch von dem wilden Entsetzen befreit, trugen ihn in seine Betten zurück. Je heller das Tageslicht heraufstieg, je mehr schämten sich Pagen und Lakaien ihres nächtlichen Schreckens. Einer schob die Schuld auf den andern, und nur darin waren sie sämtlich einig, die ganze Geschichte für eine tolle Einbildung zu erklären. Nicht also der Herzog. Das gräßliche Gesicht habe er wirklich gesehn, behauptete er, und die ganze Nacht sein seltsam gellendes Rufen gehört: Sing mich doch, sing mich doch, sing mich doch fort! Dabei war er fest überzeugt, es müsse diese und alle folgenden Nächte wiederkommen, bis er durchaus wahnsinnig sei, und nur Gesang könne es vielleicht vertreiben. Die Prinzessin Cristaline verließ ihren kranken Vater keinen Augenblick, all ihre sonstigen Vergnügungen gänzlich vergessend, seitdem jener furchtbare Vorfall eingetreten war. Da sie recht artig singt und die Zither sehr zierlich schlägt, hoffte sie die Krankheit des Herzogs ohne fremde Hülfe bannen zu können. Aber um Mitternacht ergriff die Tollheit den alten Herrn, das Entsetzen darüber sowohl Cristalinen als die übrigen, sie flohen, der Herzog brüllte ihnen verlassen nach, und diese Nacht verging genau so wie die vorige. Darauf nahm man seine Zuflucht zu Musikern und Dichtern, von denen, wißt Ihr, es in unsrer

Stadt sehr viele gibt – vergebens! Dasselbe gräßliche Schauspiel immer wiederholt. Endlich rief man auch mich –«
Er stockte. Leonardo bat ihn dringend, fortzufahren.
»Erspare mir«, antwortete Alanio, »die grauenvolle Erinnrung. Mich ergriff der heillose Geist, der den Herzog und alles ihn Umgebende verstört. Ich mußte mit den andern fliehn. Seitdem wagt sich keiner mehr hin, und man sieht täglich dem Ableben des geplagten Fürsten entgegen.«
»Und seine Tochter?« fragte Leonardo.
»Sie verharrt bei ihm, bis der Schrecken sie von ihm treibt«, entgegnete Alanio.
Diese Worte bestimmten Leonardos Entschluß, den er jedoch verschwieg, um durch keine Einrede gestört zu werden. Sie zu sehn, in ihrer Gegenwart zu singen, schien ihm ein Preis, für den alle Schrecken des Wahnsinns und der Geisterwelt nur als ein leicht zu bestehendes Spiel gälten. Zur Nachtzeit brach er auf, als wolle er in seinen Garten zurückgehn, sein Weg richtete sich aber nach dem Palaste.
Dort fand er alles erleuchtet, unruhige Bewegung der Wachten und Diener in den Galerien, Musik aus verschiednen Zimmern – man sah, daß ein Mächtiger die Schrecken der Nacht und Einsamkeit von sich abzuwehren strebte. Im Hereintreten zeigten sich ihm die Gesichter der Leute bleich und dennoch mit einem äußern Anstrich von Heiterkeit und Mut wie gewaltsam überschminkt, dabei sah jeder den andern ungewiß an, als fürchte er, irgendein feindseliges Gespenst unerwartet in seiner Nähe zu treffen, und so blickte man auch fragend, trotzig scheu auf den eintretenden Leonardo. Dieser nannte seinen Namen und die Ursach seines Herkommens, nämlich durch Gesang und Saitenspiel einen Versuch zur Heilung des Fürsten zu wagen. Achselzuckend, ungläubig und mißmutig führten ihn einige Pagen in das herzogliche Gemach. Die Hellung, welche durch reiche Beleuchtung und rückstrahlende Spiegel darin verbreitet war, blendete anfänglich sein Auge. Fast glaubte er, plötzlich aus der dunkelnächtlichen Stunde in die funkelndste, wolkenloseste Tagesmitte versetzt zu sein. Man spielte lustige Tänze, und nachdem der Blick wieder über das bunte Lichtergewirr zu herrschen begann, nahm Leonardo in der Mitte des geräumigen Zimmers

eine Gruppe tanzender Damen wahr, Cristalinen als ihre Anführerin. Auf sie nun blieb sein ganzer Sinn geheftet, auf sie, die in den zierlichsten, sittigsten und dennoch anlockendsten Bewegungen auf und nieder schwebte, gewiegt von den Tönen der Musik, wie ein Schmetterling von blauer Lenzluft. Dabei leuchteten die lieblichen Augen paradiesisch hell unter den hochgewölbten Brauen hervor, der Gestalt wie des Antlitzes Harmonie offenbarte sich vollkommener in jeglicher Wendung, und doch legte sich ein Schatten von Bangigkeit über den süßen Reiz, immer, immer sichtbarer, je länger der Tanz währte und je tiefer die Nacht vor den Fenstern dunkelte. Plötzlich sank Christaline ermattet auf ein Ruhebette zu den Füßen ihres Vaters nieder, und Leonardo ward nun erst des Fürsten ansichtig, wie er prächtig geschmückt, von reichgewaffneten Rittern umgeben, auf einem hohen Throne saß, so finstern Angesichts, daß aller Glanz um ihn her davor zu erbleichen schien. Sein krankes Haupt war mit einem purpurroten Tuch umwunden, das sich wie ein blutiger Streif durch die krausen, schwarzen Locken hinzog. »Es ist der bekannte Fluch«, ächzte er. »Nun wird sie müde, nun wird sie scheu, nun meine kühnsten Ritter bleich, und schon die Steigen mag der böse Geist heranziehn! O! Wer hilft mir? O, mir Verlorenen, wer?«

Leonardo trat vor und bat um Vergunst, zu singen. Des alten Herzogs bewilligende Antwort hörte er kaum, denn Cristalinens wunderschöne Hand winkte ihm, auf einem Sessel, ihr und dem Fürsten gegenüber, Platz zu nehmen. In ihr süßes Anschaun versunken, traute er sich Wunderkräfte zu und stimmte die Zither, welche man ihm brachte, mit Mut und Fertigkeit, die kühnsten Gänge darauf versuchend.

Schon wollte er den Gesang beginnen, da kam es ihm vor, als greife eine gewaltige, unsichtbare Hand begleitend mit ein und als flüstre es ihm schrillend ins Ohr: Sing mich doch, sing mich doch, sing mich doch fort! – Plötzlich brach ihm wie ein Donnerschlag der Gedanke an seinen Bund mit dem Teufel durchs Herz. Er glaubte nun zu erkennen, was dessen ganzes Spiel mit dem Herzog bedeute und wie die höllische Macht als verabscheuungswerter Bundesgenoß neben ihm stehe. Ein unnennbares Grausen ergriff ihn, zugleich ein heftiger Widerwillen, Cristalinens reiner Engelsgestalt gegenüber die feindselige Hülfe bei sich zu fühlen. Dabei kam ihm die Zither fremd vor und unheimlich, ja seiner eignen Stimme Laut nicht frei von des argen Gesellen Anhauch. Er lockte über diesen innern Streit seltsam gräßliche Töne aus den Saiten, sang schaurige, avernische Worte und ward dessen erst inne, als Cristaline vor seinem Liede immer bleicher auszusehn begann. Erschrocken nach den andern umblickend, sah er lauter entsetzte Gesichter, den alten Herzog ganz verzerrt, ohne daß jedoch einer es gewagt hätte, dem furchtbaren Sänger Einhalt zu tun. Er selbst fühlte sich wie im Orkus befangen und sah Cristalinens wunderschöne Augen aus unermeßlicher Ferne herüberleuchten, den Verlornen zu sich emporrufend. Mit Anstrengung aller bessern Kraft stritt nun sein Lied wider die Eingebungen der Hölle, und er fühlte, wie ihm der Sieg gelang. Als Orpheus stellte er sich dar, vor dessen reinen Klängen die alte Feindseligkeit in ihrem eignen Aufenthalte zur Liebe werde, das Grausen zur Lust. So geschah es in ihm selbst, und ein gleiches Gefühl spiegelte sich auf den Gesichtern der Hörer, Cristalinens Schönheit lächelte wieder in aller eigentümlichen Herrlichkeit und zog den Sänger immer höher zu olympischen Gipfeln empor. Als er an die Stelle kam, wo Eurydike, dem Mythus gemäß, versinkt und Orpheus, seines Siegerlohns beraubt, trostlos in die Oberwelt zurückwankt, trennte er die Personen – nicht sei er Orpheus, rief er durch die Melodie seines Saitenspiels helltönend hin, ein andrer, schöner begabter Sänger sei er – dann hielt er einen Augenblick, wie still vergleichend, inne und brach zum Schluß in folgendes Sonett aus:

»Verloren dir dein leuchtender Karfunkel,
Orpheus! Dein beßres Selbst bei toten Schatten,
Dich halb Erstorbnen grüßt, dich Lebensmatten,
Das Sonnenlicht als unerfreulich Dunkel!

Mir aber lacht siegkündendes Gefunkel
Aus lichten Sternen, über frische Matten
Zieht Liebesflüstern; sich dem Lenz zu gatten,
Verstreut Viole Düfte, strahlt Ranunkel.

So war, o Heros, dir im Streit zerronnen
Die edle Kraft? Ich, Lieder stammelnd, siege?
Woher der beßre Preis den schwächern Saiten?

Du mußtest wegschaun von geliebten Sonnen,
Da brach dein Mut. Doch ich im frohern Kriege
Sah überird'schen Reiz mich aufwärts leiten.«

Er legte die Zither zu Cristalinens Füßen nieder, das Sonnenlicht blitzte soeben erheiternd durch die Scheiben, von einer offnen Galerie wehte erquickender Morgenduft herein; man fühlte, daß des bösen Geistes Macht gewichen war, und begrüßte einander wie in einem neuen friedlichen Leben.

Noch selbigen Tages geschah ein feierlicher Kirchgang wegen der glücklichen Vertreibung des Nachtgespenstes. Dem Gebote des dankbaren Herzogs gemäß, ging Leonardo prächtig geschmückt zwischen ihm und Cristalinen, das zusammengelaufne Volk rief preisend seinen Namen, durch die blaue Frühlingsluft hin flogen aus Fenstern und Balkonen frische Lorbeer- und Myrtenkränze nach seinem Haupte; alle Dichter, Alanio als ihr Führer, priesen den edlen, heilbegabten Genossen in herrlichen Liedern. Noch regte sich dumpf in Leonardos Brust die Erinnerung an den schlimmen Bundesfreund, doch ein Blick auf Cristalinens jungfräulich fürstliche Gestalt benahm ihm alle Besorgnis, jemals in die Schlingen des Verlockers zu fallen. Ich werde sie sehn, ich werde sie lieben, sprach er bei sich selbst, und gewänn ich je den Mut, es ihr zu bekennen, und – o all ihr Heiligen – und lächelte sie mir Gegenliebe zurück, – wie könnte ein unreiner Wunsch in diesem ihr geweihten Herzen wach werden? Er fühlte dies alles noch lebhafter, als sie während des Gottesdienstes neben ihm kniete, die himmlischen Augen wie nach ihrem Vaterlande emporgerichtet, wie ein goldnes, klingendes Gewebe die Töne sie umwallend. Er liebte sie rein, kindlich, ruhevoll in diesem Augenblicke, wie man eine schöne Blume liebt.

Ein so edles, beseligendes Gefühl blieb ihm lange Zeit hindurch getreu. Daß Cristaline von seiner Liebe wissen möge, war sein einziger, ihm dünkte nicht unbilliger, Wunsch. Und doch fürchtete er wieder, sie durch ein Geständnis zu erzürnen, sich vorsagend, wie ihm ja so vieles schon gewährt sei, wie er ihr täglich gegenübersitzen dürfe und freundliche Worte aus ihrem blühenden Munde höre, wie sie ihn sogar oftmals in ihr jungfräulich zierliches, wohlgeruchduftendes Gemach rufen lasse, ihr seine oder andrer Gedichte vorzulesen, und wie es Torheit sei, ein so herrliches und so gesichertes Glück für einen tollen, ikarischen Flug auf das Spiel zu stellen.

Es geschah, daß ein kunstreicher Meister das Leben des edeln Dichters Torquato Tasso grade um diese Zeit aufgezeichnet hatte, vorzüglich sorgsam und liebevoll, was dessen Neigung zu der holden Fürstentochter Leonore von Este betraf. Viele Menschen fanden große Freude an einem solchen Buche, teils weil sie sich oft an Tassos Gedichten ergötzt hatten, teils weil dessen Leben selbst als ein schönes, verliebtes Gedicht erschien. Leonardo ward gerufen, dieses Werk der Prinzessin vorzulesen. Er fand sie, des heißen Sommertages wegen, in einem durch grüne Vorhänge kühl umdunkelten Gemach. Zwei Aloen trieben neben ihr auf zweien schönen Marmorgestellen die seltne Blüte hervor, grüne Polster trugen die wie träumend hingegossene Gestalt. Da las der liebende Dichter des hohen Kunstgenossen Liebe und seine unendliche, niegestillte Sehnsucht nach dem schönen Kinde des Throns. Unwillkürlich deuteten seine Blicke die Worte für sich, auf seinem Antlitz lag seine ganze Geschichte, sein innigstes, heimlichstes Hoffen und Fürchten. Cristaline wandte anfänglich ihre Blicke scheu von ihm ab, aber der Zauber seiner liebehauchenden Stimme schien die bange Magdlichkeit zu beschwören; öfter und öfter schaute sie nach ihm hin und hing zuletzt mit den tränenglänzenden herrlichen Augen unausgesetzt an seinen Lippen fest. Tassos Sehnsucht und seine Klagen, in immer süßern Akzenten sprechend, gestalteten sich endlich sichtbar in Leonardos ganzes Wesen ein, er ließ das Buch sinken und sank zugleich auch selbst zu Cristalinens Füßen. Sie reichte ihm weinend die zarte Hand, wollte sie aber, von seinen glühend darauf gedrückten Küssen erschreckt, gleich wieder zurückziehn – da sah er, Verzeihung flehend, zu ihr auf. Noch trieb sie ihr fürstlicher Stolz empor, sie machte eine Bewegung, den kühnen Dichter zu verlassen, welche sie diesem jedoch unversehns näher brachte – sie küßte ihn auf die Stirn und seufzte unter Tränen: »Ach, Tasso, wie hast du mich verraten!«

Dieser Moment hatte Leonardos Liebe belohnt und ermutigt zugleich, so daß er nun als ein sicherer Triumphator auf seinen dunkeln, gefesselten Gegner hinabblickte. »Der Tag«, sprach er oftmals, »erhebt sich aus der Nacht, und die Nacht in ihrem tiefsten Ingrimme regt ihn nur glänzender auf und täuscht fortwährend sich selbst mit ohnmächtigem Kampf gegen ihren Herrn. Wo bist du nun hingeschwunden vor dieser Engelsgestalt, du böser Dämon, der du mich zu verführen gedacht?« –

Leonardo und Cristaline trafen einstmals gegen Abend im Schloßgarten zusammen. Sie setzten sich auf eine Marmorbank unter das Gebüsch am Abhange einer kleinen, selten besuchten Anhöhe, und während Cristaline von den Zweigen der Myrten- und Lorbeersträuche umher einen Kranz zu flechten begann, schaute Leonardo in süßer Liebesruhe, stillergötzt, ihrem anmutigen Geschäfte zu. Die weißen, schlanken Finger wanden sich aufs allerzierlichste zwischen den dunkeln Blättern hin, diese in ein phantastisch zartes Gewebe zusammenschlingend. Plötzlich hielt Cristaline inne, legte das angefangene Geflecht neben sich auf die Bank und sagte verwundrungsvoll emporblickend: »Sieh doch, mein Freund, sieh doch den seltsamen bunten Vogel!« – Leonardo sah in die Höhe. Auf einem blühenden Zweig, den Liebenden gegenüber, saß der fremde Gast, im flammenroten, goldgestreiften Gefieder prangend und sehr klug nach den beiden herüberschauend, während die Abendluft ihn und seinen beblätterten Sitz leise hin und her schaukelte.

»Ich möchte ihn haben«, sagte Cristaline, »und dann doch wieder nicht. Er sieht mir gar zu menschlich gescheut aus. Dergleichen mag ich nicht um mich leiden.«

»Aber mich doch gern«, entgegnete Leonardo lachend. »Da sagst du meinem Menschenverstande viel Tröstliches.«

Sie scherzten noch darüber, als der Vogel plötzlich auf Cristalinens Lorbeer- und Myrthenzweige hinschoß und, sie im Schnabel forttragend, sich auf einen entferntern Baum schwang.

»O, der Dieb!« rief Cristaline seufzend. »Ich hatte dir das schöne Geflecht zugedacht, Lorbeer und Myrte, dir mein kunstreicher Geliebter, mein geliebter Künstler! Du solltest es bewahren, und sein Anblick dir immer wieder sagen, wie hoch die Kunst, wie schön die Liebe sei!«

»Er darf es mir nicht fortnehmen«, sprach Leonardo und versuchte den Vogel, der sehr zahm aussah, an sich zu locken. Dieser tat fast, als höre er auf ihn, aber wenn ihm Leonardo nahe kam, schwang er sich um zwei, drei Bäume weiter, dann wieder ebenso klug und ruhig nach ihm und Cristalinen herabsehend. Sie waren bei diesem Verfolgen schon über die Grenzen des Schloßgartens hinausgekommen, und Cristaline ging, immer lachend über die vergeblichen Versuche ihres Freundes, neben diesem durch den Wald. Leonardo griff zuletzt unmutig nach einem Stein. »Kann's ihm die Freundlichkeit nicht abjagen, so mag's der Schreck tun!« rief er und schleuderte nach dem Tiere. Dieses flog krächzend auf, hielt aber seine Beute im Schnabel fest und ließ bald wieder seine flammendrote Farbe durch ein nahes Gebüsch leuchten, in welchem es sich niedergelassen hatte. Abermals eilten Leonardo und Christaline ihm nach, um abermals getäuscht zu werden, und so ging es wiederholt fort, bis endlich der Vogel des Spiels überdrüssig zu werden schien, sich blitzschnellen Fluges über die höchsten Bäume hinschwingend und hinter den entferntesten Pinienwipfeln verschwindend. Leonardo sah ihm mißmutig nach, und Cristaline sagte mit einem Male ängstlich: »Aber, mein Gott, wo sind wir denn? Wo mag der Palast sein und die Stadt? Sieh doch die stille Einsamkeit um uns her, Leonardo!« – In der Tat hatte ihre eifrige Jagd sie in ein kleines, waldumschlossenes Tal geführt, dessen keiner von ihnen jemals vorher ansichtig geworden war. Es sah lieb und still darin aus, der Rasen hellgrün und frisch, die Bäume schirmend, dichtbeblättert umher, ein leisrauschender Quell zu ihren Füßen, an dessen Rande eine zierlich von Zweigen und glatten Pinienstämmen erbaute Hütte.

»Es ist wahr«, sagte Leonardo, »auch mir ist die Gegend ganz fremd. Aber was zitterst du, Cristaline? Scheint dir's nicht lieblich hier?«

»So weit vom Schlosse«, sagte sie, »so allein, und der Abend dunkelt schon!«

»Vertraue doch der Führung dessen, dem du dein Herz vertrautest, liebe Cristaline«, sagte Leonardo und drückte ihre Hand schmeichelnd an seine Brust. »Beruhige dich. Ich will die Hüttenbewohner nach dem Heimwege fragen. Wir können nicht weit vom Schloßgarten sein.«

Er öffnete die Tür. Drinnen war alles still und einsam, aber sehr zierlich: von Schilf geflochtene Matten, lebendige Blumen an den offnen Fenstern emporrankend, ein schöner grüner Marmelstein statt des Herdes, auf welchem jedoch nur wenige, längsterkaltete Asche vormalige Bewohner anzudeuten schien. Alles trug überhaupt die Spuren vielzeitigen Leerstehens und Verlassenseins.

»Hier finden wir wohl niemanden«, sagte Cristaline besorgt.

»Niemanden als uns«, ergänzte Leonardo ihre Rede und zog sie, den Arm um sie schlingend, mit sanfter Gewalt sich nach in die Hütte.

»Wie es hier alles so häuslich, so treu und wohlbekannt aussieht«, fuhr er fort. »Es ist für zwei Liebende eingerichtet, Cristaline! Raum nur für zweie, deutsame Liebesblumen am Fenster – ist dir's nicht auch also zumut?«

»Wie denn?« fragte Cristaline verwirrt.

»Als wären wir hier daheim«, entgegnete Leonardo, »als wär ich am Morgen ausgegangen auf Jagd oder Fischerei, und du empfingst mich, den Rückkehrenden, nun als mein liebliches Weib. Guten Abend, liebe Cristaline!«

»Was du für ein Tändler bist!« sagte sie, immer höher errötend, »laß uns vor die Hüttentür treten.«

»Nicht doch, Liebe, Süße«, sprach er. »Die Bäume wiegen schon im späten Abendwinde ihre Wipfel, und hier ist's behaglich und traut. Bleib in unsrer hübschen Behausung, meine Holde.«

»Himmel, mein Vater, wie wird mein Vater nach mir aussehn«, seufzte sie. »Scheue seinen Zorn!«

»Wir wissen jetzt nicht, wo sein Hofhalt liegt«, sagte Leonardo. »Er samt seiner ganzen Dienerschaft weiß von unsrer Hütte und unserm Tale nichts, wir sind jetzt wirklich von ihnen geschieden, der Augenblick schenkt dich mir wirklich als mein liebliches Weib.«

»Der Augenblick!« entgegnete sie. »Was ist ein Augenblick gegen eine Stunde! Was eine Stunde gegen vierzehn Tage! O betrachte doch das Leben nicht so kurzsichtig!«

»Vierzehn Tage!« wiederholte Leonardo nachdenklich. »Vierzehn Tage, sagtest du. Ach, Cristaline, die sind göttlich lang. Und wenn man sie mit zeitlichem, immer doch auch nur endlichem Elend abkaufen kann – Ha! Wehe dem feigherzigen Zaudrer!«

»Was willst du, Leonardo?« flüsterte sie, »deine Glut erschreckt mich.«

»Mein süßes Weib!«, so nannte er sie wieder mit kühnerm Umfangen; mit schmeichelnderm Kosen ihre Scheu wegschmelzend, gewann er der Liebe letzten, heimlichsten Preis.

Sie erwachten aus ihrem süßen Rausche, und ein gräßliches Hohngelächter brach in ihr Ohr. – »Verraten!« schrie Cristaline, ihr Angesicht in beide Hände verbergend. Leonardo sprang im gereizten Grimm aus der Hütte. Draußen leuchteten durch das schon tiefe Abenddunkel des Vogels häßlich kluge Augen. Er ließ die Lorbeer- und Myrtenzweige vor Leonardos Füße niederfallen und stieß abermals den graunvoll lachenden Ton aus, welcher die Liebenden soeben erschreckt hatte. Leonardo rief schaudernd zu ihm hinauf: »Ich kenne dich nun, Böser! Aber was wagst du dich jetzt schon zu mir? Noch bin ich dein Herr, entfleuch!« Augenblicklich war der Vogel verschwunden, Cristaline flüsterte aus der Hütte: »Um Gottes willen, mit wem sprichst du denn?« – »Wir sind nicht verraten«, sagte Leonardo freundlich, »folge mir nur getrost.« – Cristaline nahte sich ihm zitternd. »Bist du es auch selbst, der da steht, Leonardo?« fragte sie, »du hältst dich so im Dunkeln, tritt doch mehr ans Licht hinaus.« – »Kennst du mich nicht?« antwortete Leonardo, einen heißen Kuß auf ihre Lippen drückend. – »Ach«, sagte sie, »kenne ich mich denn selbst noch? Tritt doch weiter vor.« – Die wachsende Finsternis draußen erschreckte Cristalinen noch mehr. »Wie ward es denn mit einem Male so dunkel?« sprach sie. »Oder ist es schon so spät? Was wird man im Schloß denken? Wir sind verloren. O, Leonardo, was hast du getan!« – »Sei ruhig, mein süßes Engelsbild«, entgegnete er. »Wir sind sicher, ganz sicher, eine lange, selige Zeit liegt vor uns, und die ferne Gewitterwolke am Horizont droht nur meinem Haupte allein.« – »Sprich nicht so wunderliche Dinge«, sagte Cristaline; »ich verstehe dich nicht; ich scheue mich vor dir.« – »Tu es nicht, liebe Cristaline«, bat Leonardo sehr erweicht. »Wir wollen von heut an recht glücklich sein. Jetzt folge du mir nur, und sei unbesorgt. Der Rückweg zum Palaste muß sich uns sogleich zeigen, und dorten denkt niemand an unsern Bund.« – Seine Zuversicht ermunterte die bebende Fürstin, sie lehnte sich hingebend, innig vertrauend auf seinen Arm, und nach wenigen Schritten zeigte eine Durchsicht des Waldes das Schloß in nicht gar weiter Entfernung. Cristaline entwarf einen Plan, wie sie unbemerkt in ihr Gemach gelangen könne und wie Leonardo von einer ganz andern Seite kommen oder lieber heute gar nicht zurückkehren solle, als sei er ganz entfernt gewesen, durch eine Dichtergrille weit über Land getrieben. – »Keinen Augenblick verlier ich fortan«, sagte Leonardo entschlossen. »Ich bleibe bei dir.« – »Ach«, seufzte Cristaline, »gilt dir meine Angst so wenig? Willst du meinen Bitten keinen halben Tag opfern? Was ist ein halber Tag?« – »Für mich, was ein Jahr für andre«, entgegnete Leonardo, »und für deinen Ruf sorge nicht. Er ist gerettet; dafür muß ein andrer sorgen.« – »Wer denn?« fragte Cristaline zusammenfahrend und scheu umblickend. »Du sprichst schon wieder so seltsame Worte.« – »Ich meine die Liebe, die uns verbündet«, sagte Leonardo beruhigend, »traue doch ihr und mir die Kraft, dich zu schützen, zu.«

Sie traten in den Schloßgarten und standen plötzlich mitten unter des Hofstaats glänzendem Gewimmel, ohne daß jemand zu bemerken schien, wie sie beide eben erst hereinkamen. Vielmehr glaubten die meisten, Cristalinen vor kurzem an jenem Springquell, Leonardo vor jener Blumenterrasse gesprochen zu haben. Dem Herzog war es gegen Abend in den Sinn gekommen, im Freien das Nachtmahl einzunehmen, und alle Damen der Prinzessin sprachen davon, wie ihre Herrin vor einer Viertelstunde aus den Zimmern herabgekommen sei. Der Fürst wünschte sich Glück, daß er die schöne Tochter so gut durch sein Gartenfest überrascht habe, und lachte über Cristalinens Verlegenheit, aus der sie sich auch gar nicht zu finden wisse.

»Hab ich's nicht gut gemacht? Hab ich's nicht gut gemacht?« schrillte es in Leonardos Ohr. »Still«, murmelte dieser, »hilf mir künftig, ohne zu schwatzen.« – Der Laut schwieg augenblicklich, und Leonardo genoß an Cristalinens Seite die Lust der heitern Festlichkeit in vollen, erschöpfenden Zügen.

So günstig ihm heute die Sterne emporgestiegen waren, so

freudig gingen ihm die nächste und die nächstfolgenden Sonnen auf. Ein erwünschter Zufall folgte dem andern, seine und Cristalinens Liebe, unverraten, von allen unabsichtlich begünstigt, blühte in aller Pracht der Innigkeit und Gewährung. In den Augen seiner Geliebten stand er als ein Priester der heiligen Poesie da, vor dessen siegreichen Blicken sich jedes dunkle Gewölk zerteile; der Herzog ehrte ihn wie den Gesandten einer höhern Macht; Alanio freute sich in seines Jüngers hellstrahlendem Glanze und sprach manches begeisternde Wort der Weihe in sein Herz. Das Ende der glücklichen vierzehn Tage stand wohl anmahnend und dunkel vor Leonardos Gemüt, aber es trieb ihn nur an, der Gegenwart noch freudiger zu genießen, ja, er blickte mit Stolz auf eine so auserlesene Wonne, die er sich durch absichtliches Hinwerfen eines ganzen Lebens kühn erobert hatte.

Wie auf Leonardos Gebot zerstreute sich auch einst an einem sonnenhellen Nachmittage der ganze Hofstaat; den Herzog befiel ein bleierner Schlaf, einige mußten ihn nach seinem Gemache führen, andre wurden durch unvorhergesehene Besuche abgerufen, noch andre bildeten sich ein, Feuer in der Stadt wahrzunehmen, und rannten eilig hinaus. Cristaline blieb neben Leonardo allein am geöffneten Fenster stehen, durch welches aller duftige Zauber des Frühlings kosend zu ihnen hereinwehte.

Sie umfaßte schmeichelnd ihren Liebling, in süßer Bewundrung zu ihm emporblickend. »Es geht alles nach deinem Willen, du heiliger Dichter«, sagte sie. »Du gebietest – nein, du gebietest nicht einmal – es fällt dir nur ein, daß du die fremden Gesichter los sein möchtest, und nach allen Weltgegenden stäuben sie hinaus. Nein, mein Geliebter, ich zweifle nicht länger, wir dürfen uns göttlicher Huld erfreuen.«

»Göttlicher? Göttlicher Huld?« wiederholte Leonardo und senkte schwermütig das von Zweifeln gewiegte Haupt. Cristaline starrte ihn erschreckt an. »Um Gottes willen nicht wieder so rätselhafte Worte als vorige Woche im Walde!« schrie sie auf.

»Und künftige Woche? Wie da?« fragte Leonardo. Doch plötzlich nach der Zither greifend, sang er folgendes Liedchen in den blühenden Garten hinaus:

»Leicht zieht den luft'gen Ring
Der bunte Schmetterling,
Sein Leben Lieben,
Ein süsser Hauch!
Mag schnell vorbei es ziehn!
Was kümmert heut es ihn!
Viel muss zerstieben,
Zerstieb er auch!
Lebend'ge Blütenlust,
Umschwebt er leicht die Brust,
Lockt mich zum Lieben,
Mich, flücht'gen Hauch.
Ob morgen Nacht, ob Licht,
Mich Frohen kümmert's nicht!
Viel muss zerstieben,
Dies Leben auch!«

Unter Küssen, Gesängen und Festen gingen die glücklichen vierzehn Tage dahin. Der letzte von ihnen stieg endlich herauf, ernst, furchtbar den verfemten Leonardo aus seinem letzten ruhigen Schlaf erweckend. Er blickte erschüttert empor, als die Strahlen der Morgensonne wie schon feindliche Geschosse in seine Augenwimpern hineindrangen. Dennoch ermannte er sich wieder, dem Tage zurufend: »Du ja gehörst noch mein, und du auch sollst dem Genuss angehören. Zwölf reiche Stunden erwarten des Fröhlichen Wink; auf, ihr farbigen, Labung spendenden Horen, auf zum letzten Reihen, und schmückt ihn mir scheidend mit euern allerliebsten Blumen!« –

Es geschah nach seinem Willen. Cristaline, von süssen Träumen aus ihrem Schlummer aufgeküsst, schwebte dem Geliebten wie eine junge Göttin, eben erst aus dem zartesten Morgenrot erblüht, über die tauigen Terrassen entgegen. Beider Gemüt jubelte mit den Lerchen himmelan. In süsser Liebesglut, in heitern Spielen, im frohlockenden Wechselgesang stieg ihnen das Sonnenlicht höher herauf. Ehr nicht, als sie es selbst wollten, fand sich das bunte Hofgesinde auf ihren Wegen, um ihnen mit sinnreichen Spielereien die Zeit in wechselnder Lust zu vertreiben. Man setzte sich in der weiten festlichen Marmorhalle zur Tafel.

Fremde Musiker hatten sich eingefunden, die mit herrlichen Harmonien durch das Gespräch hinbliesen, ohne es zu unterbrechen, nur als ein begleitender Chor liebesehnender Wohllaute. Auch den Herzog ergriff der fröhliche Rausch; er gebot, die edelsten Weine zu schenken, Leonardo glühte in Liebe, Stolz und Freude. Da sagte der Fürst gegen das Ende des Mahls: »Unser heitrer Tag ist gleich zu Ende. Laßt uns des kühlen Abends unter den Gartenlauben genießen.«

Kaltes Entsetzen rieselte plötzlich durch Leonardos Gebein. »Es sind die letzten Tropfen«, sagte er zu sich selbst, »aber sie gehören mir noch, und ich will sie ohne Zagen genießen. Viele, viele Minuten hat eine Stunde.«

Man trat in den Garten. Aus dem Saal herüber schallte der Hörner und Flöten Getön den Wandelnden nach durch die hochgewölbten Laubgänge. Cristaline, neben ihrem Liebling hin mehr schwebend als gehend (so kosend hob sie die Freude des Tages empor), pries in den zierlichsten Worten ihr und Leonardos Glück. Tausend fröhliche Stunden sah sie in der Zukunft sich aufblühn, vor allem entwarf sie für morgen die Anordnung eines herrlichen Festes. Das schnitt in Leonardos Herz. Er sah die letzten Abendlichter um Cristalinens reizende Gestalt hinziehn – ein tiefer Seufzer drängte sich ihm aus der gepreßten Brust. – Cristaline merkte in ihrer Freude auf nichts Unfrohes, sie fuhr in ihrem lieblichen Geplauder fort und stand mit Leonardo plötzlich vor einer großen Pomeranzenlaube, in welcher ihr Vater mit den schönsten Frauen und artigsten Rittern des Hofhaltes saß.

»Seht da«, sagte der Herzog, »wie hier ein günstiger Geist alles Holde zusammenführt. Setzt euch hier zu uns, ihr beiden, und, Edelknaben, schenkt uns Cyprier in den glänzendsten Bechern. Zündet auch farbige Lampen an, denn der Tag ist nun ganz hinunter.« Leonardo wankte schaudernd der glühenden Cristaline nach in die Laube. Sie zog ihn auf eine Rasenbank neben sich, ihre zarte, warme Hand in der seinigen lassend. Belebtes Gespräch wandelte geistreich durch die edlen Paare, mit dem funkelnden Becher neigte sich ein Page vor Leonardo, Cristalinens Füßchen ruhte, vom hohen Grase umhüllt, auf der Rose seines Schuhes – er wußte von dem allen nur dunkel, fühlte nur in unendlicher Bangigkeit den rettungslosen Verlust all seiner Freude, sah nichts als die immer tiefer, tiefer sinkende Dämmrung – die Edelknaben zündeten die Lampen an. –

Ein gräßlicher, durchdringender Schrei brach plötzlich aus des Herzogs Munde. »Der Satan«, rief er, »ist wieder hier, der Satan jener schrecklichen Nächte.« Dabei verzerrte der Wahnsinn alle seine Züge gewaltsamer als je. »O schnell nach Leonardos hülfreicher Zither!« rief die bebende Cristaline. »Singe den Bösen fort, Leonardo! Leonardo, was wirst du so bleich?« – »Nennt mir den Teufelsbanner nicht mehr«, schrie der rasende Herzog. »Der steht mit dem grausen Gespenst im Bund, hat es an meine Fersen gehext, daß er hier hereinkäme – der Satan spricht mir die ganze Geschichte ins Ohr, so hell, so schrillend, daß es mich toll macht.« – Aller Augen wandten sich entsetzt auf Leonardo, der totenbleich, hohlen Auges vor sich hinstarrte. – »Rechtfertige dich!« rief Cristaline. Er wollte reden, da rauschte es wie mit gewaltigen Fittichen durch die Laube, und die schrillende Stimme fragte, allen vernehmbar: »Sprich, Leonardo, kluger Sänger, sprich; leugne es, wenn du darfst. Was? Wäre nicht mit dir im Bunde? Was? Leugne!« – »Das kann ich nicht«, sagte Leonardo dumpf vor sich hin. Cristaline floh, ein Kreuz schlagend, von seiner Seite. Der Herzog begann abermals laut zu rufen: »Den Teufelsbanner fort! Den Leonardo fort! Erst dann nur läßt der Satan von mir. Er hat's mir eben graß ins Ohr geraunt. Den Leonardo fort!« – Die Hofleute stürmten voll Wut und Entsetzen auf den Unbewaffneten ein. Im unbewußten Grimme riß er einem von ihnen den Degen von der Hüfte und machte sich durch das Getümmel Bahn. Dann rannte er zerrißnen Herzens, verstörten Gemütes in die dunkle Nacht hinein, lief durch den dicksten Wald, bis er, gegen einen Baumstamm anschmetternd, in ohnmächtiger Erschöpfung liegenblieb.

Bald aber fühlte er sich wachgeschüttelt wie durch einen gewaltigen Sturmwind. Es war noch finstre Nacht, die Sterne standen hoch am Firmament, hart neben ihm saß der Teufel in seiner nebligen Riesengestalt. »Möchtest schlafen, Männlein?« brüllte er ihm ins Ohr. »Das wird nun selten mehr geschehn, mein Knecht. Merk auf, merk auf, ich will dir was erzählen. Der Herzog ist geheilt, ab ließ ich meine Faust von ihm, sobald du aus der Laube flohst. Dir flucht der ganze Hof, und Cristalinchen glaubt's, dein Herzblatt glaubt's; es schüttelt sie wie Fieberfrost, wenn man dich nennt, sie hat's auch schon verboten, dein Liebchen, daß man deinen Namen spricht in ihrer Gegenwart.«

»Du bist ein Lügner von Anfang an«, sagte Leonardo.

»Willst hören? Sehn?« so scholl es zurück. »Ich stell dich auf die Zinnen des Palastes.« – Damit streckte er die gewaltige Faust nach ihm.

»Zerschmettre mich von da, wenn du willst«, rief Leonardo, »aber sehn und hören mag ich nicht. Ich glaube dir. Ach, muß sie nicht irr werden vor deinem abscheulichen Gewebe?«

»Hör zu«, raunte der Teufel mit weniger harten Lauten, »hör zu, mein Bürschlein, alles wird noch gut. Den Körper gabst du mir, gib mir das Lumpenseelchen auch dazu, so liegst du heute noch in Christalinens Arm und bleibst in Freuden dreißig Jahre lang. Nachher wirst unter mir ein wackrer Kamrad.«

»Ich will nicht«, rief Leonardo, in dessen Busen Mut und Stolz bei diesen Worten wieder erwachten. »Ich will nicht. Nimm hin dies zerbrechliche Leben, das dir verfallen ist. Die Seele bleibt mein, zum Trost in allem Elend mein die Erinnerung der vierzehn glücklichen Tage. Raub mir das, wenn du kannst.«

»Wirst doch noch mein, wirst doch noch mein!« hohnlachte der Teufel. »Hab in der Hölle des Übels viel und häuf die Kohlen dir so lang aufs Haupt, bis zischend hinausschurrt die Geduld.«

»Das wird sie nicht!« sagte Leonardo. – Seine innre, unverlierbare Kraft fühlend, erhob er sich und schritt weiter durch den Wald, der Teufel als ein minder kennbarer Schatten neben ihm, der mehr und mehr in der Morgendämmerung verblich und gänzlich fort war, als die Sonne vor des Wandrers Augen an der Waldgrenze eine weite, erquicklich blühende Landschaft bestrahlte.

Er blickte wehmütig hinaus. »So viele, viele glückliche Menschen!« sagte er zu sich selbst. »Sie kennen sich untereinander und lieben sich, und die erlabende Frühluft weckt sie zu dem gewohnten friedlichen Lebenslauf! Es muß so schön sein, unter den heimatlichen Bäumen zu bleiben, zu wissen, mit welchen guten Hausgenossen man zu Mittag und zu Abend beisammen sitzen wird, und daß morgen und übermorgen und noch Tage und Monde und Jahre in derselben freundlich stillen Gestaltung uns empfangen werden – nicht bloß vermutlich, man fühlt die Sicherheit in dem frommen, genügsamen Herzen – ach, und ich!« – Er legte sein Haupt in das Gras. Ein dumpfes Getön, fernher donnernd, traf an sein Ohr. – In die Höhe blickend, sah er von den waldigen Gebirgen jenseits der Ebne blauen Dampf aufsteigen. – »Wie konnt ich denn auch des Besten, des Tröstlichsten so gar vergessen!« schalt er sich selbst.

»Krieg, wußt ich ja früher, gibt's an jener Grenze, und ich will zwischen die Kugeln, welche dir, Satan, vielleicht den Entwurf meiner langwierigen Plage verrücken können. Hohnlache nicht! Diese Kriegsboten stehn nicht unter deiner Gewalt. Ihre edle Bestimmung erhebt sie weit über dich hinaus, ihre Zuschriften sind von höherer Hand geschrieben. Ihnen vertrau ich mich an!«

Es vergingen wenige Tage, so stand Leonardo bereits unter den Fahnen eines sieggewohnten Condottiere. Diesem hatte des Jünglings trotzig finstrer Blick, die ernste, männliche Verzweiflung auf seinen Zügen gefallen, er dachte, aus ihm einen rühmlichen Genossen zu ziehn. Was er ihm aber auch anvertrauen mochte, war es Patroll, Überfall, Feldwacht, offner Angriff – alles mißlang. Bald brach ein panischer Schrecken unter die Kriegsleute, welche er führte, bald verriet sie ein unsichtbares Hohngelächter dem fast schon beschlichenen Feinde, bald drückte seine Vorposten ein bleierner, verderblicher Schlaf, bald zeigte sich ein Trupp in seinem Rücken mit Feindespanieren, von dem man nachher nicht erfahren konnte, woher oder wohin – es gelang ihm eben nichts, und nur seine todsuchende Verwegenheit schützte ihn vor der Schmach, sich gegen den Verdacht einer kopflosen Feigheit verteidigen zu müssen.

Gegen das Ende des Feldzuges ließ ihn der Condottiere zu sich berufen. »Leonardo«, sagte er, »ich habe jetzt eine entscheidende Tat im Sinn. Du bist brav, gescheit, aber du bringst Unglück unter meine Scharen. Ich weiß nicht, welch ein Teufel dir entgegen ist. Nimm diesen Beutel Goldes und laß uns!«

Leonardo warf das Gold unter seine Gefährten aus, die ihn auch bereits scheuen gelernt hatten und es kaum anzufassen wagten. Dann ging er schweigend aus dem Lager. Von der nächsten Höhe sah er, wie seine ehmaligen Kameraden unter lustiger

Kriegsmusik gegen den Feind anrückten, sah, wie sie ihn aus allen seinen Verschanzungen schlugen und ihr jubelndes Victoria! durch die Lüfte klang – der erste glückliche Erfolg dieser Schar, seitdem sie ihn gekannt hatte. Er knirschte ingrimmig mit den Zähnen, des Teufels Hohngelächter umschallte ihn, ein blinkender Dolch lag vor ihm im Grase. Den mit dem Fuße den Berg hinunterstoßend, rief er: »Nein, ich will dich nicht. Ich bin ja doch glücklich gewesen, und Cristalinens Liebe hat mir gehört. Was kann die Verzweiflung mit mir?«

Entschlossen, keinen andern mehr in das Walten seines feindlichen Dämons mit zu verflechten, trat Leonardo den Heimweg nach seinem kleinen Gärtchen an. Er mußte, um dahin zu gelangen, durch die Residenz von Cristalinens Vater. Sowenig er auch seit jenes unglücklichen Abends Schrecken, noch weniger seit seinem verfehlten Feldzuge auf das Gehn und Kommen der Menschen in betreff seiner gab, mußte ihn das absichtliche, verächtliche Wegwenden aller Stadtbewohner, deren er ansichtig ward, befremden. Es sprach daraus nicht allein die Scheu vor dem Teufelsbanner, nein, vielmehr der Widerwille und Abscheu beim Anblick eines ganz gemein Verworfnen. Indem er noch darüber sann, kam ihm in einer engen, wenig besuchten Gasse Alanio entgegen. Er wollte es machen wie die andern; Leonardo vertrat ihm zürnend den Weg und rief, den sich Umwendenden krampfhaft beim Mantel fassend: »Steh! Ich will es wissen, was ihr Verrückten, Satansbetörten gegen mich habt. Steh! Sprich! Die Verzweiflung eines ganz Verschmähten könnte gefährlich werden!« Alanio trat mit sichtlichem Entsetzen, so weit er konnte, von ihm ab. Über schreckensbleiche Lippen brachte er endlich die Worte: »Frag deine Kriegsgefährten, Bösewicht, unwürdiger Heuchler! Frag den Marchese Malaspina.« – »Was soll mir der?« entgegnete Leonardo. »Ich kenne keinen solchen. Aber sprich nur dreist, wer er ist und was er dir gesagt hat.« – »Ein Führer in euerm Heerzuge war er«, sagte Alanio, »der deine schmählichen Plündrungen mit ansah, welchen dein Messer meuchlings in den Rükken traf.« – »Bei Gott, ich weiß nichts von ihm«, schrie Leonardo. »Ich fodre den Verleumder auf, sich mir zu stellen!« Kaum hatte er dies gesprochen, so klang das bekannte satanische Hohngelächter, ihm allein vernehmbar, durch seinen schmerzenden Kopf. – »Ah, ich weiß schon«, sagte er nun resigniert, »der Marchese Malaspina! Freilich steht es nicht in meiner Gewalt, Euch mit dem schlimmen Dorn bekannt zu machen, Euch zu überzeugen, daß Ihr zu einer Teufelslarve gesprochen habt, während Ihr mit einem Menschen zu verhandeln meintet – geht nur, ihr Betrognen!« – Er ließ Alanio los, welcher sich kaum frei fühlte, als er schon wie ein gejagtes Wild die Gasse hinunterlief.

Leonardo ging schweigend, tief gekränkt nach seinem Gärtchen hinaus – auf der Pfortenschwelle desselben lag ein Dolch und eine gläserne Flasche, die eine gärend rote Flüssigkeit – man sah ihr die giftige Kraft an – enthielt. Er stieß beides in den vorüberströmenden Bach, ausrufend: »Ich kenne dich wohl, Teufel, aber du hast meine Seele noch nicht und gewinnst sie auch nicht! Wer nicht glücklich mehr ist, war es doch einstmals, und der frohen Erinnrung Tempelgebäu leuchtet in mir, unzugänglich deiner zerstörenden Faust.« – Er trat in den Garten. Die Pinien sahen hell und hoch in die blaue Luft hinaus, die Myrten schwankten freundlich beschattend um seine Wege, und indem er diesen ehmaligen Vertrauten seiner heißen Sehnsucht das seitdem genoßne Glück erzählte, ward ihm immer freudiger und stolzer zumut. Er legte sich als ein müder, aber unbezwungner Kämpfer in dem wohlbekannten Gartenhause zur Ruhe.

Um Mitternacht weckte ihn das Leuchten blaugelber Flammen, sein Gärtchen stand im Feuer. Wie trockne Stäbe knisterten die Pinien aus der Glut in die Höhe, die Myrten neigten ihre versengten Zweige gekrümmt auf den glimmenden Rasen, des Teufels Hohngelächter schallte drein. – »Ich konnt es ja denken«, sagte Leonardo und ging, seine Zither im Arm, über die Kohlen hinaus, welche, von einigen Tränen aus seinen Augen befeuchtet, wieder heller aufzischten und nach seinem Mantel leckten. – »Nehmt mich nur hin«, sprach er sie an, aber des Teufels Stimme schrillte laut: »Noch nicht, mein Hirsch, noch nicht! Die Jagd ist mir ein gar ergötzlich Spiel.«

Leonardo lagerte sich unter einen Korkbaum, dem Brande seiner kleinen Besitzung fast gleichgültig zusehend. »Liebe, Ehre, Vermögen«, sprach er zuletzt – »was hab ich denn nun noch, was er mir nehmen kann?« – Er griff in die Saiten der Zither, aber ihr Resonanzboden sprang mit häßlichem Mißlaut in viele Stücke. –

»Ja so«, sagte er, »du gehörst ja auch zu den Äußerlichkeiten. Aber nun biet ich dem Feinde Trotz!«

Von der jungen Sonne heitersten Lichtern umspielt, trat er seinen Weg nach den herzoglichen Gärten an. Er wollte sich an den Gesträuchen, Rasenplätzen, Bäumen und Springbronnen ergötzen und an der Vergangenheit, welche aus ihnen hervorwehte, sicher, daß der böse Geist an ihnen, die nicht sein gehörten, keine Macht habe.

Sich unter eines Gesträuchs duftiges Dunkel niederlassend, vernahm er leichte Tritte über die Terrasse her. Was ihm sein klopfendes Herz verkündete, war nur allzu wahr. Cristaline kam wie am letzten Frührot seiner glücklichen vierzehn Tage, morgenfrisch, liebreizend, ihr goldnes Haar in den duftigen Lüften wehend, zu der Pflanzung dunklern Schatten herab. Aber sie war diesmal nicht allein. Leonardo sah ein Frauenzimmer neben ihr, ihm aus der Zeit seiner glücklichen Liebe als schlaue Botin wohlbekannt. Die beiden lieblichen Gestalten ließen sich, ohne seiner zu gewahren, dicht neben ihm auf eine Rasenbank nieder.

»Und noch immer«, fragte die artige Vertraute, »wollt Ihr mit diesen Zähren den Tau betauen? Laßt sich die Perlen nicht zum Preis eines schmählichen Sohnes der Dunkelheit ergießen.«

»Es ist ja auch nicht für ihn«, sagte Cristaline, »nur für die Gestalt, in der er mir erschien. Ich habe dir noch nie gesagt, was mir eigentlich begegnet ist, und empfind es auch selbst erst in diesen Tagen recht verzehrend.«

»Du warst ja schon um mich, liebe Rosalda«, fuhr sie fort, »als mein Vetter Ascanio hier am Hofe lebte, und mußt den schlanken, goldlockigen Jüngling noch im Angedenken tragen, ob er gleich schon seit Jahren unter Don Juan de Austria bei Lepanto blieb. So einer holden Erscheinung vergißt man nicht leicht. Ich liebte ihn sehr und wußte, daß mein Vater uns füreinander bestimmt hatte. Diesem glich Leonardo in meinen Augen, als er das erstemal vor uns erschien.«

»Diesem? Leonardo?« unterbrach sie Rosalda voller Erstaunen.

»Ich weiß nicht«, entgegnete Cristaline, »war es meine eigne Betörung oder war es Leonardos magische Kunst, aber es geschah so. Mich selbst scheltend, daß ich einen solchen Jüngling so lange übersehn konnte, gab ich ihm gleichsam als einen billigen Ersatz mein ganzes Sein und Lieben zum unbegrenzten Eigentum. Erst in dem gräßlichen Augenblick, wo seine Rechtfertigung vor des bösen Geistes Anklage verstummte, ließ auch der Zauber von mir ab. Fremd, in freudloser dürftiger Gestalt stand er nun plötzlich an meiner Seite. Gestern, dünkt mich, schlich er durch die Stadt; ich erschrak vor meiner ehemaligen Betörung. Wie konntest auch du, Rosalda, die du mit freien Augen sahst, nicht früher dergleichen ahnen? Diesen bleichen, kranken Grämler sollte Cristaline lieben? Das widerlegte sich ja von selbst.«

»So sehr war ich eben nicht darüber erstaunt«, sagte Rosalda. »Wie oft haben schon die reizendsten und vornehmsten Damen kunstreichen Meistern ihre Liebe geschenkt, deren äußre Mißgestalt vor der innern Herrlichkeit übersehend, von wundersüßer Liebesgewalt befangen.«

»Das mag geschehen sein«, entgegnete Cristaline. »Aber mit mir war es nicht also. Leonardos Lieder gelten bei vielen Leuten für kunstreich, selbst noch in dieser Zeit lobt Alanio manches daran – mir sind sie niemals in das Gemüt gedrungen. Nur einmal, noch ehr ich ihn kannte, weiß ich, daß ich eine Kanzone von ihm sehr gern hatte. Seine andern Lieder lobte ich, weil sie von dem kamen, der mir liebenswert erschien. Mit dem Zauber seiner Miene starb auch die Täuschung über seine Poesie. Die ist nun ab und tot für mich wie der ganze Mensch.«

»Der lebt ja leider noch«, sagte Leonardo, sich in dumpfer Wut aus dem Gebüsch in die Höhe richtend. Die Damen blickten zitternd nach ihm hin, lautlos vor Entsetzen. – »Also niemals, niemals glücklich gewesen, niemals dein Liebling, Cristaline«, sprach er, »immer nur das Spielwerk der Hölle. Hör, hör, wie der Teufel durch den Wald lacht! Nun hat er mich, Cristaline. O Cristaline!« – Unfähig, länger in seine ehemaligen Himmel zu blicken, er, der Verstoßne, Betrogne, senkten sich seine Augen; ein hellfunkelnder Dolch leuchtete aus dem Grase herauf. »Jetzt will ich dich«, schrie der Verzweifelnde, mit heftiger Begier die Waffe ergreifend. Cristaline sank zu seinen Füßen und flehte in abgebrochnen Lauten um Erbarmen. »Es gilt nicht dir, Schöne«, rief er, »es gilt mir, der ich nie etwas in der Welt gewesen bin, mir, dem bleichen Grämler, dem ewig Ungeliebten – ha, so nimm mich denn hin, du Feind aller Liebe und alles Lichts!«

Der Dolch fuhr blitzschnell durch seine Brust, um den Fallenden kreiste schreiend der bunte Vogel, die Damen flohen entsetzt nach dem Palaste. Diener, welche sie hinaussandten, fanden den Leichnam nicht mehr, nur dunkles, schwarzgeronnenes Blut auf der angegebnen Stelle, von welcher sie ein geheimes Ergrauen bald wieder hinwegtrieb.

Nachher ward Cristaline sehr betrübt und ließ täglich Messen für Leonardos Seelenrettung lesen. Aber demungeachtet hat man seinen Klagelaut noch in vielen Nächten aus dem Gartengebüsch herauf gehört.

EINE GRABLEGUNG AUF ISLAND

Nach der Egills Sage

Skallagrimur hieß ein Mann, der war ein tapfrer norwegischer Held und war vor der Alleingewalt König Harald Schönhaars nach Island geflüchtet. Dieses uralt herrliche Eiland lag damals seit vielen Menschenaltern unbewohnt, und Skallagrimur hatte viel Mühe, sich Burg und Acker darauf anzubauen. Er kam aber als ein kräftiger und getreuer Mann endlich gut damit zustande, und außer den Lehnsleuten und Freunden, die ihm vom Anfang dahin gefolgt waren, schifften noch immer mehr und mehr Nordländer dazu, die auch zum Teil schöne und sittige Frauen mit sich brachten, so daß die längst vergessene Insel wieder gar freudvoll und anmutig aussah.

Es war ein ergötzliches Leben auf Island dazumal. Die Helden fuhren entdeckend nach mannigfachen Abenteuern aus, Täler und Haine und Ströme von unerhörter Gestaltung auffindend, und altverwitterte Denkmale längst verstorbener Geschlechter drin, und dann ward das alles angebaut und nahm die frisch-fröhliche Farbe eines jugendlichen Lebens wieder an. Große Walfische kamen in die Buchten geschwommen, und man erlegte sie mit lustiger Gefahr. Derweile webten die Frauen daheim und ersannen auch wohl Lieder von den Taten ihrer Anverwandten oder Geliebten. Alles, was man genoß, war selbsterrungenes Gut, und das Meer breitete seine Wogen recht sicher ringsumher aus, so daß öfters bei heitern Festen davon gesungen wurde, wie man nun mit dem übermütigen König Harald gar nichts weiter zu tun habe; fern möge er in Norweg drängen und schalten; hier lebe sich's auf Island in ungestörter Freude nach altnordischer Sitte und Art.

So ging es viele Jahre lang, und Skallagrimur war endlich darüber alt und grau geworden. Von seinen Kindern war ihm nur ein Sohn übriggeblieben; der hieß Egill und war ein ebenso großer Skalde und Harfenschläger als tapfrer Kriegsmann. Sonst sah er seinem Vater vollkommen ähnlich, denn er war schwarz von Haaren und weit bis über die Stirn hinauf kahl, unschön von Antlitz, aber hohen Wuchses und herrlicher Gestalt. Die Isländer hatten ihre Freude daran, denn es war, als müsse es in ihrem nordlich freien Lande immer einen so furchtbaren Heerführer geben, an dem sich, wie an einer erzenen Stange, alles andre zu halten vermöge. Vater und Sohn hatten zu Anfange manchmal Streit miteinander, nicht sowohl mit Worten als nur mit Taten. Wenn einer dem andern im schnellen Ingrimme, dem sie beide unterworfen waren, ein Leid an Freunden oder sonst lieben Gegenständen erzeigt hatte, tat ihm der Beleidigte vergeltend desgleichen, und sie sprachen dann weiter nicht mitsammen darüber. In spätern Jahren vertrugen sie sich aber noch viel besser, vorzüglich da Egill auf mannigfachen Kriegsfahrten viel aus war und nie ohne große Beute heimkehrte, auch öfters dem alten Skallagrimur prächtige Geschenke an Silber und andern Kostbarkeiten von ausländischen Fürsten mitbrachte. Denn diese trachteten dadurch sowohl den rüstigen Sohn zu ehren, als auch den fernberühmten alten Bebauer der höchsten Nordlandsinsel selbst.

Einmal – Skallagrimur war zu der Zeit schon sehr alt – geschah es, daß ein Mann, Thordur geheißen und in Lambastad wohnhaft, den Egill, welcher grade auf Island daheim war, einlud, ihn auf ein festliches Mahl zu besuchen. Sie waren beide von Mutterseite miteinander verwandt, und Egill machte sich am bestimmten Tage von der Veste Borg, wo er und der alte Skallagrimur hauseten, mit seiner Ehefrau und etwa zehn Genossen auf den Weg. Indem er nun eben zu Pferde steigen wollte, kam der Skallagrimur mit aus der Tür, umfaßte seinen Sohn und sagte: »Spät, Egill, dünkt es mich, händigst du mir das Geld ein, welches mir König Adalstein durch dich sandte. Oder sag, was willst du etwa damit anfangen?« Egill antwortete: »Fehlt es dir denn an Gelde, Vater? Ich wüßte doch nicht; da will ich dir Silber geben, wenn ich höre, daß du's gebrauchst. Aber ich weiß wohl, daß du noch eine oder zwei Kisten voll in Verwahrung haben mußt.« – »Das kommt mir so vor«, sagte Skallagrimur, »als dächtest du, alle bewegliche Güter schon geteilt zu haben unter uns. Nun mußt du dir's auch recht sein lassen, daß ich nach meinem Willen tue mit dem, was ich verwahre.« – Egill antwortete: »Ich denke, du meinst wohl selbst kein Vergunst dazu von mir zu brauchen. Du würdest ohnehin deines Rates mit den Kisten nach Gefallen pflegen, was ich auch dazu sprechen möchte.«

Somit stieg Egill zu Pferde und ritt samt den Seinigen nach Lambastad, wo sie sich bei Thordur mannigfaltig ergötzten, bald mit den schönen Falken, die es auf Island gibt, dann wieder an einem Spiel mit ehrnen Kugeln, wie man damals zu halten pflegte, und endlich zur Abendzeit bei den vollen Metbechern, alle um Herdesflamme herumsitzend.

Am selben Tage, wo Egill weggereist war, ließ sich Skallagrimur, als es dunkelte, einen Hengst satteln und ritt von Hause, zur Zeit, da andre Leute schlafen gingen. Man sah wohl, daß er vor sich auf das Pferd eine große Kiste nahm und einen ehrnen Kessel unter den Arm. Das, sagt man, sei ganz voll Silber gewesen, und er soll beides in die sumpfige Krumsaue versenket haben und große Steine darüber haben hinabfallen lassen.

Um Mitternacht kam der alte Skallagrimur heim und ging in seine Kammer und legte sich in Kleidern aufs Lager.

Als es nun am andern Morgen helle ward und andre Leute aufstanden und sich anzogen, da saß der alte Skallagrimur auf dem Rande seines Bettgestelles richtauf und war tot, und so steif und starr, daß man ihn auf keine Weise zurückzulegen vermochte, so viele Mühe man sich auch damit gab. Da ward ein Reiter im vollen Lauf abgefertigt nach Lambastad, der meldete dem Egill alles, was sich zugetragen hatte.

Egill nahm seine Waffen und Kleider und eilte heim nach der Veste Borg. Er fand den alten Skallagrimur noch immer steif da sitzen als eine Leiche, welche kein Mensch zu handhaben wußte. Da trat Egill hinzu, faßte ihn von rückwärts bei den Schultern und rang, ihn niederzulegen. Das gelang denn auch dem starken Sohne endlich mit seinem toten Vater. Als der nun auf dem Bette grade ausgestreckt lag, drückte ihm Egill die Augen zu, und nun erst konnte man es wagen, in Skallagrimurs Angesicht zu schauen. Als er noch starr aus den offenen Augensternen herausblickte, hätte ohne Zweifel ein Mensch davor wahnsinnig werden müssen, und eben darum hatte ihn auch Egill von hinterwärts angefaßt.

Sie trugen den Alten nicht zu der ordentlichen Türe hinaus, sondern brachen dazu eine Öffnung in die Mauer. Das soll geschehen sein, weil man dachte, der grimme Geist des alten Helden könne wohl in die Veste zurück wollen, und wenn er nun die Pforte, durch die er herausgekommen sei, wieder vermauert finde, kehre er vielleicht ruhig nach seinem Hügel um.

Wie der Zug mit dem Toten an die freie Luft kam, erhub sich ein entsetzlicher Nachtsturm. Sie wußten aber schon, daß so gestrenge Heldenleichen nicht ohne Aufruhr in Wolken und auf Wassern zur Ruhe zu bringen wären, und schritten also feierlich ihres Weges fürder, bis nach der Halbinsel Naustanäs. Da schlugen sie Zelte auf und bewachten den Toten bis es Morgen ward. Sodann legten sie ihn in ein Schiff, und als die Flut im besten Schwellen war, fuhren sie ihn nach Digranäs über. Nun ließ Egill einen Hügel für ihn errichten, am fernsten Ende der Landspitze, und tat ihm sein Streitroß mit hinein und seine Waffen und sein Schmiedezeug, daran er im Leben so viel Lust gehabt.

Von dorten, sagt man, soll das Denkmal des alten Skallagrimur noch jetzt in die See hinausragen. Es dauerte eine lange Zeit, daß sich die Isländer es immer gern zeigten und dazu von seinen Taten erzählten und von seiner Grablegung. Wenn aber die Nacht aus dem Meere heraufstieg, hatte niemand mehr Lust, an der ernsten Stätte zu verweilen.

DIE KÖHLERFAMILIE

Berthold war ein deutscher Handelsmann, und es soll ihm einmal folgende merkwürdige Begebenheit zugestoßen sein, die, wenn auch nicht in allen ihren Umständen verbürgt, doch aus mannigfachen Ursachen das Wiedererzählen wohl verdient.

Er hatte sich in einer der großen Gebirgswaldungen unsres Vaterlandes verirrt, und weil er zu der Zeit um vielen Gewinst vieles wagte, führte er an Kostbarkeiten, Wechseln und barem Gelde einen bedeutenden Schatz hinter sich auf dem Pferde, so daß ihm anfing bange zu werden, wie er so mit einbrechender Nacht durch ein dunkles Tal ganz einsam und auf unbekannten Wegen hinritt. Daß er in eine sehr abgelegene Schluft geraten war, konnte er wohl merken, denn das Wild war ganz und gar nicht mehr scheu vor ihm, und die Eulen kreischten so nahe über ihm hin, daß er oftmalen ganz unwillkürlich den Kopf in die Schultern zog, vor ihren dreisten Flügen und ihrem häßlichen Klatschen mit den Fittichen. Da ward er endlich eines Menschen ansichtig, welcher mit festem Tritte den Fußsteig vor ihm entlangging und sich auf Befragen als einen Köhler kundgab, der mit seinen Hausleuten hier im Forste wohne. Des Reisenden Bitte um Nachtlager und um Zurechtweisung auf morgen war bald und so treuherzig bewilligt, daß alles Mißtrauen verschwand und man im besten Vernehmen bei der kleinen Hütte ankam. Da trat die Hausfrau mit einer Leuchte aus der Tür, hinter ihr die freundlichen, grundehrlichen Gesichter der Kinder männlichen und weiblichen Geschlechts, und der Lichtstrahl, welcher auf des Wirtes Antlitz fiel, offenbarte so altdeutsche, zuversichtliche Züge, wie wir sie noch glücklicherweise unter unserm Volke häufig anzutreffen gewohnt sind.

Man trat mitsammen in die helle, warme Stube und setzte sich um den gemeinschaftlichen Herd, wobei der Reisende so wenig wegen seiner Reichtümer Besorgnisse empfand, als wäre er nach Hause gekommen zu Vater und Mutter und Geschwistern. Er schnallte bloß sein Gepäck vom Hengste los, welchen er einem Sohne des Köhlers gern zur Besorgung überließ. Dann setzte er seine Bürde in die erste beste Ecke des Zimmers ab, und wenn er seine Waffen dicht hinter sich legte, geschah es mehr aus einer löblich hergebrachten Reisesitte, als weil er nur irgend die Möglichkeit geahnt hätte, daß man hier von dergleichen Dingen Gebrauch machen könne. Man erzählte sich nun einander Unterschiedliches hin und her, der Kaufmann von seinen Reisen, der Köhler von dem Walde, und die Familie sprach freundlich, aber bescheiden drein. Dabei hatte der Köhler guten Birnmost aufgesetzt, und man trank sich einen immer bessern Mut, weshalb es vom Reden zum Singen, von Geschichten zu Liedern kam. Die Kinder des Köhlers stimmten eben einen lustigen Rundgesang an, da pochte es auf eine seltsame Art an die Türe. Der Finger dessen, der draußen stand, klopfte ganz leise, ganz leise; aber der schwache Schall ließ sich dessen ungeachtet ganz deutlich durch die Stube hin vernehmen und tönte selbst durch der jungen Stimmen hellen Jubel sehr hörbar durch. Man hielt mit dem Singen ein und ward etwas ernsthafter, während der Hausherr freundlichen Angesichts rief: »Nur immer herein, Vater; in Gottes Namen!« –

Da kam ein kleiner sittiger Greis zur Türe leise hereingeschlichen, grüßte alle sehr gutmütig; nur daß er den fremden Mann etwas verwundert ansah. Dann aber näherte er sich dem runden Tische und nahm den untersten Platz ein, der für ihn offengelassen zu sein schien. Berthold mußte sich gleichfalls über ihn verwundern. Denn er trug eine Tracht, die aus sehr alten Zeiten her zu sein schien, dabei aber noch gar nicht verschossen oder zerrissen war, sondern vielmehr höchst sauber gehalten. Dabei war er, wie schon gesagt, sehr klein, aber anmutigen Angesichts, auf welchem jedoch etwas wie eine tiefe Trauer lag. Die Familie sahe ihn mit großem Mitleiden, aber wie einen alten Bekannten an. Berthold hätte gern gefragt, ob er etwa der Großvater des Hauses sei und ob er an irgendeiner Krankheit leide, davon er so bleich und betrübt aussähe? Aber sooft er den Mund auftun wollte, sah ihn der Alte mit einem halb scheuen, halb unwilligen Wesen an, welches so eigen herauskam, daß Berthold lieber stille schwieg.

Der Alte faltete endlich bittend seine Hände, schaute nach dem

Hauswirte und sagte ganz heiser: »Nun bitte, wenn es sein kann, die Betstunde.« – Der Köhler begann sogleich das schöne alte Lied: »Nun ruhen alle Wälder!« – in welches die Kinder mit einstimmten und die Hausmutter; der fremde Greis auch, und zwar so gewaltiger Stimme, daß die Hütte zu dröhnen schien und jeder, der es nicht gewohnt war, sich darüber wundern mußte. Berthold konnte erst auch vor Verwunderung gar nicht zum Mitsingen kommen. Das schien den kleinen Alten unwillig und bange zu machen; er warf seltsamliche Blicke auf Berthold, und auch der Köhler ermunterte diesen durch ernsthaftes Winken, daß er doch mitsingen solle. Das geschah denn endlich, alles war zufrieden und andächtig, und noch nach einigen Gebeten und Liedern ging der kleine Greis verneigend und demütig wieder zur Tür hinaus. Als sie aber schon in die Klinke gesprungen war, riß er sie noch einmal auf, warf einen furchtbar wilden Blick auf Bertholden und schmiß sie dann krachend wieder zu.

»Das ist ja sonst gar seine Manier nicht«, sagte der Köhler erstaunt und wandte sich dann mit einigen entschuldigenden Worten an seinen Gast. Der meinte, der alte Herr sei wahrscheinlich wohl etwas gemütskrank? – Das lasse sich nicht leugnen, entgegnete der Köhler, aber er sei unschädlich und tue niemandem etwas zuleid. Wenigstens wisse man seit langer Zeit nicht die mindesten Beweise davon. – »Das einzige Kämmerlein aber, so ich Euch anweisen kann«, fuhr er fort, »schließt nicht recht gut, und manchmal kommt der Alte da hinein. Laßt Euch aber dadurch nicht irren; irrt ihn nur nicht, und er geht von selbsten wieder hinaus. Zudem, denk ich, werdet Ihr ja wohl so müde sein, daß Ihr nicht leicht von seinem Treiben erwacht; denn er geht, wie Ihr auch schon hier werdet bemerkt haben, außerordentlich leise.« – Berthold bejahte das alles mit lächelndem Munde, aber ihm war doch bei weitem nicht so gut mehr ums Herz als vorhin, ohne daß er doch ganz genau gewußt hätte, warum; und als ihn der Wirt die enge Stiege hinauf leuchtete, drückte er den Mantelsack fest an seinen Leib; auch sah er unvermerkt immer nach seinen Pistolen und seinem Hirschfänger.

Oben in der kleinen, winddurchrauschten Kammer ließ ihn der Köhler alsbald allein, nachdem er eine Lampe sorgsamlich so aufgehängt hatte, daß sie ohne Feuersgefahr dem Gaste leuchtete, und nachdem er diesem den göttlichen Segen zu seiner Nachtruhe gewünscht hatte. Der Wunsch aber schien seine rechte Wirkung auf Berthold zu verfehlen. Es war ihm lange nicht so unruhig und so verstört zumute gewesen. Ob er sich gleich in großer Ermüdung unverzüglich zu Bett begeben hatte, war doch an keinen Schlaf zu denken. Bald lag ihm sein Mantelsack zu weit, bald seine Waffen, bald wieder beides nicht bequem genug zur Hand. Er stand darüber mehrmal auf, und wenn er dann auf Augenblicke wieder einschlief, fuhr er vor jedem Windesgeräusch in die Höhe, jetzt ein ungeheures Unglück, jetzt einen ebenso unversehenen Glücksfall dunkel ahnend und erwartend. Alle seine kaufmännischen Entwürfe und Spekulationen wirrten sich mit der Schlaftrunkenheit zu einem betäubenden Rade zusammen, von dem er auf keine Weise los konnte, ohne daß er doch vermögend gewesen wäre, das einzelne zu sondern und zu durchdenken. Dabei hatte er nie eine so gewaltige, ausschließliche Begier nach Gewinn empfunden als in diesem wunderlichen Zustande, der ihn endlich dennoch in einen Schlaf schaukelte, welcher vielleicht mit eben dem Rechte Ohnmacht heißen konnte.

Nach Mitternacht mochte es sein, als er einigemal ein leises Regen und Bewegen in der Kammer zu vernehmen glaubte. Aber die Müdigkeit wollte von ihrer lange bestrittenen Herrschaft nicht lassen. Wenn er auch einmal die schweren Augenlider aufschlug und es ihm gar vorkam, als treibe sich der kleine Alte unfern vom Bette auf und ab, meinte er im schlaftrunknen Sinne: er irre sich, und der Köhler habe es ihm ja überdies auch vorher gesagt. Da kamen endlich die Unterbrechungen zu oft; ein Erschrecken, wie ein plötzlicher Schlag, schüttelte alle Schläfrigkeit ab; der Kaufherr saß richtauf mit großen Augen im Bette und sah, wie der Greis von gestern abend an dem Mantelsacke herumnestelte und dazu mit einer Art von höhnischem Mitleiden nach ihm herüberschaute. – »Räuber! zurück von meinem Eigentume!« – schrie der Kaufmann in Grimm und Bangigkeit. Davor schien sich der Alte sehr zu entsetzen. Er ging eilig nach der Tür, schien ängstlich zu beten und war plötzlich mit großer Schnelligkeit hinaus.

Berthold hatte nun nichts Angelegentlicheres, als nach seinem Mantelsack zu sehen, ob irgend etwas durch den Greis abhandengekommen sei. Für einen Räuber konnte er diesen freilich nicht halten, aber ob der Wahnsinnige nicht etwa im kindischen Mut blanke Steine eingesteckt oder kostbare Papiere zerzaust habe, das war eine andere Frage. Die Schlösser und Bänder schienen wohlverwahrt, und auch, nachdem sie gelöst waren, zeigte sich alles in bester Ordnung. Aber die Unruhe in Bertholds Gemüt wachte wieder auf; es könne doch vielleicht schon unterweges etwas verloren oder verdorben sein, meinte er, und suchte immer weiter fort, sich erquickend an seinen Reichtümern und dennoch höchst unzufrieden, daß es ihrer nicht mehr waren. In diesem Eifer ward er durch ein Atmen an seiner Wange gestört. Er meinte erst, es sei der Nachthauch, der durch das schlecht verwahrte Fenster dringe, und wickelte sich in seinen Mantel dichter ein. Aber das Atmen kam wieder, vernehmlicher und störender, und als er endlich unwillig darnach umblickte, sah er mit Entsetzen des kleinen Alten Antlitz hartdicht an dem seinen. – »Was machst du hier?« schrie der Kaufmann; »kriech zu Bett und wärme dich!« – »Im Bette wird mir's immer noch kälter«, krächzte die heisre Stimme zurück, »und ich sehe gerne so schöne Sachen, als du da hast. Aber ich weiß freilich bessere, ach noch viel bessere!« – »Wie meinst du denn?« fragte Berthold und konnte sich des Einfalles nicht erwehren, das ungeheure Glück, wovon er vorher im halben Traume gedacht habe, komme ihm nun durch diesen Wahnsinnigen zu. – »Wenn du mitkommen wolltest«, seufzte der Greis. »Unten, tief unten im Walde am Moorgrund« – »Nun, mit dir könnt ich's schon wagen«, entgegnete Berthold. Da wandte sich der Alte nach der Tür und sagte: »Laß mich nur erst meinen Mantel umnehmen. Ich bin gleich wieder zurück, und dann wollen wir hinaus.« – Berthold blieb nicht lange im Zweifel; denn kaum war der Alte aus der Tür, so klinkte es auch schon wieder daran, und ein hagerer, ungewöhnlich großer Mann im blutroten Mantel, ein gewaltiges Schwert unter dem einen, eine Muskete im andern Arm, trat feierlich herein. Berthold griff nach seinen Waffen. – »Nun ja«, sagte der rote Mann, »du kannst sie immer mitnehmen; mach nur, daß wir hinauskommen in den Wald.« – »Mit dir hinaus?« schrie Berthold. »Ich will nicht mit dir hinaus. Wo ist der kleine alte Mann?« – »Ei sieh mich doch nur recht an«, sagte der Rote und schlug den

Mantel weiter vom Gesichte zurück. Da erkannte Berthold eine große Ähnlichkeit zwischen dieser furchtbaren Erscheinung und dem kleinen Greise, fast als wären es Zwillingsbrüder, nur daß hier alles ingrimmig und zerstört aussah, was sich dort demütig und stille gezeigt hatte. Berthold aber glaubte nun sich und seine Schätze verraten. Er schrie laut: »Wenn du deinen blödsinnigen Bruder abschicken wolltest, die Leute in dein Netz zu fangen, solltest du nicht selbst den Betrug so unsinnig stören. Ich gehe nun einmal nicht mit dir, auf keine Weise.« – »So?« sagte der Rote; »tust du's nicht? Du sollst aber.« – Und damit streckte er den langen, langen Arm nach ihm aus. Berthold feuerte in Todesangst sein Pistol auf ihn ab. Da wurde es unten im Hause munter und regsam; man hörte deutlich, wie der Köhler eilig die Stiege heraufkam, und der Rote machte sich flüchtig zur Türe hinaus, indem er noch mit Blick und Faust nach Bertholden zurück drohte.

»Um Gott!« rief der Köhler hereinstürzend, »was habt Ihr denn mit unserm Hausgeiste angefangen?« – »Hausgeist?« stammelte Berthold und sah seinen Wirt zweifelnd an. Denn ihm wirrten noch immer Schätze an Geld und Gut vor dem Sinne herum, und da er nun keine bekommen sollte, dachte er fast, er müsse welche verlieren und hier das ganze Haus sei in Verschwörung wider ihn. Der Köhler aber fuhr fort und sprach: »Er ist mir ganz ungeheuer groß und grimmig auf der Stiege begegnet, und in seinem roten Mantel, mit Waffen und Wehr.« – Da er nun aber sah, daß Berthold ihn ganz und gar nicht verstand, bat er ihn, mit hinunter in das allgemeine Zimmer zu kommen, wo alles sich schon wegen des Schusses in Besorgnis versammelt habe; da wolle er zugleich seine Hausleute und ihn beruhigen. Berthold tat nach des Wirtes Begehr, den Mantelsack unter dem linken Arm, das noch geladene Pistol schußfertig in seiner Rechten, die andern Waffen im Gürtel und Gehenk. Er ging überhaupt nur hinab, weil er sich in der großen Stube sicherer hielt, nahe an der Hüttentür, als oben in der engen, gesperrten Kammer. Unten sahen auch ihn die Hausleute zweifelnd an, und es war überhaupt ein Unterschied von dem gestrigen Beisammensein zum heutigen wie vom Frieden zum Krieg. Der Köhler aber erzählte in kurzen Worten folgendes:

233

»Als ich zuerst hier in die Hütte kam, ging der Hausgeist immer in der furchtbaren Gestalt um, wie Ihr, Herr Gast, und ich ihn heute erblickt haben. Es wollte drum kein anderer Köhlersmann hier zur Stelle bleiben und auch überhaupt in dieser Gegend des Gebirgswaldes nicht. Denn der Spuk zieht einen weiten Kreis seiner Gewalt. Er ist einer meiner Vorgänger gewesen, sehr reich und sehr geizig. Da hat er denn Geld in der Wildnis vergraben gehabt und ist bei seinem Leben immer fern umhergestrichen durch das Revier, wo seine Schätze lagen; dazu hat er einen roten Mantel umgenommen; wie er gesagt hat, um die Räuber an den roten Mantel des Scharfrichters zu erinnern, und hat Schwert und Musketonner zur Hand gehabt. Als er nun gestorben ist, hat er die Schätze niemandem mehr zeigen können, mag auch vergessen haben, wo sie lagen, und deshalb ging er ganz irr und in Betörung ein, und in so fürchterlicher Gestalt.

Ich aber dachte so: bist du fromm und betest fleißig, so kann dir auch der Teufel in der Hölle nicht schaden; wieviel minder denn ein armer, betörter Spuk. Und da zog ich in Gottes Namen mit Frau und Kindern hier ein. Zu Anfang machte mir freilich der rote Mantel viel zu schaffen; wenn man so in Gedanken seines Weges geht und es steht plötzlich ein ganz unerhörtes Ding vor einem, das noch dazu gespensterlicher Art ist, kann sich auch wohl der Herzhafteste erschrecken. Mit den Kindern war's nun vollends arg, und auch meine Frau hat sich oftmalen gar furchtbarlich davor entsetzt.«

»Ja, und nun wird die gräßliche Zeit wieder von vorn angehen«, seufzte die Hausfrau. »Vorhin hat er schon ganz ungeheuer groß und wild hier in dem blutigroten Kleide zur Tür hereingesehen.« – »Tu, wie du damals getan hast«, sagte der Köhler: »Bete, habe fromme Gedanken, und es schadet dir nichts.«

Im selben Augenblick rasselte es an der Türklinke heftig und ungestüm; alle fuhren zusammen, die Kinder weinten. Der Köhler aber trat entschlossen vorwärts und sagte mit lauter Stimme: »Mache dich fort, im Namen des Herrn. Du hast hier an uns nichts zu suchen!« – Da hörte man es wie einen Windwirbel zur Hütte hinausheulen, und der Köhler fuhr folgendermaßen fort, indem er sich wieder zum Herde setzte:

»Es war uns damals eine gute Prüfung und mag uns wieder als

eine solche verordnet sein. Wir werden um so fleißiger beten und wachen über uns selbst. Hatten wir ihn doch schon so weit gebracht, daß er den roten Mantel abgelegt hatte, daß er ganz sittig geworden war, abendlich unsern Betstunden beiwohnte, ein freundliches, gutes Gesicht gewann und leiblich zu einer kleinen Gestalt zusammenschwand: als wolle er nun bald die verstörten Glieder von der Erde schwinden lassen und zur Ruhe legen bis auf den großen Tag. Kinder, ihr habt ihn als stillen, demütigen Hausgeist liebgewonnen; es hat euch ordentlich leid getan, daß er in seiner Zerknirschung niemals einen andern als den untersten Sitz beim Abendgebet einnehmen wollte – arbeitet nun freudig an seiner und eurer Ruhe, mit Gebet, Geduld und Reinigung des Herzens. Wir wollen ihn bald wieder dahin haben, wo er noch gestern war.«

Da standen sie alle freudig auf, Hausfrau und Kinder, und gelobten in die Hand des Hausvaters, zu tun nach seiner Ermahnung, und nicht laß noch feige zu werden in Bekämpfung des Bösen, wie auch immer die Gestalt sein möge, in der es sich ans Licht wage. – Dem Berthold aber war ganz wild und zerstört dabei zumute. Bald hielt er sich für fieberkrank und daß ihm all die seltsamen Dinge nur so in der Betörung des wahnwitzigen Mutes vorkämen; bald wieder glaubte er, man treibe hier ein Narrenspiel mit ihm; bald endlich gar, er sei unter eine heuchlerische Räuberbande geraten und alles nur auf sein Geld und Gut abgesehn. Er begehrte sein Pferd. Da lief der älteste Sohn alsbald zur Tür, der Hauswirt aber sagte: »Ihr tätet besser zu bleiben, bis es heller Tag wird. Zu dieser Dämmerungsstunde ist es sehr unheimlich im Forst.« – Als er aber auf die Abreise bestand, konnte er wohl merken, wie die ganze Familie von Herzen froh war, ihn loszuwerden, und der Köhler ihn nur aus Treue und Pflicht zum Bleiben genötigt hatte. Er wollte diesem für Nachtlager und Abendbrot Geld geben, fand sich aber mit solchem Unwillen zurückgewiesen, daß er nicht Mut gewann, ein ähnliches Erbieten zu wiederholen. Der Hengst stampfte draußen vor der Tür, der Mantelsack war bald auf dem Sattel befestigt; Berthold schwang sich hinauf und nahm Abschied von seinem verwunderlichen Wirte, bei weitem kälter, ja unfreundlicher entlassen, als er gestern abends empfangen worden war. Mißmutig und in seltsamen

Zweifeln trabte er auf dem angewiesenen Wege durch den Wald hin.

Er konnte sich noch gar nicht überreden, daß die Hüttenbewohner so durchaus recht hätten und der Geist unrecht. – »Denn«, sagte er zu sich selber, »ist es kein Gespenst, so sind sie Betrüger, und ist es eines, so tut es doch vollkommen gut daran, seine Schätze einem Lebenden zur freudigen Benutzung zu überantworten. Und wer weiß, ob ich nicht der beglückte Lebende bin!«

Dazu sahen die Bäume so seltsam aus und ganz unerhört; der Morgenwind pfiff ihm wie ein verheißendes Lied entgegen; die Nebel wandten sich gleich feiernden Säulengängen vor ihm in die Höhe, und wie er drunter hinritt, dachte er: »Die Natur ist mit mir im Bunde; und ist sie das, so darf auch keine Verblendung mir in den heilsamen Weg treten.«

»Glück auf!« jauchzte er; und kaum hatt er's ausgesprochen, so gewahrte er schon, wie der Rotmantel neben ihm herging und immer beifällig nicht nur zu seinen Worten, sondern auch zu seinen Gedanken zu nicken schien. Darüber ward ihm anfänglich nicht gut zu Sinne; aber je mehr er der Gründe, um sich zu beruhigen, erdachte, je mehr nickte der freundliche Rotmantel, der endlich auf folgende Weise von selber zu sprechen anfing:

»Mir ist doch am Ende bei den Köhlersleuten erbärmlich zumute geworden, Gesell. Das ewige Beten und Singen hat mich ganz heruntergebracht; und sahest du selbst, wie ich so klein war und zusammengeschrumpft in dem ärmlichen Kreis. Nun kamst du herein, und mir ward wild erst, als käme was Fremdes, aber wir wurden bald eins. Da wuchs ich – ho! und ich kann wachsen, bis an das flimmernde Sternengezelt hinauf. Sei nur hübsch hochmütig und denke: du ständest schon oben und wärest ein ganz anderer Kerl als deine Mitmenschen allzumal, ein ganz herrlicher, von der Natur ohne Arbeit und Mühe begünstigter Kerl; da stehst du, wo ich dich haben will, und der Schatz ist dein. Die Köhlersleute sind um ein Merkliches zu dumm dazu. – Wollen wir graben?« –

Wohlgefällig nickte Berthold, und der Rotmantel deutete auf eine kleine Erhöhung, die unfern von den beiden lag, mit Fichtennadeln bestreut. Dem Kaufmann fehlte es an Werkzeugen; er nung zur eisernen Härtigkeit worden, wie man sie sonst nur bei leblos starren Maschinen wahrzunehmen gewohnt ist. – Dem Burgherrn kam eine leise Stimme entgegen: »Eine alte, alte Frau«, hieß es, »bittet um etwas Speise, edler Ritter.« – Aber das demütige Begehr ward ungestüm abgewiesen. »Späherin, Landstreicherin, Hexe!« waren die Benennungen, die der Bittenden entgegenschollen, und weil sie nun dennoch nicht wich, sondern immerfort mit inbrünstiger, aber schwacher Stimme Gebete hersagte, rief der Burgherr im wilden Grimme nach seinen Jagdhunden, sie sollten die Bettlerin hinaushetzen. Wütend stürzte die grimmige Koppel hervor. Aber kaum, daß sie der Alten nahe kamen, da traf diese den stärksten und wildesten mit einem schwanken Rütlein. Nun glaubte, wer vom Hausgesinde herausgekommen war, werde sie der gereizte Hund sicher zerfleischen. Aber er wich heulend zurück, und die andern Hunde legten sich demütig winselnd um die Bettlerin her. Der Burgherr hetzte sie wieder an, aber sie winselten nur kläglicher und blieben liegen. Da erfaßte ihn ein seltsames Grausen, welches zum Entsetzen ward, als die Alte ihre Laterne in die Höhe hob, daß man ihr langes weißes Haar im Sturme wehen sah, während sie mit wehmütig drohender Stimme sagte: »Du! der im Himmel sieht und hört!« – Bebend wich der Burgherr vom Fenster zurück und gebot, man solle ihr reichen, was sie begehre. Das Gesinde, ebenfalls scheu vor der gespenstischen Erscheinung, setzte Lebensmittel in einem Korbe vor das Haus und riegelte sich dann betend ein. Man hörte, wie die seltsame Alte die Speisen mit sich fortnahm, wie sie dann aus den Burgtoren schritt und die Hunde ihr ängstlich nachwinselten.

Von dieser Zeit an ward regelmäßig um den dritten Abend die Laterne im Schloßhofe sichtbar. Sobald sie ihr seltsames Wanken durch die Finsternis hin begann und zugleich das unsichre Rauschen der schwachen Fußtritte über die Quadern sich vernehmen ließ, eilte der Burgherr von den Fenstern zurück, setzte das Gesinde den Korb mit den Lebensmitteln hinaus und winselten die Hunde kläglich, bis die Erscheinung verschwunden war. Es schien endlich, als gehöre dies schaurige Treiben mit zu der strengen Ordnung des Schlosses, wie auch die bleichen Gesichter und scheuen Blicke, welche sich jedesmal um die Abenddämmerung des dritten Tages bei den Burgbewohnern wahrnehmen ließen.

Einst – es war schon zu Anfange des Winters – jagte der Ritter im wildesten Gebirg. Da eilten plötzlich seine Jagdhunde eine steile Anhöhe hinauf, und er, eines guten Fanges gewärtig, trieb mit äußerster Gefahr sein scheuend Roß ihnen über den schlüpfrig steinichten Boden nach. Vor einer Höhle an des Berges Mitte standen die Hunde still; aber wie ward dem Ritter, als eine Frauengestalt in die Mündung des finstern Schlundes trat, mit einem Stecken die Koppel zurücktreibend, und er am ängstlich demütigen Gewinsel der Hunde wie auch an den wunderlich reichen, schneeweiß flatternden Haaren des Weibes wohl innewerden mußte, er habe die Laternenträgerin an dieser öden Stätte vor Augen. Halb toll warf er sein Roß herum, glitt, stürzte die Anhöhe hinab, riß es unten wieder empor, stieß ihm die Sporen tief in den Leib und kam wie im Fluge mit den heulenden Hunden nach der Veste zurück.

Einige Zeit nach dieser wunderlichen Begebenheit blieb die Laterne im Schloßhofe aus. Man wartete einen, man wartete mehrere Tage, man wartete eine Woche lang – sie ließ sich nicht wieder sehn. Hatte ihr erstes Erscheinen Burgherrn und Gesinde bestürzt gemacht, so tat es ihr Wegbleiben nun fast noch mehr. Man sah irgend etwas Ungeheurem entgegen, das durch die Erscheinung angekündigt worden sei und nun nach deren Ausbleiben unmittelbar eintreten müsse. Dem Burgherrn vorzüglich schlug das Herz vor den seltsamsten Erwartungen, und er gewann darüber ein so bleiches und verstörtes Ansehn, daß schon viele der Schloßbewohner meinten, die Erscheinung habe auf seinen Tod gedeutet. Es wies sich aber bald anders aus. Gewohnterweise ritt er eines Tages auf die Jagd, und in seiner jetzigen Zerstreuung geriet er unversehens in die Gegend, wo ihm jüngsthin die Alte mit den weißen Haarlocken erschienen war und von wo er sich seitdem geflissentlich entfernt gehalten hatte. Nun sprangen plötzlich die Hunde wieder in die Höhe hinan, standen vor der Höhle, winselten und sahen demütig hinein. Vergebens rief sie ihr erschreckter Herr zurück; sie standen wie gebannt auf der furchtbaren Stelle, aber keine Frau erschien dieses Mal, um sie zu verjagen. Da krochen sie in die Höhle hinein, und aus dem

Dunkel hervor hörte sie der Ritter noch kläglicher winseln und heulen. Da faßte er endlich seine ganze Mannhaftigkeit zusammen, sprang vom Rosse und klomm gesetzten Mutes den steilen Abhang hinauf. Er trat in die Höhle und sah, wie die Hunde sich um ein niedrig ärmliches Mooslager zusammengedrängt hatten, auf welchem ein weiblicher Leichnam lang ausgestreckt lag. Aber wen erkannte er im Nähertreten! Das weiße Haar gehörte offenbar der furchtbaren Laternenträgerin an, und die kleine Hornlaterne stand neben ihr auf dem Boden, aber die Züge gehörten dem einzigen Kinde des Burgherrn. Langsamer als die treuen Hunde, die von Anfang her ihre junge Herrin erkannt hatten, ward der unglückliche Ritter inne, wen er vor sich sehe. Um ihm auch den letzten Zweifel zu benehmen, lag auf der Brust der Toten ein Zettel, worauf von ihrer Hand folgendes zu lesen war:

»Der Sünderin waren die Haare vor Kummer über des Lieblings Tod in dreien Nächten gebleicht. Sie sah es im Bach und schlug in sich. Denn diese Haare hatte er oft die Netze genannt, worin sein Leben gefangen sei. Nun waren Netz und Leben mit *einem* Schlage totenweiß. Da wollte sie büßen und dachte an die Heiligen der Kirche, die in Demut unerkannt und verachtet im väterlichen Hause gelebt hatten. Drum holte sie auch das Almosen von Vaters Burg und lebte an diesem Felsrande, von wo der Liebling hinuntergeglitten war. Aber ihre Buße geht schnell zu Ende – ach, auch die rote Farbe fehlt. O Va –«

Man sah an den Zügen, daß sie noch hatte Vater schreiben wollen, aber der Quell des Schreibens war versiegt. Mit wehmütigem Erschrecken bemerkte der Ritter bei Erwähnung der roten Farbe, daß über des Mägdleins linken Arm eine lange rote Wunde ging.

Seine Leute, die ihn suchten, fanden ihn bei dem Leichnam im stillen Gebet, die Hunde winselnd um ihn her. Er ließ die Tochter in der Höhle begraben und ist nie wieder seitdem da herausgekommen. Alles trieb der unglückliche Einsiedler von sich, nur seine treuen Hunde konnte er nicht von sich treiben. Sie lagen haußen vor der Höhle, bewachend zugleich das Grab der jungen Herrin und den trauernden Herrn. Als dieser endlich gestorben war, gab es ihr banges Geheul zuerst der umliegenden Gegend kund.

DIE HEILUNG

[1. Fassung]

In den Zeiten des höchsten Glanzes der altfranzösischen Hofhaltung unter Ludwig XIV. lebte ein Edelmann, der Marquis de Saint Meran, der die Anmut, Geistesgewandtheit und sittliche Verderbnis der damaligen vornehmen Welt im höchsten Grade in sich vereinigte. Unter andern unzählbaren Liebesabenteuern hatte er auch eines mit der Frau eines Prokuratoren, die es ihm gelang, dem Manne sowohl als dessen Familie und ihrer eignen gänzlich abzuwenden, so daß sie deren Schmach ward, deren Juwel sie gewesen war, und in blinder Leidenschaft das Hotel ihres Verführers bezog. Er hatte zwar nie so viel bei einer Liebesgeschichte empfunden als bei dieser, ja, es regten sich bisweilen Gefühle in ihm, die man einen Abglanz von Religion und Herzlichkeit hätte nennen mögen, aber endlich trieb ihn dennoch, wenn nicht die Lust am Wechsel, doch die Mode des Wechsels von seinem schönen Opfer wieder fort, und er suchte nun dieses durch die ausgesuchtesten und verfeinertsten Grundsätze seiner Weltweisheit zu beruhigen. Aber das war nichts für ein solches Herz. Es schwoll in Leiden, die ihm keine Geisteswendung zu mildern vermochte, so gewaltsam auf, daß es den einstmals lichtklaren und lichtschnellen Verstand verwirrte, und der Marquis, nicht bösartig genug, die arme Verrückte ihrem Jammer und dem Hohn der Menschen zu überlassen, sie auf ein entferntes Gut in der Provence schickte, mit dem Befehl, ihrer gut und anständig zu pflegen. Dort aber stieg, was früher stille Melancholie gewesen war, zu den gewaltsamsten phrenetischen Ausbrüchen, mit deren Berichten man jedoch die frohen Stunden des Marquis zu unterbrechen sorgsam vermied. Diesem fällt es endlich einmal ein, die provenzalische Besitzung zu besuchen. Er kommt unvermutet an, eine flüchtige Frage nach dem Befinden der Kranken wird ebenso flüchtig beantwortet, und nun geht es zu einer Jagdpartie in die nahen Berge hinaus. Man hatte sich aber wohl gehütet, dem Marquis zu sagen, daß eben heute die Unglückliche in unbezwinglicher Wut aus ihrer Verwahrung gebrochen sei und man sich noch immer vergeblich abmühe, sie wieder einzufangen. Wie mußte nun dem Leichtsinnigen zumute werden, als er auf schroffem Fußgestade an einer der einsamsten Stellen des Gebirges, weit getrennt von all seinem Gefolge, im eiligen Umwenden um eine Ecke des Felsens, der furchtbaren Flüchtigen grad in die Arme rennt, die ihn faßt mit alle der unwiderstehlichen Kraft des Wahnsinns, mit ihren aus den Kreisen gewichenen blitzenden Augenstern[en] gerad in sein Antlitz hineinstarrt, während ihr reiches, nun so gräßliches, schwarzes Haar wie ein Mantel von Rabenfittichen über ihr hinweht, und die dennoch nicht so entstellt ist, daß er nicht auf den ersten Blick die einst so geliebte Gestalt, die von ihm selber zur Furie umgezauberte Gestalt, hätte erkennen sollen. – Da wirrte auch um ihn der Wahnsinn seine grause Schlingen, oder vielmehr der Blödsinn, denn der plötzliche Geistesschlag zerrüttete ihn dergestalt, das er besinnungslos in den Abgrund hinuntertaumeln wollte. Aber die arme Manon lud ihn, plötzlich still geworden, auf ihren Rücken und trug ihn sorgsam nach der Gegend des Schlosses zurück. Man kann sich das Entsetzen der Bedienten denken, als sie ihrem Herren auf diese Weise und in der Gewalt der furchtbaren Kranken begegneten. Aber bald erstaunten sie noch mehr, die Rollen hier vollkommen gewechselt zu finden. Manon war die verständige, sittige Retterin und Pflegerin des blödsinnigen Marquis geworden und ließ fürderhin nicht Tag nicht Nacht auch nur auf eine Stunde von ihm. Bald gaben die herbeigerufnen Ärzte jede Hoffnung zu seiner Heilung auf, nicht aber Manon. Diese pflegte mit unerhörter Geduld und mit einer Fähigkeit, welche man für Inspiration zu halten versucht war, den armen verwilderten Funken in ihres Geliebten Haupt, und lange Jahre nachher, schon als sich beider Locken bleichten, genoß sie des unaussprechlichen Glückes, den ihr über alles teuren Geist wieder zu seiner ehemaligen Blüte und Kraft heraufgezogen zu haben. Da gab der Marquis seiner Helferin am Altare die Hand, und in dieser Entfernung der Hauptstadt wußten alle Teilhaber des Festes von keinen anderen Gefühlen als denen der tiefsten Ehrfurcht und der andächtigsten Freunde.

DIE HEILUNG

[2. Fassung]

In den Zeiten des höchsten Glanzes der altfranzösischen Hofhaltung unter Ludwig XIV. lebte ein Edelmann, der Marquis de Saint Meran, der die Anmut, Geistesgewandtheit und sittliche Verderbnis der damaligen vornehmen Welt im höchsten Grade in sich vereinigte. Tapfer und galant, wie seine ruhmwürdigen Ahnen, aber nicht treugesinnt und fromm wie sie, wußte er sich aus mannigfachen, oft bedrohlichen Liebesabenteuern jedesmal so herauszuwickeln, daß er noch dabei an dem gewann, was seine Zeitgenossen den Ruf eines jungen Mannes zu nennen pflegten. Dazu bestrahlte die Ehre, welche er mehrmals bei den Armeen eingeerntet hatte, seine ganze Erscheinung mit einem Glanze, davon selten oder nie die Frauen, um die er sich bewarb, unverblendet blieben, so daß er das edelste Glück eines Mannes auf Erden, einen begründeten Kriegsruhm, als einen Hauptköder für seine unwürdigen Netze mißbrauchte.

Es geschah einstmalen, daß Saint Meran in dem Gefolge eines großen Feldherrn von einer berühmten Kriegstat nach Paris zurückkehrte. Ehrenpforten wurden erbaut, Siegeskränze gewunden, viele verkäufliche Gedichte und Reden gemacht und auswendig gelernt, und auf mannigfach angeordneten Gerüsten sammelte sich die vornehme und reiche Welt der Hauptstadt, um den Einzug zu sehn. Da geriet die bildschöne und tugendhafte Frau eines Prokurators, bemüht, das Haus einer Freundin, dessen Fenster auf den Platz gingen, zu erreichen, eben, als Saint Meran vorbeiritt, in ein plötzlich entstandnes Volksgedränge. Ängstlich, einer Ohnmacht nahe, rief sie um Hülfe, und leicht gelang es dem angesehenen Marquis in seiner prächtigen Uniform, ihr Raum zu verschaffen. Alsbald die Schönheit seiner Geretteten gewahrend und aufs heißeste davon entzündet, sprang er vom Pferde, bot ihr den Arm und führte sie unter Beteuerungen, er könne sie unmöglich schutzlos verlassen, ein prächtig verziertes Gerüste hinauf, wo er einige vornehme Damen seiner Bekanntschaft wahrgenommen hatte. Diesen empfahl er die schöne Hülfsbedürftige aufs dringendste und zarteste, bittend, daß man sie nach der Feierlichkeit wieder in ihre Wohnung, die er bei dieser Gelegenheit anständig erfragen konnte, zurückbegleite. Die Damen hätten den Marquis vielleicht lieber ohne seine Schutzbefohlne gesehn; auf manchen Gesichtern regte sich ein Zucken, das die anmutigen Züge, von Gott und der Natur verliehen, häßlich zu entstellen drohte; aber man mochte unterschiedliche Ursachen finden, den Marquis zu schonen, und willigte aufs höflichste ein, wonach er freundlichen Abschied nahm, sich wieder auf sein geschmücktes Roß warf und es im schnellsten Laufe dem Feldherrn nachfliegen ließ.

Erst lange nachher gewann die arme, blöde Manon – so nannte sich die schöne Frau – Mut genug, eine ihrer Nachbarinnen leise und demütig zu fragen, wie ihr vornehmer Retter geheißen sei. Der Name Saint Meran klang in ihr Ohr. Sie hatte seinen Ruhm in öffentlichen Blättern vernommen, seine Verworfenheit hatte kein Stadtgespräch der stillen Bürgerin verraten, und fast meinend, den Amadis von Gallien, dessen uralte Heldentaten oft blühend durch ihre Einsamkeit zogen, oder irgendeinen der edelsten Ritter Karls des Großen wieder belebt vor Augen gesehn zu haben, gelangte sie endlich im tiefen Sinnen nach ihrer Wohnung zurück.

Ach, wie hatte sich ihr diese verändert, obgleich noch alles ebenso war, wie sie es vor wenigen Stunden verlassen hatte. Eng und dumpfig schien ihr das Zimmer, dessen reinliche Behaglichkeit ihr sonst so lieb gewesen war, ärmlich, unzulänglich und gebrechlich alles Geräte, und in der Tat wollte auch das Bild des reichgeschmückten, siegfunkelnden Offiziers gar nicht in alles dieses hineinpassen. Was aber das schlimmste war, so kam ihr die schlichte, oftmals recht witzige Frohherzigkeit ihres Mannes, die Gefährtin eines guten Gewissens und altfranzösischen Bürgersleuten sehr eigen, nicht mehr so anmutig vor als sonst. Ja, sie verschloß heut ihren Sinn bisweilen absichtlich vor seinen Späßen, etwas Störendes und Widerwärtiges darin wahrnehmend. Ein kleines Familienfest, das der freundliche Prokurator eben an diesem Tage veranstaltet hatte, um sich nach seiner Weise über den Sieg so gut zu freuen als sein König, machte bei Manon nur Übel ärger. Wie mit tausend Banden fühlte sie sich durch Muhmen und Vettern und Basen an dieses unscheinbare Dasein geknüpft, während ihr aus weiter Ferne der Marquis vor dem Geiste schwebte, bald in goldnen Gemächern, redend und lachend mit edlen Damen, ja wohl mit der Königin selbst, bald wieder als Oberst an der Spitze seines Regiments, es richtend, es anredend, und dann rufend: »Chargez, mes enfants, chargez!« und mit einem gewaltigen Reiterchoc den Feind aus dem Felde treibend. Aber man ließ sie nicht lange ungestört in ihren Träumereien. Sie war das Juwel der ganzen Familie und mit unendlicher Liebe von jedem einzelnen dafür anerkannt; zudem war ihr Abenteuer von heute früh kund geworden, und nun sollte Manon bald hier erzählen, und Manon bald dort, wie es eigentlich damit zugegangen sei, und die Verwunderungen und Ausrufungen und zehnmal wiederholten Fragen darüber fanden kein Ende, sich in der französischen Lebhaftigkeit und Neubegier wie vor einem hundertfachen Echo gestaltend.

Kaum war Manon wieder in ihrem engen Häuschen allein, so flüchtete sie zu dem alten Ritterbuche Amadis von Gallien und folgte ihm, den sie in den Marquis von Saint Meran umgestaltet hatte, durch alle Helden- und Liebesabenteuer mit unauslöschlicher Sehnsucht nach. So emsig hatte die immer schon berühmte Leserin noch nie gelesen. Ihr argloser Mann begnügte sich mit einigen lustigen Scherzworten darüber und ließ sie gewähren.

Aber war es nicht, als habe sich der Amadis von Gallien in ein Zauberbuch umgestaltet? Schon am nächsten Tage, als die emsig Lesende vor einem leisen Klopfen an der Tür und des Prokurators Rufen: »Herein!« unwillig aufblickte, stand der leuchtende Held und Höfling wirklich vor ihr in süßem Liebesschreck starrenden himmelschönen Augen. Er grüßte sie anmutig und wandte sich dann mit vornehmer Sicherheit an den Prokurator, ihn in irgendeinem Geschäft zu Rat ziehend. Nach der ersten Überraschung erwies sich der Bürgersmann sehr freundlich und zutätig gegen den, welchen er für einen höchst edlen Herrn und Ritter ansah, um so mehr, da er glaubte, Saint Meran habe ihm sein über alles liebes Weib gerettet und erhalten. Seinem Dank dafür begegnete der Marquis mit wenigen, ablehnenden Worten, aber es waren Funken in Manons Brust.

Von diesem Tage an kam Saint Meran fast täglich; teils die Geschäfte mit dem Prokurator mannigfach verwickelnd, teils überhaupt mit leichter Unbefangenheit tuend, als müsse es eben so sein, und dadurch jeden Zweifel und jede Bedenklichkeit zunichte machend.

Ach, arme Manon, wie bald warst du verloren! Führte dich ja doch alles in den Abgrund, was du als Wegweiser zum Himmel betrachtetest: Ritterlichkeit, Schönheit, edle Sitte und Poesie. Denn wie weit auch Saint Meran von dem Pfade der großen Vorzeit innerlich abgewichen war, ward es ihm doch leicht, sich in alles zu finden, was noch von da herüberklang. Die schönen Sagen von einigen wunderbaren Helden seines Stammes, ihm in früher Kindheit von einem alten vielgetreuen Diener vorerzählt, vollendeten bei Manon die Abgötterei für ihren glänzenden Liebling, und bald blieb auch dem armen, liebenden Bürgersmann, den man nun nicht mehr den frohherzigen nennen konnte, kein Zweifel über sein Unglück mehr übrig.

Die Ehre, jedes echten Altfranzosen untrennbare Begleiterin, wohnte und glühte auch in seiner Brust. Da raffte er eines Tages zusammen, was ihm noch von Kraft und Heiterkeit geblieben war, trat, als eben Saint Meran in die Türe kam, zwischen ihn und die schuldige Gattin und sagte: »Ich bitte den edlen Ritter, mir diese vornehme Prinzessin aus meinem kleinen Bürgerhause zu führen, das keinen Platz mehr für ihre Hoheit hat. Denn, wahrhaftig, Dame, außer Euch wohnt noch eine im Hause; die einzige, die ich lieber habe als Euch. Man heißt sie die Ehre, und sie liegt mir Tag und Nacht in den Ohren, nun könne sie sich nicht länger mit Euch vertragen. Tut mir also den Gefallen – den letzten Gefallen auf Erden – und zieht schleunigst aus.« – Er wollte lachen und brachte es auch endlich dahin, aber zwei helle Tränen standen ihm zugleich in den Augen.

Manon war doch sehr erschrocken, Saint Meran schien ihn durch einen Blick auf den Degen einschüchtern zu wollen, aber der Prokurator erwiderte: »Herr Marquis, jeder ehrliebende Bürger hat desgleichen im Hause, und, weil Ihr gewiß sehr viel besser fechtet als ich, würde es mir eine große Ehre sein, von einer so vornehmen und berühmten Hand zu sterben.«

Da wandte sich der Marquis stolz und achselzuckend von ihm ab und sagte mit unbeschreiblicher Anmut: »So gehörst du nun ganz dem Schutz deines Ritters an, liebe Manon?« – Sie legte sich heißweinend in seinen Arm, und er führte sie in den vor dem Hause wartenden prächtigen Wagen. Noch rief der Prokurator nach: »Ach Manon, Manon, ziehe doch um Gottes willen zu deiner Muhme! Soll denn von nun an Frau Ehre jegliches Dach verlassen müssen, unter welchem du wohnst?« – Die Geblendete hörte nicht, der Wagen rollte fort. Da berief der Prokurator seine und Manons Anverwandte und machte ihnen bekannt, wie alles gekommen war. Sie gaben ihm einstimmig recht und blieben auch allzumal verträglich und gut miteinander, aber die kleinen Familienfeste hatten weit ein andres Wesen angenommen, und Manon hätte sich nun nicht mehr über deren Lebhaftigkeit beklagen dürfen, am allerwenigsten aber über des armen Prokurators Lustigkeit.

In Saint Merans Hotel aber ging dafür ein sehr ergötzliches Leben auf; ja, wäre nicht die Sünde dessen Grundstein gewesen, man hätte etwas Hohes und Edles dabei wahrnehmen können. Denn nicht begnügte sich Manons wunderbare und erhabne Phantasie mit den kleinlichen Genüssen des Wohllebens und der Pracht, wie jene, schon sehr gesunkne Zeit Frankreichs sie zu bieten vermochte. Das Leben einer edlen, begeisterten Herrin aus der Heldenzeit wollte sie führen, und ein glänzender, sieghafter Rittersmann sollte ihr Liebling sein. Daher gewannen alle Feste, die ihr Saint Meran gab, ein feierliches, unerhörtes Ansehn, und deren Hälfte nahmen immer kriegerische Übungen zu Roß und Fuß ein, wozu sich der prachtvolle Lustgarten des Marquis sehr gut eignete. Oft ward der liebeglühenden Manon das Glück zuteil, ihrem Freunde den ersten Dank überreichen zu können, wie unparteiisch und strenge sie auch ihr Amt als Kampfrichterin verwaltete. Sie herrschte hier um so unbeschränkter, da sie natürlich immer die einzige Dame in der Gesellschaft blieb, über andre gefallne Frauen fast ebenso hoch erhaben, als sie tief unter frommen und getreuen Weibern stand. So kam es denn auch, daß sie sich eine ganz eigne Tracht ersann und kein Geschenk, keine Bitte ihres Geliebten sie vermochte, der üppigen Wunderlichkeit des damaligen Modegeschmackes zu frönen. Lang und sittig und einfach umwallten sie meist immer Gewande mit hohen Spitzenkragen um Hals und Brust, und nur darin gab sie bisweilen den Wünschen Saint Merans nach, daß sie ihr wunderschönes schwarzes Haar frei über den Rücken hinrollen ließ, doch auch nur dann, wenn sie mit ihm ganz allein war. Bei Festen erschien sie immer wie das ins Leben getretne Bild einer Ritterdame.

Zu Anfang konnten Saint Merans Freunde nicht umhin, untereinander über den wunderlichen Putz der neuen Gebieterin ihres Gefährten zu spotten, wie auch über die endlosen Carousselritte und Rapiergefechte, welche deren Laune herbeiführte. Aber es war bald, als wehe der Geist ihrer Väter die Jünglinge auch noch in ihren Ausschweifungen scheidend an. Man hielt es nach und nach für eine Auszeichnung, zu den Kampfübungen bei Saint Meran zugelassen zu werden, und für eine Glorie, einen Kampfpreis aus den Händen der schönen, wundersamen Herrin zu erringen, und überhaupt ließ sich nicht ableugnen, daß in der kurzen Blütenzeit dieser Liebe von hier aus ein Gefühl für Ritterlichkeit und edle Sitte sich über den jungen Hofadel verbreitete, das selbst in manches ernstere Verhältnis wohltätig, wenn auch leider nur vorübergehend, eindrang.

Manon selbst beschränkte ihre Wünsche nicht auf dieses anmutige Feenleben. Vielmehr trieb sie oftmals ihren Liebling mit glühenden Worten hinaus an die Grenzen des Reiches, eben wenn man eine nahe Hauptschlacht bei den Heeren erwartete oder den Sturm auf eine feindliche Festung. Und wenn er dann siegggekrönt, bisweilen auch leicht verwundet, wiederkam, feierte sie ihr Glück mit so herrlichen und sinnreichen Festen, daß auch die blödesten und nüchternsten Gemüter davon entzündet wurden.

Saint Meran lebte Tage, wie sie sein bisheriges leichtfertig konventionelles Dasein nie gekannt hatte; aber auch das Schönste, wenn es aus den Fluten des Verderbens emporsteigt, muß in dieselben wieder untersinken, und sei es die gefeierte Göttin Anadyomene selbst.

Das Hohe und Edle oder auch das ihm nur Verwandte hat übrigens in einer launischen Modenwelt nicht nur gleiches Schicksal mit andern Moden, sondern vergeht auch meist noch immer früher als diese, indem die schwachen Gemüter bald etwas Unheimliches dabei ahnen. So fing man auch an, sich von des Marquis Saint Meran Festen abzuwenden, wie man sich ihnen erst zugewandt hatte, nur war den Leuten jetzt natürlicher zumut bei ihrem Beginnen, und sie wurden deshalb um so leichter damit fertig.

Da gab es denn der guten Freunde viel, die dem Marquis sehr klar bewiesen, daß eine zu beharrlich fortgesetzte Grille für den, welcher sie hege und pflege, ein Stein des Anstoßes sei in der guten Gesellschaft, so interessant er auch dadurch für eine kurze Zeit erschienen sein möge, und daß es ihm nun gezieme, seinen Roman mit der wunderlichen Prokuratorsfrau zu beenden.

Konntest du dem einförmigen Rabengekrächze Gehör geben, Jüngling, den die Liebe und die Ritterlichkeit doch einmal angehaucht hatten? Ach ja, du konntest es und bewiesest dadurch die grund- und bodenlose Tiefe deiner Verderbnis.

Wie mögen seine frommen, im Dienst Gottes und ihrer Damen gestorbnen Altvordern auf ihn herabgesehn haben, als er, unter einem nichtigen Vorwande auf ein entlegenes Schloß gereist, einen unseligen Brief an seine Geliebte schrieb, mit weltklugen Redensarten angefüllt – man benannte dergleichen zu jener Zeit mit dem ehrwürdigen Namen Philosophie – und ihr allerhand Erdenherrlichkeiten anbot, damit ihre unsterbliche Seele doch ja vollends untergehn möge! –

Aber Gott der Herr sorgt besser für die Seinen, für die Verirrten. Einen entsetzlichen Boten sandte er der armen Manon, dauernder als Ohnmacht, furchtbarer als Tod, aber doch sie rettend vor tieferm, sündigerm Fall. Es war der Wahnsinn. Nur noch eben hatte sie Zeit, den Brief ihres Verführers zu beantworten, als schon ihre Sinne vor dem unerhörten Umschwung ihres ganzen Lebens und Sinns sich in unlösbare Zweifel und Ängste verwirrten. Saint Meran, alsbald davon benachrichtigt, zu weichlich, ihren Anblick zu ertragen, nicht schlecht genug, ihre Pflege einem Irrenhause zu überlassen, gebot, sie auf eines seiner Güter in der Provence zu führen und sie dort mit möglichstem Anstande zu verpflegen. Der Wagen, in welchem die Unglückliche, seltsame Lieder vor sich hin summend, aus dem Orte ihres bisherigen Schwelgerlebens fortfuhr, begegnete dem Leichenzuge des armen, ehemals so fröhlichen Prokurators.

Es vergingen manche Jahre seitdem. Saint Meran pflegte sich zu gewissen Zeiten, fast wie schuldigermaßen, nach dem Ergehn seines schönen Opfers zu erkundigen, worauf er immer die Antwort erhielt, es sei alles beim alten, und die geschicktesten Ärzte wüßten von keiner möglichen Heilung mehr. Dann stürzte er sich nur noch ausgelassener in die wildesten und weichlichsten Vergnügungen, und wenn er irgend einmal nach jener fernen Besitzung reiste, nahm er sich sorgfältig in acht, daß ihm die arme Manon nicht zu Gesichte kam.

Eines schönen Herbstes hatten ihn die wiederholten Einladungen eines Genossen seiner Ausschweifungen in die Provence auf ein Gut desselben gelockt, wo man sich der Jagdlust und mannigfachen erlesenen Schwelgereien ergab, und Saint Meran konnte Anstands halber nicht umhin, die Gesellschaft auch auf sein naheliegendes Schloß, der unglücklichen Manon Wohnort, einzuladen. Jetzt waren schon alle Befehle zum Empfange der Fremden auf morgen vorausgesandt, und der Marquis saß nach der Abendtafel noch ganz allein mit dem Wirte des Hauses in einem Gartensaal am Kaminfeuer, nachdem sich die übrigen Gäste zur Ruhe begeben hatten. Es war unter den beiden Vertrauten die Rede von einer Liebschaft, die Saint Meran mit einer vornehmen Dame des Hofes angezettelt hatte und dabei schändlich hintergangen worden war. Nun gedachte er, halb lachend, halb ärgerlich, seinem Genossen einige Beweise der Doppelherzigkeit jenes Weibes vorzulegen, und ließ sich von seinem Kammerdiener die Schatulle bringen, welche mannigfache Liebespfänder und galante Botschaften enthielt. Aber kaum hatte er in dem zierlichen Behältnis zu suchen angefangen, so behielt er ein kleines Blättchen Papier, welches ihm zufällig vorgekommen war, nachsinnend in der Hand, faltete es dann langsam auseinander und überlas die wenigen Zeilen aber- und abermals, wobei sich eine zunehmende Blässe über seine Wangen legte.

Auf die Fragen des staunenden Vertrauten erwiderte er: »Ich weiß selbst nicht, wie es mich so ergreifen kann. Es ist weiter nichts als Manons letztes Billet, eine Antwort auf meinen letzten

Brief, und dazu eine recht unverständige, so daß ihr dabei die Krankheit wohl schon den Kopf verwirrt haben mag – «

»Sie war ja immer etwas verwirrt«, entgegnete der Vertraute, sich in seinem Sessel dehnend.

»Ja wohl, ja wohl!« rief der Marquis, bemüht, in die vorige Fassung und auf die angefangene Geschichte zurückzukommen, aber die Augen blieben ihm wie gebannt an das Blatt; er schwieg wieder eine lange Zeit und sagte endlich mit gezwungner Leichtigkeit: »Da ich das seltsame Geschreibe doch einmal in der Hand habe, will ich dir's lieber vorlesen. Höre zu.« – Und er las:

»Saint Meran! Saint Meran! Frankenritter edlen Blutes, du sonder Furcht und Tadel, du zierlicher, Frauen dienender Held! Saint Meran! – Aber du hörst mich wohl nicht, wie ich auch nach dir rufe, denn die Welt hat sich umgedreht, und du stehst nun gerade am entgegengesetzten Ende. Warum denn blieb ich allein, ach ganz alleine stehn! – Wirst du mein Rufen nie aus meiner kalten, finstern Wüste herüber vernehmen? Nie wieder erstehn in deiner lieblichen Heldenpracht, du edler Frankenritter Saint Meran?«

Der Marquis ließ die Stimme bei den letzten Worten unwillkürlich sinken, daß es klang, wie ein leise, fern herüberhallendes Echo. Seinen Vertrauten schien ein kleiner Schlummer anzuwandeln, aber Manons Liebling merkte nichts davon, in tiefen, sich selbst halb unverstandnen Gedanken hinstarrend.

Da war es, als klinge auch aus dem Garten herüber das Echo der letzten Worte des Briefes; nur sehr hohl und dumpf, beinahe drohend, wehte es gegen die Scheiben: »Frankenritter Saint Meran!«

Wild, mit Blitzesschnelle, hatte der Marquis eins der niedrigen Fenster aufgerissen, und in die Nacht hinausstarrend, sah er eine weiße Gestalt, furchtbar von vielen dunkeln Schleiern umweht, durch den finstern Herbststurm hinwandeln oder hinschweben. Sie war ganz nahe bei ihm, sie streckte mit einer zornigen Bewegung die Arme nach ihm aus, als wolle sie ihn fassen und zu sich hinausreißen – übermannt von Entsetzen stürzte er zurück und schlug das Fenster zu.

Sein Gefährt, im Halbschlummer nichts von den Tönen im

Garten vernommen habend, fuhr erschreckt in die Höhe, und, wie es wohl bisweilen auf eine unbegreifliche Weise zu ergehn pflegt, einem ward vor dem Entsetzen des andern angst. Kein leichter Scherz, kein loses Vernünfteln wollte aufkommen; ohne weitere Erklärung sagte man sich eilig gute Nacht und war froh, als die herbeigeklingelten Bedienten mit vielen Lichtern erschienen.

Saint Meran konnte den Gedanken nicht los werden, Manon sei in dieser Nacht gestorben. Unter dem Vorwand, für die Bewirtung der Gesellschaft besser zu sorgen, sprengte er wie im Fluge in der Morgendämmerung nach seinem Schlosse voraus, und seine erste Frage war nach der Kranken. Wie ihm aber der Intendant des Hauses feierlich versicherte, sie lebe, und hinzufügte, es sei überhaupt nichts Ungewöhnliches mit ihr vorgefallen, gab sich auch Saint Meran wieder zur Ruhe, seine eigne Gespenstersehereri verlachend und voll des alten Leichtsinnes nur an die heutige Jagd denkend und an das prächtige Bankett, welches dieselbe zu krönen bestimmt war.

Gewissermaßen hatte der Intendant wahr gesprochen. Allerdings lebte Manon, und es war auch eben nichts ganz Ungewöhnliches mit ihr vorgefallen. Denn schon öfter war es geschehn, daß ihre stille Melancholie vor wahnsinnigen Gebilden zu den wildesten phrenetischen Ausbrüchen emporglühte und es die Arme alsdann mit entsetzlicher Gewalt in Nacht und Dunkel hinaustrieb, meist durch die wildesten Gegenden der nahen Berge fort, wo man sie immer erst nach mehrern Tagen vergeblichen Suchens wiederfand, erschöpft und sanft, und sich gern heimgeleiten lassend in ihr ödes Zimmer. Auch eine sorgfältigere Aufsicht, als man hier der Kranken angedeihen ließ, würde sie schwerlich in solchen wilden Zeiträumen ganz haben von ihren Irrgängen abhalten können. Jede List, die sie sonst in Ritterbüchern bei Entführungen gefunden hatte, kam ihr dann in den Sinn, und von einem sehr mächtigen Ahnungsvermögen unterstützt, wie auch von der entsetzlichen Kühnheit und Körperkraft, die Rasenden immer beiwohnt, führte sie auch das Unerhörteste mit Leichtigkeit aus. Gerade am Abende vorher hatte sie wieder ihren Verwahrsam durchbrochen und war ohne Zweifel dem Marquis an den Fenstern des Gartensaales erschienen.

Mit je ungewohnterm Eifer er nun nach ihr gefragt hatte, je mehr war der Intendant bemüht, ihm die Wahrheit nur halb vorzubringen, und schickte jetzt noch einige Leute über die gewöhnliche Anzahl nach ihr aus, zugleich mehrern vertrauten Jägern die Gestalt des seltsamen Wildes, falls sie etwa irgendwo seine Spur fänden, genau beschreibend: hoch und hager und lang seie sie anzusehn, wenige Spuren der vormaligen Schönheit mehr, mit abscheulich großen, in der Wut immer rollenden Augen, in zerrissene weiße Gewänder gekleidet, ihr wuchernd reiches, kohlschwarzes Haar verwirrt auf allen Seiten umherflatternd; doch solle man sich in acht nehmen, ihr nicht einzeln zu nahe zu kommen; sie habe in ihrem jetzigen Zustande Kräfte über einen starken Mann, wie der Falke über ein kleines Wild.

Der Marquis, derweile mit seinen Gästen frühstückend, schlug diesen vor, heute einmal die zur Jagd bestellten Treiber wegzulassen; in seinen Bergforsten gebe es des Wildes so viel, daß keinem Waidmanne sein Spiel fehlen könne, und mit unendlich reichern Erzählungen von allerhand Abenteuern werde man zusammentreffen, wenn man sich ohne weiteres, jeder nur mit seiner Flinte und seinem Hunde, nach Belieben ganz allein oder in kleinen Abteilungen, durch die Täler hinausmache; für die in diesen Gegenden fremden Gäste sei durch die Menge seiner Jäger und notfalls durch andre Boten gesorgt, so daß auch niemand allzuspät zum fröhlichen Mahle heimgelange. – »Da sieht man wieder den fahrenden Ritter Saint Meran aus weiland Frau Manons Zeiten her!« rief einer lachend; aber ein unwilliger Blick des Marquis, den er vergeblich zu unterdrücken strebte, zeigte, wie sehr ihn dieser dreiste Scherz verletze, und man beeilte sich um so mehr, aufs bereitwilligste in seinen Vorschlag einzugehn. Nach wenigen Minuten war bereits die ganze Jagdgesellschaft auf verschiednen Pfaden, lustig eine Partei von der andern Abschied nehmend, gegen die waldigen Höhen im Anzug.

Der Intendant sahe ihnen mit einiger Besorgnis nach, fürchtend, es könne auf diese Weise irgendein Unfall mit der Wahnsinnigen im Gebirge vorkommen, aber er wagte es nicht mehr, sich seinem Herrn zu entdecken, und überließ alles dem guten Glück.

Was der Intendant mit dieser Benennung meinte, hatte jedoch

heute die Hand nicht im Spiele, wohl aber etwas unendlich Höheres und Geheimnisvolleres. Denn als der Marquis auf schwindlig luftigem und schmalem Fußsteige ganz allein um einen Felsenvorsprung herumbeugen wollte, kam ihm sein vorausgelaufner Hund heulend und zitternd entgegen, und hinterdrein schritt mit langen, langsamen, weitgreifenden Schritten die rasende Manon und hatte den ehemaligen Geliebten augenblicks in ihre Arme gefaßt in aller unwiderstehlichen Kraft des Wahnwitzes, gerad in seine Augen hineinstarrend mit ihren aus den Kreisen gewichnen Augensternen, während das reiche, nun so gräßliche schwarze Haar wie ein Mantel von Rabenfittichen umhüllend über beide hinflatterte. Ach und in all der Entstellung erkannte er beim ersten Anschauen die einst so innig geliebte, die von ihm selbst zur Furie umgezauberte Gestalt. – Da wirrte auch um ihn der Wahnsinn seine grausen Schlingen, oder vielmehr der Blödsinn, denn der plötzliche Geistesschlag zerrüttete ihn dergestalt, daß er fast besinnungslos in den Abgrund hinuntergetaumelt wäre. Die arme Manon aber lud ihn, plötzlich still geworden, auf ihren Rücken und trug ihn sorgsam nach der Gegend des Schlosses zurück.

Der Hund war indes mit ängstlichem Winseln nach Hülfe umhergerannt und, als er einige Jäger des Marquis antraf, leitete er sie auf die rechte Spur. Man denke sich deren Entsetzen, als sie ihren Herrn auf diese Weise und in der Gewalt der ihnen vom Intendanten so furchtbar beschriebnen Wahnsinnigen antrafen. Noch zweifelten sie, was sie zu seiner Rettung beginnen sollten, da ließ ihn Manon sanft und sorglich unter einen schattigen Baum auf das weiche Gras niedergleiten, setzte sich neben ihn und winkte die Jäger mit freundlichem Ernst zu sich heran.

»Schöpft Wasser aus dem Quell dort unten«, sagte sie zu dem einen. »Kaum fünfzig Schritte von hier trefft Ihr den Fußsteig, der hinableitet.« – Staunend und wie von dem Willen der mächtigsten Herrin getrieben, tat der Jäger nach ihrem Gebot, während sie die übrigen anstellte, eine Tragbahre zu fertigen und ihnen dabei mit besonnenen Ratschlägen an die Hand ging. Zu gleicher Zeit flocht sie ihr wildes Haar und wand es, so gut es sich tun ließ, um ihr Haupt, ohne dabei den Kranken auch nur einen

Moment aus den Augen zu verlieren, bei dessen leisester Bewegung zu jedweder Hülfleistung bereit.

Saint Meran erwachte endlich, aber in dem Zustande eines albernen Kindes. Ohne Ursache bald weinend, bald lachend, alle Züge des dumpfesten Blödsinnes auf dem einst so erhaben anmutigen Gesicht, ließ er sich auf die Tragbahre legen und nach dem Schlosse schaffen. Manon ging tröstend beiher. Die Stellen waren gewechselt unter den beiden, aber wo Saint Meran als ein leichtsinniger Tor erschienen war, erschien Manon als ein hülfreicher, verzeihender Engel.

Wie schnell die vergnügensüchtigen Freunde auf dem Schlosse des Kranken auseinander stäubten, wie bald die nur um Sold arbeitenden Ärzte aus der Nähe den Armen für unheilbar erklärten und wie wenig man in Paris daran dachte, irgend etwas für ihn zu tun – soll ich es noch erst weitläuftig erzählen? Ich meine, der trübe Weltlauf jener verruchten Zeit sei schon genugsam bekannt.

Aber Manon gehörte nicht in eine solche Zeit, nicht in einen solchen Weltlauf. Geheilt von dem Augenblicke an, wo der Geliebte hülfsbedürftig in ihre Arme gesunken war, weihete sie ihr ganzes Leben seiner Pflege; nur den Todestag des armen Prokurators ausgenommen, wo sie mit sich und ihrer Buße allein in ihrem Zimmer verschlossen blieb. Wenn sie alsdann wieder in das Krankenzimmer trat, war es rührend anzusehn, wie der Blödsinnige ihr die Hände kindlich entgegenstreckte, und freudeweinend stammelte: »Wo gewesen, lieb Manon? Wo so lange gewesen?«

Dann streichelte sie freundlich seine Wangen und wiegte ihn mit artigen Märchen, sang ihn mit lieblichen Liedern in einen erquickenden Schlaf. –

Jahre kamen, und Jahre gingen, das Alter begann schon die Locken des Kranken zu bleichen und die Züge in Manons wieder aufgeblühter Schönheit zu wandeln, aber Saint Merans Zustand war nun und immer derselbe geblieben, nun und immer dieselbe Manons freundliche Sorgfalt. Da geschah es, daß eines Morgens unfern vom Schlosse ein Kavallerie-Regiment mit lustigem Trompetenschall vorüberzog. Der kriegerische Laut drang bis in das Krankenzimmer; lauschend richtete sich Saint Meran auf seinen Decken empor, ein Abglanz der vormaligen Ritterglut flog über sein bleiches, geältertes Antlitz, und sich achtsam auf etwas besinnend, rief er endlich mit ohnmächtiger Stimme: »Regiment, en avant, marche!« – Dann sank er mit dem vorigen kindischen Lächeln wieder zurück und schlief, wie nach einer großen Anstrengung, ermattet ein.

Aber für Manons zarte Liebe und Treue war aus diesem Funken ein Hoffnungsstrahl aufgeleuchtet, und sie verfolgte sinnig die Bahn, welche er anzudeuten schien.

In unterschiedlichen Zwischenräumen vernahm jetzt der Marquis bald hier, bald dort unvermutet Trompetenklang, und immer bemerklicher ward davor die augenblickliche Veränderung seiner Züge; auf immer mehr Kommandowörter, alle zum Vorrücken und zur Anordnung eines Angriffs, schien er sich zu besinnen, und manchmal, wenn er aus dem Schlaf erwachte, sang er mit erstärkter Stimme Strophen aus fröhlichen Soldatenliedern. Da legte ihm Manon einst während eines erquicklichen Nachmittagschlummers seinen Degen über das Bett. Sowie er aufsah, faßte er nach der edlen Waffe, zog sie heraus und spiegelte sich verwundert und kopfschüttelnd in dem leuchtenden Stahl. Dann ihn befühlend, hielt er bei einigen Scharten inne, dachte mit sichtlicher Anstrengung nach und nickte mit dem Kopfe, wie jemand, der sich auf etwas besonnen hat, worauf er, statt, wie gewöhnlich nach solchen Anregungen, in den Schlaf zu sinken, aufsprang, den Degen in die Scheide fallen ließ, ihn sich umgürtete und mit stattlichen, stolzen Schritten auf und nieder ging.

Am nächsten Abende hatte es Manon veranstaltet, daß junge, freudig wiehernde Rosse vor seinen Zimmern auf und nieder getrabt wurden. Eilig, mit funkelnden Blicken, sprang er aus dem Fenster, gürtete dann seinen Degen wieder um und bot Manon, sich galant verneigend, den Arm, um sie nach dem Garten hinauszuführen. Freudentränen in den Augen ergab sie sich dessen Leitung, den sie bisher zu gängeln genötigt war, und betete in ihrem Herzen brünstig zu Gott, er möge diesen Abend, zu einem entscheidenden Versuche bestimmt, seiner Segnungen würdigen.

Kaum hatten beide in einer Laube, unfern von den mutig getummelten Rossen, Platz genommen, so ertönte auf einen Wink Manons aus vielen bereitgehaltnen Trompeten schmetternd und jubelnd der alte Marsch von Saint Merans Regimente, der Marsch, mit dem der tapfre Ritter so oft dem Sieg entgegengezogen war, so oft mit ihm den errungnen Sieg begrüßt hatte und gefeiert. Und wie er sich vor diesen Tönen freudig und stolz emporrichtete, einem erwachenden Adler gleich, traten vor den Eingang ein Wachtmeister und sechs Reiter seines Regiments, alles narbige Invaliden, ihm von manchem heißen Tage her bekannt, in der vollen Regiments-Uniform, und riefen ihrem heldenmütigen Obersten ein lautes Vivat! zu.

Es war geschehn, der blöde Wahnsinn zersprengt, der kühne Geist wieder in seiner angebornen Kraft. Und selig weinend sank Manon zu seinen Füßen, und feuchten Auges küßten die greisen Kriegsgenossen seine Hände. Er aber hub seine Retterin ernst und feierlich in den wieder stark gewordnen Armen hoch empor, den verklärenden Abendlichtern entgegen, und rief in den Trompetenjubel seines Regimentsmarsches hinein: »Dieser Engel hat sich dem Frankenritter Saint Meran entzaubert und soll, nächst Gott, über ihn gebieten immerdar.« – Dann ließ er sie wieder herab, senkte sich vor ihr auf ein Knie und warb in sittiger Demut um ihre Hand. Die schöne, älternde Frau neigte sich mit überirdischem Lächeln zu dem greisenden Werber herab, und herzlich betend standen die gerührten Kriegsleute umher.

Bald darauf ward die Hochzeit gefeiert. Das Landvolk tanzte vor dem Schlosse; Gäste waren der einsegnende Priester und Saint Merans sieben tapfre Waffengenossen. Noch lange empfand die umliegende Gegend dankbar den Segen, welchen der edle Schutzherr und seine fromme Hausfrau verbreiteten, und in der Tat sahe man, während des Lebens der beiden, in diesem kleinen Winkel Frankreichs die glückliche Zeit der schönen alten Ritterwelt unter Beherrscher und Vasallen wieder daheim.

ADLER UND LÖWE

Eine Nordlandssage

Alfhilde hieß eine schöne Jungfrau. Die wohnte hoch in den norwegischen Bergen, nicht weit vom Meere, auf einer uralten, wegen seltsamer Erscheinungen weitberühmten Veste. Alfhilde war die schönste und weiseste aller Frauen und Fräulein. Wenn es jemandem vergönnt war, in ihre blauen Augenhimmel zu blicken und in die erhabnen Züge ihres von dunkeln Locken umwallten, lilienzarten Angesichtes, da ging es ihm auf wie ein neues Leben: den Sängern zu herrlichen Liedern, den Rittern zu sieghaften Kampfestaten. Jeder aber, der sich bis jetzt noch beworben hatte um die Liebe der schönen Herrin, war zurückgewiesen mit einer Würde und einer Hoheit, die ihm das Wiederkommen für immer verbot. Es ging auch bereits die Sage, Alfhilde, für alle Erdenminne zu hoch und von den Ahnengeistern ihres wundersamen Stammes beschirmt, könne und wolle nimmer einem sterblichen Manne zuteil werden.

Da traf es sich, daß ein schlanker junger Schwedenheld, von großem Ruhm und sehr anmutiger Schönheit, an Norwegs Küsten landete. Sywald war er geheißen und kehrte eben von einem glorreichen Zuge in die Südlande wieder nach den nordlichen Heimatsgegenden zurück. Der hörte auch von der Schönheit Alfhildens und trachtete, wie er es anfangen solle, um das gepriesene Fräulein zu sehn. »Was hülf es Euch«, sagte der alte Heldensänger Wehrmund, den er deshalb um Rat gebeten hatte. »Ihre Liebe könnt Ihr sowenig gewinnen als irgendein andrer Sterblicher! Und wenn Euch dann die wundersame Herrlichkeit der Jungfrau durch Herz und Seele dringt und Ihr voll heißen Minneleides hinausschifft in die weite Welt, müßt Ihr Euch noch schelten, daß Ihr mutwillig mit eigner Hand den Speer in Euer Herz gestoßen habt.«

»Ach, sangesreicher Wehrmund«, seufzte der Ritter, »wie

doch so sehr, sehr alt müßt Ihr geworden sein, seit Ihr die schönen Lieder am Rheinesufer erfandet! O bitt Euch, edler Skalde, ruft Euch die Erinnerung zurück, wie es damals war, und ob Ihr wohl je so herrlichen Sang angestimmt hättet und so ehrbare Taten mit dem Schwerte ausgeführt, ohne den süßen Liebesgram, der Euern Sinn mit reiner Luft und reinem Weh anmutig für eine erhabne Herrin durchdrang, und die Euch ferne war und ferne blieb, Euer ganzes Leben hindurch. Schlug denn Euer Herz nicht höher als andrer Menschen Herz, nur weil Ihr an ein holdes Beifallslächeln gedacht bei Sang und Schlacht? – Ja, Ihr müßt es wissen, müßt es viel besser wissen als ich: einem Helden kann nichts Höheres zuteil werden als ein holdes, hohes Frauenbild in seiner Brust. Im übrigen mögen die Nornen walten!«

Da senkte der greise Skalde nachgebend sein Haupt und eine leise, anmutige Schamröte flog ihm über die Wangen. »Du hast meine Worte gut gebessert, junger Mann«, sagte er, »und will ich gerne tun, was ich vermag, um dich hinaufzuleiten nach der Felsenburg der wunderschönen Herrin. Nur sollst du wissen: jetzt eben, wo die Winterstürme durch Wälder und Täler sausen und das ernste Juelfest bevorsteht, ist es keine günstige Zeit, Alfhildens Veste zu besuchen. Es pflegen wohl immerdar wunderliche Erscheinungen darin umzugehn, aber in diesem Mond hat es damit vollends ein so gar seltsames Bewenden, daß auch Heldensinne davor ganz irr und töricht geworden sind im plötzlichen Schreck. Wenn ich dir raten soll, mein junger Held, so warte den Frühling ab, dessen fröhlicher Lebenshauch dir und deinesgleichen ganz besoders günstig zu allen Unternehmungen ist. Auf alle Weise aber mußt du das herannahende Juelfest vorüberziehn lassen.«

»Muß ich?« rief blitzenden Auges der zornglühende Jüngling. »Fürwahr, lieber Herr, ich will gar nichts müssen! Und wenn Ihr keinen andern Weg zum Schloß der Herrin angeben wollt oder angeben könnt, gedenke ich, mich ohne weitres auf meinen Apfelschimmel zu schwingen, durch Schnee und Geklüft bergan zu reiten, wie es am nächsten gehn will; und dann klopfe ich droben an das Burgtor und melde mich eben durch mein Wagestück als einen furchtfreien Helden an.«

Da lächelte der alte Wehrmund und sagte: »Nun, nun, daß du

mich mit deinem heftigen Wesen erschrecken könntest, brauchst dir auch gerade nicht einzubilden, junges Feuer. Tu, was du nicht lassen kannst. Ich habe getan, was meines Amtes ist, als ein weiser Sänger und erfahrner Mann.«

Er wollte fortgehn aus der Halle, wo sie mitsammen tranken, aber Sywald faßte seine Hand und sprach mit sanfter Stimme:

»Nein, lieber Meister, so gar strenge müßt Ihr gegen einen Jüngling auch nicht gleich sein, daß Ihr ihn um eines raschen Wortes willen ganz und gar verlassen solltet. Ihr wißt wohl, ich bin ein Worthalter und fürchte mich eben nicht vor dem Ritte, den ich vorhin gelobte. Aber einen Meister und Helden wie Euch erzürnt und von mir abwendig gemacht zu haben, das würfe mir eine schwere Last auf das Herz. Bitt Euch also, wollet nicht so gar übel an mir tun.«

Der Alte blickte ihn sehr freundlich an, setzte sich wieder an den Steintisch und redete folgende Worte:

»Weil der Ritt denn einmal in deinem edelkühnen Sinne beschlossen ist, wirst du am besten tun, wenn du ihn um die hohe Mittagsstunde ausführest, oder auch gerade um Mitternacht. Denn zwar sind zu solchen Zeiten die Geister in ihren allerseltsamsten Erscheinungen frei, aber ein tapfres Auge sieht ja gern recht deutlich und scharf in den Kampf hinein, begehrend zu wissen, was denn am Ende die ganze Gefahr auf sich habe. Das ungewisse Zwielicht dunkler Ahnungen und halb ausgesprochner Warnungen hingegen erkältet und verwirrt oftmals auch den besten Helden.«

»Ja, um Mitternacht will ich hinaufreiten«, sagte der Ritter, freundlich mit dem Kopfe nickend.

»Du sollst den Weg nehmen, der am Seestrande den Burgfelsen hinaufgeht«, fuhr der Alte fort. »Ich weiß ja, weder dir noch deinem Apfelschimmel wird so leicht schwindlig.«

»Am mindesten«, entgegnete Sywald, »wenn ich das Meer unter mir sehe mit seinen weißen Wogenhäuptern.«

»So geht mir's auch«, sagte Wehrmund. »In Klippentäler könnte mich's schon ehr verderblich hinunterreißen. – Was dir nun, lieber Sohn, unterweges für Gestalten vorbeiziehn mögen, die laß du ungefragt und unangefochten ihres Weges wandeln; es sei denn, daß einer drunter sei mit einer häßlichen Schlange auf seinem Kopfe, sonst aber ganz lieblich, beinahe edel anzusehn. Da sollst du dein gutes Schwert aus der Scheide ziehn und einen Hieb von Ost nach West und einen Hieb von Nord nach Süd mit allen Kräften hinführen durch die Luftgestalt. Das arge Ding wird sich darnach etwas scheußlich und auch wohl entsetzlich gebärden, aber das sollst du nicht achten, sondern unerschrocken fürder reiten; denn du wirst Alfhilden mit dieser Tat einen großen Dienst leisten.«

»Ei, dann laßt den Burschen drei Schlangen für eine auf dem Kopfe haben!« rief Sywald. »Wenn es Alfhilde gern hat, kann ich mir allnächtlich den Spaß machen und durch die Luftgestalt hinhauen.«

»Du!« warnte der Skalde sehr ernsthaft; »du! hüte dich, daß du nicht allzuleicht umgehst mit dergleichen Dingen. Es kann noch geschehn, daß der, von welchem du so obenhin redest, dein allerfurchtbarlichster Gegner auf Erden wird. – Wenn du nun aber vor die Burg kommst, da findest du an dem Außentore ein silbernes Horn hängen. Das mußt du sanft und sittig von den feinen Kettlein loshäkeln und leisen Hauches hineinblasen. Erzeigtest du dich unbändig dabei, so möchte, dem kalten Winter zum Trotz, ein wüstes Donnern und Blitzen in unsern Nordlandsbergen erwachen. Aber du bist ein verständiger Held und wirst dergleichen tolles Zeug nicht hervorrufen aus der alten Nacht. O, bei allen Asgardsgöttern, mir ist bisweilen, als müßtest du das Abenteuer ganz überherrlich bestehn!« –

»Horch!« sagte der Ritter und sprang auf; denn eben sang der Wächter von einer nahen Warte:

»Wer dem Nachtspuk will aus dem Wege gehn,
Der wandle schnell hin zu Haus und Wall;
Denn die Sterne steigen in stummer Pracht
Streng auf aus dem alten, heiligen Meer!«

»Es ist hohe Zeit!« rief Sywald, eilte nach dem Stall hinab und begann, den Gaul zu satteln. Meister Wehrmund war nachgekommen und sah wohlgefällig zu, wie der Jüngling dem Schimmel das köstliche Gezeug auflegte und dabei sehr freundlich mit dem edlen Tiere sprach.

»Liebes Roß«, sagte er unter anderm, »das kann heut leichtlich der schönste und fröhlichste Ritt werden, auf den wir noch je mitsammen ausgewesen sind. Mußt aber auch nicht scheuen; hörst du? Wohl weiß ich, vor Gefahren scheust du nicht so bald, aber es können uns auch wohl häßliche Bilder begegnen; nur immer dann vorbei, mein schönes Roß, nur immer dann vorbei im schlanken Trab. Hast ja am heißen Strand von Afrika viel häßlich gewundne Schlangen gesehn und andres böses Gewürm, und wenn dich's auch ein bißchen schauderte, du trugst mich dennoch leicht und rasch des geraden Weges fort. So machst du's heute zu Nacht wohl auch. Nicht wahr?«

Und als verständ es seinen Herrn, sah das edle Roß ihn aus freundlichen, klugen Augen an und hieb lustig mit dem Vorderhufe die Pflastersteine und wieherte dreimal hell auf. Da schwang sich Held Sywald in den Sattel und grüßte noch einmal den Skalden freundlich und flog leichten Trabes in die Sternennacht hinaus.

Weit rauschte und wogte vor ungestümern Nachthauchen das Meer, die weißen Schaumhäupter der Wellen hoben sich und verschwanden und kamen wieder und zerschellten am steinigen Ufer; starr und eisflimmernd sahe die Buchenwaldung drein; über sie hinaus ragte der Felsengipfel und die Türme von Alfhildens Burg.

Wie nun Sywald eilig hintrabte durch den einsamen Forst, stieg die Sehnsucht nach der schönen unbekannten Herrin immer wundersamer in seiner klopfenden Brust empor. Ihm ward, als sehe er das holde, weiße Bild mit den dunkeln Locken vor sich hinziehen in Wolk und Nebelduft, und freudig lenkte er den Schimmel seitab von der geebneten Bahn, die in das angebaute Land führte, und spornte ihn den schmalen Klippenpfad, ganz dicht am Ufer des brausenden Meeres, hinauf.

Nicht lange, so kam es ihm entgegen wie ein hoher Kriegsmann; von dessen Helme sah ein blitzendes Licht wolkenan. Er glaubte schon, das sei die Gestalt, die er mit dem zweifachen Hiebe treffen solle, und hielt sich zum entscheidenden Schwunge fertig. Sein Roß unter ihm schnaubte und schäumte sehr. Wie aber die Erscheinung näher kam, war es kein rechter Kriegsmann, auch wohl so eigentlich gar kein Menschenbild, sondern vielmehr ein riesengroßer Wolf: der ging auf zwei Beinen und fletschte den Ritter zornig an, und was aus seinem Haupte wolkenan sprühte, war flammend rotes Blut aus einer tiefen Wunde. Sywald aber trabte, nach des Sängers Gebot, auf seinem scheuen Rosse schweigend vorüber.

Um eine Ecke beugend, schien es ihm, als sei vom Seestrand herauf, hoch über den Pfad hin, bis nach der Felsenkante ein gewaltiger Schwibbogen erbauet, aber im Näherkommen gewahrte er, daß eine ungeheure Schlange sich aus den Wogen aufgebäumt habe und – den Weg überwölbend – ihr Haupt auf das Gestein lege. Sie hatte das scheußliche Antlitz seitwärts gewandt und züngelte in grausiger Menschenähnlichkeit wie höhnend und grinzend nach dem Ritter herunter. Wild bäumte sich der edle Apfelschimmel und schien lieber in die Fluten hinab zu wollen als durch das häßliche Tor. Aber Sywald rief seinen Schlachtruf, und da mochte das ritterliche Tier wohl denken, es warte jenseits ein Feind, und flog mit freudigem Wiehern unter der fürchterlichen Erscheinung durch.

Immer seltsamer und kühner und schroffer und enger wand sich der Klippenpfad. Da saß an einer der schmalsten Stellen ein verhülltes Weib, wie eine Bettlerin, mit wilden Gebärden die Arme dem Ritter entgegenstreckend und fast die schwindlige Bahn versperrend. Er gedachte anzuhalten und ihr eine milde Gabe zu reichen, aber da fiel ihm des Sängers Warnung ein. Rasch vorwärts trieb er sein Roß, und ein gespenstischer, leibloser Nebel war's, durch den er hinjagte. Aber ihm nach tönte eine schauerliche Stimme:

»Hast gut dich gehütet, frecher Held!
Hätt'st du gespendet die Gabe mir,
Da hätt ich gedrückt dich in ew'gen Tod,
Gedrückt dich in meine dunkle Burg;
Bin keine Bettlerin, bin eine Fürstin,
Bös aber geht's zu in meinem Reich!« –

Das Grausen, welches vor diesem seltsamen Liede durch Sywalds Herz und Sinne zog, verschwand jedoch alsbald; denn nahe schon war er dem Gipfel, und hellbeleuchtet schaute Alfhildens Schloß über die Felsstücke heraus.

Da trabte der Schimmel so leicht und fröhlich den milder werdenden Pfad hinan, daß die Silberglöcklein, welche Sattel und Hauptgestell und auch den großen Goldschild des Ritters zierten, anmutiglich erklangen, wie ein fröhliches, von hellen Stimmen gesungenes Lied.

»Glückauf zum herrlich bestandnen Abenteuer!« sagte eine feierlich tönende Stimme, und umschauend erblickte Sywald eine edle Mannesgestalt, die hatte sich in ernstem, wie es schien, tief wehmütigem Sinnen gegen das Gestein gelehnt, richtete sich aber eben jetzt empor, langte mit der Hand in eine Klippenhöhlung und bot ein daraus hervorgezognes Trinkhorn dem Reiter dar.

»Ich weiß, du bist müde, sehr müde«, sagte der Fremde mit lieblichem Grüßen; »und brauchst dich deshalb nicht zu schämen. Hast du doch viel zustande gebracht auf diesem Ritt, weit mehr, als den meisten Helden gelingen mag. Nun ist das Ziel erreicht, nun kannst du ruhen und rasten. Setz dich hier auf den Felsenvorsprung und trinke eins mit mir.«

Schon faßte Sywald die Silbermähne des Gauls, im Begriff, sich hinunterzuschwingen; da fiel ihm ein, es zieme sich nicht für einen ehrbaren Rittersmann, auch nur zollbreit vor dem gesteckten Ziele haltzumachen. Höflich sagte er:

»Habt Dank für Eure Gastlichkeit, mein lieber unbekannter Herr; aber für diesmal muß ich nein dazu sprechen, soviel Lust ich auch hätte zu einem guten Trunk.«

Und zugleich stach er seinen Schimmel an und wäre arglos fürder getrabt; doch murmelte der Fremde unzufrieden in sich hinein, und damit er nun nicht denken solle, der Ritter scheue das, zog dieser die goldgestickten Zügel an und richtete, sein Pferd in langsamen Schritt setzend, noch einmal gegen den Unzufriednen die klaren, ruhigen Augen hin.

Hui, da erkannte er plötzlich den von Wehrmund bezeichneten gespenstischen Kriegsmann mit der Schlange auf dem Haupte. »Ich sag Euch ab im Namen der schönen Alfhilde, und nun, Ihr frech Murrender, faßt alsbald Eur Gewaffen!« – So rief der freudige Sywald, und sogleich war der Schimmel wieder herumgeworfen, und ein gewaltiger Schwerthieb zischte in blitzrascher Wiederholung von Ost nach West und von Nord nach Süd durch die feindliche Gestalt. Die aber verzerrte sich scheußlich und sank unter heiserm Brüllen langsam vom Felsen nach der

Meerestiefe hinab. Es war, als heulten unten noch viele, viele Stimmen über des bezwungenen Feindes Fall.

Aber von dem Felsengipfel herab kamen bunte Lichterchen dem Rittersmann entgegen, teils in der Luft sich wie zu blumigen Kronen und Gewinden verschlingend, teils auf der Erde muntre Reihentänze haltend. Und näher herantrabend merkte Sywald, daß es helle, durchsichtige Geister waren, in wunderlieblicher Kindesgestalt: die einen wie Mädchen in flatternden, vielfarbigen Gewändern, die andern wie Knaben mit hellblankem Waffenspielzeug, zum Teil auch reitend auf kleinen Rösselein von seltsamer, bald lichtgrüner, bald rosenroter Farbe. Gern hätte Sywald mit den artigen Dingerchen geredet, die ihn sehr freundlich grüßten, aber an Wehrmunds Warnung gedenkend, eilte er mit schweigendem Gegengruße seines Weges fort. – Er wußte wohl, das waren solche kleine, freundliche Alfen, die man in Island Lieblinge nennt.

Nun hielt er oben auf der Gipfelebne des Felsens, die auch in der starren Vereisung winterlicher Mitternacht ein anmutiger Garten blieb. Denn wie zu feierlichen Festeshallen schlangen Nordlands Heldenbuchen in langen, schöngewundnen Gängen ihr hohes, bereiftes Gezweig zusammen, daß dem Helden ward, als reite er durch Kristallpaläste hin; und dazwischen funkelten im Sternenlichte, wie glattpolierte Tanzplätze aus klarem Silber, die runden, vom reinsten, kräftigsten Froste belegten Teiche. Große, schwarze Adler mit flammenden Augen, auf den Buchen horstend, sahen aus ihren Nestern auf den Fremden herab oder ergingen sich auch in den Baumhallen oder schwebten gewaltigen Fluges gegen den Nachthimmel empor.

Noch sann der Ritter, ob er die Herrin der Burg wohl erwekken dürfe oder ob es nicht besser sei, in diesem Wundergarten zu verweilen, bis die junge Sonne sich in den Reifkristallen spiegle – da hielt er, durch eine unversehne Windung der Bogengänge geleitet, urplötzlich an des hohen Schlosses Tor. Und vor ihm schwankte an feinen Silberkettlein das schönverzierte Horn, wie ladend und winkend, er solle es durch seinen Hauch beleben.

Daß er damit die Herrin im Schlummer störe, durfte er nicht mehr fürchten. Flammte doch bereits durch alle buntbemalte

Scheiben des Baues ein klares, beinahe taghelles Leuchten, und war die Brüstung der höchsten Warte ein einziger heller Fackelkranz.

Und in Mitte der lodernden Fackeln – wer stand so hoch und herrlich da in weißen, wallenden Gewanden? Die dunkelherrlichen Locken wogend über der fürstlichen Stirn! Gen Himmel gewendet der ernste, weissagende Blick! –

Wie ein Klang von Flöten und Harfensaiten bebte der Name »Alfhilde« durch Sywalds Herz. Kaum wagte er es, das Horn aus den Silberkettlein zu lösen und – der Warnung des Sängers hätte es für diesmal nicht bedurft – leise und lind wie einen Seufzer, hauchte er seinen anmeldenden Gruß hinein. Der Ton wehte im anmutigen Widerhall durch die Gänge der Burg. Die Herrin schien zwar in ihrer ernsten Begeistrung ihn nicht vernommen zu haben, aber alsbald stieg eine Dienerin mit der Botschaft zu ihr empor und ein kaum merkbares, doch himmlisch freundliches Neigen des Hauptes sprach: Ja. Die Burgtore gingen vor dem Ritter auf, zwei geschmückte Knappen empfingen sein Roß.

Als er nun vor ihr stand in einer wundersam leuchtenden Halle – sie auf einem Throne, den zwei aus reinem Gold gegoßne Löwen trugen, er in tiefer Neigung, beinah kniend, auf sein leuchtendes Schwert gestützt – hat sich folgendes Gespräch zwischen beiden erhoben. Alfhilde fing an. Sie sang:

»Wandrer, du kühner
   Wagender Reiter,
   Du dreister Jüngling, zur Julzeit kommst hierher?
   Durchs Gleiten der Geister,
   Viel grimmiger Geister,
   Lenktest bergan deines Rosses leichten Lauf?«

Sywald sang:

»Herrin, du hohe,
   Helleuchtende Schönheit,
   Du süßes Licht, dich suche kein zagender Sinn!
   Wer es wagt zu werben
   Um dich, Weitstrahlende,
   Dem klopfe siegentbrennet die tapfre Brust.«

Alfhilde sang:

»Wer spricht von Werben?
Wer hier von Brautstand?
Du zügle die Zunge, du allzukecker Held! –
Sag an mir, Sywald –
So weiß ich, heißt du –
Hast den mit der Schlang auf dem Haupte du erschaut?«

Sywald sang:

»Von Osten nach Abend,
O freudig, mein Schwertblitz,
Durchzucktest du des düstern Trügers Gebild!
Von Norden nach Süden,
Noch schneller fliegend,
Sauste der zweite Hieb. Da sank er ins Meer.«

Alfhilde sang:

»Du Held aller Helden,
Hast Großes getan mir. –
Drum lachten heimwallend die Lieblingslichter so hell!«

Sywald sang:

»Hab ich gewonnen
Heiteren Sieg dir,
Da wag ich's und werbe mit neuen Taten um dich.«

Alfhilde sang:

»Kein kühnes Fechten,
Kein zartes Werben
Erwirbt dir, armer Jüngling, Alfhildens Hand.
Doch dir, dem kühnsten,
Dem edelsten Degen,
Nicht verborgen dir bleibe, was uns trennt.«

Da winkte sie mit der schneeweißen, wunderschön gebildeten Hand, und zwei Fräulein trugen einen Sessel herbei; darauf mußte der Ritter, dem hohen Throne der Herrin gegenüber, Platz nehmen. Dann brachten zwei andre Fräulein ihm edles Getränk in einem hohen Silberbecher, und als er den geleert, winkte die Herrin ihr ganzes Gefolge hinaus.

Sie hub darauf folgendergestalt zu reden an:

»Es kann Euch, mein edler Held, nicht unbewußt sein, wie in unsern geheimnisreichen Nordlanden gar manche seltsame Verwandlungen vor sich gehn; und alles das geschieht durch geweihten Zauberspruch und tapfern, tief kräftigen Geist; daher es auch den minder edlen Gemütern höchstens gelingt, sich in Wölfe zu verkleiden oder in grimmige Bären. Aber meine Ahnen suchten in ihrem erhabnen Sinne sich viel Besseres aus.«

»Das taten die meinen auch«, entgegnete Sywald. »Sie hatten einem uralten Zaubermeister ein wundersames Federkleid abgerungen, und wenn sie das anzogen, wurden sie zu hochkräftigen Adlern, und ich führe zum Andenken noch immer einen Adler in meinem Schilde.«

»Zieht Ihr denn noch bisweilen das Federkleid an, Ritter Sywald?«

»Nicht das, schöne Herrin. Ich reite lieber auf meinem Schimmel zu Rittertaten aus oder treibe meinen Kiel durch die schäumige Flut. Aber gebietet nur, und morgendes Tages sollt Ihr mich als Adler um Eure Zinnen fliegen sehn und sieghaften Kampf halten mit all meinen geflügelten Genossen, so viel deren hier auf Euerm Felsen horsten.«

»Herr Sywald, ich glaube, Ihr wäret fähig, in den Schlund des finstern Todes hineinzureiten, bloß, damit Euer Wille geschähe.«

»Nicht darum, wunderschöne Herrin, aber wenn damit Alfhildens Wille geschähe, von ganzem Herzen gern.«

»Nein, Sywald, mich graut's vor diesen Verkleidungen, und gebiete ich Euch, nie dergleichen zu versuchen.«

»O seien die Götter gepriesen, nun zeigt Ihr Euch als meine Gebieterin, und nun bin ich ja doch Euer Ritter.«

»Mein Ritter mögt Ihr wohl sein; mein Bräutigam nun und nimmermehr. Denn wißt, meinem Stamme war kein Wesen auf Erden königlich genug zu ihrer Verwandlung als nur der Löwe, dessen furchtbare Herrlichkeit sie auf ihren Fahrten in die Südlande hatten kennen lernen. Da schritten sie oftmalen durch die Mitte unsrer nördlichen Waldungen in des Löwen fremder Heldengestalt, und erst mein Vater, an allen weisen Zauberkünsten reich, legte einen Bannspruch auf die schauerlich prachtvolle Gabe, daß nicht er, nicht seine Nachkommen sie fürder gebrauchen könnten. Doch sprach er im Sterben zu mir: ›Alfhilde, deine tapfern Brüder sind dennoch Löwen an edlem Stolz und unbezwinglichem Mut und hochfürstlicher Sitte. Und während sie nun umziehn in fernen Reichen und unsres Löwenhauses Ruhm in mannigfacher Verzweigung über die Erde strecken, hinterlasse ich dir mein zauberisches Wissen. Das wird dir viel Grauen bringen, doch auch viel heiteres Schauen, und laß dir daran genügen, und sonst entsage allem, was man auf Erden Freude nennt; denn für jeden Verkehr mit Leuten eines andern Stammes bist du viel zu hoch, am mehrsten für irgendeinen Ehebund mit solchen. Du bist der Löwenhelden Kind; daran gedenke mir fest.‹«

»Und ich bin der Adlerhelden Kind!« rief der zürnende Sywald. »Und wenn Euer Vater ein echter Löwenheld war, so muß er eine Bedingung gestellt haben, durch deren Erfüllen ein tapfrer Nordlandskrieger sich würdig erzeigen kann des Ehebundes mit Euch.«

Beinah ein wenig scheu blickte ihn die hohe Herrin an und sprach: »Ihr seid ein kühner, übergewaltiger Mensch. Aber Ihr seid auch ein milder adliger Ritter, und Ihr sollt die Tat vernehmen, die mein Vater als Ziel für meinen Werber aufgestellt hat. Einen der wildesten, raubgierigsten Löwen, die der ferne Landstrich, Afrika geheißen, in seinen brennenden Sandfeldern nährt, soll er nicht allein bändigen, sondern auch zähmen, und ihn hier heraufführen in den hohen Norden, gleichwie ein ganz gehorsames Hündlein, auf diese wundersame Weise bewährend, ihm sei das Herrscher- und Königsrecht über die edelsten und furchtbarsten Geschöpfe der Erde verliehn. Dann erst mag es ihm vergönnt sein, die Tochter des Löwenstammes zu befragen: gewährt Ihr mir, o Herrin, Eure Minne?« –

»Bald werde ich fragen dürfen: gewährt Ihr mir, o Herrin, Eure Minne? – Behüten Euch derweil die Götter.« So sprach Sywald und schritt, feierlich grüßend, aus dem Gemach.

Fast hätte ihn Alfhilde zurückgewinkt, denn wie ein Wölkchen der liebevollen Besorgnis schwebte es um ihre reine Stirn; aber sich jungfräulich in ihre Schleier hüllend, verstummte sie, und der Ritter hielt in der anbrechenden Morgendämmerung vor der Halle des Sängers. –

»Die Träume haben mir alles verkündet«, sagte Wehrmund im Heraustreten. »O Jüngling, wie du bedroht bist und dennoch wie glücklich! Wie die Sonnenlichter so verheißend um dich hin strahlen als ein goldner Kranz! Nun gilt es, treu zu bleiben und rein und stark.«

»Ich hoffe, daran zweifelt kein Mensch«, sagte der stolze Jüngling.

Da klang abermals ein ernster Warnungsspruch von den Lippen des Sängers. – »Weißt du denn, mein Sywald, wen dein Schwert getroffen hat in der vergangenen Nacht? Das war der böse Loki, der Feind aller Asgardsgötter, obgleich früher selbst ein Asgardsgott in ihrem Kreise mit. Und die dir früher begegneten, das waren seine schlimmen Kinder: Fenris der Wolf und Midgardsschlange und Hela, die Königin in der blassen, ruhmlos erstorbenen Toten.«

»Wie ist mir doch?« fragte Sywald. »Haben denn die Götter nicht den Loki an einen Felsen gebunden; liegt nicht der Fenriswolf an unzerreißbaren Ketten? nicht Midgardsschlange im Meer, den Erdkreis umgürtend? Und darf denn Hela aus ihrem bleichen Totenlande herauf?«

»Das darf sie freilich nicht, mein Sohn, und alles ist, wie du es gesprochen hast. Aber die Schatten jener bösen Wesen ziehn auf eine wunderliche Weise durch die Welt und verlocken die Menschenkinder, und wenn es gelingt, freuen sich die graunvollen Urbilder drunten sehr. Wo aber ein solcher Schwertschlag, als du ihn führtest, den Lügenvater der häßlichen Kinder trifft, ihn, der Macht hat, sich zu verstellen in eine fast schöne Heldenbildung – da winselt und heult das ganze arge Reich, und mondenlang darf keiner von ihnen wieder ans Licht herauf. Wohl kann Alfhilde nun die geisterbelebten Tage des Juelfestes in ungestörter Freudigkeit feiern mit den kleinen, leuchtenden Lieblingen, die dir begegnet sind und mit andern guten Alfen. Aber dir zürnt der böse Loki und sein arges Haus. Gegen des du nach der afrikanischen Küste gelangst, sind sie wohl wieder frei an aller schlimmen Tücke, und dann hüte dich vor ihnen, mein Sywald, hüte dich!«

Ernst dankend drückte der Jüngling des treuen Warners Hand und eilte, das Schiff zu seiner Südlandsfahrt zu rüsten. Und allen Winterstürmen zum Trotze spannte er schon im Frührote des dritten Tages seine Segel aus und lenkte, selbst am Steuer sitzend, das Fahrzeug durch die maßlose Meeresfläche hin. Nachdenklich grüßend und winkend stand der alte Wehrmund am Ufer. –

Auf manchen Küsten landend und die notwendige Ruhe durch ehrbare Heldentaten würzend, auch manchen Kampf in offner See mit argen Raubgeschwadern haltend, war Sywald im Geleit der ersten Frühlingshauche bei dem hohen spanischen Felsen, den man späterhin Gibraltar genannt hat, vor Anker gegangen und schaute nun ernstsinnend nach den afrikanischen Ebnen hinüber. Was ihn einigermaßen bekümmerte, war sein gutes Roß. Er meinte nämlich einzusehn, bei dem bevorstehenden seltsamen Abenteuer müsse es ihm hinderlich werden, und doch hatte er es bis heute noch nie einer andern Pflege als seiner eignen anvertrauen wollen. Dazu stand der edle Schimmel so betrübt neben ihm und schmeichelte ihm bisweilen so sanft und leise, das schöne Haupt ihm auf die Schultern legend, als wisse er um seines Herrn Gedanken, daß Sywald endlich schnell entschlossen ausrief: »Nein, komme auch davon her, was da wolle, du lieber, treuer Apfelschimmel, du sollst mit!« – Und fröhlich tanzte und wieherte das gute Pferd um den Ritter her und ließ sich viel geduldiger einschiffen, als es sonst seine Art zu sein pflegte, und zeigte sich auf der Überfahrt sehr vergnügt.

Bei den wundersamen fremden Völkern, die jenseits wohnten, war der Name und die ernste Weise der Nordmannen schon sehr bekannt. Einen solchen Kriegsmann auf seinen Fahrten zu hindern, fiel daher eben niemandem ein. Man war schon vollkommen zufrieden damit, daß er selbsten in Ruhe und Freundschaft seines Weges zog. So gelangte Sywald nach einigen Tagereisen ungestört an die Ufer des großen, unabsehlichen Sandmeeres, welches man die Wüste Sarah nennt. Er selbst war noch nie so weit vorgedrungen und sah einigermaßen verwundert in das tote Grenzenlose hinein. Der Schimmel schnaubte und blieb, ohne den Zügel zu fühlen, stehn. Schaudernd hielten die Reisigen hinter ihrem Führer. Der wandte sich zu den getreuen Mannen und sagte: »Diese Fahrt gehört von nun an nur ganz allein für mich und für meinen Schimmel. Beladet ihn mir, so viel es gehn will, mit Speise und Trank, vorzüglich auch mit Futter für ihn. Ich werde beiher gehn.« – Und damit schwang er sich aus dem Sattel, und die Kriegsleute taten schweigend nach seinem Gebot. Als alles bereit war, schüttelte er noch jedem von ihnen schweigend die Hand und sprach: »An dieser Stätte sollt ihr ein Lager aufschlagen und meiner warten dreihundert Nächte lang. Wenn die um sind und ihr habt mich nicht wiedergesehn, da sollt ihr mir gerade hier, wo ich jetzt stehe, einen Runenstein errichten und drauf schreiben, daß ich in der hohen Herrin Alfhilde Dienst ehrlich ums Leben gekommen bin. Eines weitern Lobes braucht es nicht, denn dies ist mir das liebste auf Erden. Dann mögt ihr heimschiffen und dem greisen Sänger Wehrmund erzählen, was sich begeben hat. Der wird aber wohl schon mehr von der ganzen Geschichte wissen aus seinen wundersamen Träumen. Und somit gute Nacht.«

Die Sterne gingen jetzt eben hell am ganz klaren, wolkenfreien Himmel auf und spiegelten sich in manch eines tapfern Kriegerauges stiller Träne. Aber Sywald schritt freudigen Sinnes, ein Lied von Alfhildens Hoheit und Anmut leise vor sich hin summend, in das Sandmeer hinaus, sein treues Pferd, ein wenig stutzend und staunend, jedennoch frisch und entschlossen, ihm nach. Bald wirbelte ein kühlender Nachtwind zwischen dem Helden und der rückbleibenden Schar dichtes Staubgewölk empor, und die wackern Mannen, die gemeint hatten, mit ihren Falkenaugen noch lange dem lieben Herrn auf der unermeßlichen Ebene nachzuspähen, verloren ihn plötzlich aus dem Gesichte, ja sogar seine und seines Rosses Spur verwehte alsobald in dem aufgewühlten Sande.

Noch einmal gedachte auch Sywald sich umzuschauen und die lieben Genossen abschiednehmend zu grüßen mit dem Wehen der Feldbinde und mit leuchtendem Schwertesblitz, aber da war es wie ein dichter Vorhang hinter ihm aufgerollt; einsam stand er in der Öde und umfaßte voll seltsamer Rührung seines freundlichen Rosses schlanken Hals, das sich beinahe zitternd gegen ihn heranschmiegte. Aber bald sang er mit lauter, fröhlicher Stimme:

»Schwimm, mein Schimmel, durch das Sandmeer,
Schnaube nicht so bang und schaurig!
Held ist bei dir, wird erhalten
Hohen Ruhm sich, dir das Leben.«

Vor den kräftigen Klängen fuhren aus ihren tiefen Sandbetten einige verwunderliche Tiere empor und setzten scheu, wie riesig aufgerichtet, durch die stäubende Ebne davon. Sywald dachte anfänglich an das Schattenbild des Fenriswolfes und meinte schon, es in widriger Vervielfältigung zu erblicken, aber bald sahe er, es waren furchtsame Geschöpfe mit seltsam hohen Vorderfüßen, daß sie beinahe aufrecht gingen, und er wußte aus den Berichten des Küstenvolkes, man heiße sie Giraffen. Da streichelte er seinen guten Schimmel und sagte ihm, er solle sich vor den schwachen Dingern nicht fürchten, und das edle Roß sahe sie darauf keck, flammenden Auges, ordentlich neugierig an. Auch ruderten wohl Strauße mit ihren kurzen Flügeln durch die Sandsee hin oder trabten häßliche Kamele vorüber, vor denen sich der Schimmel sehr entsetzte, aber unangefochten ging weiter und weiter des Ritters und seines Rosses Fahrt.

Wohl wußte Sywald, daß gerade die zornigsten und stärksten Löwen in dieser Wüste hauseten, das Sandmeer nur hin und wieder nach Beute durchstreifend, sonst jedoch ihren Wohnsitz auf den blühenden Inseln wie auf schönen Burgen haltend, die einzeln aus dieser graunvollen Einöde mit fruchtreichen Bäumen und blühendem Rasen emportauchen. Ein jeder Löwe, echten, furchtbar edlen Stammes solle – sprach die Sage – ein solches Eiland, welches sie dorten Oasis nennen, als sein eignes, angebornes Reich mit Verderben drohender Gewalt behaupten.

Dennoch wünschte Sywald nichts lebhafter als den Anblick einer so blühenden Veste. Nicht allein hoffte er dort einen Löwen zu finden, wie ihn nur das Gebot von Alfhildens Vater irgend stark und gefahrvoll begehren könne, sondern auch seines Rosses und sein eigner Zustand hieß ihn, sich nach Labung und Schatten sehnen. Schon drei Tage lang zogen Herr und Pferd durch die Wüste umher, ohne eine Quelle zu finden; der Vorrat war aufgezehrt. Oft scharrte der gute Schimmel den Boden auf, als müsse er einen labenden Trunk entdecken, oft suchte er nach Gräsern auf dem sandigen Grunde, und wenn er dann nichts von dem allen fand, blickte er seinen Herrn verwundert und wie fragend an. O welcher wackre und in ernsten Zügen erprobte Ritter hat nicht schon oft die Not eines treuen Pferdes viel tiefer empfunden als die eigne Not! Weiß doch ein Mann, woran er sich zu halten hat, aber so ein freundliches Tier hält sich nur vertraulich an seinen Herrn, und weiter kennet es keinen Trost. – Sywald war recht von ganzer Seele betrübt und streichelte sehr wehmütig den guten Schimmel bei jedem Schritt.

Der Abend des dritten Tages hauchte jetzt eben mit einigen erfrischenden Luftzügen durch die sengende Himmelsglut, zugleich aber wirbelten auch davor die Staubwolken wieder empor, und wie in einem dichten, erstickenden Nebel wandelten Ritter und Roß dahin und konnten oft nur kaum zwei Schritte weit vor sich sehn. Aber plötzlich blitzte die Spätsonne mit ihren schrägsten, leuchtendsten Strahlen über die Ebne, der Abendhauch schwieg, und über das sinkende Staubgewölk, ganz nahe vor den Wandernden, wurden Palmenwipfel sichtbar; bald war der Sandnebel gänzlich verschwunden, und Sywald stand vor der blühendsten Oasis, die, von Quellen durchrieselt, ihren frischen Rasenteppich wie ein Bette, ihre dunkelgrünen Schatten wie Burgeshallen den Erschöpften darbot. Fröhlich trabte der Schimmel hinein, kühlte spielend seine schlanke Silbergestalt in den silbernen Wellen, daß die Flut in vielen Perlen emporsprützte, wie ein erquickender Sprühregenguß; dann trank er in langen durstigen Zügen; dann sprang er wieder heraus auf das frische Gras und trabte wiehernd darauf hin und wider und begann endlich, mit lustiger Behaglichkeit, der Weide zu genießen. Sywald aber hatte sich nur schnell das glühende Angesicht im Wasser gekühlt, nur wenige Tropfen über seine lechzenden Lippen geträufelt und stand jetzt sorgsam, gezückten Schwertes und scharf umherblickenden Auges da; denn er dachte an den Burgwart der anmutigen Oasis, an den Löwen.

Und brüllend richtete sich der goldhaarige Feind aus dem tiefsten Dickicht auf in all seiner furchtbaren Herrlichkeit, und das Silberroß floh scheu hinter den gewaltigen, bereits hochgehobnen Schild seines Ritters zurück.

Der Kampf begann. Wohl blutete Sywald alsbald aus mehrern

Wunden; denn die Krallen des Löwen rissen die Harnischringe von einander, und vor seinem bissigen Zahn brach manch ein Geflecht des Panzerhemdes entzwei. Aber auch Sywalds Waffen trafen gut. Schon beim ersten Anfall flog sein mächtiger Speer in des Löwen rechte Schulter, daß ein Purpurstrom hinquoll über das goldgelockte Haar, und jetzt traf die zweischneidige Schwertesklinge mit einem furchtbaren Stoße die linke Schulter des Feindes auch, so daß der fürchterliche Burgwart mit lautem Gebrülle zu Boden sank. Der Ritter hätte ihn töten können, aber was wäre dann aus Alfhildens Gebot geworden! – »Höchstens schlagen wir uns noch einmal«, sagte er lächelnd, »und dann wirst du doch hoffentlich klug werden und deinen Meister erkennen.« – Und zugleich raffte er heilsame Kräuter aus dem Boden und schöpfte frisches Wasser in seinen Helm und goß hülfreiche Kühlung in des Löwen Wunden. Der brüllte heiser dazu; nicht sowohl, weil es ihn anfangs schmerzen mochte, sondern von recht wildem Ingrimm über seine Sieglosigkeit aufgeregt. Dennoch blieb Sywald freundlich und getreulich bei seinem Amt. Erst als es vollendet war, dachte er auch an seine eignen Wunden und kühlte sie und verband sie. Der Schimmel sprang derweile aus Wiese in Quell, aus Quell in Wiese weidend und trinkend und spielend umher.

Da, wo der Löwe aus dem Lager aufgesprungen war, unter zwei hohen Orangenbäumen, bereitete sich auch Sywald sein Bett aus Moos und würzigen Kräutern und rastete dort als rechtmäßiger Sieger und Herr der Inselburg. Der Löwe sah's von fern und brüllte zornig, daß ihm seine Hauptstadt so verlorengegangen war. Sywald aber schlief lächelnd ein, nachdem er noch zuvor den erquickenden Saft zweier Orangen genossen hatte, die, früh gereift in Afrikas brennender Sonne, wie ein freundliches Gastgeschenk von den schwanken Zweigen auf seinen Goldschild herniederrollten.

Er hatte aber in dieser Nacht einen seltsamen Traum, oder es war auch wohl mehr als ein Traum.

Aus den Staubwirbeln des Sandmeeres, unfern von den Grenzen der Oasis, erhuben sich wunderliche Gestalten, dem Ritter nur allzuwohl bekannt. Heulend rang der bleiche Hela Schatten die dürren Hände über das von wildem Haargewirre halb verhangne, todbleiche Antlitz; wie im wahnsinnigen Tanze sich brüstend, schritt der Fenriswolf aufrecht hin und wider, und Midgards Schlange kräuselte sich in häßlichen Windungen heran und umschlang die ganze Insel rings mit ihrer riesigen Gestalt, so daß ihr grinzendes Antlitz gerade dem Ritter gegenüberkam. Er wollte wegsehn und konnte nicht. Da fletschte Fenris der Wolf lachend seine langen, blutigen Zähne, und Hela sagte: »Es wird noch viel besser kommen.« Alle drei aber wandten bald ihr ganzes Aufmerken nach dem Löwen. Zwar berührten sie den Boden der Oasis nicht und schienen es auch nicht zu dürfen; doch murmelte Hela immerfort viele leise, wohl hochgewaltige Worte und sahe dabei unverwandt und starr den Löwen an, und die Midgardsschlange nickte nach ihm hinüber, als sprühe sie Gift dorthin, und Fenris heulte widerwärtig drein, und es war, als stimme der Löwe seine Kehle in denselben Ton, obgleich die Mattigkeit ihn noch verhindre, recht laut zu brüllen. Immer wilder tanzte der Wolf auf und nieder, immer emsiger flüsterte Hela, immer eifriger nickte und sprühte die Schlange; Sywald fühlte sein Haupt umdunkelt, halb von Wundfieber und halb von Schlaf.

Gegen die Morgendämmerung erweckte ihn sein Schimmel. Der sprang mit verschüchterten Sätzen um ihn her, und, sich in die Höhe richtend, sahe der Ritter, wie der Löwe, wunderbarlich gestärkt und fast genesen, zum erneuten Kampfe brüllend herangeschritten kam.

Ritter und Löwe mußten abermals bluten, doch abermals erlag nach hartem Streit der Löwe dem Helden, und wieder salbte und verband die Wunden seines grimmigen Feindes der Held.

So ging es noch zwei Nächte und zwei Tage lang: immer bei Mondenlicht die furchtbare Erscheinung der drei spukhaften Geschwister, immer um Sonnenaufgang erneuter Kampf mit dem Löwen und Pflege des Löwen durch den Sieger, aber immer matter sank der Sieger unter den Schatten der Orangenbäume zurück.

Da stand endlich, während die Gespenster wieder aus dem öden Gefilde auftauchten, unversehens ein hoher, schöner Mann unter ihnen; der drohte mit der linken Hand gegen den Sternenhimmel an, und plötzlich waren die drei Greuelgestalten verschwunden. Der wundersame Fremde winkte den Ritter an die Grenzen der Oasis, und dieser, jetzt vollkommen wach und besonnen, tat nach des Unbekannten Begehr.

Aber wie ward ihm, als er im Näherkommen den fürchterlichen Loki erkannte! Grauenvoll bäumte sich aus dessen Haargelock eine böse Natter empor, trotz ihrer Kleinheit bei weitem häßlicher und erschreckender noch als Midgards Schlange, und bisweilen sprühte sie Gift auf des abtrünnigen Asagottes Stirn; dann fuhr dieser zusammen in schmerzhaftem Ingrimm und seine sonst beinahe anmutigen Züge verzerrten sich zur greulichen Fratze.

Schaudernd wollte sich Sywald abwenden; da sprach der trübe Schatten: »Was ist es denn nun, daß du mich verachten darfst, du allzukecker junger Ritter! Deines Sieges über mich rühme dich weiter nicht, denn auch ein Knabe könnte ihn erfechten mit weisen Sängers Leitung und Rat. Und etwa, daß mich die Asagötter verstoßen haben? Deine Trefflichkeit und Reinheit soll doch wohl nicht dein Schirm gewesen sein, daß du nicht ebenso schlimm ausgeschlossen bist von Walhallas Sälen als der arme Loki, für endlose Zeiten! O denke, denk an manche böse, wilde Stunde deines Lebens! Es ist nur, daß sie mir mit sehr schwerem Maße gemessen haben und mit sehr federleichtem dir.«

Es war, als weine die seltsame Gestalt. Sywald schwieg tief erschüttert.

»Und ich komme ja recht freundlich«, fuhr der gefallne Asagott fort.« Ich komme, dir zu helfen aus all deiner Not, so du nur selber willst, du wunderlicher, eigensinniger Ritter. Was soll denn aus deinen immer erneuten Löwenkämpfen herauskommen? Dein Feind allnächtlich gestärkt und aufgereizt zu herberm Grimm durch meine bösen Kinder, du aber mit jedem Tage kraftloser und immerdar wieder aus neuen Wunden blutend! O Adlerheld, o Adlerheld, mit dir ist es vorbei, und wirst Alfhildens süße Gestalt nicht fürder mit diesen Augen sehn. Aber folge mir, und alles wird gut. Nach wenigen Stunden ist der Löwe geheilt und gezähmt und zieht dir wie ein demütiges Hündlein durch die Wüste nach, und eine glückliche Seefahrt bringt dich noch vor Herbstesanfang in Alfhildens Arme.«

»Was ist dein Begehr an mich?« fragte der Jüngling.

»Zuvörderst«, sprach Loki, »sollst du feierlich geloben, daß du diese meine Schattengestalt nie wieder mit dem furchtbaren Hiebe treffen willst. Und dann brauchst du nur dich zu dem Löwen niederzubeugen – meine Kunst hält ihn in unschädlichem Schlummer fest – und ihm ein kleines, kleines Sprüchlein ins Ohr zu raunen, und das Werk ist getan.«

Sywald dachte eine Weile in mannigfachen Zweifeln nach.

»Wie heißt dein Sprüchlein?« fragte er endlich.

Ein seltsam zuckendes Lächeln fuhr über das Antlitz der Schattengestalt, und alle Anmut der bleichen, trauernden Züge verschwand davor. Aber bald wieder schaute der Abtrünnige aus wehmütig ernsten Augen auf den Ritter und flüsterte mit leiser Stimme:

»Odin, Freia, ganz Walhalla,
O wie reißt der Fall hinab Euch!«

»Was soll das?« fuhr Sywald auf. »Das sind hochheilige Asgardsnamen, die du da nennst.«

»Mag sein«, entgegnete Loki. »Aber das ist auch das einzige Sprüchlein, womit du den Löwen dir heilen und zähmen kannst. Und was ist denn weiter an Odin gelegen und an Freia und an allen Walhallsgöttern? Weißt du ja doch, daß sie in der Morgendämmerung des letzten Gerichtes alle verschlungen werden durch meine furchtbaren Kinder. Oder kennst du die ernste Weissagung nicht?«

»Wohl kenne ich sie«, sprach der Ritter nachdenklich. »Und dann wird Allvater allein herrschen, und die arme kranke Welt soll sich verjüngen, und auch die bleichen, nicht im Heldenkampf gefallnen Toten aus Helas wüsten Kammern werden wieder frei. Und da wird auch der junge Baldur frei, den ein böser Mordanschlag beim frohen Spiele traf.«

»Was willst du mit dem?« stöhnte die Schattengestalt und begann in seltsamlicher Entstellung zu verdämmern.

»Was ich mit dem will?« rief Sywald zurück. »Er war ja ein Gottsohn, war Odins Sohn, und deine Listen, böser Loki, haben ihn erschlagen! Ich aber komme erst recht zur Besinnung, du falscher Geist, und wohl sollte ich dich abermals treffen mit dem zwiefachen Hiebe. Nur stehn wir hier zur Verhandlung auf der

Grenzscheide, und ein ehrbarer Nordlandsheld soll den Feind warnen, eh er ihn haut. Hebe dich von hinnen, oder ich fasse dich mit der Klinge!«

Da heulte der böse Loki und verzerrte sein Gesicht abscheulich und verschwand in den Staubwirbeln der Wüste.

Zugleich auch brüllte im anbrechenden Frührot der Löwe und fuhr, stärker und grimmiger als je, aus dem Schlummer auf. Ein weit furchtbareres Fechten als alle früher gehaltene begann, und schon war Sywald matt ins Knie gesunken, schon ihm der Schild vom Arme gezerrt; er focht mit letzten Kräften.

Da merkte der treue Schimmel seines lieben Ritters Not, und hervor aus den Laubgittern sprang er im freudigen Zorn, schnell wie ein Lichtstrahl auf die Kämpfenden los, und bäumend schmetterte er mit den Vorderhufen einen gewaltigen Schlag auf des Feindes Haupt, daß der davon blutend und ohnmächtig in die Gräser taumelte. Das edelzornige Roß wollte seinen Hieb wiederholen, aber Sywald rief es zurück, sprach es mit dankenden Liebkosungen vollends zur Ruhe und eilte dann abermals, erst des Löwen und dann seine eignen Wunden zu verbinden. Todmüde lag er jetzt unter dem Schatten der Orangenbäume. Er fühlte es, wenn morgen das Gefecht aufs neue beginne, sei er unrettbar verloren. In Gedanken an seine Ahnen, mit denen er nun bald auf Walhalls Bänken zechen werde, aber auch in wehmütig sehnenden Gedanken an Alfhilden verging ihm still und ernst der Tag, ohne daß er sich von seinem Mooslager geregt hätte. Bisweilen kam der treue Schimmel an ihn heran und beugte liebkosend das freundliche, kluge Antlitz zu ihm herunter.

Die Dämmrung begann aufzusteigen aus der Wüste. Mit ihr zugleich wandelte der Mond voll und golden am Himmel empor. Da schlich fern, fern über die Einöde, des gefallnen Gottes Loki trauernder Schatten. Ernst und feierlich, ja sogar anmutig, tönte sein Lied nach der Oasis herüber. Er sang:

»O du, bei den Orangen
Ohnmächtig hingelagert,
Du, in Alfhildens Seele
Heimlich geliebter Sywald,
Horch auf, horch auf!

Muß ich nicht selbst denn weinen,
Mit dir und andern Helden,
Ermessend, wie verschwinde
Die Herrlichkeit der Erden,
Verschwinde selbsten Walhall,
Und seine Heldenlichter!
Auch ich, der schnöd Verbannte,
Ich weine mit um Walhall.
Doch frisch gefaßt das Leben,
Weil's Göttern auch vorbeistiebt;
Diesseit der Gruft sind Blumen;
O pflück die süßen Blumen!
Jenseit der Gruft sind Schauer;
Laß spät sie nahn, die Schauer!
Sprich nur mein schuldlos Sprüchlein,
Ein Sprüchlein ist kein Dolch ja,
Und dann, beglückter Bräut'gam,
Reit fröhlich zu Alfhilden.
Horch auf! Horch auf!

O du, bei den Orangen
Ohnmächtig hingelagert,
Du, in Alfhildens Seele
Heimlich geliebter Sywald,
Horch auf! Horch auf!«

Mit süßen, wehmutatmenden Schmeichelklängen drangen die Worte des fernen Gesanges an des kranken Ritters Herz. Schon richtete er sich empor, wohl immer noch zweifelnd, aber doch seltsam hingezogen zu dem Löwen und jenes unheimliche Sprüchlein wie durch Zaubermacht auf seinen Lippen schwebend; da fiel ihm noch zur rechten Zeit des alten Sängers Morgengruß ein: »Nun gilt es, treu zu bleiben und rein und stark!« – Und zürnend drohte er mit dem Schwerte nach der fernen Schattengestalt hinüber. Die verschwand alsbald im Hauchen der Nachtluft, aber empor stiegen aus den Sandwirbeln aufs neue Midgards Schlange und die Totenkönigin Hela und Fenris der Wolf. Da besann sich der Ritter mit großer Anstrengung, ob es denn gar keine Rettung mehr für ihn gebe im Himmel und auf

Erden, und plötzlich ward ihm zu Sinne, als habe er ganz unbezweifelt eine gefunden.

Er dachte recht innig an den schönen Gottsohn Baldur, der vor Lokis hämischen Listen in den Tod gegangen war und aufs neue erstehn solle aus Helas dunkeln Kammern, wenn Allvater herrsche über die verjüngte Welt. Da sang er laut und helle:

»Wenn Lokis finstre Wolkenschatten
Wandeln dürfen auf holder Erde,
Dürfen uns drücken und höhnen mit düsterm Graus,
O lichtes, liebes Heldengebilde,
Leucht auch herein mit rettendem Abglanz,
O spend uns, Baldur, spend uns nur *einen* Strahl!«

Und sprühende Sterne zuckten fröhlich durch die Mondnacht hin, und die Gespenster winselten und verschwanden. Der Löwe schlief ruhig.

Und zum ruhigen Schlummer auch sank der müde Ritter auf den duftigen Rasen zurück, und himmlischglänzende Träume zogen durch seinen Geist. Zwar wußte er nicht die herrlichen Erscheinungen zu deuten, zwar staunte er fast blöde die lichten, unermeßlichen Gegenden an, die sich vor ihm auftaten, aber eine süße, selig hoffende Sehnsucht danach ist nie seitdem aus seinem Busen gewichen und hat ihm sein ganzes Leben erhöhet und verschönt.

Auch leiblich gestärkt erwachte er in den glühroten Strahlen des nächsten Morgens. Der Löwe lag in tiefer Mattigkeit auf dem halbem Wege zur nächsten Quelle, die er sich vergebens bemüht hatte zu erreichen. Sywald schöpfte Wasser in den Helm, und das in Wundenhitze und Erschöpfung heiß durstende Tier ließ sich den Trunk gefallen. Dann schleppte es sich, etwas erquickt, vollends die wenigen Schritte nach der kühlenden Flut hin und trank und schlummerte wieder ein.

Da bedachte Sywald, wie er dem Kranken Speise schaffen möchte. Mit zwei leichten Wurfspeeren stellte er sich auf den Anstand hinter das Tamarindengezweig, das seine Insel umblühte. Er durfte nicht lange warten, so setzten drei schnelle Giraffen an ihm vorbei. Die eine davon lähmte der ersten Lanze windschneller Wurf, der zweite stürzte sie tot auf den Grund.

Während nun der Ritter die Beute heranholte, war der Löwe erwacht und richtete sich, von Trank und Schlummer gestärkt, zornig brüllend empor. Aber gleich sank er wieder zurück, und als ihm Sywald das erlegte Wild mit freundlichem Lächeln brachte, war es, als lächle des Löwen sonst so furchtbarer Feuerblick auch. Er hielt das langentbehrte Mahl, und derweile tanzte der Schimmel fröhlich und schmeichelnd um seinen Ritter her. Das schien mildernd in des zornigen Tierkönigs Sinn zu dringen. Er sah achtsam und freundlich zu.

So ging es noch viele Wochen nacheinander. Allnächtlich tönte der Ritter mit Liedern vom frommen Baldur die bösen Geister fort und speiste und heilte an jedem Morgen den Kranken. Des Helden eigne Wunden waren beinahe vernarbt. Leben und Kraft strömten durch seine Adern mit dem würzigen Saft der Orangen und mit dem edlen Wein, den er dem Stamme der hochschlanken Palmen kunstreich zu entlocken wußte.

Auch war es endlich dahin gediehen, daß der Löwe stark und freudig umherging, ohne daß es ihm eingefallen wäre, seinen Überwinder oder dessen gutes Roß zu befehden. Vielmehr mischte er sich bisweilen freundlich in ihre Spiele. Sywald dachte an die Abreise.

Da geschah es eines Abends, daß der Löwe an der Inselgrenze still und geruhig hingestreckt lag, als schlummre er. Aber seine Augen blinkten klug unter den scheinbar geschlossenen Wimpern hervor. Ein Strauß segelte windschnell vorüber. Und wie ein Blitz fuhr der Löwe empor und verfolgte den riesigen Feind und war alsbald in den Staubwirbeln der Wüste verschwunden. Staunend blickte der Schimmel seinen Herrn an, und dieser seufzte sehr tief und sagte:

»Ist das mein Dank? Ich sehe dich wohl nicht wieder, Löwe. Nun, so muß ich trachten, wie ich mir einen treuern deinesgleichen mit meinem Blute zähme.«

Aber noch ehe die Sterne vollends am Himmel standen – der Ritter saß im Orangendunkel und sang ein Lied vom Baldur – hörte er es von der andern Seite der Insel in den umgrenzenden Tamarindengebüschen rauschen. Das gezückte Schwert zur Hand eilte er dahin. Da war es niemand anders als der gute Löwe. Der brachte mühsam den erlegten Strauß herangeschleppt und zog ihn vor des Helden Füße und streckte sich selbst demütig daneben hin, freundlich wedelnd wie ein frommes Hündlein. Dankend streichelte Sywald die Mähne des edlen Tieres und nahm drei Straußfedern; die steckte er zum Andenken auf seinen Helm. Der Schimmel kam wiehernd herangetrabt und neigte zu dem gezähmten, tapfern Genossen mit anmutigem Schmeicheln sein schönes Haupt. Es war hübsch anzusehn, wie die Gold- und Silbermähnen der beiden herrlichen Geschöpfe ineinanderspielten.

Nun wußte Sywald, daß sein großes Werk vollbracht sei, und kniete nieder und sang ein schönes Lied zum Preis Allvaters und des guten Baldur. – Als er Tages darauf durch die Wüste seinen Rückweg begann, traf er auf viele der mächtigen Löwen, denn ihre Jagdzeit war soeben begonnen; aber wie sie den königlichsten ihrer Genossen hinter dem Helden dreintraben sahen wie einen treuen Mannen hinter seinem Lehensherrn, dachte keiner von ihnen an Streit. Vielmehr standen sie feierlich still und ließen ehrerbietig von ihrem Waidwerk ab, bis die drei ganz fern vorüber waren. –

Nach wenigen Monden hielt Sywald wieder vor Alfhildens Burg. Ein leises Erröten flog über die zarten Wangen der Herrin, als sie ihren sieghaften Ritter empfing und der Löwe auf dessen Wink die Knie vor ihr beugte.

Da wurden Adlerstamm und Löwenstamm in ihren edelsten Zweigen eins, und nie hat der abtrünnige Loki oder eins seiner bösen Kinder es hinfürder gewagt, ihre grausigen Schattengestalten nach Alfhildens Felsenburg hinaufzusenden. Aber die fröhlichen Lieblinge spielten oftmals dort, und der Heldensänger Wehrmund stand wohlbefreundet zwischen ihnen und sang manch ein herrliches Lied in ihren Tanz, und Sywald und Alfhilde schauten lächelnd dazu aus den Fenstern der Burg.

DIE GESCHICHTEN VOM RÜBEZAHL

Ein Schwank

In einer Schenke, hart am Ausgange von einem Tal des Riesengebirges, saßen mehrere Bauern beisammen, die hatten sich gütlich getan mit Trank und Speise und fingen nun an, einen jungen Menschen zu necken, der seinen Platz demütig hinter dem Ofen genommen hatte und anzusehen war wie ein fahrender Student. Man hatte ihn furchtsam zusammenducken sehn, als man zufällig einigemal den Namen des wunderlichen Berggespenstes Rübezahl nannte; und weil man diese Angst vor der spukhaften Erscheinung bemerkte, machte man es sich ordentlich zur Pflicht, Geschichten von dem Geiste in immer reicherm Maße auf die Bahn zu bringen. Nachdem nun der junge Mann von dieser Unterhaltung einigemal abgemahnt hatte, sagte endlich einer der Gäste: »Dieweil Ihr, lieber, blasser junger Herr, aussehet wie ein Schüler, sollet Ihr aus allen Historien etwas Verständiges und Erbauliches zu ziehen wissen, auch müßte Euch deshalben keine mehr oder weniger lieb sein, als die andre. – »O«, sagte der Student, »an Eurer Forderung wollte ich's nicht fehlen lassen. Mir ist nur bange, daß Ihr Euch deshalb mit mir veruneinigen möchtet, und ich bin eines allzublöden Mutes.«

Da lachten die Bauern allesamt, verhießen ihm guten Frieden und freie Zeche obenein, falls er aus jeglicher Rübezahlsgeschichte etwas Erbauliches herausdeuten könne, worauf einer aus ihnen folgendermaßen anhub:

»Es ist einmal ein Mensch auf dem Riesengebirge umhergegangen, in der ganz absonderlichen Meinung, er wolle den Rübezahl sprechen und sich von ihm ein Zauberbüchlein erbitten, aus welchem er dann lernen möge, wie er nach Belieben Wetter machen könne, seine Gestalt verwandeln, andrer Leute Vieh behexen und wieder lösen und was der mannigfach einträglichen Künste mehr sind. Da hat nun endlich nach langem Warten der

Rübezahl sich von ihm finden lassen, sitzend vor einer Höhle in Gestalt eines alten eisgrauen Männleins, und ihm ein Büchlein gegeben, recht, wie es der vorwitzige Gesell begehrte, worauf dann auch dieser in großen Freuden von hinnen geschieden ist.

Als er nun aber am andern Morgen sein Probestück mit dem Rübezahlsgeschenk hat anstellen wollen, siehe, da ist in dem Büchlein nichts von allen den Kunstlehren verzeichnet gewesen, die er gestern darin beim Aufschlagen hat zu erblicken vermeint. Vielmehr sind die Blätter allzumal nichts anders gewesen als gewöhnliche grüne Baumblätter und nichts weiter auf ihnen zu finden als die alltäglichen Fasern und Linien, welche die Natur hineinzuzeichnen pflegt.«

Die Bauern lachten über den ohnmächtigen Zauberschüler, endlich aber begehrten sie, nun solle auch der Student mit seiner Nutzanwendung herausrücken. Der bedachte sich ein wenig und sagte alsdann mit leiser Stimme folgende Verslein her:

>»Wer Unerhörtes leisten will,
> Der höre zu recht sittsam still,
> Was die Natur für Reden treibt,
> Und schau, was sie in Bücher schreibt.
> Die Bücher sind dem Klugen auf,
> Jedoch verklebt dem blinden Hauf.
> Wer recht ein Baumblatt ansehn kann,
> Wird draus gewiß ein rechter Mann,
> Wer drüber kommt mit hölzerm Kopf,
> Der ist und bleibt ein dummer Tropf.«

»Herr, da sind *wir* wohl mit gemeint?« fragte der Erzähler und schlug mit der Faust auf den Tisch.

»Ja, ja«, murrte sein Nachbar, »der Patron will uns foppen. Haben wir doch allzumal nimmer was aus den Baumblättern zu lesen gewußt. Da will er uns mit zu verstehn geben, daß wir dumme Tröpfe sind.«

»Seht ihr nun wohl, meine geehrten Herrn, wie ihr gleich Händel an mir sucht?« sagte der Schüler mit weinerlicher Stimme. »Ach hätt ich doch nur still geschwiegen, aber ich fußte mich auf euern Vertrag.«

Da erinnerten sich die Bauern an ihr Versprechen, redeten dem jungen Manne gütlich zu und versicherten, es solle alles in seiner Ordnung verbleiben, worauf denn wieder einer aus ihnen folgende Geschichte zu erzählen anhub:

»Nun will ich einmal etwas von Euresgleichen vorbringen, lieber fahrender Schüler, damit wir auch darüber unsern Spaß haben können. Ein solcher Gesell zog Euch einstmalen über das Riesengebirge, hatte einen Stoßdegen zur Seite, eine Zither zur Hand und sang darauf mit lustiger Stimme leichtfertige Lieder von seiner Liebsten, frei in die blaue Luft hinein.«

»Ach, der ist um ein großes dreister gewesen als ich!« sagte der blöde Gast.

»Das wollt ich meinen, Herr!« lachte der Bauer zurück. »Aber als er so fürderschreitet – was geschieht? Einer, den er für einen Studenten seinesgleichen ansieht, gesellt sich zu ihm, führt allerhand leichtfertigen Diskurs, borgt ihm auch endlich seine Zither ab, vorgebend, er wollte ihm ein artiges Liedlein darauf lehren. Aber mit dem Saitenspiel schwingt er sich alsbald auf einen hohen Baum, schneller, als es die Eichkatzen zu tun pflegen, so daß dem rechten Studenten die Augen beinahe übergehen, und oben in dem grünen Gezweige hebt er an zu singen und zu harfenieren: erst lustige, anmutige Lieder, daß der Student unten hinaufhorcht, als vernehme er eine Nachtigall, aber bald wird es anders, und der Baumsänger hebt unflätige Reime an, so daß schon der rechte fahrende Schüler sein Zitherspiel zurückbegehrt, sagend, er habe es nicht zu so häßlichen Dingen hergeliehen. Da hebt endlich der gaukelhafte Saitenschläger an und singt Schmach- und Spottweisen auf die Allerliebste dessen, der drunten steht. Der junge Bursch, nicht faul, zieht darüber sein blankes Schwert aus der Scheide, rufend, jener solle herunterkommen und sich auf Tod und Leben mit ihm messen. Urplötzlich sieht ein scheußliches Gesicht zwischen den Baumzweigen hervor, und die Zither stürzt krachend aus den Ästen auf den steinigen Boden, daß der Jüngling meint, sie sei in tausend Stücken zersprungen. Überhaupt fällt er vor dem wilden Aussehen des Gespenstes und vor einigen greulichen Worten, die es ihm zuruft, ordentlich in Ohnmacht. Wie er sich wieder besinnt, ist seine Zither zwar noch ganz, aber er merkte wohl, daß der Rübezahl über ihn gekommen sei, und hat sich inskünftige nie wieder getraut, so singend und trallarend über das Riesengebirge zu ziehen.«

»Das glaub ich gern«, sagte ein andrer lachend; »dem mag es gleich für sein ganzes Leben vergangen sein.« – »Drum eben möcht ich beinah denken«, setzte ein dritter hinzu, »hier unser Gast hinter dem Ofen sei derselbige erschreckte Reisende und von dem Tage her so furchtsam und blaß geblieben immerdar.« »Meint ihr wirklich!« sagte der Student und sahe seltsam nachdenklich dazu aus. »Nun, ich bin euch meinen erbaulichen Reim noch schludig, liebe Herren. Paßt auf:

»Wem eine Zither Gott verliehn,
Der preise damit dankbar ihn,
Und stell auf eitles Tändeln nicht,
Was sich der Herr hat zugericht't.
Doch tut er mal nicht gänzlich recht –
Ei nun, er ist drum noch kein Knecht!
Die Zither geht nicht gleich entzwei,
Nur daß er künftig sitt'ger sei,
Und seiner Lieder zarte Blüte
Vor gröblichen Gesellen hüte!«

»Wahrhaftig«, rief einer der Bauern, »wenn das nicht auf uns gehn soll, geht sicherlich nichts in der Welt auf uns. Gröbliche Gesellen! Daran kenn ich's schon. Herr Schüler, ich sag Euch ein für allemal, Ihr sollt das Sticheln bleiben lassen.«

»Ei was da!« sprach ein andrer dazwischen. »Wir wollen ihm schon wieder eins anhängen. Ist er pfiffig, so sind wir auch nicht dumm!«

Die ganze Gesellschaft, immerfort wacker trinkend, stimmte diesem Ausdrucke recht vergnüglich bei, und da noch obenein der fahrende Schüler anmerkte, er hüte sich ja eben jetzt nicht vor ihnen, woraus folge, daß er seine Reime für keine zarte Blüten oder die Zechgenossen für keine grobe Gesellen ansehe, war man vollkommen zufrieden und beschloß, der Scherz solle seinen Fortgang haben. – »Recht sehr gern, wenn ihr es also wollt«, sagte der Student, und einer aus der Gesellschaft erzählte folgendes:

»Es hat einmal ein vornehmer Mann einen gewaltigen Ingrimm auf einen andern gefaßt und ist willens geworden, selbigem gar grausame und entsetzliche Worte zu schreiben. Aber da steckte sich dem Briefschreiber – weiß nicht wie! – der Rübezahl in die Feder, so daß immer gerade die umgekehrten Dinge auf das Papier kamen, als statt zu schreiben: du bist ein meineidiger Schuft, nicht wert, mir glorwürdigem Manne die Schuhriemen aufzulösen; hat da gestanden: ich bin ein meineidiger Schuft, nicht wert, dir glorwürdigem Manne die Schuhriemen aufzulösen; und so weiter. Ist also statt des Scheltbriefes eine gar demütige und erbärmliche Beichte an den Gegner gelanget, und der Schreiber für eine lange Zeit zum allgemeinen Gelächter geworden.«

Da freuten sich die Bauern sehr und wünschten nichts lieber, als daß ihnen nur einer den tollen Brief vorlesen möchte, denn selbst zu lesen verständen sie freilich auf keine Weise. »Hört zu«, sagte der Student, »ich will euch einen Vorschlag tun, ihr Herrn. Die Nutzanwendung lautet diesmal ohnehin zu kurz, denn sie heißt in zwei Worten so:

>Wer will verbrühn den Nachbarsmann,
Fing meistens besser sonst was an,
Denn wenn er's nicht genau beschaut,
Brennt ihm der Guß die eigne Haut.‹

Ich gedenke euch aber ein Kunststück vorzumachen wie das mit dem Briefe, und zwar ohne daß ihr des Lesens dabei bedürft. Man kann ebensogut Sprechverwirrungen anrichten als Schreibverwirrungen. Seid ihr's zufrieden, liebe Herrn?«

»Frisch drauf nur, frisch drauf, mein lieber Herr Schüler!« jauchzten die halbtrunknen Bauern, und der Student machte sich zu seinem Werke fertig.

Er schritt im Kreise herum, schrieb vor eines jeglichen Gastes Munde Zeichen in die Luft und sagte dazu folgende seltsamliche Reime her:

»Die Zung und auch die Katze
  Sind Tiere schlau genug;
  Wie man die andern kratze,
  Sich selbsten krau die Glatze –
  Die Zung und auch die Katze,

Sie können's Zug um Zug;
Die eine mit der Tatze,
Die andre mit dem Spruch.
Die Zung und auch die Katze
Sind doch nicht schlau genug.
Daß feindlich sie sich kratze,
Den andern krau die Glatze –
Die Zung und auch die Katze
Zwingt mächt'gen Bannes Zug.
Nun liebe Zunge, schwatze,
Heb an verkehrten Spruch!«

Die Bauern hatten ihre Lust daran, wie der Schüler nach und nach so dreist geworden sei und so spaßhaft, und dachten bei sich, ein starker Trunk vermöge doch viel; man müsse den jungen Menschen jetzt nur vollends berauscht machen, dann gehe die Freude erstlich recht an. Wie sich nun der Student wieder ruhig auf die Ofenbank setzte, brachte ihm ein Bauer ein volles Glas zu, sprechend: »Nur frisch! Nun muß ich trinken, bis ich umfalle, oder es wird nicht gut ablaufen.«

»Tut nach Euerm Belieben«, entgegnete der Student gelassen.

»Ja«, sagte der Bauer in einem sehr barschen Tone, »nach Euerm Belieben sollt Ihr tun, ganz und gar, und wenn's mir im mindesten einfiele, Euch daran zu hindern – Herr, kurz und gut, da könnt es leicht kommen, daß Ihr mir etwas aufzählt.«

»Hans«, riefen die lachenden Bauern, »wie redest du denn?« – Und einer aus ihnen, der sich so gewiß für den klügsten hielt, daß er's den andern auch mit eingeprägt hatte, sprach sehr ernsthaft: »Ei, laßt meinen ehrlichen Nachbar Hans in Frieden! Was wundert Ihr Euch? Ja, wenn's mir passierte, der ich ein so stiller dummer Kerl bin! Aber Hans ist nun schon einmal ein bißchen klüger; dem müßt Ihr's zugute halten.«

Die Bauern sahen einander staunend an. Endlich sagte einer: »Kinder, ich glaube, daß wir den Studenten sündlicherweise auf das allerabscheulichste behext haben.« – »Wir sind mir gleich von Anfang so vorgekommen!« rief ein zweiter, »ich will sagen, gleich seitdem ich uns zum ersten Male sah.« – Und alle brachen in den wilden Zornesruf aus: »Da hilft nichts vor, der Student muß uns zusammenschlagen, daß wir keinen ganzen Knochen behalten. Wir haben ihm gar zu gottlos mitgespielt. Wart, das soll uns schön bekommen!«

Sie hörten wohl, wie sie immer das Gegenteil von allem sagten, was sie im Sinn hatten, wurden deshalb um so erbitterter und machten sich fertig, den fahrenden Schüler im schweigenden Grimme anzufallen. Da saß plötzlich an ihres Gastes Statt eine ungeheure Ohreule vor ihnen mit glänzenden Augen. Aber es tat auch not, daß die so glänzten, denn sie leuchteten in der dunkeln Stube nur noch ganz allein. Alle übrige Lichter waren vor einem pfeifenden Zugwind verloschen.

Da wollten die erschreckten Bauern schnell aus der Tür und konnten keine Tür finden, sich ängstlich untereinander herumdrehend und dazu im kläglichsten Tone rufend: »Wir sind Hexenmeister! Wir sind Kobolde! Das hätte ja der Student gleich zu Anfange von uns denken sollen!«

Die Ohreule aber sprach schnarrenden Tones drein: »Ruht euch, rastet euch, herzliebe Zechgenossen. Hier sitz ich ja auch ruhig und verbleibe noch immer der Herr, der ich war. Vernahmt ihr denn nimmermehr, daß die Eule der Vogel der Weisheit ist? Nun, so ein Vogel ist ein Student ja auch, nur ein sehr lustiger Vogel. Ich habe mich derohalben ganz und gar nicht verwandelt. Nur freilich, liebe Herren, unser Zechplatz hat sich verwandelt. Wir sind aus dem Wirtshause tief unter die Erde hinabgesunken. Zittert nicht so, verehrte Herren, denn dies ist eine meiner Schatzkammern, und ich bin der Rübezahl. Das Dach droben ist von Gold, die Sparren von Demanten. Brecht euch durch und nehmt mit, was ihr kriegen könnt.«

Von Angst und Geiz entzündet, kletterten die Bauern wandan, einer auf des andern Schultern, zuvörderst der Wirt der Schenke; und man brach an der Decke mit Messern und Fäusten, so gut es immer gehn wollte. Endlich gab sich ein Brett los, man erreichte das Dach und arbeitete so rüstig, daß man bald des Sternenhimmels ansichtig ward. Aber nun kam die Rede des Spukes von dem kostbaren Gehalte des Dachs in die Gemüter. Der Wirt war flink bei der Hand, einige Sparren loszubrechen und sich damit zu bepacken, wie auch mit so vielem Stroh, als er nur irgend tragen konnte. Die andern fuhren frisch hinterdrein; Abgunst und Neid halfen noch bei der Arbeit; jedweder wollte mit dem größten Schatze zu Hause kommen.

Als nun der Morgen aufging, standen sie in den ersten Sonnenlichtern, ungeheuer belastet mit Sparren und Stroh, oben auf ihrer gänzlich abgedeckten Schenke. Wie sehr sie sich geschämt und geärgert haben, läßt sich ermessen, um so mehr, da eben einige Nachbarn, die früh auf die Wiesen gehn wollten, unweit davon standen und lachend fragten: »Ei, ei, Herr Schenkwirt, hattet Ihr denn der Sparren zuviel auf Euerm Hause, daß Ihr alle Eure Gäste anspannen mußtet, um sie herunterzureißen? Oder hat Euch der Trunk zu gut geschmeckt, daß Euch die Sparren nur so im Kopfe saßen?«

Es gibt Leute, die behaupten wollen, von dieser Begebenheit schreibe sich die sprichwörtliche Redensart her: er hat einen Sparren zuviel. – Was nun den Schenkwirt betraf und seine Gesellen, die wurden seit der Zeit viel höflicher, haben auch nie wieder einen fremden Reisenden geneckt, am mindesten aber einen fahrenden Studenten.

EIN WALDABENTEUER

Der grüne Forst war schon in seine tiefsten Dämmerschatten gehüllt, die Vögel wurden stiller und alle Kreatur, so daß man das Rauschen des Baches in seinen kleinen Fällen immer deutlicher vernahm und die Bäume fast wie durch vernehmliche Worte miteinander flüsterten. Anmutig duftete die kleine Waldwiese, auf welcher das Häuschen des frommen Försters Kunwart stand. Die Türe war offen, und das Feuer leuchtete wirtlich vom Herde in das Dunkel heraus. Auf der Schwelle saß die milde Hausfrau Elisabeth und spielte mit ihrem Säuglinge und ließ bisweilen freundliche Blicke, bisweilen leise, kosende Worte in die junge, knospende Seele leuchten. Die ältern Buben und Mädchen sprangen in der würzigen Sommerluft draußen mitsammen umher.

Da kam der gute Kunwart aus dem Innern des Hauses hervorgeschritten, sein besterprobtes Gewehr über die Schulter gehangen, ein tüchtiges Waidmesser an der Hüfte. Er drückte die Hand der lieben Hausfrau, winkte dem Säugling sehr freundlich zu und schritt über die Schwelle.

»Mann, wohin noch so spät hinaus?« fragte Elisabeth. »Hast du nicht heute dich schon müde genug gearbeitet mit Holzanweisen und Abschätzen? Bist ja nur kaum erst nach Hause gekommen und siehst, wie das Abendbrot gleich fertig sein wird. Lieber Kunwart, es ist deine Lieblingsspeise; laß sie mir nicht verderben.«

»Liebes Weib«, sagte der Förster, »ich denke noch zur rechten Zeit wiederzukommen. Wo aber nicht, so iß in Gottes Namen mit den Kindern und hebt mir was auf. Du weißt dich schon in dergleichen zu schicken und lässest kein Gericht verderben.«

»Kunwart, aber sage doch, mußt du denn durchaus noch in den Forst?«

»Du hast ja wohl den Waldhornklang gehört vorhin. – Horch, horch! da ruft es wieder. – Ich will wetten, das sind solche verlaufne Söldner, die der lange Krieg bisher in einem recht lustigen Leben erhalten hat und die nun, da das dreißigjährige Elend von unserm lieben Deutschland gewichen ist, nicht wissen, wo sie mit sich selbst, ihren Pferden und ihrem Übermute hinsollen. Da haben sie sich noch Hunde dazu angeschafft und achten keines Bannforstes gefreietes Recht. Ja, sie gehn sogar in der Schonungszeit auf ihr wildes Gewerbe aus, und das ärgert mich am allermeisten. Die armen Tierlein, die jetzt im guten Frieden zu stehn meinen, und werden so schändlich niedergeschossen in ihrer Sicherheit!«

»Ja, Mann, das ist recht jämmerlich. Hilf nur den guten Närrchen. Nimmst du dich aber auch in acht, daß nicht allzuviel des Gesindels über dich kommt?«

»Bin ich doch auf Berufswegen«, sagte der Förster. »Da bleibt mein Herze mir frisch und groß, und den frechen Buben wird's klein.«

Damit ließ er noch einmal den Ladestock prüfend in den Lauf fallen und eilte in den Wald.

»Mach ja, daß du zum Abendessen zurückkommst!« rief Elisabeth hinter ihm drein, und die Kinder riefen es nach.

Immer weiter in die abendliche Waldung lockte den Förster der Hornesklang. Bald ließ es sich vernehmen wie ein keckes Herausfordern, bald wie herrlicher Siegesjubel, endlich auch wie der zartesten Liebeswehmut weiche, verschwimmende Klagen. Da sprach, tiefbewegt, der wackre Kunwart in sich hinein: »Hab ich denn nicht auch so geblasen auf meinem schönsten Waldhorn, als ich um Elisabeth warb?« Und es trat ihm in anmutiger Erinnerung ordentlich feucht in die sonst so hellen Augen, und rasch sich zusammenschüttelnd sprach er:

»Herrendienst geht zwar nicht vor Gottesdienst, aber doch vor all anderm Treiben auf Erden. Halt dir also die Augen klar, Freund Kunwart, und frisch hinan!«

Alsbald um eine Waldesecke biegend, kam er gegen einen kleinen, ihm wohlbekannten See heraus, der jetzt eben wie reines Silber im Mondenlichte glänzte. Da erschien, ihm gegenüber an der andern Seite des Weihers, eine Frauengestalt; die war in viele schneeweiße Schleier gehüllt und wand die schönen Hände gleichwie in großer Not. Zugleich hauchte ein feuchter Nachtwind die Flöre von ihrem Angesicht fort, und Kunwart konnte sich nicht enthalten zu flüstern: »Da geht ja ein Engel auf Erden!« Indem hörte er die sanftern Waldhornmelodien wieder. Es quoll durch die kaum geöffneten Lippen der schönen Fremden leise, leise hervor, ein wunderliebliches Klingen voll Wehmut und Süßigkeit, und die Lüfte hauchten es einander zu, daß es immer stärker und stärker tönte und in mannigfachen Schwingungen fernhin drang durch die tiefsten Gänge des Waldes.

»Ist das deine Sprache, du schönes Wesen?« fragte Kunwart in schauerlicher Entzückung.

Und die Gestalt neigte bejahend ihr liebliches Antlitz und streckte, wie hülfeflehend, die Hände nach dem Förster aus, während ihr die Töne immer weicher und herzrührender von den zarten Lippen glitten. Kunwart meinte, den Sinn ihres wortlosen Getönes zu verstehn: sie bat um Hülfe für ein Leben, das ihr weit teurer als das eigne Leben war. Mit rüstiger Eil umschritt er den Weiher, und als er sich der Gestalt nahete, ging sie, ihn nachwinkend, schnell durch die Waldesschatten voran.

Die Richtung ging nach einer etwas unheimlichen Gegend zu. Bei Tage war Kunwart wohl schon dort gewesen, bei Nachtzeit noch nie, denn es hatte ihn bis jetzt noch keine Berufspflicht dazu angemahnt, und ohne solche Veranlassung hielt er dergleichen Gänge für ein sündhaftes Wagespiel um Seele und Leib. Sollten doch, wie die Sage berichtete, böse Geister, die man in der uralten Heidenzeit für Götter hielt, ihr Spiel dorten treiben in wilden verzweiflungsvollen Tänzen und die Sinne der nahenden Menschenkinder ganz und gar verwirren durch ihre abscheuliche Erscheinung. Aber jetzt galt es, eine hülfeflehende Frauengestalt von irgendeinem Leide zu erretten, und Kunwart schritt getrosten Mutes fürder. Auch verbannten die süßklagenden Waldhornklänge, fortdauernd aus dem Munde der wundersamen Leiterin tönend, jedweden wilder aufsteigenden Graus.

Die halbzertrümmerten Warten, mit denen der unheimliche Berg noch in trüber Herrlichkeit prangte, wurden bereits gegen den Sternenhimmel sichtbar über das Gezweige der Föhren und Buchen hinaus; da tönte von dort herüber ein andrer Waldhornklang als ihn Kunwart bisher von den Lippen seiner schönen Führerin vernahm. Schlachtenruf und Siegesjubel brachen in freudiger Stimme los, und schneller eilte die Schleiergestalt den Bergpfad hinauf. Das süße Tönen ihres Mundes schwieg.

Oben waltete ein düstres, unordentliches Gewimmel häßlicher Gestalten, durchblitzt von dem Leuchten einer schönbreiten Ritterklinge und von dem Glanz eines prächtigen Stahlharnisches. Auf den Wink seiner Leiterin erstieg Kunwart ein nahes Felsenstück, und beide sahen von dort in die seltsame Wirtschaft hinein. Viel schwarze, böse Bilder, teils riesengroße Fledermäuse und Heuschrecken, teils andre häßliche Tiere mit Menschenlarven, so daß man nicht wußte, waren es verhexte Bestien, waren es teuflische Fechter – die alle drängten gegen einen Ritter an, der sich inmitten des wüsten Schloßhofes mit dem Rücken gegen zwei uralte, eng zusammen verschlungene Bäume gelehnt hatte und mit herrlichen Schwingungen seiner Waffen gegen die abscheuliche Übermacht stritt. Aus seinem Munde kam das freudige Waldhorntönen, aber immer leiser begann es zu verhallen, immer seltner und matter fielen seine Schwertesschläge; man sahe wohl, schon war er dem Erliegen nahe.

Ängstlicher wand das schöne Frauenbild die Hände und sah mit dem rührendsten Ausdruck der Bitte und Zuversicht in Kunwarts Augen.

»Wenn ich nur wüßte, wie ich es anfangen sollte!« dachte der. »Was hilft's, wenn ich auch eine Kugel unter das wilde Gespenstervolk schicke. Sie machen sich entweder gar nichts draus, oder aufs höchste ärgern sie sich und brechen mir den Hals, und das wär doch auch kein Vorteil für uns alle.«

Aber plötzlich kam ihm ein guter Gedanke ein. Er wußte, daß man mit dem Schuß einer Silberkugel, falls sie gehörig bereitet sei, den Werwolf bannen könne, vielleicht also auch diesen Spuk, und so bat er denn das Frauenbild, ihm ein silbernes Schaustück zu geben, welches vor ihrem schlanken Halse niederhing, auch ihren Ritter zu ermutigen, daß er sich noch ein wenig halte. Ihm solle die erwünschte Hülfe sehr bald kommen. – Das wundersame Weib tat nach seinen Worten. Kaum hatte sie ihm den Schaupfennig gegeben, so tönte auch schon ihr mildes Klingen hold und ermutigend gegen den Ritter hin, der es mit fröhlichen Marschesweisen beantwortete.

Derweile saß der Förster unten im Tal und hatte sich schnell ein Feuerlein aus zusammengehäuftem Reisig entzündet. Kugelform und Löffel herausnehmend, begann er seine Arbeit und flüsterte während des Gießens fromme Gebete und hütete sich sorgfältig, daß kein leichtfertiger oder auch nur fremdartiger Gedanke dabei in seine Seele kam. Und weil er starken, vielgetreuen Geistes war, konnte ihn auch der Kampfeslärm aus den Burgtrümmern her nicht irren; ja, es störte ihn nicht einmal, als viele der Unholde – wohl sein kräftiges Beginnen ahnend – in die Luft emporflatterten und mit den häßlichen Fittichen rauschten und zu ihm heranwollten. Aber das durften sie nicht, eben der frommen Gedanken des Försters wegen.

Jetzt lag die Kugel schön und leuchtend in der Form. Kunwart zog den frühern Schuß heraus, lud die Silberkugel sorgfältig in den Lauf und eilte wieder nach dem Felsenstück hinan. Klagend tönte des schönen Frauenbildes Laut, denn der Ritter war beinahe klanglos in seine Knie gesunken; aber wie sie den Förster kommen sah, wurden ihre Augen hell, und eine fröhliche Melodie schwebte über die holden Lippen.

»Gott gesegn' es!« sagte Kunwart laut und ernst, legte an und schoß mitten unter das spukhafte Gesindel.

Hu, welch ein Heulen, welch ein Jammern, welch ein wildes Geflatter brauste betäubend durch den Wald! Kunwart kniete nieder, schloß vor den verzerrten Bildern seine Augen und befahl in freudiger Zuversicht Leib und Seele dem Herrn.

Endlich war alles still geworden. Er richtete sich empor. Da stand die holde Frauengestalt nicht mehr an seiner Seite. Gegenüber, auf dem zerstörten Burghofe, nahm er ihrer wahr und sahe deutlich, daß sie den stahlhellen Ritter liebkosend, wie bräutlich, umfaßte und dann mit ihm in die zusammengeschlungenen Bäume nebelduftig verschwand. Einer der Stämme war ein Eichbaum, der andre eine Maie, und der Förster hatte so seine eignen Gedanken darüber. Von schönen freundlichen Elfen, die in Menschengestalt unter der Rinde eines Baumes wohnten und ihr Leben an dessen Leben knüpften, hatte ihm sein Vater schon frühe erzählt. Er merkte nun wohl, Fräulein und Ritter seien zwei Gebilde dieser Art, und schritt den Berg hinauf, um, wenn es gehn wollte, sich näher mit den anmutigen Erscheinungen zu befreunden. Jede Spur der bösen, unheildrohenden Wesen war gänzlich verweht. Die zärtlichen und auch die siegesfrohen Waldhornklänge tönten miteinander in süßer Harmonie durch die hellduftige Mondesnacht.

Nun stand der gute Förster unter den lieblich verschlungenen Zweigen. Die rauschten immer freudiger ineinander, immer vernehmlicher tönten die holden Weisen, und Kunwart konnte sich nicht enthalten, mit folgenden Worten darin einzustimmen:

>»Du linder, süßer Klang,
>   Du tönst den Wald entlang,
>   So lockend und so sehnsuchtsvoll,
>   Wie nie ein Lied ins Herz mir scholl,
>   Machst mir so froh und bang,
>   Du linder, süßer Klang!
> Du stolzer Heldenklang,
>   Wie herrlich ist dein Gang!
>   Wie rufst du auf zur kühnsten Jagd,
>   Wie jauchzest du in Siegespracht!
>   Von Waffen, scharf und blank,
>   Tönst du, o Heldenklang!
> Ihr zwei seid nur *ein* Klang,
>   Den Huld und Ehre sang.
>   O Ritterheld, o Preis der Fraun,
>   Laßt mich's auch mit den Augen schaun,
>   Wie Lieb euch mild umschlang
>   Zu *einem* süßen Klang.«

Da rauschten die Zweige wie im freudigen Sturm; da hallten die Melodien wie ein gewaltiger Strom, und plötzlich leuchtete des Frauenbildes weißes Gewand zwischen den zartgrünen Blättern der Maie vor, blitzte des Ritters herrliches Stahlkleid durch des Eichbaumes Gezweig.

Kunwart blickte freundlich grüßend zu ihnen auf, beide dankbar lächelnd zu ihm herunter, und dazu wehten die Zweige, in anmutiger Verschlingung das Umarmen der zwei edlen Gestalten nachbildend, bald gegen den grünen Rasen herunter, bald feierlichen Fluges himmelan.

Währenddessen streifte die schöne Rechte des Frauenbildes oftmalen leicht über das Laub der Bäume und sprühte den

Nachttau davon in eine goldne Blume, die sie in ihrer Linken hielt. Endlich senkte sie den Blumenkelch, daß die Tautropfen über die Stirn des guten Försters rannen. Da verstand er alsbald das Tönen der edlen Gestalten in deutlichen Worten, und was er vernahm, klang folgendergestalt:

DIE FRAU

»O wie so überkühn, du edler Ritter,
Begabst du dich zum grauenvollen Streite!
War's dir nicht süß, mit mir im stillen Dunkel
Geheimnisvoll die Nächte zu durchträumen,
Zu streifen dann im Frührot durch die Wälder? –
Du brachst hervor. Kaum schützten uns die Sterne.

DER RITTER

Ich wußt es ja; uns leiten gute Sterne,
Bekämpfen mußt ich jenes Hexendunkel.
Da frag jedweden ehrbarn Elfenritter,
Ob sich's nicht zieme, daß man also streite.
Mir kündeten es längst Strom, Berg' und Wälder
Und schalten meine Rast ein schwächlich Träumen.

DIE FRAU

Ach süßer Freund, schilt unser Glück kein Träumen:
Weh, wenn dein Lebensbaum, zu kecker Ritter,
Gefallen wär in diesem wüsten Streite,
Da hüllte mich ja stets des Trauerns Dunkel.
›Trefft‹, würd ich rufen, ›trefft mich nun, ihr Sterne,
Mit bösem Tau und alle diese Wälder!‹

DER RITTER

Rein sind und frei nun alle diese Wälder,
Von spukhaft wüster Schar und bösem Dunkel.
Siehst du, wie sanft die stillen Blumen träumen?
Siehst du, wie klar herniederschaun die Sterne?
O schöner Sieg nach schwer durchkämpftem Streite,
Gewann ihn auch ein andrer als dein Ritter!

DIE FRAU

Laß uns dem andern lohnen, lieber Ritter.
Als Waidmann sah ich längst durch unsre Wälder
Ihn streifen, oft verhöhnt durch schlimme Sterne,
Durch Schnee und Regen, Sonnenglut und Dunkel,
Ihm werd ein Leben, wie das schönste Träumen
Es kaum erschafft aus farb'ger Bilder Streite.

DER RITTER

Ja, meinem Waffenbruder in dem Streite
Verschwinde seines Lebens ärmlich Dunkel!
Frisch auf, du Freund, und werd ein kühner Ritter!
Zu deinem Heil beschwören wir die Sterne.
Glaub nicht, dies sei ein unfruchtbares Träumen.
Ein Fürstentum ersetzt dir diese Wälder.

BEIDE

Nimm, künft'ger Ritter, aller schönen Wälder
Viel schönste Frucht, als Stern im Siegesstreite!
Auf aus dem Träumen! Auf aus ödem Dunkel!«

Zugleich fiel ein Apfel, wie aus dem reinsten Gold gegossen, in des Jägers Hand. Aber auch weich und duftend war die wundersame Frucht. Sie mußte wohl in fernen südlichen Gegenden entsprossen sein, und vermutlich hatten sie befreundete Elfen einander von Baum zu Baum, durch viele Grenzen hin, bis hier in diese nördlichen Bergwälder herübergereicht. Es soll oftmalen dergleichen Tauschhandel stattfinden, denn wiederum haben die südlichen Elfen – Faunen und Nymphen heißen sie dort – unsre gewaltig schattenden Eichen- und Buchenblätter sehr gern.

Wie noch der Förster so sinnend stand, warf das Frauenbild ihren schneeweißen Schleier hoch in die Luft, desgleichen auch der Rittersmann seine grüne, mit goldnen Eicheln gestickte Feldbinde. Und beide Gewebe schwebten und schwebten und wurden ein Nebelspiegel, in welchem Kunwart die seltsamsten Erscheinungen vorüberziehen sah. Bald erblickte er sich selbst, wie er als ein stattlicher Reitersmann gegen die Türken ins Feld zog.

Schlachten flogen vorüber, sieghafte Schlachten, Kunwart bei jeglicher in reicherem Schmuck, und endlich ganze Scharen unter seinem Befehl, immerdar unverwelklich der Goldapfel als ein Glückeszeichen in seine Leibbinde geknüpft. Eine liebliche Gegend am Meere tat sich auf, voll wundersamer, fremder Bäume, mit hochschlanken, farbigschimmernden Blumen wie übersäet. Da stand eine türkische Burg mit häßlichen Mohren zur Wache. Die verjagte Kunwart und sprengte die Tore, und heraus kamen viel engelschöne errettete Frauen. Die schönste glich der Elfe des Baumes. Und wieder sich verwandelnd, zeigte die Spiegelfläche den Kaiserhof zu Wien, und die errettete Huldin war des Kaisers Nichte und reichte dem knienden Kunwart inmitten aller Pracht und Hoheit einer Siegesfeier den Fürstenhut dar.

»Wo bleibt denn aber mein Liebstes auf Erden dabei?« rief der gute Förster aus. »Wo ist denn mein freundliches Weib? Wo sind meine lustigen Kindlein?«

Und der Spiegel zerrann, und sehr ernst, beinahe unwillig, schauten Ritter und Frau zu ihrem Erretter nieder.

Der Ritter brach zuerst das Schweigen, welches tief über den ganzen Forst hereinzudrücken schien, und Kunwart vernahm in brausenden Waldhornklängen folgende Worte:

»Zum Förster du, zum Fürsten nicht geboren;
Als du rückdachtest an dein kleines Dach,
Hast du des Lebens Herrlichkeit verloren
Und wardst für jene große Bahn zu schwach.
Verweile denn gleich andern klugen Toren
Im schwülen, dumpfen, häuslichen Gemach.
Nur hoffe nicht, daß je dein Dasein glänze!
Denk nur an Feurung, nie an Feierkränze!«

»Ihr seid ziemlich grob für einen, den ich eben erst aus des Teufels Krallen gerissen habe«, sagte der Förster, »aber es tut nichts. Gut habt Ihr's ja doch nach Eurer Art mit mir gemeint, und gut will auch ich Euch immer bleiben, denn Ihr seht gar zu ritterlich und edel aus, wie Ihr da mit Eurer schönen Elfe in den Zweigen auf und nieder schwankt; habt auch ehrlich gegen die Satansgestalten gerungen. Nur so viel laßt Euch bedeutet sein: von seiner frommen, ihm christlich angetrauten Ehefrau und von seinen lieben Kindlein läßt nimmermehr ein kräftiger deutscher Mann, mag er nun Förster oder Fürst geheißen sein.«

Da quoll ein süßer Klang über der Elfe Lippen und gestaltete sich in diese Worte:

»O schilt ihn nicht, mein ritterlicher Gatte,
O schilt ihn nicht um seine fromme Treue.
Froh, daß ihn Fried und Segen mild umschatte,
Verschmäht er eitle Jagd nach Lust und Reue. –
Geh, Waidmann, heim. Was schier verlockt dich hatte,
Vergiß vor lieber Augen Himmelsbläue;
Die Goldfrucht sollst du deinen Kindern bringen.
Spielzeug ist drin, samt andern blanken Dingen.«

»Danke schön«, sagte der freundliche Kunwart, »danke schön, meine hohe Herrin und mein edler Ritter.«

Und die beiden grüßten ihn freundlich wieder und verdämmerten zwischen dem Gezweig.

Nur noch leise Waldhornklänge hallten aus den Bäumen und gaben dem guten Förster auf seinem Heimwege das Geleite.

Er kam nun freilich etwas sehr spät zum Abendbrote, aber Weib und Kinder wachten noch und freuten sich sehr. Auch das Leibgericht stand bereit und eine Flasche guten Cyders.

Dabei erzählte Kunwart sein Abenteuer und schenkte den Kindern die Goldfrucht. – »Es ist sehr hübsch von dir, daß du zurückgekommen bist«, sagte die Hausfrau, »aber freilich, du konntest ja auch gar nicht anders.« – Die Kinder öffneten den Apfel und fanden schöne Spielsachen aus blankem Metall darin: Reiter und Pferde und Wagen und kleine buntglänzende Paläste, auch Sternlein und Kreuze; die hingen sie sich an die Kleiderchen und haben überhaupt mit all den hübschen Dingen noch manches Jahr lang herzensfroh gespielt.

RITTER TOGGENBURG

Es war ein schöner Herbstabend des großen Jahres dreizehn, an welchem zwei preußische Reiter über den waldigen Hang eines Berges herabgeritten kamen in ein kleines, von einem raschen Bache durchströmtes Tal. Sie hatten sich in der Verfolgung des bei Leipzig geschlagenen Feindes auf einer Seitenpatrouille zuerst von dem Heerhaufen, worin sie dienten, verirrt und waren dann auch, im ungeduldigen Bestreben, Franzosen oder den rechten Weg zu finden, von der kleinen Schar abgekommen, welche der ältere der beiden führte.

Dieser hieß Adelbrecht, zur Zeit Rittmeister der freiwilligen Jäger; in ruhigern Zeiten aber diente er nur der Kunst und hatte von dem äußern Leben wenig mehr festgehalten als das Andenken seiner großen und mächtigen Ahnherrn, gegen welches sein eignes heruntergekommenes, fast unscheinbares Dasein im täglichen Treiben wunderlich abstach. Wenn jedoch sein Ruhm, den er als bedeutender Maler mit Recht und Fug errungen hatte, wie funkensprühend hereinblitzte, früher in seine kleine Zelle, jetzt oftmalen auf seinen dunkeln Marschespfad oder in die nicht immer freudlosen Schauer der nächtlichen Beiwacht – dann blickte er wohl ein wenig stolz nach den alten Herzogen und Rittern seines Stammes zurück, voll kühner Freudigkeit denkend: »Ich bin dennoch Geist von euerm Geist und Blut von euerm Blut!«

Sein Gefährt, ein reicher Kaufmannssohn mit Namen Folquart, trotz seiner Jugend bereits in einem ansehnlichen Staatsamte stehend, hatte mit nicht minder schöner Freudigkeit als Adelbrecht Palette und Pinsel, die früh ihm angewohnten Bequemlichkeiten des Reichtums und Rang und Glanz hinter sich geworfen, um als freiwilliger Jäger unter Adelbrechts Schwadron zu fechten, in welchem er den Künstler und den vor mehr als fünfzehn Jahren einst frühgeprüften Kriegsmann ehrte. Er ward bald zum Offizier gewählt, und Adelbrecht gestaltete beider

Verhältnis mit angeborner Freundlichkeit zu einem brüderlichen: auf du und du.

»Jetzt reitest du« – so redete Folquart scherzend seinen Freund an – »jetzt reitest du recht wunderbarlich in dein Eigentum hinein, in die kühnverschlungenen Felsentäler, die dein Pinsel schon gar oft voll stolzer Mannigfaltigkeit uns vorgezeichnet hat. Ist es nicht, als ob diese aufsteigenden Geier und wilden Falken dich begrüßten, dich, ihren Fürsten und Herrn? als ob die magischen Lichter dich anblitzten, in goldnen Buchstaben fragend: Wo bist du doch nur so sehr lange gewesen, lieber Meister?«

»Mache mich nicht wehmütig und wohl gar weinerlich!« lachte Adelbrecht. »In deinen schönklingenden Worten liegt's dennoch wie leiser Spott über die holde Ritter- und Feenzeit. Du redest im Stile sehr edler Dichter aus der Mitte des achtzehnten Jahrhunderts, welche sich's zwar nicht erwehren mochten noch konnten, die romantische Urwelt unsres sagenreichen Vaterlandes zu lieben, aber gewisse hergebrachte Späßchen dazwischenwarfen, um die eigne Aufklärung vor sich und andern zu erretten.«

»Da taten sie denn doch wohl so ganz übel nicht«, entgegnete der plötzlich ernst gewordene Folquart. »Wenigstens ahneten sie, daß uns eine neue Zeit aufgeht und daß an kein Zurückschrauben der alten zu denken ist.«

»O ich bitte dich«, unterbrach ihn jener mit einiger Heftigkeit, »überhebe dich und mich der Redensarten, die nach diesem Signalwort kommen müssen. Jetzt eben sieht es gar zu schön altritterlich im Tale vor uns aus, als daß ich nicht an die Erneuung der wunderlichsten Heldenabenteuer glauben sollte, die je von unsern Ahnen bestanden worden sind.«

»Ich habe keine sogenannten Ahnen«, lächelte Folquart.

»Da drunten aber lauschen Franzosen im Gebüsch, bewaffnete Franzosen!« rief Adelbrecht. »Drauf denn in Gottes und der Ahnen Namen. Drauf!«

Und beflügelten Sprunges brausten die zwei edlen Jägerrosse den Berghang hinab; laut jubelte das fröhliche: »Hurra!« der Reiter durch die Luft. Die fünf oder sechs Infanteristen, welche sich unten zeigten, feuerten in wilder Übereilung ihre Musketen ab: dann sprangen sie in das Dickicht zurück. Adelbrecht hielt und sah mit unzufriednen Blicken um sich her.

»Da haben wir's mit der Ritterzeit! Da haben wir's mit den Heldenabenteuern!« lachte Folquart.

»Es sind wohl schon eher flüchtige Sarazenen vor edlen Rittern in ein Versteck gelaufen«, entgegnete Adelbrecht finster und erblickte in demselben Augenblick unterschiedliche Jäger seiner Schwadron, durch den Feldruf des Führers und das Knallen der Gewehre auf dessen Spur geleitet. Bald war die Schar wieder beisammen; einige Reiter wurden zur Wiedervereinigung mit dem großen Heerhaufen links fortgesendet; an der Spitze der übrigen durchspähte Adelbrecht achtsam das Tal.

Eine Schar weißer Tauben rauschte plötzlich über das kleine Geschwader hin, daß die Rosse davor zusammenfuhren, und unversehens hielt man dicht an der Tür einer kleinen Wassermühle. Eine Frau stand davor, ein Mädchen auf dem Arm, einen etwa fünfjährigen Knaben an der Hand. »Wo kommt Ihr hierher? Was macht Ihr hier?« rief der überraschte Folquart. »Nun wahrhaftig«, lachte Adelbrecht, »die Frage ist ausnehmend naiv. Sind wir zu dem Hause gekommen oder das Haus zu uns?« Folquart lachte mit und meinte, es sei ohne Zweifel als Dekoration aus irgendeiner Versenkung heraufgestiegen. Dann fragte man die Frau, ob sie etwas vom Feinde gesehen habe; sie verneinte es und ging mit den Kindern ins Haus zurück, welches sie hinter sich verschloß. »Ich dächte«, sagte Folquart, »wir könnten sie als ungebetene Gäste ersuchen, wieder aufzumachen. Es dämmert schon tief, unsre Gäule und wir sind todmüde; und wie sollen wir in diesen Buschgewinden die paar flüchtigen Fußknechte aufspüren!« – »Wer sagt dir, daß es nur ein paar sind?« entgegnete der kriegsgeübte Adelbrecht. »Wir müssen der Sache auf den Grund kommen. Zudem, ich kann unmöglich glauben, daß dieser Abend so ganz nüchtern und unbedeutend enden solle, etwa mit einer Streu und einer Kartoffelmahlzeit.« Und zu den übrigen Jägern gewendet, rief er: »Munter vorwärts, ihr Herrn!« und trabte fröhlichen Mutes talab. – Man war noch nicht lange geritten, da kam ein ausgesandter Blänker zurück und deutete nach dem jenseitigen Ufer des Waldbaches, leise flüsternd, dort berge sich ohne Zweifel ein Haufen französischer Infanterie. Die wachsende Dunkelheit ließ nichts mehr genau erkennen. Während einige dem Blänker recht gaben, behaupteten andere, es sei nichts zu sehen als Hecken und Gebüsche. – »Wenn ich auch nicht die jüngsten Augen von uns habe«, sagte der freudige Adelbrecht, »habe ich doch ohne Zweifel die schärfsten«, und während sein erster Wink jegliche Einrede schweigen hieß, ritt er ganz allein gegen die bezeichnete Stelle vor.

Wirklich konnte auch er nicht klar unterscheiden, was dorten laure, ob Feind, ob nur das Spiel nächtiger Schatten und Nebel; der Waldbach war an dieser Stelle in seinen Ufern zu schroff, um ihn zu durchreiten. Da machte sich die Ungeduld des aufgeregten Kriegsmannes durch ein lautes, altpreußisches »Wer da?« Luft, und alsbald blitzten mehrere Schüsse aus den Zweigen auf, und, eine Kugel in der linken Seite fühlend, sank Adelbrecht auf seines scheuenden Rosses Hals. Bald aber sich wieder besinnend, zügelte er das edle Tier und wandte es langsam um.

Folquart und einige Jäger sprengten herbei und leiteten ihren Rittmeister langsam nach der Talmühle zurück. Aus Folquarts tiefem Schweigen ahnte der Verwundete dessen Befürchtungen und sagte nach einer Weile: »Ich glaube, du weinst.« – Um es nicht zu gestehen, blieb Folquart noch immer still. »Es kann wohl« – fuhr Adelbrecht fort – »es kann wohl allerdings zum Ende mit mir gehen. Dennoch frisch auf, mein edler Kampfgesell, frisch auf! Habe ich doch vorher den übermütigen Reichsfeind noch laufen sehen, und weiß ich doch ganz gewiß, er muß über den Rhein.« – Aber Folquart weinte noch heißer und endlich ganz unverhohlen, bis ihm Adelbrecht ins Ohr flüsterte: »Mache mich nicht zu weich.« Da zwang der treue, starke Freund seine Tränen in das Herz hinunter und blieb still.

Sie kamen bei der Wassermühle an. Nicht lange, so lag Adelbrecht, weich und sorglich gebettet und vorläufig durch Folquart verbunden, in einer stillen Kammer des obern Geschosses, vom Schimmer einer kleinen Lampe sanft umfunkelt. Draußen sahen die Sterne hell und feierlich vom klar gewordnen Nachthimmel. Ernste Träume begannen niederzuschweben auf des wunden Kriegsmannes Haupt.

Ihm ward, als sei er wieder ein Kind geworden oder als zeige sich alles, seitdem er lebte, vor ihm: ein wundergroßes, zauberisch regsames Spiegelbild. Die Tändeleien des Knaben, die Torheiten des Jünglings, die sündhaften Überhebungen und begeisterten Ahnungen des Mannes zogen in wechselnder Gestaltung rasch vorüber, und es war, als sitze seine verstorbene Mutter neben ihm und flüstre unter lieben, mitleidigen Tränen: »Ach armer Adelbrecht du, der du das alles noch erst zu erleben hast!«

Er aber sagte in halber Bewußtheit: »Tröste dich, Mütterchen; es liegt ja schon alles hinter mir.«

Da stand in dem Spiegel urplötzlich eine hohe, schöngelockte, wunderholde Frauengestalt, und die Mutter seufzte: »Nein, nein, du lieber Sohn; du mußt nur wissen, das recht Seltsamlichste und Unerhörteste kommt von heute an gewaltig nach.« –

Ein Schuß gegen die verschlossene Haustür donnerte die zarten Ahnungsbilder fort. Adelbrecht stemmte sich in die Höhe und blickte funkelnden Auges nach seinem guten Schwert. Da stürmte Folquart wild und blutend in das Gemach und rief: »Wir sind verraten! Gewiß, die arge Müllerin hat uns verraten! Das ganze Haus ist von Franzosen umstellt.« Und wildes, wüstes Drohen und Rufen von außen bestätigte die Botschaft.

Die wenigen Jäger, welche Adelbrecht bei sich hatte, waren sämtlich in das Zimmer gekommen und hielten einen leise flüsternden Rat, wie sie ihre verwundeten Führer retten sollten, während bisweilen Kugeln durch die brechenden Laden und zerklirrenden Fenster zischten und in Decke und Wände hineinprallten.

»Rendez-vous, Prussiens, rendez-vous!« brüllte draußen der Feind.

»Es wird nicht viel anders werden«, sagte endlich ein Jäger. »Ich sehe keinen Weg zum Entrinnen: aber schlimmstenfalls bleiben wir nicht lange kriegsgefangen. Wo soll dies versprengte Volk mit uns hin, ohne auf verbündete Heerhaufen zu stoßen!« – Seine Ansicht schien auch die der übrigen zu werden; da sagte Adelbrecht mit matter, aber sehr fester Stimme: »Bilden Sie sich nicht ein, Jäger, daß ich dem Gesindel da draußen die Ehre erzeigen werde, zu unterhandeln. Ich habe mir's lange gewünscht, einmal ein Haus wie eine Festung zu verteidigen; einer oder der andre von Ihnen hat wohl schon irgend gelesen, wie der große Marschall von Sachsen einst etwas Ähnliches tat. Folquart, wenn du noch gehen kannst, so laß dich gegen die Haustür leiten. Ich sah beim Hereintragen, wie zur linken Seite viele Mehlsäcke aufgehäuft standen. Die Hälfte davon hinter der Haustür! Die andre Hälfte ans Pförtlein, das nach dem Hofe führt! So kommt nicht Kugel, nicht Mensch durch die beiden Eingänge. Zweie von euch haben Büchsen. Ihr haltet fortdauernd Patrouille durch das Haus und schießt bisweilen aus den Fenstern. Wenn sich der Feind etwa mit Leitern heranmacht oder ins untre Geschoß einbrechen will, wird mir's sogleich gemeldet, und einstweilen eine allgemeine Pistolensalve nach der bedrohten Seite hin gegeben. Unsre Pferde – ja, den lieben, edlen Tieren müssen wir leider ihre Verteidigung selbst überlassen, denn auf dem Hofe sind die Feinde schon und wir zum Ausfall zu schwach. Doch pflegen wackre, kühne Rosse so wenig Franzosenfreunde zu sein, als die Franzosen Pferdefreunde sind. Sie werden sich schon zu helfen wissen. – An eure Posten, ihr Herrn!« –

Er hatte unterdes seinen schönen, blitzenden Pallasch in die Rechte genommen, ein gezogenes Pistol zur Linken auf das Bette gelegt und sah ungemein freudig und siegszuverlässig aus. Einem Jäger, der als Ordonnanz bei ihm blieb, trug er auf, die Wirtin des Hauses herbeizurufen. Folquart, mit verwunderter, aber nicht schwergetroffener Schulter langsam hinausschreitend, hörte es unter der Tür und sagte, sich noch einmal umwendend: »Recht so! Drohe ihr mit Tod und Brand, dafern sie nicht ihren Verrat wieder gutmacht und dir jede Gelegenheit zu Ausfall und Verteidigung offenbart.«

»Drohen?« entgegnete Adelbrecht. »Einem Weibe? O das arme Wesen mit ihren Kinderchen ist wohl schon ohnehin ängstig genug. Und wer sagt dir denn, daß sie uns verraten hat? Einem flüchtigen Feinde hilft niemand so leicht wider den Sieger, am wenigsten, wenn das eigne Dach dabei zum Pfande steht. Geh an deinen Posten, lieber Folquart, und laß mich machen.«

Etwas beschämt verließ Folquart das Zimmer, während von der andern Seite die Müllerin mit ihren zwei Kindern hereintrat, das Mädchen wieder, wie gestern abend, auf dem Arm, den Knaben an der Hand.

Adelbrecht war, von der Anstrengung des Befehlerteilens etwas matt, in nicht unlieblicher Erschöpfung auf die Kissen seines Lagers zurückgesunken und hörte wie im halben Traume den kecken Knaben sprechen: »Du, schlag uns die Franzosen vom Hause fort, wenn du ein braver Kerl bist. Das ist ja ein ganz verrücktes Spektakel allwärts umher. Nun, hast du nicht antworten gelernt? Schöner Soldat, der so blaß und ohnmächtig zwischen den Betten liegt!«

Lächelnd richtete sich Adelbrecht auf; da sahe der Kleine das Blut auf seinem Hemde und die Blässe seiner Wangen und sagte mit verhaltnem Weinen:

»Ach braver Preuße, sei mir nicht böse über meine dummen Reden. Ich merke wohl, sie haben dich schon gut gefaßt.«

»Siehst du, Fritz, wie du immer so voreilig schwatzest?« fügte die Mutter hinzu. »Ach Gott, womit kann ich Euch dienen, mein edler, tapfrer Gast?«

Erstaunt vor diesen, mit dem Ernst einer Ritterfrau, mit der Anmut einer Nachtigall gesprochnen Worten blickte Adelbrecht auf. In feierlicher Schönheit, das kleine Mädchen auf ihrem Arme so still und edel wie sie selbst, stand die Müllerin vor dem wunden Helden. Er erkannte das hohe Bildnis, welches ihm vor wenig Minuten in seinen Träumen als die entscheidende Gestalt für sein künftiges Leben erschienen war. Mühsam sich zusammenraffend, stammelte er:

»Waret denn Ihr es, hohe, schöne Frau, die gestern abend vor der Türe dieses Hauses stand? Himmel! Und ich bin Euch so achtlos vorübergeritten, wie man es einer gewöhnlichen Müllerin tut.«

»Ich bin ja auch nichts als eine gewöhnliche Müllerin«, kam die Antwort zurück. »Aber sagt mir nur, worin ich Euch jetzt behülflich sein kann. Ihr habt es mit einer treuen deutschen Frau, deren Ehemann freiwillig ins Feld gerückt ist, um den Reichsfeind schlagen zu helfen, zu tun.«

Ein Jäger kam eilig die Treppe herauf, und rief ins Gemach: »Feind auf der Wasserseite! Sie stoßen mit den Kolben gegen die morsche Wand.« Im Augenblick auch knatterte die früher angeordnete Pistolensalve aus mehrern Fenstern gegen den bedrohten Punkt. Der Knabe klopfte lustig in die Händchen. Draußen ward es still. – »Sie werden bald wiederkommen«, sagte Adelbrecht nachsinnend. »Frau Wirtin, alle Räder der Mühle los! So wird der Feind auf der Wasserseite beengt und wohl überhaupt scheu und zweifelhaft vor dem Getös in dem dunkeln Hause.«

Mit ruhiger Besonnenheit öffnete die Müllerin eine kleine Wandtür; sie streckte den schönen Arm hinaus, und alsbald begann das Rasseln der Räder, das Rauschen der Wasser seinen schauerlichen, zu immer kühnerm Getön erwachsenden Tanz. Ein Jäger meldete, der Feind scheine sich abziehen zu wollen; er stehe in einzelnen Haufen zusammen und pflege Rat. Da befahl Adelbrecht, seine Ordonnanz mit hinaussendend, doppelte Patrouillen durch das Haus. »Nun gilt's ihren letzten, aber gewiß verzweifelnden Angriff«, sagte er und stieß mit dem Ladestock nochmals prüfend in den Lauf der Pistole und versuchte den Arm zu Schwung und Stoß seiner Klinge auf den Fall der äußersten Notwehr.

Die Müllerin blickte ihn mit ernstem Lächeln an und sagte endlich: »Wenn ich in alten Historienbüchern von ritterlichen Feldherrn las, wünscht ich mir's immer, so einen Mann mit eignen Augen zu schauen. Nun ist mir dieser Wunsch erfüllt.« – Und wie laut und nah auch Räder und Wellen brausten, drang doch die leise, aber klare Stimme mit wundersam zarter Gewalt herdurch, und Adelbrecht fühlte sein Blut in glühender Begeisterung wallen.

In eben diesem Augenblicke ward eine Mannesgestalt zwischen den zerschossenen Fensterläden sichtbar, bemüht, sich von den Sprossen einer angelegten Leiter in das Zimmer zu schwingen. Erbleichend trat die Müllerin hinter Adelbrechts Lager zurück. – »Will er fort!« schrie der Knabe mit ängstlichem Trotz. »Will er wohl fort, der verfluchte Franzose!« – Der Fremde aber lachte und sagte, nach der Leiter zurücksehend: »En avant! Ils sont à nous, ces diables de Prussiens!« – Adelbrecht hatte den Hahn seines Pistols gespannt und zielte ruhig. Jetzt Blitz und Knall – und der Franzose stürzte aufschreiend aus dem Fenster. – »Hurra!« rief Adelbrecht mit seiner Schlachtenstimme. »Hurra! Haut, meine Jäger!« – Und man hörte, wie der erschreckte Feind von dannen floh. Büchsen- und Pistolenkugeln gaben ihm das Geleit.

Der Morgen dämmerte. Während seine ersten Strahlen in verschönernder Anmut um die holde Gestalt der Müllerin spielten, hörte Adelbrecht die nahen Signale preußischer Trompeten; alle Gefahr war vorüber; die Müllerin streckte abermals den schönen Arm wie gebietend durch die Wandtür, und das Getöse der Räder und Fluten schwieg, und Adelbrecht versank in einen erquickenden Schlummer, von milden Träumen durchleuchtet, deren Hauptinhalt die mannigfach wechselnde Erscheinung seiner wundersamen Wirtin war. Bald sah er sie auf einem Kaiserthron und bald als die Gebieterin unermeßlicher Zaubergärten, aber immer trat sie wieder in die Mühle zurück und sagte mit lächelndem Kopfschütteln: »Bildet Euch doch nur nichts Aberwitziges ein. Ich bin wahrhaftig eine Müllerin, und dabei bleibt's.«

Als er gegen Mittag erwachte, hätte er fast glauben mögen, sein ganzes gestriges Abenteuer sei nur Traum einer Waldesnacht gewesen: aber dem widersprach der heiße Schmerz in seiner Hüfte, und ach, auch die hohe, herrliche Gestalt der Müllerin, welche an seinem Lager stand und dem herbeigekommenen Wundarzte in dessen Vorbereitungen zum Verbande hülfreiche Hand leistete. – Bald war die Kugel herausgenommen, und Adelbrecht schenkte sie dem Söhnchen der schönen Frau, welches mit gefalteten Händchen und tränenden Äuglein zugesehen hatte. – »Scheue dergleichen nicht«, setzte er hinzu, »wenn auch dich einstmalen das Vaterland beruft; aber Gott behüte dich vor allzuernsten Grüßen solcher Boten. Ein seltsamer Soldatenglaube meint, es tue gut, wenn man eine Kugel bei sich trage, vornehmlich eine, die schon getroffen hat. Möchte ich dich schützen können, du Kind einer herrlichen Mutter, mit den Schmerzen meiner eigenen Wunde!«

Er sah das gerührte Lächeln der hohen Frau und sank wieder in die Schlummer einer ihn anmutig umdämmernden Ohnmacht zurück.

So blieb es, mit Ausnahme kurzer Zwischenräume, mehrere Tage hindurch. Als er eines Abends zu vollem Bewußtsein erwachte, saß am Hauptende die wundersame Müllerin neben ihm, ihr schönes Töchterlein auf dem Arm, zu den Füßen des Lagers Folquart, bleich noch und wundenmatt und sehr ernst.

»Ich bitte um Euern Namen, schöne Pflegerin; um Euern Vornamen bitt ich«, sagte Adelbrecht in seltsamer Bewegung. –

»Anna bin ich getauft«, entgegnete die Müllerin, und Folquart setzte herbe lächelnd hinzu: »Mit dem Vaternamen Wertheimerin, eines Bauern Tochter, vermählt an den Müller Eberwein, jetzigen Eigentümer dieses Hauses.« – »Ganz recht«, sagte Anna mit freundlichem Neigen ihres Hauptes und sahe dabei so edel und ordentlich herablassend aus, daß Folquart sichtliche Beschämung zeigte und in beinah ungeschickter Verlegenheit aus dem Zimmer ging. Abelbrecht blickte staunend und noch immer zweifelnd in die Augen der Müllerin.

»Ich will Euch soviel von mir und meinem Manne erzählen, als Ihr irgend fordert«, sagte sie; »nur bitte ich mir's recht ernsthaft aus, daß Ihr unbedingt meinem Worte vertraut. Ich weiß nicht, wie es kommt, aber oft setzen sich die Leute in den Kopf, es stecke ein Geheimnis, eine Verkleidung, und was weiß ich, hinter unserm Verhältnis, und das beleidigt mich immer ungemein. Denn erstlich liebe ich dergleichen Mummereien nicht einmal sonderlich in erfundnen Historien, und weder mein Mann noch ich hätten uns wohl je zu dergleichen entschlossen; und dann – wenn mir's die Leute damit versüßen wollen, wir kämen ihnen zu gebildet vor, zu anständig für unsre niedre Geburt, da möcht ich ordentlich bös werden über das Geschwätz. Der liebe Gott schließt keinem Bauern und keinem Bauernkind seine Gnadentür zu. Wer nur mit recht ehrlichem, liebevollem Herzen hineinhören will in die heilige Schrift und in die liebe Natur, der gewinnt, außer der Hauptsache, auch wohl noch manch eine artige Nebengabe mit und trägt zu allem Schönen und Anständigen und Edlen Lust. Es hat ein guter, frommer Mann, mit Namen Stilling, seine Jugendgeschichte in Druck gegeben, wie er unter Kohlenbrennern und andern Bauersleuten sehr edel und würdig aufgewachsen ist und ihm nachher in der Welt eben nichts hinderlich war zum Umgang mit den größten Leuten als etwa seine Sprache; denn die ging von dem Hochdeutschen ab. Da war nun mein seliger Vater noch besser dran, indem bei ihm – er war um Altenburg gebürtig – schon alles Volk von selbst hochdeutsch redete, wie es ja auch hier zu Land geschieht. Warum denn also einer, der jenes schöne Buch gelesen hat, sich über uns verwundern kann, begreif ich kaum. Hoffentlich indes« – sie wandte sich zu dem wieder eingetretnen Folquart – »hoffentlich gehört der Herr Lieutenant dort zu solchen zweifelnden Menschen jetzt nicht mehr.«

»Nein, wahrhaftig nein, gute Frau!« sagte dieser mit wegwerfendem Lächeln. »Mir ist auch eigentlich nie der mindeste Argwohn in den Sinn gekommen. Für jetzt aber habe ich meinem Kameraden etwas im Vertrauen zu sagen, und ich bitte Euch, laßt uns auf ein Viertelstündchen allein.«

Er konnte indes bei all seinem Vornehmtun kein Auge vom Boden heben, während die Müllerin mit freundlichem Lächeln sein Begehr anhörte und ebenso freundlich grüßend aus der Türe schritt.

»Es ist alles, wie sie es gesagt hat!« flüsterte Folquart, sobald sie allein waren, mit ängstlicher Heftigkeit. »Es ist wahr und wahrhaftig alles so. Ich habe mich genau erkundigt. Annas Vater war der einfache Bauer Wertheim, ihr Schwiegervater ein ebenso einfacher Müller.«

»Seit den ernst beteuernden Worten der wunderbaren Frau hab ich's mir auch nicht anders vorgestellt«, entgegnete Adelbrecht.

»Wie?« fiel ihm Folquart in die Rede. »Und doch sah ich noch immer, wie deine Blicke unausgesetzt an ihren Lippen hingen, du regelrechter, turnierfähiger Ritter! Ich sage dir's auf den Kopf zu: für eine Edelfrau mindestens siehst du sie an.«

»Es mag wohl früher so etwas gewesen sein«, sagte Adelbrecht, »aber seit sie mir das rechte Verhältnis aufgeschlossen hat, ist mir das Ja oder Nein über jene Frage sehr gleichgültig geworden, und nur eins kann ich nicht begreifen: wie nämlich gerade du, Folquart, mit deinen Ansichten über oder vielmehr wider allen noch jetzt geltenden Geburtsadel so wenig verstehen kannst und willst, was die herrliche Frau gesprochen hat.«

»Nun, so ein Vetter Bauersmann oder Müllerbursch«, lächelte Folquart, »würde immer in einen gebildeten Kreis wunderlich genug hereinfallen. Aber ich sehe, du glühst vor Unwillen. Laß uns abbrechen. Es ist ja alles nur Wundfieber; glaube mir, nichts als Wundfieber von dir.«

Er ging etwas heftig fort. Sowie die Müllerin die Tür zuwerfen hörte, trat sie von der andern Seite herein. Sie hatte ein großes Buch in der Hand.

315

»Die Verhandlung mit Euerm Freund«, sagte sie, »scheint zu Ende gegangen zu sein und hat Euch wohl ein wenig Wallung im Blut hinterlassen. Da komm ich mit einem Sänftigungsmittel. Seht mir einmal die herrlichen Bilder an. Es hat sie ein gewaltiger Künstler zu den Geschichten vom rasenden Roland entworfen; erst neuerdings, wie man spricht. Aber sie sind so recht im Sinn der guten alten Bilder, die mein Mann und ich über alles lieb haben, daß wir uns nicht bedachten, vor zwei Jahren – es gab zwar eine sehr bedrängte Zeit für uns dazumal – fast die Hälfte unsrer kleinen Barschaft dranzusetzen, um diese ebenso kräftigen als milden Gestalten in jedweder Stunde vor Augen haben zu können.«

Sie tat mit unbeschreiblich anmutigem Lächeln die Blätter voneinander, und Adelbrecht erkannte voll frohen Erstaunens seine eignen Zeichnungen zum Orlando furioso, die er vor drei Jahren als Umrisse in Kupfer geätzt und dem Buchhandel übergeben hatte. Er ließ aber nichts davon merken, und Anna setzte sich neben ihn und hub an, die Bilder zu erklären. Mit dem italischen Heldengedichte unbekannt, hatte sie doch die Sage vom Roland aus unterschiedlichen alten Büchern so gut im Gedächtnis, daß sie fast immer das Rechte traf, und wo ihre Geschichten sie verließen, trat ihr reiner, kluger Sinn an die Stelle, und wenn sie auch einmal dies oder jenes anders deutete, war doch ihre Ansicht so anmutig und phantastisch, daß man beinah hätte wünschen können, es möge bleiben und immer so gewesen sein, wie sie es in ihrer unbewußten Klarheit erfunden hatte. Von einem recht englisch stillen Entzücken fühlte sich Adelbrecht durchdrungen, als er sich in seinem Kunstwerke so verstanden, ja mehr als verstanden sah, denn Anna offenbarte ihm Geheimnisse seiner Muse, die er selbst bis dahin weit minder eingesehen hatte als nur fern geahnet. Und dabei blieb sie ganz einfach und anspruchslos, recht wie ein Kind, das mit seinem Gespielen bildert.

Herb und störend trat Folquart dazwischen. Er hatte, von beiden unbeachtet, ihnen schon eine ganze Weile lang zugesehen. Da sagte er endlich: »Fürwahr, man weiß kaum, wie sich der Orlando so arg um die Angelika grämen konnte und so tief verstrickt bleiben in ihren Netzen. War er ja doch kein Künstler und hatte sie ihm nie seine Kunstwerke gelobt!« – Adelbrecht wandte sein Haupt mit sehr strengem Blick, sprechend: »Orlando war ein Künstler mit den Waffen und wußte seine edle Herrin zu schützen, und das weiß ein jeder rechte Mann. Wer heute wund ist, kann in wenigen Tagen oder Wochen wieder waffenfähig sein.« – »Ich verstehe!« erwiderte Folquart, sich ernst verneigend. »Wir sprechen ein andermal weiter davon.« – »Recht gern«, sagte Adelbrecht und blickte mit erneuter Achtsamkeit auf die Bilder.

Die Müllerin aber schaute beide Männer in ruhigem Erstaunen an und sagte endlich: »Ich verstehe euch nicht, liebe Herren. Hoffentlich gibt es doch unter zwei so edlen Waffenbrüdern keinen Streit?«

Folquart, um ihre Aufmerksamkeit abzulenken, wußte keinen andern Rat, als über die Künstlerfreude zu scherzen, mit welcher Adelbrecht sein Werk so preisen höre von einer schönen Frau. »Du lieber Gott«, sprach sie und faltete die zarten Hände, »wäre denn dieser tapfre Kriegsmann auch dieser edle Zeichner selbst?«

In stolzem, aber nicht unbilligem Triumphe lächelte Adelbrecht gegen Folquart zurück: »Du siehst, mit deinen absichtlichen Angelikasgeschichten kommst du hier nicht aus.« Folquart aber seufzte tief auf und sagte: »Allerdings nicht! Was in den Sternen geschrieben steht, muß geschehen.« – »Weil es nämlich Gottes Finger geschrieben hat«, setzte Anna mit ernster Huld hinzu und trug die Bilder hinaus.

Seit diesem Tage besorgte sie Adelbrechts Pflege mit fast noch innigerer Sorgfalt, aber doch auch wieder wie aus einiger Entfernung herüber. Man sahe wohl, sie betrachtete den Künstler, welcher solche Bilder gefertigt hatte, mit Erstaunen und zweifelhafter Neubegier, ungefähr so, wie man es mit einem Abgesandten aus sehr entfernten, wundersamen Landen täte, ohne sich ihm deshalb eben unterordnen zu wollen.

Folquart hielt sich sehr zurückgezogen und still, welches wohl von jener ernsten Zweisprach herkommen mochte, und allerdings glaubte auch Adelbrecht, nach beider Genesung werde nur Pistole oder Klinge die daraus erwachsene Bitterkeit vollkommen tilgen können. Aber das hinderte nicht, daß die Waffengefährten sich bisweilen ganz freundlich zusammen besprachen. Namentlich hatte Adelbrecht vielfach für die Sorgfalt zu danken, mit welcher Folquart Bücher aus dem nahen Städtchen in mannigfacher Abwechselung herbeizuschaffen wußte; eine Veranlassung mehr für Anna, die Reinheit und Klarheit ihres schönen Sinnes zu entwickeln. Aber hieran schien Folquart keine Freude zu finden. Die Wolke über seinen dunkeln Augenbrauen verdichtete sich alsdann nur zu immer tiefern Schatten, und je lieblicher und geistvoller Anna über irgendein Dichterwerk geredet hatte, je finstrer und ungestümer eilte er gewöhnlich in die wildesten Talgegenden hinaus. Die Herstellung des vollen Friedens zwischen ihm und Adelbrecht lag dadurch fast mit jeder Stunde weiter hinausgerückt.

Derweile hatte der Wundarzt mit Bestimmtheit erklärt, Adelbrechts Seitenwunde werde zwar nicht für das gewöhnliche langsame Gehen und Reiten lähmend bleiben, wohl aber jedes kühne Ansprengen eines Rosses und jeden raschen Lauf unmöglich machen; dagegen solle Folquart in wenigen Wochen fähig sein, dem Heere nachzureisen. Mit ernster, wehmutvoller Resignation hatte Adelbrecht sein Abschiedsgesuch eingesendet; ungeduldig harrte Folquart des Augenblicks, wo er wieder in ein rüstig kriegerisches Schaffen eintreten könne.

Der Winter hatte indes seinen schneeigen Mantel über das Mühlental gebreitet. An einem stillen, sonnighellen Tage war Folquart wieder einmal in gewohntem Unmut verschwunden, aber in Adelbrechts Seele leuchtete der klare Himmel draußen und der klare Himmel aus Annas Augen wundersam friedlich herein. – »Wie wär es«, sagte die holde Frau, »wenn Ihr Euch einmal an die freie Luft wagtet? Sie ist mild und rein, und ich wollte Euch den Hügel dort hinaufleiten zu der schönen alten Burg, die Ihr oft mit so verlangenden Blicken anseht. Zwar wird sie wohl verschlossen sein, denn der alte Kastellan kommt nur selten einmal hin, aber wir könnten sie doch von außen umwandeln, und die Aussicht von dorten ist gar hübsch und lieb!« – Freudig willigte Adelbrecht in den Vorschlag, die Müllerin schlang ein großes rotes Tuch um sich und hüllte voll anmutiger Sorgfalt ihr Töchterchen mit hinein, der Knabe ritt auf seinem Steckenpferde lustig voraus.

In den hellen Dezembertag hatte sich schon etwas wie ahnende Lenzluft des künftigen Jahres eingeschlichen. Adelbrecht fühlte sich unbeschreiblich erquickt. Er bedurfte des Armes seiner schönen Pflegerin nicht, und nur die ihm sehr ungewohnte Notwendigkeit, langsam zu gehen, mahnte ihn an die Wahrheit jenes ärztlichen Ausspruchs. – Anna sah mit tiefer Rührung auf ihren fröhlichen Knaben und sagte endlich: »Gott, was war das für eine angstvolle Zeit, als der Kleine in dem Alter war wie jetzt sein Schwesterchen, und wir über die Berge hierher flüchteten! Ein rechtes Glück nur, daß es der liebe Gott damals grad Sommer sein ließ. Im Winter wären wir erlegen.«

Und auf Adelbrechts Bitte erzählte sie folgendes:

»Mein wackrer Mann hatte sich's vorgenommen, immer nur da zu wohnen, wo noch das Franzenjoch mindestens nicht unmittelbar drücke. Die Gegend der schönen Hansestädte kam ihm endlich als die freieste und gesichertste vor. Und weil er nicht nur ein wackrer Müller ist, sondern auch überhaupt ein kräftiger und geschickter Mensch, wußte er sich und uns in der guten Stadt Bremen auf mannigfache Weise recht freudig zu ernähren. O wir haben gar anmutige Tage dorten verlebt. Aber Ihr könnt Euch seinen Schreck vorstellen und seinen Zorn, wie das nun auf einmal für französisches Land erklärt wurde. Vergeblich sagten ihm viele tapfre und fromme Bürger mit der ihnen eigentümlichen Kraft und gläubigen Zuversicht des Sinnes: Solange das alte Rolandsbild noch auf dem Bremer Markte stehe, habe es mit der alten Stadtfreiheit der Bremer keine Gefahr und werde das Franztum schon von selber wieder abfallen, wie ein monströser überfrüher Apfel vom guten alten Stamm, der warten gelernt hat auf Gottes Willen. – Der heftige Sinn meines Mannes vermocht es nicht zu tragen. Weit konnte er in der winterlichen Jahreszeit mit mir und meinem Kinde nicht fort, aber wenigstens ins Westfälische schaffte er uns hinüber und spähte von da aus nach Mitteln, wie er nach dem schönen, von echtdeutschen Fürsten beherrschten Ländchen gelangen könne, welches wir jetzt bewohnen. Es hatte damit seine Schwierigkeiten. Unser teils angeerbtes, teils erarbeitetes Geld war durch mannigfaches, oft etwas übereiltes Umziehen sehr zusammengeschmolzen, und wir wollten zur Reise und neuen Einrichtung noch einiges erwerben. So dauerte es bis in den Monat Julius hin, und wir dachten, wohl noch ein paar Wochen warten zu müssen. –

Aber mit der Abfahrt ging es ein bißchen wilder, als wir gemeint hatten. Denn eines Abends wollte mein Mann einen ehemaligen preußischen Offizier, der allerhand kühne und gute Dinge im Sinne trug, auf heimlichen Wegen geleiten, und die westfälischen Gendarmen paßten ihnen auf und umzingelten sie. Da galt's denn freilich Gegenwehr auf Leben und Tod, und beide wackre Männer schlugen sich durch, aber drei Gensdarmen blieben tödlich verwundet auf dem Platze, und mein Mann mußte flüchten mit mir und dem Kleinen dort.

O das war eine kühne, gefahrvolle Reise, und – ich mag es Euch nicht bergen – oftmals sind mir die hellen Tränen der Angst dabei in die Augen getreten. Zu Fuße eilten wir fort, über unwegsame Bergpfade hin, umheult, bisweilen ganz nah, von dem ausländischen Rufen der nachjagenden Feinde; – und dennoch steht das alles vor meinem Geiste wie ein liebes, leuchtendes Bild. War ja doch mein tapfrer Mann so frisch gemutet und sprach mir es so lebendig ins Herz: wer sich auf Gott verlasse, den verlasse niemals Gott! Und dann beteten wir andächtig, und dann gingen wir wieder unsern einsamen Buschpfad weiter, und der Säbel und die Pistolen meines Mannes funkelten wie glückbringende Sterne, bald vor, bald neben mir her; – o, es war, trotz aller Angst, oft eine gar anmutige Zeit!«

Adelbrecht hatte sich ganz in das schöne Bild verloren, wie glücklich der Mann sei, der ein solches Weib als sein süßes, ihm ganz vertrautes Eigentum geleiten dürfe durch die wildbewegte, schreckenvolle Welt. Jetzt sah ihn die Müllerin an, gleichsam fragend, ob er auch wohl auf ihre Geschichte gehört habe; da suchte Adelbrecht nach irgendeinem Worte und sprach in der Eil: »Aber brachte Euch denn nicht der damals noch so kleine Knabe in ganz unübersteigliche Hindernisse und Gefahr?«

»O mit dem wußten wir uns mannigfach zu helfen«, lächelte die Müllerin. »Unter andern so.« – Und das lange Tuch, zum Teil von ihrer Schulter geschlungen, gab sie mit holder Unbefangenheit – das eine Ende in Adelbrechts Hand, so daß sie ihr Töchterlein wie halb in eine Schaukel, halb in eine Wiege hineinlegte. Vergnügt lachte die Kleine von da empor. – »Seht Ihr wohl!« sagte Anna. »Freilich, so artig wie dies stille, fromme Kindchen war der Knabe nicht immer, aber so zwischen uns schwebend

ließ er sich's immer noch am besten und ruhigsten gefallen.«
Sie gingen in dieser Stellung weiter. Eine heiße Sehnsucht schwellte Adelbrechts Busen, und schaudernd verstand er auf einmal das arme, lange sich selbst getäuscht habende eigne Herz. Helle Tränen drangen in seine Augen herauf, Anna und ihr süßes Kind lächelten einander mit freundlichen Blicken an.

Da trat man durch eine unversehne Windung des Pfades plötzlich aus dem bereiften Gesträuch dicht vor die moosdunkle, hochgewaltige Burg. Ein Ritterwappen, das Adelbrecht aus seinem Stammbaum kannte, sahe feierlich über die weite Torwölbung herunter. Er verstand die herrliche Mahnung und, Meister seiner Tränen und jegliches törichten Wunsches, richtete er die Augen in glühender Begeisterung zu dem riesigen Denkmale uralter Heldentage empor, wie es mit seinen Zinnen und Türmen unwandelbar kühn hinausragte in das Himmelblau. –

Jauchzend sprang indes der Knabe heran und berichtete, die Türen seien offen und der wunderliche alte Kastellan gehe drinnen umher. Gleich darauf trat eine seltsame Gestalt in das Torgewölb. Unter einem großen, zu beiden Seiten aufgeschlagenen Filzhute blickte ein vornübergebeugtes, sonnenverbranntes Greisenantlitz hervor; ein alter, grauer Flügelmantel verhüllte den ganzen Leib; nur lang und dürr streckte sich eine nervige, beinahe ganz fleischlose Hand heraus, auf einen Krückstock gestützt, welcher in wunderlicher Pracht von Elfenbein und eingelegtem Gold und Perlmutter glänzte.

»O, seid Ihr es, Frau Anna Eberwein!« sagte der Greis mit einer Milde des Tones, die seltsam gegen sein schauerliches Äußere abstach. »Seid Ihr es! Und noch dazu ein tapfrer, wundkranker Preußenoffizier bei Euch, und der Euch so hübsch Euer Kindlein tragen und wiegen hilft! Das ist ja sehr schön. Da sollen alle Gemächer der Burg sich auftun, wenn Ihr Lust daran findet.«

Anna dankte freundlich, und ein fragender Blick auf ihren Gefährten lehrte sie alsbald, wie dessen ganzes Gemüt sich in den feierlichen Schloßbau hineinsehne. Da nahm sie ihr Töchterchen zum bequemern Fortschreiten durch die ihr wohlbekannten Türen und Kammern und Kreuzgänge wieder auf den Arm und bat den Kastellan, mit seinen Schlüsseln voranzugehen.

Eine wunderbare, wie vor der neuern Zeitberührung frei erhaltne Welt tat sich den Wandelnden auf. Könnte ich euch, wie es der alte Kastellan vermochte, Tür auf Türe erschließen und Pförtlein auf Pförtlein, daß ihr bald durch hohe, hallende Säle schrittet und bald durch stille, kleine Gemächer, und alles mit uralten, in ihrer halben Verloschenheit noch immer deutungsvollen Bildern bemalt, einzelne Waffenstücke dazwischen von den Wänden starrend in altertümlicher Pracht – und die schöne, auch im Winterschlafe herrliche Talgegend sähe bisweilen durch die bemalten Fensterscheiben herein – oder ihr trätet auch wohl unvermutet auf einen freien Hallengang hinaus in die abendlich goldne Luft – und dann ginge es wieder kühn-überwölbte Wendelsteigen hinauf, und wie nach einer frommen, mühseligen Wallfahrt gelangtet ihr in eine kleine, abgelegne Kapelle; ja, könnte ich euch alles das so in der Tat und Wahrheit erschließen: da möchtet ihr wohl die Gefühle teilen, in welchen die kleine Genossenschaft – auch selbst den fröhlichen Knaben nicht ausgenommen – still und feierlich ihre Bahnen durch den ehrwürdigen Bau vollendete und endlich, fast ohne ein Wort gesprochen zu haben, an dem Burgtore wieder anlangte. Der Kastellan gab der Frau und dem Kriegsmann, ehrerbietig Abschied nehmend, die Hand und hatte Tränen in den Augen. –

Es sahe von diesem Tage an um vieles heller und gesicherter in Adelbrechts Seele aus. Wenn ein rechter Mann erst einmal eine Wunde seines eigentümlichsten, innersten Wesens in voller Selbstbewußtheit aufgefunden hat, pflegt auch die Heilung nicht mehr ferne zu liegen, und ihn hätte wohl ein sehr naher Weg dahin geführt, nur daß Folquart mit mannigfachen Störungen diesem stillfreundlichen Wirken hinderlich ward.

So auch geschah es an einem Abend, bald nach Neujahr. Adelbrecht hatte soeben aus den Zeitungen gelesen, wie sein edler König in den ersten Morgenlichtern von 1814 auf dem linken Gestade des Altvater Rhein durch sieghafte Helden begrüßt worden war, und sein Herz bebte in tiefer Wehmut über sein eignes Fernsein von dem großen, wiedergeöffneten Schauplatze.

Da trat Folquart herein, mit einem halb trüben, halb triumphierenden Lächeln über der Stirn. Er legte, sich niedersetzend, zwei Bücher auf den Tisch, in welchen Adelbrecht alsbald Schillers Gedichte erkannte und seufzend sprach: »O wenn Friedrich Schiller, der geborne Kriegsdichter, aller Ehrliebe und Soldatenfreudigkeit voll, o wenn er unsre große Zeit erlebt hätte: welche herrliche Lieder würde sie aus seinen Saiten locken!«

»Vielleicht mit wenigerm Effekt, als du dir es einbildest«, lächelte Folquart. »Ja, du und deinesgleichen, und auch wohl ich, wir wären dadurch emporgeflügelt worden in manche Himmel des Entzückens. Aber was die einfach poetischen Menschen betrifft, die, welche bei unsern alten Chroniken und Volksbüchern groß geworden sind – da muß ich doch von heute an einer gewissen Schule recht geben, wenn sie behauptet, für derlei echt romantische Personen habe Schiller eigentlich gar nicht zu schreiben vermocht. Wenigstens lese ich unsrer schönen, sonst so begeisterten Wirtin nun bereits über eine Stunde lang aus diesen zwei Büchlein vor, und sie näht ruhig weiter und versichert mich am Ende, sie habe wenig oder nichts von all den schönen Worten verstanden.«

Ein glühendes Rot fuhr über Adelbrechts Antlitz. Aber er bezwang sich und sagte mit scheinbarer Ruhe: »Da tut sie wenigstens hundertmal besser dran als hundert und mehr Lobredner Schillers, die in erkünstelter Begeisterung seine schönen Worte nachlallen und wahrhaftig nichts weiter davon wissen, als daß es eben schöne Worte sind. – Erinnre dich des Kameraden, der uns beim Rückzug über die Elbe tröstend vordeklamierte:

»Dreifach ist des Raumes Maß.
Rastlos fort ohn Unterlaß
Strebt die *Länge*, fort ins Weite
Endlos gießet sich die *Breite*,
Grundlos senkt die *Tiefe* sich.«

Was nachher kommt, hatte er freilich vergessen; namentlich wußt er nichts mehr von den Worten, göttlichen Trostes voll:

»Nur Beharrung führt zum Ziel,
Nur die Fülle führt zur Klarheit,
Und im Abgrund wohnt die Wahrheit.«

Aber er beteuerte fort und fort, nur im göttlichen Schiller finde sein leise bewegliches Herz Trost auf den Wogen der ungeheuern Zeit.«

Folquarts höhnendes Lächeln ward zum wahrhaften, freien Lachen vor der tollen Erinnerung, und auch Adelbrecht lachte seinen Unmut weg. Nach einer Weile aber fragte er doch: »Was hast du ihr denn eigentlich vorgelesen?«

»Nun« – kam die Antwort etwas verlegen heraus – »nun – so mancherlei. Mit dem eleusischen Fest hab ich angefangen – dann las ich Tartarus und Elysium – dann das Geheimnis der Reminiszenz – dann die Zerstörung von Troja – dann Poesie des Lebens – zuletzt auch, um doch recht in das wirkliche Leben einzugehen, die berühmte Frau.« –

»So, so«, erwiderte Adelbrecht nachdenklich. »Es freut mich doch sehr, zu sehen, wie unendlich ehrlicher du selbst bist als die Waffen, mit denen du gefochten hast.«

»Ein seltsames Lob«, rief jener empfindlich; »eines, das der Erklärung fast noch mehr bedarf als jene drohenden Worte bei Gelegenheit des *Orlando furioso!*«

»Das wird sich alles finden«, sagte Adelbrecht gelassen, »und zwar, ehe wir auseinandergehen. Für jetzt aber laß es ruhen, denn unsre Wirtin kommt.«

Und kaum saß Anna auf ihrem gewöhnlichen Platz an dem großen Rundtische hinter der Lampe, so nahm Adelbrecht den Schiller wieder auf und las mit feierlicher Kriegsstimme: *Die Schlacht*. Ein begeistertes Glühen flog über die zarten Wangen der schönen Frau; ihr sonst so mildes Auge funkelte in ernster Heldenglut. – Und Adelbrecht las weiter: den Handschuh und des Mädchens Klage und den Kampf mit dem Drachen und viele der edlen Lieder sonst und zuletzt auch Kassandra; und die reine Herrlichkeit der Poesie durchströmte immer verklärender Annas reine Gestalt. – »O ihr braven deutschen Männer«, seufzte sie zuletzt, »warum hat nicht diese Stimme in eure Siegeslieder getönt!« –

»Wie ist es denn nun«, fragte Adelbrecht sehr ernst, als sie bald darauf das Zimmer verlassen hatte, »wie ist es denn nun mit dem Schiller und mit dem reinen, hohen Gefühl unverdorbner Geister für ihn?« – »Ich habe mich wieder einmal geirrt« lächelte Folquart im trüben Mut, »und wenn dir meine Bitte etwas gilt, so laß für heute das Gespräch zu Ende sein. Übermorgen brech ich zur Armee auf, und morgen können wir alles Nötige in Ordnung bringen.«

Adelbrecht neigte das Haupt, stumm und kühl bejahend, und beide gingen auseinander nach ihren Schlafstätten.

Schon in der ersten Frühe des nächsten Tages hatte sich Adelbrecht in den Mantel gewickelt und auf den ernstesten Fall – das Schwert konnte er noch immer nicht mit Sicherheit wieder führen – seine geladnen Pistolen mit eingesteckt. Folquart sah, als jener ihn abzurufen kam, die zwei kleinen, leuchtenden Waffen aus der Umhüllung hervorblinken und sprach kopfschüttelnd: »Mag freilich sein, daß wir sie nötig haben, aber hoffentlich gibt es noch einen mildern Ausweg.«

Angekommen auf einem entlegnen Platze, von dichtem Tannengebüsch auf allen Seiten umhegt, hub Folquart mit diesen Worten zu reden an:

»Bevor wir als Offiziere wegen deiner beleidigenden Äußerungen sprechen, gönne mir, als Freund dem Freunde, Rechenschaft abzulegen über mein Betragen diese ganze Zeit herdurch. Wohl fühlte ich, wie es dich verletzten mußte, und, Adelbrecht, ich habe es immerfort gefühlt, und oft blutete mein Herz mit dem deinigen. Aber durfte mich das hindern in meinen, zuletzt freilich beinahe verzweifelten, Bemühungen, dich zu heilen und zu erretten? Adelbrecht, du liebst die Frau eines andern, du liebst eine Frau, die, wenn sie auch heute noch Witwe würde« –

»O nichts davon«, rief Adelbrecht und hielt die Hände wie abwehrend vor.

»Ich darf dich nicht schonen«, fuhr jener fort; »eine Frau liebst du, die auf keinen Fall je die deinige werden könnte, denn streng und starr stellt sich der von dir selbst hochangeschlagne Unterschied des Standes zwischen euch. O du lieber, glühender Freund, was soll aus dir werden, da ich vergeblich alles erschöpft habe, um dich von dieser – ich bekenne es ja selbst mit Begeisterung – von dieser hochherrlichen Gestalt abzuwenden!«

Adelbrecht sah eine Weile in tiefen Gedanken vor sich nieder. Dann sagte er: »Was aus mir werden soll? – Noch vielleicht vor wenigen Wochen hätte mich diese Frage und dein Aussprechen meines heimlichsten Gefühles sehr erschreckt. Seit jenem Spaziergange nach der alten Burg ist es anders. Ich habe mich damals verstehen lernen und mich mit Gott, mit mir und – lächle nur immer, wenn du Lust hast – auch mit meinen Ahnen beraten. Einig und still sieht es aus in meinem Innern. Sei nicht besorgt um mich. Wie es sich in den äußerlichen Formen gestalten wird, weiß ich noch nicht recht. Nahe freilich blieb ich ihr gern. Kann es aber nicht sein, so trag ich ihr reines Bild mit mir von hinnen, und solange mir Gott noch Leben schenkt, will ich sie zu preisen trachten in mannigfachen Gestaltungen meiner Kunst. Alle meine Bilder, näher oder ferner, deutlicher oder verhohlner, sollen Kränze sein um ihr reines Haupt.«

Folquart reichte ihm freudig die Hand. »Ich tat unrecht«, sagte er, »dich zu stören, aber ich meinte es gut. – Was nun unsern Ehrenstreit betrifft, so glaube ich immer, du könntest deine übereilten Worte zurücknehmen, und ich könnte damit zufrieden sein. Oder ist es etwa anders? Du bist Edelmann, bist früh im Kriegsdienst gewesen und mußt das besser wissen als ich. Daß uns die schöne Anna nicht verstand in unserm Zorn und daß kein andrer Mensch es gehört hat, kommt übrigens nicht in Betrachtung. Ehrensache bleibt Ehrensache, und hätte man sich im heimlichsten Winkel der Baumannshöhle ein beleidigendes Wort ins Ohr geflüstert.«

»Recht«, erwiderte Adelbrecht. »Aber zurücknehmen – ein gesprochnes Wort zurücknehmen – nein, lieber Bruder, das kann ich nicht; wenigstens hier nicht, wo mir meine Schuld viel zu klein vorkommt für solch eine fatale Buße.«

»Nun dann«; sagte Folquart gesetzt und zog auch seine Pistolen hervor und maß, von Adelbrechts Standpunkte aus, funfzehn Schritte ab. Drauf stellte er sich ihm gegenüber und sprach: »Beginne; du hast den ersten Schuß.«

»Laß unsre Sache nicht schlimmer werden, als sie schon ist!« rief Adelbrecht mit einiger Heftigkeit. »In solchen Geschäften ist Großmut die unartigste Beleidigung. Meine Worte haben dich verletzt; widerrufen kann ich nicht; schieß! Und ziele ordentlich. Denn zum Spaß mit dem Ernste sind wir beide zu gut.«

Folquart erhob den zielenden Arm.

Da rauschte es seltsam in der Luft. Staunend sahen beide Kämpfer in die Höhe; Annas weiße Tauben schwebten über sie hin. – An den Boden schleuderte Folquart sein Pistol, und, in Adelbrechts Arme stürzend, rief er: »Nein, es soll dein teures Blut nicht abermal dies Talgewind beströmen. Hältst du mich für einen braven, ehrenwerten Kameraden?« – »Von ganzem Herzen tu ich das!« rief der bewegte Adelbrecht zurück, und die Versöhnung war geschlossen und mit einer echtbrüderlichen Umarmung besiegelt. –

Am Morgen drauf erfolgte ein schwerer, tief ernster Abschied zwischen den beiden Waffenbrüdern. Ihnen war das Schicksal wunderlich zwischen ihren so innig geschlossenen, so innig erneuerten Bund getreten: der eine wieder frisch und kräftig in das Gewühl eines glorreichen Völkerkrieges hinaus, der andre für alle künftigen Tage des Erdenlebens in seine stille Malerwerkstatt zurückgedrängt. Sie trennten sich unter heißen Tränen und haben einander seitdem auch wohl nicht wiedergesehen.

Für Adelbrecht sollte dieser Tag noch auf mannigfache Weise bedeutend werden. Einige Stunden nach Folquarts Abreise kam die begehrte Entlassung aus königlichen Kriegsdiensten in den huldreichsten Ausdrücken an. Ein Orden lag dabei, und Anna heftete ihm das Ehrenzeichen auf die von Stolz und Wehmut hoch schlagende Brust.

»So zieht ihr denn fortan ohne mich in die Siegerschlachten, ihr fröhlichen Jäger und ihr andern tapfern Kämpfer all!« seufzte er still in sich hinein. »So werde ich denn aus Zeitungen lesen, was ihr getan und erlitten und gewonnen habt!« – Er versank in ein sehnendes Schweigen, in eine der Stimmungen, wo es uns vor milden Schauern ganz klar wird, hienieden wohne nicht die Freude, nur in den besten Stunden ein vorahnender Friede, welcher uns die Freude von jenseit herüber verkündet.

Anna dachte ihn zu erfreuen, wenn sie eine Saite aus seinem Schiller anschlage. Sie öffnete das Buch, und der vorgestern durch einen Zufall ungelesene *Ritter Toggenburg* fiel ihr zuerst in die Augen. Wie sie nun ernst und feierlich und mit sehr gerührter Stimme anhub:

»Ritter, treue Schwesterliebe
Widmet Euch mein Herz;
Fordert keine andre Liebe,

Denn es macht mir Schmerz.
Ruhig mag ich Euch erscheinen,
Ruhig gehen sehn,
Eurer Augen stilles Weinen
Kann ich nicht verstehn.«

Da war es ihm, als töne Silbe vor Silbe mit ebenso vielen feierlichen, zu Grabe läutenden Glockenpulsen der entscheidende Schicksalsspruch in sein Leben herein. Doch konnte er das Gedicht in voller, äußerer und auch wohl innerer Fassung aushören. Nur als Anna, von des Töchterleins Wärterin abgerufen, freundlich grüßend aus der Türe ging, wären ihm fast die hellen Tränen hervorgebrochen; aber auch das sollte nicht sein, denn zugleich pochte es von der andern Seite des Gemaches, und herein trat der alte Kastellan der Burg.

»Glück zu, Herr Ritter«, sagte er, auf Adelbrechts Orden deutend. »Der Kleine hat mir draußen schon alles im lauten Jubel erzählt, und es freut mich, daß ich zu so guter Stunde komme, mit einem Antrag, den ich Euch tun will. Soviel ich weiß, hängt es ganz von Euch ab, Euern künftigen Wohnplatz auszuwählen, und dazu möcht ich Euch nun die alte Burg droben vorschlagen.«

»Mein Schicksal fährt noch immer zu reden fort«, sagte der tief erschütterte Adelbrecht leise vor sich hin.

»Seht, Ihr gehört recht eigentlich in die Burg hinein«, fuhr der Alte fort. »Meine Herrschaft, die auf der andern Seite des Berges in einem luftigen, beinahe durchsichtigen Kartenhäuschen von Palästlein wohnt, hat bisweilen daran gedacht, das alte Schloß zu arrangieren, wie sie's nennen, und ich habe wirklich schon Zeichnungen gesehen, wo man die Kapelle, vermöge einiger korinthischen Gipssäulen und Nankingdraperien zu einem ganz artigen Boudoir einrichten wollte. Noch habe ich dieses Übel – und nebenbei auch ohne Zweifel meinen Tod zugleich – abzuwenden gewußt, aber neuerdings ist wieder stark die Rede davon, es sei denn, daß sich ein Mietsmann fände, durch den sich einiger Vorteil aus dem alten Ritterbau gewinnen lasse. Wenn Ihr nun hineinzöget, Herr Ritter, da zöge ich – insofern es Euch nicht zuwider wäre – mit hinein. Bis jetzt zwar habe ich die liebe Burg aus Herzeleid über deren Verödung und Entfremdung nur selten besucht. Aber mit Euch zusammen müßte sich's gut darin wohnen.«

Adelbrecht schlug alsbald ein. Der Alte hatte Vollmacht von seiner Herrschaft; unwiderruflich auf Lebenszeit entwarf man den Kontrakt. Als Adelbrecht seinen Namen unter das Papier schrieb, lächelte er wehmütig und erwiderte auf des Alten fragenden Blick:

»Laßt gut sein, Vater. Ich denke nur daran, wie wenig es mir beim Hereinreiten in dieses Tal einfiel, daß ich es nie wieder verlassen würde. Aber ich wiederhole: lasset es gut sein, denn es ist sehr gut so.«

Wollt ihr noch mehr von unserm Freunde vernehmen? – Er malte schöne Bilder in der alten Burg, und sein Gemach ging nach dem Mühlenfenster hinaus, vor welchem alle Morgen Anna ihre weißen Tauben zu füttern pflegte. Er sah die Heimkehr des wakkern Müller Eberwein, der mit einem östreichischen Ehrenzeichen auf der Brust froh und gesund aus Paris kam; er sah das ungestörte Glück der geliebten Frau. Nach wenigen Jahren trat denn auch der Schluß der deutungsvollen Schillerschen Ballade in Adelbrechts Leben hinein:

»Und so saß er, eine Leiche,
Eines Morgens da,
Nach dem Fenster noch das bleiche
Stille Antlitz sah.«

DIE GÖTZENEICHE

Sage

I

Orshold, der junge nachdenkliche Sachsenritter, saß am Herde, glättete den Stahlbeschlag seiner mächtigen Streitkolbe. Da trat vor ihn hin sein freundliches schlankes Schwesterlein Roswitha und lachte ihn zutraulich an. Er aber, als er die großen blauen Augen zu ihr emporhub, konnte zwei Tränen, die ihm hell über die Wangen herabrannen, nicht verbergen. Roswitha, etwas erschreckt zusammenfahrend, wollte sich das nicht merken lassen und sagte mit erzwungenem Scherz: »Ach was, ein Kriegsheld soll keine Tauwolke sein!« – »Möchtest du lieber, er wär eine Wetterwolke?« erwiderte Orshold finster. Und dumpf in sich hineinmurmelnd: »Hüte dich! Hüte dich!« fuhr er angestrengt in seiner Arbeit fort. Da kam eine unverstandene, aber entsetzliche Angst in des Mädchens sanftes Herz. Sie schlich in einen Winkel und wußte sich nicht besser zu helfen, als daß sie die nur noch halbbesaitete Harfe ihrer gestorbnen Mutter – der früh im Kriege verblutete Vater hatte oft dazu gesungen – wie schmeichelnd und hülfebittend in ihre Arme nahm und es mit leisem Anregen der zarten Finger versuchte, die einst so lieblich schwirrenden Klänge daraus zu entlocken. Und das fast verstörte Werkzeug ward wie neubelebt, ja, wie beseelt, vor den sehnenden Worten, welche Roswitha ganz leise, leise drüber hinhauchte. Diese Worte aber klangen folgendergestalt:

»Ich bin so sehr alleine,
Ist niemand mehr bei mir,
Will lachen, o, und weine,
Will fort, und bleibe hier.

Und früge man: ›Worüber?‹
Und früge man: ›Wohin?‹

Ich würde nur noch trüber;
Ich weiß nicht, wie ich bin.

Es wird schon besser werden;
Die Harfe rauscht so froh.
Kommt's hier nicht auf der Erden,
So kommt's doch anderswo.«

Und nach dem seltsam fröhlichen und mächtigen Getön der lange stumm gebliebenen Saiten wandte Orshold sich staunend um. – »Wer hat dir das eingegeben?« fragte er. »Sooft die Mutter es versuchte, dir ihre anmutige Gabe mitzuteilen, irrten ja immer deine Finger, glitt deine Stimme aus, und all ihr vieles Sorgen und Mühen blieb umsonst.« – »Es hat wohl das alles nur so lange in mir geschlafen«, entgegnete Roswitha, »wie das Samenkorn in der winterlichen Erde, und ist heute plötzlich aufgewacht und hat mich in einer sehr schweren, ängstigenden Stunde ganz unversehens mit hellem Lebensmut durchleuchtet. Die liebe Mutter sah bei ihren emsigen Lehren vielleicht so etwas schon voraus. Sieh, Bruder, ich weiß nicht, was du vorhin mit deinen finstern Warnungsworten meintest, und doch durchzuckten sie mich recht furchtbar. Aber mag auch jetzt daraus kommen, was da will; die Harfe hat mir ja so viel Schönes, so viel Holdes verheißen, daß es spät oder frühe gewißlich erscheinen muß. Ich bin recht seelenvergnügt.« – »Schaffen die Götter, daß es vorhält!« murmelte Orshold, und Roswitha hörte es wohl, aber sie gab nichts mehr darauf.

Da trat der mächtige, schon beinahe greisende Held Wittaborn in die Halle, und Orshold und Roswitha standen auf und neigten sich tief vor ihm.

»Kommt Ihr von der Eiche, lieber Herr und Freund?« fragte Orshold, ihn auf den Ehrenplatz am Herde führend und ihm einen Trunk aus silberbeschlagenem Horn zubringend.

»Ja«, entgegnete Wittaborn mit tiefem Ernst, »ich komme von der Eiche, aber es stehn zu viel Gewitter am Abendhimmel. Der Mensch soll sich in solchen Stunden des Götterzornes den Götterbäumen nicht mit allzudreister Frage nahen. Du hast ja mit eigenen Augen gesehen, mein Orshold, wie der Strahl aus den Wolken den kühnen Priester Ludwald traf, weil er mitten in

Donner und Blitz die Gottheit des Haines fragen wollte. Und die schwarze Warnungsschrift ist noch heutigen Tages an dem heiligen Baum in seltsamer Zuckung anzuschauen.«

»Ich war noch ein Knabe«, sagte Orshold, »aber ich werde den Augenblick nie vergessen, wo der riesenhohe, weissagende Held zusammenbrach und gleich darauf nichts weiter war als ein kleines Häuflein Staub und Aschen.«

»Die Götter sind furchtbar! Sehr furchtbar!« seufzte Wittaborn und verhüllte sein Haupt.

Roswitha rührte die Saiten und sang:

>»Ich bin ein kleines Blümlein,
>Die Blitze treffen mich nicht;
>Doch wär ich auch ein Eichenheld,
>Froh säh ich ins Gewitterzelt,
>Denn vor dem Blitz ersterben,
>Heißt sterben im hellen Licht!«

»Was ist das?« flüsterte Wittaborn erbebend in des Jünglings Ohr. – »Merkt Ihr es denn nicht?« entgegnete dieser, und seine Tränen flossen. »Merkt Ihr es denn nicht? Die Götter haben sie ja schon für sich geweihet.«

»Ich will euch einmal etwas sagen und fragen, ihr Männer«, sprach Roswitha, sich mit feierlich-anmutiger Würde hoch aufrichtend und ganz nahe vor die beiden hintretend. »Ist das edle Sitte gegen edle Frauen, einander ins Ohr zu flüstern und schreckensbleich auszusehen wie der Tod, und unsereins raten zu lassen, was es denn eigentlich gelte? Wobei uns noch hundertmal ärgere Schrecknisse vor der Seele spuken mögen, als wirklich vorhanden sind! Wissen will ich, was euch so gar sehr beunruhigt, denn mir geziemt für jetzt die Stelle der Hausfrau an diesem verwaiseten Herd, und wissen müßt ihr ja wohl, daß ein edles Sachsenweib kein Luftgebild ist, vor jedwedem Donner zerstiebend.«

»Ihr habt uns sehr ernsthaft aufgefordert, schöne Jungfrau«, entgegnete Wittaborn, »und mögt nun schon tragen, was zu tragen ist. Setzet Euch zu uns an den Herd und vernehmt unsre Kunde.«

Lächelnd tat Roswitha nach seinem Wunsch, aber der beiden

Männer Antlitz ward um so trüber und wehmütiger. Da faßte sich endlich Wittaborn wie mit einem recht gewaltigen Ruck zusammen und sprach folgendergestalt:

2

»Ihr kennt, Roswitha, die Wodanseiche im Westerforst; von Ansehn zwar wohl nicht, denn selten wagt sich ein zartes Weib dorthin, wohl aber von Hörensagen. Die Geister, welche darin hausen, sind den Göttern sehr lieb, und was sie heischen, muß geschehen, sonst würde – uralte Weissagungslieder künden dies schaurige Rätsel – ganz Sachsenland in die Herrschaft eines toten Königs fallen. –
Verdenkt mir's nicht, daß ich ein wenig stockte und daß wohl ein sichtbares Zittern durch meine Gebeine fuhr. Ihr wißt, ich habe es sonst viel anders an der Art. Aber vor jenem Gedanken erbebt immer mein ganzes Herz, und mit Freuden würde ich mein Blut und das Blut meines ganzen Stammes versprützen, um solch ein entsetzliches Unheil von dem lieben Vaterlande abzuwenden. Sei nun gemeint mit den dunkeln Worten, was da wolle, aber ein höchst fürchterliches Schrecken liegt ja darin: Lebende unter der Herrschaft eines Toten!« –
Er sah eine Weile starr und stumm und bleich vor sich nieder; dann sagte er:
»O Roswitha, süßes, hohes, engelholdes Lilienreis, o gält es doch nur mich und meinen Stamm! Aber es gilt dich. Die Götter fordern ein Opfer. Noch hoff ich es zu werden, aber ich weiß es nicht mit Sicherheit. Und wenn es denn auch möglich wär – vielleicht daß die Bedingung dir schrecklicher erschiene als das Sterben auf dem Opferherd.«
»Ich bin nicht die erste edle Jungfrau«, sagte Roswitha mit unerschütterter Fassung, »welche durch Blut und Flamme zu den Göttern gerufen wird, und das hat mir Mutter schon frühe eingeprägt, sprechend, zu diesem Heldentod müsse sich unsereins bereithalten wie die Jünglinge zu dem Heldentode der Schlacht. Aber freilich, leben möcht ich noch gern, wenn es mit dem Götterwillen bestehen könnte und mit der Ehre. Es ist doch ganz ausnehmend hübsch hier auf der Welt. Sagt mir vor allen Dingen:

habt Ihr weissagende Rosse geführt und befragt wegen des Verlangens der Geister?«

»Sobald das Heulen und Winseln aus dem Westerwalde herscholl«, entgegnete Wittaborn, »eilten wir, ein schneeweißes geweihetes Roß zu der Eiche zu leiten –«

»O das muß mir ja Gutes, lauter Gutes geweissagt haben!« unterbrach ihn Roswitha zuversichtlich. »Hab ich doch die Pferde so gar lieb, fast lieber noch, als sie mein Bruder hat, und der meint, das sei ein uraltes Erbteil unsers Stammes.«

»Vielleicht«, entgegnete Held Wittaborn wehmütig, »weil ein weissagendes Roß dich edelste und schönste Maid deines Stammes gen Walhall rufen sollte, als die lieblichste Schenkin für die Helden an Wodans goldnem Tisch. Denn kaum, daß wir das edle Tier gegen die Wodanseiche herangeführt hatten, so ward es wie von einer wunderlichen Kraft umgestaltet in seinem ganzen Tun und Wesen. Mit hauenden Vorderhufen tanzte das sonst so freundlich-sanfte Geschöpf aufrecht um den Baum her, daß es in seiner schneeweißen Gestalt recht furchtbar durch die Mitternacht leuchtete. Dann begab es sich in einen schäumenden schnellen Trab und leitete uns wie im Fluge bis vor dein Kammerfenster hin. Du mochtest wohl eben im süßesten Schlummer liegen; derweile neigte sich das Roß dreimal ganz tief und hieb dreimal mit dem Vorderhuf gegen das Burgtor. Da zogen unsre Priester die Weissagung draus: die Geister des Baumes seien zu Brautführern erlesen, um Roswithen nach Walhall hinaufzugeleiten in den strahlenden Kreis der Götter und Ahnherrn.«

»Weissagung erweckt Weissagung!« entgegnete das Fräulein nach einigem Sinnen. »Die meine ist zwar großenteils nur ein Traum, aber sie scheint sehr dicht zusammenzuhängen mit all dem Wunderbaren, das Ihr von mir und von der Wodanseiche erzählt.

Ich saß als ein kleines Kind auf der Mutter Schoß, spät, spät in der Nacht, denn wir warteten, daß der Vater heimkehren solle von einer großen Wolfsjagd. Mir ward es bange, und, wie sie mir es auch zu verbergen strebte, mochte wohl der Mutter nicht viel besser zumute sein, denn vergeblich hatte sie schon ein paarmal versucht, ein Lied in die Harfe zu singen. Ihre zarten Hände zitterten und sanken wie gelähmt am Goldgewebe herab. – ›Der

Vater blutet!‹ rief ich mit einmal und wußte doch selbst nicht warum. ›Der Vater blutet und kann nicht lange mehr leben!‹ – Da fing Mutter heiß und still zu weinen an, daß mir es noch durch die Seele geht, wenn ich daran gedenke. Ich wollte etwas sprechen, um ihr zu liebkosen und sie zu beruhigen, aber es ging nicht. Nur jene furchtbaren Worte drängten sich wider Willen immerdar auf meine Zunge, so daß ich Lippen und Augen lieber fest zuschloß und in tödlicher Bangigkeit regungslos in den Armen der Mutter lag. Die mochte glauben, ich schliefe, und sie gab ihrem Schmerze in Worten Luft, wovon ich mich nur noch soviel erinnere, daß sie über den törichten Mutwillen klagte, welcher sie in den ersten Tagen ihres Ehebundes verlockt habe, dem Gatten in Knappentracht heimlich auf die Jagd nachzureiten, obgleich das kühne Waidwerk grade im furchtbaren Westerwalde begonnen sei. Da muß sie unversehns der Wodanseiche zu nahe gekommen sein; und die Geister haben nach ihr gesungen, mit verlockenden, lieblichen Zungen; und sie meinte, es sei ihr Eheheld, der wolle sie necken; und so wehrte sie von sich das warnende Schrecken und sang zurück – ach nicht zu ihrem Glück! – Aber was ist denn das? Ich singe wohl gar selbst und hätte fast nach der Harfe gegriffen. – Nein, laß es mich Euch ruhig erzählen, recht ruhig.

Vor den wundersamen, lieblichtönenden Klagen der Mutter war ich zuletzt wirklich eingeschlafen. Da kam zu mir folgender Traum:

Aus der Wodanseiche tanzten kleine, schwarze, fledermausgeflügelte Geister mit wunderlichem Schwirren hervor und sangen immerfort: ›Dein erstes Kind muß meine sein! Dein erstes Kind muß meine sein!‹ Und ich hörte die Stimme meiner Mutter, die lachend antwortete: ›Mein erstes Kind bleibt mein allein! Mein zweites Kind mag deine sein!‹ Da schlugen die häßlichen Geisterchen, lustig krächzend und wie bestätigend, ihre Fittiche gegeneinander, und davor schrie meine Mutter von fernher ängstlich auf, und ich fühlte durch den Schlaf, wie noch jetzt ihre Tränen mich um derselben Ursach willen betauten, und auch darum, weil die Geister in ihrem tollen Reigentanze mit gellendem Gelächter sangen ›Das Kind ist unser, das hat nicht Not! Der Mann wird auch bald blutesrot! Dann ist der Spaß zu Ende!‹

Aber wie Schnee funkelnd kam ein weißes Lämmchen unter den Wurzeln der Eiche hervor und sprang recht fröhlich zwischen dem Nachtdunkel und den Gespenstern hin und wider, als habe das alles gar nichts zu bedeuten.

Anfangs entsetzten sich die Spukbilder davor, aber bald brachten sie allerhand häßlich verrostete Waffen herbei und wollten es schlachten. Da ward mir entsetzlich angst, denn nun merkte ich auf einmal, das Lämmlein sei ich selbst. Es sagte zwar, wie um mich zu trösten, jemand mit gewaltiger Stimme: ›Ich bin ja der Blitz und schlage ein!‹ Aber eben der gewaltige Donner seines Rufes erschreckte mich so fürchterlich, daß ich mit Angstgeschrei aus dem Schlummer auffuhr. Zugleich war es, als krachte und rasselte die Wodanseiche in all ihren Ästen und Wurzeln über mir zusammen. Das kam aber vielleicht nur von dem Jagdgetöne her, womit soeben Vater gewaltig schallend in die Burg einzog. Er war sehr blutig; aus einer leichten Wunde nur, die nichts zu bedeuten hatte, und dann auch vom Blut der erschlagenen Wölfe. Aber die Mutter weinte von da an um seinen nahen Tod, und nicht lange darauf geschah es auch, daß er aus einem Treffen gegen die Franken sieghaft, aber als eine Leiche zurückgetragen ward.

Möget Ihr nun urteilen, ob das jenen Weissagespruch bestätige oder nicht. Mir kommt es freilich selber so vor, als müsse ich frühe sterben. Die Mutter sprach im ängstlichen Todeskampfe auch davon; scheidend aber erheiterte sie sich und lächelte: ›Wer dich erretten kann, ist ein alter, hochgewaltiger Held mit greisendem Bart. Da steht er vor mir und hat etwas in der Hand wie Streitaxt oder Streitkolbe –‹«

In diesem Augenblick hatte sich Wittaborn von seinem Sitz emporgerissen und Orsholds Streitkolbe gefaßt, als wolle er den Nachtgestalten das holde Frauenbild, welches ihnen mit jedem Worte mehr zu verfallen schien, voll zorniger Verzweiflung abkämpfen. Da hielt Roswitha inne und blickte staunend zu ihm hinauf. Endlich sagte sie.

»Aber Ihr steht ja eben jetzt vor mir wie der Held, von welchem Mutter gesprochen hat. Wärt Ihr es, der mich retten könnte vom frühen Opfertod?«

Ein anmutiges Erröten flog über des alternden Helden Angesicht, fast jünglingshaft, wie ja auch bisweilen das Abendrot sich vom Morgenrote nur der Gegend nach unterscheiden läßt. Er senkte die Waffe, gab sie schweigend an Orshold zurück und wandte sich nach seinem Sitze.

Orshold aber, zu der Schwester hintretend, sprach feierlich: »Du mußt wissen, o holdes Kind, daß die Priester, als ich ängstig mit Fragen in sie drang, ob du denn durchaus nicht zu retten oder mit Gaben zu lösen seiest, nach langem Ratschlag erwiderten, nur eines sei auch den Walhallsgöttern unantastbar: die Braut des sieghaftesten und weisesten Helden im Gau. Daß dieser Held aber kaum noch erst, meine Streitkolbe in der starken Rechten, dicht vor dir stand, weißest du ja.«

Roswitha senkte heiß-errötend die Augen und zog ihre Schleier über sich. Nach einer Weile sprach sie leise, leise: »Verhüte es die hohe Göttermutter Frigga, daß ein Held und Fürst wie Wittaborn sich zu mir herabneige und daß ich je eine aus Mitleid dargebotene Rechte annehme.«

Zögernd nahete sich der alte Held. Jener anmutige Abendschein lag auf seinen Wangen noch heller als vorhin. – »Roswitha«, sprach er, den stolzen Nacken tief vor der Jungfrau beugend, und seine Schlachtenstimme säuselte lieb und lind – »Roswitha, wie dürfte ein greisender Ritter um dich Mairose werben! Und dennoch – du sprachest von Mitleid! So tief muß mein schönes Bild nie sinken, auch in der Einbildung nicht. Roswitha, ich werbe um dich, und in ernster Minne zu dir glüht dieses kampfgestählte Herz. Und nun verwirf mich und stirb, denn ich weiß: es kann ja anders gar nicht kommen. Aber so stirbst du doch edel und stolz, deines Mutes und deiner Schönheit wert.«

Roswitha jedoch ließ nach einigem Schweigen die Schleier von dem süß leuchtenden Antlitze zurückwallen, und Morgenrot strahlte dem Abendrot entgegen. »Was wäre denn das für ein deutsches Fräulein«, sagte sie, »die einen greisenden Helden nicht aus ganzer Seele lieben könnte in seiner reichen Heldenherrlichkeit?«

Schaudernd vor ernster Wonne zog Wittaborn sie zu sich empor, und sie legte ihr schönes Lockenhaupt liebkosend an die tapfere Brust.

Fröhlich kreiseten nun die Becher in dem fackelhellen Burgsaal, denn Orsholds Mannen waren aus den nächstliegenden Gehöften zusammengeströmt, die Freude und Feier ihres jungen Ritters zu teilen. Wittaborn schaute stark und stolz umher wie ein verjüngter Adler; in ernst-lieblicher Begeisterung sang Roswitha Lieder zu der Harfe von ihres Bräutigams Heldentum und Fürstentugend. Aber Orshold war nach den ersten Ausbrüchen heitrer Lebenslust wieder still und ernst in sein gewohntes nachdenkliches Schweigen zurückgesunken. Mit aufgestemmtem Arm und halb in die Hand verborgnem Gesicht saß er in der tiefen Fensterhöhlung und schaute nach dem schwerdunkelnden Nachtgewölk hinaus. Wittaborn trat zu ihm und rührte leise seine Schulter an. Voll seltsamen Schreckens fuhr der Jüngling in die Höh.

»Es ist nicht mit dir, wie es sein sollte«, sprach Wittaborn mild und ernst. »Wie käme denn sonst ein Schrecken über dich Helden?«

»Es ist mit mir, wie es sein sollte«, wiederholte der trüblächelnde Orshold, »und Schrecken ist das Urerbteil aller sterblichen Menschen. Wir kommen wohl bisweilen drüber hinaus, bald in toller Lustigkeit, bald mit dem traurig-heitern Bewußtsein: Nur frisch genossen, denn es muß doch alles schnell ein Ende nehmen auf immer! Und das pflegen dann unsre Gefährten wohl gar als heitre Weisheit zu lieben und zu loben – eine schöne Freudigkeit!«

Er versank abermals in tiefes Sinnen, welches sein Freund mit den Worten unterbrach: »Jüngling! und hältst du denn für nichts die Heldenglut unserer Herzen, die uns um Vaterland und Ehre den feindlichen Waffen entgegentreibt? Für nichts den unsterblichen Ruhm? Für nichts die strahlenden Becher Walhallas?«

»Flittern, lauter Flittern! Ein Teil davon auch Nebel!« seufzte Orshold. »Das mit der Kampfesglut ist noch das Beste, denn sie macht wenigstens auf einzelne große Stunden das Leben unaussprechlich froh und stark. Aber unsterblicher Ruhm? Ach, viel der Heldennamen sind verschollen, samt den Liedern, drin sie tönten! Und wenn du auch lebst im Sange, Jahrtausende hindurch – du wohnst nach wenig Jahren fernab von all der Herrlichkeit, wer weiß, in welchem Wachen oder in welchem Traum! – Und Walhallas strahlende Becher! Und Walhallas rauschende Harfen! O all ihr Sterne, es klingt so wunderschön! – Aber was sind denn das für Walhallsgötter, die zu ihren Boten die häßlichen Fledermausalfen aus der Eiche sandten, um Roswithen zu entführen? Bei denen mag's ein gar lustiges Zechen sein.«

Orshold verstummte plötzlich, wie von dunklem Entsetzen versteint. Wittaborn schreckte sichtlich zusammen.

Da ward ein wildes, hohles Treiben auf dem Burghofe wach, ein ängstliches Geruf, ein Schnauben und Rasseln, wie aus Rossesnüstern und von Rosseshuf. – »Du hättest solche Worte nicht sprechen sollen!« seufzte Wittaborn.

Und herein eilte ein bleicher Knappe und meldete dem entgegentretenden Orshold, der edle Schimmelhengst Silber habe sich in unbegreiflicher Wut von den Halfterketten losgerissen und die Tür des Marstalles hauend zersprengt, und wie er jetzt auf dem Hofe zürnend umherrase, habe ein gleiches Übel alle Rosse befallen, daß sie – teils noch in den Ställen halbgebändigt, teils schon auf dem Burgplatze furchtbar frei – in wunderlicher Empörung tobten gegen alle Menschen.

Leise warnend, oder vielmehr die früher versäumte Warnung nachholend, drohte Wittaborns Zeigefinger nach Orshold herüber.

Aber unbefangen lächelnd kam Roswitha herbei. »Wenn es weiter nichts ist als das!« sagte sie. »Laßt mich nur machen. Der edle Silber kennt mich zu gut und hat mich viel zu lieb, als daß ich den nicht gleich zur Ruhe sprechen sollte, und was er tut – Ihr saht es ja noch eben selbst – tun die andern Rosse ihm immer als getreue Vasallen nach.«

Und zugleich war sie die Stufen mehr hinuntergeweht als geeilt und stand bereits in der Türwölbung, ja schon fast auf dem nachtdunkeln, durchbrausten Hofe, als erst Wittaborn und Orshold sie einholten und sich bemühten, sie zur Rückkehr in den Saal zu bewegen.

Aber sie schüttelte anmutig verneinend das Haupt und lockte, ohne weiter zu antworten, nur immer mit anmutiger Stimme durch die Nacht:

»O Silber, lieber Silber! Komm her! Komm! Deine Herrin ruft! O komm, mein schöner Silber!«

Und nicht lange, so trabte das edelschlanke Tier sanft und sittig heran, neigte den schlanken Hals vor dem Fräulein und ließ sich voll sanfter Behaglichkeit die Silbermähne von den lilienzarten Händchen streicheln. Derweil waren all die andern Pferde still geworden und folgten den Knappen ruhig nach ihren Ständern zurück. Die Stalltüren gingen nach und nach wieder zu, die im ersten Schreck ins Schloß geworfnen Burgestore zur gastlichen Fortsetzung des Festes wieder auf. Roswitha streichelte noch immer ihren schönen, freundlichen Silber.

»Du wunderliches Lieb«, sprach Wittaborn, »was ist das für eine seltsame Hoheit, die du über die Wesen übst!«

»Wär ich denn sonst eine echte Heldenbraut?« entgegnete das stolze Mädchen; und Silber, wie um ihre Worte zu bestätigen, beugte vor ihr beide Knie.

»Er will dir zeigen, daß ich auch eine Reiterin bin, was du freilich schon weißt, aber heute am Verlobungsfest mit eigenen Augen schauen mußt«, lächelte sie ihrem Helden zu, und schwang sich mit anmutiger Sicherheit auf des weißen Tieres Rücken.

Aber brausend sprang dieses plötzlich auf und verschwand, durch das offne Tor sprengend, samt seiner holden Bürde, wie ein Blitz in die Nacht.

4

Wittaborn und Orshold, der geliebten Gestalt mit angestrengter Eile folgend, erspähten von fern, wie das weiße Roß die weiß umschleierte Jungfrau grade nach der Westerwaldung hintrug, und wie es sich in deren furchtbare Schatten mit ihr untertauchte. Gewitter zogen, leise murrend, am dunkeln Himmel von allen Seiten auf. Einen Augenblick lang hielten beide Ritter, ihre Gäule unwillkürlich zügelnd, im schweigenden Entsetzen starr und still. – »Siehst du«, lachte Orshold darauf, »siehst du nun wohl, was es mit allen Freuden ist?« – »Wer mit götterlästernden Reden Glück und Freude von seinen Zinnen scheuchte«, rief Wittaborn »ist es denn wohl an dem, noch den Himmel mit frechen Klagen zu beleidigen?« – »Reize mich nicht, Held, mit solchen Reden«, bat Orshold. »Mein Sinn ist ohnehin so wild und rasch in dieser

Nacht. Es könnte allerhand Tolles draus entstehn.« – »Händelmacher!« zürnte Wittaborn in feindseligem Spott. »Möchtest ein Zweikämpflein bestehn, um nur der entführten Schwester nicht nachjagen zu dürfen in den furchtbaren Forst?« – »Das Sachsenland kennt ja Orsholds Streitkolbe«, entgegnete der Jüngling stolz, »aber morgen mußt nur du sie aus Erfahrung kennenlernen.« – »Wo wird das arme Ding hinfallen und hinstäuben vor Wittaborns Schwert!« rief der alte, zürnende Held. »Aber jetzt hinein, in den Wald, Roswithen nach! Und wer nicht mitwill, reite zu Hause.« – »Hinein will ich, und zwar dem graunvollsten Tosen nach!« rief Orshold. »Aber nicht an deiner Seite. Du bist mir von nun an aus tiefster Seele verhaßt!« – Und so trennten sich die entzweiten Helden und sprengten einzeln – Orshold von Süden, Wittaborn von Mitternacht her – in den Wald.

5

Tief schon dunkelten die Eichen, schaurig rauschten die Buchen über dem einsamen Pfad, den Roswithas silberweißer Hengst immer tiefer sich bahnte in das verschlungne Gebüsch, näher und näher der Wodanseiche zu. Das zarte Mädchen hielt sich nur kaum noch an der flatternden Mähne; oft zwar wollte sie absichtlich hinuntergleiten, aber dann scheuete sie wieder das dunkle Getriebe von Molchen und Schlangen, das sie am Boden wahrzunehmen glaubte.

Nebenbei tanzten wunderliche Gestalten, und es war, als ob sie sängen:

>»Hast sonst im Festesglanz
>Ja gern gehalten Tanz!
>Tanze nun auch mit uns, Feinsliebchen!«

Und schon durch das von einzelnen Blitzen erhellte Nachtdunkel streckte die fürchterliche Eiche ihre riesigen Arme herüber.

Das Mädchen aber hatte sich durchaus in ihr Schicksal ergeben und weinte still.

Da sang jemand aus dem Waldesgrün, ganz nahebei, mit tiefer lieblicher Mannesstimme:

»Die Opfer sind nun abbestellt,
Ganz frei ist unsre liebe Welt.
Sie ward's durch einen, einen Held,
Der sich zum Opfer dargebracht,
Ein Sonnenfürst in Siegespracht,
Davor wie eine Braut sie lacht.
Das preisen alle Himmel!«

Und die häßlichen Alfen schwirrten ängstlich schrillend davon, und das schöne Pferd Silber wandelte seinen schäumenden Lauf in sanften, anmutigen Trab, und der ward immer langsamer, bis es endlich ganz und gar stille stand und den schlanken Hals zurückdrehete, als horche es nach dem jetzt verhallten Gesange hin.

Da kam ein Mann in langen, weißen Gewanden heran, faßte die Rossesmähne und führte das weiße Pferd und die weiße Jungfrau still mit sich nach einer andern Gegend des Waldes. Unterweges sagte er einmal: »Weine nicht mehr, du schönes, freundliches Gotteskind. Es ist alles sehr gut.« Und Roswitha hörte zu weinen auf.

6

Ein entsetzliches Gewitter war wie aus allen vier Winden her losgebrochen und rollte jetzt in schmetternden Schlägen über dem Westerwalde; Wolke mit Wolke, Blitze mit Blitzen im wilden Gegeneinanderprellen kämpfend. Orsholds edler Schlachtgaul war wie ohnmächtig in die Knie gesunken und nicht mehr aufzureißen; das Roß Wittaborns hatte sich mit dem kühn vorwärtstreibenden Reiter überschlagen, daß beide in ein steil umhegtes Tal hinunterrollten. Müde und schaudernd schleppten sich die Ritter, jeder einsam auf unbekannten Bahnen durch den Wald, mit letzten Kräften für des holden Fräuleins Rettung nach der Wodanseiche hinstrebend. Aber wenn sie dachten, schon ganz nahe daran zu sein, trieb sie der Laut eines wunderlichen Schlagens und Klopfens, wie das eines gewaltigen Holzfällens, wieder von dannen. In des Zauberbaumes Nähe – wußte jeder von ihnen – konnte ja niemals eine Axt klingen, niemals eine laubige Krone zu Boden gestreckt werden. Emsig suchten sie andre Wege, und gaukelnde Schwarzalfen schienen sie leiten zu wollen mit häßlich ängstlichem Flügelschwirren – aber wieder schallte jenes Schlagen und Klopfen, und auch die Alfen nahmen davor eine andre Richtung, und irr und zweifelnd drängten sich nach wie vor die Ritter durch den verwachsenen Forst, unter dem schwefligen, bisweilen seine Feuerhallen furchtbar aufreißenden, dann wieder sich und die Welt ins gestaltlose Schwarz hüllenden Gewitterhimmel.

Roswitha spielte derweile ganz ruhig und allein mit einem großen Buche, in einer wilderleuchteten Felsenkammer, wohin der Alte sie geleitet hatte. Der Kunst des Lesens war sie unkundig, aber die Buchstaben glänzten in so schönen, bunten, bisweilen hellgoldnen Lichtern, daß die Jungfrau sie herzlich liebgewann und es auf seltsame Weise zu verstehen meinte, was sie sagen wollten. Dann kamen auch schöne Bilder vor: Männer, so ehrwürdig und feierlich hold wie ihr schützender Geleiter selbst; junge Ritter, die sie mit ihrem Bruder verglich, nur daß diese Gestalten unendlich heiterer aussahen und blühender; großmächtige Helden, ernst und stark und hoheitsvoll wie ihr Verlobter Wittaborn. Dazwischen zeigten sich bisweilen freundliche Kinder, mit goldnen und himmelblauen und regenbogenfarbigen Schwingen an ihren Schultern. – »Das nenn ich mir noch Fittiche!« lächelte die freundliche Roswitha. »Da findet doch ein Menschenkind seine Freude dran! Aber was die Alfen davon haben, sich so häßlich mit Fledermausflügeln herauszuputzen, das kann wohl niemand begreifen. Freilich, ihnen würde dies blanke Gefieder wohl auch nicht sonderlich gut kleiden.« Sie mußte lachen über die ungestalten Dinger, und es war ihr, als ob diese, wild zürnend, aber gänzlich machtlos, draußen an dem Felsen vorüberbrausten. Ebenso furchtlos blieb sie bei den endlos rasselnden Blitzen und Wetterschlägen. Ohne zu fragen, warum, wußte sie dennoch, das alles dürfe ihr durchaus nichts zuleide tun, und auch dem schönen Pferde Silber nicht, welches nahebei in einer größern Höhlung des Felsens von seinem wildverstörten Lager ausruhte. Dies anmutige Gefühl der Sicherheit – wohl uns allen aus unsern Kinderjahren herüber wohlbekannt, wo wir uns Häuschen aus Stühlen und Tüchern im Zimmerwinkel erbauten und von Stürmen und Gefahren fabelten, die über uns Beschirmte dahinbrausen sollten – es durchdrang Roswithas Sinne mit lieblicher, zuletzt sanft einschläfernder Gewalt; wie auf ein Ruhebett senkte sich die holde Jungfrau zum Schlummer auf das weiche, duftige Höhlenmoos.

7

Der Morgen schaute in falber Dämmerung über das wunderliche Waldgewirr herein. Noch einige Wetterschläge, wie abschiednehmend, aber auch von ganz entsetzlicher Gewalt, krachten durch Klippen und Forst, als Wittaborn und Orshold, im hellern Lichte sich mehr und mehr zurechtfindend, unweit der Götzeneiche aufeinander trafen.

Jeder glaubte Roswithen verloren, jeder war gegen den andern im grimmigsten Zorn entlodert. Ohne viel der Worte zu machen, schwang Orshold seine Streitkolbe, Wittaborn sein blitzendes, weitberühmtes Schwert, und, Schilde und Angriffswaffen gehoben, schritten sie zum Zweikampf racheheischend heran.

Da neigte sich der gefürchtete Eichbaum über die kleinere Waldung ordentlich herüber, als wolle er mit Drachenarmen nach den Kämpfern greifen. Ein Wunderzeichen ahnend, blieben sie still und senkten ihre Waffen. Urplötzlich schmetterte der gewaltige Stamm viele andre Stämme seitwärts und unter sich nieder und lag wie ein gefällter Riese am Boden, die zwei Fechter trennend. Orshold und Wittaborn wankten zurück, als sei aus Walhall ein Götzenbild auf die Erde herabgedonnert.

Da trat ein hoher Greis herzu; der hielt eine Axt in der nervigen Rechten. Mit staunendem Entsetzen starrten ihn die Ritter an. – Endlich ermannte sich Wittaborn zur Frage: »Wer seid Ihr«, rief er, »und was treibt Ihr hier, und wer sendet Euch?«

»Den, der mich sendet«, kam die Antwort freundlich zurück, »kennt ihr leider noch nicht; ich aber bin der Christenpriester Bonifatius, und was ich hier treibe, will ich gern berichten. Ich habe beinah die ganze Nacht hindurch an der Götzeneiche gehackt, und nun ist sie, Gott sei Dank! endlich umgefallen, wie ihr seht.«

Das Grauen vor der unerhörten Tat streckte sich in lähmender Todeskälte über der Ritter Zunge und Glieder, aber ihre Blicke funkelten rachedrohend, und schon begannen ihre Arme die Waffen gegen den Greis zu richten.

Der aber fuhr, als gehe ihn das gar nichts an, voll gelassener, demütiger Siegesheiterkeit in seiner Rede fort:

»Und nun ist es zu Ende mit all dem bösen Spuk, der euch so oft in Angst und Harnisch gejagt hat. Und das schöne Jungfräulein Roswitha ist gerettet und wartet dorten in der moosigen Felsenkluft ruhig und sicher das Ende ab.«

»Roswitha!« stammelte Orshold, »Roswitha!« Held Wittaborn, und nach tiefem Sinnenerwachen beide wie aus einem Munde:

»Lügen kann ja doch ein Mensch unmöglich, der aussieht wie du!«

»Nein, liebe Kinder, das kann ich freilich nicht«, entgegnete der freundliche Bonifatius.

»O du mußt ein Himmelsbote sein, du hochgewaltiger Held!« rief Wittaborn, und er und sein Gefährt sanken in die Knie.

»Es ist wohl etwas dran mit dem Himmelsbotenamt«, lächelte Bonifatius, »aber euch vor mir in den Staub neigen müßt ihr deshalb nicht.« Und feierlich das Beil nach dem Himmel haltend, sprach er: »Von dorther kam die Hülfe, dort betet hinauf.«

Die Ritter taten nach seinem Gebot, und so blieben sie alle drei eine Weile still beisammen. Dann richtete Bonifatius seine neuen Freunde in seinen Armen empor und führte sie unter anmutigen, das Höchste mit lieblicher Kindeseinfalt vorbereitenden Gesprächen der Felsenkammer zu, wo Roswitha noch im erquicklichen Schlummer lag. Wie eine zarte, vom Morgenhauch leise gefächelte Rose atmete und blühete sie aus dem frischen Moosgrunde auf. Liebkosend spielten um sie die ersten Lichter der aufgehenden Sonne. In feiernde Bewunderung der reinen Schönheit versunken, standen Wittaborn und Orshold schweigend da; Bonifatius aber faltete die Hände zum stillen, wortlosen Gebet und dankte dem Schöpfer für sein holdblühendes Geschöpf.

Da kam das gute Pferd Silber mit freudigem Wiehern herbeigetrabt, und vor dem wohlbekannten Klange erwachte Roswitha lächelnd. – »Ach sieh da«, sprach sie und streckte die schönen Arme dem Bräutigam und dem Bruder entgegen; »so, grade so haben es mir die hellblanken Flügelkinder verheißen, die im Traume mit mir spielten!«

Die Sage ist aus. Wer könnte aber zweifeln, daß Bonifatius an so wohltätigen Liebesbanden die drei edlen Wesen leicht und bald zum höchsten Lichte geleiten, daß Roswitha, voll süßer Treu und nun ganz selbstverstandner Liebe, Rosen der Freude in Held Wittaborns Eichenkranz flocht und daß Orshold, der finstern Zweifelswolke entnommen, fröhlich aufblühete, wie es einem deutschen Jüngling eignet und gebührt! – Warum die Sage schon hier verstummt? – Weil es einer höhern Weihe bedarf, um das Höchste unsers Erdenlebens, die Bekehrung einer Seele zu Gott, in unumwundnen Worten zu schildern.

DAS GELÜBDE

Eine nordische Sage

In der uralten heidnischen Sachsenzeit gab es einmal einen großen Krieg mit den Dänen. Adalbero hieß der Sachsenherzog, welcher dazu geraten hatte und nun auch in der Stunde des ernsten Entscheidungskampfes an der Spitze seines Volkes stand. Da flogen der Pfeile und Wurfspeere viel, da blitzten viel tapfre Klingen von beiden Seiten auf und leuchteten viel goldblanke Schilde durch die finstre Schlacht. Aber die Sachsen zogen den kürzern in jeglichem Angriff und waren bereits so weit zurückgetrieben, daß nur die Erstürmung einer steilen Höhe das Heer und das Land retten konnte, freilich auch den Feind zersprengen und in entscheidenden Sieg verwandeln, was bis hierher glück- und ruhmloses Rückdrängen gewesen war und verderbliche Flucht zu werden drohte. Adalbero führte gegen die Höhe hinauf. Aber vergeblich sprengte er auf seinem goldbraunen Hengste den Scharen vor, vergeblich rief er die heiligen Worte: Freiheit und Vaterland! durch das Feld, vergeblich strömte heißes Blut, feindliches und eignes, über seine glänzende Rüstung. Die Geschwader wichen zurück, und der Feind jubelte von seiner sichern Höhe über den furchtbar entscheidenden Sieg. Wieder stürmte Adalbero mit einigen Tapfern vor, und wieder fielen die zaghaft gewordenen Krieger hinter ihm ab, und wieder jubelte höhnend der Feind. – »Es ist noch Zeit«, sagte Adalbero und schrie zum andern Male: »Vorwärts! – Was ich euch aber gelobe, dafern wir siegen, ihr Götter, ist meine Burg, die ich zu euern Ehren anzünden will an ihren vier Ecken, daß sie aufflammen soll als ein leuchtender Scheiterhaufen eures Sieges und unsrer Rettung.« Wieder erneuter Angriff und wieder der Sachsen Flucht und des Feindes Jubelgeschrei. Da rief Adalbero laut vor dem ganzen Heer: »Ihr Götter, wenn wir auf diesen Anfall siegen, verheiß ich euch zum feierlichen Opfer mich selbst.« – Schaudernd drangen ihm die Kriegsleute nach. Aber das Glück war ihnen entgegen, die mutigsten fielen, die gewöhnlicheren flohn. Da ordnete Adalbero in tiefem Schmerze die wieder gesammelten Scharen, und was bedeutend und groß noch war im Heere, sammelte sich um ihn und sprach: »Du bist unser Verderb, denn du hast zu diesem Kriege geraten.« – Adalbero dagegen sprach: »Meine Burg hab ich den Göttern gelobt und mich selbst um den Sieg. Was soll ich mehr?« – Die traurige Gemeinde aber rief, ohne ihm weiter zu antworten, wie einen Klaggesang die Rede nach: »Du bist unser Verderb, du hast zu diesem Kriege geraten.« – Da riß er seine Brust auf und bat den starken Donnergott um einen Keil da hinein und um Sieg für das Heer. Aber es kam vom Himmel kein Schlag, und die Geschwader standen scheu und folgten keinem Ruf. Da sagte er endlich in unermeßlicher Verzweiflung: »Nun, so hab ich denn gar nichts als mein Allerteuerstes mehr. Weib und Kind opfr' ich dir, du Götterheer, um den Sieg; mein wunderschönes, blühendes Weib, mein einziges herzliebes Kind! Sie gehören euer, ihr großen Lenker in Asgard, ich töte sie euch mit eigener Hand, aber schafft mir den Sieg; ich sag euch, schafft mir den Sieg!« – Und kaum waren die Worte heraus, da donnerte es furchtbar durch die Schlachtgegend hin, und Wolken zogen sich über den Kämpfenden zusammen, und mit grausenvollem Laut schrien die Sachsen wie auf eins: »Die Götter sind mit uns!« – In unbezwinglicher Wut rasten vorwärts die Scharen, die Höhe ward erstürmt, schaudernd sah Adalbero plötzlich des Feindes Rücken; weit hin goß sich die Flucht durch das Gefild.

Der Sieger zog wie ein Geächteter heim. In allen Gauen des gesegneten Sachsenlandes kamen Gattinnen und Kinder hervor und grüßten die Männer und Väter und langten nach ihnen zu den Rossen auf, mit schönen, schlanken, weißen Armen, mit kindlich zusammenklopfenden kleinen Händchen. Adalbero aber wußte, was seiner wartete, und jedes Lächeln einer holden Frau, jedes Jauchzen eines blühenden Kindes schnitt wie mit vergifteten Schneiden in seine wehevolle Brust ein. Da kamen sie endlich vor seiner stattlichen Burg an. Er konnte nicht aufsehen, als die wunderschöne Similde aus dem Tore trat, ihr Töchterchen an der Hand, und die Kleine immer hüpfend schrie: »Vater! Vater! Herzlieber Vater!« Er wollte nach seiner Schar umschauen, um sich zu fassen. Auch da begegnete er zuckenden Wimpern und bittern Tränen daran, denn von den Reisigen hatten welche sein entsetzliches Gelübde gehört. Er entließ sie nach ihren Herdestellen, wohl fühlend, wie glückliche Menschen er, der über alles Unglückliche, heimsende, und dann ritt er in die Burg, schickte alles Gesinde zu mannigfachen Botschaften weit hinaus, sprang vom Rosse, schlug die Tore donnernd zu, verriegelte sie sorgsam und herzte Weib und Kind mit einem ganzen Meere von überfließenden Tränen. – »Was hast du vor, Mann?« fragte die staunende Similde; »was weint der starke Vater?« stammelte die Kleine. – »Erst wollen wir ein Opfer für die Götter zurichten«, entgegnete Adalbero; »dann will ich euch alles erzählen. Kommt mir nur bald zum Herde nach. Ich zünde die Flamme an.« – »Ich hole derweil das Opfergerät«, sagte die freundliche Similde, und die Kleine sang, in ihre Händchen klopfend: »Auch mithelfen! auch dabeisein!« und hüpfte mit der Mutter fort. – »Ja, auch mithelfen! auch dabeisein!« wiederholte der ganz in Jammer aufgelöste Held, als er nun droben am flammenden Herde stand, mit dem gezückten Schwert in der zitternden Hand. Er hätte laut aufheulen mögen über des Kindes schuldlose Fröhlichkeit und der Mutter anmutigen Gehorsam, wie sie eifrig kamen und brachten Schüsseln und Krüge und Rauchpfannen und Kerzen zum Opfer herbei. Wohl ging es ihm durch den Sinn, sein Gelübde könne nichts gelten; ein solcher Jammer dürfe nicht in Menschenherzen Wohnung machen. Aber wie zur Antwort donnerte es vom sommerheißen Himmel furchtbar schmetternd herab. – »Ich weiß«, sagte er schwer aufatmend, »euer Donner hat geholfen, nun mahnt auch euer Donner, ihr gräßlichen Gläubiger.« – Und Similde fing an, zu erbeben, sie ahnte das Schrecklichste, mit linden Tränen sagte sie: »Ach hast du wohl ein Gelübde getan? Ach Mann, ich sehe kein Opfertier. Soll Menschenblut?« – Adalbero deckte seine Augen mit beiden Händen und stöhnte so furchtbar, daß es in der Halle widerscholl und die Kleine ängstlich zusammenfuhr. Similde wußte wohl von solchen schrecklichen Gelübden aus der alten Zeit. Sie sahe den Ehherrn bittend an und sagte leise: »Entferne doch das Kind.« – Da murmelte Adalbero: »Beide! beide! Ich muß.« – Und Similde drängte ihre Tränen mit gewaltsamer Anstrengung zurück

349

und sagte der Kleinen: »Schnell Kind, mein seidnes Tüchlein um deine Augen. Vater hat was mitgebracht für dich und will es dir bescheren.« – »Vater sieht aber nicht aus wie einer, der bescheren will!« seufzte das Kind. – »Du wirst schon sehn, du wirst schon sehn«, sagte die eilende Similde, und kaum lag vor des Kindes Augen das Tuch, so flossen der Mutter Augen von nicht mehr zu hemmenden Tränen über, jedoch so leise und sanft, daß die Kleine nichts davon vernahm. Nun schlug die holde Mutter das Gewand von ihrem schneeigen Busen zurück und winkte, vor dem Opferer kniend, den Stahl auf sich zuerst heran. – »Schnell, nur schnell!« flüsterte sie leise dem Zögernden zu. »Das arme Kind wird sonst so angst.« – Adalbero schwang den entsetzlichen Stahl. Da kracht' ein Donnerstrahl im flammenden Grimme durch das Gebäu. Lautlos sanken die dreie zu Boden.

Aber als der Abend hersäuselte durch die gebrochenen Fenster, da richtete die Kleine ihr Köpfchen, dem das Tuch im Fallen entglitten war, von der Ohnmacht auf und sagte: »Mutter, was hat mir denn der Vater beschert?« Und von der süßen Stimme erwachten die beiden Eltern auch, und sie alle lebten, und nichts war verwüstet als Adalberos Schwert, geschmolzen vom richtenden Strahl. – »Die Götter haben gesprochen!« rief der begnadigte Vater, und in unaussprechlicher Liebe weinten die drei Geretteten einander in den Armen.

Fern leuchtete das abziehende Gewitter über den Mittagsbergen, von wo nach vielen Jahren der heilige Bonifatius bekehrend heraufzog.

DIE EIFERNDEN GÖTTINNEN

Eine nordische Sage

Der alte Hallur saß eines Abends in seiner Burg und hatte Gäste, mochte es nun sein, daß sie Tages drauf in eine Schlacht zusammen ausziehn wollten oder daß sie nur bloß der Freuden und Geselligkeit wegen beieinander waren. Wieviel aber auch der Leute auf den Bänken saßen, mochte sich doch keiner an lieblichem Aussehn und anmutigem Gespräche mit Hallurs jüngstem Sohne vergleichen, der Thidrandi geheißen war. Dieser junge Held erzeigte sich auch, obwohl er immer heitern Gemütes war, doch heut über alle Gewohnheit vergnügt, und jedermann hatte seine beste Lust an ihm. Da stand einer der Gäste auf, Thorhall mit Namen, und sagte: »Wir sind hier wohl zu Anfange der Nacht lustiger, als es das Ende der Nacht gutheißen wird. Mich muß alle mein Wissen und Empfinden trügen, oder es schwebt etwas Böses in der Luft.« – Weil nun Thorhall bekannt war für einen klugen Mann und Willenspäher der Götter, fingen die Gäste an, sehr ernsthaft zu werden, flüsterten heimlich miteinander und sahen auf allen Fall nach ihren Waffen, bis Thidrandi hell zu lachen anfing und ausrief: »Das hast du ja schon gestern gesagt, und ist doch nichts draus geworden.« – Thorhall entgegnete zwar, es komme manch ein widriger Gast wenn gestern nicht, doch heute, wenn heute nicht, doch morgen, aber Thidrandi blieb bei seinem Lachen, und weil er so gar anmutig lachte und die güldenblanken Locken so fröhlich dazu schüttelte, als seien es güldne hellblanke Schellen, lachten endlich alle mit ihm, und Throhall saß mit seinem ernstlich betrübten Gesicht in dem Saale verlassen. Da brach zuletzt die allgemeine Fröhlichkeit in folgenden Gesang aus:

>»Ich wollt, ich wär ein Trinkhorn,
>So wär ich metvoll immer;

>Ich wollt, ich wäre ein Schildrand,
So wär ich hart vor Klingen;
Ich wollt, ich wär 'ne Streitaxt,
So wär ich stark zum Hauen. –
Weg uns mit Wunsch und wär ich!
Wir sind das Drei's ja immer.«

Zu derselben Stunde saßen auf dem Gebirge nordwärts, unweit der Burg, neun Jungfrauen in schwarzen Kleidern. Die hatten jede ein scharfes, langes Schwert in der Hand, es an großen, uralten Steinen wetzend, die vor ihnen lagen. Dabei waren sie ganz still und emsig an der Arbeit, bis endlich die erste zur fünften sagte: »Wer ist denn der beste im Pferch?« – Darauf antwortete die fünfte der ersten: »Das goldne Hirschelein rot und blank.« – »Wollen's einhegen, wollen's einhegen!« murmelte die sechste. – »Wollen hegen, fest hegen, und schließen den ganzen Pferch!« riefen die vierte und achte und schlugen dazu mit den geschliffenen Klingen das Maß. – Aber die zweite fing an zu ächzen, und die dritte schüttelte den Kopf, und die neunte schrie immer darein: »Anfang hat funden das End, Anfang hat funden das End!« Da huben sie endlich alle einen wunderlichen Gesang an, der ungefähr folgendermaßen klang:

>»O du sehr reiche Saat,
Der Sämann wird nun arm!
Des zuckt dem Sämann Zorn
Durch zitterndes Gebein.
Er flucht dem Flutgeroll,
Dem feuchten Wolkentau,
Pflückt, pflückt die beste Blume,
Birgt sie im modernden Haus.«

Die Ure bebten in ihren Klüften vor dem Liede, die Adler schwangen sich ängstlich kreischend weit nach der Ebene fort, und Wandrer, welche die seltsamen Stimmen vernommen hatten, kamen wahnsinnig nach ihren Herbergen. Dann hörten die Jungfrauen zu singen auf, hielten sich fleißig zu ihrem Geschäft, und nur das Blitzen der geschliffenen Klingen leuchtete riesig bisweilen durch die Waldung.

Währenddessen waren die Kriegshelden in der Burg sehr müde beim Mahle geworden. Die Mitternacht war noch nicht herauf, da lagen sie schon alle in der großen, gewölbten Halle nebeneinander auf weichen Bärenhäuten hingestreckt und schliefen festen Schlaf. Zu eines jeden Häupten waren seine Waffen aufgehängt: Schild und Helm und Brustharnisch, auch Streitaxt, langes Schwert oder Lanze, wie es nun grade ein jeglicher führte. Neben den jungen Thidrandi aber hatte sich Thorhall gelegt, und ehe sie einschliefen, sagte er zu ihm: »Lieber Jüngling, gib mir deine Hand und laß uns so einschlafen. Ich habe dich von ganzer Seelen lieb.« – Da mußte nun Thidrandi daran denken, wie er nun eben den guten Thorhall so unartig ausgelacht habe. Er ward also sehr weichmütig, ließ dem klugen Manne gern seine Hand, und so schliefen sie beide ein.

Thidrandi aber hatte wunderliche Träume. Es kam ihm vor, als säßen rings auf dem hölzernen Wall, der um die Burg hergeführt war, die alten Götter hoch, hoch auf den Zinnen, einer neben dem andern. Zunächst am Tore saß Odin, groß wie ein Turm, aber ganz grau; dann kam Frigga, die saß sehr gerade und hatte ihre Schleier so vielfach und wunderlich um sich geschlagen, daß man sie beinah für eine Hängebirke im Nebel hätte halten mögen; dann Thor, der sahe sehr wild aus und wollte immer mit seinem Hammer donnern, aber jedesmal, daß er donnern wollte, kam es wie ein kühles Lüftchen aus Morgen und wehte den Donner weg. Nicht weit von ihm saß Freia, die konnte man aber beinahe nur für einen Mond halten, mit der Ausnahme jedoch, daß ihre Züge nicht so barsch und seltsam aussahen wie das Gesicht, das sich manchmal im Monde zeigt, sondern einen Anblick gaben wie das bleiche Antlitz einer schönen gestorbenen Frau. Der tote Baldur fehlte auch nicht in der Reihe. Aber der war kaum mehr anmutig zu nennen, so ohnmächtig nickte er mit dem schönen Kopfe in den Schloßhof hinunter und spritzte bei jeder Bewegung aus der dunklen Herzenswunde Blut. Endlich war es, als neigte er sich gar mit seinem Nicken zu den Fenstern der Halle herein und faßte Thidrandis Hand. Der erschrak davor und riß sich so heftig los, daß er erwachte. Da war in dem Saale alles still und Thorhall, von dem der Jüngling seine Hand losgerissen hatte, im tiefen Schlafe. Der Mond sah feierlich durch die Bogenfenster herein, aber er nickte nicht wie Baldur und war lange nicht so schön als Freia.

Da konnte Thidrandi nicht mehr auf dem Lager bleiben. Er griff nach seinen Waffen, kleidete sich darein und mußte, wollend oder nicht, in die starre Mondscheingegend hinaus. Als er nun auf den hölzernen Wall trat, fand er die Götter nicht. Wohl aber lag die Gegend umher wie unter einem feierlich weißen Tuche, und es sahe aus, als müsse irgend jemand hier begraben werden oder sei es schon. Thidrandi konnte sich gar nicht genugsam über die seltsame Nachtzeit wundern.

Da ritt was vom Gebirge nordwärts herunter über das Feld: Trab auf Trab, von vielen Rosseshufen, und wie der Zug näher heranrasselte, waren es neun schwarze Jungfrauen auf schwarzen Rossen. Die kamen dem Thidrandi sehr schauerlich vor, und er sah unwillkürlich gegen Mittag. Fast meinte er, als richteten sich dorten schneeweiße Pferde vom Lager empor, und ebenso weiße Jungfrauen zäumten und schmückten daran und glätteten ihre silberweißen Waffen. Thidrandi wollte da in die Halle zurückgehen und erzählen, was er Verwunderliches draußen erblickt habe. Da hatte er aber keine Zeit mehr dazu; denn kaum, daß er seinen Tritt wandte, schnob und stampfte es auch schon von Rossen um ihn her und faßten schwarzgepanzerte Arme nach ihm. Er rang sich los, und Schwert und Schild ließ er rings im leuchtenden Kreise drehn. Da sah er neun finstre, aber wunderschöne Gesichter von den neun Jungfrauen aus dunkeln Locken herwinken und herdrohen nach sich. Und wie sie nach ihm warfen, stießen und faßten, sahen sie dazu so gar anmutig aus, daß er ihnen lieber Küsse zugeworfen hätte als Speere. Aber er wehrte sich dennoch tapfer, und die Wunden von den schönen Frauenhänden taten auch wunderweh, dann eben, wenn der arme Thidrandi dazu in die holden Gesichter sahe, wußte er nicht, was ihn tiefer verletzte, ob Liebe, ob Schwert oder ob Zorn darüber, daß ihn so schmerzlich treffe, was er so herzlich liebe. – Manchmal dachte er während des schweren Kampfes wohl, die weißen Jungfrauen, die er auf den Mittagsbergen geahnet hatte, würden ihm zu Hülfe kommen und würden beßre Gemüter haben und ebenso holde Gesichter. Ach welche Freude, von solchen gerettet zu sein! Sie hatten ja ihre Pferde schon zu rüsten begonnen, als dieses harte Streiten anhob. Aber sie mußten wohl nicht fertig damit geworden sein, denn ehe sich von ihnen etwas spüren ließ, seufzte der arme Thidrandi aus tödlich getroffener Brust bang auf und sank in sein schon früher vergossenes Blut plätschernd nieder wie in einen Quell. Die Jungfrauen aber stäubten alle neun über die Wallzinnen hinaus, mit einem Geschrei, das halb wie Jammer klang und halb wie Siegeslaut.

Drinnen in der Halle lag alles und schlief, während der allgeliebte Thidrandi draußen im Blute lag, und so währte das, bis schon beinahe der Mond und die Sternbilder in der dunstigen Dämmerung untertauchen wollten. Da wachte Thorhall mit einem plötzlichen Schrecken auf, mißte Thidrandis Hand und rief nach ihm. Lautlos blieb es in der dämmrigen Halle. Nur wie Thorhall aber und abermals rief, erhob sich ein oder das andre Haupt der Gesellen halb aus den Wogen des Schlafes und gab unvernehmliches Stammeln zurück. Da rief Thorhall immer ängstlicher und öfter, bis alles auf den Beinen stand und in Waffen. Nun sagte Thorhall: »Wer mir nicht hat glauben wollen, wird bald mit großen Schmerzen darüber jammern. Ich aber jammre mit und verdien es auch, denn ich hab euch törichterweise in Ruhe gelassen und hätt es doch nicht gedurft.« –

Damit bebten sie alle vor noch ungekannten Schrecken zusammen und drängten sich eilig aus dem Saal. Ach, sie hatten nicht lange zu suchen, denn unweit der Schwelle lag und blutete das edle Wild. Da mußten beinah alle drüber weinen, die ihn noch vor kurzem so freundlich und heil beim Feste gesehen hatten und nun umherstanden, wie er so mit bleichen Lippen und bleichen Wangen und blutgeronnenen Haaren dalag und nicht mehr lachen konnte, ja nicht mehr lächeln einmal. Daß nun vollends der alte Vater bitterlich weinte, werden ihm auch die härtesten Kämpfer wohl nicht verdenken. Weil aber der holde Knabe noch immer, obzwar nur schwächlich, atmete, trug man ihn in die Halle zurück und labte ihn dort mit Wein und Salbe. Davon flammte das edle Kerzlein insoweit wieder auf, daß er den andern erzählen konnte, was ihm begegnet sei. Aber kaum war er damit fertig, so ging die Morgensonne auf, und indem sie noch wie küssend ihr Rot an seine Wangen legte, war es für diese mit all anderm Rote für immer vorbei.

Da ward eine große Unruh in der Burg. Thidrandis Brüder und andre junge Degen sprengten da und dort mit ihren Mannen hinaus und wollten den Mördern nachjagen, die ihnen die beste und frömmste Lust aus ihrem ganzen Leben so unversehens gestohlen hatten. Dabei wußte aber niemand, wohin er reiten sollte, weil jedermann dem holden Thidrandi Freund gewesen war und Feind kein Mensch. Es ging also in blindem Grimme nach allen Windegegenden fort, und endlich ward es ganz stille in dem Gebäu. Nur fernher noch vernahm man den Hufschlag der Reisigen und ihr Rachegeschrei, während der alte Hallur zur Rechten der schönen Leiche schweigend saß, Thorhall ebenso schweigend zur Linken.

Da streckte endlich Hallur seine Hand über den Toten, faßte Thorhalls Rechte und sagte: »Mein helles Goldglöcklein ist mir nun zerbrochen, und ich werde es nimmermehr schellen hören, solange meine Augen offenstehn. Was hilft mir aller Waffenklang, den die da draußen nun anheben könnten. – Weil aber doch die Ehre manchmal nicht ohne Rache bestehen kann, verkünde mir – denn du kannst ja der Götter Ratschluß in den Sternen lesen und der Menschen Ergehn –, verkünde mir treulich, wer mir meinen hübschen Thidrandi erschlagen hat.«

»Alter Mann, das ist schwer, so ganz genau zu sagen«, entgegnete Thorhall. »Was ich aber von der Schmerzenstat weiß, soll Euch unverhalten bleiben. Es ist von Mittag her ein neuer Götterdienst im Anzug und zwar ein solcher, der unsern heutigen Götterdienst bezwingen wird.«

»Ei, wer sollte denn Odin bezwingen?« fragte der Greis und schüttelte zweifelnd den Kopf.

»Ich weiß nicht, wer es tun wird«, antwortete Thorhall; »aber ein Beßrer als Odin wird er sein. Auch sind die alten Götter schon sehr grimm und sorglich darum, und weil sie merken, daß auch Ihr und Euer Haus Euch abwenden werdet zu den neuen Lehren, wollten sie doch einen ganz gewiß für sich behalten, und zwar den anmutigsten von allen. Da sind denn wohl die bisherigen Schutzgöttinnen Eures Stammes gekommen und haben sich den schönen Thidrandi zu ihrem Opfer abgepflückt.«

»Wer sollen denn aber die mit den weißen Rossen gewesen sein«, fragte der Alte, »die Thidrandi auf den Morgenbergen dämmern sahe?«

»Es gibt auch milde Wesen in der Natur«, sagte der kluge Mann, »denen sich die neue Gottheit versöhnen wird. Die sind aber jetzt noch ohnmächtig, obgleich sie gerne helfen möchten, sind wie die Schäflein und ebenso weiß und ebenso hold; die müssen erst gekräftigt werden von – «

Da war es, als verschlöß ihm ein plötzlicher Schauer den Mund. Der alte Hallur aber sank an der Leiche seines Knaben nieder und summte folgendes Lied:

»Du der kommen soll,
Odin verdunkeln soll,
Du mußt sehr hell sein in deinem sel'gen Geist.
Der du richten sollst
Über die Richter selbst,
Du mußt gerecht sein in deinem ernsten Sinn.

Der du siegen sollst
Über die Sieger selbst,
Du mußt sehr stark sein in deinem sehnigen Arm.
Der du laben wirst,
Mehr als Walhalla labt,
Du mußt sehr hold sein in deinem Herzen süß.

Wir sind hier sehr dunkel noch,
Sehr rechtlos, sieglos, starr –
Wir tappen noch trostlos um und treffen dich nicht.
Du glanzvoll Gerechter,
Groß huldiger Sieger,
Hilf uns, du himmlisch Rätsel, wir hoffen auf dich.

Hier liegt 'ne Leiche,
Liebliches Goldlicht,
Ist nun zerschelltes Erz, klang herrlich sonst.
Bist du der Brecher
Jeglicher Bosheit,
So brich auch den schlimmsten Bösen, so bänd'ge den Tod.«

Hallur schwieg und dachte beinah, Thidrandi solle nun aufwachen. Davon geschah aber nichts. Als jedoch späterhin der Alte das erste guldige Kreuzesbild sah, meinte er fast, grade ein solches habe die Frühsonne während seines Sieges über Thidrandis Leiche gebildet. Man wollte daraus abnehmen, die eifernden Göttinnen hätten den schönen Knaben doch nicht für sich behalten können.

DER NEUE REGULUS

1

»Vorwärts, vorwärts!« rief der tapfere Ritter Aubigné. »Die feindliche Barke sitzt am Strande fest. Wir müssen ihre Besatzung fangen.«

Was ältere und bedenklichere Kriegsleute einwenden mochten, blieb ungehört. Der Ausfall aus dem Fort ward beschlossen und begonnen. Ein glänzender Erfolg schien anfangs das Wagestück belohnen zu wollen.

Aubigné war sonst ein ebenso besonnen klarer als mutiger Held. Aber es galt damals den Religions- und Bürgerkrieg, der in Frankreich während des funfzehnten Jahrhunderts wütete, und welches Auge behält unter solchen entsetzlichen Aufreizungen wohl noch seine volle Kraft und Sicherheit!

Nur sieben seiner protestantischen Kampfgenossen hatte Aubigné in dem Fort zurückgelassen. Mit den dreiundsiebenzig andern drang er in zwei Abteilungen immer kühner und siegbegeisterter vor. Während zwanzig Waffenknechte den feindlichen Rückzug bedrohen sollten, stand Aubigné nebst sechsen auf einer weit vorliegenden Höhe, um dem Haupttrupp die entscheidendste Angriffsrichtung zu bestimmen.

Da plötzlich drang zwischen ihm und dem Fort aus dem verbüschten Hohlweg eine feindliche Marschkolonne vor. Er war überlistet, und es galt nun ein ehrliches Durchschlagen oder ein ehrliches Untergehn. Wenigstens ein Drittes hoffte der brave Aubigné nicht.

Aber Gottes Wege sind nicht unsre Wege – und seine Gedanken nicht unsre Gedanken. Wie rüstig und entschlossen auch die tapfre Heldenklinge traf – dennoch ward der Ritter unterlaufen, entwaffnet, sein todverachtendes Rufen: »Point de quartier!« überhört und er selbst zu dem feindlichen Heerführer, Herrn von Saint Luc, geführt. Nur noch ein einziger Kriegsmann war zuletzt dicht bei Aubigné gewesen und im kampflustigen Widerstande gefallen. Der gefangene Ritter beneidete dessen Schicksal und hätte beinahe in diesem Gefühle Tränen vergossen. Feucht ward ihm sein angeerbtes Adlerauge dennoch, des innern Widerstrebens ungeachtet, als man die Leiche jenes im Sterben frei gewordenen Reisigen, wie sie so ruhig lächelnd ins ewige Leben blickte, an ihm vorüber trug.

2

Hauptmann Saint Luc saß am Strande in seinem schön erleuchteten Zelte und hielt dem edlen Gefangnen einen funkelnden Glaspokal freundlich entgegen.

»Mögen die Sieger zechen!« sagte Aubigné zurücktretend. »Für den Überwundenen haben alle Lustgärten des Erdbodens nur eine Speise, nur einen Trank, und immer heißt die Losung: Wermut!«

»Ihr mögt Euch freilich am Siegen ein bißchen verwöhnt haben, weil es so sehr in Eurer Gewohnheit liegt, braver Aubigné«, sagte Saint Luc. »Aber gönnt mir für heut nur immer einmal die Freude des Gewinnens, und tut mir kameradschaftlich Bescheid. Es leben alle braven französischen Ritter! – Seht Ihr wohl?« fuhr er lächelnd fort, als Aubigné den Pokal ergriff. »Auf diesen Anklang dürft und könnt Ihr's ja dennoch nicht lassen. Die Zeit ist freilich wild und sehr entzweit, aber solange der französische Adel bei der uralten Ritterlichkeit festhält, muß es immer wieder einmal zum Verstehen kommen und zum Bestehen. Und dabei festhalten – Ventre saint gris! – muß er ja doch bis an den letzten Tag.«

»Endliche Dinge können zu Ende gehn!« seufzte Aubigné, sich ahnungsschwer in einen Sessel niederlassend.

»Ihr seid so einsilbig und sentenzenreich wie ein deutscher Reisigenhauptmann!« lachte Saint Luc. »Gelegentlich denkt Ihr wohl noch gar einmal, Euch in Deutschland anzusiedeln.«

»O«, entgegnete Aubigné, »das wäre – wie jetzt die Sachen stehn – für unsereinen so ganz unmögliches Ding eben nicht.«

»Frankreich verlassen! Ein Ritter alten Frankenadels!« rief Saint Luc, halb im Scherz und halb im aufsteigenden Unwillen.

»Braver Aubigné, das tut sich gewiß so leicht mit Euresgleichen nicht.«

»Leicht?« sagte jener. »Wahrhaftig nein. Es wäre ja nur die furchtbarste Notwendigkeit, die – aber still! Und weil Ihr einmal von den deutschen Reisigen spracht, wollen wir auch bei einem deutschen Reisigen-Sprichwort bleiben. Es heißt: Wir streiten um des Kaisers Bart. Denn in der Tat, Müßigeres als meeresweite Fahrten besprechen kann doch wohl kaum ein Gefangener, dem nicht einmal der Gang von einem Zelte zum andern ohne Wächter vergönnt ist.«

»Ihr urteilt etwas schnell und harsch über mich ab, Herr von Aubigné«, sagte Saint Luc empfindlich. »Oder versteht Ihr etwa unter dem Wächter Euer ritterliches Ehrenwort? Ja freilich, dann habt Ihr ganz recht geurteilt, weil ich Euch in der Tat nicht allein lassen darf ohne diese Aufsicht. Aber unter solcher Hut – ist es Euch etwa zum Exempel gefällig, nach La Rochelle zu reiten? Mitten in Eurer Glaubens- und Waffengenossen festesten Platz hinein? – O, Ihr müßt mich nicht so staunend und fragend anblicken, Aubigné, denn auf meine Ehre, es steht nur ganz allein in Eurem Willen.«

»Ich sollte Euch vielleicht nicht beim Worte nehmen«, sagte der Gefangene nach einigem Besinnen, und dennoch – mein edler Gegner – ich muß es tun.«

»Reitet, Herr Ritter, mit Gott«, lächelte Saint Luc, ihm sein Schwert zurückreichend, »und gebt mir nur Euer Wort, Euch künftigen Sonntag vor fünf Uhr abends in Brouage bei mir einzustellen. Und falls nicht König oder Königin mir Euerthalb besondere Botschaft senden, führe ich Euch übrigens Euer – freilich den strengsten Gesetzen nach – verfallenes Leben zu.«

»Davon bei meiner Wiederkehr«, lächelte Aubigné, gab Wort und Handschlag und trabte eine halbe Stunde nachher auf Saint Lucs bestem Renner den unüberwundenen Mauern von La Rochelle zu.

3

Der Donner des Geschützes, das Knattern des kleinen Gewehrfeuers, mitunter auch das Rufen der vordringenden Scharen hatte gegen die Fenster der Stadt getönt, aber nirgend klopften die ernsten Klänge vernehmlicher an, als wo die schöne Witwe Adele in ihren blumenduftenden Gemächern mit ängstlich gerungenen Händen auf und nieder ging. War doch sie es, gerade sie, welche dem tapfern Aubigné im leichtsinnigen Scherz die Goldkette, die um ihren schlanken Hals am letzten Tanzfeste leuchtete, verheißen hatte, wenn es ihm gelinge, zuallererst mit dem Feinde handgemein zu werden. Ach, und wer denn als Aubigné konnte es nun sein, dessen Kampfesgrüße von Oléron herüberdonnerten, und mochten es nicht vielleicht auch ewige Scheidegrüße sein? –

»O mitnichten ewige!« sagte Adele ganz laut vor sich hin. »Denn bist du gefallen, Aubigné, gefallen auf mein übereiltes Gebot – da bin ich doch gewiß recht bald wieder bei dir, und bis dahin in aller feierlichen Pracht meines Witwenstandes nehm ich Abschied von der mich nichts mehr angehenden Welt!«

Einzelne Blutende von Aubignés zersprengtem Geschwader eilten in die Stadt. Sie hatten ihres Ritters gewaltsame Überwältigung für dessen Tod gehalten, und Adele – von der trüben Kunde erreicht – schloß ihres Hauses Türen und ließ dunkle Vorhänge, wie zum zweitenmal Witwe geworden, hinter den hohen Fenstern herab.

Aber dennoch flimmerte selbigen Abend eine Laterne, einer ganzen Familie leuchtend, die Straße entlang, nach Adelens totscheinender Wohnung zu, und die Haustür öffnete sich, in vielen aufgehenden Riegeln klirrend, vor dem ersten Laute befreundeter Stimme.

Aubignés in La Rochelle zurückgebliebene Verwandten waren es: sein alter Oheim, unter dem Namen des guten Sieur Raoul in früheren Kämpfen rühmlich bekannt; bei ihm die Waisen eines längst verstorbenen Vetters, zwei kleine Mädchen und ein blühender Knabe. Sie lebten in Raouls gutgemeinter Pflege; aber an Aubignés freundliche Großmut gewöhnt, hatten sie auch wohl auf dessen künftige Heldenvermittelung Hoffnungen zum Wiederaufglänzen ihres verarmten Seitenstammes gegründet.

Adele umfing die Kinder weinend, und die Kinder weinten von ganzem Herzen mit, und der gute Sieur Raoul wußte sich am Ende vor herzinniger Wehmut auch nicht zu helfen und ließ seine ehrwürdigen Zähren ungestört die bärtigen Wangen hinuntertropfen.

Als man sich etwas ausgeweint hatte, setzten sich alle traulich zusammen und erzählten einander mancherlei Geschichten von dem lieben Verlornen.

Die kleine Anna de Sainte Mailly, die jüngste der beiden Schwesterlein, hub an.

4

»Der freundliche Vetter Aubigné«, sagte sie, »brachte mir einmal ein schönes Bilderbuch mit Geschichten von den Erzvätern Abraham und Isaak und andern frommen Männern. Da ließ ich denn auch nicht mit Bitten ab, bis er mir daraus erzählte; und weil ich über den Opfertod Isaaks ein bißchen zu weinen anfing – ach schöne Frau Adele, da ward er selber recht weichmütig und sagte: ›Mag sein, du armes, liebes Kind, daß du im voraus um etwas weinst, das dir in deinem künftigen Leben bevorsteht. Denn sieh nur, Ännchen, die Zeiten der Verfolgung und der Opfer steigen auf. Aber wenn dir dabei auch recht ausnehmend Liebes genommen wird, da mußt du dennoch freudig opfern, wie Abraham tat.‹ Und somit erzählte er weiter. – ›Onkelchen‹, sagte ich zuletzt, ›da behielt ja der Abraham seinen Isaak aber doch.‹ – ›Es soll sich ein Menschenkind nicht beim Opfer auf Begnadigung verlassen‹, sagte er sehr ernsthaft. ›Sonst würde Gottes Gnade mißbraucht.‹ – Er wollte auch wohl noch mehr sagen, aber da kam der schnurrbärtige Wachtmeister von seiner Compagnie herein, und da hatte Onkel mit einmal viel anders zu tun.«

»In die Reitbahn ging's«, sagte der kleine Otto, und des Knaben schöne braune Augen blitzten. »Ich weiß noch wohl; denn dasmal nahm mich Onkel mit. Hei, wie der normännische Hengst eines jungen Reiters so wild in die Höhe stieg und mit einem gewaltigen Satze vorwärts fuhr, daß der ungeübte Bursche sechs Schritte davon weg aus dem Sattel in den Sand flog. Ich konnte das Lachen nicht lassen. ›Willst du's anders machen, Otto?‹ fragte Onkel. ›Sitz auf!‹ Da ward ich wohl ein wenig blaß, und Onkel schalt recht ernsthaft und sagte: ›Auslachen ist ungezogenes Torenwerk, und am schlimmsten, wo man die Sache nicht besser versteht.‹ – Aber wahrhaftig, *er* verstand sie besser. Denn wie mit einem Falkenschwunge saß er auf des Normänners

Rücken und tummelte ihn in der Bahn umher, daß den Leuten Hören und Sehen verging. Und indem das Tier sich noch zum letzten Widerstande zusammennahm, lief ich ungeschickter Knabe seinen hauenden Vorderfüßen gerade in den Weg und wäre wohl zertreten worden. Aber Onkel riß den Hengst rücküber, daß sie beide über einen Haufen fielen, und doch war er viel eher wieder auf als das Pferd und klopfte ihm nachher die Mähne und sagte: ›Nun wird er's wohl nicht wieder tun, und kann sich jedermann getrost daraufsetzen.‹ Und so war es denn auch, und der schöne Braune ward ein Muster an Gehorsam. – Ach, hätte Onkel Aubigné nur seine Reiter bei sich haben können, da lebte er wohl noch und hätte den Hauptmann St. Luc gefangen! – Aber so zwischen den engen Gräben und Wällen und Gebüschen, mit nichts als Fußvolk hinter sich drein – «

»Sprich mir nicht so törichtes Zeug!« murrte der alte gute Raoul und wäre beinahe ordentlich böse geworden. »Ich selbst habe in bessern Tagen die Ehre gehabt, eine Compagnie Fußvolk zu führen. Nein, daran hat es wahrhaftig nicht gelegen, und kein rechter Soldat dünkt sich deshalb was Besseres, weil er einen Gaul zwischen den Schenkeln oder eine Muskete im Arme hat. Ach, und wie Vetter Aubigné geliebt war von den braven Schützen! Gewiß, niemand hat ohne die äußerste Not von ihm gelassen. Weiß ich's ja doch, wie er einmal bei der Übung die Zielscheibe untersuchen wollte und einem, der schon angelegt hatte, ging unversehens das Gewehr los – guter Gott, welch ein Getümmel in der Schar! Alle ganz außer sich! Und der, welcher geschossen hatte, wäre vielleicht in wilden Selbstmord verfallen, nur daß Aubigné, durch Gottes Willen von der Kugel bloß leicht geritzt, mit begütigenden Worten unter sie trat. Und die paar Blutstropfen, die ihm entsprühten, fingen sie mit ihren Mänteln und Waffen auf und schwuren, nun und nimmer von dem lieben Hauptmann zu lassen, – nein, Otto, du mußt mir durchaus kein dummes Zeug sprechen von unsrer braven Infanterie.«

Der Knabe senkte beschämt das Haupt, und alles blieb eine Weile still. Da flüsterte endlich die kleine Luise de St. Mailly, die älteste der beiden Schwestern:

»Als der liebe Onkel in seinen letzten Kampf ging – und ach, das hieß ja: in seinen Tod! – da hat er mir noch in der letzten halben Stunde ein ganz allerliebstes Frauenbild gezeigt, das er auf der Brust trug. Oder vielmehr, er zeigte mir es nicht mit Willen, sondern es fiel ihm an einem schwarzen Bande nur so aus dem Wams hervor, als er sich neigte, um mich zu küssen. Ich fragte ihn, was es bedeute. Da ward er fast so rot als der schöne junge Morgen, der grade recht hell zu den Fenstern hereinsah, und versteckte das holde Bild. Glück freilich konnte es ihm nicht bringen, denn es war von langen, weiten Trauerflören umwallt, und dennoch sah es ganz ausnehmend schön aus und glich unsrer lieben, gütigen Frau Wirtin hier.«

Wehmütig lächelte der gute Raoul; Adele glühte, fast wohl wie damals Aubigné, denn sie hatte ihm ja einst ihr Bild in einer begeisterten Stunde geschenkt, und nun quollen ihre schönen Augen von sehnenden, reumütigen Tränen unaufhaltsam über.

5

Und außen trabte Saint Lucs leichter Renner über die Straße und hielt vor Adelens Hause, und aus dem Sattel sprang Aubigné und eilte die Stiegen hinan und stand urplötzlich im Zimmer, umgeben von den jauchzenden Kindern, fest ergriffen von der Heldenhand des alten Sieur Raoul, und länger ihr Gefühl vor niemanden bergend, sank die schöne Adele in des wiederbelebten Freundes Arm. Wer könnte es malen, wie dieser Abend verging und in welcher seligen Heiterkeit die nächsten Tage ihm folgten.

6

Es blieb auch alles recht freundlich und hell, und selbst der ernste Sonntag, an welchem Aubigné sich wieder vor Saint Luc zu stellen hatte, trat nur als der bezeichnende Augenblick einer nicht eben langen Trennung, keinesweges aber als irgendeine furchtbare Mahnung vor die reinen, in gegenseitiger, mannigfacher Liebe ganz unaussprechlich beseligten Gemüter. Hatte ja doch Saint Luc die bestimmte Verheißung gegeben: ganz unvorhergesehene Umstände ausgenommen, sei Aubignés Leben aus aller Gefahr.

Da kam plötzlich ein Trompeter gegen La Rochelle herangeritten und händigte den Vorposten folgenden Brief für den Ritter Aubigné ein:

»*Messire!*
Vom König und von der Königin kommen mir soeben die bestimmtesten Befehle zu, Euch auf die Kriegsschiffe von Bordeaux zu schicken, damit man Euch zum Tode führe. Mir selbst ist die Hinrichtung angedroht worden, falls ich mich Eurer Auslieferung weigere. Bleibt also lieber, wo Ihr seid.
Saint Luc«

Natürlich ließ alsobald Aubigné seines ritterlichen Gegners Renner aus dem Stall führen und bereitete sich, in sein ernstes Schicksal hinauszureiten, des edlen Lebens Ehre mit aller hingeworfenen Lust des jungen, freudigen Lebens auszulösen bereit.

7

Es meint wohl vielleicht mancher, der Abschied Ritter Aubignés von seinen Lieben sei voll zerreißender Schmerzen gewesen. Nun, schmerzensreich war er allerdings, wie man es billigerweise nicht anders erwarten kann. Aber zerrissen zeigte sich dabei kein einziges Gemüt. Die Tränen flossen still und sanft, die Gebete stiegen heiß, aber in frommer Ergebung zum Himmel und enthielten fast ebensoviel Dank für die jüngst verlebten glücklichen Tage als demütige Bitten um Abwendung der freilich unausweichlich scheinenden Gefahr. – Adele, bei jener ersten Trauerbotschaft so ganz in Jammer aufgelöst, streichelte jetzt gefaßt ihrem scheidenden Liebling mit sanftem, süßen Lächeln die Wangen; die Kinder schauten fast heiter, wie zu einem geweihten Opfer, nach ihrem herrlichen Oheim auf; Sieur Raoul betrieb voll ernsten Eifers alles, was zur Abfahrt nötig war.

Da hätte sich doch fast eine Störung dazwischengedrängt. Einige Jünglinge der Stadt sammelten sich vor Adelens Hause, fielen dem Renner Saint Lucs in die Zügel und prahlten, sie würden den tapfern Ritter Aubigné gewaltsam zurückhalten; bei allen solchen Verpflichtungen, wie die seinige, nehme Tod oder Gefangenschaft von der Erfüllung aus, und gefangen würden sie den geehrten Helden nehmen, damit er nicht hinausreiten möge in den gewissen Tod.

Ein etwas übereiltes Morgenrot der freudigen Hoffnung flog über Adelens Wange; aber kaum, daß der kleine Otto zu den Anmaßenden hinabzürnte: »Ja, ein Ritter, wie Onkel ist, wird sich auch wohl halten lassen von Euresgleichen!« so glühte auch Adelens edler Unwille auf. Sie zog ihren Freund vom Fenster zurück, hauchte einen Kuß auf seinen Mund und sagte mit fester Stimme: »Löse deine Ehre mit deinem Leben, mein Held, und wenn es nicht anders sein kann, so haue dich durch nach Saint Lucs Quartier.«

Aber das war nicht nötig. Denn vor einigen donnernden Worten des sonst so milden Sieur Raoul waren die Jünglinge schon unsicher geworden in ihrem übereilten Entschluß, und als nun Aubigné vollends selbst heraustrat und sie gebietenden Blickes auseinanderwinkte, löste sich der erst so dichte Kreis alsbald in scheuer, wehmütiger Bewunderung auseinander.

Zum letzten Male mit edler Galanterie nach seiner Dame hinaufgrüßend, sprengte Aubigné den Renner an und flog im donnernden Galopp zu den Toren von La Rochelle hinaus.

Aber da sank dennoch Adele heißweinend in ihren Sessel zurück, und die Kinder schluchzten laut, und Raoul hüllte sein ehrwürdiges Gesicht in den Mantel.

8

Auch Aubigné, als er draußen über die einst an Adelens Arm durchwandelten Fluren trabte, als er den Scheideblick nach La Rochelles Türmen zurücksandte, fühlte die lange zurückgedrängte, lebenliebende Wehmut heiß in seinem Busen klopfen. Fast wäre sein Auge feucht geworden. Aber freudig nahm er sich zusammen im heißen innern Gebet zu dem Gott, dem er diente und dessen Treu und Glauben er zu halten sich nun auf den letzten, schwersten Gang bereitete. Und wie denn die Kraft, im rechten Sinne von oben herabgerufen, nimmer ausbleibt, konnte jetzt Aubigné dem ihn begleitenden Trompeter von seiner Partie, dem letzten Kampfes- und Glaubensgenossen, den er wohl auf Erden noch sehen sollte, mit ganz heitrer Stirne befehlen, sie den nahen feindlichen Vorposten durch sein Blasen zu melden, konnte ebenso heiter den schluchzenden Kriegsmann zurücksenden und ihm seine goldene Halskette umhängen zum Dank für diese letzte Begleitung, ja ihm noch recht klare Segensgrüße mitgeben für den guten Sieur Raoul und für die freundlichen Kinder und ach – für Adelen!

9

Saint Lucs Vorposten salutierten den rückkehrenden Aubigné ehrerbietig. Er dankte mit freundlichem Kriegerstolze und ritt feierlich langsam durch die Lagergassen nach dem Zelte des Hauptmanns zu. Tränen im Auge, sagte der hervortretende Saint Luc: »Ich konnte mir's wohl denken, daß Ihr meine Warnung nicht beachten würdet, aber meine Schuldigkeit als Ritter – und ich darf hinzufügen: als Freund – wollte ich doch auf keine Weise unerfüllt lassen.« – Aubigné erwiderte die edle Anrede mit einigen freundlichen Worten, und im Begriff, sich zum letzten Male von dem Rücken eines Rosses zu schwingen, sah er sich nach jemanden um, der ihm den schlanken Renner abnehme. –

»Wäre mir's doch vergönnt«, seufzte Saint Luc, »Euch zu bitten, daß Ihr im Sattel bliebet und mein Pferd nach La Rochelle zurückrittet, es als ein Andenken an mich behaltend!«

»Ein Ritter soll sich und andern das Herz nicht mit unnötigen Wünschen schwer machen«, lächelte Aubigné etwas verweisend, indem er schon neben dem edlen Tiere stand und dessen Zügel einem herbeieilenden Knappen übergab. – Von ferne sah man die Schiffe vor Anker liegen, zu Aubignés Todesreise bereit.

10

Diesen Tag und die folgende Nacht hielt Saint Luc unter allerhand Vorwänden seinen edlen Gegner und Freund noch im Lager zurück. Dieser verlebte die ihm gegönnte Zeit, wie man es von einem christlichen Ritter erwarten kann. Ganz und gar, mit Leib und Seele ergab er sich in Gottes Hand, und die seligste Heiterkeit verklärte seine stille Wehmut. Fernher schmetterte nach Mitternacht ein lebhaftes Feuern aus kleinem Gewehr. Man hörte Signale der Trompeten und Hörner. Aubigné fuhr auf und faßte nach dem Schwerte. Dann aber lächelnd und wie abwehrend nach dem Kriegslärm hinwinkend, sagte er: »Ich habe nichts mehr mit dir zu schaffen, du wildes, fröhliches Treiben! Und du, liebes Schwert, gehörst von morgen dem edlen Ritter Saint Luc an.« Darauf sank er wieder zum stillheitern Beten auf die Kniee.

11

Der Morgen strahlte ins Zelt, und freudestrahlend wie er riß Saint Luc die Vorhänge auseinander.

»Ihr seid frei!« rief er. »Und draußen wiehert schon mein Renner, bereit, Euch nach La Rochelle zurückzutragen, und nun dürft Ihr mir's auf Ehre nicht abschlagen, ihn zu meinem Andenken zu behalten!«

Stumm und starr, kaum wissend, ob das Wachen sei, ob Traum, blickte Aubigné ihn an.

»Eure brave Infanterie«, fuhr der jubelnde Saint Luc fort, »hatte sich verschworen, Mann für Mann unterzugehn oder Euch zu retten. Nun haben sie über Nacht Herrn von Guiteaux, den Lieutenant des Königs, mit einem klugen und kühnen Streich gefangen und setzten seinen Kopf gegen den Eurigen. Natürlich ist die Auswechselung bereits abgeschlossen. Reitet, mein braver, frommer Ritter! Reitet mit Gott!«

Und ungeteilt zu Gott erhub sich Aubignés dankendes Herz einige stille Minuten lang. Dann reichte er sein Schwert dem edlen Saint Luc hin, um es inskünftige zu führen. Der nahm es zwar freudig an, umgürtete aber dafür seinen Geretteten mit der eigenen Klinge, denn waffenlos, sprach er, könne er solch einen Ritter jetzt auch nicht augenblicks mehr sehn. Dann führte er ihm selbst den Renner vor und ließ es sich nicht nehmen, mit eigner Hand den Bügel zu halten. Dankend flog der Befreite davon; Saint Lucs Soldaten riefen ihm jubelnde Glückwünsche nach.

Als diesmal Aubigné vor Adelens Hause hielt, blühte doch ihm und ihr und Sieur Raoul und den Kindern noch weit ein paradiesischerer Freudengarten auf als jenes vorige Mal.

Mir aber sei es vergönnt, mit den eignen Worten des braven

Aubigné, aus dessen historischem Werk ich die Hauptpunkte dieser Erzählung nahm, zu schließen:

Mes lecteurs, ne me soupçonnez pas de vous avoir fait ce compte pour ma delectation, – – – ç'est pour vous que je l'ai fait; ne vous arrestez pas tant à la louange de la fidélité, qu'à l'exemple et à l'esperance du secours de Dieu, duquel vous devez être certains quand vous faites litière de votre vie pour garder la foi inviolablement.

JOSEPH UND SEINE GEIGE

Erstes Kapitel

»Mann, Mann, wo steckst du denn einmal wieder?« rief eine junge, flinke Bäurin, zur Abendzeit an der Tür ihres großen, wohleingerichteten Gehöftes stehend; in die Windungen des Tales hinauslauschend hielt sie dann inne.

Es kam keine Antwort.

Sie wandte sich verdrießlich ab und wollte just nach dem Hause zurückgehen. Da kam ein alter Kaiserlich Östreichischer Dragoner vom schroffen Felsengange gegenüber mühsam herniedergehinkt, sich auf sein langes Schwert stützend, daß er wohl ehedem gar rüstig in mancher Schlacht geschwungen haben mochte, jetzt aber, ein Invalid, nur noch als Pilgerstab gebrauchte.

Freundlich lachte er zu der jungen Frau hinüber, ausrufend: »Ei doch, das muß ja halt ein schlimmer Ehemann sein, der sich so vergeblich rufen läßt von einer so schmucken Ehefrau. Schier möchte ich sprechen: ›Schöne Böhmin, laß den Träumer laufen und nimm mich an seiner Statt.‹ Aber so bin ich ein eisgrauer Bursch, und vollends nicht allzulängst her haben mich die Preußen lahm geschossen bei Landshut in Schlesien. Da geht sich's nicht mehr auf Freiersfüßen gut.«

Die Bäurin lachte ihm fröhlich entgegen, antwortend: »Wer weiß wie weit Ihr's doch bringen möchtet mit Eurem Werben, so ich noch ledig wär! Die Mädel sind nun einmal den Soldaten gut. Alt oder jung, das macht dabei so ein Großes nicht aus. Aber jetzt nun – ach leider jetzt«, fügte sie mit neckischem Klageton hinzu und tänzelte dazu hin und wider und sang recht anmutig hell in die Abendluft hinaus:

»Nun ich ein Weibel bin,
Ist's mit dem Wählen aus,

Hab nicht mehr frei den Sinn,
Bin wie gebannt ans Haus;
Hab ja nun Kind und Mann –
Nun geht's nit an!«

»Hexlein!« sagte der alte Dragoner. »Gehörst wohl gar noch in die Familie der Feienkönigin Libussa, ehemal die Herrscherin dieses wunderlichen Böhmenlandes? Man sagt Euch Böhmenweiblein ohnehin nach, Ihr hättet allesamt etwas von ihr geerbt.«
»Du! Schelten gilt nicht!« entgegnete sie freundlich. »Nun magst du nur immerhin hungrig und durstig deines Weges weiterziehen und schauen, wie du ein Unterkommen findest. Sonst hätt ich dir Nachtherberge und einen guten Trunk angeboten. Das Bier braut mein Schwiegervater selbst und ist weit und breit berühmt damit, und auch an einem Fläschlein trefflichen Melnecker sollt es dir nicht gefehlt haben zur guten Nacht – aber so! In eine Hexenwohnung sollt ich dich laden? Ei, Gott verhüt es! Glück auf den Weg!« –
»Nun, nichts für ungut feines Weibel!« sagte der Kriegsmann. »'s war halt nit übel gemeint.« Und somit höflich den Hut rükkend, wollte er vorüberziehen, denn er war nun glücklich den Steingang herunter geklettert und fühlte behaglich den sichern Talespfad unter seinen Füßen.
Die Bäurin aber winkte ihn zu sich heran, sprechend: »Bei mir war's auch halt nit übel gemeint, alter Herr. Kommt und nehmt für Willen bei uns als ein ehrenwerter Gast. Ihr findet stundenlang weiter hinaus keine Herberg im Tal.«
Da nickte er dankbar lächelnd mit dem Kopfe und folgte der gastlichen Frau gar fröhlich nach in das Gehöft.

Drinnen im Gemach saß der Hausherr, ein kraftvoller Sechziger mit starken, aber schon ergrauten, buschigen Augenbrauen, verdrießlich die großen, davon beschatteten schwarzen Augen auf ein Pack Rechnungen und andere Papiere geheftet, die er emsig durchzuarbeiten schien, die Feder in der Hand. Zwischen den fest zusammengepreßten Lippen hielt er eine kurze, heftig dampfende Tabakpfeife. Vor ihm stand ein schäumender Krug goldhellen Bieres.

Die Hausfrau, eine kleine, alterndhagere, in geblümtem Kattun weiß und sehr sorgfältig gekleidete Gestalt, ging voll wirtlicher Geschäftigkeit leise ab und zu, die Stubentür jedesmal vorsichtig langsam öffnend und schließend, um den beschäftigten Ehemann ja nicht zu stören, während ein Knabe von acht und ein Mädchen von sechs Jahren in einer entfernten Ecke ein Brettspiel hielten, aber auch nur ganz leise die Steine setzend und dazu flüsternd. Obenein ermahnte die hübschen, rotbäckigen Kinder, die sich wohl eigentlich gern um vieles lebhafter gerägt hätten, bisweilen ein Warnungswink der Großmutter zu noch tieferer Schweigsamkeit, um doch ja den rechnenden Großvater nicht zu unterbrechen. Dann seufzten mitunter die Kleinen und sahen schmerzlich nach einem Seitenfenster der geräumigen aber dunkeln Stube, von wo die Lichter der scheidenden Sonne hereinglänzten und ihren Tanz an der Decke des Gemachs hielten, zwischen den Blätterschatten des draußen vor den Scheiben sich hinrankenden Weingeflechtes. Bisweilen drangen die Klänge einer fernher gespielten Geige mit seltsamen Akkorden herein, wie in wehmütig fragender Lust. Dann lauschten die Kindlein auf – der Großvater stampfte ungeduldig mit dem Fuße – die Kleinen sahen wiederum scheu auf ihr Brettspiel – und gleichfalls wie verschüchtert zogen die Klänge von hinnen. Es war, als versänken sie in das nahegelegene, tiefdunkle Föhrental. –

Indem trat die junge Frau mit dem alten, von ihr eingeladenen Dragoner ins Zimmer, und der rechnende Greis, nur eben wahrnehmend, es sei ein Mann, der mit der Schwiegertochter komme, fuhr ihn verdrießlich mit den Worten an:

»Nun mein Herr Sohn, du Tagedieb, wär's dir nun wirklich einmal gelegen, die Geige in den Winkel zu hängen und mir Beistand zu leisten in meinem mühlichen Schaffen? Obenein geschieht es doch mehr um des Fratzen als um meinetwillen, daß ich mich dergestalt abarbeite, statt nachgrade der Ruhe zu pflegen in meinem beginnenden Greisenalter. He, Meister Joseph, was kann Er Vernünftiges erwidern auf so vernünftige Vorstellungen?«

Die junge Frau sahe verlegen hin nach dem durch Mißverständnis herb Angelassenen, aber dieser entgegnete mit unbefangener Soldatenlustigkeit:

»Möcht ich doch, ich wär der Joseph, der hier so an- und ausgescholten wird nach väterlicher Machtvollkommenheit! Tausend einmal! So mit eins zum jungen rüstigen Kerl worden, zum Ehemann des Engels da, zum Erben des stattlichen Gehöftes – man sollt schon mit der Beförderung zufrieden sein, wie sehr's auch an Jahren eine Rückbeförderung für mich wär. – Aber nit also, gestrenger Hausherr. Ich bin Euer jugendlicher Joseph nicht. Ich bin der alte ausgediente Dragoner *Vinzenz Klingenruck* und gehöre keinem Menschenkind auf Erden an als Ihrer Kaiserlichen Majestät, der erhabenen Frau *Maria Theresia*« – er lüpfte ehrerbietig den Hut – , »die mir allvierteljährlich meinen Gnadensold auszahlen läßt. Dafür, daß sie's noch immer nicht überdrüssig wird, segne sie Gott.«

Derweil hatte sich die ganze Familie freundlich hergedrängt um den ehrwürdigen Gast. Der greisende Hausvater schüttelte ihm treuherzig die Hand, mit lachendem Munde die Übereilungs-Worte von vorhin entschuldigend, während die Hausfrau mit sittiger Feierlichkeit dem Fremden einen schönen Glaskrug ihres goldhellen Bieres voll entgegentrug und kredenzte. Die Kinder machten sich gleichfalls herzu, vertraulich, wie es ihresgleichen wohl mit alten Soldaten an der Art zu haben pflegen; ja, der Knabe fing bereits ein leises Spielchen mit dem langen Dragonerschwerte an, wie es von der Hüfte des Kriegsmannes herniederhing, denn beim Eintritt in das Gehöft hatte er die vorhin als Pilgerstab dienende Waffe wiederum anständig an ihren Ort gegürtet. Das kleine Mädchen zupfte wohl ihr Brüderchen, von dem ihr bedenklich scheinenden Spiel abzustehen, aber der kecke Bursch ließ sich nicht irremachen, und so hatte sie nun endlich selbst ihre Lust am Zusehen. Auch als die Schwiegertochter des Hauses den Gast in einen bequemen Lehnstuhl genötigt hatte, folgten ihm die Kindlein dorthin und setzten ihre Schwerteständeleien heimlich fort.

Es ward nun die Abendspeise aufgetragen, schmackhaft und reichlich, und auch den verheißenen Trunk Melnecker setzte die junge Frau in kristallheller Flasche vor den alten Kriegsmann hin. Das Gespräch belebte sich gar anmutig, indem die Familie eine herzliche Lust daran fand, den Erzählungen des wackern Gastes von seinem, zwar wenig beglückten, aber doch wahrhaft rühmlich durchgekämpftem Lebenswege zuzuhören. Er war jetzt eben dabei, den Abschied zu schildern, den er, schon damals bei weitem kein Jüngling mehr, von einer geliebten Jungfrau in Italien, einer Hirtentochter, genommen hatte, die ihm doch wohl endlich noch Braut geworden wäre, hätte nicht ein neu wiederum ausbrechender Krieg ihn allzufern von dem schönen Mailand, wo er damals in Garnison stand, abgerufen und zugleich von der lieblichen Blüte, *Bianca* geheißen, die ihm stets wie eine schlanke Maiblume vorgekommen war. – »Sie soll nachher« – setzte er hinzu – »eine Nonne geworden sein, und das muß sie sehr hübsch gekleidet haben. Und im Grunde war sie auch wohl für diese Welt zu lieb und gut und somit besser für eine Gottesbraut als die Braut des alternden Dragoners Vinzenz Klingenruck, als wie ich geheißen bin. Wenn sie aber den Namen aussprach mit ihrer italischen Nachtigallenstimme – da klang er doch ordentlich recht hübsch und lieb.« –

Er versank in ein tiefes Nachdenken, mit wehmütigem Lächeln vor sich hinsehend oder vielmehr wie über diese Welt hinaus.

Da erhob sich draußen abermal der Klang der Geige in so lieblich süßen, wehmütigklagenden Tönen, daß dem alten *Vinzenz Klingenruck* die Tränen ganz unbewußt aus den großen Augen herniederrollten, sanft und einzeln wie Perlen in den greisenden Bart.

Der Hauswirt aber blickte wiederum unwirsch nach der Musik hin und rückte verdrießlich mit dem Stuhle, so daß der alte Dragoner aus seinem Geträum in die Höhe fuhr und, die ungeduldige Bewegung auf sich deutend, mit nachgiebigem Lächeln sagte: »'s ist wahr, so ein weichliches Simulieren will sich halt nur schlecht schicken für einen alten Kriegsknecht. Gebt acht: ich will euch Beßres erzählen.«

Die Geige war inzwischen wieder stumm geworden.

Da hob der Dragoner eine Kunde an von dem Gefecht bei Landshut in Schlesien, wie er dort unter *Laudon* gekämpft habe wider einen Preußengeneral mit wunderlich-französischem Namen, drauf er sich nicht recht mehr besinnen könne.

»Aber« – fuhr er fort – »seinen Mann hatte Held Laudon an dem tapfern Preußen; das muß wahr sein. Wie so die drei Raketen in der herbstlichdunklen Morgenfrühe aufstiegen, uns Kaiserlichen ein Angriffszeichen, da meinten wir Reiter wohl, an uns werde dasmal der Kampf nicht eben sehr kommen, zwischen den Talgewinden, die schroffen Bergabstürze entlang. Denn hätte unser tapfres Fußvolk nur einmal den Feind aus seinem starken Wolfsbau vertrieben, da werde er auf den Ebnen jenseit des Boberflusses von selbst das Gewehr strecken. So dachten wir. Kamen doch fast auf jeden Preußen vier Östreicher. Aber hat sich was! Bis in den hohen Sonnenmorgen hinein leisteten die Preußen Widerstand, obgleich von einer Höhe zur andern gedrängt durch unsere Übermacht; endlich auch über den Strom aus der Gebirgstellung hinaus ins Freie. Und zwischen dem Donner des Geschützes und des Gewehrfeuers ließen sie fort und fort ihre Trommelwirbel hinrollen, und Marschesklänge bliesen durchhin, so ernst und so wie abschiednehmend von Erdenglück und Erdenleben und dennoch so freudiglich und so kühn – horch!« –

Die Geige klang wiederum in die Worte herein, und Vinzenz sprach leiseren Lautes dazu:

»Ist es doch schier, als ziehe ein abgeschiedener Geist durch die Abendwolken hin und mahne mich mit kriegerisch-rührenden Klängen an den ernsten Tag von Landshut« –

Aber der Hausherr sagte unwillig:

»Einen irren Geist wohl mögt Ihr's mit Recht benennen, einen abgeschiedenen jedoch bis heute noch nicht. Meinthalb möcht er so abgeschieden sein, als er irr ist. Auf Erden taugt er nun ja doch einmal so gut als gar nichts mehr.« –

»Vater, versündige dich nicht!« sagte die alternde Hausmutter, indem sie warnend ihren Zeigefinger emporhub, und in die Augen der jungen Frau drängten sich helle Tränen.

»Laßt Euch nicht irren!« redete der Hausherr auf den Gast hinein. »Erzählt weiter! Ich bitt Euch dringend darum. Mich verlangt es, zu wissen, wie es mit den Preußen geworden ist, als nun der Laudon sie hinausgedrängt hatte aus den Bergen auf die Ebene. Erzählt!«

Dem Kriegsmann belebte sich vor der regen Teilnahme der durchfochtene, letzte Kampfestag aufs neue, und er sprach frisch in folgenden Worten fürder:

»Fest hielt sich das preußische Fußvolk auf der Ebene zusammen. Die preußischen Reiter sprengten von hinnen. Aber man konnt es ihrer geschlossenen Haltung wohl ansehen: es war nicht Flucht in ihren Sinn gekommen. Auf ihres Feldherrn Gebot machten sie sich fort, weil sie zu nichts mehr helfen konnten in ihrer Minderzahl. Wo sich ihnen Kaiserliche Reiterei entgegenwarf, da hieben sie sich rüstig durch.

Wir Dragoner vom Regiment Löwenstein waren zu der Ehre berufen, anzusetzen auf ein Viereck preußischen Fußvolkes, drin sich hoch zu Rosse der Preußen-Feldherr sehen ließ, absolut gewillet, sich durchzuschlagen. Mehr denn einmal sprengten wir an. Mehr denn einmal wies uns ihr wetterschnelles Feuergekrach zurück. Und wie es denn halt zu gehen pflegt, wo ein Reitergeschwader nicht alsbald im ersten Sturmesschwung einbricht auf tapferes Fußvolk: jenen wuchs der kecke Mut, mitten im Rückzuge noch, und uns – nun gottlob, gefallen war uns der Mut eben nicht, aber gewachsen doch auch nicht. Jedesmal wurde das Anreiten langsamer, und jedesmal kamen wir minder nah heran. Weiß Gott, wie es noch endlich abgelaufen wäre! Gewaltigschön tönte durch das Geschieß und Gelärm der Befehlsruf des Preußengenerals: ›Fertig! Schlagt an! Feuer!‹ Aber langsam nur kamen dabei die Preußen doch vom Fleck, weil sie immer wieder Front machen mußten gegen unsern Angriff. Da kam unser Fußvolk heran. Frisch gab das ein paar Salven in die preußischen Reihen hinein und lockte ihnen das Feuer ab, und es wurden Lücken von den Gefallenen sichtbar; hui, nun wir mit Mordgeschrei losgestürmt auf die gelichteten Rotten und in wildester Wut eingehauen! Hatten wir doch so manch braven Kameraden zu rächen!

Leichte Arbeit aber war's drum immer noch nicht. Die Preußen wehrten sich verzweifelt mit Schuß und Stoß fort und fort. – Nein doch: *verzweifelt* nicht. Das war mir halt kein gutes Wort. Wie treue Seelen haben sie sich gewehrt, von ihren tapfern Feldherrn nicht lassend; auch noch im letzten Todeskampfe nicht.

Habt ihr wohl je vom Schlangenkönig reden hören, lieben Leute? Weiß nit, ob's Märlein ist oder Wahrheit. Aber ein alter, tüchtiger Forstmann hat mir einmal davon erzählt und wollt es auch mit eignen Augen gesehen haben von fern. Wo einmal der Schlangenkönig zutage kommt, weiß Gott, aus welchen unterirdischen Residenzhöhlen herauf, da ringeln sich die Schlangen von weit und breit zu ihm hinan, eilig, eilig, gewaltig, gewaltig, und rotten sich all um ihn her und über ihn hin, als müßten sie ihn dienstbeflissen verhüllen vor ungeweihten Augen, und endlich wird es ein hoher Schlangenhügel, und von allen Seiten dräuen züngelnde Rachen und funkelnde Zornesaugen den scheuen Wanderer, ja selbst auch den kühnlichen Waidmann zurück –

Seht, also drängten sich die zornig getreuen Preußen noch zum letzten Widerstand her um ihren General, der blutend in der Mitten unter seinem erschossenen Pferde lag.

Da traf mir ein Schuß die Hüfte und warf mich aus dem Sattel. Der Sturz machte mich vollends ohnmächtig. Als ich mich wieder versann, war der Kampf zu Ende, die letzten Preußen bewältigt, aus drei Hiebwunden blutend und gefangen ihr General. Neben mir ward sein Reitknecht verbunden. Der hatte mit seinem Kopfe mehrere Klingenhiebe aufgefangen, die seinem gestürzten Herrn galten, und lag nun im halben Ohnmachtschlummer da. Die Schmerzen des Verbandes weckten ihn. Er zuckte zusammen. Doch bald wiederum heiter lächelnd wie ein Kind, zeigte er nach seinem General hin, der sich mit unserm tapfern Obristen Voit besprach, Hand in Hand, jetzt Sieger und Besiegter, die kaum erst noch so zornkühn fechtenden Gegner, alles recht nach guter ritterlicher Sitte. Ja, die zwei edlen Kriegsobristen und der treue, unter Schmerzen freudige Reitknecht und in mir das Gefühl: der große Tag ist unser, und unserm Reiterschwader insbesondere gebührt ein Kranz des Tages – seht, ihr lieben Menschen, ich bin ein Krüppel seitdem und spürte wohl schon damals unter heißem Wundenschmerz, daß ich's halt werden müsse – aber noch immer steht mir der schöne Krieger-Augenblick feierlich und freudiglich vor der Seele, wie ein Sonnenstrahl funkelnd durch mein oft so nebelgraues Invalidenleben hin.« –

Alle sahen ihn bewegt an, jedes auf seine Art. Es ward eine ernste Stille in dem kleinen Kreise.

Da klang wiederum die Geige an: diesmal ganz nahe vor dem Hause, in so feierlichen Gängen, so edlen Frieden kündend und männliche Heiterkeit, daß auch der Hausvater ganz wider seinen

Willen von dem Unwillen ablassen mußte, der bei den ersten Saitentönen in seinem Gesicht aufzusteigen begann. Er lächelte freundlich ernst. Vinzenz Klingenruck aber sahe ganz verzückt in die Höhe und faltete die Hände. Die junge Frau blickte sehr freundlich, ordentlich wie triumphierend auf ihn hin; die Kinder schmiegten sich ihm näher an, die Hausmutter füllte ihm das Weinglas aufs neue bis an den Rand und brachte es ihm mit freundlichem Kopfnicken dar.

Indem er es behaglich leerte, war die Geige wiederum verklungen, und der alte Kriegsmann sagte nun treuherzig zu dem Hausherrn:

»Haltet mir es zugut, mein gastlicher Wirt. Aber eben, weil ich Euch liebgewonnen habe, tritt mir mein ehrliches Soldatenherz über, wie ein Bronnen aus tiefgewaltigen Urquells-Adern angeschwellt. Ihr sprachet da vorhin gar herbe Worte von dem, welcher draußen so mannigfach süß und kraftvoll musiziert. Wie kann eins doch nur so holde Klänge mit so unholden Worten vergelten?« –

Der Hausvater sah eine Zeitlang im nachdenklichen Ernste vor sich nieder; wohl fast wie ein wenig beschämt. Dann jedoch blickte er festbesonnen empor und hub folgendergestalt zu reden an:

»Hold sind jene Klänge; ja oft recht holdselig in der Tat; das will ich keineswegs in Abrede stellen. Aus meiner tiefsten Seele herauf antwortet's ihnen mitunter wie ein Nachhall, wie ein Widerhall, wie – ja, wenn der Mensch so was in Worte zu bringen wüßte!«

»Ach freilich, wohl, Schwiegervater!« flüsterte die junge Frau, und ein rechter Herzensseufzer hob ihr den Busen.

»Ja seht«, sprach der Hausherr fürder, noch immer mit ganz weicher Stimme, »käme solch eine Musik von einem Geschöpf her, das der liebe Gott so ganz ausschließlich oder doch allermeist zum Quinkelieren bestimmt hätte, da wüßt ich ja selber kaum, wie man ein dergleichen Kreatur hinlänglich liebhegen sollt und pflegen. Aber nun! Und so! Von einem vernünftigen oder vollends raisonnablen Menschen will man doch einmal was anderes.«

Und mit immer rauher werdender Stimme und mit immer düsterer sich umschattendem Angesicht brachte er eine lange Reihe verdrießlicher Klagen vor, wie jener musizierende Joseph, sein einziger Sohn, die Wirtschaft vernachlässige um seiner Geige willen, ja selbst seiner Frau wenig achte und an die Kinderzucht eben gar nicht denke. Auch die beiden Frauen, anfänglich nach guter Frauenweise zu mildern bemüht, stimmten nach und nach in das Klagen und Murren mit ein. Die eine hatte dies, die andere jenes noch ins besondere wider den armen Joseph klagbar nachzuholen und zu ergänzen, und so ward das Gerede immer unerquicklicher. Die Kindlein, scheu davor, schlichen sich in einen Winkel zurück und schliefen ein, bis endlich alles zur Ruhe ging, aber in einer weit minder guten Stimmung, als sie vorhin während der vorgetragenen Bruchstücke aus des Kriegers Lebenslauf und der dazwischen hallenden Geigenklänge vorgeherrscht hatte. Auf die Frage des alten Vinzenz, ob denn niemand auf Josephs Heimkehr warte, entgegnete der Hausvater verdrossen:

»Ach, was da! Es wäre nicht die erste Mondnacht, welche er mit seiner albernen Geige im wilden Walde durchwacht hätte, der Träumer!«

Zweites Kapitel

Als am andern Morgen früh Vinzenz mit Dank von seinen gastlichen Wirten schied, war in der Tat noch immer Joseph nicht zurück. Der alte Kriegsknecht sprach aus seinem weichen Herzen einige Trostesworte darüber aus. Aber das schien eben nicht sonderlich vonnöten. Weder Vater, noch Mutter, noch Weib, noch Kinder zeigten sich beunruhigt über das Ausbleiben des musizierenden Herumstreifers. Das mochte nun freilich wohl von der Gewohnheit an sein unregelmäßiges Treiben herkommen und sich damit entschuldigen lassen. Dennoch schnitt es dem alten Dragoner herb in die Seele und weckte dort einen Mißlaut, der ihn weit weniger heiter von dannen scheiden ließ, als er es nach dem wohlwollenden Empfange selbst gemeint hätte. Sogar ein Fläschchen des besten Melneckers, welches ihm die junge Frau zur Stärkung für unterwegs in den Tornister schob, wollte er anfangs mehr höflich als herzlich zurückweisen. Erst da sich deshalb ein wehmütiger Zug über der Geberin angenehmes Gesicht legte und an das holde Lächeln mahnte, womit sie ihn gestern angeblickt hatte, wie dankbar für seine Begeisterung über Josephs Geigenklänge, nahm er die köstliche Gabe dankbar an.

Er schritt nun sehr ernsthaft durch die schöne Bergwaldung fürder, ein tiefes Mitleiden empfindend für den unverstandenen Musiker und zugleich ein herzliches Verlangen, die bedeutungsreichen Töne noch einmal zu vernehmen, verbunden mit dem Wunsche, vielleicht dem guten Joseph durch seine Anerkennung einen heitern Augenblick zu bereiten: so Gleiches mit Gleichem vergeltend. »Ich bin denn freilich kein kunstverständiger Musikant«, sprach er dazu in sich hinein, »aber wenn mir eins ehedem meinen wildschönen braunen Hengst lobte und sich dran freute, wie kraftvoll ich ihn zu tummeln wußte – ei, da freute mich das meinerseits doch auch, mochte es gleich von Leuten oder Leutchen herkommen, die des Reitens nicht minder unkundig als ich des Geigenspiels; dem armen mißverstandenen *Joseph* stände halt eine ähnliche Freude gar wohl zu gönnen.«

Die Sehnsucht, mit welcher ihn solche Gedanken ergriffen, schien gleichsam den Joseph und seine Geige herbeigezaubert zu haben. Plötzlich ließen sich unfern aus einem dichten Laub- und Tannengehölz hervor die begehrten anmutigen Saitenklänge vernehmen; aber die Weise stach seltsamlich zu des alten Vinzenz gegenwärtiger Stimmung ab.

Ein lautes, rasches, oft seltsam gellendes Jubeln brach plötzlich daraus hervor, mit gewaltiger Kunstfertigkeit durchgeführt, schier unerquicklich jedoch in seiner Wildheit; mindestens unerquicklich für den gegenwärtigen Hörer mit seinem Herzen voll wehmütig ernster Teilnahme für den unbeglückten Musiker, so daß ihn diese heftige Lustigkeit mehr wie tolle Verzweiflung bedünken wollte, denn wie jugendliche Freude. Eilig arbeitete er sich durchs Gesträuch, der Meinung, dem wilden Strome Einhalt zu tun und ihn vielleicht in das Flußbett sanfter Klage oder feierlichen Kriegermutes zurückzulenken, von wo ihm gestern abends so holde Laute begeisternd in die Seele gedrungen waren. Aber näher kommend und den wunderlichen Joseph erblickend, verging ihm dieses Hoffen.

Einem ehedem zahmen, jetzt verwildert schüchternem Vogel ähnlich, saß der Musiker auf einem hohen, starken Baumast, aber dergestalt nach dessen Spitze zu, daß von der Wucht sich das Gezweig gegen den Boden etwas herabneigte und somit in natürlicher Schnellkraft seine seltsame Last bisweilen in die Höhe zu schleudern drohte, wann der Wunderling sich manchmal mit den Füßen gegen einen tiefer gestreckten, dürrgewordenen Ast anstemmte, sein Gewicht dadurch vermindernd. Er saß wie in einer Wiege, aber in einer gefahrdrohenden Wiege, und die Wildheit der Klänge, die er aus seiner Geige hervorriß, wollte dem alten Vinzenz vorkommen wie unbändiges Kindergeschrei, aber wie eines verhexten Kindes dämonisches Geschrei, von fürchterlichen Dingen ahnungsdräuende Kunde verratend. Den sonst so unerschrockenen Kriegsmann erfaßte ein fremdartiges Entsetzen und bannte ihn regungslos fest, wo er stand. Zudem, als er sich deutlicher besann, hielt ihn die Besorgnis, er könne durch unvorsichtiges Anreden oder Nähertreten den verwilderten Musiker aus seinem schwindligen Sitz, etwa wie einen Nachtwandler, aufschrecken und so dessen lebensgefährlichen Sturz auf sein bisher noch so unbescholten bewahrtes Gewissen reißen.

Aber dem armen wunderlichen Joseph schien nun einmal das Fallen unrettbar beschieden. Indem er sich wiederum stark mit beiden Füßen gegen den Ast unter ihm anstemmte, seinem frischlaubigen Sitze neue Schwungkraft zu verleihen, brach das vermorschte Holz, und Künstler und Geige stürzten mitsammen wohl drei Mannshöhen hernieder in des Bodens üppig wucherndes Gras, daß es über sie zusammenschlug und sie dalagen wie verschwunden.

Aber nun war der alte Kriegsmann flinker zur Stelle, als man es seinem gelähmten Bein hätte zutrauen mögen, hob des ohnmachtbleichen Joseph Haupt empor, trocknete das Blut, wie es vom Fall daraus herniedertröpfelte und untersuchte die Wunde. Bald erkannte sie der erfahrene Krieger als unbedeutend, richtete starken Armes den Gestürzten empor und lehnte ihn sanft gegen den Baumstamm, aus nahem Quellborn Wasser in seinen Hut schöpfend und den Ohnmächtigen achtsam damit besprengend, bis dieser mit fragendem Umherschauen die großen dunklen Augen wiederum aufschlug. Er hatte während alledem Geige und Fiedelbogen fest in Armen und Händen behalten. Jetzt war sein erstbesonnener Gedanke das geliebte Instrument. Sanft betastete er Boden und Saiten und Griffbrett, stemmte sodann die Geige kunstgerecht unter das Kinn und ließ leise, leise den Bogen darüber hinziehen. Ein unaussprechlich süßer Wohllaut schwebte aus den Saiten empor wie eine zärtlich sorgende Liebesfrage von Herz an Herz. Nun wiederholte er stärker den Bogenzug; es klang wie freudvoll mannhafte Antwort. Jetzt rief er einen vollen, reinen Akkord gewaltig empor, drauf einen mächtigen, aber keinesweges wilden, vielmehr feierlich preisenden Jubellauf – dann freudig in des Kriegsmannes Auge blickend, sprach er mit noch vom Sturz etwas erschöpfter, aber heiter eilender Stimme, als gelte es, einen Freund möglichst rasch aus pressender Sorge zu heben:

»Sie ist unverletzt geblieben; unverletzt und unbeschädigt ganz und gar!«

Und der Invalid nahm es in seiner teilnehmenden Treuherzigkeit auch so auf und an, wie es gemeint war. »Gottlob!« sagte er und faltete inbrünstig dankend beide Hände.

Da fragte Joseph mehr und mehr sich besinnend: »Wer aber bist du denn eigentlich, du guter, bärtiger Kriegsmann, der du so grundehrlichen Anteil an meiner lieben Geige nimmst?«

Vinzenz entgegnete: »Einer bin ich, der noch weit mehr Anteil an dir selbst nimmt.«

»Mehr Anteil an mir, denn an meiner Geige?« sprach Joseph. »Das ist nicht möglich, wenn du mir wirklich gut bist.«

»Doch!« antwortete Vinzenz. »Du sollst wissen, wunderlicher, lieber Mensch, daß ich während der vergangenen Nacht ein Gast auf dem Hofe der lieben Deinigen gewesen bin.« –

»Ja so: die Meinigen! Die lieben Meinigen!« sagte voll herb aufsteigender Bitterkeit der junge Mann. »Da freilich, o bewirteter Gutfreund, kannst du kein sonderlicher Gutfreund meiner armen, verfolgten Geige mehr sein.« Und zärtlich, wie bemüht, ein bedrohtes Kind zu schützen oder sonst ein liebes lebendiges Wesen, legte er das Instrument an seine Brust und zog ein kurzes Mäntelchen, womit er sich gegen die Kühle der vergangenen Nacht geschützt hatte, umhüllend und bergend darüber hin.

»Nicht also!« sprach freundlich der alte Kriegsknecht. »Ich habe deine Geige wahrhaftig lieb und wär halt gar ein undankbarer Bursch, tät ich das nicht. Hat sie mir doch seit gestern abend in wundersamlicher Abwechselung, bald nahend, bald schwindend, gar holde und hohe und anmutige Klänge in die Seele getönt!«

»Ja? Wäre dem wirklich also?« fragte Joseph mit einem etwas scheuen, aber sehr lieblichen Lächeln und holte die Geige langsam unter seinem Mäntelchen hervor und begann sie anzuregen zu einigen wie Nachtigallenlaute süßlockenden Klängen.

Vinzenz nickte beifällig mit dem Kopfe, leise hineinflüsternd in das anmutige Getöne:

»Wahrlich, so ist es recht. Aber, Joseph, deiner Freundin ein dergestalt wildes Rasen und Getaumel anzumuten, wie du es vorhin tatest, schwankend, selbst schwindlig auf dem halsbrechenden Sitze dort – Joseph, ich sage dir: das war unrecht, und hattest du deinen schreckbarlichen Sturz halt gewissermaßen damit verdient – nichts für ungut.«

Aber von Ungutem konnte hier gar nicht die Rede mehr sein. Traulich und getreulich in des alten Vinzenz große Augen schauend, sagte Joseph: »O bist du einer von den Unsern also! Einer, welchem die Klänge der Saiten lieb sind wie Worte der Seelen und ebenso tief und wohlverstanden auch, warte nur, da soll meine Geige dir mein Herz auftun, wie sie und ich es schon längsther so gern getan hätten, wär uns irgendein Mensch vorgekommen, unsers vollen, seligen Vertrauens wert.«

Und zu einem Strome lieblichster und herrlichster Melodien regte er die Saiten an, harmonische Ahnungen hineinklingen lassend, wie man dergleichen wohl öfter im Traum als im Wachen vernimmt, und staunend und lauschend saß ihm der alte Vinzenz Klingenruck gegenüber, etwa wie man sich's nach den Sagen der Urwelt von einem kräftigen Adler denken möchte, durch den Zauber der Töne willig bezwungen und selig im Kreise des Friedens gebannt.

Drittes Kapitel

Als nun die Klänge verhallet waren in sanften, süß hinwallenden Schwingungen, einem ersterbenden Echo vergleichbar, sah der Meister seinem Hörer zutraulich in die Augen, als erwarte er freundlich lobenden Dank, wie denn das nun allerdings wohl Künstlerbegehr und Künstlerwesen zu sein pflegt.

Aber in Vinzenz Klingenrucks ehrlichem Angesicht waren mit den Klängen zugleich auch alle heitren Lichter verloschen. Voll schmerzlich tiefer Wehmut schüttelte er sein greisendes Haupt, und ein inniger Seufzer quoll ihm aus dem tapferen Herzen himmelan.

Joseph blickte verdrießlich vor sich nieder, in seinen heitren Erwartungen getäuscht, und barg seine traute Geige wiederum sorgsam unter das Mäntelchen.

Vinzenz aber sagte: »Wie kann eins doch nur so anmutiger Töne gewaltig sein und zugleich so mißlautend harsch und barsch gegen Vater und Mutter und Weib und Kind!«

»Ja so!« erwiderte Joseph mit einem höhnischen Zucken der Oberlippe, das ihm die sonst gar anmutig weichen Züge schier häßlich entstellen wollte. »Ja so! Diese mißlautende Lektion haben die Leutlein Euch wohl in dem gastlichen Gehöfte da drunten eingelernt?«

»Mitnichten«, sprach der Alte gelassen, »vielmehr – wie ich mich eben ganz genau versinne: als gestern abends deine lieblichen Klänge von außen hereinschwirrten verflogenen Sangvögeln ähnlich und dabei just nicht zum freundlichsten deiner gedacht ward, da hab ich zu den Deinigen für dich gesprochen. Die Worte weiß ich halt nicht mehr genau, aber – was ab, was zu – hab ich unter anderm gesagt: wie kann doch halt eins nur so holde Klänge mit so unholden Worten vergelten!« –

»Holde Klänge mit unholden Worten vergolten!« wiederholte Joseph leise voll rührender Weichheit seiner Stimme, dennoch aber voll ernsten Gewichtes, als empfinde er jetzt durch und durch tiefschmerzlich den Leidensgehalt seines ganzen unbeglückten Lebens. »Alter Kriegsmann«, sagte er nach einigem Schweigen, »du hast gewaltigstarke Redeweisen in deiner Macht. Hat dein Schwert immer so haarscharf den rechten Fleck getroffen als deine Sprüche, da muß dir's gegenüber sich schwer gestanden haben im Feld.« –

Wiederum schwieg er und wiederum nach einer Weile sprach er wehmütig leise:

»Holde Klänge mit unholden Worten vergolten!«

– Dann schien ihm plötzlich sein Herz zu brechen oder vielmehr sich aufzulösen in ziel- und zahllose Quellen des Jammers. Bitterlich weinend wie ein ohne Verschulden herb gescholtenes, liebes Kind, schmiegte er sich an des alten Kriegsmannes Brust. Und wie einem Kinde auch streichelte ihm Vinzenz Klingenruck, ohne recht eigentlich zu wissen, was er tat, liebkosend die bleichen, tränenüberströmten Wangen. Und auch des Dragoners große Heldenblicke leuchteten seltsam starker, stiller Perlen voll. –

»Du fühlst, mir steht eben nicht zu helfen«, sagte nach einer Weile der Musiker, sich gefaßt emporrichtend, indem er die Tränen in seinen Augen und auf seinen Wangen mit einem wohl schon viel früher naßgeweinten Tuche trocknen wollte, zugleich mit starker Stimme hinzusetzend: »Ein Unglücklicher muß doch eben auch ein Mann sein. Nicht wahr?« –

»Freilich!« antwortete Vinzenz mit kräftiger Stimme und schüttelte dem Musiker bestätigend die Hand. »Freilich, mein herzenslieber Joseph! Aber daß dir absolut nicht mehr zu helfen stehn sollte, das will mir eben keinesweges in den Sinn. Schau, Joseph, und merk: der Atem geht ja noch immer aus und ein bei dir, und zudem stehn dir die Augen rüstiglich offen. So lang *das* der liebe Gott einem Menschen zuläßt, hat auch der Mensch noch wahrhaftig die Bataille mit dem Erdenleben nicht verloren. Frisch auf, Pilgrim, und Kopf in die Höhe! Das muckende Niederschauen nach dem Boden brächt am End ja auch den Besten aus der Richtung, wie grad und genau man ihm Schultern und Absätze gestellt hätte zum unverrückten Vormarschieren auf den Zielpunkt los.

Kopf in die Höh! sag ich dir. Droben wohnt und waltet der liebe Gott und hat uns, seine Menschenkinder hier auf Erden, ganz unermeßlich lieb. Fühlst du das, lieber Mensch, in deinem sehnsuchtsvollen, seufzerschwellenden Herzen?« –

Joseph entgegnete nichts. Aber er zog seine liebe Geige wiederum sanft unter dem Mäntelchen hervor und ließ die Weise eines frommen, gottesfürchtigen Liedes anklingen. Diesmal war nichts von absonderlicher Kunstfertigkeit in seinen Klängen zu vernehmen. Sie glitten so sanft und einfältiglich fürder wie linde Bacheswellen an einem stillen Sommerabende ein leise nach dem See sich neigendes Wiesenbett entlang und auch so feierlich ernst, als spiegelten sich darin die sichtbarwerdenden Gestirne des nach und nach dunkelnden, nächtig klaren Firmamentes ab.

Als die letzten Saitenschwingungen verhallten, sagte der alte Kriegsknecht wie am Schluß eines Gebetes mit gefalteten Händen: »Amen!«

»Wie meinst du das?« fragte Joseph.

»Weiß ich's?« entgegnete Vinzenz.

»Ja«, sagte Joseph, wie halb im Traume, »wer kann wissen, was mir noch aufbehalten ist!«

»Gott weiß es«, sagte Vinzenz voll ernster Zuversicht. –

Die beiden Menschen drückten sich tiefbewegt die Hände und gingen auseinander.

Viertes Kapitel

Es mochten etwa drei Monde verflossen sein seit des alten Vinzenz Besuch in Josephs väterlicher Wohnung, als an einem frischen Herbstmorgen der wunderliche Geigenspieler in aller Frühe aus dem Hause gegangen war, auf dem Tisch seiner Schlafkammer ein Schreiben zurücklassend. Die Familie bemerkte das Blatt erst am Tage nachher, achtlos, wie man sich gewöhnlich über Josephs Umherwandern und Ausbleiben zu bezeigen pflegte. Nun jedoch überfiel die junge Frau ein heftig banges Zittern, indem der Knabe – ihn hatte eine plötzlich erwachende Sehnsucht in des Vaters Gemach getrieben – ihr den Brief darhielt; etwas wie schmerzliche Ahnung lag über seinen sonst so keck fröhlichen Zügen. Sie wagte nicht, den versiegelten Umschlag zu öffnen. Sie wagte nicht einmal, die Aufschrift zu lesen. Ängstlich ging sie in das Familienzimmer, gab das Blatt dem Hausvater hin und flüsterte kaum vernehmbar: »In Josephs leerer Kammer hat es der Kleine gefunden.« Und wie sie die Worte »leerer Kammer« aussprach, liefen ihr die Tränen unaufhaltsam über die Wangen. Der Hausvater setzte mit anscheinender Gleichgültigkeit die Brille auf, während die Hausmutter sich mit gefalteten Händen und plötzlich erblichenen Wangen über die Lehne seines großen Stuhles beugte, wie um ihm lesen zu helfen. Die Aufschrift des Umschlages hieß:

»An die Zurückgebliebenen.«

Hastig riß der Alte den Brief auseinander, entfaltete ihn und las mit stets unsichrer werdender Stimme Folgendes:
»Lebt wohl.
Ich gehe und komme nicht wieder.
Fragt Ihr: warum?
Das solltet Ihr doch selbst ermessen können. Oder vielmehr: schon vorlängst solltet Ihr es ermessen haben. Ihr habt ja nimmer zu mir gepaßt. Ich nimmer zu Euch.
Und da liegt die Grunddissonanz, aus welcher sie allzumal hervorgegangen sind, die andern Dissonanzen mein ich, Euer und mein Leben schmerzlich durchschneidend. Jenen einzigen Akkord, in welchem sich das ganze mißlautende Gezerr auflösen läßt, fandet Ihr bereits an der Spitze dieses Blattes, und ich wiederhol ihn Euch hiermit: lebt wohl.
Damit sollte nun eigentlich die ganze Geschichte deutlich sein und in Ordnung. Ihr jedoch liebt es, vielfältige Worte zu machen über einfältig schon abgemachte Dinge. Eben deshalb fehlt es Euch auch immer an Zeit, auf die Musik zu lauschen: auf innre sowohl als auf äußere Musik. Und grade das war mein größtes, mein mißstimmendstes, mein zertrümmerndstes Leiden unter Euch. Aber zu guter Letzt noch will ich Euch nun gern den Willen tun, mindestens ein Stück meines Schmerzensthemas ausführend, um es Euch verständlich zu machen.
Gebt acht.
Wenn Ihr nun so einen recht, so einen recht sehr, sehr lieben Freund hättet –
Ach, Eure Herzen sind mir bisweilen allzukalt dazu vorgekommen oder doch allzu verschlossen! Aber gedenk daran, Vater, wie es war, als Du um die Mutter warbest und ihr liebes Bild Dir immerdar vor dem innern Auge leuchtete! Mutter, gedenke der Zeit, wo die jungfräuliche Liebe reifte in Deiner Seele zur werdenden ehelichen Liebe, bis sie das schmerzlichsüße Jawort emporgedrängt hatte, wie eine selige Frucht aus dem verschwiegensten Innern auf die stammelnde, zagende Lippe empor – o wahrlich: es muß doch einmal solchergestalt mit Euch beiden gewesen sein. –
Und Du, mein junges, blühendes Eheweib – ach, mich hast Du wohl nie so lieb gehabt, wie ich es da vorhin aufschrieb und es

mit meinen Tränen begoß, daß ich wohl erst ein Stündlein lang nicht wieder zum Schreiben gelangen konnte. – Nein, mich hast Du niemalen so in tiefster Seelen lieb gehabt. Sonst hättest Du mich nimmer so furchtbarlich mißverstanden.

Aber gedenk nur dran, wie es Dir war, wann Du ein Kindlein geboren hattest: all Dein liebstes Ich, das Kindlein, und doch wiederum ein so ganz andres und eben deshalb ein so ganz unaussprechlich lieberes Ich – gedenk fein daran!

Ihr, meine zwei lieben Kindlein, würdet mich am besten verstehn. Das hab ich schon oftmal vermerkt, wann Ihr süßlächelnd und lieblich staunend auf Klang und Gang meines Saitenspiels lauschtet. Aber sie ließen Euch solche Paradiesesahnungen nicht lange zu, die klugen Leute. Und auch dieses Blatt werden sie Euch nicht lesen lassen. Deshalb stehe hier für Euch nichts anderes als der Nachhall meines weinenden Herzensseufzers: segne Euch der liebe Gott! –

Ihr andern Zurückbleibenden aber, stellt es Euch einmal deutlich vor: wenn Ihr ein so recht, recht über alles Euch lieb und teures Wesen am Herzen trüget – im Herzen, mein ich – und es kämen Leutlein, und schelten das Liebste, ja, höhnten das Liebste, ja, bedräueten das Liebste – könntet Ihr das Leben aushalten mit solchen Leutlein? –

So aber habt Ihr's mir just mit meiner Geige gemacht. –

Ich geh in die weite Welt. Gute Nacht. –

Mir mir zieht halt meine Geig und meine Lieder.

Die Geig und der Joseph und alle, alle, alle die Lieder –

Euch ärgern sie nimmer fortan. Sie kommen hienieden nicht wieder.« –

Unleserlich war sein Vor- und Zuname drunter gekritzelt. Er mochte wohl dazumal nicht mehr deutlicher haben zu schreiben vermocht vor wiederum losbrechenden Tränen.

Fünftes Kapitel

Der Hausvater saß wie versteinert, nachdem er ausgelesen hatte, den Brief regungslos fest vor sich hinhaltend. Angestrengten Auges blickte die Mutter in das Blatt, die letzten Zeilen, schien es, aber und abermal wieder durchlesend. Endlich seufzte sie tief, aber als aus erleichterter Brust und sagte: »Gottlob!« – Davor erhub die junge Frau ihr mit beiden Händen früher verdecktes Antlitz, sah erschreckt im Zimmer umher, sprach aber dann leise mit beruhigter Gebärde gleichfalls: »Gottlob!« –

»Was soll nur das?« fragte mürrisch der Alte. »Gott loben ist freilich halt gar feines Ding. Aber ein Menschenkind muß doch wissen, warum. Und wahrlich, eine Freude hat uns eben dies wahnwitzige Blatt nicht gebracht.« Er schleuderte es zornig vor sich auf den Tisch, hinzusetzend: »Fast muß ich fürchten, es hab euch allzwei aus Verstand und Sinnen hinausgeschreckt, weil ihr dabei noch was zu danken und zu jubilieren findet.« –

»Jubilieren eben nicht«, sagte die Mutter. »Aber danken? O ja. Vater, es schwebten mir erschreckliche Gedanken vor der Seele zu Anfang. Mir war – «

Sie stockte und fügte erst nach einer Weile mit ganz leisem Geflüster kaum vernehmbar hinzu:

»Mir war, als könne sich unser Joseph gar ein Leides angetan haben in seinem düstern Mißmut. Nun aber« – sie erhob die Stimme wiederum laut, beinahe freudiglich – »nun schreibt er ja ganz deutlich, er gehe eben nur in die weite Welt. Ei, aus der weiten Welt kann er halt immer wieder zurückkommen in unser Gehöft und wird es auch schon tun, wenn er sich die scharfen Ecken ein bissel abgerannt hat, was auch im Briefe da vom Nichtwiederkommen gefaselt stehn mag. Schaut, und dann wird er am End noch gar ein ganz vernünftiger Mensch, wie andre Leute sonst.«

Es zog wie ein Lächeln über der jungen Frau verweintes Gesichtchen, und sie sagte:

»Ihr habt das alles gar klug überlegt, Herzmutter, und Gott gebe, daß es nach Eurer Weisheit herauskomme. Was aber mir zu ganz absonderlichem Trost gereichen will: es ist gottlob keines der Kindlein im Gemach, wie ich doch anfangs befürchtet hatte. Die hätten sich halbtot geweint, vernehmend, der Vater sei hinaus auf Nichtwiederkommen und seine Geige mit. Sie hangen doch sehr an der Geige und am Joseph, die Kleinen. Jetzt sagt man ihnen, der Vater sei verreist auf so und so lange, und dann fragen sie Woch auf Woche wieder, und man gibt ihnen fort und fort zur Antwort: bald – und endlich gewöhnen sie sich daran.

Und ganz am End kommt er ja dann auch wohl wirklich einmal wieder.« –

»So ist es«, sagten die Eltern beifällig, und somit hatte man den ersten Schritt getan zu einem halbunbewußten Sichfinden und Ergeben in das Unabänderliche, wie es die Menschen gewöhnlich an der Art zu haben pflegen.

Sechstes Kapitel

Joseph derweil schritt voll seltsamer, innrer Bewegung immer weiter in die Welt hinein, meist grade gegen Osten zu. War es ja doch immer, sooft er frühmorgens aus der Herberge trat, als ziehe die golden emporsteigende Sonne ihn mit Magnetengewalt an sich. Wenn sie aber drauf, über seinem Haupte hochhin wandernd, sich gegen Westen neigte, fand er keine Lust, ihr nachzuschauen; ja er wagte das kaum. War es doch, als fürchte er, es möchten ihn aus den abendlichen Taugewölken die weinenden Gesichter seiner zurückgelassenen Lieben anblicken, absonderlich die seiner Kinder. Denn was Eltern und Ehefrau betraf, da pflegte er sich einzureden, denen werde sein Vondannengehn um ein großes mehr lieb gelten als leid, und keines von den dreien habe wohl auch nur eine rechte Herzensträne um ihn geweint, »und die Kinder machen's ihnen nach!« wollte er dann bisweilen hinzusetzen. Aber er konnte es nimmer über seine Lippen bringen, nicht einmal es ganz deutlich zu denken vermochte er. Vielmehr brachen ihm öfters die Worte vor: »Die Kindlein aber weinen doch!« Und dann konnte er sich selbst der bitterlichen Tränen nicht enthalten.

Sonst fühlte er sich meist frisch und froh auf seiner Wanderung. Schon daß er mit seiner lieben Geige kosen durfte, ohne daß ihm jemand störenden Einspruch tat, erquickte ihn unbeschreiblich. Und nun vollends die freundlichen Gesichter, die seine Musik um ihn her versammelte, teils in den Nachtherbergen, oft auch mitten auf der Landstraße, wo er sich etwa unter einem schattigen Baume niedersetzte, oder sonst an einem behaglichen Plätzchen, und das geliebte Instrument anklingen ließ zum eigenen Ergötzen! Manch ein sonst emsiger Wanderer blieb wie gebannt stehen bei ihm, bis die Melodien endeten, und Joseph sagte deshalb einmal fröhlich lachend: »Ich habe gelesen, daß ein berühmter Musikant – *Orpheus,* denk ich, war er geheißen – die Stein und die Bäume hinter sich nachzog mit seinen Fiedelklängen ordentlich zum Wettlauf. So weit nun freilich hab ich es noch nicht gebracht. Aber die Leute festzubannen, daß sie stillstehen wie Baum und Gestein – das versteh ich denn doch wahr und wahrhaftig.« –

Er hatte ein hübsches Sümmchen ihm eigengehörigen Geldes zu sich gesteckt und durfte deshalb für seine Zehrung just nicht in Sorge stehn. Doch hielt es um so länger vor, da nicht selten für Speise und Trank und Nachtlager keine andere Zehrung von ihm begehrt ward als die anmutigen Töne seiner Geige. Ja, sein Wallfahrtspfennig begann endlich gar sich zu vergrößern durch manche freiwillige Gabe, je tiefer er in das gesegnete, musikliebende Ungarn hineingeriet.

Eines Tages – die Winterzeit war unserm Wanderer im Hin- und Herstreifen schier unbemerkt vergangen – hatte ihn ein anmutig beschatteter Pfad, der unweit der Heerstraße in gleicher Richtung fortzulaufen schien, nach und nach fern seitwärts abgelenkt zwischen die üppigen Weinberge hinein, immer weiter und weiter fort, bis der Wanderer sich endlich befangen sah und wie gefangen in einem klippig einsamen Talgewinde von rauschender Bachesflut durchströmt, von hochschattenden Bäumen und dichtem Gesträuch seltsam überdunkelt. Das Plätzchen war so heimlich und still wie etwa ein ernstlieblicher Traum nach einem im Gewühl durchlebten Tage. Joseph empfand auf einmal höchst anmutig das Alleinsein mit seiner trauten Geige, die ihm während der letztern Zeit seines Pilgerns fast immer nur im Kreise staunender Hörer erklungen war. »Nun möcht es einen Versuch gelten«, sprach er, phantastisch lächelnd, »ob in dir mein Saitenspiel auch so eine Orpheusgewalt wohnt, die das Gestein tanzen lehrt und in Ringen wandeln die Bäume. Vielleicht auch, daß dieser übermütige Bach sich vor unsern Klängen bequemt zu taktgeregelten Wasserkünsten. Und was möchten die Leute auf der Landstraße sagen, wenn das allzumal nachher hinter mir drein geflossen käm und gehüpft! Oder es steigen mir aus den Bäumen vielleicht hier sichtbarlich die Baumes-Elfen hervor;

schönmagdliche Frauengestalten, schlank und biegsam wie ihr Baumgezweig, und trotzige Ritterjünglinge, stark emporgeschossen und kräftig wie ihr Pinienstamm. Und aus dem Gestein erschließen sich mir die kunstfertigen, drollig mißgestalteten Gnomen und breiten das Gold aus ihren geheimen Schatzkammern vor mir aus in dies üppige Gras; und ach, auftauchend aus dem Wellengeflut zeigen sich wohl gar noch selig weinende Undinen und singen Lieder von Liebe und Leid mit in meine Klangesweisen ein!« –

Und indem er solchergestalt mit den wunderlichen Ahnungsbildern seines Innern spielte, spielte er in süßem Unbewußtsein das alles auf den Saiten seiner lieben Geige nach. Gedanken wurden ihm zu Klängen, und aus jeglichem Klange wurden ihm wieder neue Gedankenbilder wach, bald zart und lieblich, bald wundersam keck und kraus, aber allzumal sich auflösend in Akkorde, aller sanften Wehmut und sehnenden Wonne voll.

Während er nun so vor sich hin im wachen Geistestraume lebte, seine Seele schweben und sich ergehen lassend zwischen den Erscheinungen rätselhafter, nimmer mit leiblichen Augen erblickter Gebilde, war es ihm bisweilen, als dringe dazwischen Kampfesruf herein und Geklirr zusammengeschlagener Klingen. Aber immer wiederum bald verstummte jenes kriegerische Geräusch, wenn auch wiederholt aufs neue sich vernehmen lassend, weshalb es um so leichter und gleichsam natürlich sich in des Musikers phantastische Träumereien mit verwob.

Da fand er sich plötzlich rasch und herb in die Wirklichkeit zurückgerissen durch den Ruf einer kräftigen Mannesstimme:

»Halt inne mit deinem verwünschten Gefiedel, du Fiedler! Oder wenn es denn ja muß gefiedelt sein, so laß tüchtige Kriegsweisen anklingen, wobei sich's rüstig haut und einem ritterlichen Menschen größer noch anschwillt das kampflustige Herz. Dein Gedudel aber quillt in das Gefecht herein wie rauschender Frühlingsregen in eine brennende Hütte. Er läßt die Glut nicht gedeihen.« –

Der also sprach war ein schlanker, schöner Jüngling in reicher ungarischer Tracht, grün, von prachtvollen Silberschnüren funkelnd, den blankgezogenen Säbel mit juwelenleuchtendem Goldgriff in der Hand. Unweit von ihm stand ein Kaiserlicher

Offizier in einfach weißer Küraßreitertracht auf seine lange, grade Schwertklinge mit beiden Händen nachdenklich gestützt, ein Mann schon in der zweiten Hälfte des Lebens mit kriegerisch gebräuntem Angesicht.

Dem Musiker wollte es vorkommen, als hätten sich nun wirklich zwei männliche Baumeselfen vor ihn hingestellt: der grüne, schlanke Ungar etwa aus einem Maienbaum entsprossen, der ernstgestrenge Krieger aus einem Eichenstamme. Er sah die beiden mit lächelnder Verwunderung an, aber doch zugleich auch nicht sonder alles Grauen.

Dessen mochte der Ungar wohl innewerden, denn er sprach mit leutselig umgestaltetem Wesen: »Sei nicht erschrocken, wunderlicher Geiger. Ich habe nichts Schlimmes mit dir im Sinn.« – »Und endlich können ja auch wir« – sagte er zu dem Kriegsmann gewendet – »uns ebensogut eine etwas entlegenere Kampfesstelle aussuchen und den Fiedler hier in seinem hübschen Waldklosettchen ungestört lassen. Nicht wahr?« –

»Das sprach ich ja gleich«, entgegnete der Offizier gelassen, »als Ihr abzusetzen anhubt im Gefecht und zu murren, das weichliche Saitengezwitscher hindr' Euch am Hauen: ›Laßt uns weiter nunter gehn am Bache fort, Herr Graf!‹ sprach ich zu Euch; ›immer weiter, bis vor unserm raschen Klingenschlag das entferntere Geigenschwirren verstummt.‹ Aber statt dessen ranntet Ihr gradewegs zornig auf den armen Geigenspieler hier los. Da mußt ich schon notgedrungen hinter Euch drein; nolens volens sagen die Lateiner, und ihr Herren Ungarn redet ja gern Latein.«

»Kümmert ihr euch drum, was wir Herren Ungarn gern reden und hören, ihr Herren Östreicher«, antwortete trotzig der Jüngling, »da hättet Ihr, Herr Rittmeister, Euch anders vorhin einführen sollen, als Ihr mir antratet in meinem Schloß.«

»Antreten!« murrte unwillig der Östreicher. »Ihr seid mein Kaiser nicht, und ich bin Euer Leibeigner nicht und nicht Euer Fröner. Von denen laßt Euch antreten in Devotion, wenn sie was bei Euch zu suchen haben. Ich aber, ein auf Remonte kommandierter Kaiserlicher Offizier, mein Herr Graf, da ich mich in der Dorfschenke unter Eurem Schloßberge gar zu miserabel einquartiert fand, bin zu Euch hinaufgegangen in aller Bescheidenheit und Freundlichkeit, anfragend, ob Ihr etwa geneigt wäret, Eure Wirtlichkeit zu beweisen und mich als Euren Gast zu empfangen, und da« –

Rasch fiel ihm der Ungar ins Wort, jetzt aber mit ausnehmend höflich verbindlichem Wesen sprechend:

»Um Verzeihung, verehrter Herr Rittmeister, da muß ich Sie gänzlich mißverstanden haben. Ausnehmend hohe Ehre wird es mir bringen, Sie in meinem Schloß zu bewirten, so lange Sie dort fürlieb nehmen wollen. Darf ich mir die Freude machen, Sie hinauf zu geleiten!« –

Mit anmutiger Gewandtheit hatte er seinen Säbel klirrend in die goldbeschlagene Scheide zurückgeworfen und bot zutraulich dem Offizier seine Rechte zum Einschlagen dar.

Der nun steckte zwar seine Klinge gleichfalls ein, langsam bedächtig, aber vor der dargebotenen Hand trat er spröde zurück, sprechend:

»Wenn sich der Herr Graf anders besonnen hat, so kann mir das schon lieb sein. Denn vom Herumhauen bin ich nur da ein Freund, wo es gilt für Kaiser und Ehre, nicht aber vom leichtfertigen Klingenspiel ums Blut, so für nichts und wiederum nichts, eben nur, weil einem die Laune was kraus steht. Gott befohlen. Ich geh in die Dorfschenke. Was soll ich in einem Schloß, wo mir der Schloßherr trotzig erwidern möchte: ›Herr Offizier, werden Sie nicht beleidigend.‹ Und so, mein Herr Graf, haben Sie's gemacht auf meine Anfrage wegen gastlichen Empfanges.«

Des Ungarn Hand zuckte abermals nach dem Säbelgriff. Aber er bezwang sich und sprach mit unerschütterter Höflichkeit:

»Wolle der Herr Rittmeister mir meinen Widerspruch zugut halten. Keineswegs nach gastlichem Empfang hat der Herr Rittmeister bei mir gefragt. Da hätte der Herr Rittmeister eben nur befehlen dürfen über Küche und Keller und Haus. Vom *Ins-Quartiernehmen* hat der Herr Rittmeister gesprochen; und mein Herr Rittmeister, Einquartierung läuft wider des ungrischen Adels Privilegia, und seine Privilegia verteidigt ein braver Ungar bis auf den letzten Tropfen Bluts.«

»Ei, mein Herr Graf, wer hat denn an Eure Privilegia gewollt?« fragte mild lächelnd der Östreicher. »Es war ja nur eine Redensart, das mit dem Einquartieren, wie sie mir ganz unbewußt über die Lippen gesprungen ist.«

»Nun, so weiß ja auch ich von der Redensart nichts mehr!« rief fröhlich der Ungar aus, »und wahrlich, sie darf mich eines so edlen Gastes nicht berauben.«

Damit ergriff er voll freundlicher Würde des Rittmeisters Arm, und der Kriegsmann konnte sich nicht erwehren, seinem wunderlich anmutigen Wirte Folge zu leisten, indem der Graf zu Joseph lächelnd rückgewendet, sprach:

»Auch du darfst mir nicht zürnen, lieber, kunstbeliehener Geiger, dessen holde Klänge mich wohltätig hemmten in meinem tollmißverstehenden Beginnen. Folg uns nach, wackrer Mann, und vergönne, daß ich mich dir gastlich dankbar beweise. Auf einer Ungarnburg ist ohnehin jedweder edle Musiker ein gerngesehener, ein den Schloßherrn stets ehrender Gast. Willst du?«

Joseph nickte zutraulich mit dem Kopfe und folgte den zwei versöhnten Rittergestalten fröhlich nach, indem er seine Geige beim Fürderschreiten lustig anklingen ließ.

Siebentes Kapitel

Das Schloß des ungrischen Magnaten – *Ignatz* hieß er mit seinem Vornamen – war schon von außen her überaus herrlich anzuschauen; weit mehr, als Joseph desgleichen bisher noch auf seiner Wanderung innegeworden war, obgleich er schon manche recht wohlhabige, mitunter auch vornehme Häuser betreten hatte. Aber hier galt ein gar gewaltiger Maßstab.

Auf einem ziemlich schroffen, rings von Weinranken überwucherten Felsenhügel gelegen, prangte die Burg mit vielfachem Getürm hoch in den frühlingsblauen Abendhimmel hinaus. Die vielen, von der Spätsonne glänzenden, blanken und großen Glasscheiben in den an sich nur altväterlich kleinen Fenstern zeugten von der jetzt anmutigen Bewohntheit des aus ferner Vorzeit herüber stammenden Baues, und ein bequem zwischen den Klippen und Reben hinaufleitender Fahrweg bürgte für die Gastlichkeit des Besitzers und für den sichern, heitern Frieden, in welchem er sich seinen Nachbarn gegenüber befand. Beim

Näherkommen gewahrte man hinter den Fenstern das Wallen seitwärts gezogener Vorhänge von farbigem Sammet und sonst edelköstlichem Stoff mit bald goldnen, bald silbernen Frangen reichlich besetzt und von starken Schnüren und Quasten gleicher Gattung prachtvoll umhangen und gehalten. Schöne Blumen in zierlichen Töpfen leuchteten auf allen zugänglichen Vorsprüngen der starken Mauern, von blanken Messinggeländern eingehegt. Seitwärts des Baues aber zog sich ein Schloßgarten hinter hohen Eisengittern, die Knöpfe der Stäbe vergoldet, mit seinen hohen Heckengängen und architektonisch geschornen Lauben auf dem üppig mit Erdreich und Rasengrün versehenen Rücken des Hügels rätselhaft bergunter, als in ungemessene Ferne hineinverschwindend.

In der Burg selbst sah alles gar stattlich, ordentlich recht fürstlich aus. Schon unter dem gewölbten Walltor stand eine kleine Schloßwacht von schön bewaffneten und reich nach ungrischer Tracht uniformierten Trabanten, die beim Annahen ihres Grafen ins Gewehr trat, feierlich salutierend. Aber auch eine ganze Menge anderer Schloßbedienten hatte sich dort versammelt. Man konnte an ihren frohen Gesichtern sehen, es geschah in großer Freude über die glückliche Heimkehr des geliebten Herrn, dessen rasch zorniges Vonhinnenschreiten mit dem Kaiserlichen Kürassieroffizier man ganz richtig gedeutet hatte, von ängstlicher Besorgnis um den Ausgang erfüllt. Und nun sah man augenscheinlich, wie alles schön und heiter ausgeglichen war, denn die beiden versöhnten Feinde hatten noch immerfort Arm in Arm geschlungen und besprachen sich voll wachsender Traulichkeit mitsammen.

Dazu mochten auch die fröhlichen Klänge mit beitragen, welche Joseph unausgesetzt im Wandeln aus seiner Geige hervorrief, lieblichster Einfalt voll und dennoch sich in stets erneutem Reichtum der Modulationen zierlich und gleichsam wie buntfarbig ergehend und erlustigend.

Auch mochten diese anmutigen Klänge und Gänge schon von weitem her mit dazu beigetragen haben, das Ingesinde des Schlosses zusammenzurufen. Jedenfalls erhöhete sich jetzt davor der fröhliche Ausdruck der Angesichter, und als man sich der Schloßwacht näherte und der Musiker, von ihrem kriegerisch feierlichen Anstande gern ergriffen, in einen anmutig ritterlichen Marsch überging, spiegelte sich auch dieses Gefühl im Aussehen der Kriegs- und übrigen Schloßmannen würdig zurück.

Auf solche Weise ging es eine schöngeschweifte Quadertreppe hinauf in die große Halle des Schlosses, von prächtig gewirkten Tapeten umhangen, der Boden mit leuchtenden Teppichen geschmückt, überall köstliches Gerät an den Wänden leuchtend. Von reichen Polsterkissen im Hintergrunde des Saales erhoben sich drei edle, schöngeschmückte Frauengestalten, und dem Hausherrn freudig, aber mit würdig gemessener Haltung entgegenschreitend, zugleich nach den ihn geleitenden Fremdlingen sich gütig neigend, sprach die ältere von ihnen: »Gott segne dich und sei gepriesen für deine Heimkehr, mein Sohn!« während die zwei holden Mädchengestalten zu der Mutter Seiten wiederholten: »Gott segne Euch und sei gepriesen für Eure Heimkehr, mein Bruder.« Es klang wie die Stimmen zweier Nachtigallen. –

Da verging dem Joseph das Fiedeln. Vor schöner, staunender Freude verging es ihm.

Achtes Kapitel

Unser musikalische Freund stand noch lange Zeit so still und regungslos, nachdem schon die andern im lebhaften Gespräch Platz genommen hatten auf den Polstersitzen um einen Rundtisch her, welcher alsbald mit edlen Früchten und köstlichem Ungarwein besetzt ward. Freudig trank der edle Wirt seinem versöhnten Gegner zu und erzählte den Damen dabei unbefangen, wie alles gekommen sei. Die Mutter hörte ihm mit scheinbar tadelndem, aber keineswegs wahrhaft mißfälligem Kopfschütteln zu. Ihr war es im Grunde des edelstolzen Herzens schon recht, daß ihr feuriger Ignatz seine Magnatenrechte so lebhaft verteidigt hatte. Die Schwestern aber hielten ihre zarten Händchen ganz ängstlich gefaltet, innerlich bebend vor dem Gedanken, welch entsetzliches Unheil aus dem blutbedrohlichen Mißverständnis hätte hervorgehen können. Sie ließen ihre großen dunkeln Augen forschend auf dem Bruder haften, wie fragend, ob denn wirklich bei so entsetzlichen Aspekten das geliebte, jugendliche Familienoberhaupt ganz unbeschädigt davongekommen sei. Mitunter aber warfen sie auch scheu flüchtige Blicke nach dem Kürassier hin, den Gefährlichen beobachtend, in wiefern etwa doch wohl noch ein Friedensbruch von seiner Seite zu besorgen stehe. Aber jene Blicke wurden stets minder flüchtig und stets minder scheu, und endlich teilten sie sich fast unbefangen zwischen dem Bruder und dem zum Gastfreunde umgewandelten Feind. So treuherzig sah ja das kriegerische Antlitz des Östreichers drein und voll so freundlicher Ruhe bei allem, was über ihn vorgebracht ward in der lebhaften, bald sich selbst entschuldigenden, bald seinen männlichen Gegner preisenden Rede des Jünglings. Als es nun jedoch endlich damit auf jenen Moment kam, wo die Saitenklänge Josephs anmutig hemmend hereingeklungen hatten in das schon heftiger werdende Gefecht – da fuhr Graf Ignatz lebhaft in die Höhe, sich unterbrechend und entschuldigend mit dem Ausruf:

»Was aber bin ich nur für ein Mensch, daß ich bei der Friedensfeier gänzlich unsers Friedensstifters vergesse! Daß ich ihn so mit trocknem Munde stehn lasse an der Tür und unbewillkommt gar!«

Und somit ging er zwei gefüllte Gläser in den Händen auf Joseph zu, nötigte ihn, mit ihm anzustoßen und den edlen Rebensaft auszutrinken und führte ihn dann mit an den Rundtisch, wo der Musiker einen Platz neben dem wackern Östreicher einnehmen mußte. Dieser schüttelte ihm treuherzig die Hand und suchte den staunenden Wandrer, einer solchen Genossenschaft gänzlich ungewohnt, von aller Blödigkeit zu befreien.

»Gut wär es«, sprach er zu dem Ende, »wenn Ihr, mein klangbegabter Freund, vor den edlen Damen hier die Töne wiederum erwecken möchtet, mit welchen Ihr den edlen Grafen und mich befriedet habt, unserm wunderlichen Streit ein anmutiges Wiegen- und Schlummerlied anstimmend. Könnt Ihr das wohl?«

Die Frauen alle drei richteten ihre holden Angesichter in anmutiger Erwartung nach ihm und nach seiner Geige hin, die er auch jetzt mit an die Tafelrunde gebracht hatte, gleichsam untrennbar zu ihm gehörig, wie seine Hand und sein Herz. Er aber entgegnete:

»Meine Saitenklänge sind wie das Echo in den Bergen; wenigstens da, wo sie am besten taugen. Ich kann ihnen das Vonvornanfangen so nicht allemal wiederbefehlen. Der Fried ist aufgeblüht. Die Boten, die ihn hervorgerufen haben, sind heimgeschwebt in den Himmel wie Träume. Aber ich rede wohl nur sehr albernes Zeug? Besser wär es, ich spielte, wie es mir eben in den Sinn käme für den gegenwärtigen wunderbaren Augenblick. Ja, darf ich das wohl?« –

Alle Angesichter in dem kleinen Kreise winkten ihm heiter bejahend zu und seine Geigenklänge begannen ihre seltsamlichen Reigen voll einer Gewalt, wie sie ihm vielleicht noch immer dergestalt in die Seele eingeströmt war und machtvoller noch aus der Seele wiederum in die Reiche des Schalles hervor.

Neuntes Kapitel

Lange hatte Joseph dem anmutig ernsten Wesen in seinem Innern, wovon er sich so wundersam beherrscht, erhoben, entzündet und gesänftigt zu fühlen pflegte, für diesmal Raum gegönnt, ohne auf irgendeine Weise ans Aufhören zu denken. Wie gewöhnlich in solchen Zuständen war ihm auch jetzt alles um ihn her entschwunden. Atmete er ja doch alsdann in einer Welt, wo die Stunden sich gleich tanzenden Mägdlein in labyrinthische Schwingungen verwoben. Freilich so, daß bald eine feierlich prophetische Schönheit, bald eine kindlich tändelnde, bald eine zierlich im kriegerischen Marschestakt einherschreitende, bald eine mänadisch gaukelnde, bald eine auf rosigen Morgenwolken ahnungsreich hochhinschwebende den Zug anführte, und was es der mannigfach wechselnden Chorführerinnen mehr noch geben mochte: jegliche reich an eigentümlichen Reizen und mit süßmagischer Gewalt sich nachlenkend die Wellen der in uns herein verwebten und ihr in willigselbständiger Dienstbarkeit folgenden Melodien und Harmonien.

Jetzt endlich hatte er mit einem volltönenden Akkorde den ihn umschwebenden und ihn durchströmenden Geistern Lebewohl gesagt auf baldiges Wiederkommen.

Er ließ Geige und Bogen, wie ermattet, langsam niedersinken und sah aus großen fragenden Augen staunend rings um sich her, wie jemand, der aus einem ernstholden Traum mit süßbewältigter Seele erwacht und wissen möchte: »Wo bin ich denn nun eigentlich geblieben von außen, seit meine Seele zu lustwandeln begann in den feienhaften Landen?« –

Für jetzt aber wollte ihm die Antwort noch viel weniger deutlich werden als sonst in ähnlichen Erwachungszuständen: so rätselhaft leuchteten die vordem nie also erblickten Umgebungen in sein Innres hinein. Erst nach und nach bemerkte er, wie die edlen Angesichter um ihn her voll tiefer, süßer Bewegung leuchteten nach dem vernommenen Saitenspiel. Selige Tränen perlten in den Augen der beiden jungen Fräulein. Die Mutter hielt Blick und Seele gen Himmel gerichtet, die Hände gefaltet. Der Kürassier sah flammenden Auges grad vor sich hin, aber wie in eine unermeßliche Ferne hinaus. Es mochten sich wohl Kampfesgeschwader auf wunderbar gestreckter Ebne, von hohen Bergen umwallet und umwaltet vor seinem kriegerisch ahnenden Geiste ringend hin und wider bewegen. Graf Ignatz hielt die leuchtenden Augen festgeschlossen; aber ein anmutig lächelndes Zucken und Regen wandelte durch seine Züge hin, edles Wohlbehagen zugleich mit kühn aufblitzenden Gedanken verkündend. Jetzt, nachdem die Saitenklänge ganz verhallt waren und er auch ihre leisesten Nachschwingungen nicht mehr zu erlauschen vermochte, sprang er freudig empor, herrliche Strahlen aus seinen flammenden Augen versendend und Josephs Hand kräftig mit den Worten erfassend: »Nimmermehr darfst du wieder von uns weichen, gewaltiger Orpheus!«

»Ich bin Euer«, sagte leise der Künstler.

Zehntes Kapitel

Das Leben, welches Joseph seit diesem Tage auf des Grafen Ignatz Burg führte, glich weit mehr einem anmutigen Fiebertraume, nur sehr selten von einzelnen Zwischenräumen unwillkommenen Erwachens gestört, als der Wirklichkeit. Alles kam seinen Wünschen auf eine schier feienhafte Weise entgegen, und das stand eben nicht allzusehr zu bewundern, da diese Wünsche sich eigentlich nur im Kreise seiner Kunst und einer ungestört sorglosen Übung derselben bewegten, verbunden mit einer liebevollen und verständigen Aufnahme dessen, was ihm nach innrer Eingebung aus den Saiten klang. Er hätte sich vielleicht ebenso befriedigt gefunden in einer Bauernhütte als in diesem glänzenden Schloß, hätte er sich von den Bewohnern ebenso verstanden gefühlt. Aber freilich erhöhete sich die Pracht und Macht seiner künstlerischen Träume noch um ein großes vor der äußern Herrlichkeit, die ihn hier in jeder Hinsicht umgab. Schon daß er jetzt im höhern Sinn zum ersten Male bekannt ward mit dem Reichtum symphonischer Musikaufführungen, mußte ihn mit beglückendem, ihn fast gänzlich von der Vergangenheit losmachendem Zauber umstricken und durchdringen. Sein hoch- und tiefbegabter Geist hatte längst schon Ähnliches geahnt und empfunden, aber die Möglichkeit erst in ein himmlisches Töneheiligtum des Jenseit hinausgestellt. Nun, wenn die erlesenen Musiker der Schloßkapelle ihn mit ihren harmonischen Klängen umwogten und begleiteten, ward es ihm, als sei der Himmel auf die Erde voll überschwenglicher Huld herniedergesunken und alles Gute und Schöne bereits in seligster Erfüllung nah und da.

Zu Anfang verlor er sich in diese Herrlichkeiten wie etwa ein Regentröpflein in die Meeresflut, sich selbst nur eben kaum noch mehr bewußt. Doch der ihm verliehene Künstlergeist, mitten in der kindlich hingebendsten Begeisterung zugleich treu gerichtet auf weise Forschung, trieb ihn gar bald an, das Meer zu ergründen, in welchem seine staunende Seele schwamm. So versenkte er sich denn in ernste musikalische Studien, und ihm ward als einem sinnbegabten Zauberlehrling zumut, indem er mit stets deutlicherem Bewußtsein die ihn anfangs überraschenden Wunder anstaunte, sie stets lieber und lieber gewinnend, je tiefer er eindrang in ihr geheimnisreiches Wesen. Blieb ja doch ohnehin von immer wieder neu aufgehenden Mysterien eine ganze Welt vorhanden, für seine endlos sich erneuenden Seelenfragen zwischen den Schätzen dieses seligen Abgrundes anklingend.

Joseph fühlte sich unter einem so anmutigen Ringen und Forschen dergestalt befriedigt und befriedet, daß ihm schier alle nicht hier mit hereingehörigen Vor- und Nachgedanken entschwanden. Immer seltener kamen die Gebilde von Weib und Kindern und Vater und Mutter zu seinen Träumen. Und wenn es dann doch mitunter geschah und er mit feuchten Augen erwachte, eine sehnende Erinnerung im Herzen spürend und schmerzliche Anmahnungen, wußte er das alles bald zu verscheuchen, indem er sich vorhielt, jetzt erst habe er seinen eigentlichen Beruf gefunden. Was dagegen ihn von diesem entfremden wolle, sei nur eitel Torheit und vom Übel. Lockte er nun vollends dann aus den Saiten seiner geliebten Geige stets neue und kunstbegabtere Töne hervor, Schwierigkeiten mannigfach ersinnend und lösend, so steigerten sich seine Melodien, ob vielleicht in süßer Wehmut begonnen, bald zum jubilierenden Triumphgesange, und er fühlte sich frei und froh wie ein mächtig beschwingter Geier oder Falk, dem lang ihn hemmenden Käfig entronnen.

Die Anerkennung, welche ihm dabei von seiten des ihn umgebenden edlen und kunstsinnigen Kreises zuteil ward, erhöhete sich mit jeglichem Tage.

Nicht nur, daß der Burgherr und die holden Frauen ihn mit Beifall und Preis überhäuften, auch die vielbegabten Musiker der Schloßkapelle beugten sich ehrerbietig und gern vor der wundersam sich entfaltenden Gabe des so unerwartet zwischen sie getretenen Gastes. Viel mochte dabei ohne allen Zweifel die Gewalt dieser Gabe selbst tun. Viel aber auch lag an dem Freisein von allem kleinlich eitlem Hochmut, worin sich Josephs ganzes Künstlerwesen bewegte und kund gab. Seine Forderungen an die ihm inwohnende Kunst und an die Kunst überhaupt waren gewaltig und unerschöpflich. Seine Ansprüche aber auf eine seiner Person etwa deshalb zukommende Achtung hielten sich in den engsten Grenzen heiterer Bescheidenheit. Ob nun eben der Joseph oder ein anderer etwas recht Schönes ersonnen und ausgeführt habe in der Kunst, das gehörte just für den Joseph zu den allergleichgültigsten Dingen. Ja es konnte ihm begegnen, von ihm selbst komponierte Musikstücke bei dem Reichtum, womit solche ihm entquollen, nach einiger Zeit für Werke eines andern anzusehn und sie als solche aufs unbefangenste zu bewundern.

Ganz natürlich also auch erkannte er jede gelungene Leistung seiner Genossen gern und freudig an, jegliches in seinem Kreise, und eben deshalb fügten sich seiner Leitung alle gern, das künstlerisch Erhabene solch einer Gesinnung wenn auch nicht allemal einsehend, es dennoch ahnend und wie bezwungen dadurch zum liebevollen Gehorchen. Joseph stand als Kapellmeister da in unbestrittener Machtvollkommenheit, obgleich man äußerlich nie das mindeste darüber ausgesprochen hatte.

Es war an einem schönen Herbstabende, ausgestattet mit all der ernsten Goldpracht und duftigen Wehmut, welche diese milde Todespredigerin unter den Jahreszeiten mit sich zu bringen pflegt, als Joseph an einer der entlegensten Stellen des labyrinthischen Schloßgartens einsam saß, nur seine Geige bei ihm, mit welcher er nach ihm gewöhnlicher Weise melodischen Zwiesprach hielt. Diesmal wären fast aus dem klingenden Tönemeer die Gestalten seiner in Böhmen zurückgelassenen Lieben deutlich hervorgetaucht. Wie sehr er sich auch bestrebte, einer Stimmung Widerstand zu leisten, die ihm als weichlich erschien, ja als gefahrdrohend der ihm beschiedenen Künstlerkraft; immer gewaltiger hauchte die Sehnsucht nach Vaterland und Familienherd aus den Schwingungen seiner Saiten –

Da bebte aus einer nahen Laube der lieblichste Zweiklang weiblicher Stimmen in seine Töne herein. Er kannte diese Engelsstimmen. *Cölestinen* und *Idalien* gehörten sie an, den beiden holdseligen Schwestern des Grafen Ignatz.

Schon manch eine liebliche Liebesdichtung hatte er für sie mit den Schwingen des musikalischen Wohllautes begabt, seinen schönsten Lohn darin findend, von solchen Seelenstimmen seine Kompositionen singen zu hören und sie mit den erlesensten Gängen seiner Geige zu begleiten: leise, leise, daß auch kein zartester Hauch der gefühlvollen Sängerinnen ungehört verhalle. So wundersam wie jetzt aber hatte er sich noch nie durch den Zauber ihres Gesanges begeistert gefühlt. Bald war es, als begleiteten sie ihn, bald wieder, als eilten sie ihm, ihn erratend, voraus; bald hielten sie inne und fielen dann aufs neue bei der Wiederholung eines Satzes als holdselige Choresstimmen mit ein. Auch Joseph hielt bisweilen inne. Dann klangen die Nachtigallstimmen lokkend, und das Spiel gestaltete sich wie in Frage und Antwort. Ob sie fortdauernd in Worten sangen oder bisweilen nur in willkürlichen Klängen, konnte Joseph nicht genau unterscheiden, denn die melodische Magyarensprache, zu der die wenigen ihm jetzt eben deutlich vernehmbaren Ausdrücke gehörten, war dem Musiker nicht geläufig genug. Was bedurfte es jedoch überhaupt der Worte. In jeglichem dieser Hauche lebte und leuchtete eine Seele. Als endlich das seltsame Wetteklingen nach und nach verhallt war, wie in wehmütigen und dennoch heitren Echogrüßen hinscheidend, kamen die holden Jungfrauengestalten aus der Laube hervor und wandelten langsam, freundlich grüßend, an unserm Freunde vorüber. Er saß auf seiner Rasenbank da wie ein Verzauberter, ein verzücktes Lächeln auf den Lippen. Erst als die Fräulein schon einige Schritte vorüber waren, ermannte er sich zum störenden Bewußtsein, er sei den Gegengruß schuldig geblieben. Rasch und verworren sprang er nun empor, sich tief verneigend und einige Worte der Entschuldigung unsicher stammelnd. Da wandte sich Gräfin Idalia, die jüngere und lebhaftere der schönen Schwestern, absonderlich hold nach dem Musiker zurück, sprechend: »Laßt Euch nichts irren, lieber Seliger!« und warf ihm ein zartes Buchenreis zu, welches sie spielend in den Händen trug, das noch lebensfrische Grün wunderbar mit einzelnen herbstlich glanzgoldnen Blättern gemischt. Joseph hob die anmutige Gabe dankend vom Boden auf. Dann ließ er sich träumerisch wiederum auf die Rasenbank nieder, legte das Reis neben sich hin und, die lächelnden Augen darauf geheftet, gab er bisweilen einzelne, rätselhafte Akkorde auf der Geige an.

Eilftes Kapitel

»Nehmt einen guten Rat gut von mir auf, Gutfreund«, sagte eine freundliche Mannesstimme dicht neben ihm.

»Warum nicht?« sagte Joseph mild, aber noch immer wie im Traum. »Guter Rat ist Goldes wert. Freilich, was mich betrifft: ich kann jetzt nur mit Herbstgold zahlen, und abpflücken möcht ich auch das von diesem holden Zweige nicht gern.«

Als er emporblickte, sah er den uns schon bekannten östreichischen Kürassieroffizier vor sich stehen.

Dieser war seit seiner ersten Erscheinung im Schlosse oftmal wiedergekommen, von seinen Dienstgeschäften noch immer festgehalten in der Nähe, von der gastlich edlen Aufnahme im

Schloß und der geistreichen Anmut des dort waltenden edlen Kreises dergestalt ergriffen und angezogen, daß ihm die Erinnerung daran wohl nur erst mit dem Erdenleben auszugehn vermochte; oder vielmehr auch dann noch nicht. Stirbt ja nimmermehr, was erst einmal im tief innerlichsten Liebeleben des Menschen Raum und Wurzel gewonnen hat. Gegen den Musiker erwies sich der wackre Rittmeister stets ausnehmend innig und freundlich. Ja es war, als funkle in seinen kriegerischen Augen bisweilen etwas wie Tau des wehmütigsten Mitleidens, wenn sie sich länger auf Joseph etwa während dessen Geigenspieles gerichtet hatten, und er pflegte ihn alsdann stets mit ungewöhnlich leiser und weicher Stimme anzureden. Auch jetzt war dem also gewesen, und nach Josephs Antworten und Emporblicken schwieg der Kürassier eine ganze Zeitlang still, ihm so tief bewegt entgegenschauend, daß wirklich jetzt in den tapfern Augen ein paar Tränen sichtbar wurden, groß und still wie Perlen. Der Kriegsmann trocknete sie, bevor sie herniederrollen konnten, und sagte, ein sanftes Lächeln über allen Zügen:

»Komm du mit mir, du armer, lieber Klangesmeister.« –

Joseph, ihn wie im Traum anblickend, flüsterte leise: »Wohin?«

»Ja, wer das so recht eigentlich anzugeben wüßte, wäre klüger als ich«, engegnete der Kriegsmann. »Die Hauptlosung heißt zunächst nur: fort von hier; und das gilt sowohl für mich als für dich. Soldaten und Musikanten haben ohnehin weit mehr und tiefere Ähnlichkeit mitsammen, als man es gemeiniglich zu bemerken pflegt.«

»Das spürt sich und fühlt sich«, entgegnete Joseph sehr freundlich. »Aber, lieber Herr Rittmeister, just weil ich's nicht begreifen kann, was Euch von hier forttreibt, kann ich's für mich ebensowenig begreifen.«

»Du weißt nicht, wie teuer dies herbstliche Ehrenreis, das da neben dir liegt, dir zu stehen kommen mag«, sagte der Rittmeister.

Ungläubig an diese Worte, wie er sie verstand, lächelte ihn Joseph an: »Und wenn ich das edelste Lorbeerreis aus den Gewächshäusern des Grafen abgebrochen hätte – nicht Graf Ignatz, nicht irgendwer sonst würde mir hier ein unfreundliches Gesicht darüber ziehen. So aber ist es ja nur ein simples Buchenreis, und Gräfin Idalia selbst hat es gebrochen und mir zugeworfen mit ihrer schönen Hand.«

»Das ist es ja eben!« sprach der ernste Kriegsmann. »Eben darum ja ist dieses Reis ein Lorbeer, eine Künstlerkrone, und wie manche Künstler sind erlegen und niedergesunken unter solchen Kronen aus allzuschöner, allzufeierlich von obenher winkender Hand. Hast du nimmer etwas vom *Torquato Tasso* vernommen?«

»Daß ich nicht wüßte«, sagte unbefangen der Geiger. »Gehört er etwa zu den Hausleuten hier? oder pflegt er manchmal zum Besuch vorzusprechen?«

Da brach der Kriegsmann unwillkürlich in ein Lachen aus, unwillig fast, wie es uns wohl bisweilen im Weltlauf ergehet, wenn in eine tief ernste Stimmung der Seele uns etwas unabweisbar drollig hereindringt. Joseph blickte dabei ganz verwundert zu seinem gutmeinenden Warner empor und empfand nicht übel Lust mitzulachen, hätte er nur einigermaßen gewußt, warum.

Über des Kriegsmannes Antlitz aber lagerte sich bald nach der schwindenden Lustigkeit nur noch viel tieferes Dunkel, und sich neben Joseph auf die Rasenbank niederlassend und nach einigem achtsamen Umherspähen aus den klugen Soldatenaugen, ob gewiß auch kein Lauscher sich in unwillkommener Nähe befinde, sprach er leise, leise, gegen des Geigers Ohr geneigt:

»Was denkst du wohl, Meister Joseph, von der Möglichkeit, Gräfin Cölestine könne jemal die Gattin des bürgerlich gebornen Kürassierrittmeisters *Ehrhardt* werden? Du weißt, das ist mein Name, und ob der Ehrhardt noch heutigen Tages Obristwachtmeister würde – oder Obrist gar – was denkst du von jener Möglichkeit?« –

»Ei nun, daß es ganz hübsch damit wäre«, antwortete heiter der Musiker, »und daß ich Euch einen Feiermarsch dazu setzen und einüben wollte und einen Hochzeitstanz, daran sich die Engelein im Himmel freuen möchten – wohl auch eine Messe gar, gefiel es Gott. – So denk ich.«

»Dein Musizieren, Gutfreund, ist um ein großes trefflicher als dein Denken«, sagte Rittmeister Ehrhardt. »Siehe, die Möglichkeit, von der wir sprachen, ist mit ihrem eigentlichen Namen

Unmöglichkeit geheißen, und steht das auf solche Weise mit mir, der ich doch immer ein Kaiserlicher Offizier zu sein die hohe Ehre habe, endlich auch wohl durch Kaiserliche Huld und mein eigen ritterlich Verdienst in den Adelstand erhoben werden könnte – in den Reichsadelstand wohl gar – Musikus Joseph, lieber Junge: wie sollte meine Hoffnungslosigkeit auf die Hand der Gräfin Cölestine nur jemal Hoffnung werden können, für dich auf die Hand der Gräfin Idalia?« –

Joseph sah ihn aus großen Augen lange Zeit hindurch ganz wie verstummt und verzaubert an. Zuletzt jedoch sprach er:

»Ach, heirate die Gräfin Idalia, wer Lust hat, und meinethalb in Gottes Namen die Gräfin Cölestine noch obenein! Ich meinerseits hab mit den zwei schönen Frauenzimmerchen weiter nichts zu schaffen – sei es im Wachen oder im Traum – als insofern sie Nachtigallstimmen haben für die Musik und Nachtigallseelen dazu. Letzteres aber ganz insbesondere Fräulein Idalia! Das muß wahr sein. – Im übrigen: ich hab Weib und Kinder daheim im Böhmerland; und wenn ich derer vergessen konnte, manch eine lange Zeit hindurch – ei nun, so geschah es und geschieht es und wird fürderhin geschehen um des Herzens Liebchens willen, das ich hier im Arme trage, um meiner holdseligsten Geige willen. Habt acht!«

Und ein kühnes, übermütig stolzes Tönen hob er an aus den Saiten hervorzulocken, welches bald erklang wie ein Festmarsch zum Krönungszuge, bald aber auch wieder wie kühnes Himmelanstürmen zürnender Giganten, den Siegesjubel schon vorwegnehmend im Beginn des Kampfes. Darüber nun brachen schreiende Dissonanzen los, wie hervorgestoßen von höhnenden Gewalten des Abyssus. Vergebens rang jenes stolz wiederkehrende Feierklingen, sie zu beschwichtigen. Unversöhnbarer nur stets brachen sie los, zwieträchtig ringend mit den Festesklägen, auch zwieträchtig und gehässig wider einander selbst reißend und schreiend.

Gleichsam erschrocken vor seinen eignen Geigengängen hielt Joseph inne und blickte verwildert umher.

Den wackern Rittmeister Ehrhardt durchzuckten ungewohnt eisherbe Schauder. Ihm ward, als stehe er einem Wahnwitzigen gegenüber – einem Rasenden wohl gar.

Da legte sich ein weiches Lächeln mildernd über Josephs Angesicht wie das Leuchten des Abendrotes über einen sturmbewegten See. Leise setzte er den Bogen wiederum an und fiedelte zarte, linde Töne – wie fragend – antwortend alsdann als eigenes Echo sich selbst – und daraus gestaltete sich endlich ein Liedchen, ein einfach anmutvolles Liedchen der süßesten Befriedung und Liebe voll. Etwa ein Wiegenliedchen mocht es sein. Immer freundlicher und milder schaute der Musiker drein, wie angeleuchtet und gernbewältigt von seinen eigenen Klängen. Endlich aber setzte er ab, dämpfte den Nachhall der Saiten mit drüber gehaltener Hand, barg die Geige in seinen Armen, ihr zuflüsternd: »Das war wider die Abrede!« und ging leise weinend langsam von hinnen.

Zwölftes Kapitel

Einige Zeit nach diesem wunderlichen Abende erhoben sich glänzende Feste auf der Burg des Grafen Ignatz, vornehmlich einem andern jugendlichen Magnaten Ungarns zu Ehren, aus dem Heldenstamm des großen *Hunyades* entsprossen, aber dem Anschein nach weder ein Erbe der erhabenen Tugenden seines Hauses noch auch überhaupt an Ritterlichkeit, Kunstsinn und Anmut des Umgangs dem Grafen Ignatz ein würdiger Genosse.

Dennoch schien er zu einer Aufnahme in die Familie bestimmt als Bräutigam einer der zwei schönen Schwestern. Welcher von beiden es galt, ließ bei seinem fahrig unsicherm und weltlich abgeflachtem Benehmen sich kaum ermessen. Am wenigsten hätte unser in den höhern Kreisen der Geselligkeit unerfahrner, meist immer in seine Kunst tief versenkte Joseph zu dergleichen Beobachtungen taugen mögen, und dennoch ging es ihm ohne sonderliches Nachsinnen ganz deutlich auf: Gräfin Cölestine war gemeint.

Das ergab sich nämlich aus den Schmerzensblicken der jungen Schönheit, aus dem stets ernstern Vorsichhinstarren des edlen Rittmeisters Ehrhardt und wohl auch aus dessen seither öfterem, aber stets kürzer dauerndem Wiederkommen. Es war, als müsse er des süßen Schmerzes, die ihm fortan unwiederbringlich verlorne Cölestine in aller ihrer Anmut zu schauen, noch zu guter, wehevoller Letzung recht häufig genießen, um sich den Stachel recht unvergeßlich in die Seele zu drücken, und empfinde alsdann dennoch dessen Herbigkeit für den Augenblick allzu leidenvoll, um das holde Weh länger zu ertragen.

Es geschah in dieser von Festlichkeiten wie von Blendungsblitzen durchzuckten Leidensepoche zweier edlen Seelen, daß unserem Joseph auf einem zum Noteneinband verbrauchten Druckblatte folgende Anfangszeilen eines Liedes vor die Augen traten:

»Als ich von dir Abschied nahm,
Immer ging und wiederkam.«

– Weiterhin war nichts mehr vorhanden. Aber in dem wehmutempfänglichen Künstlergemüt genügte schon das zum Thema eines ganzen Reihenzuges ernstlieblicher Variationen, die er in aller jetzt errungenen Macht seiner Kunsteinsicht aufzufassen und durchzuführen bemüht war. Er betrieb diese Arbeit als ein süßes Geheimnis, noch gar nicht ermessend, ob ihm jemal darnach zu Sinne sein werde und dürfe, es vor den Ohren der Welt laut werden zu lassen. Sooft ihn die eigene Künstlerlust an dem mehr und mehr gelingenden Werke anregen wollte, auch andern damit Freude zu bereiten und für sich selbst gesteigerte Anerkennung zu gewinnen, stieg es ihm zugleich wie eine Abmahnung auf zwischen den süßen Klängen, die er meist nur aus den eignen hingeworfnen Noten ahnungsvoll vernahm, seltner viel in tiefster Abgeschiedenheit aus den Saiten seiner geliebten Geige leise, ganz leise hervorzulocken wagte. –

»Versiegle!« –

Dies Gebot meinte er immerdar zwischen seinen Gängen und Akkorden ernst auftönend zu vernehmen.

Und er hatte sich endlich bereits voll innerlich seligen Vollgenusses darin ergeben, dem wunderbar feierlichen Gebote voll dankender Demut zu gehorchen; obgleich nun dies sein Herzens- und Seelenwerk vollendet vor ihm lag.

»Vielleicht nach deinem Tode« – flüsterte er bisweilen unhörbar in sich hinein – »findet einmal ein verwandter Künstlergenius das süße Geheimnis unter deinen Papieren und löst es aus den stummen Notenblättern und lässet es über deinem Grabhügel hin ertönen.« –

Und welch eine echte Künstlerseele hätte sich nicht schon von ähnlichen Ahnungen angeklungen gefühlt? –

Aber welche echte Künstlerseele auch hätte es nicht schon empfunden, daß zur Bestätigung des inneren Berufes und der darin erstiegenen Stufe zur sichernden Überzeugung, man habe den rechten Weg im ganzen und großen wirklich eingeschlagen, die Anerkennung eines Meisters gehöre! Eines Meisters, den unser eigenes, kindlich freudiges Bewußtsein weit über uns stellt, während auch die preisende Stimme der Welt ihm Lob und Ehre zuruft! – Und von je liebevollern Freunden unserer Muse wir selbst umgeben sind, je mehr verlangt es uns nach einem solchen bestätigenden Kranz aus Meisterhand. Wider das Verkanntsein im Kreise dumpf Unempfänglicher oder feindlich Neidischer hält uns schon das Gefühl innrer Kraft und von oben unhemmbarlich herniedertauender Begeisterung aufrecht. Aber wo freundliche Menschen liebevoll staunend nach uns emporblicken und jede von uns gebotene Künstlergabe aufnehmen als zweifelsohne herrlich und gottbeschieden – da beschleicht uns öfter die düstere Stunde der Zweifel: »Und wenn all diese Wohlwollenden sich hätten täuschen lassen eben durch ihre gute Meinung! Und schritte nun plötzlich ein gewaltiger Kunstheros in den lobenden Kreis und vernichtete die ganze Lust mit einem höhnischen oder allenfalls mitleidigen Achselzucken!« – Man leidet bei solchen Gedanken fast noch mehr für die wohlgesinnten Freunde als für sich selbst, obzwar man das eigne Ich schier wie vernichtet zusammenzucken fühlt vor einer solchen Möglichkeit. Doch um so mehr nur sehnt sich der wahrhafte Künstler nach einer entscheidenden Prüfungsstunde – entscheidend ihm, wie man vielleicht wagen dürfte zu sprechen: über Sein und Nichtsein! – Etwa in eines auf edlem Thron stehenden, von seinem Volke geliebten Heldenfürsten Seele möchte es auf ähnliche Weise aussehen, wenn ihm bedrohlich der Zweifel aufstiege, anderwärts weile im Dunkel der eigentliche Thronerbe und er selbst sei nur ein untergeschobenes Kind! –

Schelte niemand das hier gebrauchte Gleichnis allzukühn. –

Woran der sterbliche Mensch nun einmal seine ganze irdische

Bestimmung gesetzt hat und setzen mußte, von Kindheit her aus tiefster Seele getrieben, das ist sein Thron, und nur mit verblutendem Herzen kann er ihm entsagen. –

Unsrem Joseph trat jene unter Schauern ersehnte Entscheidung plötzlich überraschend nah. Als er eines Morgens in den Konzertsaal kam, eine Vorübung mit den Musikern des Schlosses anzustellen, fand er sie alle in sichtbar aufgeregter, teils ängstlicher, teils freudiger Stimmung. Sein Befragen darüber nicht abwartend, kam man ihm von allen Seiten mit der Botschaft entgegen, einer der zu jener Zeit berühmtesten Komponisten werde noch heut nachmittag in der Burg erwartet. Soeben sei die Anmeldung des zufällig in der Nähe Vorüberreisenden eingetroffen und Graf Ignatz selbst hier gewesen, den Musikern die Kunde zu bringen. Er wollte bald wiederkommen, das Nähere mit Joseph zu besprechen. Der Name des gefeierten Gastes hat noch heutzutage einen guten Klang. Dem Joseph und seinen Genossen war es dazumal, als habe sich Orpheus oder Amphion anmelden lassen. Stumm, wie verzückt stand unser Freund da, ließ der andern Gerede unvernommen um sich hinwogen, seine Wangen glühten, den funkelnden Blick himmelan gerichtet, hoch, beinahe hörbar schlagend sein Herz.

Indem trat Graf Ignatz wieder herein, auch er war unverkennbar tief bewegt:

»Heute gilt es!« sprach er, seines lieben Musikers Hand fassend, nicht eben minder feurig als der ritterliche Jüngling möchte gesprochen haben, wäre ihm der Tag eines schönen Kampfes zu Schirm und Ehre des heimatlichen Herdes aufgestiegen. »Joseph, mein wackrer Joseph, laß uns Rat halten, was wir heute dem gewaltigen Meister bieten, damit er innewerde, auch ich sei gewürdigt, einen edlen Meister der Töne unter meinem Dache zu beherbergen.«

Joseph senkte, in Stolz und Demut errötend, sein Auge nach dem vor ihm liegenden Musikalienvorrat und suchte manches Erlesene und von der Schloßkapelle gut Eingespielte hervor, es dergestalt ordnend, daß es einen Abend in günstiger Folge würdig füllen möge. Der Graf nickte freundlich bejahend zu Josephs Vorschlägen, aber stets noch blieb es wie eine Frage auf seinen Zügen schweben: »Und was dann?« – Endlich gab ihm des Musikers Antlitz die stumme Frage zurück. Da sagte Ignatz: »Von Eurer eignen Schöpfung ja gebt Ihr auf diese Weise dem Meister gar nichts zu vernehmen. Und nicht nur als einen kunstbegabten Geiger soll er Euch anerkennen, sondern auch – das ist mein Wünschen und Hoffen – als einen, der da beliehen ist mit eigener Machtgewalt, die Tonreigen und Tonakkorde zauberisch hervorzurufen aus den geheimnisreichsten Tiefen des Lebens.«

Joseph willigte freudig, wenngleich mit immer stürmigerem Herzklopfen ein und verflocht noch einige seiner Kompositionen, Lieblinge des Grafen und der Damen, in die erwählten Reigen, so daß endlich Ignatz befriedigt schien und den Saal verließ, um die Vorübung auf den wichtigen Abend nicht fürder zu hemmen.

Dreizehntes Kapitel

Der lebhafteste und getreulichste Eifer seiner musikalischen Genossen hatte unsern Freund während der Morgenarbeit unterstützt, und als er nun zum Mittagstisch des Schloßherrn abgerufen ward, konnte er sie voll der heitersten Hoffnungen entlassen. Alle schieden in dankbarer Freundlichkeit von ihm, durch seine wachsende Zuversicht sichtlich gehoben und gefestigt. »Auf ein frisches Wiedersehen zu heut abend!« riefen sie ihm als mit Chorgesang nach, und er trat leuchtenden Antlitzes in den Speisesaal, wo er bei der Familie des Hauses nur den wackern Rittmeister Ehrhardt antraf. Der fremde Graf und mutmaßliche Bräutigam hatte sich für Mittag und Abend mit Unpäßlichkeit entschuldigen lassen und speiste in seinen Zimmern; wie ihm denn überhaupt die Musik weit mehr zur Überlast als Freude vorhanden zu sein schien und er ihr daher soviel irgend möglich aus dem Wege zu gehen pflegte.

Joseph hatte während der künstlerischen Bestrebung des Vormittags keinen Augenblick an diesen Wildfremdling seiner gottbeschiedenen Gabe gedacht. Jetzt, als ihm die Anzahl der Tischgedecke dessen bestimmte Abwesenheit kundgab, konnte er nicht umhin, mit einem tiefgeschöpften Atemzuge sich Glück zu wünschen, daß er an diesem feierlichen Tage nur lauter liebe, kunstbefreundet heitre Gesichter zum Mittagbrot sich gegenüber sah. Was ein solcher Umstand für den echten Künstler Schönes und Kräftigendes mit sich führt, ist allerdings kaum ganz auszusprechen.

Nun freilich: lieb und kunstbefreundet zeigten sich dem Joseph die edlen Gesichter auch heute wiederum nach edel schöner Gewohnheit. Aber in Hinsicht der Heiterkeit blieb noch manches zu wünschen übrig. Vielmehr was alles von jenen früher angedeuteten Besorgnissen in seinem Busen über den Ausfall des Meisterurteils lauern mochte, spiegelten sie ihm nachdenklich zurück: jedes nach seiner Weise, wie unverkennbar auch jedes bestrebt war, nichts davon merken zu lassen, vielmehr sich voll unbefangen fröhlicher Erwartung zeigen wollte. Aber eben das! –

So innig den Künstler diese Teilnahme rührte und in tiefster Hinsicht erfreute, so sehr engte sie ihm doch auch zugleich dem nahen, ungewissen Erfolge gegenüber das treue Herz ein. –

Daß kein anderes Gespräch aufkommen mochte als über den bevorstehenden Konzertabend, ermißt sich von selbst. Wiederholt ging man das Verzeichnis der aufzuführenden Stücke durch, und ob es gleich lauter Lieblingskompositionen des kleinen, sinnvollen Kreises enthielt, war es doch immer, als fehle noch die Hauptsache darin, ohne daß man eigentlich anzugeben wußte: was, wie bereitwillig auch Joseph sich erklärte, jede gewünschte Abänderung zu treffen. Da sagte endlich Gräfin Idalia:

»Jetzt erst mein ich auf einmal, uns alle zu verstehen. Uns fehlt eine ganz neue, eine von uns allen noch nie gehörte Komposition von Euch, Meister Joseph! Eine, die – wieviel des Schönen und Guten Ihr uns auch schon geboten habt – doch alles Bisherige noch überflügle an Lieblichkeit und Kraft. Sehet: somit würdet Ihr und würden auch wir durch die Freude an der sieghaften Neuheit des Werkes hinausgeschwungen über all und jede Engherzigkeit und wahrlich, Euer Siegeskranz aus den Händen des geehrten Meisters müßte Euch herniedertauen wie ein seliges Glück, sonder alles Erwarten und Sinnen im seligen Traum beschert, daß man beim Erwachen ausriefe: ›Da ist es ja wahr und wahrhaftig, das Überschwengliche!‹« –

»Ja wohl, mit Recht wäre dergleichen selig zu heißen!« erwiderte leise der Musiker. »Selig fast, wie das Erwachen eines zum

Himmel Erkorenen aus sanft herniedergeweheten, sanft überstandenen letzten Schlummer«. Und mit verzücktem Lächeln schaute er wie fragend bald vor sich nieder, bald himmelan.

Die Mutter aber sagte mißbilligend zu Idalia: »Du hast gut reden, phantastisch wunderliches Kind. Erwägst du aber nicht, daß du einen Stein wälzest auf die Brust unsers lieben Meisters mit deinen doch nun keinenfalls mehr zu befriedigenden Wünschen?« –

»Keinenfalls?« flüsterte Joseph, und ein freudiger Stolz flog über sein heut ausnehmend bleiches Angesicht. –

Niemand aber hatte das hingehauchte Wort vernommen, und Graf Ignatz fügte den Worten der Mutter noch folgendes, lächelnd gegen Idalia gewendet, hinzu:

»Und wirklich, Schwesterchen, wenn Freund Joseph das von dir begehrte Wunderwerk auch schon bereit trüge in voller Ausarbeitung – wo sollte er jetzt noch Zeit hernehmen, die Kapelle für die Begleitung einzuüben?« –

»Ja freilich!« sagte tief aufseufzend die holde Jungfrau – »da hast du recht, mein Bruder, denn sonst: eine solch zaubrische Weise und deren Ausführung in den wundersamsten Variationen ist wirklich bereits hervorgestiegen aus des Meister Joseph kunstbegabter Seele.« –

Und mit allem Huldreiz ihrer Nachtigallenstimme begann sie leise das Thema vor sich hinzuflöten, wie es dem Künstler vor jenen Worten aufgegangen war:

»Als ich von dir Abschied nahm,
Immer ging und wiederkam« –

Alle blickten sie staunend an; Joseph wie in Verzückung. Da sagte sie kindlich lächelnd:

»Auf daß ihr mich aber nicht für eine Pythia ansehn mögt oder für eine Hexe wohl gar: ich habe den Meister bisweilen behorcht.« –

Und nun sprach Joseph sanft und fest in feierlichster Begeisterung:

»Meine Zweifel sind gelöset. Die also hold gewürdigten Weisen sollen anklingen. Heute noch sollen sie's. Dem Orchester bleibt ja nur die einfache Chorwiederholung, und meine Genossen werden die vorlängst fertige Partitur dazu leicht vom Blatt spielen. Ich aber – o wenn ich diesmal keinen Siegeskranz gewinne, so hättet Ihr einen Pfuscher bewirtet, mein edler Graf! Ihr sollt es jedoch erfahren, lieber Herr, daß ich fürwahr kein solcher bin, und säßen alle Komponisten und Virtuosen der Erde heute abend als Kampfrichter vor mir da. Geduldet Euch indessen, bitt ich, bis zum Schluß des Konzerts. Dann soll es wahr und wahrhaftig heißen: *das Ende krönt das Werk.*«

Vierzehntes Kapitel

Das Konzert war begonnen, Joseph dirigierte mit Feuer und Unbefangenheit, und der fremde Meister, zwischen dem Hausherrn und dessen Mutter sitzend, hörte mit immer gesteigerter Aufmerksamkeit und Freundlichkeit zu. Anfänglich, wiewohl er sich längst schon Günstiges von des Grafen Schloßkapelle hatte sagen lassen, war ihm das Ganze doch einigermaßen wie Dilettantengetriebe vorgekommen und mehr wie eine ihm gesellig erzeigte Höflichkeit, denn als ein wahrhaft bevorstehender Kunstgenuß. Er hatte abwechselnd dem Grafen und seiner Mutter ins Ohr geplaudert: höfliche Worte über die musikalische Leistung allerdings, aber eben nur höfliche Worte, wie man sie etwa einer gastlichen Familie über eine hübsch aufgeführte Kinderkomödie zustreuen möchte, um doch auch etwas gesagt zu haben. Am Ende des ersten raschen Allegro hatte er auch ein wenig applaudiert, sichtlich in dem Bestreben, die durch seine Gegenwart, wie er voraussetzte, befangenen Musiker zu ermutigen. Diese dagegen, an eine schönere Teilnahme gewöhnt, hatten sich unzufrieden untereinander angesehen und fast wie fragend, ob man fortfahren solle, zu Joseph nach seinem etwas erhöhten Platz emporgeblickt. Joseph aber, wenn einmal erst in eine künstlerische Darstellung vertieft, pflegte, wie wir das schon sonst an ihm bemerkten, wenig oder nichts von der Außenwelt mehr zu vernehmen, und so erging es ihm auch hier.

Er fuhr fort, mit Feuereifer und bedachtem Ernst die Aufführung der erwählten Musikstücke zu leiten, und so geschah es denn auch, daß er den Geist des fremden Meisters immer sieghafter ergriff und bewältigte. Zuvörderst mochte dieser eine Bewirtung mit seinen eignen Kunstwerken erwartet haben. Das Außenbleiben derselben – denn solcher absichtlichen Komplimentierhöflichkeit war Josephs Künstlergenius völlig fremd – schien den gefeierten Komponisten einigermaßen zu verdrießen. Aber sein Geist hätte nicht sein müssen, der er war, hätte nicht die treffliche Durchführung so manch andrer tüchtiger Arbeiten ihn erfreut und über jede kleinliche Rücksicht emporgeflügelt. Vorzüglich ergriffen ihn die von Joseph eingestreute eigne Kompositionen, vorgetragen durch des Künstlers ebenso mächtiges als zartes Saitenspiel in aller ihnen eigentümlichen Herrlichkeit. Endlich gedachte der fremde Meister nur eben noch so viel an seine gastlichen Nachbarn, um bald die Gräfin, bald Ignatz mit kaum hörbarem Hauch befragen zu können, wer diese ihm noch unbekannten schönen Weisen gesetzt habe, und wenn er dann: »Meister Joseph« vernahm und wiederum: »Meister Joseph«, legte sich ein entzücktes Lächeln über seine ehrwürdigen Züge und er blickte staunend in die Höhe, wie fragend: »Mochte es denn wirklich so herrlich klingen und rauschen und jubeln und klagen in den Gefilden der mir sonst so liebvertrauten Töneheimat, und hiervon vernahm ich bis heute noch nichts?« –

Die gastliche Familie fühlte sich entzückt, jene erst sie herb verletzende Gleichgültigkeit des berühmten Gastes in eine so leuchtende Glut umgewandelt zu sehen. Auch die Musiker der Kapelle wurden dessen inne und walteten immer freudiglicher ihres wohllautenden Amtes. Nur Joseph bemerkte zu wenigst etwas von seinen eigenen sieghaften Erfolgen, fort und fort rücksichtslos in das künstlerische Schaffen versenkt. Aber freilich: einzelne Strahlen aus des Meisters Augen begegneten bisweilen seinen unwillkürlich dort hinüber streifenden Blicken. Die echte Muse hat es an der Art, ihre Beliehenen vor unverstehenden Hörern und Schauenden mit dichtem Gewölk zu verhüllen und vorüberzuleiten. Wo aber Herzen und Geister sich erschließen, gönnet sie gern den verwandten Strahlen einen ahnungsreichen Zugang in ihrer eigens erkorenen Lieblinge Geist und Herz. –

Bei Josephs frei geordneten Musikaufführungen war nie die Rede von sogenannten Pausen; von diesen Hemmungen des

Wohllautstroms, diesen Senkungen des Wohllautschwunges, wo der Hörer aus dem süßen Traum losgelassen, sich wieder umsieht nach den gewohnten Umgebungen, sich anklammernd gleichsam mehr oder minder unwillkürlich an dasjenige, was man ausschlußweise Wirklichkeit nennt. Dann pflegen auch wohl gar noch Erkundigungen und Gespräche über die laufende und die vergangene Woche hinzuzukommen, und der erste neubeginnende Akkord findet die Hörer wie entgeistert, und ganz von vorn an muß die Schöpfung eines höhern Lebens und Webens aufs neue beginnen.

Unter Josephs Leitung quoll auch heute der Töne Strom ununterbrochen, fürder Welle auf Welle ineinander überfließend, alles schön zusammengefügt und bedingt durch heiter großen Charakter des Ganzen. Endlich, nachdem der freudig lauschende fremde Meister schon alle Gedanken an den Vortrag seiner eigenen Kompositionen aus dem Sinne verloren hatte, klang eine davon an, der schönsten eine, hier wie die Krone des gesamten Tongewebes im edelsten organischen Zusammenklange vorgetragen durch Josephs Meisterbogen, voll begeisterter Anstrengung und in trefflichster Einübung begleitet vom Orchester. Man sah des edlen Gastes Künstlerseele freudiglich aus seinen Augen leuchten. Während der jubelnden Fanfare, am Schluß aus allen Instrumenten schmetternd, erhub er sich mit ausgebreiteten Armen im Begriff, dankend zu Joseph hinzuschreiten. Mit ihm war die Familie aufgestanden. Aber Idalia flüsterte in ihres Bruders Ohr: »Das Beste muß ja noch kommen. Weißt du denn nicht?« –

Der Meister vernahm es und sagte leise mit anmutsvollem Lächeln, indem er seinen Platz wieder einnahm: »Das Beste? nun wohlan! Gern will ich mich hier überwunden sehn, wenngleich ich bekennen muß, mein stolzes Herz wollte mir vorreden, man habe mir nur eben erst eine Siegerkrone gereicht.«

Idalia sah leis errötend seitwärts. Alles hatte sich wiederum niedergelassen, gespanntester Erwartungen voll.

Joseph trug nun mit einfachreinen, lang aushallenden Tönen das Thema vor, welches ihm aus seinem tiefsten Gefühl als Melodie aufgegangen war für jene ihn so wundersam ergreifenden Worte:

»Als ich von dir Abschied nahm,
       Immer ging und wieder kam« –

und am Schluß des ihm fragmentarisch gebliebenen Satzes hielt er wie mit einem Fragezeichen inne. Aber eine Frage voll sehnsüchtiger Wehmut war es. Das Orchester schwieg einen Augenblick, dann wiederholte es den Satz in noch langsamerem Tempo, uni sono beinah, wie bestätigend das schmerzlich holde Leid im Liede, sich wendend zum lösenden Schlußakkord. Aber im letzten Momente hielt die Weise dennoch inne, und bei der annoch unaufgelöseten Frage blieb es. Josephs Geige nahm den Satz wiederum auf, leise, leise, wie ein aus tiefster Schlummerferne herüber antwortender Traumredner, und diesmal endete die äußerst zart gehaltene Variation mit einem Schlußakkord; aber der Chor schien damit nicht befriedet und hauchte sich abermal, das Thema wiederholend, in eine sehnsuchtatmende Frage aus. Auf diese Weise ging die seltsame Variationenreihe fürder, immer denselben Grundcharakter beibehaltend und ihn dennoch zu den verschiedenartigsten Gestaltungen hindurchführend. Bald ernst eindringlich, bald heiter tändelnd, bald kühn stürmend, bald in kriegerisch feierlichen Marschesklängen schienen die Variationen sich an der Lösung jener wehmutvollen Choresfrage zu versuchen. Doch immer wiederholte das Orchester sein Thema sonder Schlußakkord, und jedesmal weicher und schwermütiger. Da endlich schwieg Josephs Geige wie ermattet und besiegt einige Minuten lang, während der diesmal sehr kraftvoll angegbne Frageklang des Orchesters in langen Schwingungen ganz verhallte. Nun aber griff Joseph stark in die Saiten, einen gewaltigen Grundakkord hervorrufend, und in fromm feiernden, beinahe kirchlichen Gängen führte der machtbegabte Künstler das Thema durch; jeglicher Ton, Ergebung atmend und sieghafte Ruh im Leiden, durch himmlische Erhörung unbezwingbar geworden und selig groß. Da wiederholte nicht fürderhin der Chor das Thema. Aber mit einer Fuge und gewaltigem Schlußakkord fiel er ein; das lautete wie: »*Amen! es geschehe dein Wille, o Herr! Amen und Ja!*« –

Joseph blickte voll dankender Verzückung gen Himmel, dann lächelnd auf seine Zuhörer nieder. Niemand regte sich. Gräfin

Cölestinas Augen flossen wie zwei mild unerschöpfliche Frühlingsbäche. Der tapfre Ehrhardt hielt seine Hände über dem Schwertgriff zusammengefaltet, fest, gewaltig, und sahe regungslos wie geblendet vor sich nieder. Auch die andern saßen da wie verzückt, jedes nach seiner Weise.

Von künstlerischen Wonnen durchschauert ging Joseph leisen, festen Trittes aus der Halle, hinaus in den von Sternen des Himmelsgewölbes überfunkelten Gartenhain.

Fünfzehntes Kapitel

Auf und nieder wandelnd in einem Laubgange, der von oben ganz nach Gewölbesweise zusammenschloß, wiederholte Joseph mehrmal vor sich hin, bald singend, bald sprechend, die ihn so tief anregenden Worte:

»Als ich von dir Abschied nahm,
Immer ging und wieder kam« –

Da sagte unerwartet aus einem seitwärts einlaufenden Gange hervor jemand mit fester, aber weicher Mannesstimme:
»Ja freilich, also war es; eine lange Zeit hindurch war es also, aber nun muß es ein Ende damit haben, und zwar noch ehe das nächste Frührot heraufsteigt über diese, ach! nur allzuanmutigen Gärten« –

Rittmeister Ehrhardt war es, der diese Worte geredet hatte und jetzt freundlich des Musikers Hand ergriff, weitersprechend:

»Es liegt doch eine gar wundersame Gewalt in der Tonkunst, lieber Meister, und Euch ward er verliehen, der rechte Zauberstab, um alle Wunder jener Gewalt an das Licht hervorzurufen. Sehet die Worte, die Ihr so eben aussprachet:

›Als ich von dir Abschied nahm,
Immer ging und wiederkam‹ –

ich habe sie bis auf diesen Augenblick noch nirgend je vernommen, aber ihre Bedeutung war mir bereits klar geworden aus Euren mir ins Herz fassenden Variationen, oder vielmehr: diese Saitenklänge fanden das seltsame Bewußtsein in meinem Herzen bereits schlummernd vor und weckten es auf, wie – ja, wie soll ich sagen? – etwa, wie ein Bruder den Bruder weckt, um ihm von alten, aber herzlich lieben Familien- und Jugendgeschichten vorzuplaudern. Ach, und wie gern der Schlummrer sich erwecken läßt, sei es auch, um schmerzlich holde Wehmutstränen zu vergießen! – Ja, mein herzensliebster Meister: ich ging und nahm Abschied und kam wieder und ging immerdar und kam immerdar wieder – und wer weiß, wie oft ich das noch getan hätte, bis mein Herz darüber verblutet wäre, oder wohl gar noch ein, ach, unendlich schönres Herz neben dem meinigen mit! – Aber Eure süßen Scheideklänge haben mich erweckt aus dem heimlich unheimlichen Traumwandlerwesen. Von mir abtun will ich das süße Gift meiner betörenden Sehnsucht – das Gift und das Betören mein ich, die süße Sehnsucht – ach lieber Freund, deren werd ich auf Erden wohl nun und nimmer los und möcht es auch nicht, denn sie verträgt sich gar wohl mit dem frommen Schlußklange, der sich ganz zuletzt aus Eurem wunderbaren Saitenliede gen Himmel hob und sieghaft meine Seele mit sich emporschwang. Ja, gehen will ich noch in dieser Stunde und wiederkommen nun und nimmermehr. Ihr dagegen freilich mögt und könnt unbesorgt hier bleiben. Denn wahrlich: in Eure Seele, ja auch in Eure Hand hat es der liebe Gott recht wie ein Kleinod gelegt, womit Ihr allem betörlichen Zauber widerstehen dürft, wie schlimm sich dergleichen auch zwischen den Himmel und Euch zu drängen unterfinge.«

Vor solchen hohen Reden wollte den Joseph schier ein Schwindel anwandeln. Er beugte sein Haupt und sahe nach der Erde und hielt sich an einem Baumstamm fest, indem er mit unsichrer Stimme fragte:

»Welch ein Kleinod meint Ihr, lieber Herr Rittmeister?« –

»Nun, das versteht sich doch wohl von selbst!« erwiderte jener. »Die Geige mein ich in Eurer Hand und die Kunstgabe, herrliche Weisen zu ersinnen in Eurer Seele. Gewißlich, davor kann kein schlimmer Geist Zugang zu Euch gewinnen.«

»Meint Ihr?« sagte Joseph scheu und leise, wie verwildert um sich her blickend, als bedrohe ihn ein feindliches Dämonenheer, in dem dichtverwobnen Schattengrün der Laubgänge lauschend.

Zugleich auch deckte er seine liebe Geige, die er absichtslos unter dem Arm herausgenommen hatte, mit beiden Händen und Armen zu, als könne ein unheimlicher Geist hereinschlüpfen in das liebvertrauliche Werkzeug.

Rittmeister Ehrhardt, vor seiner eignen tiefen Seelenbewegung dessen nicht inne werdend, entgegnete unbefangen: »Ja wohl; und ganz ohne solche geleitende Trostesengel hat mutmaßlich wohl der gnädige Gott keinen Menschen gelassen. Sehet« – und den mächtigen Degen, der von seiner Hüfte herniederging, hub er empor und drückte ihn wie liebkosend gegen seine Brust – »sehet, lieber Meister, für mich ist solch ein Trostesengel dieses gute Schwert. Gäb es Kriegsgefahr hier herum oder ginge es noch zu wie in den wunderlich schönen alten Ritterzeiten, wo es allerwärts was zu schützen, zu fechten, zu siegen galt: als ein Seliger möcht ich weilen in der Nähe jener holden Erscheinungen. O Cölestine, dich zu erretten aus irgendeiner Gefahr! Aber nun muß ich armer Kriegsmann von hinnen mitsamt meiner schönen Waffe, denn es ist Fried in der Welt. Euch Meister jedoch und Eure Geige hegt und pflegt man allwärts gern. Wandelt nur hinauf, sie suchen Euch schon längst und verlangen gar hold nach Euch. Ihr hättet's nur hören sollen, welche anerkennende, welche preisende Worte jener weitberühmte Held der Tonkunst von Euch gesprochen hat. Wie seinesgleichen hat er Euch hingestellt. Nun ist er von hinnen. Eine unerwartete Botschaft rief ihn zum Zusammentreffen mit einem unweit vorbeireisenden Anverwandten, so daß er gleich nach der Tafel aufbrach. Schade, daß Ihr nun das Schöne und Herzerhebende allzumal nicht aus seinem eigenen Munde hören könnt. Oder nein, schade nicht! – Kann ein Menschenherz wohl Erhebendes erhebender vernehmen als von edlen, uns längst schon in Bewunderung und Liebe nahestehenden Menschen, die unser Glück freudig empfangen, als sei es ihnen selbst widerfahren? Ja, vielleicht freudiger noch? Und solche Freuden warten auf Euch, Meister Joseph, da droben in den hellglänzenden Gemächern. Ich aber gehe hinunter in die dunkle Nacht. Seid Ihr mein Bote, Freund Joseph. Sagt's ihnen, den lieben holden Menschen, daß ich nimmermehr wiederkomme. Fragen sie etwa nach dem Warum, so sprecht nur, Ihr wüßtet es nicht – aber im Frieden sei ich geschieden, in dankbar innigem Frieden. Ich habe rechte Himmelsstunden da droben verlebt – jetzt« –

Er hielt die Hand vor die Augen, und es war fast, als verlösche die kräftige Kriegerstimme unter einem plötzlich hervorquillenden Strom gewaltiger Tränen.

Da tönte vom Fuße des Schloßberges herauf ein helles Roßgewieher durch die helle Nacht.

»Hörst du, Freund Joseph?« sprach der Küraßreiter. »Mein starker Rappe ruft mich. O gottlob, das ist ja doch auch Musik! schöne, herrliche Musik!«

Er schritt kräftig durch die Laubgänge fort, und bald vernahm Joseph den Hufschlag des Rosses, wie es rasch und geregelt seinen tapfern Reiter über den Steinweg der Ebene im Galopp von hinnen trug.

Sechszehntes Kapitel

Oben in den lichten Schlosseshallen ward unser Freund auf eine recht herrliche Weise empfangen; man dürfte fast sagen: wie etwa ein Sieger in den Kampfspielen des alten Hellas bei der Heimkehr Gruß empfangen haben möchte von den Seinigen. Sichtlich nahm man ihn auf wie einen ganz Umgewandelten, einen Erhabenen, seitdem man ihn das letztemal gesehen hatte; und die allerfröhlichste und holdseligste Teilnahme funkelte durchhin mit verklärenden Lichtern. Ja, es äußerte sich hier alles fast noch lieblicher und hübscher als in jenem oben angeführten Gleichnis. Denn wo dorten der Gefeierte meist nur selbst zu erzählen hatte von seinen schon vor Tagen errungenen Kränzen, klang ihm hier der Bericht seiner Freunde frisch und lebendig entgegen, jeglicher Spruch ihm ein neues Ehrenreis zuhauchend, eine neue Ehrenblüte, wie dergleichen überreich aus den Reden des hochgefeierten fremden Meisters für Joseph erschollen war. Graf Ignatz trank ihm den Glückwunschesgruß aus einem goldnen Pokale zu, mit dem glühendsten Tokaier gefüllt. Die edle Gräfin Mutter und ihre holdseligen Töchter schmückten ihn mit allerlei zierlichen Gaben und beredeten im voraus weibliche Schmuckarbeiten, durch welche dieser Triumphesabend auch noch auf künftige Tage hinaus leuchtend verherrlicht werden sollte. Joseph empfand, jetzt sei er auf die glänzendste Höhe seiner Künstlerlaufbahn gestellt, und auch fern hinaus sah er nur anmutig ebne Gefilde voller Glück und Glanz vor seinen beseligten Blicken sich ausdehnen.

»Ja wahrlich«, dachte er bei sich, »der Preis, wie ihn mir der fremde Meister nur irgend unmittelbar hätte spenden können, er vervielfacht und verherrlicht sich wundersam auf diese Weise. Wahrlich, guter Rittmeister Ehrhardt, du hattest recht.« –

Wie Joseph nun so an den edlen, ohne Zweifel jetzt schon recht fernen Freund gedachte, stieg in seine Augen der Tau der Wehmut. Gräfin Cölestine sah ihn just in diesem Augenblick an, ernsten, tiefgehaltnen Blickes. Dann, irgendeine scheinbare Veranlassung aufgreifend, strich sie leisen, ätherischen Schrittes an ihm vorüber und flüsterte, jeglichem andern unvernehmbar, ihm in Ohr und Seele: »Nicht wahr, nun ist er fortgegangen! nun kommt er nimmermehr wieder!« – Es war nicht Frage. Es war eben nur ein klar hingehauchter Seufzer, die Bestätigung des unendlich liebgewordenen Schmerzes tragend und hegend in sich selbst. Gleich darauf, ohne irgendeine Erwiderung Josephs abzuwarten, verschwand Cölestine aus dem Familienkreise, etwa wie ein nur kaum mondlichtangestrahltes Gewölk hinschwindet vor einem rascher sich erhebenden Luftzuge in das tiefere Dunkel der Nacht.

Siebzehntes Kapitel

Einige Zeit war seitdem hingestrichen, im ganzen auf eine für unsern Musiker höchst erfreuliche und ehrende Weise. Was dabei Störendes, wie es nun einmal im Menschenleben hienieden nicht ausbleiben mag noch darf, in Josephs Leben hineingriff, kam von jenem mutmaßlichen Bräutigam her. Teils hemmte dessen Unempfänglichkeit für Musik und für alle edleren Genüsse das sinnigere Leben auf der Burg, Nichtigkeiten stets nach schlimmsten Kräften für Wichtigkeiten unterschiebend, teils auch genügte schon meist seine bloße Gegenwart, um in Josephs Gemüt zerreißende Dissonanzen hervorzurufen, der Erinnrung wegen an den edlen Kriegsmann Ehrhardt, dessen zarteste Hoffnungen entschieden Schiffbruch erlitten hatten durch die Nähe jenes unfreundlichen und unerfreulichen Wesens.

Durchaus nicht wußte sich's Joseph zu erklären, wie es einem so nichtsnutzigen Pilze vergönnet werden dürfe, sich einzudrängen und gar zu gedeihen nach seiner Weise in einem so edelblühenden Gartenbeete. Was er hin und her über diese trübe Möglichkeit Erläuterndes vernahm, gründete sich auf Familienverträge, Erbschafts-Rezesse und dergleichen, schon längst vor der Geburt Cölestinens über ihr Geschick in dieser Hinsicht entschieden. Auch mochte dazukommen, daß von einer Verbindung mit dem tapfern Ehrhardt durchaus und in keinem Falle die Rede für Gräfin Cölestine sein durfte, wie schon früherhin der wackre Kriegsmann unserem musikalischen Freunde angedeutet hatte, und daß somit sich die holdselige Jungfrau ein für allemal wie ein Opfer betrachtete, keinem ersehnten Glück für das diesseitige Leben beschieden.

Die Verlobung ward im Laufe des Winters erklärt. –

Für den Anfang des Maimonats ward die Feier der Vermählung bestimmt.

Je mehr nun die ihm sonst so überaus anmutige Frühlingszeit heranrückte, je unheimlicher ward es unserm Künstler auf dem Schlosse zu Sinn. Seine Stellung als Musiker schien es ihm aufzulegen, daß er die bevorstehenden Festlichkeiten durch Musik verherrlichen helfe: teils durch die unter seiner Leitung stehende Kapelle, teils durch wohl gar von ihm eigens dazu gefertigten Kompositionen, und vor einer solchen Möglichkeit durchzuckte ihn bei dem leisesten Gedanken daran ein Grauen. Kam es ihm doch vor, als solle er aus seiner Geige ein lustiges Tanzstücklein aufspielen über einem Hügel, unter welchem der wackre Rittmeister Ehrhardt lebendig begraben läge, und als müßten ihm dessen verscheidende Sterbeseufzer dann vernehmlich mit hereinhallen in den tollen Jubel. Davor auch, ahnte er in seinem verschwiegensten Innern, müsse dann vollends ein ganz andrer, ein allerzerreißendster Schmerz wach werden, annoch dort schlummernd; wenn er jedoch so weit gekommen war in seinem wunderlichen Geträum, riß er sich plötzlich gewaltsam los, stürzte einige Gläser Tokaier hinunter oder suchte sonst irgendeine betäubende Zerstreuung. Denn es war ihm, als laure von dorther ein unabwehrbarer Wahnwitz auf ihn, wie der sprungfertige Tiger auf seine Beute. Nur nie zu seiner Geige flüchtete er um Trost in diesen schrecklichen Zuständen, denn ihm kam es vor, als sei just sie mit den feindlichst ihn bedräuenden Mächten verschworen. »Und ich habe dich ja doch so lieb gehabt! und habe dich ja noch immer so sehr inniglich lieb!« pflegte er darauf wie klagend und verklagend das holde Instrument anzusprechen und weit zugleich davon wegzutreten, als scheue er ein unheimlich dämonisches Wesen in ihr oder als befürchte er, in einem wilden Zornesanfall könne er es wider seinen Willen beschädigen. Darüber jedoch brachen ihm endlich jedesmal heiße Tränenströme aus seinen Augen los, und eine süße Wehmut kam über ihn, und er ward nach und nach wiederum klar, heiter und still.

Als aber nun vollends einige der ihm untergebnen Musiker einmal ganz freundlich, wie ein Ding betreffend, das sich von selbst verstehe, mit der Frage hervortraten, wann die Proben zu der Vermählungsfeier beginnen sollten? und was etwa Meister Joseph dazu komponiert habe? – da wußte Meister Joseph eben nur durch stummes Verneinen zu antworten. Und hin trieb es ihn zum Grafen Ignatz alsbald, wo er mit glühenden Wangen und beflügelter, aber fester Stimme die Bitte um Urlaub vorbrachte: gleich von der nächsten Morgenfrühe an, bis um zwei, drei Wochen über den Maimonat hinaus.

Der Graf sah ihn mit einem großen, wehmütigen Blick an, faßte seine Hand und fragte nach einigem Schweigen voll noch nie also gewohnter inniger Vertraulichkeit:

»Was eigentlich treibt dich von uns, Joseph? und grade jetzt: was?« –

Joseph senkte die Blicke starr und still gegen den Boden, als ermesse er dorten ein tief eingesunkenes Grab. Dann hob er sie wieder gen Himmel empor, als sehe er einer hinaufschwindenden Erscheinung nach.

»Ich bin allzutreu«, flüsterte er nach einer Weile. »Und dann bin ich doch wiederum wohl allzuungetreu gewesen, recht entsetzlich ungetreu.« – Und wie tödlicher Fieberfrost fuhr's schüttelnd durch alle seine Glieder.

»Ich verstehe dich nicht, lieber Joseph«, sagte der Graf. »Aber was die herannahende Hochzeitsfeier betrifft – mag sein, daß dir dabei mancherlei so wenig zusagt als eben auch mir.« Doch plötzlich hielt er unwillig inne, und es schien, er hätte seine

Worte gern wiederum zurückgehabt. Nach einigem Bedenken setzte er mit weltgewandtem Lächeln hinzu:

»Der Bräutigam meiner Schwester ist denn eben freilich nicht sehr musikalisch gestimmt. Reise du, Joseph! Reise du nur; aber du kommst uns doch wieder?« –

»So Gott will!« seufzte Joseph und warf einen ernsten, beinahe ängstlichen Blick himmelan.

Dann küßte er mit sonst nicht eben an ihm gewohnter Demut des Grafen Hand und ging von hinnen. –

Achtzehntes Kapitel

In dem Frühlichte des nächsten Morgens stand Joseph reisefertig vor dem Schloß, jede ihm angebotene Begleitung oder sonstige Bequemlichkeit für die Fahrt zurückweisend, nur seine Geige in schöngeschmücktem, wohlverwahrtem Kasten auf den Schultern. Über die Richtung seines Wanderns hatte er noch weiter nicht nachgedacht, und so geschah es, daß er den ersten besten Weg einschlagend, nach Westen hin fürderschritt.

Da kam er gegen ein Taglöhnerhüttchen, auf einem Hügel gelegen, hinan, wo just eben der jugendlich rüstige Hausvater, Garten- und Winzergerät mit sich tragend, zu seiner Arbeit hinausschritt. Ein schlankes, anmutiges Weibchen stand auf der Pfortenschwelle, ihre zwei Kindlein an den Händen, und alle drei riefen und winkten dem geliebten Manne noch Grüße nach. »Vater soll nicht zu lange ausbleiben!« stammelte das jüngste Kind und warf Kußhändchen dazu in die Luft. »Eh die Schatten lang werden, bin ich wieder heim, will's Gott«; entgegnete der Mann, fröhlich rückwärts winkend, und: »Ja nicht später!« tönte ihm die helle Silberstimme der Frau noch nach.

Helle Tränen drängten sich in unsers wunderlichen Freundes Augen. »Eh die Schatten lang werden! Ja nicht später«, murmelte er vor sich hin und verlängerte und beeilte seine Schritte, bis sein Gang beinahe zum Lauf zu werden begann.

»Eh noch die Schatten lang werden! Ja nicht später!« wiederholte er nun mit gesteigertem Tone, als um sich zur Hast anzutreiben. Aber da weckte ihn der Schall seiner eigenen Stimme aus der wunderbar träumerischen Bewegung. Er stand plötzlich wie gebannt. »Ach«, flüsterte er und fuhr mit der Hand über die Augen, »wie oft müssen noch die Schatten lang werden, bevor ich sagen könnte: ich bin daheim.« –

Der plötzlich aufsteigende Gedanke an die weite Ausdehnung von Raum und Zeit, die ihn, den jetzt Vereinsamten, von seinem Herde trennte, erfüllte ihn mit schwindlichem Zagen – »und *wenn* ich nun denn endlich heimkäme?« – fragte seine Seele in sich herein.

Da stieß aus einer andern Hütte, in deren Nähe ihn seine Schnelligkeit geführt hatte, ein alterndes Weib einen stämmigen, halb erwachsenen Knaben, ihn an beiden Schultern fassend, aus der Tür. »Faulenzer!« kreischte sie dazu, »wirst du wohl machen, daß du an die Arbeit kommst. Du sollst mir nun einmal nicht werden wie dein Vater, der Vagabunde, der immer auf brotlose Künste spintisierte, bis er nun endlich gar in die weite Welt hinausgelaufen ist, mich hinterlassend schlimmer als eine Witwe; aber der soll mir einmal wiederkommen wollen. Wart!« –

Ein fürchterliches Entsetzen zuckte durch unsres armen Freundes aufgeregte Seele. Ihm ward, als hörte er seine eigene Verurteilung. Wollte auch manch holde Erinnerung ihm tröstend vorhalten, wie so ein ganz andres Wesen seine holde, verlassene Hausfrau sei als diese abscheulich verdrießliche Schelterin, so murrte in ihm eine höhnende Stimme: »Wenn auch mit den zierlichsten und sanftesten Variationen aufgespielt und verkleidet – vorherrschen würde jenes Grundthema ja dennoch, und wenn etwa nicht bei der Frau, käm es doch bei den Eltern zur Sprache, und wenn etwa nicht bei den Eltern, doch bei den Vettern und Basen und bei dem gesamten Bekannten-Hickhack. Pfui!« – Und wie er dabei zürnend zur Seite fuhr, geschah es, daß der über seine Schultern hängende Geigenkasten gegen einen Baumast schlug und ein klagender Ton aus dem erschütterten Instrumente sich vernehmen ließ. Erschreckt hob Joseph seine teure Bürde herab, öffnete das Behältnis und nahm die Geige sorgfältig heraus, mannigfach sie prüfend, ob sie auch nicht etwa Schaden gelitten habe. Zu seinem Troste fand er sie völlig unverletzt, aber indem er sie nun gleichsam liebkosend im Arme hielt, sprach er, seine Worte mit einem leisen Pizzicato begleitend, als rühre er das Zitherspiel eines Troubadours, folgendergestalt:

»O du meine liebe Herzensfreundin, o du mein holdes Ich, wie hast du doch so gar wohl daran getan, mich zu warnen mit lieblichem Klagelaut!

Nähmen sie auch mich zu Haus allenfalls wiederum an mit erträglich freundlichen Blicken und Reden – würdest nicht du es entgelten müssen?

Eben, weil sie deine Zaubermacht kennen, weil sie deine Wunder erfahren haben auch an sich wider den Willen ihrer eigenen feindlich widerstrebenden Seelen – eben darum sind sie dir so abscheulich gram, und hab ich's ihnen oft angemerkt, vertilgen möchten sie dich, würde nur irgend Gelegenheit und Hand ihnen dazu frei.

Armes, tönendes Englein! Armes, beeifersüchteltes Liebchen?

Nein, bebe du nicht, klage du nicht!

Die Leute haben eine Geschichte vom Ritter Reinald von Montalban, dem Heymonssohn – o wie war es doch nur damit? Ich hab es als kleiner Bub gelesen einmal und glühheiße Tränen hab ich darüber geweint. Ja – wie war es doch nur? –

Sein edles Roß Bayard hatte ihm so herrlich und schön im Streit geholfen wider einen übermächtigen Kaiser. Nun aber war der Feind immer gewaltiger worden und bot ihm endlich Frieden und Reichtum und Herrlichkeit an, wenn er nur das eine tun wolle – das Schlechte: Roß Bayard ihm ausliefern zur kaiserlichen Verfügung. Und – wehe dir, einst edler Held Reinald! – Es geschah, und sie belasteten das Roß mit Mühlensteinen und stürzten es in einen tiefen Strom, daß es untersank. Aber alsbald war es wieder emporgetaucht in seiner edlen Kraft und sah sich nach seinem lieben Herrn am Ufer um, und als es den ins Auge faßte, schlug es die Steine mit Riesenkraft von sich und erklomm den Strand und sprang zu seinem lieben Reiter hin und liebkoste ihn, recht, als ob es sagen wollte: ›Nicht wahr, du edler Meister, so hab ich's recht gemacht? und nicht wahr, es galt mit alle dem nur ein Spiel?‹ – Aber das arge Spiel mit dem arglosen Edelroß hub immer und immer wiederum an, und als das treue Geschöpf ohne Wandel sieghaft blieb, forderte man endlich vom Reinald, er solle zurücktreten und sich verbergen vor seinem edlen Kampfgefährten, Roß Bayard; und auch dies Allerschlechteste hat endlich der Reinald getan. Als nun Roß Bayard wiederum auftauchte aus der Todesflut und seinen Meister und die Erquikkung aus seinen Blicken vergeblich suchte mit hoch emporstrebendem Blick – da senkte es sein Heldenhaupt ernsttrauernd nieder, und die Wogen des Stromes rauschten über ihm zusammen, und es versank und war verschwunden auf immer für diese sichtbare Welt.« –

Joseph hielt eine Weile inne mit Reden und Saitenklang, denn die Tränen strömten ihm allzuheiß über sein Angesicht, heißer und häufiger noch, als in seinen Knabenjahren bei ebendieser alten Geschichte.

Und seine liebe Geige stimmte er abermal sorgfältig rein und hob eine Choralweise darauf an, feierlich, wehmutvoll, einfach, in langgehaltnen Tönen, wobei es ihm selbst zu Sinne ward, als sei es eine Einsegnung zum unauflöslichen Bunde auf Leben und Tod zwischen ihm und dem edlen Saitenspiel; und als er den Schlußakkord angegeben hatte, verschloß er das liebe Werkzeug achtsam in sein Gehäuse und hing es über die Schultern und wandte sich entschlossen um, rasch von Westen gen Osten von hinnen schreitend.

Neunzehntes Kapitel

Seit dem vorhin geschilderten seltsamen Augenblick in dem Leben unsers Joseph und seinem entschiedenen Umwenden von der angetretenen Heimatsbahn war es, als sei ihm die Erinnerung an die väterlichen Täler nun vollends ganz und gar versunken. Fürder zog es ihn von dem stillfriedlichen Abendlande fort entgegen einer geahnten Wunderwelt in den flammenden Reichen des Aufgangs. Wir können ihn auf dieser seltsamen Wanderung, in Ermanglung näher bekannt gewordener Erinnerungen, fürder nicht mit der bisher gern beobachteten Genauigkeit begleiten, sondern müssen uns mit der allgemeinen Kunde begnügen, daß seine anmutigen Geigenklänge ihm abermal heitre Fahrt verschafften durch das so überaus musikliebende Ungarland. –

Zwanzigstes Kapitel

Zunächst in genauerer Bezeichnung treffen wir unsern Joseph an unfern der türkischen Grenze. Es war darüber ein schöner Herbstabend desselbigen Jahres eingetreten, zu dessen Lenzesanfang Joseph sich vom gastlichen Schlosse des Grafen Ignatz entfernt hatte. In einem anmutigen Talgewinde enge zusammengetretener Hügel und Klippen saß nun auf einem Moosgestein unser Freund, seinen gewöhnlichen Träumereien ergeben, kosend mit seiner Geige. Durch den letztern Wirt erst, der ihn gastlich in seinem kleinen Winzergehöft über Nacht beherbergte, hatte er vernommen, wie so nahe von hier die Halbmondsherrschaft anhebe, oder vielmehr die Halbmondsherrschaft nicht, sondern nur deren Name! hatte der Hausherr hinzugesetzt. Ungeregelte Stämme, hieß es, sehe man leider in dieser Nähe hausen, die selbst während des tiefsten Friedenszustandes gewaltsame Einbrüche unternähmen, zu deren Abwehr oftmal der einzelne die Waffen ergreifen müsse, bis kaiserliches Kriegsvolk aus den nächsten Besatzungsorten heranrücke für Beistand und Herstellung des Rechtes. Die zum Teil noch sehr altväterlichen Waffen, deren man beständig welche zur Hand hielt, waren dem wandernden Geiger vorgezeigt worden, indem gar manche sagenhafte Kunde seltsamer Not und Errettung mit in das Gespräch hereinfiel.

Um so mehr fühlte sich Joseph, der schier aller Erdbeschreibung entfremdete, frisch angeregt durch die ihm so plötzlich kundgewordene Nähe eines ungläubigen Volkes, das er nur aus alten Chroniken und Holzschnitten oder sonstigen Bildern kannte. Eine beengende Furcht fand eben niemals so leicht Zutritt in sein weiches und eben deshalb stahlkräftiges Künstlergemüt. So belebte ihn denn auch jetzt ein schauerlich holdes Verlangen, auf recht unerhörte Weise mit so verwunderlichen Nachbarn Bekanntschaft zu machen; und wie nun seine Geige stets den Widerhall seines innerlichsten Lebens bildete, hallte sie auch jetzt von Kriegsklängen bald und bald von süßen Leidensklagen wider, die Endpunkte mitsammen verbunden durch die phantastisch krausesten Tongewinde, den Arabesken der bildenden Kunst vergleichbar.

Joseph hatte wiederum seine eigne Welt um sich her gesponnen, ihn abscheidend von der Außenwelt wie den Seidenwurm sein Todesgewebe, und fühlte sich rätseltief heimisch darin.

Da weckte ihn ein Flintenschuß in der Nähe, und er hörte die Kugel hart über sein Haupt hinpfeifen. Gleich darauf taumelte eine blutige Türkengestalt aus vorher umhüllendem Gebüsch von einem nahen Felsgestein herunter und streckte sich alsbald lang und bleich ins Gras hin, dem Tode verfallen.

Der Geigenbogen erstarrte in des schauernden Künstlers Hand. Er schaute verwirrt umher. Alles blieb eine Zeitlang still wie der Erschrockne.

Dann sagte eine Mannesstimme aus einem von Bäumen überdunkelten Talgewind von der andern Seite hervor:

»Welcher Unbedacht hat geschossen?« –

»Kein Unbedacht«, entgegnete eine andre Mannesstimme, »sondern ich. Der Heidenhund, der hier auf Wache saß, liegt stumm.«

»Der Schuß wird aber das Pack allzumal aufschrecken«, sagte der andre.

»Wartet's ab«, kam die Antwort zurück. »Sie bilden sich wohl ebensogut ein, es habe einer der Ihrigen geschossen, etwa nach flüchtendem Menschenwild. Bleiben sie ruhig, so habt Ihr sie so gut als gewiß, denn der Paß ist nun frei für Euch. Brechen sie los, – ei nun: Einmal jedoch mußte halt auf Schwertes- oder Säbelspitze das Ding zu stehn kommen.«

»Hast recht, alter vielgetreuer Kriegsknecht«, sagte der andere unsichtbare Sprecher. »In kurzem muß sich's kundgeben.«

Alles wiederum schwieg. – Die Stimmen kamen unserm Freunde seltsam bekannt vor, ohne daß er recht eigentlich wußte, wohin damit, und eben das erhöhete noch sein innres Schaudern.

Da kam gelähmten, aber festen Ganges ein Greis in österreichischer Dragonertracht aus dem Tal hervor, die abgefeuerte Flinte aufs neue ladend und sich klugbedacht nach allen Seiten umsehend. – »Alles still!« sagte er dann, nach rückwärts hinwinkend. »Ihr könnt zuversichtlich vorrücken.« – Gleich darauf legte er sein Gewehr zielend auf Joseph an, sprechend: »Ich hoffe zwar nicht, Christenmensch, daß du ein Spion jener ungläubigen

Raubhunde bist; aber in kriegerischen Dingen gilt's: besser bewahrt, als beklagt. Bleibst du ruhig dort sitzen, da bist du sicher vor mir wie in Abrahams Schoß. Willst du etwa davonlaufen, nach Feindes Seite hin vornehmlich schieß ich dich nieder wie einen Fuchs – oder wie den blutigstarren Heiden dort. Nimm ein Exempel.«

»Drohe du nicht«, sagte unser Freund, plötzlich ganz erfrischt von der ehrwürdigen Kriegererscheinung, »ich bin weder ein Heide noch ein Fuchs. Aber wenn du nichts dagegen hast, möchte ich wohl ein bißchen auf meiner Geige derweil spielen.« –

»Unverwehrt!« entgegnete der Dragoner. »Auf dergleichen Signale versteht sich solch grimmes Raubgesindel halt nicht.« –

Und Joseph rührte die Saiten zu feierlich fragenden Klängen an, während langsam ein Trupp Kaiserlicher Küraßreiter aus dem Tal heraufzog nach jener Gegend hin vorüber, von wo der Türk in seinem Blut herniedergestürzt war. Ihnen weit voraus, mit scharfen Blicken umherspähend, noch ruhig das mächtige Schwert in der Scheide hängend, ritt der Offizier, ein stattlicher Mann auf einem hohen, brausenden Schimmel, der sich voll annoch willigen Gehorsams in die zügelnde Hand seines Meisters fügte. Aber nahen, stürmigen Kampfeslauf schien das edle Streitroß schon freudig zu wittern. Zwei Trompeter ritten beiher, die goldfarbenen Röhre gehoben in der Hand, bereit sie anklingen zu lassen auf den ersten Wink.

»Alles so fremd wunderbar«, flüsterte Joseph in seine Geige hinein, »alles dennoch wiederum so liebvertraut! – Was bedeutet dir nur dieser Traum, o du meine ahnende Seele?« –

Inzwischen war der Reiteranführer etwas seitwärts einen Hügel hinauf geritten mit seinen zwei Trompetern. Droben haltend, sah er scharf, die Hand über die Augen vor der abendlichen Sonnenblendung haltend, in ein klippiges Tal hinein. Plötzlich schien sein Antlitz lautre Glut. Das kam nicht von den Sonnenstrahlen her. Das kam von innen. Er riß sein breitfunkelndes Schwert aus der erzprasselnden Scheide und hielt es grade himmelan, beide Hände um den Griff zusammengefaltet wie im Gebet. Die Trompeter setzten ihre Metallröhre an die Lippen. Er aber winkte verneinend, und sie ließen die Röhre wiederum sinken.

Dann hob er sich in den Bügeln und schwenkte, rückblickend nach dem Geschwader, die leuchtende Klinge über seinem Haupte. Einmal – und die Küraßreiter rissen ihre Schwerter aus den Scheiden – zweimal – und sie trabten in ruhiger Haltung vorwärts gegen ihn hin. Vom Hügel hinunter flog er pfeilschnell samt seinen Trompetern an ihre Spitze und trabte dann mit dem Geschwader schweigend in das Klippental hinein. Nur Hufschlag und Roßgebraus, auch Roßgewieher mitunter gab von den Entschwundenen aus den umbüschten Gewinden noch eine Zeitlang Kunde. Endlich verhallte auch das.

Der kriegerische Greis indes, welcher so ernstbeobachtend Posten bei dem Musiker gehalten hatte, war jetzt vertraulich herangekommen, den Hahn seiner Flinte sorgfältig in Ruh setzend. Dann, auf sein Gewehr gestützt, nahm er neben Joseph auf dem Felsgestein behaglich Platz und sagte:

»Wärest du nun auch ein Auflaurer, wärest flinker obenein als ein ungrisches Jagdpferd – du könntest nun dennoch jenen Braven keinen Vorsprung mehr abgewinnen zu den heidnischen Raubbestien hin. Aber« – und er sah ihm freundlich in die Augen – »ein Spion bist du ja ohnehin nicht. Je näher man dir rückt, je deutlicher merkt man's. Nun, ich habe das meinige getan, ohne dir übel zu wollen, und das erkennst du auch an, nicht wahr?«

Joseph nickte freundlich bejahend mit dem Kopfe.

»Ohnehin ist mir's«, setzte der andre hinzu, »als hätten wir uns schon sonst einmal in Lieb und Frieden gesehn.«

»Mir auch«, sagte Joseph. »Für jetzt aber löse mir das wunderlich schöne Kriegsrätsel, wie es da eben jetzt vor unsern Augen emporgestiegen ist und verschwunden. Woher kam das? Wohin zog das?« –

»O daß ich hätte mitziehn können!« sprach der Alte, und ein tiefer Seufzer drang ihm aus der Brust hervor. »Aber meine schußgelähmte Hüfte gönnt mir halt keinen festen Sitz im Sattel mehr, und so von fern hinterdrein humpeln – was wär es nur mehr gewesen, denn kindisch nichtsnutziges Gaukelspiel! Wo der Mann nicht als Mann wirksam mit einzugreifen vermag, da bleib er nur lieber ganz fern.«

»Aber derweil jene dort ihre rüstig schöne Waffentat mit Gottes Hülfe vollführen – Herr, laß gelingen«, unterbrach er sich selbst, sein ehrwürdiges Silberhaar entblößend und himmelan schauend mit gefalteten Händen blieb er eine Weile ganz still.

Dann wieder freundlich auf den Musiker schauend sprach er weiter:

»Ja, derweil sie dort in Kampf geraten mit den Raubdrachen, will ich dir erzählen, weshalb und wofür sich's ficht. Soll's ja doch auch – so berichten's die alten Lieder – schon in den Urzeitstagen ähnlicherweis ergangen sein: vermochte ein wackrer Kriegsmann wegen Alters oder Wundenlähmung nicht mehr zu kämpfen, da tat er halt seine Lippen als Herold verkündigend auf und gab es weiter, was die Beglückteren vollbrachten zur Rettung und für Ehre und Recht.

Schau, Landsmann, da war auf der Schloßburg des reichen Grafen, dem hier weit und breit herum die meisten Landstücke zugehören, vor wenigen Monden eine engelschöne Hausherrin eingezogen. Allen Bewohnern der Gegend ward es, als sei ihnen eine Himmelsbotin zugesendet, denn nicht allein, daß sie denjenigen, die auf das Schloß gelangten und in ihre holde Nähe, wie ein Engelsbild entgegenleuchtete in Milde und Huld: auch oftmal stellte sie Fahrten an durch die Umgegend, aus dem offnen Wagen durch ihre liebliche Erscheinung Freude ausstrahlend in Häuser und Hütten, durch Gärten und Fluren und Auen hin. Ach! und dann – wie sie allsonntäglich bei der Messe in der großen Schloßkirche, wohin alles Volk weither zusammenströmt, allen voranstand, in Andacht und Demut die Himmelsbahn anzeigend als ein wunderseliges Licht; ja, auch in das alltäglichste Getreibe und Getriebe hinein hat die holde Sonnengewalt dieser Erscheinung Segen verbreitet. O es ist etwas Schönes um den rechten Beruf einer hohen Herrin! Denn siehe, bevor sie kam, war der Magnat, ihr Eheherr, gar ein freudloses Gestirn für seine Untertanen gewesen: Laune, Grille, Trägheit, Hochmut voran – Beharrlichkeit, Wortbestand, Rüstigkeit, Liebe – fern, ach fern hinten nach, kaum sichtbar mehr in nebliger Ferne. Seit die Holdselige hier einwirkt auf ihren Eheherrn – da sind halt die lieben Engel allzumal nahe gekommen wie zum Besuch bei ihr wie Gleiches zu Gleichem, und davor haben sich die bösen Geister davongemacht; aber das konnte der böse Geist nicht leiden, der gleichsam ein oberster Generalissimus ob allen den andern ist, und da hat er die subalternen Teufelsbestien allzumal zur Freudenzerstörung aufgehetzt und so, wie eins das andre treibt, kam's endlich auch an die räuberischen Grenzbewohner hier nahebei.

Schon längst lief so ein Gemurmel durchs Land um – ähnlich dem unheimlichen Sausen in den Lüften, bevor ein Hagelwetter losbricht –, als könne wieder einmal Einbruch mit Brand und Mord und Raub bevorstehen von den Ungläubigen. Ja, vom Abscheulichsten ward gemunkelt: vom Anschlag, die Engelsherrin gewaltsam zu entführen, um das wunderschöne Wesen nach irgendeinem Harem in der Halbmondsstadt für eine Unsumme Goldes zu verkaufen – wohl in den Harem des Sultans dorten selbst – und der Graf ward gewarnt; aber wollte er denn hören in seinem Übermut? Einem Magnaten seines Ranges, pflegte er zu antworten, wage nicht *Muhammed* zu nahe zu treten, nicht dessen ganzes Gesindel, sei es in Europa seßhaft oder in Asia oder sonst in einem Winkel der Erde.

Nun, wir haben's erlebt, wie es mit derlei Respekt beschaffen war, und der Magnat hat es auch erlebt, aber freilich überlebt seinerseits hat er es nicht sonderlich lange.

Denn in der Nacht von gestern zu heut ist sein Burgschloß überfallen und erstürmt worden durch eine gewaltige Horde Ungläubiger, und die schöne Cölestine ward entführt.«

»Cölestine?« fragte Joseph und faßte wie ein Fieberkranker, der sich bei Sinnen halten möchte, nach seiner Stirn.

»Ja sie selbst, wahr und wahrhaftig!« setzte eifrig beteuernd der alte Invalid hinzu. »Auf einem reichgeschmückten Kamel haben sie den Engel von hinnen geführt, glänzend wie eine Paschasbraut. Da kannst du sehn, was sie bei ihrem Fange zu gewinnen denken – dachten! Denn das Racheschwert schwebt über ihnen, das Rettungsschwert für das geraubte Engelsbild, und schlägt wohl schon jetzt auf ihre verfemten Häupter ein.« –

Er hielt plötzlich inne und lauschte nach dem Tal hinüber. »Noch alles still«, sagte er dann fast mißvergnügt, aber gleich darauf seine Hände fröhlich reibend, sprach er: »Ei nun, das ist auf starken Arm gelegt und an tapferes Herz und in helle Augen. Da wird schon alles kommen zur rechten Zeit, zu rechter Stunde, zum rechten Augenblick.« –

Und sich im behaglichen Ausruhen wiederum zurücklehnend auf den Steinsitz, sagte er:

»Eins ist bis jetzt noch das beste bei der ganzen wilden Geschichte, und weißt du, Landsmann, was? – Daß nämlich der Burgherr, ein Abkömmling in grader Linie vom großen Ungarnhelden Hunyades, dabei im Kampfe sein Leben gelassen hat.«

»Wie nun?« sagte Joseph erstaunt. »Faselst du? Der Raubmord, verübt am Burgherrn, soll für etwas Gutes gelten? Wohl für ein Bestes gar?« –

»Nun, nun«, murmelte der alte Kriegsknecht, »ein Gutes? das hab ich gar nicht gesagt; und ein Bestes hab ich ebensowenig gesagt, nur eben von *dem* Besten sprach ich, was sich unter dem Schlimmen noch etwa denken ließ. Schon vorhin hörtest du ja, den Magnaten hatten lange Zeit weder seine Untertanen lieb, noch irgend Leute sonst; und wen man nicht lieb hat, dem traut man überhaupt nichts Gutes zu. So hieß es auch, der Magnat habe nichts von der Kühnheit seiner Heldenahnen geerbt, und davon nahm die wüste Bitterkeit in den einmal haßverworrenen Gemütern noch zu. Ja, wo der Haß erst seine Herrschaft angetreten, da heißt die Losung: ›Hinunter! hinunter! rastlos hinunter in die ewige Nacht!‹ Und nur erst mit dem Engel Cölestine war eine Freudensonne aufgegangen. Nun, da es die Verteidigung der Engelserscheinung galt, ist der Heldengeist seines großen Stammherrn Hunyades über den Magnaten gekommen, daß er gefochten hat mit Wunderkühnheit und Wunderkraft gegen die Räuber und endlich in sein tapferes Todesblut gefallen ist, von allen beweint, von allen geehrt. Ist das nicht etwa das Beste nach einem wüstverworrenen Lebenslauf, wenn er am Ziele noch sich auflöset in ein seliges Zusammenklingen, rein und groß?« –

»Mensch, du redest ja mit Engelszungen!« sagte Joseph, wie verzückt emporstaunend in die blaue klare Luft. »Wahrlich, der Schlußakkord – der entscheidet über den ganzen Klangesstrom, der oftmals in den kühnsten Abweichungen hinflutet, daß, wer die Sache wenig oder gar nicht versteht, von Mißlaut faselt; aber der Schlußakkord! Ein rein auflösender Schlußakkord, und alles verhallet in himmlische Harmonien. – So recht.« –

»Du Mensch mit deinen wunderlichen Reden und Klingen, ich

muß ja wahrlich dir schon sonst einmal irgendwo begegnet sein!« sprach der alte Kriegsknecht.

»Mir ist ebenso zumut«, entgegnete der Geigenspieler.

Und beide sahen einander aus großen Augen, wie seltsam fragend starr an und nickten dazu, wie noch seltsamer bejahend mit den Köpfen. Sie wollten eben anfangen, sich näher mit Worten zu verständigen –

Aber da brach ein mächtiges Kriegsgelärm aus dem Talgrunde los: Pistolenknallen und Büchsengeknatter und Trompetengeschmetter und feldhufkämpfender Geschwader durchhin.

Der alte Kriegsmann stemmte sich an seinem Gewehr empor und sandte glühende Blicke dort hinüber und rief aus tiefseufzender Brust: »O wer nun dabei sein könnte! Gott segne dich mit Leben, so liegt auch schon der Siegessegen mit darin, du ritterlicher Ehrhardt, wackrer Streiter du!«

»Rittmeister Ehrhardt?« fragte Joseph mit glühenden Blicken. »Rittmeister Ehrhardt? Der ist es, der für Gräfin Cölestinens Rettung kämpft? O edler Held und Ritter, du hast ja schon deinen Segen! O Glückauf! O Heil dir, du großes, schönes Herz!«

Mächtig und immer vernehmlicher tönend, hallte das Tosen des Gefechtes in die Ausrufungen der beiden Männer.

Der alte Kriegsknecht aber ward still, horchte stets achtsamer hinüber und sprach endlich kopfschüttelnd:

»Was ist nur das? – Was will nur das? – Der Kriegslärm zieht sich mehr und mehr gegen uns heran. Sollten? – aber nein! – Es ist nicht möglich!« –

»Was meinst du? – Was scheint dir unmöglich?« fragte Joseph, durch des Alten sorgliches Benehmen in seiner freudig hoffenden Begeisterung gestört; und jener entgegnete:

»Fürwahr, unmöglich scheint es mir, daß Rittmeister Ehrhardts Kürassiere weichen sollten vor jenem Raubgesindel, wie wild sich auch dergleichen zu schlagen pflegt und wie übermächtig es etwa sein mag durch Anzahl. Aber wichen die Räuber – Kampfgeschrei und Geknall müßte sich entfernen; und grad umgekehrt: schneller und schneller kommt es hier heran. – Es scheint dennoch halt unmöglich!« –

»Es ist unmöglich!« rief Joseph. »Ehrhardt *kann* nicht weichen, wo es gilt für Gräfin Cölestinens Errettung. – Oder«, setzte er nachdenklicher hinzu, »wenn die Kürassiere weichen – da liegt gewiß schon ihr tapferer Rittmeister tot am Boden und ausgeblutet hat sein treues Herz.«

»Wiederum halt unmöglich«, sprach unwillig der Kriegsmann. »Vermeinst du, wunderlicher Geigenmann, Kaiserliche Küraßreiter ließen den Leichnam eines solchen Offiziers im Stich zur Beute den Buschkleppern? Wäre der tot, sie hätten eher allsamt ihr Leben ihm nachgeworfen, als an Rückzug ohne ihn gedacht oder gar an Flucht. Ei pfui doch! Pfui doch! – Aber wart, nun hab ich's, wie's sein wird; und gut wird es sein, gewiß!« –

Er schwieg, völlig zufriedengestellt, wie es schien, durch den ihm aufgestiegnen Gedanken; aber Joseph sprach ihn ungeduldig an:

»Ei so werd ich's ja doch wohl auch vernehmen können. Heraus mit der Rede.«

»Meinthalb«, erwiderte der Alte gelassen. »Ob du's jedoch begreifen magst – – das kommt auf dich an. Hab Achtung. Ich meinte, der Herr Rittmeister solle durch den Paß hier in des Feindes Nachhut fallen, aber die hätte dann im engen Grunde lang genug standgehalten, um den Raubgesellen der Vorhut Zeit zu gönnen für die raschere Flucht, mit fortführend ihre Engelsbeute; und wozu dann das ersiegte Kampfgefild, nur blutig und leichenvoll, aber leer an aller Herrlichkeit, um die man focht! Nein, der Herr Rittmeister geht mit höheren Gedanken um. Dort seitwärts hin läuft ein Talesarm aus und späterhin wieder mit diesem hier zusammen. Dort hinein wird der kluge Offizier gesprengt sein mit seinem Geschwader, der Raubjagd unbemerkt vorbei und voraus im raschesten Fluge, – und dann: ›Links umkehrt, schwenkt euch!‹ und: ›Gradaus!‹ und dem Feind von vorn entgegen, ihm den Rückzug sperrend mit ungestümstem Reiteranfall, und – – Victoria!«

Lautjubelnd rief er es aus, und als antworte ihm ein bestätigender Widerhall, tönte unfern aus dem Tale freudiges Trompetengeschmetter herauf. Der übrige Kampfeslärm schwieg.

Bald zogen nun die Kürassiere feierlich heran, noch in der Hand gezückt die leuchtenden Klingen, mehrere davon gefärbt mit Feindesblut. Die Trompeter bliesen einen fröhlichen Marsch. Als sie innehielten, löste kriegerischer Gesang der sieghaften Schar sie ab, wovon Joseph nur die Schlußworte jedweder Strophe deutlich verstehen konnte:

»Und sind nur erst Kaiserliche Küraßreiter da,
Ist halt auch den Bedrängten die Hülfe ganz nah.«

Dann fielen die Trompeten wiederum ein, und so ging der Zug jubilierend fürder. In dessen Mitten ragte von dem Rücken eines prachtvoll mit Decken behangenen Kamels eine strahlendschöne Frauengestalt hervor, in welcher Joseph alsbald die holdselige Gräfin Cölestine wiedererkannte. Neben ihr ritt der wackre Retter Ehrhardt, schweigend, mit gesenkter Klinge, als geleite er eine Kaiserin. Beide richteten oft ihre ernsten, jedoch freudestrahlenden Blicke aufeinander, öfter noch wie zu stummen Dankgebeten himmelan. Den nächstfolgenden Rotten zogen einige verwundete Kürassiere nach, vorläufig durch Waffenbruderhand verbunden, sich ohne Beistand im Sattel haltend und öfters in den Jubelsang des Geschwaders freudig mit einstimmend. Dann kamen wiederum rüstige Kameraden, den Rücken für jeden Fall deckend, kriegerischer Ordnung gemäß. Doch merkte man ihrer stolzen Unbesorgtheit an, der Feind war allzugründlich geschlagen, als daß man seines Wiederkommens gewärtig sein dürfte. – »Habt ihr nichts eingefangen vom Raubgesindel?« rief ihnen der neben Joseph stehende alte Kriegsknecht zu. – »Mochten ja doch die Unsinnigen selbst keinen Pardon!« scholl die Antwort aus eines bärtigen Unteroffiziers Lippen zurück. »Und wozu auch?« sprach er fürder, zu dem Fragenden heranreitend und seinen schäumenden Rappen zügelnd. »Siehst du, Vinzenz, hängen hätten sie ja dennoch müssen vor unsern Grenzgerichten. Da haben wir die überkühnen Wildfänge lieber gut kriegerisch gebetet auf blutigen Grund. Die Berghirten mögen sie einscharren. Die tragen auch bereits drei brave Kameraden von uns, denen der heutige Sieg das Leben gekostet hat – siehst du? Dort führt man ihre ledigen Rappen – zu dem Einsiedlerkirchhof ins Gebirg hinauf. Da rasten die Leiber dann in geweihetem Boden bis an den jüngsten Tag. Ihre Seelen sind von Gottes Gnaden bei dem edlen Ritter, dem Prinzen *Eugenius* im Himmel.«

»So recht!« sagte der Invalide, sein weißes Haupt beifällig neigend.

Der Unteroffizier, seinem ungeduldigen Hengste Zügel lassend, flog freudig dem Kürassiergeschwader nach. –

Einundzwanzigstes Kapitel

Der Zug war vorüber. Auf sein Gewehr sich stützend, ging der Invalide langsam nach, Joseph folgte, ohne sich recht klar bewußt zu sein: warum; aber verschiedene Gefühle und Erinnerungen zogen ihn an, während das heraufsteigende Abenddunkel die Gegend zu umschleiern begann.

Wie um das Mitgehen des Musikers zu bestätigen und ihm frische Wanderlust einzusprechen, sagte der alte Kriegsknecht nach einer Weile:

»Ihr tut gut, Landsmann, daß Ihr mich begleitet. Ohne Zweifel richtet sich nun jenes glorreiche Geschwader nach dem nächsten Städtchen, um der befreiten Herrin Erholung und Nachtruhe nach Gebühr zu verschaffen, denn auch dort besitzt der Magnat, ihr Gemahl, ein gar wohlversehenes Schloß. Besaß! – wollte ich sagen. – Ach, Genoß, um alle Erdenfreude ist es doch nur ein gar flüchtig vergängliches Ding. Wog in Woge, Schaum in Schaum; und was nun vollends jener so viel des Schönen und Erquicklichen hinter sich gelassen hat! – und hat doch halt so frühe davongemußt. Er mag sich wohl noch gar ängstlich rückwärts sehnen nach den gewohnten, ihm nun so fernab gebliebnen Freuden, der arme Geist, rasch und blutig losgerissen aus seiner jugendlichen Hülle. Laß uns ein Paternoster für ihn beten, mein Wandergefährt.«

Und er faltete still fürderwandelnd seine starken Hände um die ihn stützende Waffe zusammen.

Auch der Musiker ging schweigend beiher, die Hände gefaltet über das Griffbrett seiner Geige: anfangs nur, um den frommen Genossen nicht zu stören; doch bald ergoß es sich aus dessen Geist in den seinigen herüber mit heimlich ernster Wunderkraft.

Die Dunkelheit war indessen immer tiefer hereingebrochen, und nur fern leuchteten die Lichtfenster des Städtchens herüber, welchem man zuwandelte. Bisweilen auch, wenn sich der Weg zwischen Hügeln hinabbog, schien es, als sei jenes Gefunkel völlig untergegangen. Vom Huftritt des reisigen Zuges war schon längst nichts mehr zu vernehmen. Es war, als gingen die zwei Wandrer ganz abgesondert von aller Welt mitsammen fürder, ganz allein übriggeblieben aus einem allgemeinen Verschwinden oder doch Verdämmern der Dinge und just deshalb untrennbarlich gewiesen einer an den andern.

Solche Gedankenbilder füllten die Seele des Musikers mit einem Grauen, dessen er sich mühsam erwehren konnte. Die schönen frommen Gesichte, welche vorhin seine Seele durchwallet und durchklungen hatten, traten davor zurück. Eine unaussprechliche Angst kam über ihn, und er hätte gern vieles daran gesetzt, ein einziges Wort aus dem Munde seines Gefährten zu wecken. Doch wollte kein eigner Laut sich hervorpressen lassen über seine Lippen. Zwar hemmte ihn nicht mehr die frühere sanfte Besorgnis, den frommen Greis im Gebet zu stören. Eine unruhig aufsteigende Sorge vor etwas Unerhörtem trieb seine Seele bis zur Wildheit an; auch die heiligsten Bande und Riegel hätte er nun wohl gerissen und gesprengt. Aber wie ein dämonischunbezwinglicher Bann lag es über ihm. Er fühlte sich durchaus verstummt. Wohl kam ihm der Gedanke, seine Geige anklingen zu lassen in dieser wunderlichen Not. Plötzlich jedoch durchzuckte ihn kaltes Entsetzen und riß die schon gehobnen Hände lähmend zurück.

Da stieg der Vollmond grad gegenüber dem stummen Wandlerpaar goldig rot über die Höhen empor und versandte nach und nach immer deutlicheres Licht auf ihre Bahn. So ließ sich denn auch wahrnehmen, man sei nach Ersteigung des letzten Hügels dem Städtchen ganz nahe gekommen. Rascher nun schritten die Genossen zu. Plötzlich in einer unerwarteten Wendung des Weges stand man vor dem gräflichen Schloß, noch diesseits des Ortes auf einem freien Platz gelegen, jetzt mit Laternen und Fakkeln mannigfach beleuchtet. Ein starker Lichtschimmer fiel auf des Musikers Angesicht, daß er davon geblendet stehenblieb. Da wandte sich sein Genoß nach ihm um, plötzlich ausrufend:

»Ei Mensch, nun kenn ich dich ja auf einmal, wie der Strahl

dich so unversehens befällt! Kamst mir schon vorhin so wunderlich bekannt vor, aber ich wußte nicht, wohin ich dich recht eigentlich bringen sollte. Ja, ja, du bist es!«

»Für wen siehst du mich denn an?« entgegnete stammelnd der andre, durch ein Meer auf ihn einflutender Erinnerungen wie ganz überwältigt. »Ach, aber ich merk es schon, du hast ganz recht und brauchst mir nichts mehr zu sagen. Ach ja, nun kenne ich dich auch im plötzlich uns überstrahlenden Lichtglanz. Der alte Dragoner Vinzenz bist du, lahmgeschossen bei Landshut, der in den Böhmergebirgen den armen Musiker Joseph kennenlernte und Mitleid mit ihm empfand. Nicht wahr? Ja wohl! Und dieser Joseph bin ich selbst. Darin irrest du nicht. Aber keinesweges der arme Joseph mehr von damals her, der arme schwer verkannte Geiger! Nein. Vor dir steht jetzt der reiche Joseph! Der geehrte Joseph! Komm du mit. Wir wollen eins trinken mitsammen, bevor ich mich der schönen Gräfin und ihrem Erretter zeige. O wie die mich empfangen werden! Du sollst einmal sehen.«

»Gar nichts werd ich davon sehen. Gar nichts will ich davon sehen«, entgegnete schwerseufzend Vinzenz und machte seine kraftvolle Rechte gewaltsam los von den sie umklammernden Händen des Geigers. – »Ich lade dich ja auf gastlich freie Zeche ein. Es muß ja doch hier eine Weinschenke geben. Ei so komm doch!« rief der ganz wie freudenberauschte Musiker. Der Invalid aber seufzte:

»Gastlich? – frei? – Ach, armer Joseph! Armer Joseph!« – Und durch eine plötzliche Wendung verschwand er in das Dunkel der Nacht, fernher nur noch einmal, einem wehmütigen Nachhall vergleichbar, herüberseufzend: »Armer Joseph!«

ZWEIUNDZWANZIGSTES KAPITEL

Einige Augenblicke stand der Musiker ganz versteint. Ihm war, wie manchmal im Traum es ihm wohl vorgekommen war, als habe sich ein schwerer Alpdruck mit lebenzerpressender Wucht auf seine Seele geworfen; und just das Unbestimmte, was über des alten Vinzenz Klageworten so nebelhaft lag, erhöhte die

Schauer der ihm aufgestiegenen innerlichen Angst. Lange jedoch konnte er diesen Zustand nicht ertragen, und so warf er ihn plötzlich ab oder mindestens zurück und ging heftig nach dem erleuchteten Schlosse zu, wunderlich in sich hineinmurmelnd: »Mag der alte Träumer laufen, so weit er's mit seinem lahmen Fuße vermag. Dorten in aller Herrlichkeit der Welt werden sich schon Bessere finden, die mich verstehn!« –

Hastig trat er in den Schloßhof ein.

Aber auch hier fand er alles viel anders, als er sich's eingebildet hatte. Seine leicht aufsteigende Seele dachte nur an Siegesjubel und ritterlich edles Liebesglück für den Erretter der schönen Herrin, wie es die Anschauung des freudigen Reiterzuges vorhin zu verheißen schien. Jetzt aber hatten sich mit der Nacht die Trauerschatten um den rühmlich erschlagenen Magnaten mit hereingelagert, dessen Leichnam hier stündlich erharret ward von der beim Überfall halb in Brand aufgegangenen fernen Schloßburg herüber, um hier eine ruhige Bestattung zu finden. Hohe Feuerbecken loderten feierlich auf dem von dunkelhohen Bauwerken umragten Hofe, und nur wenige schwach erleuchtete Fenster deuteten die Zimmer an, wo die trauernde Gräfin jetzt verweilen mochte. Rings auf dem Platze standen abgesessen und kriegerisch gereiht die Kürassiere, ihre Karabiner beim Fuß, das Annahen des Leichenzugs erwartend. Rittmeister Ehrhardt lehnte in der Schloßtür, beide Hände gefaltet auf sein gezücktes Siegerschwert gestützt, das Auge ernst und klar gegen den Nachthimmel emporgerichtet, während rötlichzuckende Lichte aus den Flammenbecken bisweilen über sein kriegerisches Antlitz hinstreiften.

Als ein solcher Schimmer just wohl etwas blendend in seine Augen traf, senkte er sie unwillkürlich nieder auf den Kreis um sich her und ward Josephs inne. Feierlich schritt er auf ihn zu, faßte ihn bei der Hand und sagte:

»Zur guten Stunde, Meister, seid Ihr zu uns zurückgekehrt, wenn freilich zu überaus ernsthafter Stunde. Nun ist es an Euch, bald eine Totenmesse anzustimmen.« –

»Eine Totenmesse?« fragte der Musiker staunend, und im Klang der Stimme und Ausdruck des Gesichtes lag die Bedeutung: »Zu weit anderem dachte ich mich hier berufen.«

Ehrhardt aber entgegnete voll ernster Gelassenheit: »Nun ja freilich eine Totenmesse. Wovon doch sonst möchte sich's hier handeln? – Ein dankender Gottesdienst für der Gräfin Errettung freilich – der soll allerdings auch stattfinden mit Gottes Hülfe. Nur späterhin, versteht sich. Seht Ihr's ja, hier erharren wir den Leichenzug des Magnaten, des tapfern Rittersmannes, rühmlich gefallen unter den Säbeln der Ungläubigen, in Verteidigung seiner Ehegattin, seines Herdes, seiner Untertanen, seiner Ehre. Was man etwa – Ihr, Freund Joseph, oder ich oder sonst jemand – einzuwenden haben mochte gegen den Magnaten bei seinen Lebzeiten, schauet: das ist nun allzumal abgemacht und ab und tot durch seinen Tod und vollends durch einen so rühmlich ritterlichen Tod. Ei, daß nur keiner von uns je schlimmer aus der Welt gehe als *der!* – Erst eben jetzt hat man es der gnädigen Frau Gräfin Cölestine beigebracht, daß in dem wilden Entführungsgewimmel ihr Herr Gemahl den Tod gefunden hat auf ehrenvolle Weise. Schaut Joseph, da könnt Ihr ja Euren vor Augen liegenden Beruf nicht verkennen.«

»Gewiß nicht«, sagte Joseph sich ernst verneigend, von seltsam ahnungsreichen Gedanken immer mehr bewältigt, und setzte, während es ihm im Innern schauerte, mit äußerlicher Fassung hinzu: »Jeder das Seinige! Herr Rittmeister, das habt auch Ihr heut getan und tut es noch jetzt und gewiß auf eine da droben im Himmel höchst wohlgefällige Weise.«

»Das walte Gott!« sagte Rittmeister Ehrhardt; und: »Habt Achtung!« rief er gleich darauf im Kommandoton, seine Klinge dienstmäßig erhebend und an den Reihen der Küraßiere hinschreitend. »Das Gewehr auf Schulter! Präsentiert das Gewehr!« – Die Kriegsleute taten waffenrasselnd, streng pünktlich nach seinem Gebot, während er selbst salutierend seine blanke Siegerklinge senkte und der Leichenzug des Magnaten durchs Schloßtor hereingeschritten kam.

Der Musiker wankte wunderbar bewältigt von hinnen. –

Dreiundzwanzigstes Kapitel

Das geräumige Gastzimmer im wohlversehenen Wirtshause des Städtchens war heute beinahe leer, obgleich man sich sonst hier bei dem guten Weine des Gasthalters meist immer bis weit über die Bürgerglocke hinaus versammelt zu halten pflegte, und die hatte für heute noch nicht einmal geschlagen. Aber alles hatte sich auf dem Schloßhofe zusammengedrängt, um die Leiche des Magnaten zu empfangen und Zeuge von deren einstweiliger Beisetzung in der Schloßkapelle zu sein, bis man späterhin eine feierliche Beisetzung unter landesüblicher Pracht anordnen möge.

Nur der Gastwirt selbst und ein Diener war daheim geblieben, dieser draußen acht gebend, um etwa noch eintreffenden Fremden die Wohnung anweisen zu können. Jener, ein greiser Mann von kriegerischem Anstand und Wesen, wartete im Gastsaal, ob sich vielleicht noch Gesellschaft nach vollbrachter Beisetzungsfeier hier versammeln möge.

Außer ihm befand sich im Gemache nur der alte Vinzenz Klingenruck, in den düstersten Winkel des schwach erleuchteten Zimmers zurückgezogen und in sehr nachdenkliches Sinnen ernst, beinahe schwermütig vertieft. Er hatte weder Speise noch Trank begehrt und war somit der Beachtung des Gastwirtes eine Zeitlang entgangen. Doch nun begann endlich eben dies dem Unbeschäftigten aufzufallen, und er fragte nach, warum der doch wohl recht ermüdete Wanderer sich keine Stärkung wolle geben lassen. »Für heute fehlt's mir dazu an Geld«, sagte unbefangen der alte Dragoner Vinzenz. »Habt indessen Geduld mit mir und vergönnet mir Obdach, Herr Wirt. Zu morgen wird mir schon der Herr Rittmeister Ehrhardt willig Vorschuß leisten auf mein nächst zu erhebendes Gnadengehalt; oder der wackre Offizier tut auch wohl noch ein übriges, da ich mich ihm bei der Expedition gegen das unchristliche Räuberpack angeschlossen habe und ihm einigermaßen dabei behülflich sein durfte.«

»Ei Kamrad«, sagte der Gastwirt freundlich, »steht es also mit dir, da mußt du dir's halt schon gefallen lassen, heute von mir die Verpflegung gratis zu empfangen. Hab doch auch ich die Ehre gehabt, Kaiserlicher Majestät als ein getreuer Kriegsknecht zu dienen manch schönes Jahr lang, bis ich endlich invalid worden bin und mich hier niedergelassen habe.«

»Wenn's aus dem Ton gehen soll, Kamrad, mag ich mir's schon gefallen lassen«, sagte Vinzenz; »tische auf in Gottes Namen, was du mir ohne Beschwer geben magst, denn hungrig und durstig fühl ich mich gar sehr.«

Und der Wirt, Speise und Trank herbeiholend in reichlich gutem Maße, setzte hinzu: »Ohnehin möchten wir ja hier jedermann gern auf den Händen tragen, der dazu mit beigetragen hat, unsere engelgleiche Frau Gräfin, diese Segensbotin unsres Landes, aus den Klauen des heidnischen Raubgesindels zu erretten.« – Damit gebot er dem Kellner draußen, wenn etwa jemand Nachtherberge fordre, sie ihm anzuweisen, ohne hier ihn selbst zu stören, denn er habe lieben Besuch bekommen; und so setzten sich die zwei alten, wackren Kriegsleute mitsammen an eine vom Eingang entfernteste Ecke des Zimmers, nahe an die Tür zu einer unbesetzten Kammer, und plauderten und tafelten recht in aller offnen Unbefangenheit.

»Wessen das Herz voll ist, dessen geht der Mund über«, und von alten Soldaten gilt der Spruch allermeist. So geschah es denn auch, daß Vinzenz gar bald auf den Musiker Joseph zu sprechen kam, um den er so Herz als Sinn gar schwer belastet fühlte.

Dem Gastwirt war gleichfalls der Ruf des kunstreichen Geigers auf dem Schlosse des Grafen Ignatz – der verehrten Gräfin Cölestine Bruder – nicht ganz fremd geblieben, und so hörte er dem alten Waffenbruder und jetzt fröhlich empfangenen Gastfreund mit gespannter Achtsamkeit und Teilnahme zu, während dieser eine Schilderung seiner frühesten Bekanntschaft mit Meister Joseph entworfen hatte und jetzt auf folgende Weise darin fortfuhr:

»Nun stelle sich aber ein Mensch vor, wie alles kommen kann, oder vielmehr: niemals kann sich der Mensch dergleichen gehörig vorstellen. Wie ich Euch schon sagte, meinem lahmgeschoßnen Beine zu Trutz und Hohn pfleg ich ein Wanderleben zu treiben. Keinesweges, gottlob, als ein Vagabund, denn aus allen Militärkassen im Kaiserreich kann ich von Gottes Gnaden meinen ehrlich verdienten Ruhegehalt erheben und richte mich damit ein. Geht mir's Geld mal aus, gürt ich mir die Degenkoppel etwas fester um den Leib und rede mir halt ein: es seien Fastentäge vorhanden. Aber sonder eignen Herd, noch Kind, noch Weib – ei da will einem das Wandern vor allem zumeist behagen. Nur einmal streif ich über die Grenzen Kaiserlicher Herrschaft hinaus, und innerhalb Gutes zu schaffen oder doch schaffen zu helfen – wie zum Beispiel noch gestern – beschert mir der liebe Gott manchmal wie zuversichtlich jemanden, der nur ein wackeres Gelusten in sich verspüret, ehrlich mit anzufassen, dort wo es gilt. –

Da bin ich denn vor etwa Jahresfrist gelegentlich in die frische, böhmische Waldung hineingeraten, eben da, wo Meister Josephs Gehöft – oder vielmehr seines Vaters Gehöft – steht – oder vielmehr stand. – Aber wer seufzte denn hier nahebei so tief auf und so dumpf und schmerzlich?« unterbrach sich staunend mit einmal der alte Vinzenz.

»Was wird's sein!« entgegnete leichthin der Hausherr. »Etwa der Nachtwind in seinem Aufsteigen, der sich oftmal an dieser Wand des Gebäudes bricht. Bitt Euch, erzählt weiter. Fandet Ihr denn etwa das Gehöft von Meister Josephs Eltern – Ihr sagtet ja *stand!* – vom Feuer verzehrt oder von sonst einer wüsten Naturkraft zusammengebrochen?«

»Das just eben nicht«, erwiderte nachdenklich Vinzenz. »Zusammen hielt sich's noch immer und sogar aufrecht – aber etwa so, wie's auch ein erstarrter Leichnam tun möchte, gegen eine Felswand angelehnt. Sowenig der noch irgend Atem aushauchen möchte, sowenig stieg als Zeichen gastlichen Herdfeuers auch nur das kleinste Rauchwölkchen aus den Schornsteinen des stattlichen Baues empor. Die Fensterladen waren allesamt fest verschlossen, fest wie die Augenlider eines Toten und wie eines solchen krampfhaft geschlossener Mund war auch streng verriegelt die Haustür. Mich wandelte ein Schauer an und vollends, als ich nun die Zeichen der Vergänglichkeit aus Dach und Mauer hervorwuchern sah: Moosgeflecht und rankendes Gezweig zwischen fehlenden Ziegeln und losgebröckeltem Gestein herdurch! – Mich überkam's, daß ich mich halt nur kaum des lauten Weinens zu erwehren vermochte. – Horch – schluchzte da nicht jemand im Nebengemach?«

»Nicht doch«, entgegnete der Hauswirt. »Es ist der losbrechende Regen, der an die Fenster schlägt, und eins davon in der Kammer ist nicht allzuwohl verwahrt. Schon gestern hatte ich Schlosser und Schreiner bestellt, aber die trägen Burschen lassen mich im Stich. Ja, warte nur einer auf die! – Fandet Ihr denn vom Meister Joseph und den Seinigen dorten gar keine andre Spur mehr vor als das verfallende Gehöft?« –

»Vom Meister Joseph und den Seinigen?« erwiderte düster Vinzenz. »Ei nun ja! Von ihm und dem, was ihm auf aller Welt am liebsten für das Seinige galt – von seiner Geige, meine ich, erzählte mir ein alter Nachbar, der einzige Hirt, der noch in der seither verödeten Gegend heimisch geblieben war, Joseph und Geige seien mitsammen in die weite Welt hinaus verschwunden, und, ein zurückgelaßnes Abschiedsbrieflein ausgenommen, habe Joseph nie wieder das mindeste von sich hören lassen. Da seien dann die andern Seinigen – Vater und Mutter und Eheweib und Söhnlein und Töchterlein – in immer tieferes Grämen um ihn versunken. – Ich äußerte dem Alten das Verlangen, sie zu besuchen; er sagte voll ernster Freundlichkeit: ›Ich will dich zu ihnen führen‹, und fuhr in seinem Bericht unterweges etwa folgendermaßen fort: ›Anfänglich allerdings nahmen sie das Ding, soviel sie konnten, auf die leichte Achsel, wie das denn überhaupt meist aller Leute Manier zu sein pflegt. Eltern und Weib taten es, weil sie sich einredeten, die Weltklugheit bringe das vernünftigerweise so mit sich. Die Kindlein? Ei nun, denen hatte man eingeredet, Vater komme übermorgen wieder und immer wiederum übermorgen, und so ging es denn von einer Woche in die andre mit erträglichem Hinhalten fürder. Aber die Zeit strich hin, und nach und nach schwoll die Sehnsucht nach dem Ausbleibenden immer gewaltiger an. Wie einen Menschen das Heimweh krank zu machen pflegt in der Fremde, kann ihn auch das Freundesweh krank machen mitten in der Heimat und vielleicht noch kranker, weil die äußerlichen Gegenstände unabänderlich dieselben bleiben und dabei nur immer und immer das eine vermißt wird, was sie beleben und erfreulich gestalten konnte: nämlich der Freund.‹«

Vinzenz senkte nachdenklich sein Haupt in die auf den Ellenbogen gestützte hohle Hand und seufzte schwer.

Der Gastwirt aber fragte nach einigem Schweigen: »Das alles

449

sprach dir unterwegs, lieber Kamrad, dein Geleiter vor« – und Vinzenz, wieder aufblickend, erwiderte:

»Das oder anderes, mehr oder minder – man kann das nicht allemal so genau von Menschenworten rapportieren, die keine Parolbefehle sind; aber just auf diese Weise klang es damals in meine Seele herein und klingt darin auch immerdar nach. Wie nun aber der Hirt und ich mitsammen an einen von hohen Eisengittern umhegten, ziemlich weiten Rasenplatz gekommen waren – da zeigte er durchhin nach fünf Grabeshügeln, abgesondert eingezäunt durch eine ziemlich verwilderte Hagebuchenhecke, alles in just aufgestiegnem Mondenschimmer leuchtend. Ich fragte, was mir das sollte; und der Hirt entgegnete: ›Nun, da sind sie ja eben, zu denen du hin verlangt hast, alter Kriegsmann, des Meister Josephs Mutter und Vater und Weib und Söhnchen und Töchterlein. Sie haben lange auf Kunde von ihm gewartet. Weil er nun aber so gar nichts mehr von sich hören ließ, ward eines nach dem andern hierher gebettet, somit natürlich die übrigen immer mehr nach sich mitlockend, und so sind sie denn allzumal endlich in Wehmut und Sehnsucht hingestorben um ihn.‹« –

Vierundzwanzigstes Kapitel

Ein Ton, wie schmerzlich gellendes Kindergekreisch, fuhr aus der Nebenkammer los und zugleich ein Krachen und Zusammenbrechen, als werde dort gewaltsam irgend was zertrümmert und zertreten. Hülfsrüstig war sogleich der alte Vinzenz aufgesprungen und wollte die Tür aufreißen, aber sie war stark von innen verriegelt. Der Gastwirt starrte totenbleich, schreiend: »Unglück in meinem Hause! Mord!« – »Ja Mord!« stöhnte eine dumpfe Stimme aus der verschlossenen Kammer zurück. »Aber allergerechtester Mord! Allerunerläßlichster Mord! Und doch – nun es geschehn ist, will mir das Herz darüber zerbrechen.« – Und die Stimme verlor sich in ein krampfhaftes Geschluchz und Gewinsel.

Vinzenz rüttelte vergebens mit all seiner Manneskraft an Tür und Türschloß. »Es ist noch ein andrer Eingang! Folgt mir!« rief jetzt der Wirt aus und eilte mit Vinzenz nach dem Gange hinaus, den ihm begegnenden Kellner heftig anredend: »Was ist da? wen hast du dort hineingelassen, Mensch?« –

»Ei Herr«, sagte der ganz bestürzte Bursch, »einem Fremden hab ich die Kammer aufgetan, wie ich ja von Euch Vergunst und Geheiß dazu hatte! Einem einzelnen Manne, zu Fuß reisend, aber anständig an Kleidung und an Gestalt.«

»Und das Kind, so jammervoll aufkreischend nur eben noch erst, – wie kam das Kind nur zu ihm hinein? Ohne Zweifel hat er es ermordet. Sein gräßlicher Widerhall gestand es ja selbst.« –

»I Herr«, entgegnete der Kellner, »prägt Euch doch nicht Wunderliches in Sinn. Nicht Kind, nicht Weib, nicht Mann ist zu ihm hineingekommen, seit er sich dort in der Kammer befindet. Einen Geigenkasten trug er auf dem Rücken, aber viel zu klein, um eine menschliche Kreatur zu beherbergen; und noch zum Überfluß mag ich Euch sagen – soeben besinn ich mich drauf – in meiner Gegenwart nahm er die Geige heraus, achtsam, ordentlich wie liebkosend, und legte sie vor sich auf den Tisch, den Fiedelbogen daneben – und der kleine Kasten blieb leer. Hat unser Gast jemandem was zuleide getan und hat jemand gekreischt unter dessen Mißhandlung, so müßt es die Geige gewesen sein, was ich mir aber kaum denken kann, tat er doch ordentlich schön mit ihr. Na meinthalb, schaut selbst hinein!«

Und somit öffnete er die nach dem Gange hin unversperrte Kammertür und wich darauf zurück, ehrerbietig gegen seinen Herrn, auch wohl von Schauer und Scheu durchdrungen vor dem, was in dem nun wiederum ganz lautlos gewordenen Gemache möchte vorgefallen sein.

Eine Lampe stand auf dem Tisch und erleuchtete die Gegenstände, wenngleich mit wunderlich zuckenden, von längst ungeschneuztem Docht ausfahrenden Lichtern.

Am Boden lag der Fremde bitterlich weinend, beide Hände vor dem Gesicht, neben ihm die gänzlich zertrümmerte Geige, alle Saiten zersprengt.

Auf das Geräusch der Eintretenden hob der Verstörte sein Haupt empor und blickte wild nach ihnen um. Der alte Dragoner jedoch rief, die Hände schmerzlich zusammenfaltend:

»Ach Gott, armer Joseph, bist du's?«

»Weiß nicht recht«, murmelte Joseph düster vor sich hin.

»Besinne dich, Joseph!« redete der andre liebevoll auf ihn ein; »um des Himmels willen. Ich bin ja dein guter alter Freund, ich bin ja der alte Invalid Vinzenz Klingenruck, den du noch ganz vor kurzem heiter begrüßt und gern wiedererkannt hast.« –

»Ja – damals«, sagte Joseph und nickte auf schauerlich nachsinnende Weise mit dem Kopfe; »damals – o ja – ei ja – hei ho!« – Und er begann zu singen, aber mit heiser gedämpfter, obgleich noch immerdar anmutiger Stimme:

>»Als ich von dir Abschied nahm,
>Immer ging und wiederkam –
>Als ich immer Abschied nahm –
>Von dir ging – nie wieder kam –
>Als ich zu dir wiederkam,
>Und auf immer Abschied nahm« –

Aber sich unterbrechend, murrte er fürder in klangloser Rede, auf den guten Vinzenz unheilvolle Blicke gerichtet:

»Du hast mir mein Lied verdorben – mir mein Lied zerbrochen – mir mein Lied verstümmelt und es mir aus allen Gelenken gedreht, so daß es mir nun durch und durch die Seele verrenkt und zerreißt bei der leisesten Berührung – und los kann ich davon doch nimmer so wenig, als ein Verrenkter los kann vom Atmen, ob es ihm gleich die verdreheten Glieder im zuckenden Schmerze zerreißt –

>O alter Vinzenz Klingenruck,
>Das war kein Freundesstuck! –

Merk, Alter! obgleich meine Geige zertrümmert ist, reimen kann ich dennoch und besser zwar, denn je zuvor; aber hüte dich, alte Eule der Unglückseulen! Denn stemm ich mich jemals wieder empor – dann sollst du heulen!« –

Und wie zum Sprung ein Raubtier sich zu stemmen und zu ducken pflegt, so duckte und stemmte sich der verwilderte Mensch. –

»Um Gottes willen, Kamrad, zurück!« rief der Gastwirt und wollte den alten Dragoner mit sich von hinnen reißen. Vinzenz aber stand still und stark und fest. Mit der rechten Hand faßte er den Griff seines Schwertes – mehr wohl, um sich der ehrenvollen Nähe der guten Waffe bewußt zu sein, als um sie zur Wehr gegen den armen Verwilderten zu gebrauchen – während er die Linke feierlich gen Himmel hob mit festem Blick auf den Unglücklichen, dazu sprechend:

»Besinn dich halt, armer Joseph. Mit dem da droben hast du's zu schaffen. Nicht mit einem, der durch die Fügung des Ewigen zum Boten für dich ward, wenngleich zum überaus schmerzlichen Boten, Gott weiß, wie gern ich dir Freudenkunde gebracht hätte, du armer Geigenmann.«

»Geigenmann! Geigenmann!« wimmerte Joseph; »und hab doch nicht mal *ein* unzertrümmertes Stückchen Geige mehr.« – Und damit legte er sich leise schluchzend an den Boden nieder, wie ein verweintes Kind, wenn es gern einschlummern möchte unter seinen Tränen.

Die beiden Männer besprachen sich indessen heimlich und gefaßt mitsammen, und staunend vernahm dabei der Gastwirt und ließ es sich mehrmal wiederholen, der klagende Mensch dort am Boden sei wirklich der gefeierte Musiker Joseph, der weit berühmte Kapellmeister aus dem Schlosse des Grafen Ignatz.

Jetzt aber richtete sich Joseph langsam auf, mit entsetzlicher Feierlichkeit wie ein tollgewordener Heldengeist, richtete sich ganz und gar auf seine Füße wieder empor, daß er den beiden vorkam als ein durch böse Hexerei unaufhaltsam himmelan wachsender Babelsturm, und sagte endlich mit hohler Donnerstimme mit schauervoll zu ihnen hinüber dräuender Gebärde:

»Hütet euch! versündigt euch nicht durch Angeberei wider mich; oder minder noch unterfangt euch, mich anrühren zu wollen. Ich bin ja von Eisen, von glühend flammendem Eisen. Seht ihr's denn nicht? Ich fühl es ja doch, fühl es im lodernden Jammer durch und durch, vom Wirbel zur Sohle hinunter, von der Sohle zum Wirbel hinauf. Wahrt euch, ihr Menschen! Wer mich mit einer Fingerspitze berührt, zerlodert im Hui! – Und dann: Mord bleibt freilich Mord. Ob jedoch ihn ein Gigas ausübt, ein Riese, ein Himmelsstürmer oder ein maulwurfsmuckender Zwerg – merkt ihr den Unterschied? Maulwürfe zertretet ihr und Riesen zertreten euch. Ein artiger Kontrapunkt! Und zum Riesen gestaltet mich die Vollmacht der Nemesis. Meint ihr, außerdem hätte ich Macht üben können über dies liebe Kind, welches ehedem Viola hieß oder Violine? Armes Veilchen du! – Aber jetzt bist du zertreten, bist nichts, bist eine Null, aus Splittern zusammengelegt. O ich könnte mir die Augen ausweinen um deinetwillen, hätte nicht, Blümlein, der alte Abgrundsdrache in deinen Staubfäden genistet; aber das hat er getan, und eben drum auch mußtest du zertreten werden wie ein giftiger Pilz. Merk auf! und leugn es, wenn du kannst und darfst. – Hast du nicht mit schmeichelnden Lügenklängen mir alles überwoben und übergaukelt und hinausgetändelt aus meiner Seele, was drinnen lebte und lächelte und weinte von uraltschöner Erinnrung an Elternliebe und Eheglück und Kindesliebkosen und Herdesruh? Vergiftete Viola, hast das nicht du? – Aber da wird es mir, als jammertest du noch einmal auf aus all deinen Trümmern mit süßem Klagelaut, o Viola, o arme Violine!«

Er sann eine Zeitlang nach, stillschweigend und ernst, dann sprach er voll plötzlich wiederum hervorbrechender Weichheit unter Tränen fürder:

»O Viola, du bist ja doch wirklich wohl eigentlich meine Seele! Und jegliche Seele kann sündigen, und Seele, du bist um deines Sündigens willen zerknickt. – Was mich selbst betrifft, ich ergebe mich. Vollständig ergeb ich mich, ich seelenloser, blütenzerpflückter Überrest eines ehemaligen Musikanten. Ihr verständigen Leute, auf Gnade und Ungnade bitte ich euch, nehmt mich hin!« –

Mit weit vorgestreckten Armen, als wolle er sich in einen Abgrund stürzen, bog er sich den beiden Männern entgegen und hätte einen vielleicht tödlich zerschmetternden Fall auf den Estrich der Kammer hin getan, nur daß ihn die zwei rasch besonnen und kräftig auffingen.

Dann ließ er sich von ihnen widerstandslos, obgleich keineswegs ohnmächtig, auf ein Lager bringen, wobei er nur immerfort leise und nicht ohne anklingenden Wohllaut flüsterte:

>»Nun ist es vorbei,
>Nun ist es vorbei,
>Es sei!«

während über sein bleiches Antlitz milde Tränen perlengleich herniederrollten. –

Fünfundzwanzigstes Kapitel

Die Kunde von Josephs unerwartetem Erscheinen, bereits durch Rittmeister Ehrhardt dem Grafen Ignatz bei dessen Eintreffen auf dem Schlosse mitgeteilt, ward bald eingeholt durch die traurige Botschaft des Gastwirts: der Künstler sei plötzlich in einen krankhaften Wahnsinn verfallen.

Ignatz und Ehrhardt eilten sogleich zu dem ihnen vorlängst so lieb gewordenen Menschen, indem sie Vorkehrungen getroffen hatten, daß Gräfin Cölestina in ihrer frommen Witwentrauer am Sarge des Gemahls nicht gestört werde durch dies neuschmerzliche und innerlich zerreißende Ereignis.

Der Graf saß zu den Häupten, der Rittmeister zu den Füßen des nun sanft schlummernden Kranken. Beide hatten einander leise Wort und Hand darauf gegeben, nicht von dem Bedrängten zu weichen, bis sein Erwachen ihnen einen deutlichen Blick in seine Seelenstimmung vergönnen möge. Den alten, nachgerade todmüde gewordenen Vinzenz Klingenruck hatten sie zu Bette geschickt und auch dem Gastwirt ausdrücklich geboten, er solle nur ihnen zweien ganz allein die Bewachung des erkrankten Meisters überlassen, bis der von einer früher angeordneten Berufsfahrt eiligst herbeigerufene Leibarzt erscheine.

Der Wink des verehrten Grafen, das Ansehen des errettenden Kriegers fand natürlich den unbedingtesten Gehorsam, und so saßen die beiden nun in tiefer Stille der Nacht einander gegenüber an des bleichen Schläfers Lagerstätte, von den Schimmern einer an der Decke schwebenden alten Eisenampel beleuchtet. –

Es blieb so, bis die ersten Dämmerungen des Frühlichtes vor dem Kammerfenster aufzusteigen begannen. –

Da begann auch der arme Joseph seine Augen aufzuschlagen, stammelnd:

»Wo bin ich? – Wo ist? –«

Doch bei der zweiten Frage unterbrach er sich selbst, gleichsam wie einem andern antwortend und mit heißem, aber lindem Geweine seufzend:

»Ich weiß schon. Die hab ich zertrümmert, die allerliebste Hexe. Gerecht war es, strenge gerecht, aber auch ganz undenkbar hart – absonders für mich. Denn das holde Zauberding schläft stumm unter seinen Trümmern und weint nicht mehr und lacht nicht mehr – ich aber wache, und ob ich auch nie fürderhin wiederum lache – doch wein ich, weine wohl immer fort, bis Stöhnen und Ächzen ausheult aus Weinens Port. O ich bin ganz, ganz unaussprechlich elend. Denn merkt's, mir ist nicht nur die Harmonie abhanden gekommen, sondern auch alle Melodie zugleich mit. Leben – ich muß es. Ich darf mich nicht selbst zertrümmern, und dennoch muß ich disharmonisch, unmelodisch leben. O wehe mir! Jeglicher Seufzer eine Dissonanz!« –

Und wirklich begannen seine Worte stets mehr und mehr in schauerlichen Mißlaut auszuarten, wovor er endlich selbst zu erschrecken schien, die krampfhaft gefalteten Hände über seinen Mund zusammenpressend und alsdann zurücksinkend in einen Zustand des tiefen Schlafes oder vielleicht auch der völligen Ohnmacht.

Ignatz und Ehrhardt sahen einander besorgt an mit fragenden Blicken.

Endlich flüsterte der Graf leise:

»Wenn er nun so hinüberschlummerte in die Ewigkeit – wär es nicht eher ein Wohl für ihn zu heißen als ein Weh?«

Der Rittmeister, seine kriegerische Befehlsstimme zum leisesten Klange mildernd, entgegnete sehr nachdenklich:

»Gott weiß. – Gott mißt das Wohl und das Weh ab und hält in der allmächtigen Liebeshand die ernste Waage – eine Schale für die Zeit – eine Schale für die Ewigkeit. Dieser liebe Mensch hier hat wohl gar viel auf seinem Gewissen, wie man es aus seinem Gefasel deutlich bemerken kann. Auch hab ich schon so was durch den ehrbaren Invaliden Vinzenz Klingenruck vernommen. Wenn jetzt der arme kunstreiche Joseph unvermerkt hinüberschlummern sollte in das Audienzgemach des ewigen Richters; – mein lieber Graf, ich meine doch wahrlich, ein tüchtiges Appellblasen des Todesengels auf der Gerichtstrompete möchte dem träumenden Musikanten halt wohltätiger sein für seine unsterbliche Seele.«

Graf Ignatz neigte ernstbejahend sein Haupt.

Indem trat der herzugeeilte Leibarzt leise in das Gemach.

Er hatte schon von Vinzenz und dem Gastwirt Erkundigungen über den Kranken eingezogen und beobachtete sein Aussehen jetzt sorgfältig mit angestrengtester Achtsamkeit, ihm den Puls fühlend. Jetzt flüsterte er mit einem tiefen Seufzer:

»Keine Spur von Fieber oder von leiblicher Krankheit sonst! – Ich fürchte – sein Verstand ist auf immer zerrüttet.« –

Ehrhardt und der Graf blickten tiefbetrübt gen Himmel.

Als die einzige Möglichkeit vielleicht noch denkbarer Wiederherstellung verordnete nach langem Sinnen endlich der Arzt die Versetzung in ganz verschiedenartige Umgebungen, so daß Joseph beim Erwachen keinen der Gegenstände mehr wahrnehme, die ihn im Augenblick der zerrüttenden Kunde umgeben hatten. Graf Ignatz erbot sich, ihn im Zustande der Betäubung nach dem Schloß hinaufbringen zu lassen.

»Wohl günstiger noch«, setzte der Arzt hinzu, »möchte es wirken, könnte man ihn nach einem vorlängst gekannten und geliebten Ort schaffen, wo ihn Erinnerungen aus ehedem glücklichen Tagen anleuchteten. Ich schlage dazu Ihr Stammschloß vor, Herr Graf. Erlauben Sie es, so geleite ich ihn dorthin. Sein Schlaf ist allzunahe der Ohnmacht verwandt, als daß nicht bei sorgfältigem Transport sich jedes deutlicher bewußte Erwachen unterweges vermeiden ließe.«

Ignatz willigte nach seiner freundlich großmütigen Weise gern ein, und unser armer Freund ward feierlich leise, einem zu Grabe geführten Leichnam ähnlich, von hinnen getragen.

Letztes Kapitel

Jene letzte und allerdings nur schwach gehegte Hoffnung des Arztes hatte sich nicht verwirklicht.

Obgleich Gräfin Idalia auf seine Bitte, als der Kranke in sein gewohntes Gemach auf dem Schlosse gebettet war, im Nebenzimmer das Liedesthema, sonst unserm armen Freunde so wunderbar lieb:

»Als ich von dir Abschied nahm,
Immer ging und wiederkam« –

auf der Harfe anschlug und endlich auch in die Weise eintönte mit ihrer Engelstimme, konnte selbst das kaum auf Joseph bis zu einem leisen Schimmer anmutigen Selbstbewußtseins einwirken. Seitdem er seine Geige zertrümmert hatte, schien er nur noch ein halbes Leben zu führen, etwa wie die spukende Seele eines Selbstmörders, die von dem begrabnen Leibe nicht los könnte, obzwar unvermögend, sich wieder mit ihm zu vereinen. –

Unter der gastlich sorgsamen Pflege der edlen Familie – den alten Vinzenz Klingenruck hatte man ehrenvoll als Wärter bei dem Gestörten angestellt – verweinte und verseufzte der träumende Musiker seine Tage still, und es ging sichtlich mit ihm der letzten Stunde zu. Einstmal hatte man den Versuch gewagt, ihm während seines Nachmittagsschlummers eine köstliche Cremoneser Geige auf den Tisch vor seinem Ruhebett hinzulegen. Aber kaum erwacht, fuhr er davor im wilden Entsetzen zurück, aufschreiend:

»Lügnerische Buhlerin, täuschende Hexe, du bist meine getötete Freundin nicht!«

Und er hätte sich vielleicht voll wütenden Widerwillens aus dem Fenster gestürzt, wäre nicht der treue Vinzenz ihm zur Seite gewesen, der ihn kraftvoll, beruhigend zurückhielt, während man rasch die Geige von hinnen schaffte. Darauf ward er wieder stiller, sprach aber tagelang mit innerlichem Grausen von einer überaus gräßlichen Doppelgängerin, die ihm in seinem Schlummer aufgelauert habe.

Derweil begann für seinen ritterlichen Freund Ehrhardt und die holde Gräfin Cölestine aus den verdämmernden Trauergewölken ein bräutlicher Liebessegen zu erblühen.

Durch die rettende Waffentat des wackern Rittmeisters waren dem edlen Grafen vollends die Augen darüber aufgegangen, wie Rittertum eins sei mit dem Adel, möge nun ein Stammbaum dazukommen oder nicht, und um der Schwächern in der Familie willen hatte Graf Ignatz leicht bei dem Kaiser Joseph eine sogenannte Standeserhöhung für den tapfern Offizier erhalten. Der Kürassierrittmeister hieß jetzt Freiherr *Ehrhardt von Rettendank* und ließ es sich gern gefallen, behielt er ja doch seinen ehrbaren Väternamen mit bei und fühlte sich durch den neuverliehenen Zunamen an den erhebendsten Augenblick seines Kämpferlebens fortdauernd ritterlich gemahnt.

Eines schönen Herbsttages, zwei Jahre nach jenem ernsten Ereignis, welches den tapfern Ehrhardt zum Retter seiner Geliebten erhob, war er zum Ehebunde mit ihr eingesegnet worden, und am Abende des Tages darauf hatte Graf Ignatz all seine edlen Nachbarn und auch die umwohnenden Landleute nah und fern zu einem glänzenden Freudenfest berufen.

Die Gärten, sich mit ihren duftigen Rasenplätzen, schattengrünen Lauben und kunstreichen Bogengängen labyrinthisch über den Hügelhang vom Schloßberge hinab erstreckend, waren bunt angefüllt mit einer Menge von fröhlichen Menschen, jubelnd bei Tanz und Wein und das gestern vermählte Paar hochleben lassend, bald mit lautem Gelärm, bald mit anmutig tönenden Chorgesängen, bald mit feierlich ernsten Spruchworten: je nachdem sich nun die eigentümliche Stimmung aus den verschiedenartigsten Kreisen kundgab.

Ehrhardt an Cölestinens Arm wandelte selig entzückt durchhin, Grüße liebreich entgegennehmend und erwidernd, sein Inneres lauterer Gottesdank an denselben Plätzen, die so oftmal Zeugen seiner tiefsten Wehmut und seines schmerzlichen Entsagens gewesen waren. Ihm folgte Graf Ignatz, seine Mutter und seine Schwester Idalia führend, und demnächst die Paare der zur Familienfeier unmittelbar eingeladenen vornehmen Gäste.

Als der Abend nun tiefer und duftiger zu dämmern begann, nur von den letzten Scheideblicken der untergegangenen Sonne noch einige Gewölke purpurgesäumt, funkelten aus den Gebüschen wie verstohlen Lampenlichtlein hier und da empor. Wär's Frühling gewesen, statt Herbst: man hätte sie für Glühwürmer ansehn mögen. –

Dann aber auch begann es aus den Zweigen der höchsten und dichtbelaubtesten Bäume zu strahlen wie goldne Früchte, und nach und nach rankten sich leuchtende Gehänge, Blumengewinden vergleichbar von Wipfel zu Wipfel im sanft aufsteigenden Abendwinde leise schwankend und ungestört, während von verschiedenen Talgewinden herauf sanfte Harmonien aus Blasinstrumenten tönten, einander ablösend, bald elegisch ahnungsreich, bald im kriegerischen Jubel feierlich, bald sich lustig erweckend zur fröhlichen Tanzmusik. –

Der gesellige, die Neuvermählten begleitende Ehrenzug hatte sich bis zu einer abgelegenen Stelle hinbewegt, absichtslos nur eben durch heiter stille Laune geleitet, im Wunsch vielleicht, sich auf ein paar Viertelstündchen abzusondern von dem vielfach bewegten Menschengewoge, das zwischen den mit jeder Minute glänzender beleuchteten Hauptgängen des Parkes auf und nieder wallete.

Sie waren zu einer entfernteren Laube gelangt, wo nicht allein das Gesumme der Menge verklang, sondern auch die Töne der Musik nur noch in halbverwehten Akkorden hereindrangen, mehr vernehmbar dem innern als dem äußerlichen Sinn. Auch die Erleuchtung war hier nur in Dämmerlichtern noch merkbar, und um so mehr fühlte man sich zu der dichten Laube hingezogen, von deren Blätterdach eine Ampel herniederhing, sie fast als die Kapelle eines frommen Einsiedlers gestaltend.

Und die Erscheinung eines solchen schien auch mitten darin vor dem Steintische zu knien, wie in frommes Gebet versunken.

Unwillkürlich hielten die beiden Neuvermählten an, hinter ihnen die andern. Cölestine blickte wie fragend nach Idalien um und begegnete dem gleichen Blicke. Es war dieselbe Stelle, wo sie einstmal dem armen Joseph einen Lorbeerzweig zugeworfen hatten.

Und der arme Joseph auch war es, der jetzt unfern von ihnen am Steintische kniete, aber ohne weder ihrer noch eines andren Menschen gewahr zu werden. Er befand sich wie in der tiefsten Einsamkeit. Nahe bei ihm lehnte an der Laubenwand der alte Kriegsmann Vinzenz Klingenruck und winkte allen mit ernst auf den Mund gedrücktem Zeigefinger zu schweigen. –

Da hob Joseph leisen, wohllautenden, immer stärker anschwellenden Klanges folgendermaßen zu singen an:

>»Liebe Geige, bist zertrümmert,
>Liebe Seele, du noch lebst
>Und in deine Tiefen schimmert
>Süß, wovor du klingend bebst!
>
>Schimmert her aus ew'gen Hallen,
>Mahnt zu ew'gen Hallen auf
>Und die innren Fluten wallen
>Springborngleich im kühnen Lauf.

O, dies Herz hat viel gelitten,
O, dies Herz, noch leidet's viel.
Aber bald heißt's: ›ausgestritten!‹
Und die Seele quillt ans Ziel.

Schwere Buße weckt Vergebung,
Und die Brust wird wunderleicht,
Und das Sterben wird Belebung
Und all banger Schatten weicht.

Kann die Geige nicht mehr klingen,
Weil im Sturm der Welt sie brach,
Kann die Seele doch noch singen
Und oft singt die Welt ihr nach.

O wie schön's durch Trümmer schimmert,
Wann, Versunkner, du dich hebst!
Lieber Leib, du bist zertrümmert,
Doch du, liebe Seele, lebst.« –

Im Verhallen der letzten Sangestöne senkte sich der Musiker, einen wohllautenden Seufzer aus tiefster Seele emporhauchend, sanft zusammen. Die andren traten herzu. Er war gestorben. –

Sie haben ihn an selbiger Stätte, feierlich zuvor nach der Sitte ihrer Kirche durch Priesterhand geweihet, begraben lassen und während ihres lange und heiter fortblühenden Lebens sein Grab oftmal und liebevoll besucht. Auf den schönen, dunklen Marmorstein, welcher es bedeckte, wurden seine letztern Sangesworte mit goldfarbiger Schrift eingegraben:

»Lieber Leib, du bist zertrümmert,
Doch du, liebe Seele, lebst.« –

ANHANG

VORBEMERKUNG

Friedrich de la Motte Fouqués umfangreiches erzählerisches Werk ist heute kaum mehr zugänglich. Allein die *Undine* als seine populärste Erzählung ist noch in Einzeldrucken oder Anthologien leicht zu erreichen. Eine Gesamtausgabe seiner Werke gibt es nicht, und in Anbetracht der nahezu unübersehbaren Menge von – zum Teil sogar noch ungedruckten – Erzählungen, Romanen, Epen, Gedichten und Dramen besteht wenig Aussicht darauf, daß es sie je geben wird. So setzt sich der vorliegende Band zum Ziel, das Spektrum dieses Werks anhand einer Reihe von Geschichten vorzuführen. Einige davon werden als packende, phantasievolle Prosa gelesen werden, andere vielleicht nur als interessante literarhistorische Dokumente. Über die Bedeutung Fouqués als Erzähler wird in einem die Ausgabe abschließenden Essay Rechenschaft abgelegt. Bei der Auswahl ist Bedacht darauf genommen worden, daß sich der Leser eine Vorstellung von der Breite und Buntheit dieses Werks machen kann und Verbindungen zwischen Fouqué und anderen Autoren seiner Zeit sieht. Als einer der populärsten Schriftsteller ist er nicht wegzudenken aus der deutschen Romantik und überhaupt aus dem literarischen Leben in Deutschland am Anfang des 19. Jahrhunderts.

Die größere Anzahl der hier vorgelegten Erzählungen ist seit jenen Jahren nicht wieder veröffentlicht worden. Sie erscheinen hier in chronologischer Anordnung nach dem Zeitpunkt ihrer ersten Publikation. Die Texte entsprechen – mit fünf Ausnahmen – den Erstdrucken; allerdings ist es bei der regen literarischen Tätigkeit Fouqués nicht ausgeschlossen, daß den hier angegebenen Erstdrucken an der einen oder anderen Stelle noch die Veröffentlichung in einer weniger bekannten Zeitschrift vorausgeht. Über die wenigen Textemendationen gibt ein Verzeichnis Rechenschaft. Orthographie und Zeichensetzung wurden den heutigen Regeln angeglichen. Daß dabei vermieden wurde, Wortklang, grammatische Eigenheiten oder die satzrhythmische Funktion eines Kommas anzurühren, versteht sich von selbst; Anführungszeichen wurden durchgehend eingesetzt. Insgesamt war die Tendenz der Modernisierung, dem heutigen Leser die Lektüre zu erleichtern, ohne die Patina des Altertümlichen zu verwischen.

Die Anmerkungen beschränken sich auf biographische und quellenkundliche Informationen zu den einzelnen Erzählungen; Namen, Titel, Bezüge, Wörter oder Redewendungen wurden dort erläutert, wo leicht erreichbare Nachschlagewerke möglicherweise versagen.

Zum Schluß ein Wort des Dankes. Wer sich heute für Fouqué interessiert, kommt ohne Arno Schmidts »biographischen Versuch« mit seinem Reichtum an Material und Erkenntnissen nicht aus. Auskunft erhielt ich vom Deutschen Literaturarchiv in Marbach und von einigen Fachkollegen hier in Australien. Frau Marlies Korfsmeyer vom Winkler Verlag half mit Rat und Tat bei der Textrevision, und Frau Dr. Denise Ryan, Melbourne, gab mir geduldig Unterstützung bei den Anmerkungen und den Korrekturen.

G. S.

LEBENSDATEN

1777   12. 2. Friedrich Heinrich Carl de la Motte Fouqué in Brandenburg/Havel geboren.
1779   Auf dem elterlichen Gut Sakrow in der Mark.
1787   Umzug nach Potsdam.
1788   Einzug in das neuerworbene Gut Lentzke bei Fehrbellin.
28. 11. Tod der Mutter, Marie Luise, geb. von Schlegell.
1789   Der Philosoph August Ludwig Hülsen wird Hauslehrer bei Fouqué. Spätere Freundschaft mit Hülsen bis zu dessen Tod 1810.
1794   Eintritt als Kornett in das Kürassierregiment Herzog von Weimar in der preußischen Armee. Teilnahme am Ersten Koalitionskrieg gegen Frankreich.
1798   25. 1. Tod des Vaters, Heinrich August Karl.
20. 9. Heirat mit Marianne von Schubaert (1783–1862) in Bückeburg.
1799   Rückkehr nach Lentzke.
1802   Besuch in Weimar. Zusammentreffen mit Goethe, Schiller und Herder. In Berlin Begegnung mit A. W. Schlegel.
Scheidung von Marianne.
8. 11. Abschied von der Armee.
Dezember: Übersiedlung auf das Gut Nennhausen bei Rathenow, das der Familie von Briest gehört. Daneben Wohnung in Berlin.
1803   9. 1. Heirat mit Caroline von Rochow, geb. von Briest (1774–1831), in Nennhausen.
In Dresden Begegnung mit Philipp Otto Runge, Heinrich von Kleist und Ludwig Tieck, in Lauchstädt mit Schiller.
13. 9. Geburt der Tochter Marie Louise († 1864); Pate ist August Wilhelm Schlegel.
Erste Publikation: die dramatische Szene *Der gehörnte Siegfried in der Schmiede* und zwei dialogische Gedichte in Friedrich Schlegels Zeitschrift *Europa*.
1804   In Nennhausen und Berlin. In den folgenden Jahren dort vielfältige Bekanntschaften und Beziehungen zu Schriftstellern wie Achim von Arnim, Clemens Brentano, August Bernhardi, Adelbert von Chamisso, Joseph von Eichendorff, Johann Gottlieb Fichte, Heinrich von Kleist, Otto Heinrich von Loe-

ben, Adam Müller, Wilhelm Neumann, Wilhelm von Schütz, Karl Varnhagen von Ense und dem Verleger Julius Eduard Hitzig.
1808 Der gemeinsam mit Bernhardi, Chamisso, Neumann und Varnhagen verfaßte parodistische Roman *Die Versuche und Hindernisse Karls* erscheint.
1809 Übersetzung von Cervantes' Trauerspiel *Numancia.*
1810/11 Mitarbeit an den von Kleist herausgegebenen *Berliner Abendblättern.*
1811 Herausgeber und – einziger – Autor der Zeitschrift *Die Jahreszeiten,* in deren erstem Heft (Juni 1811) die *Undine* erscheint.
1812 Zusammen mit Wilhelm Neumann gibt Fouqué in Berlin *Die Musen. Eine norddeutsche Zeitschrift* heraus (bis 1814). Im gleichen Jahr erscheint auch der erste Band des *Taschenbuchs der Sagen und Legenden,* das Fouqué mit der Weimarer Schriftstellerin Amalie von Helwig herausgibt. Der zweite und letzte Band erschien 1817.
1813 Teilnahme als Leutnant am Krieg gegen Napoleon, z. T. in Gemeinschaft mit Joseph von Eichendorff und Max von Schenkendorf. In Dresden Zusammentreffen mit dem Freiherrn vom Stein und Wilhelm von Humboldt, in Weimar wiederum mit Goethe.
10. 12. Nach schwerer Erkrankung Rückkehr nach Nennhausen und Berlin. Fouqué wird im Range eines Majors aus dem Dienst entlassen. In den folgenden Jahren enger Verkehr mit E. T. A. Hoffmann, Contessa, Chamisso und Hitzig.
1814 Adelbert von Chamissos *Peter Schlemihls wundersame Geschichte* wird von Fouqué herausgegeben.
1815 Eichendorffs Roman *Ahnung und Gegenwart* erscheint mit einem Vorwort von Fouqué.
Mit Caroline de la Motte Fouqué, Ludwig Uhland, Friedrich Kind und Franz Horn gibt Fouqué das *Frauentaschenbuch* heraus (erschienen für die Jahre 1815–1816).
1816 Bis 1821 erscheint die von Fouqué und anderen herausgegebene Vierteljahrsschrift *Für müßige Stunden.*
3. 8. In Berlin Uraufführung von Hoffmanns und Fouqués Oper *Undine* mit Dekorationen von Schinkel.
1818 Schlaganfall.
1820 Auf einer Badereise nach Karlsbad in Dresden Begegnung mit Carl Maria von Weber, Ludwig Tieck, Moritz Retzsch und Caspar David Friedrich.
In Berlin Besuch u. a. von Heine und Immermann.
1829 Herausgeber der Wochenschrift *Berlinische Blätter für deutsche Frauen* (bis 1830).
1831 21. 7. Tod Caroline de la Motte Fouqués.
1833 25. 4. Heirat mit Albertine Tode (1806–1876) in Berlin. Über-

	siedlung nach Halle. Dort Privatvorlesungen über Literatur- und Zeitgeschichte.
1839	29. 10. Geburt des Sohnes Karl († 1874).
1841	Erscheinen der *Ausgewählten Werke* als »Ausgabe letzter Hand«.
	Rückkehr nach Berlin.
1843	23. 1. Tod Fouqués.
	29. 1. Geburt des Sohnes Friedrich († 1921).

ABKÜRZUNGEN

Adelung	Johann Christoph Adelung, *Grammatisch-kritisches Wörterbuch der Hochdeutschen Mundart*. 4 Bde. Wien 1807–1809.
AW	Fouqué, *Ausgewählte Werke*. Ausgabe letzter Hand. 12 Bde. Halle 1841.
D	Druckvorlage.
DWB	J. Grimm und W. Grimm, *Deutsches Wörterbuch*. 32 Bde., Leipzig 1854–1960.
E	Erstdruck.
Goedeke	Karl Goedeke, *Grundriß zur Geschichte der deutschen Dichtung*. Aus den Quellen. Dritte neu bearbeitete Auflage. Dresden 1910–1916, repr. Nendeln/Liechtenstein 1975.
Houben	Heinrich Hubert Houben, *Zeitschriften der Romantik*. Berlin 1904, repr. Hildesheim 1969.
Kl. R.	Fouqué, *Kleine Romane:*
	1. Theil: *Der Todesbund*. Berlin 1812.
	2. Theil: *Erzählungen*. Berlin 1812.
	3. Theil: *Neue Erzählungen*. Erster Theil. Berlin 1814.
	4. Theil: *Neue Erzählungen*. Zweiter Theil. Berlin 1816.
	5. Theil: *Neue Erzählungen*. Dritter Theil. Berlin 1818.
	6. Theil: *Neue Erzählungen*. Vierter Theil. Berlin 1819.
A. Schmidt	Arno Schmidt, *Fouqué und einige seiner Zeitgenossen*. Nachdruck der 2., verbesserten und beträchtlich vermehrten, Auflage (Darmstadt 1960), Frankfurt/M. 1975.
O. E. Schmidt	Otto Eduard Schmidt, *Fouqué, Apel, Miltitz*. Beiträge zur Geschichte der deutschen Romantik. Leipzig 1908.

KOMMENTAR

Eine Geschichte vom Galgenmännlein

E: Pantheon. Eine Zeitschrift für Wissenschaft und Kunst. Herausgegeben von Dr. Johann Gustav Büsching und Dr. Karl Ludwig Kannegießer. Ersten Bandes zweites Heft, S. 198–240. Leipzig, bei C. Saalfeld: 1810. Wiederabgedruckt in: Kl. R., 3. Theil (1814), S. 101–166 unter dem Titel *Das Galgenmännlein* und in AW, Bd. 9, S. 87–132.

D: Text nach *E;* der Abdruck in Kl. R. weist nur geringfügige Korrekturen auf, von denen die unter »Textänderungen« (S. 488) verzeichneten übernommen wurden.

»Galgenmännlein« ist zunächst ein Volksname für die Alraune oder Mandragora; wenn ein Dieb »gehenkt wird und das Wasser läßt (aut sperma in terram effundit), so wächst an dem Ort der *Alraun* oder das *Galgenmännlein*« (Grimm, *Deutsche Sagen*, 1816 ff., Nr. 84). Das Wort wird aber auch auf den »Spiritus familiaris« übertragen, der in ähnlicher Weise wie bei Fouqué schon von Grimmelshausen (*Landstörtzerin Courasche*, 1670, Kap. 18) beschrieben wird (vgl. auch Grimm, *Deutsche Sagen*, Nr. 85). Eine bestimmte Quelle für Fouqués Erzählung ist nicht bekannt.

Die Geschichte fand besonders den Beifall E. T. A. Hoffmanns, der in der Einleitung zum 3. Band der *Serapionsbrüder* (1820) darüber schreibt: »Die Wirkung [der Erzählung] gleicht der eines starken Getränks, das die Sinne heftig aufreizt, zugleich aber im Innern eine wohltuende Wärme verbreitet. In dem durchaus gehaltenen Ton, in der Lebenskraft der einzelnen Bilder liegt es, daß, ist man beim Schluß selbst von der Wonne des armen Teufels, der sich glücklich aus den Klauen des bösen Teufels gerettet, durchdrungen, nochmals all die Szenen, die in das Gebiet des gemütlich Komischen streifen, z. B. die Geschichte vom Halbheller, hell aufleuchten. Ich erinnere mich kaum, daß irgendeine Teufelsgeschichte mich auf so seltsam wohltuende Weise gespannt, aufgeregt hätte, als eben Fouqués ›Galgenmännlein‹« (*Werke*, hrsg. G. Ellinger, Bd. 7, S. 23). Sehr wahrscheinlich ist bereits Hoffmanns *Geschichte vom verlornen Spiegelbilde* (1814) im 2. Teil der *Phantasiestücke in Callots Manier* teilweise von Fouqués Erzählung inspiriert worden. Das *Galgenmännlein* wurde außerdem von dem Wiener Theaterdichter Ferdinand Rosenau 1817 unter dem Titel *Vizlipuzli* dramatisiert. Möglich ist auch der Einfluß auf Robert Louis Stevensons *Das Flaschenteu-*

felchen (The Bottle Imp), das zuerst 1892 veröffentlicht wurde. Zur Sekundärliteratur vgl. die Bibliographie, S. 491.

16 *Tabulettkrämer:* ein wandernder Händler mit einem »Bauchladen«.
20 *Falkonettkugel:* ein *Falke* ist die »Feldschlange«, das große Geschütz, *Falkonett* die »Viertel- oder Quartierfeldschlange«, d. h. eine Kanone, »die 2 bis 3 Pfund Eisen schießt« (Adelung).
29 *freisamen Helden:* freisam = wild, furchtbar.

Das Grab der Väter

E: Berliner Abendblätter. 57tes Blatt. Den 5ten Dezember 1810. Die Geschichte ist unterzeichnet: »M. F.«
D: Text nach der Faksimile-Ausgabe: *Berliner Abendblätter.* Herausgegeben von Heinrich von Kleist. Nachwort und Quellenregister von Helmut Sembdner. Darmstadt 1970, Jg. 1810, S. 223-225.

Zu Fouqués Verbindung mit Heinrich von Kleist vgl. H. Sembdner, *Fouqués unbekanntes Wirken für Heinrich von Kleist.* In: *Jahrbuch der deutschen Schiller-Gesellschaft* 2 (1958), S. 83-113.

Der unentschiedene Wettstreit

E: Berliner Abendblätter. No. 68. Berlin, den 21sten März 1811. Die Geschichte ist nicht unterzeichnet, wurde aber von Fouqué in seine *Gefühle, Bilder und Ansichten* (1819) aufgenommen. Vgl. die Bibliographie, S. 489.
D: Druckvorlage wie für *Das Grab der Väter;* Jg. 1811, S. 270-272.
Dasselbe Motiv wie in dieser Geschichte hat Fouqué auch in *Die Familie Hallersee. Ein Trauerspiel aus der Zeit des siebenjährigen Krieges* verwendet. Das Stück erschien 1813 innerhalb seiner *Dramatischen Dichtungen für Deutsche.*

36 *Schlacht bei Lowositz:* bei Lobositz im nördlichen Böhmen besiegte die Armee Friedrichs des Großen am 1. 10. 1756 die Österreicher.

Undine

E: Die Jahreszeiten. Eine Vierteljahrsschrift für romantische Dichtungen. Herausgegeben von Friedrich de la Motte Fouqué u.a.m. Frühlings-Heft. Berlin, bei J. E. Hitzig 1811, S. 1-189. Das Heft enthält außer dem Text der *Undine* noch ein *Vorwort,* in dem es heißt: »Die mit dem gegenwärtigen Hefte begonnene Zeitschrift, wovon in jedem Vierteljahre ein neues, von unbestimmter Stärke, je nach dem Vorrath an brauchbaren Materialien vorhanden ist, erscheinen soll, ist ausschließlich *romantischen Dichtungen*, jedoch im weitesten Sinne des Wortes, bestimmt. Sie hat keinen andern Zweck, als zu *unterhalten*, daher liegt Alles, was nicht *allgemein* lesbar, verständlich und eingänglich scheint, außer ihrem Zweck.« Dem mit »Die Redaktion« unterzeichneten *Vorwort* folgt diese *Einladung:*

Einladung

Der Lenz erwacht, Wald blüht und Stimmen klingen,
  Hell kommt des Morgens, mild des Abends Strahl,
Und was erprießt im friedlich kräft'gen Ringen,
  Man gönnt ihm gern des lust'gen Spieles Wahl;
Mög' es im Rund von soviel heitern Dingen,
  In soviel seel'ger Träume bunter Zahl,
  Auch unserm Gartenbeet vergnüglich glücken,
  Daß Augen gern hier schaun, und Hände pflücken.
Und weil aus Bergen reich die Ströme fließen
  In Füll' und Lust bei dieser Jahreszeit,
Weil gern die Wolken seegnend sich erschließen
  Anschwellend Au'n zu Spiegeln klar und weit,
Soll auch durch unsern Garten sich ergießen,
  Ein Bächlein, hell in Freud' und süßem Leid.
  Zur Huld gezähmt, und wie es Holden diene,
  In Demuth willig kommt's, genannt Undine.
Zeigt Ihr Euch mild, so trägt ein kühnres Schwellen
  Euch künftig hin durch Sommers güldnes Land.
Dann später fort in ernsten Klippenfällen
  Spielt es an Herbstes rothumlaubtem Strand;
Ja, auch dem Winter darf es sich gesellen
  Verstummend nicht vor strengen Eises Band; –
  Da draußen rauscht's, Ihr sitzt bei'm Heerdesfeuer,
  Und hört fernher manch schaurig Abentheuer.
Denn wechselnd wird die Quelle sich gestalten,
  An Namen, Klang, und an des Ufers Blühn,
Und kräft'ge Freunde werden drüber walten
  Mit mannigfachen Zaubers reichem Glühn;
Der zeigt im Treiben Kraft, und der im Halten,
  Der im Zerstören, der im Auferblühn,
  Und vielfach lächle Sonnenstrahl den Dichtern
  Aus vieler Leser heitern Angesichtern.

Ein Autor des Gedichtes wird nicht angegeben; es ist offensichtlich Fouqués eigener Überblick über seinen Plan mit den *Jahreszeiten*. Die *Undine* folgt anonym mit der Bemerkung: »Vom Verfasser des *Todesbundes*«. Dieser Roman Fouqués war 1810 ebenfalls anonym erschienen.

Den Schluß des 1. Heftes der *Jahreszeiten* bilden Vertonungen J. H. Jung-Stillings von zwei seiner eigenen Gedichte. Von den *Jahreszeiten* erschienen noch drei weitere Hefte mit Werken Fouqués: Sommer-Heft 1812 (*Die beiden Hauptleute*, vgl. S. 132), Herbst-Heft 1814 *(Aslauga's Ritter, Alpin und Jucunde)* und Winter-Heft 1814 *(Sintram und seine Gefährten).* Vgl. Houben, Sp. 212–216. Eine zweite Auflage der *Undine* erschien 1814, und zwar sowohl als Nachdruck des Frühlings-Heftes der *Jahreszeiten* wie, mit Verfasserangabe, als selbständige Buchveröffentlichung (vgl. C. G. von Maassen in: *Der grundgescheute Antiquarius* I [1920–22], S. 159f.). Die *Undine* ist dann noch zu Fouqués Lebzeiten vielfach nachgedruckt worden, zuletzt 1841 in AW, Bd. 8, S. 1–132, ohne daß vom Verfasser Änderungen vorgenommen wurden.

D: Text nach E. Zu vorgenommenen Textänderungen vgl. S. 488.

Ein genauer Textvergleich findet sich in Kürschners *Deutscher National-Litteratur,* 146. Bd., 2. Abt., 1. Theil, S. 119–195; allerdings enthält dieser Text einige Druckfehler.

In der von ihm herausgegebenen Zeitschrift *Die Musen,* Jahrg. 1812, 4. Quartal, hat Fouqué S. 198f. selbst die Quelle seiner Erzählung angegeben: »Mit Vergnügen begegne ich der wohlwollenden Anfrage, berichtend, daß ich aus Theophrastus Paracelsus Schriften schöpfte. Ich benutzte die Ausgabe von Conrad Waldkirch zu Basel, vom Jahre 1590, in deren neuntem Theil S. 45 das Liber de Nymphis, Sylphis, Pygmaeis et Salamandris, et de caeteris spiritibus mir das ganze Verhältniß der Undinen zu den Menschen, die Möglichkeit ihrer Ehen u.s.w. an die Hand gab. Der alte Theophrastus eifert sich gar ernstlich darüber, daß Leute, die an Wasserfrauen verehelicht seien, solche oftmals für Teufelinnen hielten, und sich nicht mehr nach deren Verschwinden für gebunden erachteten, sondern vielmehr zur zweiten Ehe schritten. Das bringe aber den Tod, und zwar verdientermaßen. Zum Beleg erzählt er, ein Ritter Stauffenberg sei am zweiten Hochzeittage durch die Rache der beleidigten Wasserfrau gestorben. Alles übrige im Mährchen ist meine Erfindung.« Als Modell zur Undine verweist A. Schmidt, S. 119ff., auf Elisabeth von Breitenbauch, die Fouqué als Fünfzehnjährige im Mai 1795 in der Nähe von Minden kennengelernt hatte.

E. T. A. Hoffmann, damals Kapellmeister in Bamberg, hatte bald nach Erscheinen der Erzählung Fouqué vorgeschlagen, den Stoff zu einer Oper zu benutzen. Fouqué schrieb dafür selbst das Textbuch, das bereits im November 1812 in Hoffmanns Händen war. Die Komposition erstreckte sich dann über die nächsten zwei Jahre; 1814 kam Hoffmann nach Berlin und stand dort in engem Verkehr mit Fouqué (vgl. Anm. zu *Ixion,* S. 475). Am 3. August 1816 wurde die Oper mit großem Erfolg in Berlin aufgeführt, verschwand aber nach dem Brand des Berliner Opernhauses 1817 vom Spielplan. Später wurde sie durch Lortzings gleichnamige Oper verdrängt (1845). Die Partitur der Hoffmannschen Oper wurde 1906 von Hans Pfitzner neu herausgegeben. Unter den verschiedenen weiteren Bearbeitungen des Undine-Stoffes in Anlehnung an Fouqué sind das Drama *Ondine* von Jean Giraudoux (1939) und das Ballett von F. Ashton und Hans Werner Henze (1958) hervorzuheben (vgl. dazu Hans Werner Henze, *Undine. Tagebuch eines Balletts.* München 1959).

40 *Zueignung:* das Gedicht ist mit dem Nachsatz »zur zweiten Auflage« zuerst in der Ausgabe von 1814 abgedruckt.
54 *Ringelrennen:* ein Rittersport, bei dem im schnellen Vorbeireiten eine Lanze durch einen Ring geworfen werden mußte.
59 *englischen:* englisch = engelhaft.
93 *angesehn:* so E und AW statt möglichem *abgesehn.*
101 *Frauen:* ein altertümlicher Genitiv singularis.

Ixion

E: Urania. Taschenbuch für Damen auf das Jahr 1812. Amsterdam und Leipzig: Kunst und Industrie-Comptoir, S. 63–77.
Am Ende der Novelle steht »Berlin«, wo Fouqué sich damals aufhielt. Wiederabgedruckt in: Kl. R., 3. Theil (1814), S. 29–50.
D: Text nach *E.*
A. Schmidt nennt die Novelle eine »ausgesprochene Bekenntnisdichtung . . . in der Fouqué wieder einmal auf die schreckliche Enttäuschung in seiner Ehe mit Caroline angespielt hat: wie sie die zuerst besprochenen, rührenden Ideale eines stillen, zurückgezogenen, nur der Liebe und Dichtkunst gewidmeten Zusammenlebens nur als poetisches Gedankenspiel eines kurzen Augenblicks aufgefaßt hatte, mit dem ein ›vernünftiger‹ Mensch natürlich in praxi niemals Ernst machen könne.« (S. 185f.) Fouqué selbst hat die Novelle in einem Brief vom 6. Januar 1813 an Carl Borromäus von Miltitz als »ein Stück meines Herzens« bezeichnet (O. E. Schmidt, S. 109). Ein verwandtes Thema behandelt Fouqué in der etwas früher entworfenen Erzählung *Die Heilung* (1. Fassung 1810, vgl. S. 244 ff. und Anm. dazu). In Beziehung dazu wiederum steht das Gedicht *Die Heilung des Wahnsinnigen,* das zuerst in der von Fouqué und Wilhelm Neumann herausgegebenen Zeitschrift *Die Musen,* Jahrg. 1814, 1. Stück, S. 95–97 erschien. Im dritten Stück des gleichen Jahrgangs findet sich dann noch (S. 272–293) ein fiktiver Briefwechsel zwischen dem Baron Wallborn und E. T. A. Hoffmanns Musikergestalt, dem Kapellmeister Kreisler. Fouqué läßt Wallborn schließen: »Könnten wir nicht einmal gemeinschaftlich eine Oper erschaffen? Mir liegt so etwas im Sinne.« Hoffmanns Idee, Fouqués *Undine* zu einer Oper umzugestalten, ging in das Jahr 1812 zurück (vgl. S. 474). Ende September 1814 kam Hoffmann nach Berlin, wo sich bald Beziehungen zu Fouqué anspannen. Eine Anspielung darauf findet sich in der Antwort des Kapellmeisters Kreisler, die, nach Hoffmanns Vorbemerkung, »in der Nacht, als er auf

immer von mir schied«, geschrieben sein sollte: »Als heute im Theater eine kräftige jugendliche Gestalt in Uniform, das klirrende Schwerdt an der Seite, recht mannlich und ritterhaft auf mich zutrat, da ging es so fremd und doch so bekannt durch mein Innres und ich wußte selbst nicht, welcher sonderbare Accordwechsel sich zu regen und immer höher und höher anzuschwellen anfing« (*Die Musen,* Jahrg. 1814, 3. Stück, S. 287f.). Hoffmann hat Wallborns und Kreislers Brief in den zweiten Teil der *Kreisleriana* im vierten Band seiner *Phantasiestücke in Callots Manier* (1815) aufgenommen (*Werke,* hrsg. G. Ellinger, Bd. 1, S. 272–280).

117 *Ixion:* sagenhafter König von Thessalien. Vgl. dazu Karl Philipp Moritz, *Götterlehre oder Mythologische Dichtungen der Alten* (1791). Neuausgabe Leipzig 1966, S. 313f.: »Fast ein gleiches Schicksal mit dem Tantalus hatte Ixion, der in Thessalien herrschte; er wurde auch an die Tafel der Götter aufgenommen, wo die Reize der Juno ihn seiner Sterblichkeit vergessen ließen. Er ruhte nicht eher, als bis er glaubte, das Ziel seiner Wünsche erreicht zu haben; allein ihn täuschte auf dem Gipfel seines eingebildeten Glücks ein Blendwerk: statt der Juno umarmte er eine Wolke; aus dieser Umarmung entstand wiederum ein täuschendes Bild, ein bloßes Geschöpf der Phantasie, die fabelhaften Centauren, wo Mann und Roß ein Körper sind. Die vermeßnen Ansprüche dieses Sterblichen auf die Umfassung des Hohen und Himmlischen wurden nicht nur getäuscht, sondern auch bestraft. Ixion ward plötzlich von dieser Höhe in den Tartarus hinabgeschleudert, wo er, an ein Rad gefesselt, sich ewig im Kreise drehet und so für seine frevelnden Wünsche büßet, die ihn die Grenzen der Menschheit übersteigen ließen. – Die immerwährende Unruhe bleibt, aber sie ist zwecklos, gleich dem mühevollen Rade menschlicher Bestrebungen, die sich nur um sich selber drehen.«
Liefländer: das Gouvernement Livland mit der Hauptstadt Riga gehörte seit 1721 zu Rußland. Es hatte eine deutsche Oberschicht.

120 *Noli me tangere:* »Rühre mich nicht an«: lateinische Version der Worte Christi in Joh. 20, 17.

121 *Sopha:* das Wort wurde bis ins 19. Jh. hinein häufig maskulin gebraucht.

Eine altitaliänische Geschichte

E: Die Musen. Eine norddeutsche Zeitschrift. Hrsg. von Friedrich Baron de la Motte Fouqué und Wilhelm Neumann. Erstes Quartal. Berlin 1812, S. 134–144.
D: Text nach *E.*

Die Quelle dieser Erzählung ist die Novelle *Die neue Hero* aus den *Cento novelle antiche* von Gianfrancesco Straparola da Caravaggio

(1480–1557). Eine anonyme deutsche Übersetzung erschien in der *Zeitung für die elegante Welt* vom 30. November 1811 (Sp. 1903–1906). Den Handlungsverlauf hat Fouqué unverändert beibehalten; der »Theodorus« in der italienischen Novelle ist jedoch ein Bettler und lebt auf einem Felsen zwischen Ragusa und einer Insel, dem Wohnort der »Margaretha«. Die Tendenz von Fouqués Überarbeitung beschreibt eine anonyme Rezension des Erstdrucks so: »Der Bearbeiter hat diese schlichte unscheinbare Skizze zu einem herrlichen Gemälde umgeschaffen, und der alten romanzenartigen Sage ein höheres poetisches Leben eingehaucht. Die sinnliche Neigung erscheint gleich zu Anfang veredelt, und am schönen Schlusse vollkommen vergeistigt. Vorzüglich schön ist das furchtbare Schweigen, unter welchem die Brüder die entsetzliche That beschließen und vollbringen, schaudervoll hervorgehoben.« (*Zeitung für die elegante Welt*, 21. Mai 1812, Sp. 803 f.). – Zur Sage von Hero und Leander vgl. E. Frenzel, *Stoffe der Weltliteratur*, Stuttgart 1962, S. 266–268, wo jedoch diese beiden Versionen nicht verzeichnet sind.

Die beiden Hauptleute

E: Die Jahreszeiten. Eine Vierteljahrsschrift für romantische Dichtung. Herausgegeben von Friedrich Baron de la Motte Fouqué. Sommer-Heft. Berlin, bei J. E. Hitzig 1812, S. 3–120. Die Überschrift lautet: »Die beiden Hauptleute. Eine Erzählung. Vom Verfasser der Undine.« Die Erzählung füllt das ganze Heft. Zur Zeitschrift vgl. Anmerkungen zu *Undine*, S. 472 ff. Wiederabgedruckt in AW, Bd. 9, S. 1–86.

D: Text nach *E*.

In seiner *Lebensgeschichte*, S. 304 f. gibt Fouqué folgende Übersicht über diese Erzählung: »*Die beiden Hauptleute*. Novelle. Als Sommerheft für eine Quartalschrift: die Jahreszeiten, wo für den Frühling Undine den Reigen eröffnet hatte. Ein Spanier und ein Deutscher, unter Kaiser Karl dem Fünften Algier erobern helfend, aus dem Sonnenlande dorten, ja selbst aus der glühenden Wüste noch Blumen des Glaubens, der Ehre, der Liebe pflückend, versöhnt wegen eines Ehrenstreites durch den großen Alba selbst, und beglückt sodann durch seelige Ehebündnisse an Einem Tage – Das ist der Grundriß. Die Darstellung mahnt an den Ton der Spanischen Dichtungen, aber im tiefsten Grunde leuchtet das Germanische Leben und Weben herdurch.«

132 *Xeresweine:* Xeres de la Frontera ist eine Stadt in der spanischen Provinz Cadix, die wegen ihres Weinbaus bekannt wurde. »Xereswein« ist der Sherry.
Kaiser Karl: Karl V. (1500–1558) war von 1519–1556 deutscher Kaiser und seit 1516 König von Spanien. Er unternahm 1535 einen Feldzug gegen den türkischen Seeräuber Khair-ed-din Barbarossa, der sich in Tunis festgesetzt hatte. Die Stadt wurde erobert und ihrem

rechtmäßigen Herrscher Mulei-Hassan zurückgegeben. Gefangene Christen wurden befreit und in ihre Heimat entlassen.
142 *vor Pavia:* die Truppen Karls V. siegten dort am 24. 2. 1525 über die französischen Truppen unter König Franz I.
145 *Goleta:* auch Cooletta, Festung und Hafen in der Nähe von Tunis. *Stücke:* Kanonen
146 *Alba:* Fernando Alvarez de Toledo, Herzog von Alba (1507–1582), war auf vielen Kampfplätzen Heerführer für Karl V.
147 *Barbarossa:* vgl. Anm. zu S. 132.
Vivat Carolus Quintus!: Es lebe Karl V.!
148 *Partisane:* lange Stoßwaffe mit Holzschaft und zweischneidiger Klinge.
152 *Tartsche:* eine Art Wurfgeschoß in Form eines langen, halbrunden Schildes.
156 *Barbaresken:* Berber. Auch die einzelnen Staaten der Berberei wurden gelegentlich Barbaresken genannt.
166 *auf altnumidische Weise:* Numidien war im Altertum das Hinterland der nordwestafrikanischen Küste, besonders Algerien. Die Numidier gelten als Vorfahren der Berber.
168 *Antonius:* der heilige Antonius, der sich um 270 in die Wüste Oberägyptens zurückzog und dort die Anfechtungen seiner Natur überwand, gilt als Vater des Mönchstums.
177 *Die alten römischen Historien:* Fouqué bezieht sich hier wohl auf Cäsars *De bello gallico,* wo in Buch V die Centurionen Titus Pullo und Lucius Vorenus erwähnt werden, die einander den Ruhm und die höchsten Ämter streitig machen, aber im Kampf vor den eignen Linien dann einander beistehen.

Olafs Sage

E: Salina oder Unterhaltungen für die leselustige Welt. Von A. G. Eberhard, A. Lafontaine und Andern. Halle, Bd. 1 (1812), Heft 2, S. 124–138, unter dem Titel *Eine nordische Sage* (Angabe nach Houben, Sp. 256). Wiederabgedruckt in Kl. R., 3. Theil (1814), S. 207–222.
D: Text nach Kl. R., da die Zeitschrift *Salina* nicht zugänglich war.
Fouqués Quelle ist das *Königsbuch* (Heimskringla; 1220–1230) von Snorri Sturluson, also die Geschichte der norwegischen Könige von den Anfängen bis ins 12. Jahrhundert, und darin die *Geschichte von König Olaf Tryggvissohn,* Kap. 101–112 (vgl. *Sammlung Thule,* Bd. 14, Jena 1922, S. 304–317). Die Schlacht bei Svold fand im Jahre 1000 statt. Wie bei den anderen Erzählungen nach nordischen Mustern übernimmt Fouqué nur Grundzüge der Handlung, hier die Schlacht und das Verschwinden König Olafs, alles andere ist eigene Zutat.

183 *Drude:* Druden sind hexenartige Nachtgeister.

Das Schauerfeld

E: Salina oder Unterhaltungen für die leselustige Welt. Von A. G. Eberhard, A. Lafontaine und Andern. Halle, Bd. 2 (1812), Heft 6, S. 262–288. (Angabe nach Houben, Sp. 259). Wiederabgedruckt in Kl. R., 3. Theil (1814), S. 167–194.
D: Text nach Kl. R., da die Zeitschrift *Salina* nicht zugänglich war.
In einem Brief an Carl Borromäus von Miltitz vom 21. Dezember 1812 nennt Fouqué *Das Schauerfeld* »eine meiner Lieblingsgeschichten« (O. E. Schmidt, S. 105). Die Gestalt des Rübezahl war Fouqué durch J. K. A. Musäus' *Volksmährchen der Deutschen* (1782–1786) bekanntgeworden, wie er selbst am 4. März 1812 an Miltitz schreibt (O. E. Schmidt, S. 63). Deren zweiter Teil enthält »Legenden vom Rübezahl«, aus denen Fouqué eine Reihe von Motiven übernommen hat; die Geschichte selbst scheint jedoch frei erfunden. Schon in Fouqués erster selbständiger Publikation, den *Dramatischen Spielen von Pellegrin* (1804), befand sich ein Drama *Rübezahl*.

187 *Muhme:* Tante, Kusine, aber auch »jede nahe Seitenverwandte weiblichen Geschlechts« (Adelung).
188 *Ranzion:* Lösegeld.
190 *Karst:* Erdhacke.

Die vierzehn glücklichen Tage

E: Kl. R., 2. Theil (1812), S. 45–102.
D: Text nach *E*. Zu vorgenommenen Textänderungen vgl. S. 488.
Unmittelbare Quellen für dieses Märchen sind nicht bekannt, aber literarische Reminiszenzen Fouqués werden erkennbar. Dazu gehören Novalis' *Heinrich von Ofterdingen*, besonders Kapitel 3, das die Liebesbegegnung eines Sängers mit einer Prinzessin schildert und in dem auch der magische Karfunkel ein Hauptmotiv ist. Ebenso findet sich in diesem Roman der Bezug auf Orpheus als Archetyp des Dichters. Der Einfluß französischer Feenmärchen ist zu vermuten; die Beziehung zu Goethes *Tasso* ist deutlich. Die Gestalt des Teufelsbündlers, der aber sein Seelenheil nicht preisgeben will, findet sich später in abgewandelter Form in Chamissos *Peter Schlemihls wundersame Geschichte* wieder, die Fouqué 1814 herausgab.

199 *sendet feurige Funken:* schon 1777 hatte Volta eine Art elektrischen »Telegrafen« entwickelt, der über eine Drahtverbindung in Mailand Funken hervorrief, wenn in Como eine elektrische Flasche entladen wurde. Fouqué mag auf etwas Derartiges anspielen.
205 *avernische Worte:* abgründige, vergiftende Worte. Der Avernische See bei Cumä in Unteritalien galt in der Antike als Eingang zur Un-

terwelt. Seine giftigen Dünste sollen darüberfliegende Vögel getötet haben.

207 *ikarisch:* Anspielung auf die antike Mythe von Ikarus, der mit selbstgemachten Flügeln zur Sonne fliegen wollte und abstürzte.
Torquato Tasso: der italienische Dichter Torquato Tasso (1544–1595), Verfasser des Epos *Das befreite Jerusalem* (1575), wurde 1565 Hofkavalier des Kardinals Luigi d'Este in Ferrara, zu dessen Tochter Leonore er eine Neigung gefaßt haben soll. Goethes Schauspiel *Torquato Tasso* erschien 1790.

220 *dem schlimmen Dorn:* DWB verzeichnet die Redensart »in den Dorn fallen« im Sinne von »in Sünde geraten«.

Eine Grablegung auf Island

E: Deutsches Museum. Herausgegeben von Friedrich Schlegel. Vierter Band, Wien 1813, S. 110–115. Wiederabgedruckt in Kl. R., 4. Theil (1816), S. 233–242.
D: Text nach *E.*
Fouqué folgt in der Handlung der Egills-Saga, wie sie heute in der Sammlung Thule als *Die Geschichte vom Skalden Egil* (Bd. 3, übers. F. Niedner, Jena 1923) zugänglich ist (Kap. 58: »Skallagrims Tod und Bestattung«). Abgesehen vom Ausmalen der Atmosphäre altisländischer Heldenwelt bestehen seine Zutaten vor allem in den vielen wertenden Adjektiven.

Die Köhlerfamilie

E: Kl. R., 3. Theil (1814), S. 1–28.
D: Text nach *E.*
A. Schmidt (S. 673) zitiert einen Brief Fouqués an Perthes vom 20. 1. 1811, aus dem hervorgeht, daß die Erzählung zu diesem Zeitpunkt bereits abgeschlossen war.

230 *Nun ruhen alle Wälder:* Kirchenlied von Paul Gerhardt (1607–1676).

Die Laterne im Schlosshofe

E: Kl. R., 3. Theil (1814), S. 195–206.
D: Text nach *E.*

Die Heilung 1. Fassung

E: Berliner Abendblätter. 52tes Blatt. Den 29ten November 1810. Unterzeichnet: »M. F.«.
D: Text nach der Faksimile-Ausgabe: *Berliner Abendblätter.* Hrsg. von Heinrich von Kleist. Darmstadt 1970, Jg. 1810, S. 203–205.
Von Reinhold Steig ist vermutet worden, daß die 2. Fassung (vgl. S. 246 ff.) die ursprüngliche sei und Kleist die 1. Fassung aus der 2. erst hergestellt habe. Verschiedene briefliche Dokumente belegen jedoch, daß Fouqué die 1. Fassung selbst verfaßt hat und die 2. Fassung erst 1814 vollendete. Material und Quellenangaben bei Hans-Wilhelm Dechert, *Fouqués ›Marquisgeschichte‹ in Kleists ›Abendblättern‹.* In: Zeitschrift für deutsche Philologie 89 (1970), S. 169–180. Zur Interpretation verweist Dechert auf Autobiographisches, d. h. auf einen Schuldkomplex Fouqués gegenüber seiner ersten Frau Marianne, die inzwischen seinen Vetter Karl von Madaí geheiratet hatte. In engem thematischem Bezug zu der Geschichte steht die Novelle *Ixion* (vgl. S. 117 ff.) und das Gedicht *Die Heilung des Wahnsinnigen* in *Die Musen.* Herausgegeben von Friedrich Baron de la Motte Fouqué und Wilhelm Neumann. Jahrgang 1814, Erstes Stück, S. 95–97. Die zweite Fassung der Erzählung wurde im gleichen Jahre 1814 veröffentlicht.

244 *Ludwig XIV:* der sogenannte »Sonnenkönig« regierte von 1643–1715.
Prokuratoren: der »procureur« ist ein Staatsanwalt.
Hotel: hier ein vornehmes Privathaus.
phrenetischen: irrsinnigen, tobsüchtigen.

Die Heilung 2. Fassung

E: Kl. R., 3. Theil (1814), S. 223–258.
D: Text nach *E.*

Vgl. Anm. zur 1. Fassung.

247 *blöde:* zaghaft, schüchtern.
Amadis von Gallien: Amadis, der Löwenritter, ist Held des Amadisromans, des bedeutendsten Ritterromans des 16. Jahrhunderts.
248 *»Chargez, mes enfants, chargez!«:* »Greift an, meine Kinder, greift an!«
251 *Carousselritte:* ein Ritterspiel, welches als Rest alter Turniere aus verschiedenen Übungen mit Wagen oder Pferden besteht.
Rapiergefechte: Rapier ist ein Degen, der statt der Spitze einen ledernen Ballen hat, also ein stumpfer Fechtdegen.
Anadyomene: der Beiname der dem Meer entstiegenen Venus.
259 *Regiment, en avant, marche!:* »Regiment, vorwärts, marsch!«

Adler und Löwe

E: Kl. R., 4. Theil (1816), S. 133–188. Wiederabgedruckt in AW, Bd. 11, S. 1–42.
D: Text nach *E*. Zu vorgenommenen Textänderungen vgl. S. 488.
A. Schmidt, S. 265, nennt die Erzählung einen »Fouqué in nuce« und ein Werk, »das auf geringstem Raume alle Vorzüge und Schwächen seiner Begabung und den Stil der großen Ritterromane vorführt«. Äußeren Anlaß sollen nach Schmidt die Wappentiere im Wappen der von Fouqué verehrten Prinzessin Marianne von Hessen-Homburg gegeben haben, die mit einem Bruder des preußischen Königs verheiratet war. Fouqués Quelle für die in die Erzählung verwobene germanische Mythologie war vermutlich die *Völuspa*, in der alle Gestalten auftauchen.

262 *Skalde:* altnordische Bezeichnung für einen Dichter.
    Juelfest: Julfest, das alte heidnische Mittwinterfest.
264 *Asgardsgöttern:* Asgard ist der Wohnsitz der Asen, eines nordischen Göttergeschlechts, als dessen Stammvater Odin gilt.
268 *Alfen:* Elfen.
    Kristallpaläste: die Anregung durch Arkturs nordischen Palast und Garten »aus Metallbäumen und Kristallpflanzen« in Novalis' *Heinrich von Ofterdingen* (Kap. 9) ist hier sehr wahrscheinlich.
273 *Loki:* in der germanischen Mythologie als Gefährte und zugleich Feind der Götter ein Dämon der Vernichtung und des Weltuntergangs.
    Fenris der Wolf: als Kind Lokis und Bruder von Hel und der Midgardschlange ein dämonisches Wesen, das Odin verschlingt.
    Midgardschlange: Midgard ist die germanische Bezeichnung für die Erde als Wohnort der Menschen; die Midgardschlange ist ein Ungeheuer in Wurmgestalt, das sie umgibt.
    Hela: Hel, die germanische Göttin der Unterwelt.
280 *Asagottes:* vgl. Anm. zu S. 264.
281 *Baldur:* der germanische Fruchtbarkeitsgott – nach früheren Deutungen auch Lichtgott – ein Sohn von Odin und Frigga. Er nimmt offensichtlich Züge eines Vorläufers Christi an.
284 *blöde:* verständnislos.

Die Geschichten vom Rübezahl

E: Nach Goedeke (Bd. 6, S. 123 = Buch VII, § 290, 1, Nr. 48): *St. Schützes Taschenbuch für 1815*, S. 255–269. Wiederabgedruckt in Kl. R., 4. Theil (1816), S. 189–206.
D: Text nach Kl. R., da *E* nicht zugänglich war.
Vgl. die Anmerkungen zu *Das Schauerfeld. Eine Rübezahlsgeschichte.*

287 *abgemahnt:* ermahnt, etwas zu unterlassen oder zu meiden, d. h. abgeraten.

Ein Waldabenteuer

E: Kl. R., 4. Theil (1816), S. 281–302.
D: Text nach *E.*

297 *Warten:* Türme einer Burg.
298 *Schaupfennig:* Schaugeld ist nicht zum Ausgeben bestimmt, sondern wird in Form von Gedenkmünzen aus besonderem Anlaß geschlagen.
299 *Maie:* ein junger Birkenstamm.
304 *Cyders:* Zider ist Apfelwein oder allgemein Obstmost.

Ritter Toggenburg

E: Nach Goedeke (Bd. 6, S. 125 = Buch VII, § 290, 1, Nr. 72): *Frauenzimmer-Almanach zum Nutzen und Vergnügen für das Jahr 1817*, S. 110–155. Wiederabgedruckt in Kl. R., 6. Theil (1819), S. 169–224.
D: Text nach Kl. R., da *E* nicht zugänglich war.
Ritter Toggenburg ist der Titelheld einer Ballade Schillers. Die von ihm Geliebte ist nur »Schwesterliebe« zu geben bereit; nach seiner Rückkehr vom Kreuzzuge findet er sie als Nonne. Von nun an lebt er in stiller Resignation bis zu seinem Tode in einer Hütte nahe bei dem Kloster.
An seinen »theuren Sanges- und Waffenbruder« Karl Borromäus von Miltitz schreibt Fouqué am 3. 11. 1816: »Retzsch hat rechte Engelsbilder zu meinem Ritter Toggenburg im Leipziger Frauenzimmer-Almanach geliefert. Das Ross auf dem ersten Blatte sieht meinem bei Lützen gefallenen lieben Gelben täuschend ähnlich.« (O. E. Schmidt, S. 195). Gemeint ist der Maler und Illustrator Moritz Retzsch (1779–1857).

307 *Blänker:* ein Husar, hier wohl allgemeiner ein Beobachter zu Pferde.
309 *»Rendez-vous, Prussiens, rendez-vous!«:* »ergebt euch, Preußen, ergebt euch!«
der große Marschall von Sachsen: wohl Moritz Graf von Sachsen (1696–1750), der 1744 Marschall von Frankreich wurde und als Heerführer wie Militärtheoretiker großen Ruf genoß.
312 *»En avant! Ils sont à nous, ces diables de Prussiens!«:* »Vorwärts! Sie sind unser, diese preußischen Teufel!«
314 *Stilling:* Johann Heinrich Jung-Stilling (1740–1817) wurde als Schriftsteller bekannt vor allem durch seine »Lebensgeschichte«: *Jugend* (1777), *Jünglingsjahre* (1778), *Wanderschaft* (1778), *Häusli-*

ches Leben (1789) und *Lehrjahre* (1804), zusammen u. d. T. *Leben* (5 Bde., 1806).
316 *Geschichten vom rasenden Roland:* der rasende Roland *(L'Orlando furioso)* ist ein Ritterepos von Ludovico Ariosto und entstand um 1506–1532. Eine Ariost-Übersetzung von J. D. Gries erschien 1804–1809.
englisch: engelhaft.
323 *Schillers Gedichte:* die erste Ausgabe von Schillers *Sämmtlichen Werken* war von 1812 bis 1815 in 12 Bänden bei Cotta in Stuttgart erschienen. Fouqués Interesse an Schiller steht also in Bezug zu dem seiner Zeitgenossen.
»*Dreifach ist des Raumes Maß*«: die Verse stammen aus dem zweiten der beiden *Sprüche des Konfuzius* von Schiller (publ. 1800).
324 *dem eleusischen Fest:* hier werden die folgenden Gedichte Schillers genannt: *Das Eleusische Fest, Gruppe aus dem Tartarus, Elysium, Das Geheimnis der Reminiszenz, Die Zerstörung von Troja im zweiten Buch der Aeneide* (eine Vergil-Übersetzung Schillers), *Poesie des Lebens, Die berühmte Frau, Die Schlacht* (urspr. *In einer Bataille*), *Der Handschuh, Des Mädchens Klage, Der Kampf mit dem Drachen* und *Kassandra*.
326 *Baumannshöhle:* eine große Tropfsteinhöhle im Unterharz.
328 *Nankingdraperien:* Vorhänge aus dichtem gewebtem Wollstoff.

Die Götzeneiche

E: Nach Goedeke (Bd. 6, S. 121 = Buch VII, § 290, 1, Nr. 28): *Taschenbuch der Sagen und Legenden,* herausgegeben von Amalie von Helwig und Fr. Baron de la Motte Fouqué. Bd. II: Berlin 1817. Wiederabgedruckt in Kl. R., 6. Theil (1819), S. 261–298.
D: Text nach Kl. R., da *E* nicht zugänglich war. Vgl. auch das Verzeichnis der Textänderungen, S. 488.
Ein verwandtes Thema hatte Fouqué bereits in dem »Trauerspiel in fünf Aufzügen« mit dem Titel *Die Irmensäule* behandelt, das er in seinen *Dramatischen Dichtungen für Deutsche,* Berlin 1813, S. 55–118 veröffentlichte. Karls Eroberung der Eresburg und die Zerstörung der Irmensäule verhindern die Opferung der Priesterin Amala.

Das Gelübde

E: Kl. R., 5. Theil (1818), S. 81–90.
D: Text nach *E*.

Die eifernden Göttinnen

E: Kl. R., 5. Theil (1818), S. 91–108.
D: Text nach *E*.
Die Sage geht auf eine altisländische Quelle zurück, die Geschichte von *Thiðranda tháttr ok Thorhalls*. Sie ist heute zugänglich in Guðni Jónsson, *Islendinga Sögur*, Reykjavik 1947, Bd. 10, S. 371–378.

351 *Ure:* Ur: Auerochs.
 aus der dunklen Herzenswunde: zu Baldurs Tod vgl. *Adler und Löwe*, S. 281 und die Anmerkung zu dieser Stelle.

Der neue Regulus

E: Kl. R., 6. Theil (1819), S. 143–168.
D: Text nach *E*.
Die Geschichte um den französischen Schriftsteller Théodore Agrippa d'Aubigné (1552–1630) spielt zur Zeit der Hugenottenkriege und geht auf ein wirkliches Erlebnis Aubignés aus dem Jahre 1586 zurück, das dieser, wie Fouqué angibt, selbst berichtet (vgl. *Mémoires de Théodore Agrippa d'Aubigné*, ed. par Ludovic Lalanne, Paris 1854, p. 331–333). Fouqué kannte die Geschichte vermutlich aus der *Histoire Universelle du Sieur d'Aubigné*, wo sie sich in der Ausgabe von 1616/18 in Bd. 3, Buch I, Kap. 5 findet.

359 *Regulus:* Marcus Atilius Regulus war ein römischer Feldherr, der nach einer Niederlage gegen die Karthager in Gefangenschaft geriet und dann von ihnen gegen Ehrenwort als Unterhändler nach Rom geschickt wurde. Dort trat er jedoch gegen die Bedingungen der Karthager ein, kehrte nach Karthago zurück und wurde von den Karthagern getötet.
 »Point de quartier!«: »keine Gnade!«
360 *Ventre saint gris!:* ein euphemistisches Schimpfwort der Zeit. Saint Gris ist ein fiktiver Heiliger, bei dessen »Leib« hier geflucht wird.
366 *Vom König:* Heinrich III. von Frankreich (reg. 1574–1589).
370 *Mes lecteurs . . .:* »Meine Leser, bildet euch nicht ein, daß ich euch diesen Bericht zum Vergnügen gegeben habe. [Ich habe dadurch zu viel verloren, und] ich habe es für euch getan. Verharrt nicht zu sehr auf dem Lob der Treue, sondern seht vielmehr Gottes Zeichen und die Hoffnung auf seine Hilfe, auf die ihr bauen könnt, selbst wenn ihr euer Leben dafür wegwerft, daß ihr euren Glauben unversehrt erhaltet.«

Joseph und seine Geige

E: Joseph und seine Geige. Kaiser Karl V. Angriff auf Algier. Zwei Novellen von Baron de la Motte Fouqué. Potsdam, Horvath'sche Buchhandlung (Otto Janke) 1845.
D: Text nach *E.*

Die Erzählung erschien posthum. In einem mit »Die Verlagshandlung« unterzeichneten *Vorwort* vom 30. August 1844 heißt es: »Wir übergeben hiermit dem deutschen Publikum zwei Werke aus dem Nachlaß eines dahin geschiedenen, gefeierten Dichters, der durch seine Schöpfungen, wie die ›Undine, Zauberring‹ u. A., sich ein Denkmal in der deutschen Literatur erworben hat. Die erstere Novelle ›Joseph‹, eine Künstler-Novelle, ist nicht für das gesammte Publikum, wird aber unbedingt bei Denen eine günstige Aufnahme finden, welchen Tiefe mehr gilt als Oberflächlichkeit, welche für das Ergreifende des wahren, guten Gemüths die nicht jedem Menschen eigene Auffassung haben.

Fouqué schrieb diese Novelle in seiner gefeiertesten Zeit und sonderbare Zufälle verhinderten das Erscheinen derselben bei Lebzeiten des Dichters.

Das Manuscript wurde verlegt und Jahre vergingen, ehe es sich wiederfand.

Mit tiefem Bedauern äußerte sich oftmals Fouqué darüber, denn noch nie wollte er ein Werk *›so recht aus tiefem Gemüth‹*, wie ›Joseph‹ geschrieben haben.

Als er starb, vermißte wieder die Wittwe diese Novelle im Nachlaß und erst durch einen Aufruf in den öffentlichen Tagesblättern gelang es ihr, das Manuscript zurück zu erhalten, welches Fouqué einem noch lebenden, berühmten Schriftsteller in Weimar kurz vor seinem Tode übergeben hatte.

Auf Herausgabe desselben, als er es wiederfand, hat der verewigte Verfasser bei seinen Lebzeiten Verzicht geleistet, erst die Nachwelt sollte dadurch freundlich an ihn erinnert werden.

In Weimar fand das Werkchen, durch den erwähnten Schriftsteller mitgetheilt, in höheren Kreisen eine sehr freundliche Aufnahme; möge ihm diese auch vom gesammten deutschen Publikum gewährt werden!«

371 *bei Landshut:* im Siebenjährigen Krieg wurden am 23. Juni 1760 die preußischen Truppen unter General Henry Auguste de la Motte Fouqué, dem Großvater des Dichters, bei Landeshut in Schlesien von einem österreichischen Korps unter General Gideon Ernst von Laudon geschlagen.

372 *Libussa:* die sagenhafte tschechische Königin und Priesterin, die als Gründerin der Stadt Prag gilt und um 738 gestorben sein soll.
Melnecker: die böhmische Stadt Melnik war bekannt durch ihren Weinbau, der von Kaiser Karl IV. durch Anlegung von Burgunderreben begründet worden sein soll.

375 *Laudon:* vgl. Anm. zu S. 371.
392 *Orpheusgewalt:* angespielt wird auf die Zauberkraft, die Orpheus' Gesang auf die Natur ausgeübt haben soll. Die Bäume *in Ringen* meinen vermutlich eine reigenförmige Bewegung.
394 *Waldklosettchen:* Waldklause.
Remonten: junge Pferde, die zur regelmäßigen Auffrischung des Pferdebestandes der berittenen Truppen dienen und die von erfahrenen Offizieren für ihre Aufgabe vorbereitet werden.
397 *Frangen:* Fransen.
407 *Torquato Tasso:* vgl. Anmerkung zu S. 207.
408 *Abyssus:* Abgrund, Tiefe.
409 *Hunyades:* ungarischer Heerführer (1385-1456) im Kampf gegen die Türken.
412 *Amphion:* ein Sohn des Zeus und der Antiope. Er und sein Zwillingsbruder Zethos umgaben Theben mit einer Mauer, zu der sich die Steine, von Amphions Lyraspiel angelockt, von selbst verbanden.
415 *Pythia:* die Prophetin des Delphischen Orakels.
429 *Reinald von Montalban:* die Episode wird erzählt bei Ludwig Tieck, *Die Geschichte von den Heymons Kindern in zwanzig altfränkischen Bildern* (19. Bild, vgl. *Schriften,* Bd. 13, S. 64f.).
453 *Gigas:* in der griechischen Mythologie einer aus dem Riesengeschlecht der Giganten.
468 *Cremoneser Geige:* Cremona in Norditalien war für seinen Geigenbau berühmt.

VERZEICHNIS DER TEXTÄNDERUNGEN

Das Verzeichnis der Textänderungen führt alle Stellen auf, an denen der Text unserer Druckvorlage aufgrund anderer Drucke oder durch Konjektur geändert wurde. Nach Seiten- und Zeilenzahl – Leerzeilen nicht mitgezählt – folgt in Kursivdruck die Lesart unserer Ausgabe, nach dem Doppelpunkt, ebenfalls kursiv, die Lesart der Druckvorlage. Die Hinweise nach dem Semikolon – z. B. »nach Kl. R.« oder »nach 2. Auflage« – geben die Drucke an, denen wir bei unserer Textänderung gefolgt sind.

7, 30	*Kaufherrn* : *Kaufherren;* nach Kl. R.
15, 22	*Wohnorte der liederlichen Lukrezia* : *liederlichen Wohnorte der Lukrezia;* nach Kl. R.
15, 25; 37	*Kaufherrn* : *Kaufherren;* nach Kl. R.
16, 14	*Kaufherrn* : *Kaufherren;* nach Kl. R.
20, 30	*erreicht* : *reicht;* nach Kl. R.
20, 31	*vermaledeiten* : *vermaladeiten;* nach Kl. R.
23, 18	*nirgends* : *nirgend;* nach Kl. R.
28, 11	*vermaledeiten* : *vermaladeiten;* nach Kl. R.
52, 25	*sicher* : *sehr;* nach 2. Aufl.
54, 31	*Gefährte* : *Gefährt;* nach 2. Aufl.
55, 15	*ihrem Handschuhe* : *ihren Handschuhen;* nach 2. Aufl.
58, 27	*als sei es ein* : *als sei ein;* nach 2. Aufl.
81, 15	*lud nun* : *lud nur;* nach AW
97, 23	*Bund* : *Bunde;* nach 2. Aufl.
98, 23	*von* : *vor;* nach 2. Aufl.
102, 32	*ungebändige* : *ungebändigte;* nach 2. Aufl.
104, 16	*je* : *ja;* nach 2. Aufl.
110, 32	*bin ich* : *ich bin;* nach 2. Aufl.
111, 15	*gefeite* : *gefreite;* Konjektur
186, 7	*fruchtbare* : *furchtbare;* Konjektur
218, 23	*dem fast* : *der fast;* Konjektur
284, 24	*er in den* : *er den;* nach AW
339, 33	*Hofe* : *Rosse;* Konjektur

BIBLIOGRAPHIE

Eine Auswahl

1. Fouqués Werke

Dramatische Spiele von Pellegrin [d. i. Fouqué]. Hrsg. von A. W. Schlegel. Berlin 1804
Alwin. Ein Roman in zwei Bänden von Pellegrin [d. i. Fouqué]. Berlin 1808
Der Held des Nordens. Drei Heldenspiele [*Sigurd, der Schlangentöter. Sigurds Rache. Aslauga.*] Berlin 1810
Der Todesbund. Ein Roman. [anonym ersch.] Halle 1811
Die Jahreszeiten. Eine Vierteljahrsschrift für romantische Dichtungen. Berlin 1811–1814
Frühlings-Heft, 1811: *Undine,* eine Erzählung
Sommer-Heft, 1812: *Die beiden Hauptleute.* Eine Erzählung
Herbst-Heft, 1814: *Aslauga's Ritter. – Alpin und Jucunde.* Eine schottische Geschichte in Balladen.
Winter-Heft, 1814: *Sintram und seine Gefährten.* Eine nordische Erzählung nach Albrecht Dürer.
Der Zauberring. Ein Ritterroman. Nürnberg 1813
Corona. Ein Rittergedicht in drei Büchern. Tübingen 1814
Kleine Romane. 6 Bde. Berlin 1814–1819
Die Fahrten Thiodolfs des Isländers. Ein Ritterroman. Hamburg 1815
Arien und Gesänge der Zauber-Oper, genannt: Undine. In drei Akten, von Friedrich Baron de la Motte Fouqué, Musik von Hoffmann. Berlin [1816]
Sängerliebe. Eine provenzalische Sage in drei Büchern. Tübingen 1816
Gedichte. 5 Bde. Tübingen 1816–1827
Die wunderbaren Begebenheiten des Grafen Alethes von Lindenstein. Ein Roman. Leipzig 1817
Altsächsischer Bildersaal. Nürnberg 1818–1820:
    Hermann, ein Heldenspiel in vier Abenteuern. 1818;
    Welleda und Ganna. Eine altdeutsche Geschichte in vier Büchern. 1818;
    Schön Irsa und ihre weiße Kuh. Ein Mährchen. 1818;
    Die vier Brüder von der Weserburg. Eine altdeutsche Rittergeschichte in vier Büchern. 1820.
Gefühle, Bilder und Ansichten. Sammlung kleiner prosaischer Schriften. Leipzig 1819

Bertrand du Guesclin. Ein historisches Rittergedicht in vier Büchern mit erläuternden Anmerkungen. Leipzig 1821
Don Carlos Infant von Spanien. Ein Trauerspiel. Mit einer Zueignung an Friedrich von Schiller. Danzig 1823
Der Refugié oder Heimat und Fremde. Ein Roman aus der neueren Zeit. Gotha 1824
Sophie Ariele. Eine Novelle. Berlin 1825
Erdmann und Fiammetta. Novelle. Berlin 1825
Der Sängerkrieg auf der Wartburg. Ein Dichterspiel. Berlin 1828
Lebensgeschichte des Baron Friedrich de la Motte Fouqué. Aufgezeichnet durch ihn selbst. Halle 1840
Göthe und Einer seiner Bewunderer. Ein Stück Lebensgeschichte. Berlin 1840
Ausgewählte Werke. Ausgabe letzter Hand. 12 Bde. Halle 1841
Abfall und Buße, oder die Seelenspiegel. Ein Roman aus der Grenzscheide des XVIII. und XIX. Jahrhunderts. Berlin 1844
Joseph und seine Geige. Kaiser Karls V. Angriff auf Algier. Zwei Novellen. Potsdam 1845
Briefe an Friedrich Baron de la Motte Fouqué. Mit einer Biographie Fouqués von Jul. Ed. Hitzig und einem Vorwort und biographischen Notizen von Dr. H. Kletke herausgegeben von Albertine Baronin de la Motte Fouqué. Berlin 1848
Werke. Auswahl in drei Teilen. Hrsg. mit Einleitungen und Anmerkungen versehen von Walther Ziesemer. Berlin – Leipzig – Wien – Stuttgart [1908]

2. Literatur zu Fouqué

a. zu Leben und Werk

Schmidt, Arno: *Fouqué und einige seiner Zeitgenossen.* Biographischer Versuch. Karlsruhe 1958; 2., verbesserte und beträchtlich vermehrte, Auflage Darmstadt 1960; Nachdruck Frankfurt/M. 1975

Schmidt, Otto Eduard: *Fouqué, Apel, Miltitz.* Beiträge zur Geschichte der deutschen Romantik. Leipzig 1908

Schwabe, Joachim: *Friedrich Baron de la Motte Fouqué als Herausgeber literarischer Zeitschriften der Romantik.* Sprache und Kultur der germanischen und romanischen Völker. B. Germanistische Reihe. Bd. 20. Breslau 1937

Sembdner, Helmut: *Fouqués unbekanntes Wirken für Heinrich von Kleist.* In: Jahrbuch der deutschen Schillergesellschaft 2 (1958), S. 83-113

b. zum erzählerischen Werk

Jeuthe, Lothar: *Fouqué als Erzähler*. Breslauer Beiträge zur Literaturgeschichte. Bd. 21, Breslau 1910

Mornin, Edward: *Some Patriotic Novels and Tales by La Motte Fouqué*. In: Seminar 11 (1975), S. 141–156

c. zum *Galgenmännlein*

Ludwig, Albert: *Dahn, Fouqué, Stevenson*. In: Euphorion 17 (1910), S. 606–624

Sells, I.: *Stevenson and La Motte Fouqué: »The Bottle Imp«*. In: Revue de littérature compareé 28 (1954), S. 334–343

d. zur *Undine*

Anstett J. J.: *Ondine de Fouqué á Giraudoux*. In: Langues Modernes 44 (1950), S. 81–94

Chambers, W. Walker: *Fouqué. Undine*. London und Edinburgh 1956 (Textausgabe mit Einführung und Anmerkungen)

Floeck, Oswald: *Die Elementargeister bei Fouqué und anderen Dichtern der romantischen und nachromantischen Zeit*. Heidelberg 1909

Frenzel, Elisabeth: *Stoffe der Weltliteratur*. Stuttgart 1962, S. 647–649

Green, D. B.: *Keats and La Motte Fouqué's Undine*. In: Delaware Notes 27 (1954), S. 33–48

Haupt, J.: *Elementargeister bei Fouqué, Immermann und Hoffmann*. Bonn 1923

LeSage, Laurence: *Die Einheit von Fouqués Undine. An Unpublished Essay in German by Jean Giraudoux*. In: Romanic Review 42 (1951), S. 122–134

Lillyman, W. J.: *Fouqué's Undine*. In: Studies in Romanticism 10 (1971), S. 94–104

Pfeiffer, Wilhelm: *Über Fouqués Undine*. Nebst einem Anhange enthaltend Fouqués Operndichtung »Undine«. Heidelberg 1903

e. zu *Die Heilung*

Dechert, Hans Wilhelm: *Fouqués »Marquisgeschichte« in Kleists »Abendblättern«*. In: Zeitschrift für deutsche Philologie 89 (1970), S. 169–180

NACHWORT

Fouqué als Erzähler

I

Sic transit gloria mundi! Daß der Baron Friedrich de la Motte Fouqué einst einer der beliebtesten und bekanntesten deutschen Schriftsteller war, ist heute seinen Werken kaum noch anzusehen. Dennoch wurden seine Schriften einst mehr gelesen als diejenigen Goethes, dennoch hat man sich einmal in den Leihbibliotheken um ihn gerissen, wie Eichendorff berichtet[1]; und Heine nannte ihn sogar den einzigen epischen Dichter der romantischen Schule, »dessen Romane das ganze Publikum ansprachen«.[2] Auch außerhalb Deutschlands, in Frankreich, England, Amerika oder Schweden, war seine Augenblickswirkung beträchtlich, und dort hat sein Werk sogar die meisten bleibenden Spuren hinterlassen. Allerdings wurde Fouqué dort zugleich so etwas wie der Prototyp des deutschen Romantikers, und das Bild, das man sich später von deutscher romantischer Literatur zu machen versuchte, war oft allzu einseitig von der Erfahrung mit den populären Schriften dieses einen Autors geprägt. In diesem Sinne bezeichnete ihn Eichendorff in seiner Literaturgeschichte von 1857 skeptisch und kritisch als einen »Partisan der Romantik«, einen ihrer »ersten und letzten Verfechter«, der unabsichtlich dazu beigetragen habe, die Romantik »in Mißachtung, ja Verachtung zu bringen«.[3]

Fouqué selbst hat seinen Ruhm um eine beträchtliche Reihe von Jahren überlebt, obwohl er eigentlich nicht alt geworden ist.

---

[1] *Sämtliche Werke* des Freiherrn Joseph von Eichendorff. Historisch-kritische Ausgabe. Bd. IX, III: *Geschichte der poetischen Literatur Deutschlands*. Regensburg 1970, S. 384.
[2] Heinrich Heine, *Sämtliche Werke*. Hrsg. von Ernst Elster. Leipzig und Wien [o. J.], Bd. 5, S. 332.
[3] Eichendorff, a.a.O., S. 407.

Als er 1843 im Alter von 66 Jahren starb, war sein Werk vergangen und vergessen. Eine »Ausgabe letzter Hand«, die er zwei Jahre vor seinem Tode erscheinen ließ, war nicht so sehr Überblick über eine Lebensarbeit und Erntedank, als vielmehr ein trauriger Versuch, wenigstens auf diese Weise mit den Großen mitzuhalten und sich in Erinnerung zu bringen. Die zwölf Bände dieser Ausgabe, zufällig und ohne viel Urteilsvermögen zusammengestellt, geben von dem Umfang und der Breite seines Werkes nicht den geringsten Begriff. Es gibt kaum eine literarische Form, in der Fouqué sich nicht versucht hätte. Zu den Dramen, mit denen seine Karriere kurz nach 1800 begann, kamen Gedichte, wenigstens ein Dutzend zum Teil recht umfangreicher Romane sowie eine wirklich unübersehbare, meist in Zeitschriften verstreute und auch heute noch nicht völlig registrierte Menge von Erzählungen und dazu noch Märchen, Epen, Übersetzungen und autobiographische Schriften. Solche rührige und vielseitige Tätigkeit hat Fouqué schon zu Lebzeiten den Ruf eines Vielschreibers eingetragen. Hier allerdings steht ein abwertendes Wort anstelle eines definierbaren Begriffes. Denn viel schreiben ist an sich genausowenig eine Untugend wie Erfolg haben. Es sind erst gewisse, häufig auftretende negative Begleiterscheinungen von reichlicher literarischer Produktion und großem Erfolg, die zu so abschätzigen und oft keineswegs unberechtigten Verurteilungen führen. Friedrich de la Motte Fouqué und sein Werk können als Modellfall für Glück und Gefahren eines Erfolgsschriftstellers dienen. Ebenso aber kann sich aus der Betrachtung der umstrittenen Romantik von ihrer populärsten Perspektive her einiges zu literaturgeschichtlichen Urteilen und Vorurteilen über diese ganze Periode sagen lassen.

II

Fouqués Erfolg war auf rund zehn Jahre beschränkt. 1804 waren, herausgegeben von seinem Freund und Förderer August Wilhelm Schlegel, seine ersten Dramen als *Dramatische Spiele von Pellegrin* erschienen. 1808 besprach Jean Paul mit großem Lob Fouqués eben veröffentlichten Roman *Alwin* und noch im selben Jahr das Drama *Sigurd der Schlangentöter*, den ersten Teil des

Nibelungenzyklus *Der Held des Nordens*, der 1810 vollständig herauskam und ebenfalls Jean Pauls ausführliche Würdigung erfuhr. 1811 publizierte Fouqué die *Undine* und zwei Jahre später den »Ritterroman« *Der Zauberring*. Es wurden seine größten Erfolge, und sie fielen deutlich in die Zeit der napoleonischen Kriege, also der Auflösung des Heiligen Römischen Reiches Deutscher Nation, der Besetzung Deutschlands durch französische Armeen und der – vorübergehenden – Versuche, durch soziale Reformen und nationale Gedanken den Widerstandsgeist des Bürgertums gegenüber der fremden Besatzung anzufachen und ihn mit der Opposition des Adels zu verbinden, der nicht zu Unrecht um die Fortdauer seiner Macht und seiner Privilegien fürchtete. Restauratives mischte sich, oft untrennbar, mit Progressivem, genauso wie die französischen Soldaten teils als Söhne der Revolution, teils als Okkupanten erschienen; für beides gab es gute Argumente. Mit Wartburgfest und Karlsbader Beschlüssen war Fouqués Zeit zu Ende; er hat danach nichts Nennenswertes, Widerhallendes mehr geschrieben.

Allerdings war Fouqué kein patriotischer Meteor wie Theodor Körner. Seine paar Kriegslieder sind nicht im selben Maße populär geworden wie die des um vierzehn Jahre Jüngeren; es sind eher Pflichtübungen, und überhaupt hat Fouqué als Lyriker weder Geschick noch große Ambitionen gehabt. Womit er wirkte, das waren seine historischen Erzählungen in dramatischer und epischer Form. Natürlich war die Wiederbelebung von Stoffen aus der deutschen und germanischen Vergangenheit eine Art patriotischer Tat zu dieser Zeit, und natürlich erklärt das auch schon einen Teil von Fouqués Erfolg, aber über das Besondere seines Werks ist damit noch nicht viel gesagt. Durch geschickte modische Stoffwahl allein ist große Wirkung kaum zu erreichen. Die Stimmen seiner Freunde und Bewunderer geben zu denken. Jean Paul, seiner Deutschheit bewußt, aber gewiß unverdächtig hinsichtlich aller lauten Vaterlandsbegeisterung, attestiert Fouqué »Herzensworte« im Gegensatz zu dem »feurigen Juwelenschmuck der Schiller'schen Dikzion«[4], und er schreibt an ihn: »Ihre Werke halten – was sonst sogar sehr gutes bei mir nicht

---

[4] Jean Paul's *Werke*. Berlin [1868–79], Bd. 53, S. 99

vermag – das zweimalige Lesen hintereinander zum Recensieren bei mir aus . . . Ich möchte Sie einmal gesehen haben; mein Inneres hätte Ihres gefunden und wir wären wol beide froh geworden.«[5] E. T. A. Hoffmann nennt Fouqué einen »unumschränkten Herrn im Reich des Wunderbaren«,[6] und Spuren von dessen Werk finden sich vielfältig bei ihm. August Wilhelm Schlegel spricht über Fouqué als den »einzigen dankbaren Schüler, den ich gehabt habe«,[7] und Friedrich Schlegel bekennt 1813 an Tieck: »Daß Fouqué zu viel dichtet, eben darum einiges auch sehr flüchtig, daß er sich wiederholt, will ich Dir gerne zugeben, wenn Du das manierirt nennst; aber wenn dieß mit *solcher* Poesie verbunden seyn kann, wer ist denn wohl ganz frey von Manier? Ich liebe F. sehr . . .«[8] Tieck, wie man sieht, hatte seine Zweifel, und er stand damit nicht allein. Brentano nennt die Anbetung Fouqués schlicht den »Nilmesser des Schlammes von gutem Geschmack«,[9] und von Goethe hört man nicht viel Besseres. Den *Zauberring* weigerte er sich zu lesen, und Eckermann berichtete später: »Wir kamen darin überein, daß dieser Dichter sich zeitlebens mit altdeutschen Studien beschäftigt, und daß am Ende keine Cultur für ihn daraus hervorgegangen.«[10] Fouqué, der das noch lesen mußte, hat sich dagegen mit der Beschreibung seiner verschiedenen Besuche bei Goethe zwischen 1802 und 1813 zu verteidigen gesucht, aber der Bericht wird wider Willen zur Bestätigung der Distanz, ebenso allerdings auch ein weiteres Dokument für die sattsam bekannte generelle geheimrätliche Superiorität. Bei seinem Besuch Ende Oktober 1813 wird Fouqué nach dessen eigenen Aufzeichnungen von Goethe mit folgenden Worten verabschiedet: »Der Krieg bringt viel Störendes, aber auch Schönes: So, daß Sie jetzt zu mir kamen. Gutes Glück mit

---

[5] *Briefe an Friedrich Baron de la Motte Fouqué.* Berlin 1848, S. 302
[6] E. T. A. Hoffmanns *Werke.* Hrsg. von Georg Ellinger. Berlin / Leipzig / Wien / Stuttgart [o. J.], Bd. 1, S. 138
[7] *Briefe an Ludwig Tieck.* Ausgewählt und herausgegeben von Karl von Holtei. Breslau 1864, Bd. 3, S. 295 (4. April 1809)
[8] *Briefe an Ludwig Tieck*, a.a.O., Bd. 3, S. 337 (12. Mai 1813)
[9] Clemens Brentano, *Briefe.* Hrsg. von Friedrich Seebaß. Nürnberg 1951, Bd. 2, S. 126 (An Wilhelm Grimm, 15. Februar 1815)
[10] Johann Peter Eckermann, *Gespräche mit Goethe in den letzten Jahren seines Lebens.* Leipzig 1948, S. 223 (3. Oktober 1828).

Ihnen. Und lassen Sie mich von Ihnen hören, wenn's sein kann.«[11] Für weitere Übersendung von Widmungsexemplaren hat er sich hinfort nicht mehr bedankt.

Es ist einzusehen, daß Gegner und Bewunderer Fouqués nicht leicht in zwei beschreibbare Parteien einzuteilen sind. Die – ohnehin schwer definierbare – literarische Qualität der eigenen Werke und der seiner Kritiker oder Freunde liefert keinen Schlüssel dazu; es sind nicht schlechterdings die Guten, die ihn ablehnen, und die Mittelmäßigen, die ihn annehmen. Natürlich sind persönliche Urteile von vielem beeinflußt. Fouqué liebte Gesellschaft, und es gibt kaum einen nennenswerten, ja nicht einmal einen nicht nennenswerten deutschen Autor dieser Zeit, mit dem er nicht in irgendeiner Verbindung gestanden hätte. In dem reichen intellektuellen Leben Berlins um 1810 war er eine zentrale Figur. Sein *Held des Nordens* ist Fichte dediziert. Immer wieder hat er neue Zeitschriften herausgegeben, und obwohl sie vor allem Forum für seine eigenen Produkte und die seiner zweiten Frau Caroline sein sollten, wurde er doch zeitweilig geradezu so etwas wie ein Literaturmakler, der herausgab, alles mögliche druckte und selbst überall gedruckt wurde. Zu den von Fouqué ans Licht geförderten Werken gehören übrigens Chamissos *Peter Schlemihls wundersame Geschichte* und Eichendorffs Roman *Ahnung und Gegenwart*. Dergleichen Tätigkeit schafft zusätzliche Sympathien und Antipathien, so daß solcher Einblick in die zeitgenössische Rezeption Fouqués nicht schon Antworten bereithält, sondern nur zu neuen Fragen auffordert.

III

Fouqué war in erster Linie Erzähler. Wenn er mit einem Werk wie dem *Held des Nordens* Beifall fand, so wegen der neuen Behandlung eines alten epischen Stoffes, aber gewiß nicht, weil etwa die dramatische Gestaltung besonders beeindruckte. Die Schwäche seiner Dramen beruht sogar gerade darin, daß sie vorwiegend erzählt sind. Allerdings sind auch Epos und Roman großen Stils

---

[11] Nach: Goethe, *Gedenkausgabe der Werke, Briefe und Gespräche*. Hrsg. von Ernst Beutler. Zürich 1948–1963, Bd. 22, S. 700

Fouqué nicht gelungen. Einer solchen Behauptung scheint der Erfolg des *Zauberrings* zu widersprechen, der in der dreibändigen Erstausgabe immerhin zusammen 647 Seiten umfaßte. Von gleicher Länge war schon der erste Roman *Alwin* gewesen, und ähnlich umfangreich waren dann später Bücher wie *Die Fahrten Thiodolfs des Isländers* und *Die wunderbaren Begebenheiten des Grafen Alethes von Lindenstein*. Aber bei genauem Zusehen erweist sich bald, daß Fouqués Romane eher eine Streckung und Vervielfältigung seiner Erzählungen sind als epische Kompositionen in ihrem eigenen Recht. Das gilt auch für den *Zauberring*, der mehr durch die bunte Fülle von einzelnen Begebenheiten bestach als durch die allmähliche epische Entfaltung einer Gesellschaft in ihrer historischen Entwicklung, mit der die Einzelschicksale der Helden in Aufstieg oder Untergang, Glück oder Unglück, Teilnahme oder Widerstand notwendig verknüpft gewesen wären. Nirgends wird die Interrelation zwischen dem handelnden oder leidenden Individuum und dem größeren Ganzen einer Nation und einer Gesellschaftsordnung wirklich greifbar bei Fouqué; die Geschichte selbst und die möglichen Kräfte, die sie bewegen, sind nicht sein Thema. Fouqué ist kein deutscher Scott, und da man sich heute kaum noch – wie vorübergehend um 1810, als sie neu waren – für die Stoffe selbst interessiert, sind diese umfangreichen Bücher schlechterdings langweilig geworden und werden wohl vergeblich einer Wiederbelebung harren.

Nun ist solches Versagen allerdings nicht ausschließlich Fouqués persönliche Schuld. Mit der Großform des Romans haben die deutschen Autoren des 18. und 19. Jahrhunderts immer ihre besonderen Schwierigkeiten gehabt. Die Darstellung der Beziehungen zwischen Einzelschicksalen und Gesellschaft, die diese Kunstform fordert, stieß in Deutschland, dessen nationale und gesellschaftliche Einheit eigentlich nur in seiner Sprache bestand, auf Probleme und nötigte häufig genug zum Idealisieren. Die feudale Welt des Mittelalters jedoch war international gewesen und vertrug schlecht, daß man in sie die Utopie einer harmonischen deutschen Nation von Fürsten, Rittern und Bürgern zurückprojizierte. Das Ergebnis eines solchen Versuchs konnte nur die Verdünnung aller historischen Realität zu einem Märchenhintergrund sein, von dem sich dann die Ereignisse und die Einzelfiguren unscharf und uncharakteristisch abhoben. Mit seinen Ritterromanen schuf Fouqué so das Gegenstück zu den Bildungsromanen anderer deutscher Schriftsteller dieser Zeit; sie teilen mit ihm die kaum lösbare Aufgabe, die Beziehungen ihrer Helden zu der Welt, in der sie sich bewegen, wirklich sichtbar zu machen. Denn auch der Bildungsroman hat das Stigma der Langweiligkeit nie ganz abzuschütteln vermocht, wenn auch eher wegen seiner künstlerisch schwer organisierbaren Überfülle an psychologischer, ästhetischer, religiöser und philosophischer Spekulation. Davon wiederum ist bei Fouqué nichts zu finden; in solchem Sinne ist er also alles andere als ein »deutscher« Autor, für den man gern das Spekulative in Anspruch nimmt. So simpel und simplifizierend sein Denken ist, so bunt und phantasievoll sind die Begebenheiten, die er erzählt und in denen er schwelgt. So ist das Beste seines Talents am ehesten in seinen Erzählungen zu erfahren, in denen er schon von der Form her nicht genötigt wird, gesellschaftliche wie historische Zusammenhänge umfassender darzustellen. Daß die grundsätzliche Unzulänglichkeit seines Bildes von der deutschen Realität darin nicht aufgehoben sein kann, versteht sich von selbst.

Gleich zu Anfang des Romans *Der Zauberring* hat Fouqué die folgende Beschreibung eines sozialen Panoramas am Ausgang des 12. Jahrhunderts im »gesegneten Schwabenlande« gegeben: »In der Mitte des Gewimmels ragten schöne Frauen auf prächtigen Maultieren hervor, und zu ihrer Hut gingen dicht neben ihnen Kriegsmänner mit großen Hellebarden. Dann zeichneten sich wieder einige Pilgrimme aus, denen man, trotz ihrer grauen Kleider und Muschelhauben, ansah, daß sie vom Hofe kamen, indem eine gewisse vornehm-sittige Zierlichkeit sie verriet, und seltsam gegen einen ganzen Haufen bäurischen Volks abstach, welcher sich um sie her und zwischen sie durch drängte. Doch wurden darunter auch anständige Bürgersleute sichtbar, mit festem, ehrsamem Wesen, und Maler und Sänger in ihrer Zahl, wie es das mitgeführte Kunstgerät anzeigte, womit sie auch jenseits des Meeres, unmittelbar an den heiligen Leidensstätten, Gott und ihrem Heiland zu dienen verhofften. Endlich kamen auch einige Ritter auf schönen Hengsten, im vollen, blanken Harnisch, und

Als Fouqué zu schreiben begann, waren jedoch solche Tendenzen gerade erst in Mode gekommen. In der Besinnung auf nationale Traditionen, auf Volksdichtung, also Märchen, Sagen und Lieder, oder auf die großen Epen des Mittelalters wollte man zuerst und zunächst in Zeiten der Besetzung durch französische Armeen zu ideellem Widerstand auffordern. Die Beispiele in der Literatur sind zahlreich und bekannt; die Sammelwerke von Arnim und Brentano, Görres oder den Brüdern Grimm erschienen in diesen Jahren, und Fichtes *Reden an die deutsche Nation,* von Fouqué zutiefst bewundert, gaben die Grundlagen einer deutschen Nationalerziehung. Allerdings hat das Interesse für mittelalterlich-ritterliche Themen bei Fouqué und bei Zeitgenossen wie Heinrich von Kleist oder Zacharias Werner eine Vorgeschichte. Ritterstück und Ritterroman blühten schon im 18. Jahrhundert bei Goethe, Klinger oder in den *Gothic novels* der Engländer. Internationales geht mit Nationalem durcheinander, Standesstolz mit der Verherrlichung individueller Freiheit. Auch Fouqués Erzählungen, so unreflektiert sie im einzelnen sein mögen, spiegeln noch etwas von diesem Beziehungsreichtum wider.

Aufmerksamkeit verdient zunächst der Bereich, der hier mit Deutschtum bezeichnet wurde. Der Begriff ist nicht präzis, da man darunter blinde Begeisterung für alles verstehen könnte, was je die Menschen zwischen Maas und Memel, Etsch und Belt angestellt hatten und weiterhin anstellen mochten. Patriotischer Dichter in solch engem chauvinistischem Sinne ist Fouqué nicht gewesen. Gewiß zeigen die in Kleists *Berliner Abendblättern* 1810 und 1811 veröffentlichten Kalendergeschichten *Das Grab der Väter* und *Der Wettstreit* deutlich vaterländische Tendenzen; der nationalpädagogische Appell, sich auf das Erbe der Väter, also auf die eigne Geschichte zu besinnen und der deutschen Zwietracht einen Stoß mitten ins Herz zu versetzen, war unüberhörbar. Aber die erste dieser beiden parabolischen Erzählungen verweist doch zugleich schon auf einen weiteren Zusammenhang: sie spielt in Norwegen, und die Modelle für die gegenwärtigen Konflikte werden nicht im Westerwald oder der Mark, sondern in den Bergen Norwegens gesucht. Als »Sänger des Nordens« hat ja dann Fouqué vor allem in der Literatur Berühmtheit erlangt; als er sich in christlichen Legenden versuchen wollte, verordnete Friedrich Schlegel ärgerlich, wie er an Boisserée schreibt: »Er soll nordisch dichten. Diese Gegenstände sind ihm sehr heilsam, um ihn in der Männlichkeit und im Ernst zu erhalten. Warum wollen überhaupt dergleichen Leute Legenden dichten, die doch eben nur ein Spiel treiben, die das katholische Geheimnis nicht verstehen, ja nicht einmal Christen sind.«[15] Schlegel, immerhin, verstand es schon fünf Jahre lang; 1808 war er konvertiert. Allerdings hatte er nicht unrecht; in den Erzählungen erweist sich sehr wohl, daß Fouqué eher einem poetischen Phantasiechristentum nachhing als einer aus eigener Transzendenzerfahrung erwachsenen christlichen Religiosität.

Nun widerspricht geographische Erweiterung des Begriffes Deutschtum nach Norden hin nicht patriotischen Tendenzen der Zeit. In seinen *Reden* hatte Fichte rundheraus erklärt: »Der Deutsche ist zuvörderst ein Stamm der Germanier überhaupt«, und er betonte, daß »die Skandinavier hier unbezweifelt für Deutsche genommen werden.«[16] Es wäre jedoch falsch, den Germanen- und Nordenthusiasmus Fouqués und einiger seiner Freunde – Chamisso und Varnhagen begründeten einen »Nordsternbund« – nur unter jenem engen Blickwinkel zu betrachten, den uns Erfahrungen mit nationalistischer und rassischer Verblendung im zwanzigsten Jahrhundert aufgenötigt haben, auch wenn die Frage nach der Vorläuferschaft solcher Themen und Gedanken nicht einfach beiseitegewischt werden kann. In Goethes *Werther* trat wohl zum erstenmal mit poetischer Symbolkraft die dunkle, nebelhafte, unheilschwangere Welt des nördlichen Sängers Ossian der hellen südlichen Sphäre Homers entgegen. Man weiß, daß die Wirkung des *Ossian* – wie die *Werthers* – gewaltig und nachhaltig war, auch nach der Dekuvrierung des dubiösen schottischen Barden. Die Polarität zweier Weltbereiche trat vor Augen und fügte sich anderen polarischen Gegensätzen bei, die sich in den naturwissenschaftlichen Entdeckungen dieser Zeit, in Elektrizität, Magnetismus und Chemie, wie im

[15] Nach: Max Koch, Einleitung zu *Deutsche National-Litteratur*, Bd. 146, I: *Fouqué/Eichendorff*. Stuttgart [o. J.], S. XXVII
[16] Johann Gottlieb Fichte, *Reden an die deutsche Nation*. Leipzig [o. J.], S. 66f. (Vierte Rede)

dialektischen Denken Fichtes in der *Wissenschaftslehre* und dem Hegels in der *Phänomenologie des Geistes* fanden. Als Novalis sein Märchen von Eros und Freya für den *Ofterdingen* schrieb, verbanden sich für ihn solche Erkenntnisse und Gedanken zu einem eschatologischen Mythos von der Erlösung der Welt durch einen Gang zum Pol im Norden; von dorther kam die magnetische Anziehungskraft, der auch Eros, der südlich-antike Geist der Liebe, nur zu willig folgte, und von dorther sollte das neue Reich der Ewigkeit sich verbreiten, in dem alle Gegensätze in eine große Synthese verbunden waren.

Das Interesse für den Norden entwickelte sich in vielen Schattierungen und Abstufungen, am weitesten entfernt noch von allen chiliastischen Vorstellungen in der Entdeckung und Edition von Altertümern isländischer und skandinavischer Dichtung. Fouqué nahm Anteil an solcher Arbeit und lernte Isländisch und Dänisch; Erzählungen wie *Olafs Sage, Eine Grablegung auf Island* oder *Die eifernden Göttinnen* sind Resultate seiner Studien. Friedrich Schlegel gab 1812 in seinem *Deutschen Museum* einen Überblick *Ueber nordische Dichtkunst*, darin Ossian, die Edda, Fouqués Dramatisierung der Nibelungensage um Sigurd-Siegfried im *Helden des Nordens* und Shakespeare zusammenbringend.[17] Das verweist auf eine weitere Perspektive: die der romantischen Literatur. So schillernd auch der Begriff Romantik sein mag und so mehrdeutig er gebraucht wurde: wenn Friedrich oder August Wilhelm Schlegel, Jean Paul oder Hegel ihn als historische Kategorie anwendeten, so bedeutete er doch vor allem Literatur des christlichen Europa gegenüber der klassischen Antike. Dante, Boccaccio, Cervantes, Calderon und Shakespeare sind ihre ersten großen und bewunderten Schöpfergestalten, denen nun die nordische Poesie – über Shakespeare als Brücke sozusagen – zugeordnet wird: er – Shakespeare – »ist der *dramatische Homer des Nordens*, aber eines spätern, gebildeten, *unseres* Nordens«,[18] meint Friedrich Schlegel und distanziert sich so von der vorchristlichen, tragischen Mythenwelt der Germanen. Fou-

---

[17] Friedrich Schlegel, *Ueber nordische Dichtkunst*. In: *Deutsches Museum*. Bd. I, Wien 1812, S. 162–194
[18] Friedrich Schlegel, a.a.O., S. 194

qué hatte übrigens 1809 Cervantes' Trauerspiel *Numancia* übersetzt. Das Christentum jedenfalls ist wesentliches Bildungselement der Romantik im allgemeinen wie der Nordromantik im besonderen. Fouqué zeigt gern und oft die Verbindung zwischen beiden: der alten, nordischen, knorrigen Heldenhaftigkeit und den vergeistigenden, zivilisierenden Kräften der Religion südlichen Ursprungs. Geschichten wie *Die Götzeneiche* oder *Das Gelübde* legen davon Zeugnis ab. Mehr noch: in der germanischen Mythenwelt werden sogar christliche Präfigurationen gesehen, so vor allem in dem weich-traurigen »schönen Gottsohn Baldur, der vor Lokis hämischen Listen in den Tod gegangen war«.[19] Fouqué spricht davon in dem für diese ganze Problematik besonders bezeichnenden Märchen *Adler und Löwe*.

Über das Christentum ist aber nun auch die Verbindung zum europäischen und keineswegs nur deutschen Rittertum hergestellt. Nicht nur, daß hier Autobiographisches des aus französischem Adel stammenden Autors Eingang findet; Ritterlichkeit und christliches Ethos sind für ihn sich wechselseitig ergänzende »Tugenden«, die deshalb auch nicht national beschränkt sein können. Geschichten wie *Der neue Regulus* und *Die Heilung* gehören in diesen Bereich, ebenso auch seine Beschäftigung mit provenzalischer Literatur, die sich etwa in dem Roman *Sängerliebe* niederschlug. Allerdings bleibt im Hintergrund die Überzeugung, auch wenn sie von Fouqué nicht artikuliert wird, daß das Christentum seine eigentliche Erfüllung erst im »gebildeten Norden« erreicht.[20] Von den beiden Hauptleuten ist immerhin der Deutsche der Initiator alles Guten und stets um einen Stich tapferer und sympathischer als der Spanier. Und es fragt sich auch, ob nach Fouqués Ansicht die brutale *Altitaliänische Geschichte* auf diese Weise nur im Süden geschehen konnte.

Der Süden ist Bereich der Verführung, sei es in der orientalischen, unchristlichen Heidenwelt, die in den *Beiden Hauptleuten* und in *Adler und Löwe* komisch-phantomhaft erscheint, sei es auch in der »nachritterlichen«, bürgerlichen Zeit in Italien, wo

---

[19] Vgl. S. 284.
[20] Vgl. dazu ausführlicher: Karl Heinz Bohrer, *Der Mythos vom Norden*. Studien zur romantischen Geschichtsprophetie. Diss. Köln 1961.

der deutsche Kaufmann Reichard den materiellen und sinnlichen Genüssen und dem Galgenmännlein im gewissenlosen Welschland beinahe zum Opfer fällt. Die Geschichte hat auf E. T. A. Hoffmann und eine Reihe anderer, auch nichtdeutscher Autoren mit ihrem Verführungsteufel großen Eindruck gemacht. Es ist jedoch bezeichnend, daß Hoffmann in der davon inspirierten *Geschichte vom verlornen Spiegelbilde* im Gegensatz zu Fouqué auch die deutsche Gegenwelt in ihrer Kleinbürgerlichkeit relativiert und seinen Helden schließlich zum schlemihlhaften Weltwanderer werden läßt. Im Unterschied zu dem südlichen Teufel sind die Geister der deutschen Volkssagen, die Fouqué einführt, nicht bösartig-verführerischer, sondern eher gutmütiger Natur und rücksichtslosem, kapitalistischem Erwerbstrieb abhold. Das gilt insbesondere vom Rübezahl im *Schauerfeld*, aber auch von biederen Geschichten über biedere Leute wie *Die Köhlerfamilie* oder *Ein Waldabenteuer*. Nur dort, wo sich für Fouqué die Sphäre der Elementargeister auftut, die jenseits alles Gesellschaftlichen, Christlichen oder Nordisch-Deutschen liegt und in der nur die elementarsten und zugleich tiefsten menschlichen Emotionen zu gelten scheinen – nur dort, also in der *Undine*, öffnete sich für ihn eine viel weitere Dimension jenseits der Koordinaten seiner Welt. Aber auch hier noch bleibt Fouqué mit seiner Zeit verbunden; Naturphänomene und speziell das Elementare der Natur spielten bei der Suche nach einer neuen Mythologie und Kirche bei Hölderlin oder Novalis und in Schellings spekulativer Naturphilosophie eine bedeutende Rolle.

Fouqués Erzählungen jedenfalls werden tatsächlich zu einem Sammelbecken romantischer Motive, Topoi, Bilder und Gedanken, die sich gerade hier so leicht aufspüren lassen, weil sich der Autor ihnen gegenüber nur rezeptiv verhält, also nachgestaltend, nicht umschaffend, neu konzipierend und weiterführend. Am besten gelingen ihm deshalb jene Erzählungen, in denen sich menschliche Konflikte ohne den Drang zu lehrhafter Lösung mit solchen Motiven und Vorstellungen verbinden. Deshalb schließlich ist eben auch die *Undine* Fouqués bestes, reichstes und schönstes Werk geworden. Die verschiedensten Themen und Motivbereiche verschmelzen darin zu einem Ganzen, das sich durch die Bezeichnung des einzelnen nicht schon interpretieren läßt. Gewiß zeigt sich auch in dieser Erzählung ritterliches Standesbewußtsein, denn Undine ist schließlich eine Fürstentochter gegenüber dem schlimmen Fischerkinde Berthalda. Aber andererseits ist diese wieder echte Christin gegenüber der ihrer Herkunft und ihrem Wesen nach doch unchristlichen Undine. Gewiß ist Huldbrand ein braver treu-deutscher Ritter ohne Furcht und Tadel, aber hilflos doch in der Bewährung gegenüber menschlicher Verwirrung und Not. Gewiß spukt es schließlich schreckerregend darin wie in anderen Volkssagen auch, aber die Mythe von den Wassergeistern bleibt wertfrei und weist so über sich hinaus. Man hat zur Deutung auf ein frühes Erlebnis Fouqués hingewiesen, auch auf seine spätere Erfahrung von sich als einem schwachen und labilen Manne zwischen zwei Frauen, für den Schreiben ein einziger großer Akt der Selbstbestätigung war. Aber solche autobiographischen Lokalisierungen eines alten und immer neuen Konfliktes tragen kaum zum Verständnis des Werkes bei. Reichtum und literarisches Gewicht der *Undine* beruhen gerade darin, daß ein solcher Konflikt kunstvoll durch die Verbindung mit einer Mythe aller biographischen oder allgemein temporären Bezüge enthoben wurde.

Die anderen Ehe- bzw. Liebeskonflikte in seinem erzählerischen Werk hat Fouqué in seiner eigenen Zeit oder der jüngeren Vergangenheit angesiedelt und durch die Hinzufügung modischer Motive zuweilen eher getrübt als durchsichtiger gemacht. Das gilt trotz des literarisch interessanten Themas für den *Ritter Toggenburg* mit seinen patriotischen Untertönen ebenso wie für das Experimentieren mit dem Wahnsinn in *Ixion* oder in der *Heilung*. Künstlerische Schwierigkeiten macht auch die Verbindung zwischen preußisch-österreichischer Zeitgeschichte, adligem Standesbewußtsein und der Tragödie eines sich selbst und den menschlichen Bindungen entfremdeten bürgerlichen Künstlers in *Joseph und seine Geige*, da die kausalen Beziehungen zwischen dem einen und dem anderen nicht überall hergestellt werden. In der Märchenhaftigkeit der *Vierzehn glücklichen Tage* dagegen gelang es Fouqué, der Künstlerpsychologie besser nachzuspüren. Aber wenn Novalis in seinem Atlantis-Märchen im dritten Kapitel des *Ofterdingen* aus einer ähnlichen Personenkonstellation eine Apotheose für die Verbindung von Geist und

Macht entwickelt, so wird bei Fouqué daraus Enttäuschung und Niederlage des Dichters, der seine Wünsche nicht nur – wie einst Tasso – gesellschaftlich zu hoch stellt, sondern offenbar auch die Kunst mit Teufelshilfe vereinbaren zu können glaubt. Fouqués ethisches Engagement tritt hervor und zugleich seine Ansicht eines Problems, das gerade die faustbesessene deutsche Literatur gern und oft variiert hat.

V

Romantik ist Sehnsucht, hat man oft schwärmerisch gesagt; sachlicher läßt sich behaupten, daß sie auf Unzufriedenheit mit der Gegenwart beruht. Politik, Gesellschaft, Ökonomie, Kunst oder Literatur wurden als unzulänglich empfunden, und man sah sich nach Zuständen in der Vergangenheit um, die der Gegenwart als Modell für die Zukunft vor Augen gehalten werden konnten; oder man versuchte Zusammenhänge zu erkennen, die die Unzulänglichkeiten der Zeit in verständlicherem, milderem Licht erscheinen ließen. Ein beträchtlicher Teil des historischen Interesses um 1800 war von solchen Gedanken bestimmt. Der Wunsch nach einfacher Restaurierung vergangener Verhältnisse war dabei jedoch keineswegs dominierend, wie es in oberflächlichen Verurteilungen der Romantik immer wieder gern behauptet wird; am ehesten fand er sich noch dort, wo man sich in unmittelbare politische Polemik verwickelte. Im übrigen aber sollte die Zukunft wirklich neue Qualitäten haben, in denen nur eben Vergangenes und Gegenwärtiges aufgehoben waren.

Denkerische Raffinesse läßt sich nun zwar in den Werken von Fouqué nicht aufspüren, dies gereicht ihnen jedoch nicht selten zum künstlerischen Vorteil. Wie schon die Sprache enthüllt, gab es für ihn einst eine heile Welt ständischer Ordnung und ritterlicher Gesinnung, wobei das »Einst« historisch nicht genau beschreibbar ist – es reicht von der germanischen Urzeit über das Mittelalter hinweg bis in die neuere Zeit hinein und ist potentiell im Willen des einzelnen immer noch und immer wieder vorhanden. Überall steht dieses Ideal, andeutungsweise oder ausgesprochen, den Unzulänglichkeiten gegenüber, die recht allgemein als moralische, religiöse oder politische Verfallssymptome oder Gefahren erscheinen, und wird als Lösung angeboten, sei es im Ehrenkonflikt der beiden Hauptleute oder des »neuen Regulus«, sei es in den seelischen Nöten des Ritters Toggenburg oder des Marquis de Saint Meran *(Die Heilung).* Das nun hat Fouqué den Ruf eingetragen, schlicht reaktionär zu sein. Widerspruch ist angesichts des Beweismaterials kaum möglich: das Heil für die Gegenwart sah er tatsächlich in der Beibehaltung oder Restitution einer dem bürgerlichen Zeitalter nun wahrlich nicht mehr angemessenen, zudem von ihm selbst noch bedenkenlos idealisierten Feudalordnung. Ein beträchtlicher Teil seines zeitweiligen Erfolges mag übrigens gerade auf solcher Verbindung zwischen Kritik an der Gegenwart und Konservatismus beruhen, denn die große Lesermasse ist immer konservativ und bedarf nur der Versicherung, daß sie es um einer besseren Zukunft willen auch sein darf. Das Geheimnis vieler sogenannter Bestseller-Autoren ist darin enthalten. Was Literatur dieser Art zu bieten hat, ist weniger die Herausstellung erstrebenswerter Ziele, auch wenn die Autoren das vorgeben, als vielmehr Selbstbestätigung und Wunscherfüllung, ohne daß die Absicht der Wirkung in die Quere kommt. Der große und gute Held vermag alle Leserwünsche zu absorbieren, auch selbst einmal tapfer, ehrlich, edel und fromm zu sein, wo man in der Wirklichkeit doch eher Konflikten ausweicht oder besser ein wenig heuchlerisch, schnöde oder bigott sein muß, von den Erfolgen und Eroberungen auf gesellschaftlichem und erotischem Gebiet ganz zu schweigen. Durch den literarischen Helden wird man für die Zeit der Lektüre, was man im Leben sein möchte. Hier auch zeigt sich im übrigen eine Wurzel für die Begriffsverwirrung um das Wort Romantik. Identifiziert man Romantik mit der Sehnsucht nach Wunscherfüllung schlechthin, hat man sogleich einen zeitlosen Begriff für alle Literatur mit diesen Ambitionen oder wenigstens dieser Wirkung, der mit den Gedanken und Absichten junger Intellektueller um 1800, die in die Literaturgeschichte als Romantiker eingegangen sind, so viel zu tun hat, wie Fouqué mit ihnen: er repräsentiert nur einen begrenzten, allerdings recht wirkungsvollen Teil davon.

Wunscherfüllende Funktion haben, wie gesagt, Fouqués Werke in beträchtlichem Maße gehabt, auch und gerade dort, wo er die unteren Stände fröhlich in ihre Grenzen verweist, zum Beispiel im *Waldabenteuer*. Die Stereotypie seiner Sprache in der Charakterisierung von Personen wie in der Beschreibung und Bewertung von Handlungsweisen war ein wesentliches Mittel zu diesem Zweck. Das Wiedererkennen von Bekanntem gehört zu den elementarsten Freuden im Prozeß der Selbstbestätigung, und Erfolgsliteratur wie Populärkunst überhaupt zeichnen sich dadurch aus, daß sie diese Freude möglich machen. Ein erster Einwand läßt sich aber sogleich erheben: Handlungsverlauf wie Ausgang einer Reihe von Erzählungen Fouqués sind keineswegs so stereotyp. Züge von Resignation, unaufgehobener tragischer Verwirrung und latent bleibender Gefahr mischen sich unter scheinbar versöhnliche Ausgänge. Ritter Toggenburg zieht sich wehmütig-schwach zurück, Dichter Leonardo in den *Vierzehn glücklichen Tagen* verliert an den Teufel, Graf Wallborn-Ixion zerbricht im Wahnsinn. Die Rettung Reichards vom Galgenmännlein vollzieht sich auf dem dünnen Eise des Zufalls, und auch der stille Ausklang der *Undine* läßt nicht einfach schließen, daß nun die Welt wieder in Ordnung sei: die tragisch-zerstörerischen Konflikte bleiben offen und ungelöst, das Bedrohende kann jederzeit wieder hervorbrechen. Das führt zu einer zweiten Beobachtung. Die Eindimensionalität trivialer Geschichten mit einer Schlußmoral wird bei Fouqué dadurch aufgehoben, daß er zwei Bereiche miteinander verknüpft: einen realen oder historischen, der nach den Grundlinien seiner einfachen Weltanschauung gesehen und entworfen ist, und einen zweiten, nur den Gesetzen der Phantasie folgenden, der dem ersten Durchsichtigkeit und Bedeutung gibt, ja ihn gelegentlich sogar aufhebt. In der *Undine* trifft die ständische Ordnung eines idealen Mittelalters mit einer Art prähumanen, animistisch-mythischen Welt der Naturgeister zusammen und ruft so eine innere, unaufhebbare Spannung hervor zwischen dem, was der Mensch vermag, und dem, worüber er keine Macht hat, auch wenn es in ihm selbst vorgeht. Die Widersprüchlichkeit zwischen Rationalität und Irrationalität wird im Bilde anschaulich. Ähnliches vollzieht sich dort, wo Fouqué Zauberei, orientalische Magie oder populäre Sagengestalten einführt, im *Galgenmännlein* zum Beispiel, in den Rübezahlgeschichten oder in den *Vierzehn glücklichen Tagen*. Wenn ihm die Verbindung auch nicht immer mit der gleichen Eindruckskraft gelingt wie in der *Undine*, so kann Fouqué hier im Bereich der Phantastik sein beträchtliches Erzählertalent frei entfalten, ohne es durch den Bezug auf eine in starren Koordinaten gesehene Realität immer wieder zu beeinträchtigen. Hier hat wohl vor allem die Bewunderung durch einige seiner Schriftstellerkollegen ihren Ursprung.

Auch für die Verwendung von Stoffen aus der Mythenwelt der Germanen und den Sagas gilt Ähnliches; in den erzählerischen und dramatischen Bearbeitungen der alten Vorbilder transponiert Fouqué seine ritterliche Wunschrealität in die germanische Vergangenheit, um so den eigenen Vorstellungen Anschauung zu verschaffen wie deren Bedeutungsbereich zu erweitern, nur daß er hier kaum über Ansätze hinausgekommen ist. Erst Richard Wagner hat dann, als bewußter Schüler Fouqués, die Möglichkeiten solcher Verbindung von zeitgenössischer Problematik mit Tiefe wie Beziehungsreichtum des Mythos wirklich ausgelotet. Auch mit historischen Stoffen verfährt Fouqué ähnlich wie mit den mythischen; nicht Dokumentation vergangener Realität und ihre Einordnung in einen historischen Prozeß sind seine Absicht; da sein Geschichtsbild statisch bleibt, ist Geschichte für ihn vielmehr Tummelplatz seiner Phantasie wie eben Mythen und Magie auch, ganz abgesehen von der Geographie. Was Fouqués besten Werken Bedeutung gibt, ist die zeitweilige Unterordnung seiner Themen, seiner moralischen, politischen oder religiösen Absichten unter die Phantasie. Das unterscheidet seine Werke deutlich von denen der Trivialautoren seiner Zeit, etwa von den Rührgeschichten August Lafontaines, bei denen die kümmerliche Phantasie im Dienste der Moral stehen muß und zugleich für lüsterne Seitenblicke sorgt. Es unterscheidet ihn auch von Autoren wie Rambach und Grosse, die mit ihren populären Romanen Schauer per se erregen wollen und ihre Phantasie in diesen Dienst stellen. Fouqués Phantasie dagegen verweist auf das Grundthema der Romantik: eben das Ungenügen an der Gegenwart. Das Irrational-Phantastische exponiert die Unzulänglichkeit des Bestehenden, indem es dieses ins Märchenhafte überhöht, damit aber in Frage stellt und vielleicht sogar zerstört. Manchmal gehen die einzelnen Akte ineinander über. Die Phantasie führt hinaus über die Statik des Wohlgefügten, rational Geordneten. Fouqué hat das oft in seinen Geschichten vorgeführt, und sei es an einer so schauerromantischen wie der *Laterne im Schloßhofe*. Gerade dieses Beispiel allerdings macht auch wieder deutlich, was ihn von Autoren wie Kleist trennt, an dessen *Bettelweib von Locarno* sich flüchtig bei dieser Erzählung denken ließe. Fouqués poetische Phantasie verbindet sich nicht immer mit seinen Themen zu einem festgefügten Ganzen und richtet sich eben auch nicht so sehr auf die Entfaltung der Psychologie seiner Charaktere und ihrer Beziehungen zueinander, als vielmehr auf die bunte Dekoration und Ausschmückung eines konventionellen Vorgangs zwischen konventionellen Personen. Das zeigt sich besonders dort, wo Fouqué nacherzählt – und das tut er oft. Das Glück des Gelingens liegt hier schon in der Vorlage selbst begriffen und zeigt sich nicht ausschließlich erst in dem, was er erzählend daraus macht: das Magische in einigen seiner Gestalten und Geschichten verhilft ihm als Substitut für Psychologie und Handlungsmotivation zu seinen größten Erfolgen. Denn: »Wo die Natur selbst schon poetisch geworden ist und als Mythe und Sage aus der Vorwelt herüber klingt, wird er, durch Aneignung dieser Naturpoesie, poetisch«, schreibt Grillparzer über ihn in einer Notiz aus dem Jahre 1820.[21]

VI

Ärgerlich hatte Eichendorff, wie schon erwähnt, in einer literaturgeschichtlichen Übersicht über seine Zeit festgestellt, Fouqué habe am meisten dazu beigetragen, die Romantik in Mißachtung, ja Verachtung zu bringen: »In die Verherrlichung des Mittelalters zur Kräftigung der Gegenwart, in die Wiederbelebung alterthümlicher und ausländischer Formen, in die religiöse Weltanschauung, mit Einem Wort: in alle Intentionen der Romantik ging er gläubig ein, und die Poesie selbst war ihm immerdar eine geheimnißvolle Gabe von Oben.«[22] Eichendorff hatte Grund

---

[21] Franz Grillparzer, *Sämtliche Werke.* Hrsg. von A. Sauer. Stuttgart [1892], Bd. 18, S. 87f.
[22] Eichendorff, a.a.O., S. 406

zum Ärger, denn er war einer der Betroffenen. Neue gesellschaftliche Probleme im Zeitalter der industriellen Revolution ließen als eitles Spiel erscheinen, was zwischen 1789 und der Metternich-Ära eine Reihe junger Schriftsteller an poetischen Vorschlägen zur Befriedung der Welt vorlegten. Das hatte mit den weitblickenden welthistorischen Konzepten von Novalis und Friedrich Schlegel in den neunziger Jahren begonnen; ihnen folgten, in vielfältigen Bildern ausgedrückt, die Sehnsucht nach Friedensfürst und Rückkehr ins Paradies am Ende des Durchgangs durch die Welt, aber auch der Wunsch nach tätigem Einsatz, um solcher Sehnsucht Erfüllung zu verschaffen. Am Ende seines Romans *Ahnung und Gegenwart* hatte Eichendorff der Religion und einem neuen Kreuzrittertum gegenüber einem »Schwalle von Poesie, Andacht, Deutschheit, Tugend und Vaterländerei«[23] das Wort geredet, und Fouqué hatte dieses Buch bekanntlich herausgegeben. Sieht man sich nach einer allgemeinen, alle diese Absichten und Gedanken zusammenfassenden Formel um, so kommt man zu der Beobachtung, daß überall der Versuch gemacht wird, aus dem veränderten oder zu verändernden Innen heraus auch das Außen zu beeinflussen und umzugestalten. Der einzelne will und soll auf das Ganze wirken, vom Ich her soll die Welt befreit und harmonisiert werden. Derartige Hoffnungen durchziehen in der Tat die gesamte deutsche Romantik, aber man sähe sie nur halb, wenn man nur dies bemerkte. Parallel dazu und abhängig davon wie ein Pol vom andern geht durch die Literatur dieser Zeit in stärkerem oder schwächerem Maße der Zweifel daran, daß ein solches Ideal und solche Hoffnungen zu verwirklichen seien. Entweder scheitert der einzelne an sich selbst, es mißlingt ihm die erstrebte Selbstkenntnis, aus der Weltkenntnis werden könnte, oder er scheitert an der Welt, die ihn umgibt, aber ihn nicht annimmt und als Fremden auf sich selbst zurückweist. Noch häufiger ergänzen und vermischen sich die Selbstzweifel mit der Fremdheit unter den Menschen. Es ist diese Spannung zwischen den beiden Polen von herbeigewünschtem Sieg und erfahrener Niederlage, die den eigentlichen Reiz romantischer Literatur ausmacht, wobei es eine ganze Skala

---

[23] Eichendorff, a.a.O., Bd. 3, S. 329f.

von dichterischen Möglichkeiten gibt. In alle diese »Intentionen« war Fouqué tatsächlich eingegangen. Wie groß aber war seine Wirkung?

Entscheidend für die literaturgeschichtliche Bewertung der deutschen Romantik im 19. Jahrhundert wurde die wenig bedachte Tatsache, daß die Werke der bedeutenderen Autoren dieser Zeit – Novalis, Hölderlin, Brentano oder Kleist – nur unzureichend bekannt und zum Teil überhaupt noch nicht zugänglich waren. Was man von ihnen wußte, war oft entstellend wenig. Das Bild der Romantik wurde deshalb vor allem von dem bestimmt, was durch die schon in ihrer Zeit populären Autoren im öffentlichen Gedächtnis geblieben war. Ihm ordnete man dann die Werke der Größeren, soweit man sie kannte, mit Vorurteil zu. Solche Erbschaft kritischer Einschätzung ist die Romantik nie ganz losgeworden, besonders nicht außerhalb Deutschlands. Auf diese Weise haben tatsächlich die Romane, Erzählungen, Gedichte und Dramen Fouqués, wie Eichendorff meint, mittelbar eine nachhaltigere Wirkung gehabt, als es den Anschein hat.

Anregend hat Fouqué nur auf einzelne gewirkt, in Deutschland mit der Dramatisierung des Nibelungenstoffes auf Wagner sowie mit der Märchendichtung auf E. T. A. Hoffmann und Eduard Mörike, in der angelsächsischen Literatur auf Keats, Walter Scott, Edgar Allan Poe und Robert Louis Stevenson und in Frankreich auf Jean Giraudoux, der in unmittelbarer Auseinandersetzung mit Fouqués Werk ein *Undine*-Drama schrieb. Ein deutscher Schriftsteller schließlich, Arno Schmidt, hat sich als »Germanist wider Willen« Fouqués angenommen und eine erste umfassende Gesamtdarstellung von dessen Leben und Werk gegeben mit der deutlichen Absicht, ihn wieder der Aufmerksamkeit seiner Landsleute nahezubringen. Die zeitliche Distanz erlaubt jedenfalls ein ausgewogeneres Urteil. Eichendorffs Zorn gegen den Ehrenschänder der Romantik war verständlich, berechtigt und doch einseitig und polemisch; im übrigen ist seine Gesamteinschätzung Fouqués milder als der einzelne Satz, und mit Recht. Denn man kann den Erfolgsautor nicht verantwortlich machen für seinen Erfolg, sosehr vielleicht gewisse Folgen des Erfolgs beklagt werden müssen. Fouqués Schriften sind ein weiteres Beispiel für die bekannte Tatsache, daß die Lieblinge der großen Leserkreise nicht hart kalkulierende Köche sind, die die Ingredienzen ihrer Gerichte genau abwiegen und mischen, um den Geschmack ihres Publikums zu treffen. Was sie bieten, ist ihr eigener Geschmack. Und Eichendorff schließt seine Betrachtungen über Fouqué denn auch mit den Worten: »Friede und Achtung seinem Andenken, wie Allen, die es redlich meinten!«[24] Fouqué meinte es redlich, was ihn allerdings nicht von jeder Kritik absolviert. Sein Werk bietet einen interessanten Untersuchungsgegenstand zum Thema der Autorentypologie. Zugleich ist es aber auch ein wichtiges historisches Dokument, das erlaubt, die unter dem Begriff »Romantik« zusammengefaßten deutschen Autoren, ihre Themen, Tendenzen, Stoffe und ihre Wirkung von einer populäreren Perspektive her zu sehen und genauer zu beurteilen. Es verschafft darüber hinaus nicht selten das von allem literaturhistorischen Interesse unabhängige Vergnügen am künstlerisch arrangierten Spiel der Phantasie. Und es erlaubt schließlich hin und wieder Einblicke in die schwierigen und vielartigen Beziehungen der Menschen untereinander mit ihren Gedanken, Sehnsüchten und Trieben – Beziehungen, wie sie nur Kunst auf ihre Art transparent und damit dem Verständnis zugänglicher machen kann.

Gerhard Schulz

---

[24] Eichendorff, a.a.O., Bd. IX, III, S. 410

INHALT

Eine Geschichte vom Galgenmännlein (1810) 5
Das Grab der Väter (1810) 34
Der unentschiedene Wettstreit (1811) 36
Undine. Eine Erzählung (1811) 39
Ixion. Eine Novelle (1812) 117
Eine altitaliänische Geschichte (1812) 126
Die beiden Hauptleute. Eine Erzählung (1812) 132
Olafs Sage (1812) 180
Das Schauerfeld. Eine Rübezahlsgeschichte (1812) 186
Die vierzehn glücklichen Tage (1812) 197
Eine Grablegung auf Island. Nach der Egills Sage (1813) 224
Die Köhlerfamilie (1814) 228
Die Laterne im Schloßhofe (1814) 240
Die Heilung. 1. Fassung (1810) 244
Die Heilung. 2. Fassung (1814) 246
Adler und Löwe. Eine Nordlandssage (1816) 261
Die Geschichten vom Rübezahl. Ein Schwank (1816) ... 287
Ein Waldabenteuer (1816) 295
Ritter Toggenburg (1817) 305
Die Götzeneiche. Sage (1817) 330
Das Gelübde. Eine nordische Sage (1818) 347
Die eifernden Göttinnen. Eine nordische Sage (1818) ... 351
Der neue Regulus (1819) 359
Joseph und seine Geige (1845) 371

ANHANG
Vorbemerkung des Herausgebers 465
Lebensdaten 467
Abkürzungen 470
Kommentar 471
Verzeichnis der Textänderungen 488
Bibliographie 489
Nachwort: *Fouqué als Erzähler* 493

Alle Rechte, einschließlich derjenigen des auszugsweisen Abdrucks und der photomechanischen Wiedergabe, vorbehalten. Verlegt 1977 im Winkler Verlag, München. Gesamtherstellung: Friedrich Pustet, Graphischer Großbetrieb, Regensburg. Gedruckt auf Persia-Bibeldruckpapier der Papierfabrik Schoeller & Hoesch, Gernsbach/Baden.
Printed in Germany

Table of Contents

Notre Dame Embraces
the Spirit of the Blind
by Marc Maurer 1

Not Much of a Muchness
by Ed Eames 12

Music of the Heart
by Ryan Strunk 24

A Merry-Go-Round
Nobody Could Ride
by Marie Cobb 35

Focusing on the Picture
by Susan Povinelli 41

An Unplanned Walk
in the Blizzard
by Cary Supalo 50

Beyond Dishcloths
by Ramona Walhof 55

Betrayed by Good Intentions
by Barbara Pierce 67

I Cut the Grass, Too
by Charlie Richardson 80

Editor's Introduction

Not Much of a Muchness. I expect that you may find this a rather strange title for the 23rd volume in our Kernel Book Series. I must admit that I, too, was a bit puzzled when Ed Eames sent me a story with this as its title.

My first thought was, "What can it possibly mean?" Then I read Ed's story. The English language is spoken with rich and charming variety in different parts of the world, and sometimes such expression can bring a new clarity to an old and familiar concept.

Here is what happened: Ed and his wife Toni (both blind) were visiting in the West Indies. Their local sighted guide Eustace, growing impatient with trying to answer questions from curious onlookers, and having observed the ease with which Ed and Toni were handling matters relative to their blindness, finally took to answering simply, "Blindness is not much of a muchness."

Hearing Eustace's colorful answer to the endless questions, I was struck by the perfectly delightful way in which he had summed up in an instant so much of what we have been trying to convey about blindness in a dozen years of Kernel Books.

Blindness is not much of a muchness. An oversimplification? Of course it is! If there is not understanding, if training is denied, if those who seek opportunity are rejected without being given a chance, blindness signifies heartbreak and despair.

But this is where you, our devoted sighted friends who have come to know us through the pages of the Kernel Books, come in.

You know that many of the problems we face come not from our lack of eyesight but

Marc Maurer, President
National Federation of the Blind

from misunderstandings that exist about blindness. You know that not only must the general sighted public learn new ways of thinking about the capacities of blind people to live productive lives, but we who are blind must also do so.

You know that although we, by sharing the experiences of our daily lives as we live them, can help you come to these new understandings, you must also help us come to them. You know that you do this by accepting us as neighbors, friends, and coworkers who have the same wants and wishes you have, but who often use different skills and techniques to achieve them.

Can a blind mother take her turn providing treats for her daughter's class? What about teaching photography? How about getting to work on time in a blizzard, or directing a choir, or knitting sweaters with intricate color patterns?

As Eustace would tell you, *Not Much of a Muchness*. Not, that is, if there have been training and opportunity combined with generous measures of love and belief.

Through the Kernel Books you have become part of our lives and our quest to make them productive and filled with hopes and dreams. We look to you to help us reach the point where blindness becomes, for those of us who are blind and those of you who live and work with us, truly *Not Much of a Muchness*.

Marc Maurer
Baltimore, Maryland
2002

WHY LARGE TYPE?

The type size used in this book is 14-point for two important reasons: One, because typesetting of 14-point or larger complies with federal standards for the printing of materials for visually impaired readers, and we want to show you what type size is helpful for people with limited sight.

The second reason is that many of our friends and supporters have asked us to print our paperback books in 14-point type so they too can easily read them. Many people with limited sight do not use Braille. We hope that by printing this book in a larger type than customary, many more people will be able to benefit from it.

Notre Dame Embraces the Spirit of the Blind

by Marc Maurer

In 1970, I enrolled at the University of Notre Dame. I was then, as I am now, totally blind. Prior to 1970, it had not occurred to me that I might matriculate at this university. I had done well enough in high school, but I had believed that the opportunities available to me would be modest.

In 1969, I met the President of the National Federation of the Blind, Dr. Kenneth Jernigan, who was himself totally blind. He had achieved outstanding success at Vanderbilt University. In addition, he told me about blind people who had done extraordinary academic work at Harvard, at Berkeley, and at the University of Munich. He persuaded me that I too could achieve success if my mind was good enough and if I was willing to work–but all depended on my willingness to work.

I had been planning to attend a small college in Minnesota, but Dr. Jernigan urged me to apply to the University of Notre Dame. The result–astonishing to me at the time–was that I became a student there in the fall of 1970.

During the time that I attended the university, girls were admitted for the first time. Though this was controversial, the men students looked forward to it. I am using the language of my college days here. The women students were called girls–at least by the students who were already at Notre Dame. The male students were called men.

One of the new women students was blind. Soon after she came to the campus, I discovered she was there, and I went to visit her. I learned later that the first impression she received of me was not the best.

She thought that I was pushy, argumentative, brash, and egotistical. I gave her a lot of advice. The number of blind students at the University of Notre Dame was almost zero, and I figured that the two of us should stick together to try to get what we needed. However, she wasn't much interested in either my company or my suggestions.

At the time that I first met this young woman, I was a student with experience—I was a junior. I had been at the university for two years, and I knew my way around the campus. I was also moderately familiar with the customs of the place. With the confidence that I would be able to compete,

I felt at ease. How different I was from the student who had just arrived.

When I first walked onto the grounds of the university, I was nervous—perhaps a better word is frightened. I had thought that Notre Dame was a place for wealthy, bright human beings. I was quite certain I was not wealthy, and I wasn't sure about the brightness. Beyond that, I didn't know my way from place to place, and Notre Dame was not an easy environment for a blind person to master. In big cities there are streets and sidewalks with curbs between them. At Notre Dame there were few streets and mostly only paths which occasionally traveled in a more or less straight line. Often they meandered from here to there with relatively little apparent structure.

As soon as I had figured out how to navigate the campus, landmarks for traveling became easily recognizable and abundant. Blind people travel in a way different from the sighted. Sighted people, for example, look across the quadrangle. When they see the Engineering Building, they know that this is their objective. They select an appropriate route to reach the destination. On the other hand, we, the blind, need our landmarks to be close at hand, and it takes a little time to identify them in a new place.

When I was first on campus, I didn't know my way to the dining hall. As soon as I had finally discovered its whereabouts, I didn't know where the food line could be found. I wondered nervously if I would get anything to eat. This, of course, was only the beginning.

Studious pursuits demand extensive reading. I had to locate people who would be willing to read material to me because most of it was not available on tape or in Braille. In class I had to persuade professors to verbalize what they were putting on the board. I began my course of study in the engineering department. In addition, I had courses in advanced mathematics and chemistry along with writing and English requirements. My course work was, it seemed to me, quite demanding.

Later on, when I had become a junior, I was prepared to help my newly found blind colleague with the troublesome and arduous task of finding readers—people with the talent and the willingness to read books. I was also prepared to show her about the campus, to assist her (if she wanted me to) in discussing her specialized needs with professors, and to help her get basic training in the skills and techniques needed by a blind student. However, she seemed to think she didn't need my help.

I met with her from time to time, but mostly each of us did our own thing. As the school year progressed, I concentrated on studies along with the other pleasurable activities of the college experience.

Along about the end of the wintertime, things changed. I received a call from the dean of freshmen students—a man I had come to know at the university and one I liked and admired. He asked me to come visit him because he wanted to discuss the progress of a student.

When I arrived at the Administration Building, he swore me to secrecy and told me that the blind student I had met was having trouble. She was doing well academically, he said, but there were other matters. The Department of Psychology at the university—a department well known for scholarship and learning—had been consulted. The chairman of the department had concluded that my blind colleague might not be suitable for university life. He recommended that serious consideration be given to sending her home.

Did I know the student, the dean wanted to know? What did I recommend? I responded that I did know her very well. I admitted that she had probably not had the benefit of the best training for the blind available in America. However, I said that I knew her spirit and that I thought she would manage to do well given the opportunity. I asked the dean what it was that had caused the Department of Psychology to consider the matter. What were the indications of psychological unsuitability for college life?

He told me that my blind friend frequently became disoriented on campus and sometimes lost her way. Furthermore, he said that she often ran into bushes or other objects and that he was afraid she might hurt herself to such an extent that these accidents would bruise not only her body but also her mind. He indicated that the psychology professors had told him it might be kinder and more generous to send her home so that she wouldn't face the disorientation and the injuries.

My reaction was immediate and fierce. I said to my friend the dean that in an effort to be kind to this student the university was contemplating telling her firmly and without the possibility of appeal that she was a failure. I argued that if she was succeeding academically, she should be given the chance to work out the other details of life.

I said that all people run into things and bump themselves from time to time—the sighted as well as the blind. Sometimes human beings bruise their bodies and occasionally even their own egos. If the university sent her home, this would be a devastating blow to her self-esteem. I said that if she needed help finding her way, I would organize a group of people to teach her what she needed to know. Finally, I said that such a course of action would not be fair.

I left the office of the dean and proceeded without delay to my dormitory where I called my blind student friend. I told her that I had been sworn to secrecy, but that I had information she needed. I urged her not to tell the dean that we had talked. Then, I related the conversation. I said that I would be prepared to help her if she needed it. She asked what she should do, and I suggested that she keep up her courage, that she plan to go forward with her studies as usual, that she keep alert for things that might be said or done that could cause problems, and that she be prepared to ask for assistance if the need arose.

As it happened, the professors in the Department of Psychology were overruled. The spirit of the blind students at the University of Notre Dame continued to flourish. Both of us graduated, and each of us sought advanced degrees in law. My friend the dean of freshmen students believed more in what he observed in the blind than he did in the theories of those who would have prevented us from achieving success.

Sometimes we bumped into things and bruised ourselves. Sometimes the bruises extended beyond the body. But we survived largely through support of each other and with the teachings and the belief of our blind colleagues throughout the United States. Both of us are grateful that the people at Notre Dame wrestled with the problem and decided to believe in their own students.

A lot of this belief has come from the blind who make up the National Federation of the Blind. Some of our members have an education; some do not. Some have been able to find employment; some have not. Nevertheless, the spirit of our blind brothers and sisters gave us the faith for persistence and brought us achievement and success. This too is the meaning of the National Federation of the Blind.

Not Much of a Muchness

by Ed Eames

Ed and Toni Eames are leaders in our California affiliate and in our special interest division for guide dog users. Both are recognized experts in the whole area of assistance dogs for the disabled. They write and lecture professionally on the subject throughout the world. Here Ed relates some of their experiences on a recent journey to the West Indies. Here is what he has to say:

Straddling crates of squash, cabbages, and tomatoes on the cargo boat making its way from St. Kitts to Nevis in the West Indies, my wife Toni and I enjoyed trying to interact with three vegetable vendors. Despite the roar of the cargo boat's engines and the barely audible strange sounding English, we

Toni and Ed Eames

caught an intriguing phrase spoken by our Lions Club host. Eustace Caines was telling Katie, the curious market vendor, "Blindness is not much of a muchness!" This was in response to her latest barrage of questions, "How do they shop, how do they cook, how do they travel?"

Usually, when someone speaks to our sighted companion rather than to us, we intercede and get directly involved in the conversation. In this case, however, with the noise of the engine interfering with our ability to hear combined with the West Indian patois of the vendors, we were content to play the role of eavesdroppers.

Eustace's description of blindness as "not much of a muchness" paralleled our views. As active members of the National Federation of the Blind, the concept that blindness is a mere nuisance is an underlying tenet of our belief system. It was refreshing to hear it reflected in the local idiom by someone who had never even attended one of our NFB meetings!

Our original plan had been to visit Nevis by ferry, but due to some glitches in communication, we missed the boat! All was not lost when Eustace, a resourceful and persuasive man, arranged passage on this unpretentious cargo vessel carrying construction material in addition to the market vegetables.

Prior to our West Indian adventure, Toni and I investigated sightseeing possibilities. In our past overseas journeys, Lions Club members have hosted our sightseeing tours. We reciprocate by doing a presentation at their weekly meeting. Enthusiastic about boats, shopping for native crafts, and indulging in local cuisines, club member Eustace not only served as our tour guide on this day but also intervened on our behalf in several potentially problematic situations.

Uncertain how the islanders, unaccustomed to working guide dogs, might respond to the presence of our Golden Retrievers, Escort and Echo, we were somewhat apprehensive about the reception we would encounter in restaurants, hotels, and shops. Not to worry!

Folks responded with fascination and curiosity rather than with fear and refusal. When the issue of access with the dogs did come up, Eustace calmed the waters with his quiet reassurance that it wasn't much of a muchness.

Having our fill of shopping on Nevis where prices were high, we proceeded to the ferry dock to return to St. Kitts in style. Attracted by our canine companions, several Canadian tourists chatted with us while waiting for the boat. One of them helped avert a near disaster. As Toni and Escort were about to step onto the ferry from the gangway, a crew member, trying to be helpful, grabbed her arm, throwing her off balance and causing Escort to begin falling between the boat and the pier. Reacting with lightening speed, one of our recent Canadian acquaintances swooped Escort up by the harness and deposited him safely in the boat. Not realizing he could have been crushed, Escort was calm and placid, while Toni remained shaken for the remainder of the voyage back to St. Kitts. Thankfully, the Canadian hero escorted Toni off the boat, avoiding another incident where an oversolicitous islander tried to assist by physically grabbing her.

Returning by taxi to the hotel, we got a real flavor of local life. The streets were teeming with people, and the odor of barbecue prepared by local streetside vendors wafted through the air. Loud music poured out of every shop and bar.

Since most of our traveling combines work and play, it was time to put on the work hat. After delivering two Bayer Corporation sponsored lectures at Ross University veterinary school, we were delighted to be invited to attend a special awards ceremony for students completing their academic work on the island. Usually we don't have the opportunity to socialize with students after our presentations, so this was a big treat.

Mike Zareski, a veterinary student, discovering my passion for being buffeted by big waves, offered to take me to an Atlantic Ocean beach the next day. As an avid body surfer, I was thrilled to spend a few hours indulging my watery passion. Introduced to the boogie board by Mike, I had to call upon all of my balancing and orientation skills to stay afloat.

Feeling the motion of approaching waves and listening for the sounds on the shore, I was able successfully to ride the waves on to the beach! This feat was not accomplished without a number of incidents in which either the board and I parted company or I ended up under it! Most amazing to me was that I was in the Atlantic in the middle of March with nary a shiver.

After three short days on St. Kitts, it was off to the island of Grenada. Our accommodations at the Frigate Bay Resort on St. Kitts were deluxe, but the True Blue Bay Resort on Grenada even surpassed our fantasies! Since our extensive travels take us to a variety of hotels, we derive great pleasure from exploring the special features in each establishment.

We exclaimed with excitement as we discovered a fully equipped kitchen, cozy living room, and comfortable bedroom. Vases of fresh flowers adorned counter tops. Stepping out on the huge patio, we knew we had arrived in paradise! Soothed by the sound of lapping waves below, we settled at the small outdoor table with cold drinks, then took turns swinging in the hammock.

Our Lions Club hostesses in Grenada were Florence Williams and Alexandrina Hood. As we drove to the nearby rain forest for a hiking tour, we discussed the island's main export crop, nutmeg. Wanting us to experience what the fruit-bearing trees were like, Florence pulled the car to the side of the road to provide a tactile glance of the trees.

As we posed for photos with our hands reaching for the nutmeg, the home owner approached to talk about his trees and demonstrate how the nut is extracted from the larger shell. Responding to our interest, he then brought us a cocoa fruit and showed us how to open and suck on the pods inside. Curiously, this gourd-shaped fruit and its pods had no resemblance to the chocolate we love to eat!

Returning to the car, I joked with Florence I felt like I should be the driver. Since St. Kitts and Grenada are former British colonies, traffic moves on the left side of the road and the steering wheel is on the right. As I sat down in what in the United States would be the driver's seat, my foot kept reaching for the brake and gas!

Emerging from the car at the tourist center in the rain forest, we heard a loud clamoring sound. Apparently, one of the many monkey inhabitants, startled by the sight of our dogs, took cover high in a towering tree. Escort and Echo, trained to ignore distractions, didn't seem to notice him. As we climbed the steep steps leading to a lookout point, Florence explained the crunching sound we heard under our feet came from millions of broken nutmeg shells traditionally used to pave walking paths.

After a brief presentation at the Lions Club meeting that evening, it was off to speak with the students at St. George's veterinary school. Here again, we were able to get to know some of the students who took us out to dinner following our lecture.

On our way back to the hotel, our student hosts discovered a house alongside the road that had a sign proclaiming "Home Cooking." During the course of our eating frenzy, we were offered more than twenty different dishes such as green papaya in cheese, stir fried rabbit, curried goat, stewed conch, mutton, beef stew, fried plantains, lobster salad, breadfruit salad, and several other local delights.

The next morning, we were packed and ready for our trip home when we received a call from American Airlines informing us our flight to Miami was canceled, and there was no other way to get us off the island that day. Other airlines all make stops at islands with quarantine regulations, so we could not pass through with our guide dogs.

Initially, we were upset with the change in plans since we had a number of appointments back home in Fresno, California, the next day. After getting over our initial upset, the extra day gave us the chance to unwind and spend more time in the hammock. Lunching with the hotel owners, we got the story of their lives.

Taking the opportunity to spend one last evening with our new friends, we all enjoyed dinner at our hotel. As we luxuriated in the fragrance of the tropical flowers surrounding the restaurant veranda, we reveled in the music of a traditional Caribbean band. Strolling back to our hotel room after dinner listening to the incessant peeping sounds of the tiny tree frogs we realized, if one had to get stuck someplace, an extra day in paradise at American Airlines' expense was not bad!

Music of the Heart

by Ryan Strunk

Ryan Strunk is a young leader in our Nebraska affiliate. In Music of the Heart, *he relates an incident that changed his life forever. Ryan's poignant story shows the critical role belief, understanding, and love play in our lives. Here is what he has to say:*

The events that shape our lives in the most profound ways are those that clutch at our heart and hold it close. Our most monumental decisions are often made because of the influence of such things. So it was with the conference of the Nebraska Music Educators Association, the event that aided me in my choice of college major and taught me a thing or two about my abilities.

Ryan Strunk

Throughout the course of my life, I have passionately pursued the art of music, from performing on the high school stage to singing daily in the shower. Since music has always been my biggest love, I decided long ago that it would be the focus of my career, but during the course of my schooling, I was unable to decide between vocal performance and vocal education.

Performance, I knew, was a very unstable field. Many talented performers have found themselves at thirty-six years of age, unsure of when their next meal would come due to lack of opportunity. Education, I feared, would lead me astray. How, I wondered, would a blind individual ever be able to direct the students in performance?

The answer to that question came to me in November of 2000 when I attended the all-state conference in Lincoln, Nebraska. The choir of 450 students was comprised of select singers from across the state and to date was the most famous choir I had performed in. I believe that each person who attended grew in some form during the three-day conference: made new friends, developed a new understanding of music, or, as I did, developed a new perspective on life.

It was on the third day of the conference—the morning before the big performance—that the choir was reviewing the score, asking questions, and clarifying matters that were unclear to them. We were reviewing a piece entitled "O Magnum Mysterium" by Lauridsen, and I had a question about a particular section of the music. Raising my hand, I asked, "Dr. Ehly, the retard there, how long should we hold it, and when should we make the cutoff?"

"Which retard?" the director responded.

At that moment, I was cursed with a brain freeze, and the exact measure and page escaped me. "Well, sir," I said, "I honestly can't remember."

"I tell you what," Dr. Ehly told me, "We'll sing through the piece, and when we get to that section, you stop me, and we'll talk about it."

I agreed, and we began the piece. However, Dr. Ehly had decided that he wanted the choir to work on expression and diction, and thus had the students simply mouth the words to the song while he stood and directed. As the song was a cappella, I was unable to tell when the section came and passed, and I found, as Dr. Ehly declaimed, "Take out 'Thanks Be to God,'" that my question had not been answered.

Raising my hand once more, I asked, "Uh … Dr. Ehly, what about that retard?"

"Ryan," he returned, not unkindly, "Why didn't you remind me?"

"Well, sir," I said, "it was kind of hard to see your direction."

He smiled as a giggle bubbled from the surrounding choir members and said to me, "Ryan, come up here. You are going to direct us."

The feeling that gripped my middle at that moment was one of dread and nervousness. How could I, having never seen a choir directed before, possibly conduct a choir of this size? I was going to be made a fool of, and that prospect heightened my fear. Nevertheless, I took my cane to hand and climbed over the edge of the stage to stand beside Dr. Ehly.

Dr. Ehly stepped to the piano, played the individual pitches, and said, "Whenever you're ready, Ryan."

Dumbfounded, I raised my right hand to shoulder level, then simply let it fall limply to my side. The choir, taking this gesture as the down beat, began to sing. Three words into the first phrase, however, the lack of proper direction quickly became evident, and the choir fell into musical disorder. My face a mask of apprehension and anger, I turned to Dr. Ehly and hissed out of range of the microphone, "I have no idea what I'm doing."

"You've never directed before," he inquired.

"No," I returned.

"Well," he began, stepping close to me, "this is how you direct."

By taking Dr. Ehly's wrist, I learned the basic motions of conducting in 4/4 time—a downward stroke of the wrist to indicate count one, a leftward sweep to indicate two, a sweep to the right to indicate three, and a diagonal stroke to the apex of the imaginary triangle to complete the measure. This learned, I once more raised my hand as Dr. Ehly played the parts' individual pitches.

The choir began flawlessly, flowing rhythmically through its pitches and filling me with a sense of awe … until we came to the retard in question. Instead of performing the correct gestures, I simply slowed the course of my hand, and the choir, unsure of what to do, fell once more to disorder.

Dr. Ehly stepped up beside me once more and asked, "Ryan, when you want to hold something, what do you do?" With a somewhat confused expression, I held my hand before me, palm up. "Exactly," he told me, "and when you want to throw it away, what do you do?" With a small smile, I turned my hand over. "Exactly," Dr. Ehly encouraged. "When you want a choir to hold a pitch, you simply hold it. When you want to cut them off, just do this." He turned my hand so that my palm faced the stage.

Raising my hand once more, I began to conduct, gliding my hand through the motions of counting and holding and dropping the pitch at the proper times. Unfortunately, I was conducting according to the bass line, and thus was unaware that another of the parts needed to know when to change pitches. The section was almost flawless, but not quite.

For the final time, Dr. Ehly strode to my side and announced, "Almost. You need to cue the sopranos."

Feeling more confident now, I asked, "And how do I do that?"

"Like this," he told me, taking my right wrist, directing my hand toward the soprano section, raising it above my shoulder, and demonstrating that when I lowered it, the sopranos would assume their new pitch. For the last time, my right hand rose, and I began to conduct.

My arm flowed smoothly through each of the gestures. I cued the sopranos at just the right time, and with as much fun as I was having, the sustained note could have gone on forever. I released the choir at the proper time, however, and as my palm turned to face the floor, the auditorium fell into absolute silence.

As wave after wave of awe and wonderment rushed over me, Dr. Ehly stood beside me, and turning to me, said, "You know, Ryan, when Winston Churchill was on his death bed, they asked him, 'If you could go back in your life and do one thing differently, what would it be?'

"'I would be a conductor,' he told them, 'because when a conductor conducts, everyone pays attention.'"

"Ryan," he addressed me, "just because you can't see the music on the page and just because you can't see the choir out there in front of you doesn't mean that you can't be one of the world's greatest conductors, because the music lives in your heart." With a fatherly hug, he escorted me to the edge of the stage, where I was greeted by the fervent applause of 450 singers, whose hearts and souls, I believe, were touched as deeply as mine.

That day, I learned how to do more than conduct a choir—I learned that for so long, I had been underestimating myself. Without even realizing it, I was excluding myself from a career certain to be rewarding and inspiring. It took one man that day to show me just how capable I was, and with a sweep of the wrist, change my life forever.

A MERRY-GO-ROUND NOBODY COULD RIDE

by Marie Cobb

Marie Cobb is the mother of three now grown children. She lives in Maryland and teaches cooking and other daily living skills to blind adults. She has operated a food service business and has a widespread and well-earned reputation for the catering of elegant dinners and receptions. In other words, both she and those who know her now take for granted her culinary competence. But such was not always the case as we see in this incident which took place when her eldest daughter was in kindergarten. Here is what she has to say:

As a fairly competent chef who greatly enjoys the art of preparing and serving delectable meals, I have sometimes been astonished that many people find it amazing that someone who just happens to be blind can actually do more than rudimentary cooking—in fact, that blind people can do any cooking at all.

As a young parent I assumed that I would do all the usual "mom" things like making cookies and cupcakes for kindergarten classes and hosting birthday parties and sleep-overs galore. It never occurred to me that I should do anything less for my children.

You will imagine my shock when one day early in my eldest daughter Susan's first week in kindergarten I was told that since I was blind another mother had volunteered to take my turn in the rotation for making Friday treats for the class. I was also very hurt because I was already considered a better-than-average cook among my family and friends. I told the teacher that I was determined to take my turn when it came and that I would have a special surprise for my daughter's classmates.

Marie Cobb

I went home and racked my brain over what I might do for a special surprise for twenty five-year-olds. I knew that I had to do something no other parent had done and that most could not do.

A few days later while I was out shopping for a birthday present for a friend's son, I came across a set of very small circus animals in a plastic drawstring pouch that gave me an idea of how to accomplish my goal.

Just after lunch on the Friday I was to provide the treat, I walked into Susan's classroom with a large brown box in my arms. I set it down on the table and opened the top. As I removed the tape from the sides of the box and let them fall, all the children started yelling, "Look! It's a merry-go-round cake."

I had made two twelve-inch layers of milk-chocolate cake and frosted them with pale yellow butter cream icing. Then I had made a top for the carousel with paper doilies folded and tied with bright colored ribbons and held up over the cake with long red and white striped drinking straws. All of the little circus animals I had bought were arranged around the top of the cake—one for each child. The sides of the cake were decorated with green and blue round bubble gum and strips of red licorice.

To say the least, the cake was a big success, and I never again had to insist on being allowed to help with anything relating to food or for that matter decorating.

Before we left that school, I served as a teacher's aid, a library assistant, and chairman of the Halloween carnival for two years. I also made several more carousel cakes for showers and parties through the years.

Ironically, the only compliment I still remember from the ones I received that first important Friday treat day, and the one that will always be my favorite comment, came from my own daughter as we walked home that beautiful late fall afternoon. With her little blonde dog ears bouncing as she skipped along beside her little sister's stroller, she said, "Mom, I think that is the very best merry-go-round I ever saw—even if nobody could ride it."

Focusing on the Picture

by Susan Povinelli

Susan Povinelli lives in Falls Church, Virginia, and is a leader in the National Federation of the Blind of Virginia. She puts her Federation philosophy to work every day and is not afraid to tackle unlikely tasks. In Focusing on the Picture *she tells the engaging story of her experiences as a photography teacher. Here is what she has to say:*

As blind individuals we don't pay much attention to the role photographs have in our lives. Most of us who can't see the pictures can't really appreciate them. Our images of loved ones and special places are formed by our other senses. A smell of angel food cake baking may bring up a vision of our grandmother baking in her kitchen. A seagull crying takes us back to pleasant walks along the beach, and the cool wet sensation of cold fluffy snowflakes lightly falling on your face reminds you of the thrill of sledding down a long steep hill during a snowstorm. Because the sighted world treasures memories through visual images, it is extremely important for us to share and document our experiences through photographs.

So when my children's 4-H Club needed a leader for its photography project, I volunteered. I can still remember telling my sister that I was going to teach photography this year. She started laughing. The image of a blind person evaluating and describing the merits of a beautiful photograph seemed comical to her. She said, "You'll be so helpful in selecting a good picture."

I knew she was giving me a hard time, but I also knew she had a point. How could

Susan Povinelli with some of her students

a blind person determine if a photograph had good composition or what would be an interesting subject to photograph? Would the parents of these children have enough confidence to send their kids to my class or would the old stereotype of blindness keep them away? These were the challenges I had to overcome to make the class a success.

But I am creative and have integrated two great philosophies, which have governed my life. The first is the National Federation of the Blind's (NFB) positive philosophy about blindness. This philosophy states that blind individuals can lead successful and productive lives by obtaining a positive attitude about blindness and learning proper alternative techniques.

The second is the 4-H philosophy to "Make the Best Better." This philosophy encourages youth to improve their lives through learning life skills (such as leadership, public speaking, and home economics) by hands-on experiences. I diligently proceeded. I reminded myself that my main function was to be an advisor to the children. They were responsible to accomplish 80 percent of the work themselves.

All I had to do was prepare the lesson plans, collect all the materials needed (tripods, paper goods, and items to be photographed), and present the exercise. The children would do the rest. So I designed my class with this in mind.

I use a computer system sometimes called a "reading machine." Using a scanner I can convert print pages into electronic text and store the text in my computer. Once the text is in the computer, I can use special programs that convert what a sighted person sees on the screen to spoken words. Using this system, I can create either print or Braille documents. Using these tools, developing the project was fairly simple and straightforward. The extension office had already developed the curriculum. I scanned and read several lesson booklets. Then I selected the material I wanted to use and prepared print handouts for the children and Braille copies for me to use for giving instructions during the class.

When the room needed to be set up to determine flash range, I handed the children the masking tape and my talking tape measure, and they marked the distance on the floor. I could have easily done it myself, but the children needed to learn to measure and get the feel of distance. I then showed a few children how to set up tripods. Then, from there on, they were responsible for setting up their own tripods. We were ready for the exercise.

As in most project meetings there are plenty of parents willing to help. So when kids had trouble loading film in their cameras another parent would help.

When it came time to describe good composition to the children, I stood up in front of the group and explained the four principles of good composition: interesting details; place the subject off-center in the photograph; have only a few subjects in the photo and reduce background clutter; and finally, choose interesting subjects.

Before we started photographing, I had the children brainstorm on interesting subjects they might like to photograph. I handed all the children three Post-it notes and asked them to write one subject on each Post-it note. Then, the child would get up and place it on a large piece of paper mounted on the wall. I asked for a volunteer to read the list. Each child would take turns reading the assignment or the handouts. Thus, while drawing each child into the process, I was able to obtain the needed information to conduct the class.

One of the major objectives of this course was for the children to learn how to evaluate photographs for good composition. The children evaluated each others' photographs, and then they would identify one aspect that needed to be improved. As a group we would provide suggestions on how to take a better picture. If they wanted my opinion regarding their photograph they would describe the photo and its problem. Then I could recommend some technique to try.

Then the owner of the photo would try taking the picture again using some of the suggestions and determine if the picture was improved, thus gaining technical knowledge by comparing the two pictures and determining which technique provided the desired effect.

I have to admit an onlooker might have thought I had lost total control of the class and things were in utter chaos. Here is the scene: Children spread around the parking lot shooting pictures everywhere. One group is taking pictures of the building while others are photographing trees. It is noisy as each group is photographing its subject. At another time when they are learning to take group photos, kids are yelling suggestions at the photographer on how people should be posed in a group photo. Meanwhile, I am standing talking to another parent. A child comes up and asks for clarification on the exercise. I check my Braille notes and tell her. It is purposeful, organized chaos and great fun.

I can say it has been a lovely learning experience for us all. I have gained a deeper appreciation for the difficulty of taking great pictures. The children and their parents have learned that blind people are capable of accomplishing a task that is considered too visual for a blind person to do. These kids can now look through their viewfinders at blind people and focus their attention on our successful and ordinary lives and not the negative aspects of blindness.

An Unplanned Walk in the Blizzard

by Cary Supalo

Cary Supalo is a graduate student studying chemical engineering at Penn State University. He has a keen sense of responsibility and is not willing to use his blindness as an excuse to avoid doing a difficult task. With a measure of pride he relates the following story:

It was a cold evening in mid January, and I had just finished a long day in class and had just finished eating dinner. I was preparing to go to work. I was a computer lab consultant and had a work shift starting at 7:00 p.m. The time had just passed 6:30 p.m. My usual daily plan was to catch a 6:40 p.m. bus that would have gotten me to my computer lab at 6:57 p.m. I was rarely

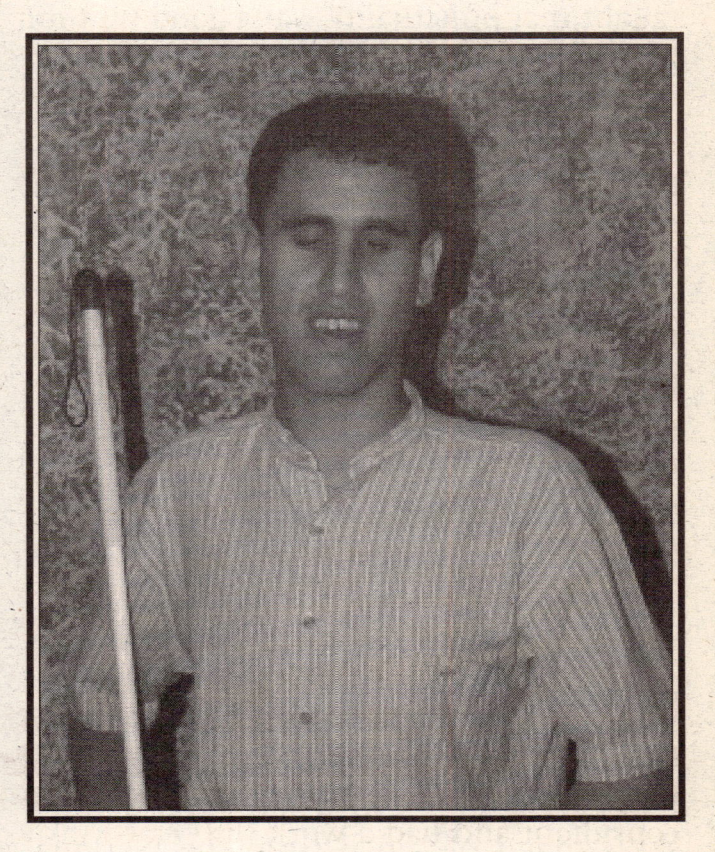

Cary Supalo

ever late for work because I had always been taught that punctuality was a good trait for an employee to have.

I had just discovered that it had started snowing quite hard while I was eating dinner. Conditions had become blizzardlike. I called the bus company to see if the busses were running on schedule. I found out from the dispatcher that the busses were way behind schedule and had not even started their evening routes yet.

It was now 6:35 p.m., and I realized that my usual bus commute was not going to work on this evening. I immediately called my employer and informed him that I was going to walk to work in an attempt to get there on time. I had never been a fan of walking in snowy conditions. I realized that I was going to put my cane travel training skills that I obtained from the National Federation of the Blind's training center in Minneapolis, Minnesota, to the test.

I put my boots and the rest of my winter gear on and proceeded out the door. I got outside and found that at least five inches or so of fresh snow had fallen on the sidewalk immediately outside of my dormitory. I proceeded to walk down the snow-covered ramp to the main sidewalk.

My commute was about a one-mile walk. I had never walked a distance of that length in the snow before. The snow was falling down at a regular rate and quickly covered my hat and the outside of my coat. I soon discovered that my cane easily moved through the freshly fallen snow and was able to touch the sidewalk, which was still warm, fairly clearly.

I proceeded to walk at a brisk pace towards campus. I crossed a number of different streets and eventually got onto campus where I no longer had the sounds of traffic to keep my sense of direction.

I started walking between campus buildings along what used to be clear sidewalks earlier that afternoon. I navigated through the snow surprisingly easily. I saw my confidence building up with each step that I took. I eventually reached my building and ran up the steps that were covered in snow. I wiped the snow off of my coat and boots and ran to my computer lab.

I arrived in the lab and called in to my supervisor again to clock-in and discovered that the time was right on 7:00 p.m. I had arrived at work despite my not being sure that I could make it on time.

The supervisor on duty was surprised that I was on time because of the forty or so other workers who were scheduled to work the 7:00 p.m. shift over two-thirds of them did not show up due to bad weather. It was at that moment I realized that the confidence I had developed through the National Federation of the Blind really does work in all types of environments.

With confidence in one's skills comes success.

Beyond Dishcloths

by Ramona Walhof

Ramona Walhof lives in Boise, Idaho. Her stories have appeared in many previous Kernel Books. I specifically asked her to write one on this subject because I thought our readers would find it particularly interesting. Here is what she has written:

When I was a child at the School for the Blind, one of the house parents, Miss Bartel, frequently had knitting in her lap. She was a kind and gentle woman who agreed to try to teach my friend and me to knit. My mother provided some yarn and knitting needles. Miss Bartel made dishcloths—about one a day.

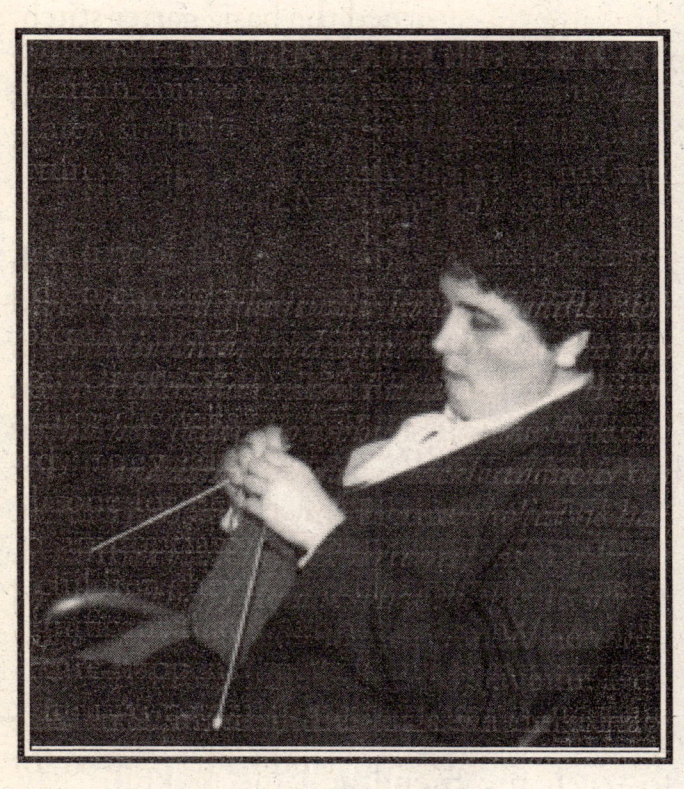

Ramona Walhof knitting

My friend was the more successful at knitting. We learned the basic garter stitch. We learned to increase and decrease. We started to learn to cast on and off. We did not learn to purl, which is almost essential for knitting.

I never succeeded at making a dishcloth like those made by Miss Bartel. I tried making potholders, and some were passable. My problem was that I couldn't maintain the same number of stitches in all the rows throughout a project. It was only much later that I figured out what my problem had been. But I never did a lot of knitting as a child. My friend continued to make scarves and other things.

When I was in college, many of the students knit. One friend had a pattern for a sweater that did not require any purling, so I copied the pattern in Braille and made the sweater. I wore that sweater for several years. It was respectable if not a work of art.

For the next twenty-five years, I made a scarf here and a potholder there when (for some reason) I had to do a lot of sitting at meetings or even while reading talking books. However, I found sewing more productive. I could make a greater variety of things, and I had more skill. But I had done enough knitting to know that I could.

I still had not learned to purl. Purling (people said) was the opposite of knitting. Just make the stitch backwards. When I made the stitch backwards, people said it wasn't purling. It never was important enough to worry about.

After my son graduated from high school and went away to college, I needed to open an office in Ohio. I would be away from home for most of two months, and I knew I would occasionally have some time on my hands. I could not carry with me enough Braille books to read, so I bought some yarn and knitting needles. My daughter and son each wanted a scarf made in their college colors, so those were the colors I bought.

Those scarves went together quickly. Over the years I had acquired a circular needle, which I used for my son's scarf. He wanted it double thick, so I made it in a tube, and he was delighted. He put his head through the middle to entertain his friend; then his leg. But he also wore the scarf correctly when he wasn't being a ham. Because that project went so well, I started a sweater on the circular needle.

I did the ribbing with my incorrect purl stitch and then plain knitting continuously around the circular needle until I reached the point where the sweater needed to be divided for the armholes. All I could do at this point was the wrong purl stitch.

When the project was completed, I had maintained the correct number of stitches, and it looked presentable. In fact, my daughter was quite glad to receive it, and I determined to learn more about knitting.

By this time I knew a lot of blind people in the National Federation of the Blind who knit. The Federation is full of resources of all kinds. I phoned my sister, who is blind and had done a lot of knitting before her children came, and I managed, with her help by phone, to learn to purl. It was slow and awkward, but it was right. My daughter was enthusiastic about getting handmade sweaters, and my son was interested.

Airplane trips and meetings were good places to do some handwork, so I did. If my hands were busy, I was less likely to get sleepy. I did not want the patterns to be complicated because I needed to concentrate on the meetings.

The first sweaters I made were absolutely plain. I found a pattern on the back of a yarn label and started with that. Then I put stripes of contrasting colors in the sweaters. While visiting Bernadette Dressel, another friend of mine in the Federation, I learned she had a Braille book that described some basic knitting patterns, so I made some sweaters based on the information in that book. Both my son and daughter were happy with the results, and I made a sweater for myself.

My daughter learned to dictate patterns from books and from yarn labels. Then she began to want fancier sweaters. She found a pattern with a three-colored yoke.

Whenever I tried something new, it seemed, I was in a place where it was not convenient to find help. When I got ready for the three-colored yoke, I was in Calgary, Alberta, with a little time between the last meeting and a flight home the next day. To my surprise, the colors worked out well. If I could keep them separate and keep the tension of the yarn even, there wasn't much more to it than that. I gave that sweater to a friend, who was quite pleased, and several other people were asking if I might make them sweaters.

Throughout all this, I was learning about yarn. I generally use an acrylic yarn, because it is washable and not as warm as wool. When using more than one color, it helps if the yarns feel somewhat different, but they must not require different care. It takes longer to do fine work with lightweight yarn, and I am too impatient for much of that.

Barbara Pierce, who wrote an article about knitting, "Tending to My Knitting," for an earlier Kernel Book, *Old Dogs and New Tricks*, does much more detailed work than I do. Toni Eames from California makes sweaters with set-in pockets and lent me another Braille pattern book. I have made two or three afghans, but they get too big and heavy for convenient carrying on airplanes.

I have been making sweaters now for about ten years, and I am starting the 121st one. I have a list of the sweaters, colors, and to whom they went in my Braille Lite (small notebook computer with speech and Braille output). Tami Dodd-Jones, one of the members of the NFB, suggested that I should take orders for sweaters from members of the organization and encourage them to contribute. Many have done just that.

I still make sweaters for relatives and others for gifts. Those waiting to be made are also listed in the Braille Lite, so I don't forget the order in which they have been requested or the desired color and measurements. Through the years I have learned much from other Federation members. Kathy Boucher spins her own yarn and sells some sweaters she makes to commercial outlets.

For me, sweater-making has become a hobby. If I ever retire, I would like to have a knitting machine. Designing the sweaters is the most fun. I love to find new yarn stores and plan the right yarn and colors for each sweater. I know my daughter's opinions about color, but I can use another person's assistance for shopping if he/she is willing to be thorough. My sighted helper needs to be willing to check dye lot numbers on every skein. Ordering from catalogs is a little risky, but I have found some very nice yarn at good prices in catalogs.

I haven't totally retired from sewing. I made two bridesmaids' dresses for my daughter's wedding last year. I enjoy what I do, and it fills a spot in my life for the time being.

I was surprised when told that an account by a blind person who knits might be interesting, although I have certainly urged many who become blind as seniors to continue their handwork, whether knitting or something else. A blind person holds the yarn a little differently from sighted people so that our fingers are a little closer to the ends of the needles.

When I was visiting a sighted friend one day, she got out her camera and took my picture, saying, "I can use this with my students." She teaches an education course to music majors in college. Later, she told me what she does with the picture.

She passes it around the first day of the unit on teaching disabled children and asks the students to describe the picture. They tell her it is a woman knitting. Of course, that is exactly what it is. When she tells them the woman is blind, they are astonished, and it sets a good tone for her to help the students develop appropriate expectations for the disabled children they will be teaching. It may be significant that the sweater shown in that picture happens to be one of the most elaborate two-color patterns I ever made.

A few years ago when I was contacting blind people to tell them about the Federation, I met a lady who was ninety-four and liked to knit slippers. She could not read Braille but had this slipper pattern memorized. She said her family members all had as many slippers as they could use. I had no trouble helping her find others who loved her slippers. You never know when a skill or a pastime will serve you well. I am glad that Miss Bartel had the patience and the willingness to help a few of us to learn to knit. It took nearly fifty years, but I have now advanced beyond dishcloths.

BETRAYED BY GOOD INTENTIONS

by Barbara Pierce

Barbara Pierce lives in Oberlin, Ohio. She is editor of the largest circulation monthly magazine in the blindness field—the National Federation of the Blind's Braille Monitor. *This fact is particularly relevant to her story, which details the harmful actions of a well-meaning but misguided high school English teacher. Fortunately the actions of another teacher, along with Barbara's own developing confidence, did much to undo the damage. Here is what she has to say:*

For most of my working life I have manipulated words—I have both read and written them, and through the years I have learned to make them do what I want them to. But it was not always so. Oh I made A's in English in high school, but I hated to write, and reading was something of a strain since I could not see the print, much less read it.

Sometimes I could find recordings of the novels we were assigned, and sometimes the literature texts had been recorded by Recording for the Blind, the not-for-profit organization that even today records books for students, scholars, and professionals.

But even though I disliked writing, I had always loved English, and I wanted to qualify to take Advanced Placement English my senior year. To do so, we had to take a test during the spring of my junior year. I was told that arrangements would be made for me to take the test aurally, so I reported to the testing room, expecting to be pulled out to take the test with a reader, probably one of the teachers. I was told to report to the cafeteria, where the teacher whom I most

Barbara Pierce

trusted and who, up to that point, had showed the most confidence in my ability was waiting for me.

I was completely unprepared for what happened next. He began lecturing me in the nicest possible way about my unfitness for taking on the challenge of AP English. Of course that was not how he put it. He pointed out that I had nothing more to prove to demonstrate my academic ability; I was an A student, and the AP course would tax my resources—it would certainly demand more than my parents could be expected to read for me.

That line of argument put me at a severe disadvantage. I had not been taught Braille, and no one had yet proposed the concept that a blind student should have accessible versions of all textbooks. In each course I was handed the print book and expected to figure out how to get my work done. Having two of the best parents ever created, I did not find this an impossibility, but I recognized that there were limits to what I could ask my folks to do to help me.

On the other hand, how would I know whether I could do demanding work unless I tried doing it? I could feel myself sliding into despair. I was about to apply to colleges. If I could not manage to do demanding high school work, how could I expect to do college-level work? I began to cry, but the teacher only redoubled his preaching. I could get into college on the basis of regular college-prep course work. Why destroy my senior year by taking on more work than I could possibly do? Didn't I want to have some time for fun, maybe dating during my final year in high school? Doing the AP work would be harder for me than for any of the other students, and where would I be at graduation time if I could not finish the course and came up a credit short?

At sixteen I had never heard of the National Federation of the Blind. I did not recognize that I was facing what President

Bush has called "the soft bigotry of lowered expectations." So I capitulated. I told my beloved teacher that I would not insist on taking the test; I would settle for the standard college-prep course.

I was allowed to arrange my schedule with a study hall during the AP class period so that I could sit in on class discussions several times a week, but it was not the same. I recognized that those students were getting better exposure to college-level work than I was, and I felt betrayed and diminished by the realization. For some reason this discouragement did not prevent me from setting my sights high with my college applications.

I was admitted to Oberlin College by early decision, and I awaited the fall semester with more than a little trepidation. After all, I had not even been able to test myself doing one college-level course. How would I manage when I was faced with five at the same time and without my parents' assistance to do the reading?

That first semester of my first year of college was a bit rocky, the experience most college students have. I knew that I would have to hire lots of student readers, and I did so. I did not enjoy freshman composition, a requirement for all incoming students. I discovered that I disliked writing even more, and my confidence in doing English in general had been badly shaken by my high school experience. So English was a continuing struggle. One of the most challenging courses in a constructive way and the one that in profound ways changed my life was introductory biology.

This was a very large lecture course taught by the entire biology department. We were then divided into laboratory sections for one three-hour session a week. As far as I know by the luck of the draw, I was assigned to a Friday-afternoon lab section that was taught by a young botanist who walked with a decided limp. I did not know at the time that she had used a wheelchair until she was in college. Then surgery restored her ability to walk and, therefore, to do field work.

She had enough firsthand experience of disability to have very healthy attitudes about my potential ability to do biology. She and I became friends. We went on hikes in which she introduced me to plants, the identification of birds by their songs, and the shapes of leaves. She was as determined as I that I would do all the lab work.

I was assigned a lab partner, and the two of us and the pair across the lab table got on with our work. My job became to know what we were supposed to be seeing under the microscope; theirs was to report what they actually saw. Among us we cobbled together our observations. The other three were somewhat sobered when I began getting A's to their B's, but that made me an increasingly valuable part of the team.

In the meantime the professor had decided that it would not do for me to miss out on the dissection of the crawfish and the fetal pig, though she recognized that I would have some difficulties in doing exactly what the other students were expected to do.

She acquired a lobster, which she assured me was assembled in the same way as the crawfish, but on a larger scale. She insisted that I wear surgical gloves for dissection since she was afraid that the formaldehyde would damage my sense of touch and make reading Braille more difficult. She worked with me one-on-one to do the fetal-pig dissections, and gradually I mastered the lessons she taught me.

When it came time for tests, she insisted on being my tester. She wanted to make certain that the descriptions of the various lab-station test questions contained no leading information that might give me hints about the correct answer. She would begin a description by saying, "Under the microscope I see several blobs with clusters of smaller blobs inside them." I would try to ask questions that would not solicit information that I did not deserve but that would strengthen or destroy my hypotheses about what was being asked. The only way to prepare for such testing is to know the material cold.

When my high scores on the lab tests raised some skepticism within the biology faculty, another professor quietly slipped into the lab to observe the testing procedure. It was pronounced free of bias, and the A's I received both semesters were declared appropriate. Moreover, the faculty told me that they would be pleased to have me consider majoring in biology.

I actually left Oberlin that spring with the intention of doing exactly that. My confidence in my abilities to do English had been badly shaken by my high school mentor, and even though I had done good work in my literature course second semester, my mediocre composition grade had confirmed all the questions my high school teachers had raised in my heart.

My determination to major in biology continued until the fall of my sophomore year. It led me to sign up for chemistry, which was required of biology majors. I had already fulfilled the college requirement of eight hours of science, but even when I decided that I really did not want to teach high school biology, so why on earth was I majoring in it, I decided to keep the chemistry class, in which I earned A's both semesters. If I had been a member of the National Federation of the Blind, I might well have known biology majors who were doing things other than teaching high school biology.

Left to my own inexperience, I did not have much confidence in my ability to pursue graduate work toward a career other than teaching, but I could imagine myself successfully doing a major in the field. That was solely thanks to one professor who believed that nobody had the right to tell me that I could not succeed in her field. In fact, her notion was that a teacher's job was to figure out ways to support the hopes and dreams of her students, and that is what she did.

I do not know how much damage my well-meaning high school teachers might have done to me if it had not been for my biology professor. It was to be many years before I would meet and be influenced by blind people in the National Federation of the Blind who would teach me the same lesson. But she was there when I needed her, and my response to her gift of confidence in me has been to pass it along whenever I could.

Blindness does not necessarily mean the end of any dream. Gradually I discovered that even an English major at one of the most demanding colleges in the country was not beyond me, despite what my high school teachers had thought. Maybe they just did not want to bother helping me figure out how to do what I would have needed to do to complete that AP English course. I will never know, but they almost stifled a young woman with promise. I rejoice that today the NFB is present to protect students from such well-meaning mistakes.

I Cut the Grass, Too

by Charlie Richardson

Charlie Richardson lives in Albany, New York, and is a member of the National Federation of the Blind of New York. In his story, I Cut the Grass, Too, *he tells of his neighbors' reactions to the blind man next door. Here is what he has to say:*

When we first purchased the house we now live in, I didn't think much of most of the things I do around the yard. Most of my neighbors in my previous house had lived around me for eight years or more. So, the things a blind person does seemed not to be a novelty.

One of the first things we wanted to do when we moved in our new house was to move the wooden picnic table away from the house and more out into the yard. When I grabbed one end of it and one of my teen-aged sons had grabbed the other end, we quickly realized why the table was where it was. There was no really good way to tell the age of the table, but it had pretty well rotted.

After calling city hall to find out how to get rid of the table, I found that I had to cut it into pieces no larger than a certain size and tie up the pieces in bundles. So, I got out a ripping saw and some twine and got started with the task facing me.

After I was more than half done cutting up the table, one of my sons told me that a few of the neighbors were looking at me. I told them that it was OK—they just weren't used to living around a blind person and seeing the normal things we do.

A few weeks later while I was cutting the grass with a power mower, it was the same scene. Even though the neighbors looked, not one of them asked how, though I knew it was in the forefront of their minds.

After about nine months living here, I was out back planting a couple of Gala Apple trees. Not one neighbor stood and looked. My guess is that the novelty has worn off and that these normal everyday events don't seem to be so strange and questionable to them anymore.

You can help us spread the word...

...about our Braille Readers Are Leaders contest for blind schoolchildren, a project which encourages blind children to achieve literacy through Braille.

...about our scholarships for deserving blind college students.

...about Job Opportunities for the Blind, a program that matches capable blind people with employers who need their skills.

...about where to turn for accurate information about blindness and the abilities of the blind.

Most importantly, you can help us by sharing what you've learned about blindness in these pages with your family and friends. If you know anyone who needs assistance with the problems of blindness, please write:

Marc Maurer, President
National Federation of the Blind
1800 Johnson Street, Suite 300
Baltimore, Maryland 21230-4998

Other Ways You Can Help the National Federation of the Blind

Write to us for tax-saving information on bequests and planned giving programs.

OR

Include the following language in your will:

"I give, devise, and bequeath unto National Federation of the Blind, 1800 Johnson Street, Suite 300, Baltimore, Maryland 21230, a District of Columbia nonprofit corporation, the sum of $_____ (or "___ percent of my net estate" or "The following stocks and bonds:_____") to be used for its worthy purposes on behalf of blind persons."

Your Contributions Are Tax-deductible